▲ 2002年，王晋康与外孙

▲ 刘慈欣老照片

▲ 1987年张冉在应县老家锻炼传统文娱技艺

▲ 昼温老照片（2000年）

▲ 2002年修新羽与父母在崂山景区的合影

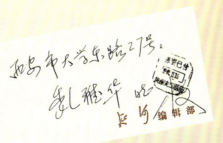

◀ 1980年路遥写给魏雅华关于刊用《钟楼丢了》一文的信

▲ 鲁般老照片

▲ 1992年，湖北孝感，路航一岁多时与奶奶逛公园

▲ 任青儿时照片（中间是爷爷，右边水手服是任青）

▲ 2008年杨贵福（左）赴芬兰前与李记者在北京合影留念

▲ 齐然老照片

甲辰年
正月十三

▲ 1964年，董仁威成都望江公园留影

▲ 2003年5月16日，萧星寒于重庆市璧山区青龙湖小学大沟村村小

▲ 1993年冬天，四川，段子期和父母为数不多的完整合影

▲ 刘宇昆奶奶的老手表

▲ 1974年，少先队员韩松

故山松月

中国式科幻的故园新梦

程婧波　石以　主编

科学普及出版社
·北京·

图书在版编目（CIP）数据

故山松月：中国式科幻的故园新梦.松／程婧波，
石以主编 . -- 北京：科学普及出版社，2024.5
ISBN 978-7-110-10706-5

Ⅰ.①故…　Ⅱ.①程…　②石…　Ⅲ.①幻想小说—小
说集 – 世界 – 现代　Ⅳ.① I14

中国国家版本馆 CIP 数据核字（2024）第 062288 号

策划编辑	王卫英
责任编辑	王卫英
封面绘图	林碧君
封面设计	北京中科星河文化传媒有限公司
正文设计	中文天地
责任校对	吕传新　邓雪梅　张晓莉
责任印制	徐　飞

出　　版	科学普及出版社
发　　行	中国科学技术出版社有限公司
地　　址	北京市海淀区中关村南大街 16 号
邮　　编	100081
发行电话	010-62173865
传　　真	010-62173081
网　　址	http://www.cspbooks.com.cn

开　　本	720mm×1000mm　1/16
字　　数	1364 千字
印　　张	71.75
版　　次	2024 年 5 月第 1 版
印　　次	2025 年 1 月第 2 次印刷
印　　刷	北京长宁印刷有限公司
书　　号	ISBN 978-7-110-10706-5／I·703
定　　价	168.00 元（全 3 册）

目录
CONTENTS

河南

逃出母宇宙（节选）

王晋康

我们不幸或有幸生活在这样的时代，绝望与希望，灾难与抗争，毁灭与重生，都在这片时空重重交织。上帝不经意打一个尿颤，便累得他的亿万子民如蝼蚁般仓皇——其中也升华出生命的壮美。如今惊涛已经退去，海滩上只余下满地贝壳。

那就随一个百岁老妪去捡几枚贝壳吧，即使一瓣残贝也有它天生的虹彩。

——鱼乐水《百年拾贝》

1

初夏的夕阳已经接近山尖，鱼乐水参观完西峡县恐龙蛋博物馆，开着她的比亚迪混合动力车返回这几天下榻的老界岭迎宾馆，准备赶写她的稿子。鱼乐水 25 岁，去年刚大学毕业，在《北京青年报》社会部当实习记者。她要写的是一个系列游记，实际是应地方政府之邀所做的旅游推介，几篇应景文章而已，以她的资历，还轮不上采访热点新闻、重大事件。她绝对想不到，正是这趟豫西南的山中之行让她"劈面"撞上那个历史时刻。

虽说只是应景文章，但她在采访这家博物馆时倒是动了真情。这儿对她来说是旧地重游，十岁时就跟父母来过。十岁少女的心灵是最敏感的，那时的感悟一直留存在记忆深处，经过青春期的发酵，今天将转化为笔下的醇酒。博物馆的外观不怎么样，十几只恐龙雕塑散落在院中，造型呆板，缺乏灵气，但博物馆的精髓在那些未经修饰的凿洞中。站在洞里仰面观看，你马上穿越时间回到七千万年前。在这片贫瘠的砂岩地表下，重重叠叠埋着恐龙蛋，洞中随处可见，触手可摸。这片区域中恐龙蛋的数量多达数万枚，而在此前，全世界发现的也不过数百枚。其对应的地质时代是中生代白垩纪晚期或末期，正是雄霸地球的恐龙将要告别舞台的时候。资料介绍说，因为某种未知的灾难性因素，其中很多蛋在变成化石前压根儿就是不育蛋。那么恐龙家族是遭遇了什么样的弥天灾难？久久孵育而盼不到孩子出生的恐龙母亲是否会对着夕阳引颈悲啸？为什么恐龙蛋在这儿如此集中，莫非这是灾变时代恐龙最后的避难所？少女鱼乐水天生一副悲悯情怀，说她当时曾为这些夭折的恐龙落泪属于夸张，但当她立在狭小的石洞中，仰面观看一窝窝处于原始状态的恐龙蛋时，确实曾怃然不已。当时爸爸看出了小女儿的感情激荡，还曾笑着劝解，说咱们根本不必为恐龙伤悲。不管怎么说，恐龙在地球上雄霸一亿七千万年，没哪个物种能比得上，可以说它们是虽亡犹荣。不妨比比人类，人类在地球当上"领导阶层"才多长时间？不过十数万年。即使从直立人时代算起也不过四五百万年，只相当于恐龙时代的五十分之一。虽说人类是万物之灵，但能否像恐龙那样延续一亿七千万年的辉煌盛世，还真没人敢打保票哩。爸爸的黍离之叹她当年不敢说理解了，但确实记住了，至今记忆犹新。她准备将它融到此次采访稿中。

鱼乐水一边为这篇采访打着腹稿，一边在盘山公路上左转右拐。这儿属于乡村公路，但可能是附近有个军事大单位的缘故吧，道路质量异常高，虽然路面不宽，但平坦如镜，开起车来异常平稳，只听见沙沙的轮胎擦地声。再加上车辆很少，又没有贼头贼脑的摄像头，飙起车来真是难得的享受。鱼乐水大开车窗，让强风吹着长发在身后飘拂，兴致飞扬时还要喊几嗓子。

晚饭前她回到了位于深山区的老界岭迎宾馆，进门就觉得气氛异常。门口的保安不见了，换了几个穿便衣的人，气质明显不是山里人，个个眼神机警，动作干练，显然是高层次的便衣保卫人员。她暗自揣摩着，看这势头，是不是有大头头来这儿下榻？把比亚迪在院里停好，来到大厅，胖胖的宾馆经理马上满面堆笑地迎上来，满口"豫味儿"普通话，问她是不是213房的客人。又连声道歉，说宾馆被政府临时征用开一个紧急会议，原来的客人只能分散到附近的农家宾馆，这儿将双倍退还房费。"对不起对不起，政府行为，俺们实在没得法子。时间太紧，所以未经允许，已经把诸位的行李拿出来了，都在沙发上。"鱼乐水乍然吃了这个闭门羹，有点儿被扫地出门的感觉，难免恼火，但看经理的道歉一片真诚，也就一笑了之。她去柜台上结了手续，去沙发上找出自己的行李，拎上出门。

一辆黑色长车型红旗正好赶到门口，有位便衣上前拉开后座的车门，一位满头银发的小个子老头儿下了车。老头儿的相貌和衣着都很普通，鱼乐水第一眼并没认出他，但老头儿身上有一种毫不张扬又明显与众不同的气度，让鱼乐水不由得多看一眼。这时她认出了，不由得肾上腺素加快分泌——难道幸运之神要眷顾她这个实习记者啦？这是贺老，贺国基，十几年前政府的一位重臣和干臣，已经退休多年，但退休后似乎更忙。都说他为人机警，能谋善断，视野开阔，虑事周全，人脉广阔，再加上退休后身份不敏感，所以常常作为政府特使，处理国内外某些紧急或机密事件。鱼乐水之所以知道这些情况，是因为报社葛总编在一次酒宴上为社里记者们吹过风。那位心宽体胖爱开玩笑但事业心很强的葛总说："日后你们哪位有幸在首都之外撞上此老，一定要紧盯不放，那样多半会挖出一则爆炸性的超大新闻。"而且葛总并非随便说说，当时他还向大家散发了贺老的近照，否则今天鱼乐水也认不出来。

一位秘书模样的人迎上去，把老头儿安置到大厅沙发上，低声谈着什么。鱼乐水在门口犹豫片刻，决定不能放过这送到手边的机会。她打算住到附近的农家旅馆，然后暂时停下原定的系列采访，紧盯这儿不放。当然，看这儿的阵势，保密措施肯定很严格，自己不敢说能在鸡蛋上找到一条缝，那就赌赌运气吧。她拎着包包出了大厅，听见天上有轰鸣声，一架直升机从山凹处冒出来，转瞬来到头顶。然后它在院内降落，旋翼搅起漫天的落叶。这是六座型的军用AC311，涂着迷彩。舱门拉开，两名武警分别搀扶着两个人下来。被搀扶的两位竟然都是残疾人。一个是中年男子，50多岁，方脸庞，头发略见花白，身体很强壮，但左腿应该是假肢，走路明显瘸拐。另一个是大男孩，20岁出头吧，体形消瘦，身体的残疾比中年人更严重，他两肩松弛，走起路来有明显的鸭步，一晃一晃的，相当艰难。这两人立时勾起了鱼乐水十几年前的记忆，但一时激住了，想不起他俩的名字。她紧张地在脑海中搜索着。

大男孩先认出她了，欣喜地大喊："鱼姐姐！鱼乐水姐姐！"

鱼乐水一下子想起他的名字："是你，楚天乐！那位是马伯伯！"马伯伯是父亲的老友，隐居在附近一座山上，而天乐母子当年曾与她在附近偶遇。她急忙向两人走去，但一个便衣像土行孙般突然冒出来，卡在前面，微笑着向她摇手。那边的两位武警也赶忙"搀"着两人，实际是硬拽着两人绕过鱼乐水，向屋里走去。鱼乐水对这个场面愣住了，几位兵哥竟然如此不近人情，不让偶然邂逅的故人寒暄两句？！这阵势太异常了，也许两人此时的身份是罪犯？那边的楚天乐突然站住，从武警的搀扶中抽出左臂，先用左手指指天，然后两手虚抱成球状，用力向中心合了几下。搀扶他的武警很生气，低声制止了他。楚天乐向这边送来一个顽皮的笑容，笑嘻嘻地随武警走了。

鱼乐水没有耽误，立即开车离开宾馆。就在楚天乐一笑的瞬间，她已确信这俩人绝不是罪犯，罪犯不会有如此明朗的笑容。他们看来是被卷到某个大秘密中了。楚天乐打的哑谜无疑是说：政府正在努力封锁某个秘密，而封锁的命令来自最高层。

那又会是什么惊天秘密呢？尤其是牵涉两个隐居山中的残疾人，加上一位神秘的贺老？但这会儿顾不上细细推敲，她要赶紧离开这里，以防这里的保卫人员醒悟过来，把她也圈进去——至少她已经看到了楚天乐打的哑谜，已经和那个秘密沾边了。

她开上比亚迪匆匆出了大门，没注意到贺老此刻正立在大厅门口注视着她。这位老者老眼不花，刚才看见了楚天乐对她打哑谜。他向秘书使一个眼色，秘书轻轻点头，唤过一名便衣，让他骑摩托尾随鱼乐水的汽车。秘书则走向柜台，去查询这位女客入住时登记的资料。

2

重新找旅馆倒不难。这儿是有名的旅游区，农家旅馆遍地皆是，而且条件不错，价钱也实惠。鱼乐水很快找到一家，停好车，洗漱一番，吃了简单可口的农家晚饭。她把随身物品放到屋里，脱了T恤短裙换成运动衣，把高跟鞋换成爬山鞋，又悄悄返回老界岭迎宾馆。她准备绕宾馆院墙侦查一番，看有没有守卫上的漏洞。从大门看进去，院内停车不多，只有十几辆，看来将要召开的那个什么"紧急会议"规模不算大。宾馆傍着山体，有些地方很不好越过，鱼乐水手脚并用地爬过去了。西墙外有一株大柿子树，枝叶茂密，方位正对着宾馆主楼。鱼乐水对着它琢磨了一会儿，心想如果藏到树上偷窥，也许能观察到院内一些情况，要是马伯伯和楚天乐凑巧住在面向这边的房间，说不定还能用某种手段（比如用小镜子反射阳光）同二人秘密联络上呢。她准备明天凌晨时分带上望远镜早早来到这儿，趁夜静无人藏到树上，等待机会。柿树颇高，树干有合抱粗，不太好攀登，但鱼乐水从小性子野，爹妈又一向纵容她，所以爬树游泳都不在话下。虽然当上淑女后有年头不干这个勾当了，但当年的童子功想来不会丢生。想到这儿鱼乐水不免喜滋滋的：俗话说艺多不压身，艺高人胆大，老辈人的话绝对是至理名言啊。

夜色已浓，她回到农家旅馆，冲了澡，睡到床上，对明天即将开始的秘密行动充满临战前的亢奋。只有一点她实在想不通，两个隐居山中的残疾人会搅到什么样的秘密中去呢，想破脑袋也想不出来。

她想先给报社打个招呼，但不知何故，手机一直打不通。于是她给社会部主任发了个短信："何姐并转总编：我在这儿撞上了贺老，还有一个'天大的'新闻，可能要耽误几天。详细进展我随时电告。"

她枕着双臂睡在床上，在隔壁的喝酒行令声中思考，刚才楚天乐明朗顽皮的笑容一直在眼前晃动。当年她在这一带与楚家母子偶遇时，天乐可是个相当自闭的男孩啊。也难怪他自闭，命运对这位时年七岁的孩童确实太残忍了。

十岁那年夏天鱼乐水随父母驾车来过这儿，那是一次半公半私的旅游，父亲要来豫西南考察楚长城等文物，顺便带妻女出来玩儿。父亲是个知识渊博的好导游，在他的指点下，沿途普通的风光都显示出苍凉厚重的历史底蕴。他说中原虽然在近代比较落后，但它是华夏民族最重要的发祥地之一，就省级范围来说在全国是名列前茅的。中国从夏到清的4000多年历史，其中有3200年之久，中原一直居于华夏政治、经济、文化的中心，有20多个朝代建都于此，包括中国最早的几个朝代——夏朝、商朝和周朝（东周）。就是放到世界级别上，中原也是人类古代文明最重要的中心之一。只是因为夏商文化的发现比较晚，所以它的名头不太响。这儿是盘古神话的诞生之地，有炎帝黄帝的活动遗迹，是殷商甲骨的埋藏地，老子庄周的故居。还有南召猿人、裴李岗文化、仰韶文化遗迹等，此次要考察的楚长城也是中国最早的长城。华夏民族很多姓氏起源于中原，著名的客家人正是从中原河洛之地迁徙出去的。爸爸当时还开玩笑地说，正因为对历史的尊重，所以当社会上习惯于拿土气的中原人开涮时，他从来不参与。十岁的鱼乐水听得津津有味，体悟到了历史的厚重。

当然，那时她绝对想不到，在 15 年后，这个古文明中心会因某个事件而一跃成为现代世界的中心。

那天他们在西峡县参观了恐龙蛋博物馆，中午在一个山区小镇停车，找家饭店吃了午饭。出了饭店，见街上有一片地方乱糟糟的，停着工商所和卫生局的车，挤满了围观者。鱼乐水正是好事的年龄，妈妈一把没拉住，她已经钻到人群最里边看热闹去了。原来是本地工商所和卫生局联合查封一家诊所。诊所规模很小，一间门面房而已，屋里摆设简陋而杂乱。墙上倒是挂满了"华佗再世""妙手回春""三代中医世家"等匾额或锦旗。医生是个 50 多岁的干瘦老头儿，穿着皱巴巴的白大褂，此刻正向查封者苦苦哀求："俺有正当手续呀，俺行医从不为赚钱，是为了积福行善啊，是为人民服务啊。"

查封者中一个年纪较大的人没好气地说："算了，胡老谝你就省点儿唾沫吧。不说别的，你单说这'三代中医世家'是真是假？我可知道你家老根儿，三代都是打土坷垃的，你也是到 40 多岁才从哪儿弄了个文凭。"那个医生满脸通红，吭吭哧哧的说不出话来。"这几面锦旗恐怕也不是病人送的，是在同一家店里定做的吧，做假太不专业，也不知道换换笔迹。胡老谝，不是接病人举报，我们也不会来查封你。要说嘛我们来查封是救你，幸亏到眼下你还没治死人，等你治死几个人，你就得戴那不花钱的银镯子了。"

鱼乐水没兴趣再看，挤出人群。她虽说天生同情弱者，但看眼前阵势，那个瘦老头笃定是个骗子，不值得同情。这时她看见一对显然远道而来的母子，母亲背着颇大的一个廉价条纹包，拉着一个七岁左右的男孩，母子俩都风尘仆仆，神色疲惫，境况的困窘明白地写在脸上。那就是楚天乐和他妈妈任冬梅。那时小天乐已经显出病态，走起路来像鸭子一样摇摇晃晃，还老是无缘无故打趔趄。当妈的看见了这边的变故，忙把旅行包放地上，让男孩坐上面等着，自己挤进人群。不久就听见她在里边哭求："你们干吗要封胡医生的诊所？求求你们啦，俺家孩子还指着胡医生救命呢。"

此后，在送这对母子去马伯伯家的途中，鱼乐水详细了解了这个男孩的一切，可以说因为命运的安排，她径直走进了这个自闭男孩的心灵。命运对小天乐太残忍了。他患的是一种绝症——进行性肌营养不良症，而且是其中预后最差的假肥大型，现代医学至今无能为力。这种病是由于 X 染色体上的 dystrophin 基因结构异常所引起的，使得细胞不能制造抗萎缩肌肉蛋白，最终使患者失去行走和呼吸能力。它属于性连锁隐性遗传病，只有男孩会得，在人群中患病比率大约是三千分之一到两万分之一。病人一般在 5 岁左右发病，到 15 岁就不能行走，25～30 岁时因心力衰竭等原因死亡。

小天乐跟着爸妈走遍了全国的著名医院。小小年纪的他已经习惯了藏在妈妈身后，胆怯地仰视那些高大的白色神灵，而神灵们俯看他时，总是带着见惯不惊的漠然。每次医生给出诊断结果前，妈妈总是找借口让他出去，于是他独自蜷缩在走道里那种嵌在墙上的折叠椅中，猜着屋里在说些什么，模糊的恐惧在幼小的心灵中逐渐扎下根……后来爸爸从他的生活中突然消失了，永远地消失了。他问妈妈，爸爸到哪儿去了？妈妈不回答，一听这句话就哗哗地流泪。后来小天乐再不问了。

半年前他们才找到救星。虽然胡医生的白大褂皱巴巴的，诊所又脏又乱，但他很有把握地说："这病我能治，保你除根儿！就是娃儿得受罪，要想除掉病根儿只能以毒攻毒啊。药价也不便宜。"以后的半年里他们一直用胡神医的祖传药方治病，是把一种很毒的药液涂满全身，皮肤和关节都溃烂了，以至于一说涂药小天乐就浑身打战，涂药前妈妈不得不把他的手脚捆到床上。妈妈哭着说："乐乐你忍忍，乐乐你一定要忍住！这是为你治病啊。"小天乐是个很听话很勇敢的孩子，真的咬牙忍着。苦难让他早熟了，懂事了，他要努力把病治好，这既是为自己，也是为妈妈。那时天乐妈只有三十四五岁，但已经憔悴得像五六十岁的老妇。

半年的治疗没什么效果，但胡神医事先说过，这种顽症得治两三年才能见效。妈妈艰难地凑够钱，带孩子来复诊。现在突然得知唯一的救星原来是个骗子，天乐妈刹那间心碎了，精神彻底崩溃了。她坐在诊所前的石阶上，眼光失神，喃喃自语着："该咋办呢，咱娘儿俩该咋办啊。"鱼乐水的爸爸鱼子夫和妈妈章隽都是热肠子人，挤过去，蹲在她面前劝解。章隽说："大姐，你别难过，知道了这医生是骗子其实是好事，免得他耽误了孩子，咱们赶紧去大医院治啊。"

天乐妈惨然摇头："还能去哪儿？该去的地方都去了。再说俺娘儿俩已经山穷水尽了，除非我去卖眼珠卖肾。"她忽然拉着章隽的手，"大妹子，哪儿能卖器官你知道？我真的想卖肾。大妹子你帮帮我，我一定得坚持下去，绝不能让娃儿死到妈前头。"

这个场景在鱼乐水的记忆中非常清晰，一直保持着令人痛楚的锋利。十岁的她已经能敏锐地注意到这位母亲的用词：她说"绝不能让娃儿死在妈前头"，而不是说"我一定救活娃儿"，显然她打心底已经绝望了，现在只是最后的挣扎。这句话中也隐含着不祥，也许这位母亲已经做好打算，在彻底绝望时带上儿子一块儿自杀。

鱼乐水的鼻子发酸，喉咙里发哽。她瞄见爸妈的眼眶也红了。

她把眼光转向人群外的小病人。那个男孩独自坐在破旧的蓝色条纹行李包上，手中拿着一个小瓶，就是小孩儿们常玩的廉价的泡泡水玩具。他在吹泡泡，吹得非常专注，人群中的喧嚣，妈妈的哭诉，竟然丝毫没有影响到他！这种鲜明的反差让旁观者格外心头沉重。此后鱼乐水才理解，小天乐的自闭实际是一种无奈的逃避。一座阴冷的灾难之山高耸在他的人生之途中，他绝对无力攀越也根本没办法绕行，只好闭紧眼睛不看它，躲得一刻是一刻。鱼乐水非常同情他，走过去，摸摸他脑袋，挨着他坐到行李上。男孩看她一眼，没说话，仍在专心吹泡泡，只是把身子挪挪，给她腾出点儿位置。这个男孩眉目清秀，目光非常明亮，此刻因为是坐着，看不出什么病态。但有一点与普通小男孩不同：他的神色非常冷漠，他用一个冰冷的外壳把自己罩在里面，让心灵与现实隔离。

他小心地吹出一个大泡泡，泡泡悬在吹管前端，颤巍巍地长大，七彩阳光在薄膜上轻快地流动，变幻不定。泡泡原来是圆球形的，越变越大之后，由于重力的作用变成扁球形。男孩把吹管从嘴里抽出来，对着大泡泡轻轻吹一口气，大泡泡被吹散，分成十几个小泡泡，大小不等但同样的七彩缤纷，在空中冉冉飘走。他盯着泡泡，看着它们鲜艳的色彩慢慢变得平淡，直到迸然碎裂。然后他再吹出一个大泡泡，再把它吹成小泡泡。这样重复几次后，男孩说话了："姐姐你看，我对大泡泡吹一口气，按说该把它吹破的。可它没破，会自动分成几个小泡泡。"

此后鱼乐水从天乐妈口中得知，天乐那时已经相当自闭，即使和妈妈之间话也不多。他这会儿能主动对鱼乐水说这么多话是比较异常的，也许是他俩天生有缘。看着他在如此命运下却沉迷于童稚游戏，鱼乐水心中酸苦，柔声说："这种现象是因为表面张力。泡泡水的表面张力比较大，能让水膜自动聚成泡泡。小弟弟，等你长大，学会识字，看了《趣味物理学》这些书，就懂得了。"

小天乐摇摇头，固执地重复着刚才的话："我想不通。按说它该破的，可它没破。"

七岁的楚天乐还不能对外人说清他的思维脉络，其实即使他说清了，十岁的鱼乐水也不会理解。此后数十年中，鱼乐水在充分认识了丈夫过人的才华和他对物理世界惊人的直觉之后，在同乐之友科学院诸位天才多年相处并受到潜移默化之后，她才真正理解了七岁楚天乐的困惑，理解了他的思维光束是聚焦在哪里。没错，自己关于表面张力的解释是对的，但那只是死的书本知识，不是心灵的感悟；只是较浅层面的解释，不是深层次的机理。而楚天乐璞玉般的心灵却直接同大自然相通。他那时尚不了解熵增定律和自组织定律，但本能地觉得世界应该走向无序。所以在他横吹一口气之后，大肥皂泡如果迸然碎裂，应该是"最自然"的结局。但大肥皂泡没破，而只是分成十几个小一点儿但同样精巧的球状结构。这里面有上帝之手在干涉，或者说有大自然深藏的精巧秩序在自动起作用。几个小泡泡的分生，实际暗含了宇宙得以演变的最深刻的自组织机理。美国著名物理学家惠勒说过：我们只有先了解宇宙是多么简单，然后才能了解它是多少奇妙。七岁的小天乐凭直觉已经感觉到了这两点：简单，奇妙。

那会儿鱼乐水不知道该说些什么，只能陪小天乐默坐，看着他吹出一个个大泡泡，再把大泡泡吹散成众多的小泡泡。看着泡泡在空中悠悠飘荡，迸然碎裂。她看见爸妈离开人群，夫妻俩商量一会儿，然后爸爸拿出手机，同某人说了很久，最后满面喜色地连连致谢，显然是有了重要收获。爸妈随即喜洋洋地走回来，蹲在天乐妈面前。爸爸柔声说："这位大嫂，我和爱人为你们娘儿俩做了一个安排，你看行不行。我有一个朋友，马士奇，正好在附近一座山上隐居。他是个残疾人，一个人住山里太苦，我早就劝他找一个保姆，现在我想请你到那里干。至于孩子的病你不用操心，他虽然隐居深山，但交往相当广阔，也有很强的经济实力。刚才我们通过话，他答应尽力在国内外联系，如果这病能治，所有费用都由他负责。你们看怎么样？"

听了这番话，天乐妈失神的眼中突然焕发出异样的光彩，她震惊地看着爸爸，不敢相信母子命运会有如此突然的转折。她说不出话，哽咽着，只是连连点头。然后她走过来，低声把喜讯告诉儿子。

这边，乐水爸笑着对女儿说："帮人帮到底，咱们干脆开车把这娘儿俩送到你马伯伯那儿。水儿你说行不行？"

"当然行！爸，妈，你们是天下最好的人！"

"是吗？有女儿这个评价爸妈太高兴了，我也觉得咱们应该算作好人。不过，最好的好人是你马伯伯，他为此将花上几十万也说不定。"

"那马伯伯也是天下最好的人，你们仨并列天下第一名！"

他们招呼母子俩上车，调转车头向山中开去。鱼乐水原是坐在前排的，这会儿非要与后排的妈妈换位置，与那娘儿俩挤在一块儿。一路上她不住嘴地询问着有关小天乐的事，问得非常详细。对她的问题都是天乐妈回答，小天乐一直默不作声，但他的瞳仁中分明闪着异样的光彩，那是喜悦的闪光。鱼乐水欣慰地想，看来小天乐的自闭症不算太严重，只要确实看到前边的希望，他会从那个茧壳中挣出来的。

夕阳将尽时，爸爸把车停在路边，用手机同马先生通了话，问清剩下的路径，然后对娘儿俩说："汽车只能开到这儿了。你们顺着这条小路向那个山尖爬，大概有十几里路就到了，马先生会让人在前边等你们。大嫂，不，应该称大妹子吧，你们走这段路有没有问题？"天乐妈连说没问题。"那好，我们也得赶着天黑前下山，就在这儿分手吧。祝你们好运。"

天乐妈把孩子抱下车，依依不舍地拉着章隽和鱼乐水的手。她想说几句真心的感谢话，但嗓子哽住了，一句话也说不出。她突然跪到地上，向三个恩人磕头！

鱼氏夫妇吃一惊，赶忙上前拉她，章隽小声说："可别这样……可别这样……大妹子快起来……你看当着孩子面……"

那阵儿鱼乐水的眼泪唰唰地流下来。看看楚天乐，他默默低着头，泪水在眼眶里打转，但到底忍住没流出来。天乐妈被拉起来了，她擦擦眼泪，把行李绑在腰间，蹲下身，要小天乐趴到她背上。天乐执拗地甩脱妈妈的手，摇摇晃晃地往前走，天乐妈忙同三人告别，追着孩子去了。两人在拐入山背之前，回身使劲儿向这边招手，听见小天乐在喊："叔叔阿姨再见！乐水姐姐再见！"

这边三人一直看着那两个背影在山林中消失。爸爸在狭窄的山路上艰难地调过车头，开车下山，一路上三个人都没怎么说话，默默品尝着从心底汩汩流出的甘甜。

这之后他们一直同马先生保持着联系。可惜的是，马伯伯虽然四处打听，但世界上没有地方能治这种绝症。不过马伯伯说母子两人在山中住得很安逸，很幸福，后来他还认病残的楚天乐为义子，这边也就彻底放心了。马伯伯曾打来一个电话，兴高采烈地说："老鱼你知道吗？你给我送来的是一个天才！别看这娃儿病歪歪的，脑瓜儿倍儿灵。我上学时一向自认脑瓜儿灵光，比起他来可差远了！眼下我正在教他读高一课程呢。"

那年楚天乐才十一岁，比他大三岁的鱼乐水才是初二学生。

此后鱼乐水上高中，上大学，课业繁重，有了自己的朋友圈，与那边联系少了。只是偶尔从爸妈的闲谈中知道，楚天乐一直在跟干爹学知识。还有，好像马伯伯和天乐妈恋上了——但在眼下，这两个残疾人会搅到什么国家机密中去呢？她实实在在想不通。

3

第二天凌晨，鱼乐水穿上运动衣和登山鞋，带上望远镜和小镜子等"作案工具",还有干粮和饮水。饮水她只带了一小瓶,因为今天要严格控制饮水量,她准备在树上"蹲坑"(警察的行话)一整天,想要"方便"会很不方便。旅馆老板娘在开门时好心地说:"天还黑着,爬山要小心啊,一个姑娘家,咋不带个伴儿哩。"鱼乐水笑着说:"我这人胆大再加武功超群,大妈你甭操心了。"她来到宾馆外,在苍茫晨色中找到那棵大柿子树,手脚并用地爬上去。爬树的童子功还在,但已经大不如前了,等她气喘吁吁地坐在树杈上时,自得地想,如果这次行动真的挖出一个超级新闻,"淑女爬树"也是其中一则很有卖点的花絮吧。用望远镜向墙里边看,各个房间的灯还没亮,于是她把自己在树杈上安顿好,从容地吃了早饭。

霞光终于升起来了,各个房间里也有了动静。她用望远镜仔细搜索各个房间,看能不能找到那俩人的身影。山神保佑,还真的找到了!那两人住在主楼的二楼,是一个双人间,此刻正在盥洗间进进出出。虽然从外面只能看到不大清晰的身影,但两人的残疾是明显的特征,所以绝不会认错。她拿出小镜子,但阳光离这儿还远,无法用反光同二人联系。她只好耐着性子等着,祈祷着阳光转到这边时那两人不要离开屋子。没想到手机响了,响得太不是时候!昨天手机似乎出了毛病,一直打不通,偏偏在这会儿响。这里离院子不远,而且清晨时分周围很静,难保不被里面的警卫听见。

她手忙脚乱地掏出手机,屏幕上显出一个陌生的号码,她摁下通话键,压低声音问:"喂,是哪位?我这儿正有急事。"

手机里是一个男人平静的声音,标准的普通话:"鱼乐水小姐,下来吧,我就在树下。"她大吃一惊,忙朝树下看,果然有一个便衣正在仰着脸打手机!她一时惊慌失措,不知道该怎么办。手机里又说,"快下来吧!你不用躲在树上偷看啦,贺老请你去。"

鱼乐水唯有苦笑,知道这次输惨了。既然对方知道自己的姓名和手机号,那就甭想花言巧语蒙混过关了。她爬下树,狼狈不堪地面对那位帅哥便衣,心想如果这会儿有记者拍下自己的尊容发到网上,一定和偷鸡贼差不多。

便衣心平气和地说:"你一个姑娘家,爬树蛮专业的,我挺佩服。就是反跟踪水平太差,我从昨晚就跟着你啦。"鱼乐水更难堪了,想想自己颇不"淑女"地爬树时一直被对方瞄着,真有被剥光衣服的感觉。"跟我走吧,你可以直接采访贺老,好写出你那则'天大的'新闻。"

"天大的"三个字加了重音,鱼乐水机敏地猜到,这分明是指她昨天发的短信。鱼乐水一愣,顿时尴尬退去,怒气充塞胸臆:"你们……竟然侵犯公民的通信自由?"

便衣干脆地说:"那要看你这个公民犯不犯法。"

怒火中鱼乐水豁出去了，气势汹汹地说："我犯啥法了？我犯啥法了？我爬树掏鸟蛋你管得着吗？"她突然想起在胸前晃荡的望远镜，掏鸟蛋是用不上这玩意儿的，她不等对方指出这个破绽，自己先把望远镜举起来，"我带望远镜是为了看清是什么鸟儿，以免伤到国家保护鸟类。你管得着吗？你是不是要拘留我？给我看拘留证！"

这一排乱炮倒把便衣给轰蒙了。但对方也不是等闲之辈，马上笑着说："我说拘留你了吗？你当面造谣不脸红吗？我只说贺老请你去，帮你完成心愿，采访这个天大的新闻。"

鱼乐水冷笑："真要谢谢你的盛情啦，不过你是霸王请客，不去不行，对不？"

"哪里哪里。不过，如果鱼小姐不去，请不要介意我跟在后边，你全当如昨天那样没发现我就行。然后我一直跟到拘留证送来。"他微笑着，"不过我想用不着的，以鱼小姐的脾性，绝不会因为贺老是个大人物就不敢见他。"

鱼乐水知道自己该见好就收了，也换上笑容："你甭激将，我巴不得去呢。再说是你这样的帅哥请我，哪能拂了你的面子。喂帅哥，能不能留个姓名电话？噢，电话号码已经有了，只用留个姓名吧，等回到北京我请你喝咖啡。"

"这是不是意味着一次艳遇？我太荣幸啦。不过我的姓名就不用留了。请客也该男生主动啊，我有你的电话，又知道你的芳名。"

便衣很和气地带她到老界岭迎宾馆大门，交给另一个便衣。第二个便衣沉默寡言，只简单说了一个字："请。"把她带到二楼一个房间。这应该是这家宾馆的总统间吧，客厅很大，个子矮小的贺老坐在一个单人沙发上，沙发背上只能看到他的银发。对面的长沙发上坐着——楚天乐和马伯伯！楚天乐看见她，高兴地叫："乐水姐姐！"

说着便要起身来迎接，但他行动不便，试了两次没站起来。马伯伯扶他起来，不快地对贺老说："贺老，我理解你的谨慎，但把这姑娘也卷进来，做得有点儿过了。"他平和地说。

贺老没有起身，指着另一只单人沙发说："鱼小姐请坐。"回头对马先生平和地说，"不是我，而是小楚把她卷进来的，也是她自己硬跳进来的。马先生，如果你们发现的大塌陷是真的，且不说实在的后果了，单从心理上说，也是人类从未经历过的灭顶之灾。作为政治家，即使不能挽救这架失事的飞机，至少要尽量稳定乘客的情绪，不致因恐慌造成偏载，使飞机提前坠落。"他温和地责备道，"马先生，这样重大的信息，你们该第一时间通知政府，而不是通知天文台。"

马士奇想了想，赧然说："贺老，你是对的。但我们想在上报政府前先请天文台做出确认，那样更稳妥一些，免得我们谎报军情。"

"我理解你们的用心，但你们的做法很可能提前泄密。"

鱼乐水此时听得目瞪口呆：大塌陷！人类从未经历过的灭顶之灾！"即使不能挽救失事的飞机"！这些字眼儿太恐怖了。她脱口问："你们在说什么？马伯伯，什么大塌陷？"

贺老立即侧过头，锐利地看她一眼："你不知道？我亲眼看见小楚给你比手势，你的短信上还说'天大的'新闻——当然，那时你的通信已经被屏蔽了。"

这当儿鱼乐水完全忘了"侵犯公民通信自由"这档子事，老老实实地说："我可能猜错了。我想小楚做这样的手势，"她用手虚握成球状，用力向中心合了几下，"是说政府正在使劲封锁某个大秘密。他这样的手势，"她用手指指天，"是说封锁的命令是最高层发出的。至于封锁的究竟是什么新闻，我完全没有概念。"

贺老久久盯着她，看得她有点儿狼狈。他的目光复杂，奇怪的是似乎还含着浓重的怜悯。"原来如此啊。"贺老叹道，"是我草木皆兵了，不该把你也卷进来的。"眼前这个姑娘显然是个阳光女孩，应该在绯红色的霞光中展翅，而不应因深重的灾难而折翼。"既然已经卷进来，那只好一块儿往前走了。姑娘，恐怕你得做好心理准备。要面对一会儿听到的消息，你恐怕太年轻了。"

鱼乐水不服气，侧过头看看楚天乐："小楚比我还小三岁呢。"

贺老摇摇头，没有接这句话，只是含意不明地挥一下手："进去吧，今天是一个小型的务虚会。与会人员已经到齐了。噢，对了，姑娘你是否把望远镜摘下来？"

鱼乐水知道他是好意，带着这玩意儿进会场未免太招摇，便红着脸照办。

会议室是在三楼，面积不大，椭圆桌前坐了十几个人，大多是气质清秀的知识分子模样。后排有十几个人，气势明显要轩昂一些，应该是政界军界的各路诸侯。几位军人虽然穿的便服，但有明显的军人气质。正面墙上挂着屏幕，投影仪打着几个字：关于楚－马发现的通报。服务人员正在拉窗帘，鱼乐水一瞥，看见了院外那棵大柿子树，不由得笑了，悄悄对天乐说："喏，我就是藏在那棵树上搞侦查，被逮住的。"

天乐也笑了，表情分明是赞赏。前排两个中年人看见楚马二人，忙迎过来握手。前头一位穿着西服，身材不高，圆脸庞，表情沉稳。

他说："马先生，楚先生，你们好。我是国家天文台的詹翔。这位是紫金山天文台的徐一凡，咱们神交已久，但见面还是第一次。我俩也是刚刚知道你们二位身有残疾，所以——非常敬佩，非常敬佩啊。"他加大了握手的力度，然后回头向与会人员介绍，"这两位就是'楚－马发现'的发现者，楚天乐先生和马士奇先生。"

众人都向他俩微笑致意，他们刚刚阅读了会议发的简报，也是在那上面才知道了"楚－马发现"是什么。鱼乐水心中又是一震，既然这两位是天文学家，就意味着"那件事"可能是一场天文灾变。天文史上冠以某某"发现"的情况好像不多，从这点上看，这是一个极为重大的发现——但结合贺老刚才的话意，越是重大越是不祥。

前排中间为楚马二人留有两个空位，工作人员此时又加了一张椅子，让鱼乐水坐在楚天乐旁边。

贺老开始讲话，讲得简明扼要："请与会人员关上手机，詹翔、徐一凡除外，他俩得保持同世界各天文台的联系。"与会人员立即都关了手机。"今天在这家山间宾馆开会，一是为了保密，二是为了向楚马二人表示敬意。二位行动不便，所以会场尽量离他们的家近一些，他们就住在附近的玉皇顶。现在开会。"

正在这时响起手机铃声，詹翔迅速掏出手机，向大家做一个抱歉的手势。贺老停下来等着他。

詹翔听完电话，用英语简单回复："知道了，谢谢你在第一时间通知。"摁断手机后苦笑着对贺老说，"贺老，我说过这事儿瞒不住的。那个现象不难观测，只要有人想到把望远镜和摄谱仪对准那儿，再来点儿简单的计算。刚才是澳大利亚悉尼天文台通报，该国一个中学天文小组已经重复了'楚－马发现'，按照国际惯例，它得改名为'楚－马－格林发现'了——格林是那个做出发现的学生。不过，"他回过头向大家解释，"好在此前贺老出过一个好主意，我们按照贺老的指示，在向世界所有天文台发出询问通报的同时，也与对方做了约定：所有知情者都要严格保密，直到各家天文台全部做出验证后同时发布。这是一个策略，把各天文台捆到一块儿了，否则保不定某家天文台早就公布了这一消息。但当时还另有一条约定：保密时间至多不能超过一个月，"他算了一下，"从今天算就是 21 天后。到那时，我们就不得不，"他苦笑着，"对世人当一只报祸的乌鸦了。"

贺老平静地说："知道了。现在开会。"

工作人员为新来的三人补发了文件。楚和马没有看，鱼乐水则埋下头，一目十行地看下去。她的心也越沉越深。

节选自王晋康《逃出母宇宙》第一章《劈面相逢》

俺是南阳人

王晋康

一位作家说过，作家们摹写的永远是心中的故园，是童年到 30 岁以前生活过的地方。信哉斯言！

我出生在河南南阳镇平县的乡村，六岁迁住南阳市并一直生活到 60 岁，之后才离开家乡。南阳处于南阳盆地，沃野千里，气候适宜，农业发达，素有"小天府"之称。历史上也曾很是"阔过"。孔明先生《隆中对》中所说的"如天下有变，则命一上将军率荆州之军直指宛洛"，这个"宛"就是南阳。尤其是东汉时期，作为光武帝的龙栖之地，南阳是东汉的陪都，被仙化并定格在张衡的《南都赋》里。此赋的文笔如此华丽飞扬，以至于我拜读时总有错位感：这个天国真的是我身边那个贫穷的故乡？至于南阳籍的古代名人更是车载斗量，数不胜数，我就不赘述了，只提一句南阳人如今津津乐道的"四圣之乡"就行，四位先圣集于一地，确实值得南阳人骄傲。

可惜这都是往日的繁华。由于南阳曾经的繁华，一向为野心者觊觎，又处于四战之地，历史上多次经战火洗劫，甚至多次被屠城，大大伤了元气，近千年来始终是一个中不溜儿的农业城市，直到现在，也远不能说已经复兴。值得自豪的是，尽管贫穷闭塞，但"南阳作家群"在全国颇有名气，称得上群星璀璨。

何以如此？有人说这得益于南阳的深厚文脉。坦率说，我对此常常存疑，或者看法与之相悖。文脉的最重要载体毫无疑问是书籍，但南阳历经战乱，长期贫穷，又加上一些社会变革，结果就是在民间很难见到哪家有说得过去的藏书，这和南方尤其是江浙之地的文化底蕴相距甚远。回顾一生，我所接受的中国文化的教育，大多是"天上的甘霖"，也就是从整个国家教育体系而来；不是"地上的甘泉"，也就是并非来自本土文化传承。所以我有一个可能遭家乡人非议的观点：南阳文脉算不上深厚，虽未中断，也相当纤细柔弱了。

但怎么解释南阳作家的群星璀璨？如果以书籍为载体的文脉纤弱，是否还有书籍之外的、无形的、冥冥中的文脉？诸如乡人的街谈巷语，古朴的风俗，实际嵌有许多中原雅音的南阳土话，土味十足的豫剧、宛梆、大鼓书，以及相对文雅的南阳汉剧？还是因缺少商业诱惑而造成的南阳作家们对写作的坚持？不知道。但最终结果是：南阳作家确实群星璀璨，而我这个少时的理工男、中年时的工程师，最终也被裹挟其中，成了里面一颗最小的眨巴眼星星，写了一些有红薯味儿的科幻。

而我的作品中也时刻有家乡的影子。首先当然是地理背景，在我的小说中，袖珍型原始森林宝天曼、秀美的丹江口水库、内蕴神秘的西峡恐龙蛋化石群遗址、古木森森的卧龙岗……常常点缀其中，与超现实的科幻情节相融合；甚至家乡的白酒也被我嵌入故事中。其次是语言风格，尽管我有意在作品中剔除过于地域化的口语，但我的语言主干明显是北方小城市的口语，追求朴实、平易、流畅、准确，也尽可能向其中注入一点儿书卷气。第三则是看世界的眼光，我在小说中看世界时，基本是以河南农民的直接和狡黠，撇开一切花里胡哨的东西，一镢头刨出事物的老根儿。即以本篇《逃出母宇宙》而言，其后有这样一段内容：一位没有多少文化的中年妇女，对人生的终极目标总结出四个字：活着，留后。一位评论者说他对这四字的主旨还是认可的，只是文字过于粗鄙。我对此倒是很怡然：能以最土最简单的话语道出进化论的真谛，这才符合"大道至简"的老子的古训啊，正巧这位老子也是俺河南人（一说是安徽人）。我写的是科幻，科幻是面向未来的文学类型，科幻作家们的特点是想象力爆棚，野得没边儿。但我受家乡的影响，文学之根一直扎在土坷垃中，不能像其他科幻作家那样尽情飞翔。我曾说过一个观点：中国科幻界像刘慈欣、韩松、何夕等中年作家，是站在现在看未来；而柳文扬、陈楸帆、张冉等年轻作家是站在未来看未来；只有我这样的老年作家，是站在过去看未来。因而我的作品中少了一些飞扬，多了一些沉重，也难免带着贫穷闭塞的生活所赋予的先天劣势。但不管是好是歹，我感谢家乡对我在文化营养上的赐予。

王晋康，中国当代著名科幻作家。自1993年发表处女作《亚当回归》以来，已发表短篇小说90余篇，出版长篇小说20余部，作品共计近600万字。作品多次获得银河奖（含终身成就奖）、华语科幻星云奖（含终身成就奖）、腾讯书院文学奖、京东文学奖、《中国作家》阳翰笙剧本奖、吴承恩长篇小说奖等奖项。作品被译成英语、意大利语、日语、韩语、德语等，深受国内外读者的喜爱。

山西

太原之恋

刘慈欣

诅咒 1.0 诞生于 2009 年 12 月 8 日。

这是金融危机的第二年，人们本来以为危机已快要结束了，没想到只是开始，所以社会处于一种焦躁的情绪中，每个人都需要发泄，并积极创造发泄的方式，诅咒的诞生也许与这种氛围有关。诅咒的作者是一个女孩儿，18 岁至 28 岁之间，关于她的信息，后来的 IT 考古学家们能知道的就这么多。诅咒的对象是一个男孩儿，20 岁，他的情况却都记载得很清楚，他叫撒碧，在太原工业大学上大四。他和那女孩儿之间发生的事儿没什么特别的，也就是少男少女之间每天都在发生的那些个事儿，后来有上千个版本，这里面可能有一个版本是真实的，但人们不知道是哪一个。反正他们之间的事情都结束后，那女孩儿对那男孩儿是恨透了，于是编写了诅咒 1.0。

女孩儿是个编程高手，真的不知道她是怎样学来的这个本事。在这个 IT 从业者人数急剧膨胀的年代，真正精通系统底层编程的人却并未增加，因为能用的工具太多了，也太方便了，没必要像苦力似的一行行编代码，大部分都可以用工具直接生成。即使像女孩儿要做的编写病毒这样的活计也是一样，有众多的功能强大的黑客工具可用。所谓编写病毒，不过是把几个现成模块组装起来就行，或更简单，对单个模块修改一下即可。在诅咒之前大规模流行的最后一个病毒"熊猫烧香"就是这么弄出来的。但这个女孩儿却是从头做起，没有借助任何工具，自己一行一行地写代码，像勤劳的农家女用原始的织布机把棉线一根一根织成布。想象她伏在电脑前咬牙切齿敲键盘的样子，我们不由想起海涅的《西里西亚的纺织工人》中的两句诗：老德意志，我们在织你的尸布，我们织！我们织！！

诅咒 1.0 是历史上在传播方面最成功的计算机病毒，它成功的主要原因在两个方面。首先，诅咒不对感染者进行任何破坏（其实其他的病毒大部分也没有破坏企图，所造成的破坏是由于其低劣的传播或表现技术所致，诅咒在避免传播中的副作用方面做得很完善）；它的表现也很克制，在大部分被感染的电脑上都没有任何表现，只有当系统条件组合符合某一条件时（大约占总感染数的十分之一），才进行表现，且每台电脑只表现一次。具体的表现方式为：在被感染的电脑上弹出一个显示：

撒碧去死吧！！！！！！！！！

如果点击这个显示，就会出现关于撒碧更进一步的信息，告诉你这个被诅咒者是中国山西省太原市太原工业大学 ×× 系 ×× 专业 ×× 班 ×× 宿舍楼 ×× 寝室的。如果不点击，这个显示将在三秒钟内消失，且永不在这台电脑上重新出现，因为被记忆的有硬件信息，所以即使重装系统后也一样。

诅咒 1.0 成功传播的第二个原因在于系统拟态技术，这倒不是女孩儿的发明，但这项技术被她熟练地用到了极致。系统拟态，就是把病毒代码的很多部分做成与系统代码相同，且采用与系统进程类似的行为方式，杀毒软件在杀灭该病毒时，极有可能把系统也破坏掉，最后不得不投鼠忌器。其实，瑞星、NORTON 等都曾盯上过诅咒 1.0，但发现惹上越来越多的麻烦，甚至发生过比 NORTON 在 2007 年误删 Windows XP 系统文件更恶劣的后果，加上诅咒 1.0 在传播中没出现任何破坏行为，且所占系统资源也微不足道，就先后把它从病毒特征库中删掉了。

诅咒诞生之日，正是写科幻的刘慈欣第 264 次因公来太原之时，尽管这是他最讨厌的一座城市，但每次来时还都要逛街。通常他都是到柳巷的一个小店去为他那老掉牙的 ZIPPO 打火机买一瓶专用汽油，这是目前极少数不能从线上平台邮购的东西。前两天刚下过雪，像每次下雪一样，这时的雪地被压成了黑乎乎的冰，他摔了一跤，屁股的疼让他忘了在进火车站时把那一小瓶汽油从旅行包中拿出来装到衣袋中，结果过安检时被查了出来，没收后又罚款 200 元。

他更讨厌这座城市了。

诅咒 1.0 流传下去，五年，十年，它仍然在日益扩展的网络世界静悄悄地繁衍生息。

这期间，金融危机过去了，繁荣再次到来。随着石油资源的渐渐枯竭，煤炭在世界能源中的比重迅速增加，地下的黑金为山西带来滚滚财源，使其成为亚洲的阿拉伯，省会太原自然也就成了新的迪拜。这是一座具有煤老板性格的城市，过去穷怕了，即使在 21 世纪初仍处于贫寒的日子里，也是下面穿露屁股的破裤子，上身着名牌西装，在下岗工人成天堵大街的情况下建起国内最豪华的歌厅和洗浴中心。现在它成了真正的暴发户，更是在歇斯底里的狂笑中穷奢极侈，迎泽大街两旁的超高建筑群令上海浦东相形见绌，而这条除长安街外全国最宽直的大街则成了终日难见阳光的深谷。有钱和没钱的人怀着梦想和欲望拥入这座城市，立刻忘记了自己是谁和想要什么，只是跌入繁华喧闹的旋涡旋转着，一年转三百六十五圈。

这天，第 397 次来太原的刘慈欣又到柳巷去买汽油，忽见街上有一位飘逸帅哥，他长发中的那一缕雪白格外引人注目，他就是先写科幻后写奇幻再后来科、奇都写的潘大角。被太原的繁荣所吸引，大角抛弃上海，移居太原。大刘和大角当初分别处于科幻的硬软两头儿，此时相见不亦乐乎。在一家头脑店（头脑是本地的一种传统美食）酒酣耳热之时，刘慈欣眉飞色舞地说出了自己下一步的宏伟创作计划：计划写一部十卷 300 万字的科幻史诗，描写 200 个文明的 2000 次毁灭和多次因真空衰变而发生的宇宙格式化，最后以整个已知宇宙漏入一个抽水马桶般的超级黑洞结束。大角很受感染，认为两人有合作的可能：同一个史诗构思，刘慈欣写硬得不能再硬的科幻版，面向男读者；大角写软得不能再软的奇幻版，面向女读者。大刘、大角一拍即合，立刻抛弃一切俗务，投身创作。

在诅咒 1.0 十岁生日时，它的末日也快到了。VISTA 以后，微软实在难以找到对操作系统频繁升级的理由，这多少延长了诅咒 1.0 的寿命。但操作系统就像暴发户的老婆，升级总是不可避免的，诅咒 1.0 代码的兼容性越来越差，很快就将沉入网络海洋的底部，成为死亡的沙子销声匿迹。但正在这时，诞生了一门新的学科：IT 考古学。按说网络世界的历史还不到半个世纪，没什么古可考，但仍然有很多怀旧的人热衷此道。IT 考古主要是发掘那些仍活在网络世界某些犄角旮旯的东西，比如十年来都没有点击过但仍能点开的网页，二十年没有人光顾但仍能注册发帖的 BBS 等。这些虚拟古董中，来自"远古"的病毒是 IT 考古学家们最热衷寻找的，如果能找到一个十多年前诞生的仍在网上活着的病毒，就有在天池中发现恐龙一般的感觉。

诅咒 1.0 被发现了，发现者把病毒的全部代码升级到新的操作系统下，这样就能保证它再存活十年。这人并没有张扬，也许这是为了他（她）所珍爱的这件古董更顺利地存活下去。这就是诅咒 2.0。人们把十年前诅咒 1.0 的创造者叫"诅咒始祖"，把这个 IT 考古学家叫"诅咒升级者"。

诅咒 2.0 在网上出现的那一刻，在太原火车站附近的一个垃圾桶旁，大刘和大角正争抢刚从桶中翻找到的半袋方便面。他们卧薪尝胆五六年，各自写出两部 300 万字的十卷本科幻和奇幻史诗，书名分别为《三千体》和《九万州》。两人对这两部巨作充满信心，但找不到出版者，于是一起变卖了包括房子在内的全部家产并预支了所有退休金自费出版，最后，《三千体》和《九万州》的销量分别是 15 本和 27 本，总数 42，科幻迷都知道这是个吉利的数字。在太原举行了同样是自费的隆重签售仪式后，两人就开始了流浪生涯。

太原是一个最适合流浪的城市，在这个穷奢极侈的大都市里，垃圾桶里的食品是取之不尽的，最次也能找到几粒被丢弃的工作丸（见后文）。住的地方也问题不大：太原模仿迪拜，在每一个公交候车亭里都装上了冷暖空调。如果暂时厌倦街头，还可以去救助站待几天。在城市各阶层幸福指数调查中，盲流乞丐位列榜首，所以大刘和大角都后悔没有早些投入这种生活。

两人最惬意的时候是《科幻大王》编辑部（SFK）每周一次的请客，一般都是去唐都那样的高级酒店。太原的《科幻大王》杂志深得科幻的精髓，知道这种文学体裁的灵魂就是神奇感和疏离感，而现在高技术幻想已经没有这种感觉了，技术奇迹是最平淡不过的事儿，每天都在发生；倒是低技术具有神奇和疏离感，于是，他们创立了幻想未来低技术时代的"反浪潮"科幻，取得了巨大成功，迎来了世界科幻的第二个黄金时代。为了彰显"反浪潮"科幻的理念，《科幻大王》编辑部拒绝一切电脑和网络，只接收手写稿件，用铅字排版印刷，还用每匹相当于一辆宝马车的价格买回几十匹蒙古马，并在编辑部旁建设豪华的马厩，杂志社人员出行一律骑着绝对没有上网的骏马，城市某处如果听到嘚嘚的清脆马蹄声，那就是 SFK 的人来了。他们常请刘慈欣和大角吃饭，除了因为他们以前写过科幻，还因为虽然他们现在写的科幻已经很不科幻了，但他们本人按照"反浪潮"科幻的理念却是十分科幻的——他们上不起网，也很低技术。

SFK、大刘和大角都不知道，他们的这个共同的特点将救他们的命。

诅咒 2.0 又流传了 7 年，这时，一个后来被称为"诅咒武装者"的女人发现了它。她仔细研究了诅咒 2.0 的代码，即使经过升级，她仍能感受到 17 年前诅咒始祖的仇恨和怨念，她与始祖有着相同的经历，也处于每天像牙痛般咒恨某个男人的阶段，但她觉得那个 17 年前的女孩儿即可怜又可笑：这么做有何意义？真能动那个臭男人撒碧一根汗毛吗？这就像百年前的怨女们在写了名字的小布人儿上扎针的愚蠢游戏一样，解决不了任何问题，结果只能使自己更郁闷。还是让姐姐来帮帮你吧（正常情况下，诅咒始祖应该活着，但诅咒武装者肯定要叫她阿姨了）。

17 年后的今天已经完全是一个新时代了，这时，世界上的一切都"落网"了。这么说是因为，在 17 年前，网络上的东西只有电脑，但今天的网络就像一棵超级圣诞树，这世界上的几乎所有东西都挂在上面闪闪发光。以家庭为例，家里所有通电的东西都联上了网并受其控制，甚至连指甲刀和开瓶器也不例外：前者可通过剪下来的指甲判断你是否缺钙，并通过短信或 EMAIL 告知；后者可判断酒是否真品并发中奖通知，而对于过度酗酒者，则间隔很长时间才能用它开一次瓶……在这种情况下，通过诅咒病毒直接操纵硬件世界成为可能。

诅咒武装者给诅咒 2.0 增加了一个功能：如果撒碧坐出租车，就撞死他！

其实，对于这个时代的一个人工智能（AI）编程高手来说，这点并不难做到。现在的汽车已经全部无人驾驶，网络就是驾驶员，乘客上出租车时要刷卡，这时新的诅咒就可通过信用卡识别他的身份。只要上了车并被识别，杀他的方法数不胜数，最简单的就是径直撞向路边的建筑物，或从桥上开下去。但诅咒武装者想了想，并不愿简单地撞死撒碧，而是为他选择了一个更为浪漫的死法，完全配得上他对 17 年前的那个女孩做的事（其实诅咒武装者和别人一样，根本不知道撒碧对诅咒始祖做错了什么，也可能错根本不在这男孩儿）。经她升级的诅咒在得知目标上车后，就不理会他设定的目的地，指挥汽车疯狂猛开，从太原一直开到张家口。现在，那里再向前已经是一片沙漠了，车就停在沙漠深处，并切断与外界的一切联系（这时诅咒已经入侵车内电脑，不需要网络了）。这辆出租车被发现的可能性很小，如果偶尔有人或车靠近，它就立刻躲到沙漠的另一处。无论过去多长时间，车门从内部是绝对打不开的。这样，如果在冬天，撒碧将被冻死；如果在夏天，撒碧将被热死；如果在春秋，撒碧将被渴死、饿死。

就这样，诅咒 3.0 诞生了，这是真正的诅咒。

诅咒武装者是一名 AI 艺术家，这也是一族新新人类，他们通过操纵网络做出一些没有实际意义但具有美感（当然这个时代的美感与十几年前不是一回事了）的行为艺术，比如让全城的汽车同时鸣笛并奏出某种旋律，让大酒店的亮灯窗口组成某个图形等。诅咒 3.0 就是一件这样的作品，不管能否实现其功能，它本身就构成了一件卓越的艺术品，因而在 2026 年上海现代艺术双年展上得到好评。虽然因其具有人身伤害内容被警方宣布为非法，但它仍在网上进一步流传开来，众多的 AI 艺术家加入了对这一作品的集体创作，诅咒 3.0 飞快进化，越来越多的功能被添加进来：

如果撒碧在家，煤气熏死他！这也比较容易，因为每家的厨房都由网络控制，这样户主们就可以在外面遥控厨房做饭，这当然包括打开煤气的功能，而诅咒 3.0 当然可以使房间里的有害气体报警器失效。

如果撒碧在家，放火烧死他！很容易，包括煤气在内，家里有很多可以点火的东西，如摩丝发胶什么的，都联在网上（可通过网络由专业发型师做头发），烟雾报警器和灭火器当然也可以失效。

如果撒碧洗澡，放开水烫死他！如上，很容易。

如果撒碧去医院看病，开药毒死他！这个稍有些复杂，给目标开特定的药是很容易的，因为现在医院的药房全部是自动取药，且药库系统都联网，关键是药品的包装问题，撒碧不傻，要让他拿到药后愿意吃才行，要做到这点，诅咒 3.0 需要追溯到制药厂的生产包装和销售环节，要有一盒表里不一的药只卖给目标，真的有些复杂，但能做到，而且对于 AI 艺术来说，越复杂，作品的观赏价值就越高。

如果撒碧坐飞机，摔死他！这不容易，比出租车操作难多了，因为被诅咒的只有撒碧一人，诅咒 3.0 不能杀死其他人，而撒碧大概没有专机，所以摔死他是不可能的。但可以这样：目标所乘的飞机舱内突然在高空失压（用开舱门或别的什么办法），在所有乘客都戴上的氧气面罩中，只有撒碧的面罩中没有氧气。

如果撒碧吃饭，噎死他！这个看似荒唐，其实十分简单。现代社会的超快节奏催生了超快餐食品，就是一粒小小的药丸，名称叫"工作丸"。工作丸密度很大，拿在手中沉甸甸的，像一颗子弹头，服下去后会在胃中膨化，类似于以前的压缩饼干。关键在生产过程中，工作丸的膨化速度是可以控制的。诅咒3.0可以用与生产毒药类似的方式在生产过程中做手脚，生产出一粒超快速膨化的工作丸，再控制销售过程专卖给撒碧，他在进工作餐时，喝水把工作丸送下去，结果小丸在嗓子眼就膨化了。

……

但诅咒3.0从来没有找到目标，也没有杀死过任何人。早在诅咒1.0诞生时，撒碧受到了不小的骚扰，还有媒体记者因此采访过他，使他不得不改了名，甚至连姓也改了。姓撒的人本来就很少，加上这个名字不雅的谐音，在这个城市里面没有重名。同时，病毒中记录的撒碧的工作单位和住址仍在他十几年前所上的大学，使得定位他更不可能。诅咒曾经试图进入公安厅电脑追溯目标的改名记录，但没有成功。所以在诅咒3.0诞生以后的4年中，它仍然只是一件AI艺术品。

但诅咒通配者出现了，他们是大刘和大角。

通配符是一个古老的概念，源自导师时代（这是对操作系统的上古时代——DOS操作系统时代的称呼）。最常见的通配符有"*"和"?"两种，用于泛指字符串中的一切字符，其中"?"指代单一字串，"*"指代的字符数量不限，也最常用。比如：刘*，指姓刘的所有人；山西*，指以山西打头的所有字串，而如果只有一个*，则指代一切了。所以在导师时代，del*.*是一个邪恶的命令（del是删除命令，而DOS系统下的文件全名分为文件名和扩展名两部分，用.隔开）。在以后的操作系统演进中，通配符功能一直存在，只是系统进入图形界面后，人们很少使用命令行操作，一般人就渐渐把它淡忘了，但在包括诅咒3.0在内的各种软件中，它是可用的。

这天是中秋节，但明月在太原城的璀璨灯火中像个脏兮兮的烧饼。大刘和大角在五一广场的一个长椅子上坐下来，摆开他们下午从垃圾桶中翻出的半瓶酒、半袋平遥牛肉、几乎一整袋晋祠驴肉和三粒工作丸，准备庆祝一番。天刚黑的时候，大刘还从一个垃圾桶中翻出一台破笔记本电脑，他声称自己能把它修好，否则这辈子计算机工作就算是白干了。他蹲在长椅旁紧张地鼓捣起来。大刘热情地请大角把三粒工作丸都吃了，这样可为自己省下不少酒肉，但大角并不上当，一粒也没吃，只是喝酒吃肉。

电脑很快能用了，屏幕发出幽幽的蓝光，大角发现无线上网功能竟然也恢复了，就立刻抢过电脑，先上QQ，他的号已经不能用了；再上九州网站、天空之城、豆瓣、水木清华、大江东去……那些链接都早已失效。大角最后扔下电脑长叹一声："唉——昔人已乘黄鹤去。"

大刘拿过半瓶酒喝起来，看了看屏幕："此地连黄鹤楼也没留下。"

然后大刘便细细查看电脑中的东西，发现里面安装了大量的黑客工具和病毒样本，这可能是一个黑客的本本，也许是在逃避 AI 警察的追捕时匆忙扔到垃圾桶中的。他顺手打开了一个桌面上的文件，是一个已经反编译出来的 C 程序，他认出了，这正是诅咒 3.0。他随意翻阅着代码，回忆着自己编写电子诗人的时光，酒劲上来时，翻到了目标识别参数那部分。

大角在一边喋喋不休地回忆着当年峥嵘的科幻岁月，大刘很快也受到了感染，推开本本一同回忆起来。想当年，自己那上帝视角的充满阳刚之气的毁灭史诗曾引起多少男人的共鸣啊，曾让他们中的多少人心中充满了万丈激情！可现在，15 本，仅仅卖出 15 本！

他又灌下去一大口，那还是一瓶老白汾，这酒的味道在这个年代已经面目全非，有点儿像威士忌了，但酒精度一点儿没减。他开始恨男读者，进而恨所有的男人，他两眼直勾勾地看着屏幕上诅咒 3.0 的目标参数，说："显拽的圆润木妖怪……胡东奇（现在的男人没一个好东西）。"顺手把姓名由"撒碧"换成"*"、工作单位和住址也由"太原工业大学 ×× 系 ×× 专业 ×× 班 ×× 宿舍楼 ×× 寝室"换成了"******"，只有性别参数仍为"男"。

大角也处于一把鼻涕一把泪的感慨中。想当初，自己那色彩绚烂、意境悠远的美文如诗如梦，曾经迷倒多少女孩，连自己也成为她们的偶像。可现在，看看旁边经过的那些妙龄女孩，居然没一个人朝自己这边看一眼，这太让人失落了！他扔出一个空酒瓶，喃喃说道："圆润木素胡东奇，雨润豆素？（男人不是好东西，女人就是？）"说着，把目标参数中的性别由"男"改成"女"。

大刘不干了，觉得这没女人什么事，自己那些粗陋的小说从来也不指望获得女读者的青睐，就又把性别参数改回"男"，大角再改成"女"，两人为惩罚自己忘恩负义的读者群争执起来，太原也在成为寡妇城市和光棍城市的可能性之间摇摆不定。大刘、大角最后干脆抢起酒瓶打了起来，直到一个巡警制止了他们。两人摸着脑袋上的鼓包，达成了一个妥协，把目标的性别参数也改成了"*"，完成了诅咒 3.0 的通配。也许是因为打架的干扰，或由于已经烂醉，他们谁也没动"太原市""山西省""中国"这三个参数。这样，诅咒 4.0 诞生了。

太原被诅咒了。

新版诅咒诞生之际，立刻意识到了自己肩负的宏伟使命，由于这个操作太宏大了，诅咒 4.0 没有立刻行动，而是留下足够的时间让自己充分繁殖，以达到操作所需的足够数量，同时互相联系，慢慢形成一个统一行动的总体规划。

计划的总原则是：对诅咒目标的清除首先从软性操作开始，然后过渡到硬操作，并逐步升级。

10小时后，晨曦初露时，操作开始。

软操作主要针对敏感的、神经脆弱的和冲动型的目标，特别是那些患有抑郁症和狂躁症的人，在这个心理疾病和心理咨询泛滥的时代，诅咒4.0很容易找到这类人。在第一批操作中，有3万名刚从医院完成检查的人被告知患有肝癌、胃癌、肺癌、脑癌、肠癌、淋巴癌、白血病，最多的是食道癌（本地区高发癌症），另有2万名刚化验过血的人被告之HIV阳性。这些结果并非简单伪造出来的，而是由诅咒4.0直接操纵B超、CT、核磁共振仪、血液化验仪等医疗检查设备得出的"真实"结果，即使去不同医院复查，结果也一样。这5万人中，大部分都选择了治疗，但有400多人本来就活腻歪了，得知诊断结果后立刻一了百了，以后还陆续有做此选择的。随后，5万名敏感的、抑郁的，或狂躁的男女都接到了配偶或情人的电话，男人们听到他们的女人说："你看你那个熊样屌本事没有你还像个男人吗我已经和某某好了我们很和谐很幸福你去死吧"；男人们对他们的女人说："你已人老珠黄其实你当初就是恐龙我瞎了眼怎么看上你的现在我和小三在一起我们很和谐很幸福你去死吧"；这个诅咒4.0编造的情敌大都是目标本来就最讨厌的人。这5万人中，大部分都通过直接找对方质问而消除了误会，但也有约百分之一的人选择了他杀和自杀，其中一部分两者同时做了。还有另外一些软操作，比如在已经势不两立、剑拔弩张的几大黑帮之间挑起大规模械斗，或把被判无期或有期徒刑的罪犯的判决书改成死刑并立即执行等。但总的来说，软操作效率很低，总共清除的目标只有几千人。不过诅咒4.0有着正确的心态，知道大事是从一点一滴做起的，不以恶小而不为，所有的手段一定要都试到。

在软操作中，诅咒4.0清除了自己最初的创造者。在创造诅咒以后的岁月中，诅咒始祖一直对男人倍加提防，20年来一直用最现代化的手段监视老公，几乎成为谍报专家。但突然接到一向安分守己的老公的电话，致使心脏病突发，送医院后又被输入进一步加剧心肌梗死的药物，从而死于自己的诅咒下。

5天后，硬操作开始了。之前的软操作在城市中引发的超常的自杀和他杀率已经引起了高度恐慌，但诅咒4.0仍需避免被政府发现，所以硬操作的第一阶段仍进行得很隐蔽。首先，吃错药的病人数量急剧增加，这些药的包装都正常，但吃下去大部分一剂致命。同时，吃饭噎死的人也大量出现，都是工作丸在嗓子眼膨化所致；还有少部分是撑死的，因为工作丸的压缩密度大大超标，那些食客掂着沉甸甸的小丸，还以为物超所值呢。

第一次大规模清除操作是对自来水系统的操作。即使对于一切受控于网络人工智能的城市，把氰化物或芥子气加入自来水也是不可能的，所以诅咒 4.0 选择了两种无害的转基因细菌，它们混合后则产生毒性。这两种细菌并不是同时加入自来水系统中，而是先加一种，待其基本排净后再加第二种，两种物质的混合其实是在人体内进行的，后一种细菌与残留在胃和血液中的前一种发生作用，生成毒性。如果这时仍不致命，那目标去医院取到的药物再与体内已有的两种细菌发生反应，做完最后的事。

这时，省公安厅和国家 AI 安全部已经定位了灾难的来源，针对诅咒 4.0 的专杀工具正在紧急开发中，于是，诅咒操作急剧加速和升级，由隐藏的暗流变为惊天动地的噩梦。

这天早晨的交通高峰时段，从城市的地下传来一连串沉闷的爆炸声，这是地铁相撞的声音。太原市的地铁建成较晚，设计时正值城市成为暴发户的时候，所以十分先进，磁悬浮在真空隧道中运行，以高速闻名，被称为"准时空门"，意思是从起点进去后很快就能从终点走出。因此它们的相撞也格外惨烈，地面因爆炸隆起一座座冒出浓烟的小山包，像城市突然长出的恶疮。

这时，城市中的大部分汽车已被诅咒控制（这个时代，所有的汽车都能在 AI 控制下自动行驶），成为进行诅咒操作最有力的工具。一时间，全城的上百万辆汽车像做布朗运动的分子那样横冲直撞，但这种撞击并非杂乱无章，而是遵循着经过严密优化计算的规律和顺序，每辆车首先尽可能多地清除车外行走的目标。所以在混乱的开始，发生撞击的车辆并不多，每辆车都在追逐并冲撞行人，车与车之间密切配合，对行人围追堵截，并在空地和广场上形成包围圈，最大的包围圈在五一广场，几千辆汽车围成一圈向心撞击，一下子就清除了上万个目标。当外面的行人几乎都被清除或躲入建筑物时，汽车开始撞向附近的建筑物，以清除车内的目标。这种撞击同样是经过精密组织的，对于人口密集的大型建筑物，车辆会集中撞击，后面冲来的车会蹿到前面已撞毁的车上面，就这样一层层堆起来，在市里最高建筑——三百层的煤交会大厦下面，撞来的车辆堆到十多层楼高，疯狂燃烧着，像是火化大厦的一圈柴堆。在大撞击的前夜，市里出现出租车集体排长队加油的奇观，在撞击时它们的油箱都是满的。与此同时，从城市两个机场强行起飞的上百架民航飞机也纷纷在市区坠毁，像一堆巨型燃烧弹，加剧了火势。

政府发出紧急通告，宣布城市处于危机状态，呼吁人们待在家中。这个决定最初看来是正确的，因为与大型建筑相比，居民楼遭到的袭击并不严重，这是因为居民区的道路显然不像城市主要街道那么宽敞，大撞击开始后不久就堵塞了。但很快，诅咒 4.0 把每户人家都变成死亡的陷阱，煤气和液化气全部开放，达到爆燃浓度后即点火引爆，一座座居民楼在爆炸中被火焰吞没，有的甚至整座建筑都被炸飞了。

政府的下一步措施是全城断电，但这时城市中已经没电了，诅咒 4.0 失去了作用，但它们已经成功了。

整座城市陷入一片火海，火势迅速增大，其猛烈程度甚至达到了第二次世界大战时期德累斯顿大轰炸时产生的效应：城内的氧气被火焰耗尽，人即使逃离火区也难逃一死。

由于很少接触上网的东西，同其他盲流哥们儿一样，大刘和大角逃过了诅咒最初的操作。在后期操作开始后，他们凭着在城市中长期步行练就的技巧，以与其高龄不相称的灵活躲过了多次汽车的冲撞，又凭着对市区道路的熟悉，在大火的初期幸存下来。但情况很快变得险恶了，整座城市变成火海时，他们正在还算宽阔的大营盘十字路口中心，窒息的热浪开始笼罩一切，周围高层建筑中的火焰像巨型蜥蜴的长舌般舐过来。描写过无数次宇宙毁灭的大刘此时惊慌失措，而作品充满人文主义温情的大角却镇定自若。

大角拂须环视着周围的火海，用悠长的语调说："早知毁灭如此壮观，当初何不写之？"

大刘两腿一软坐到地上："早知毁灭这么恐怖，当初写它真是吃饱撑的！唉，俺这个乌鸦嘴，这下可好……"

最后他们达成了一致：只有牵涉到自个儿的毁灭才是最刺激的毁灭。

这时，他们听到一个银铃般的声音，像这火海中的一块晶冰："刘和角，快走！"，循声望去，只见两匹快马如精灵般穿出火海，马上是 SFK 最漂亮的两个长发女孩，她们把大刘、大角拉上马背，骏马在火海的间隙中闪电般穿行，飞越过一排排燃烧的汽车残骸。不一会儿，眼前豁然开阔，马已奔上了汾河大桥。

过了桥就基本进入安全地带，很快和 SFK 的其他人会合，他们都骑着高头大马，这威武的马队向晋祠方向开去，吸引着路边步行逃生者们惊羡的目光。大刘、大角和 SFK 的编辑们都看到，幸存者的队伍中还有一名骑自行车的人。之所以注意到他，是因为这年代自行车也都由网络控制，诅咒早就把所有的自行车完全锁死了。骑车的是一个上了年纪的男人，他是撒碧。

由于早年被诅咒病毒骚扰，撒碧对网络产生了本能的恐惧和厌恶，在生活中尽可能减少与网络的接触，比如他骑的自行车就是一辆二十年前的老古董。他住的地方在汾河岸边，靠近城市边缘。在大撞击开始时，他就骑着这辆绝对没有上网的自行车逃了出来。其实，撒碧是这个时代少有的知足的人，对自己艳遇不断的一生很满足，就算此时死了也无怨无悔。

马队和撒碧最后上了山，大家站在山顶呆呆地看着下面燃烧的城市，狂风呼啸着掠过周围的群山，从四面八方向心地刮向太原盆地，补充那里因热力而上升的空气。

距他们不远，省政府和市政府的主要成员正在走下载他们逃离火海的直升机。市长的口袋里还装着一份发言稿，那是即将到来的城庆日的发言。确定太原城的诞生日期颇费了番周折，专家们称：公元前497年，古晋阳城问世，历经春秋、战国至唐、五代等十数个朝代，太原一直是中国北方的一个军事重镇。从公元979年赵宋毁太原，新兴的太原又先后在宋、金、元、明、清等数朝中崛起，不仅是军事重镇，而且发展成为著名的文化古城和商业都会。于是提出了城庆口号：热烈庆祝太原建市2500年！现在，历经了25个世纪的城市正在火海中化为灰烬。

这时，携带的军用电台终于接通了中央，得知救援大军正在从全国四面八方赶来，但通信很快又中断了，只听到一片干扰声。一小时后接到报告，救援队伍已停止前进，空中的救援机群也转向或返回。

省AI安全局的一名负责人打开笔记本电脑，上面显示着最新编译的诅咒5.0的代码。在目标参数中，其中的"太原市""山西省""中国"也换成了"*""*""*"。

2009年1月10日于娘子关

重返伊甸园

刘慈欣

从事科幻创作已经十年有余，这期间一直感觉自己在坚守着最初的创作理念，走着一条直线，直到为写此文对自己的创作历程进行了一番回顾和总结，才发现这十年的路其实是很曲折的，更令我不安的是，自己在走向一个错误的方向。

从思维方式上，我的科幻创作大概可以分成三个阶段。

第一阶段：纯科幻阶段。

那时，自己由一名科幻迷成为科幻小说作者，创作理念的最大特点是：对人和人的社会完全不感兴趣。按照传统的文学理念，对于一名小说作者，这点要么不可思议，要么大逆不道，但我的创作之路确实就是这样开始的。

那时创作的核心目标，可以引用当时自己的一篇文章中的一段话：科幻小说的成功，在很大程度上取决于其幻想的奇丽与震撼的程度，这可能也是科幻小说的读者们主要寻找的东西。问题是，这种幻想从什么地方才能找到？世界各个民族都用自己最大胆最绚丽的幻想来构筑自己的创世神话，但没有一个民族的创世神话如现代宇宙学的大爆炸理论那样壮丽，那样震撼人心，生命进化漫长的故事，其曲折和浪漫，也是上帝和女娲造人的故事所无法相比的。还有广义相对论诗一样的时空观，量子物理中精灵一样的微观世界，这些科学所创造的世界不但超出了我们的想象，而且超出了我们可能的想象。所以，科学是科幻小说力量的源泉。但科学之美同传统的文学之美有着完全不同的表现形式，科学的美感被禁锢在冷酷的方程式中，普通人需经过巨大的努力，才能窥见她的一线光芒。而科幻小说，正是通向科学之美的一座桥梁，它把这种美从方程式中释放出来，展现在大众面前。

体现这种科幻理念的作品，是两篇很短的小说：《微观尽头》和《坍缩》，前者描写人类对基本粒子微观尽头的作用转而放大到宇宙尺度，后者描写宇宙由膨胀转为坍缩后时间倒流的现象。这是两篇很纯的科幻小说，可以说其中除了科幻构思，再没有其他东西。

这一时期的另外两篇重要小说是《梦之海》和《诗云》，笔者认为这是最能够反映自己深层特色的作品。这两个短中篇描述了两个十分空灵的世界，在那里，一切现实的束缚都被抛弃，只剩下在艺术和美的世界里的恣意游戏，只剩下宇宙尺度上的狂欢。

但这种创作是难以持久的。事实上，笔者在创作伊始就意识到科幻小说是大众文学，自己的科幻理念必须与读者的欣赏取向取得一定的平衡。在以纯科幻的方式写出上述几篇小说的同时，我已经在做着这种努力，具体体现在《鲸歌》和《带上她的眼睛》两个短篇上。但这两篇的完成只是对市场的一种被迫的妥协。特别是《鲸歌》，完全体现了通俗文学的精神，以故事为主体，在自己以后的创作中再也没有出现过类似的作品。

人和人的社会开始进入我的科幻世界，后来由被迫变成自觉，这就是本人科幻创作的第二个阶段。

第二阶段：人与自然的阶段。

这期间，自己的科幻创作由对纯科幻意象的描写转而描述人与大自然的关系。这一阶段延续了很长时间，创作了本人已有作品中的大部分，我一直认为自己迄今为止最成功的作品都出自这一阶段。

这一阶段的代表作有短中篇《流浪地球》和《乡村教师》，长篇《球状闪电》和《三体》第一部。

我在《流浪地球》中，第一次把宏观的大历史作为细节来描写，即本人后来总结的"宏细节"，使得对历史的大框架叙述成为小说的主体，这是幻想文学独有的叙事模式，在描写现实的主流文学中是不可能出现的。

在《球状闪电》中，我塑造了一个非人的科幻形象：球状闪电，并使其成为小说的核心形象。小说集中描写了这个科幻形象与传统的人的文学形象之间的相互作用。

在《三体》第一部中，我则尝试以环境和种族整体作为文学形象，描写了拥有三个恒星的不稳定的世界和其中的文明种族，这个外星世界和种族都是作为整体形象描述的，在这样的参照系中，按传统模式描述的人类世界也凝缩为一个整体形象。

这一阶段的共同特点，就是同时描述两个截然不同的世界：一个是现实世界，灰色的，充满着尘世的喧嚣，为我们所熟悉；另一个是空灵的科幻世界，在最遥远的远方和最微小的尺度中，是我们永远无法到达的地方。这两个世界的接触和碰撞，它们强烈的反差，构成了故事的主体。与第一阶段相比，科幻的风筝虽然仍然飞得很高，但被拴在了坚实的大地上。

在这一阶段中，笔者对传统文学以人为本的核心理念进行了反思，发现"文学是人学"这句被奉为金科玉律的话并不确切。在文学史的大部分时间里，人类文学其实一直在描述人与大自然的关系，而不是人与人的关系。各民族古代神话中神的形象其实是宇宙的象征，而其中的人也不是真实历史意义上社会的人。文学成为人学，只描写社会意义上的人与人的关系，其实只是从文艺复兴以后开始的，这一阶段，在时间上只占全部文学史的十分之一左右。所以，传统文学给我的印象就是一场人类的超级自恋，文学需要超越自恋，最自觉做出这种努力的文学就是科幻文学，科幻文学描写的重点应该是人与大自然的关系，科幻给文学一个机会，可以让文学的目光再次宽阔起来。

遗憾的是，我自己并没有尽早看清这条道路，而是在另一条歧路上越走越远，目光从星空收回，变得越来越狭窄了。

第三阶段：社会实验阶段。

这期间，我主要致力于对极端环境下人类行为和社会形态的描写。其实这一尝试早就开始了，最早的这类作品是长篇《超新星纪元》，但那时这样的创作并没有文学上的自觉性，只是由于科幻市场低迷，不得已写出相对于纯科幻而言比较边缘化的作品。后来的两个短篇：《赡养上帝》和《赡养人类》也属此列。

真正的转折源于一个发现，我看到了科幻文学的一个奇特的功能：现实世界中任何一种邪恶，都能在科幻中找到相应的世界设定，使其变成正当甚至正义的，反之亦然，科幻中的正与邪、善与恶，只有在相应的世界形象中才有意义。这个发现令我着迷，且沉溺于其中不可自拔，产生了一种邪恶的快感。这种对社会实验的狂热，集中体现在《三体》系列的第二部《黑暗森林》中，在这部长篇里，笔者力图在导致人类文明彻底毁灭的大灾难的背景下，重新审视人类已有的价值和道德体系，并试图描述一个由无数文明构成的零道德的宇宙。在《黑暗森林》中，星空的自然属性被大大弱化了，代之以明显的社会属性。不同的文明在遥远的距离上呈点状存在，并以此为单元建立了一个虚构的宇宙社会学。从本质上讲，《黑暗森林》所描述的已经不是人与自然的关系，而是一个宇宙大社会中人与人的关系，这无疑是对自己以前的科幻理念的一个颠覆。

当然，我并不认为自己已经背离了之前的科幻理念，《黑暗森林》中的宇宙社会，其零道德的结构和性质是由宇宙的自然属性决定的，具体说是宇宙间的超远距离决定的，所以在这部小说中，大自然仍是一个无所不在的文学形象。但回顾自己的创作历程，感觉这种趋势是不正确的。如本文开始所述，科幻小说存在和发展的基础，是自然科学所提供的思想和故事资源，这也是科幻小说相对于其他文学体裁独有的优势，正因为如此，大自然已经成为科幻小说中永恒的文学形象，人与自然的关系也是永恒的主题。科幻中的宇宙或大自然永远是一个伊甸园，其中的人类总是处于懵懂之中，处于茫然、恐惧、好奇和敬畏中，在这种精神状态下面对大自然。科幻小说中的自然形象一旦被弱化，科幻文学便失去了灵魂，失去了存在的依据，变得与其他文学类型没有本质的区别。

在《三体》系列的第三部中，笔者试图重新找回大自然的形象，试图使其中的人类重新面对大自然而不是人本身。小说开始的描述仍是宇宙社会学层面上的，但社会学的推演却产生了自然科学的结果。本书还没有出版，所以我也不知道这种努力是否能够成功。

重返伊甸园的路是很难的，但我将努力走下去。

在科幻创作的十年中，我对这一文学种类的其他方面也有了新的认识，这些认识的许多方面，与以前作为科幻迷对科幻的美好想象不同，是经过一个痛苦的过程才逐渐被自己接受的。一个不得不承认的事实是：在所有的文学种类中，科幻小说可能是唯一一个具有时效性的，至少我所写的这种传统型科幻是这样。

要说明这一点，首先要注意到科幻文学的一个重要特性：现代神话性质。与我们想象的不同，古代神话在当时并非幻想文学，而是现实主义文学，因为对那些遥远时代的人们来说，神话是真实的，反映的就是现实，这也是古代神话与现代幻想文学最本质的区别。从这个意义上说，神话在现代早已消失。但现在有一个文学种类却或多或少地具有真正意义上的神话功能，这就是科幻。因为科幻文学是唯一在科学和理性时代能够给读者提供真实感的幻想文学，这种真实感是科幻魅力很重要的一个方面。科学幻想真实感的基础，是幻想中所依据的科学和技术。随着时间的推移，科幻中的科技有两种可能的结局：其一是幻想中的技术变成现实，科学预言被证明为真；其二是幻想中的科技被证伪。不论这两种情况中的哪一种出现，都会令相应的科幻小说的魅力大打折扣，前者会令小说变得平淡无奇，后者则使小说的幻想世界完全失去真实感。正是因为如此，科幻文学很难诞生真正意义上的经受时间考验的经典之作，即使那些被称为经典的老科幻，现在读起来也是遗憾多于震撼，大多只对铁杆科幻迷和专业人士有意义。

认识到这一点多少有些痛苦，但也为自己的创作找到了一个正确的心态。科幻文学的性质，决定了它的作品大部分只在现在闪耀，会很快过时，并被遗忘。但科幻应该不怕遗忘，作为一种创新的文学，它用不断涌现的新创造和新震撼来战胜遗忘，就像一场永恒的焰火，前面的刚成为灰烬，新的又飞升起来爆发出夺目的光焰。而要做到这点，就应永远保持青春的心态，使自己的想象力与时代同步。正如有人说的那样，科幻使人年轻。

这里要说明一下：以上提到的科幻小说和科幻文学，只是我自己在写和想写的那种科幻，那种以技术创意和科学想象为核心的科幻。科幻小说有许多种，它们之间的差别比科幻作为一个文学品种与其他文学类型的差别还要大。并不是所有的科幻作品都有时效性，有的科幻类型并不依赖于现代科学，它所创造的世界就有可能经受住时间的考验而成为经典。在国内，韩松的作品就是一个典型的例子。

十年来，对科幻文学的另一个认识是它所包含的精英思维。大多数的类型文学，如侦探、武侠、言情、惊悚等，都只关注于类型所限定的故事本身，它们的思维方式是大众化和草根化的，科幻可能是唯一一种带有精英思维的大众文学和类型文学，它对人类文明和大自然的各个方面的思考，在深度和广度上甚至超过了主流文学。就国内科幻而言，尽管作者大多并非通常意义上的精英，但作品中的精英思维普遍存在。精英思维对科幻文学本身并不完全是一件好事，至多好坏参半。是否存在精英思维并不是判定文学作品质量的标准，文学要做的是表现和感受，而不是思考。而精英思维也并不一定意味着思想的深刻，那只是一个特定阶层的思维方式而已。至少在国内，精英思维与大众思维已经渐行渐远，两者的思想方式和利益诉求已经变得很不相同，且差别越来越大。对两者的价值观判断已经超出本文的论题，但具体到科幻，它不是精英文学而是大众文学，科幻中的精英思维与它的草根读者群形成了尖锐的矛盾，这可能是科幻文学日益小众化最深层的原因。

从我本人的创作而言，我长期身处基层，对广大科幻读者所处的草根阶层有较多的了解，知道他们对未来的渴望是什么样子，知道星空在他们眼中是怎样的色彩，自己的想象世界也比较容易与他们产生共鸣。十年来，我一直把自己当作科幻迷中的一员，以科幻迷的方式去思考，去感受，去创作，我自己的想象世界也是为科幻迷而建造。当然，对科幻创作而言，这并不是高层次的思维方式，这种科幻迷思维是我前进的最大动力，也是进入更高层次创作的最大障碍。但对我本人来说，这已经不可能改变自己的科幻之路，一切都还在中途，在这里匆匆一回头，然后继续向前走吧！

发表于《南方文坛》2010 年第 6 期

刘慈欣，高级工程师，科幻作家。代表作有长篇小说《超新星纪元》《球状闪电》《三体》，中短篇小说《流浪地球》《乡村教师》《朝闻道》《全频带阻塞干扰》等。其中《三体》被普遍认为是中国科幻文学的里程碑之作。作品多次获得银河奖、赵树理文学奖，《当代》年度长篇小说、华语科幻星云奖最佳长篇小说奖、华语科幻星云奖最佳科幻作家奖、人民文学柔石奖短篇小说金奖、首届西湖·类型文学奖金奖、第九届全国优秀儿童文学奖等，2015年刘慈欣凭借《三体》荣获雨果奖最佳长篇小说奖。

山西

晋阳三尺雪

张舟

一

赵大领着兵丁冲进宣仁坊的时候，朱大鲧正在屋里上网，他若有点儿与官府斗智斗勇的经验一定会更早发现端倪，把这出戏演得更像一点儿。这时是未时三刻，午饭已毕，晚饭还早，自然是宣仁坊里众青楼生意正好的时候，脂粉香气被阳光晒得漫空蒸腾，红红绿绿的帕子耀花游人眼睛。隔着两堵墙，西街对面的平康坊传来阵阵丝竹之声，教坊官妓们半遮半掩地向达官贵人卖弄技艺；而宣仁坊里的姐妹们对隔壁同行不屑一顾，认为那纯属脱裤子放屁，反正最终结果都是要把床搞得嘎吱嘎吱响，喝酒划拳助兴则可，吹拉弹唱何苦来哉？总之宣仁坊的白天从不缺少吵吵闹闹的讨价还价声、划拳行令声和嘎吱嘎吱摇床声，这种喧闹成了某种特色，以至于宣仁坊居民偶尔夜宿他处，会觉得整个晋阳城都毫无生气，实在是安静得莫名其妙。

赵大穿着薄底快靴的脚刚一踏进坊门，恭候在门边的坊正就感觉到今时不同往日，必有大事发生。赵大每个月要来宣仁坊三四次，带着两个面黄肌瘦的广阳娃娃兵，哪次不是咋呼着来、吆喝着走，嚷得嗓子出血才对得起每个月的那点儿巡检例钱。而这一回，他居然悄无声息地溜进门来，冲坊正打了几个唯有自己看得懂的手势，领着两个娃娃兵贴着墙根蹑手蹑脚向北摸去，"虞候呵，虞候！"坊正跟跟跄跄追在后面，把一双手胡乱摇摆，"这是做什么！吓煞某家了！何不停下歇歇脚，用一碗羹汤，无论要钱要人，应允你就是了……"

"闭嘴！"赵大瞪起一双大眼，压低声音道，"靠墙站！好好说话！有县衙公文在此，说什么也没用！"

坊正吓得一跌，扶着墙站住，看赵大带着人鬼鬼祟祟走远。他哆哆嗦嗦拽过身旁一个小孩，"告诉六娘，快收，快收！"流着清鼻涕的小孩点点头，一溜烟跑没了影，半炷香时间不到，宣仁坊的十三家青楼噼里啪啦扣上了两百四十块窗板，讨价声、划拳声和摇床声消失得无影无踪，谁家孩子哇哇大哭起来，紧接着响起一个止啼的响亮耳光。众多衣冠凌乱的恩客从青楼后院跳墙逃走，如一群受惊的耗子灰溜溜钻出坊墙的破洞，消失在晋阳城的大街小巷。一只乌鸦飞过，守卫坊门的兵丁拉开弓瞄准，右手一摸，发觉箭壶里一支羽箭都没有，于是悻悻地放松弓弦。生牛皮的弓弦反弹发出"嘣"的一声轻响，把兵丁吓了一跳，他才发现四周已经万籁俱寂，这点儿微弱的响声居然比夜里的更鼓还要惊人。

下午时分最热闹的宣仁坊变得比宵禁时候还要安静，作为该坊十年零四个月的老居民，朱大鲧对此毫无察觉，只能说是愚钝至极。赵大一脚踹开屋门的时候，他愕然回头，才惊觉该到了表演的时刻，于是大叫一声，抄起盛着半杯热水的陶杯砸在赵大脑门儿上，接着一使劲把案儿掀翻，字箦里的活字噼里啪啦掉了一地。"朱大鲧！"赵大捂着额头厉声喝道，"海捕公文在此！若不……"他的话没说完，一把活字就撒了过来，这种胶泥烧制的活字又硬又脆，砸在身上生疼，落在地上碎成粉末，赵大躲了两下，屋里升起一阵黄烟。

"捉我，休想！"朱大鲧左右开弓丢出活字阻住敌人，转身推开南窗想往外跑，这时一个广阳兵举着铁链从黄雾里冲了出来，朱大鲧飞起一脚，踢得这童子兵凌空打了两个旋儿，"啪"地贴在墙上，铁链撒手落地，当下鼻血与眼泪齐飞。赵大几人还在屋里瞎摸，朱大鲧已经纵身跳出窗外，眼前是一片无遮无挡的花花世界。这时候他忽然一拍脑门儿，想起宣徽使的话来："要被捕，又不能易被捕；要拒捕，又不能不被捕；欲语还休，欲就还迎，三分做戏，七分碰巧，这其中的分寸，你可一定要拿捏好了。"

"拿捏，拿你奶奶，捏你奶奶……"朱大鲧把心一横，向前跑了两步，左脚凌空一绊右脚，"啊呀"惨叫着扑倒在地，整个人结结实实拍在地面上，"啪！"震得院里水缸都晃了三晃。

赵大听到动静从屋里冲了出来，一见这情景，捂着脑袋大笑道："让你跑！给我锁上！带回县衙！罪证一并带走！"

流着鼻血的广阳兵走出屋子，号啕大哭道："大郎！那一筐箩泥块儿都让他砸碎了，还有什么罪证？咱这下见了红，晚上得吃白面才行！咱妈说了跟你当兵有馒头吃，这都俩月了连根馒头毛都没看见！现在被困在城里，想回也回不去，不知道咱妈咱爹还活着没，这日子过得有啥意思！"

"没脑子！活字虽然毁了，网线不是还在吗？拿剪刀把网线剪走回去结案！"赵大骂道，"只要这案子能办下来，别说吃馒头，每天食肉糜都行！……出息！"

二

小人物的命运往往由大人物一句话决定。

那天是六月初六，季夏初伏，北地的太阳明晃晃挂在天上，晒得满街杨柳蔫头耷脑，明明没有一丝风，却忽然平地升起一个小旋风，从街头扫到街尾，让久未扫洒的路面尘土飞扬。马步军都指挥使郭万超驾车出了莅武坊，沿着南门正街行了小半个时辰，他是个素爱自夸自耀的人，自然高高坐在车头，踩下踏板让车子发出最大的响声。这台车子是东城别院最新出品的型号，宽五尺、高六尺四寸、长一丈零两尺，四面出檐，两门对掩，车厢以陈年紫枣木筑成，饰以金线石榴卷蔓纹，气势雄浑，制造考究，最基础的型号售价铜钱二十千，这样的车除了郭万超此等人物，整个晋阳城还有几人驾得起？

四只烟囱突突冒着黑烟，车轮在黄土夯实的地面上不停弹跳，郭万超本意横眉冷目睥睨过市，却因为震动太厉害而被路人看成在不断点头致意，不断有人停下来稽首还礼，口称"都指挥使"，郭万超只能打个哈哈，摆手而过。车子后面那个煮着热水的大鼎——就算东城别院的人讲得天花乱坠，他还是对这台怪车满头雾水，据说煮沸热水的是猛火油，他知道猛火油是从东南吴地传来的玩意儿，见火而燃，遇水更烈，城防军用来把攻城者烫得哇哇叫，这玩意儿把水煮沸，车子不知怎的就走了起来，这又是什么道理？——正发出轰隆轰隆的吼声，身上穿的两裆铠被背后的热气烤得火烫，头上戴的银兜鍪整须用手扶住，否则走不出多远就被震得滑落下来遮住眼睛，马步军都指挥使有苦自知，心中暗自懊恼不该坐上驾驶席，好在目的地已经不远，于是取出黑镜戴在鼻梁上，满脸油汗地驰过街巷。

车子向左转弯，前面就是袭庆坊的大门，尽管现在是礼坏乐崩、上下乱法的时节，坊墙早已千疮百孔，根本没人老老实实从坊门进出，但郭万超觉得当大官的总该有点儿当大官的做派，若没有人前呼后拥，实在不像个样子。他停在坊门等了半天，不光坊正没有出现，连守门的卫士也不知道藏在哪里偷偷打盹儿，满街的秦槐汉柏遮出一片阴凉地，唯独坊门处光秃秃地露着日头，没一会儿就晒得郭万超心慌气短汗如雨下。"卫军！"他喊了两声，不见回音，连狗叫声都没有一处，于是怒气冲冲跳下车来大踏步走进袭庆坊。坊门南边就是宣徽使马峰的宅子，郭万超也不给门房递帖子，一把将门推开，风风火火冲进院子，绕过正房，到了后院，大喝一声："抓反贼的来啦！"

屋里立刻一阵鸡飞狗跳，霎时间前窗后窗都被踹飞，五六个衣冠文士夺路而出，连滚带爬跌成一团。"哎呀，都指挥使！"大腹便便的老马峰偷偷拉开门缝一瞧，立刻拍拍心口喊了声皇天后土，"切不可再开这种玩笑了！各位各位，都请回屋吧，是都指挥使来了，不怕不怕！"老头刚才吓得幞头都跌了，披着一头白发，看得郭万超又气又乐，冷笑道："就这点儿胆子还敢谋反，哼哼……"

"哎呀，这话怎么说的？"老马峰又吓了一跳，连忙小跑过来攀住郭万超的手臂往屋里拉，"虽然没有旁人，也须当心隔墙有耳……"

一行人回到屋里，惊魂未定地各自落座，将破破烂烂的窗棂凑合掩上，又把门闩插牢。马峰拉郭万超往胡床上坐，郭万超只是大咧咧立在屋子中间，他不是不想坐，只是为了威风穿上这前朝遗物的两裆铠，一路上颠得差点儿连两颗晃悠悠的外肾都磨破了。老马峰戴上幞头，抓一抓花白胡子，介绍道："郭都指挥使诸位在朝堂上都见过了，此次若成事，必须有他的助力，所以以密信请他前来……"

一位极瘦极高的黄袍文士开口道："都指挥使脸上的黑镜子是什么来头？是瞧不起我们，想要自塞双目吗？"

"啊哈，就等你们问。"郭万超不以为忤地摘下黑镜，"这可是东城别院的新玩意儿，称作'雷朋'，戴上后依然可以视物，却不觉太阳耀目，是个好玩意儿！"

"'雷朋'二字何解？"黄袍人追问道。

郭万超抖抖袖子，又取出一件乌木杆子、黄铜嘴的小摆设，得意扬扬道："因为这个玩意儿能发出亮光耀人双眼，在夜里能照百步，东城别院没有命名，我称之为'电友'，亦即电光之友。黑镜既然可以防光照，由'电友'而'雷朋'，两下合契，天然一对，哈哈哈……"

"奇技淫巧！"另一名白袍文士喝道，一边用袖子擦着脸上的血，方才跑得焦急，一跤跌破了额头，把白净无毛的秀才变成了红脸的汉子，"自从东城别院建立以来，大汉风气每况愈下，围城数月，人心惶惶，汝辈却还沉溺于这些……这些……"

马峰连忙扯着文士的衣袖打圆场："十三兄，十三兄，且息雷霆之怒，大人大量，先谈正事！"老头在屋里转悠一圈拉起帘子把窗缝仔细遮好，咳嗽一声，从袖中取出三寸见方的竹帘纸向众人一展，只见纸上蝇头小楷洋洋洒洒数千言。

"咳咳。"清清嗓子，马峰低声念道："（广运）六年六月，大汉暗弱，十二州烽烟四起，人丁不足四万户，百户农户不能赡一甲士，天旱河枯，田干井阑，仓廪空乏。然北贡契丹，南拒强宋，岁不敷出，民无粮，官无饷，道有饿殍，马无暮草，国贫民贱，河东苦甚！大汉苦甚！"

念到这里，一屋子文士同时叹了一声"苦"，又同时叫了一声"好"。唯独郭万超把眼一瞪："酸了吧唧的念什么呐！把话说明白点儿！"

马峰掏出锦帕抹了把额头上的汗珠："是的是的，这篇檄文就不再念了。都指挥使，宋军围城这么久，大汉早是强弩之末，宋主赵光义是个狠毒的人，他诏书说'河东久违王命，肆行不道，虐治万民。为天下计，为黎庶计，朕当自讨之，以谢天下'。君不见吴越王钱弘俶自献封疆于宋，被封为淮海国王；泉、漳之主陈洪进兵临城下之后才献泉、漳两郡及所辖十四县，宋主赐就诏封为区区武宁军节度使；如今晋阳围城已逾旬月，宋主暴跳如雷，此事已无法善终，将来一旦城破，非但皇帝没得宋官可做，全城的百姓也必遭迁怒！覆巢之下岂有完卵，都指挥使，莫使黎民涂炭啊！"

郭万超道："要说实在的，我们武官也一个半月没支饷了，小兵成天饿得嗷嗷叫。你们的意思是刘继元小皇帝的江山肯定坐不住，不如干脆出去投降宋兵，是这个意思吗？"

此言一出满座哗然，文士们愤怒地离席而起破口大骂，把"君君臣臣，父父子子""君使臣以礼，臣事君以忠"的话翻来覆去说了八十多遍，马峰吓得浑身哆嗦，"诸君！诸君！隔墙有耳，隔墙有耳啊……"待屋里安静了点儿，老头驼着背搓着手道："都指挥使，我辈并非不忠不孝之人，只是君不君，臣不臣，皇帝遇事不明，只能僭越了！第一，城破被宋兵屠戮；第二，辽兵大军来到，驱走宋兵，大汉彻底沦为契丹属地；第三，开城降宋，保全晋阳城八千六百户、一万两千军的性命，留存汉室血脉。该如何选，都指挥使心中应该也有分辨！宋国终归是汉人，辽国是鞑靼契丹，奴辽不如降宋，就算背上千古骂名也不能沦为辽狗！"

听完这席话，郭万超倒是对老头另眼相看，"好。"他挑起一个大拇指，"宣徽使是条有气节的好汉子，投降都投得这么义正词严。说说看要怎么办，我好好听着。"

"好好。"马峰示意大家都坐下，"十年前宋主赵匡胤伐汉时，老夫曾与建雄军节度使杨业联名上疏恳请我主投宋，但挨了顿鞭子被赶出朝堂，如今皇帝天天歌舞升平不问朝中事，正是我们行事的好时机。我已密信联络宋军云州观察使郭进，只要都指挥使开大厦门、延厦门、沙河门，宋军自会在西龙门寨设台纳降。"

"刘继元小皇帝怎么办？"郭万超问。

"大势已去，自当出降。"马峰答道。

"倒罢了。但你们没想到最重要的问题吗？东城别院那关可怎么过？"郭万超环视在座诸人，"现在东西城城墙、九门六寨都有东城别院的人手，他们掌握着守城机关，只要东城那位王爷不降，即便开了城门宋兵也进不来啊！"

这下屋里安静下来。白袍文士叹道："东城别院吗？若不是鲁王作怪，晋阳城只怕早就破了吧……"

马峰道："我们商议派出一位说客，对鲁王动之以情、晓之以理。"

郭万超道："若不成呢？"

马峰道："那就派出一名刺客，一刀砍了便宜王爷的狗头。"

郭万超道："你这老头倒是说得轻巧，东城别院戒备森严，无论说客还是刺客哪有那么容易接近鲁王身边？那里有那么多稀奇古怪的玩意儿，只怕离着八丈远就稀里糊涂丢了性命吧！"

马峰道："东城别院挨着大狱，王爷手底下人都是戴罪之身，只要将人安插下狱，不愁到不了鲁王身边。"

松

郭万超道："有人选了吗？说客一个，刺客一名。"他目光往旁边诸人身上一扫，诸多文士立刻抬起脑袋眼神飘忽不定，口中念念叨叨背起了儒家十三经。

郭万超一拍脑袋："对了，倒是有个人选，是你们翰林院的编修，与我算是旧识，沙陀人，用的汉姓，学问一般，就是有把子力气。他平素就喜欢在网上发牢骚，是个胸无大志满脑袋愤怒的糊涂车子，给他点儿银钱，再给他把刀，大道理一讲，自然乖乖替我们办事。"

马峰鼓掌道："那是最好，那是最好，就是要演好入狱这场戏，不能让东城别院的人看出破绽来，罪名不能太重，进了天牢就出不来了，又不能太轻，起码得戴枷上铐才行。"

"哈哈哈，太简单了，这家伙每日上网搬弄是非，罪名是现成的。"郭万超用手一捏裤裆部位的铠甲，转身拔腿就走，"今天的事儿天知地知你知我知，我这就找管网络的去，人随后给你带来，咱们下回见面再谈。走了！"

穿着两裆铠的武官丁零当啷出门去，诸文士无不露出鄙夷之色，窗外响起火油马车震耳欲聋的轰轰声，马峰抹着汗叹道："要是能这么容易解决东城别院的事情就好了，诸君，这是掉脑袋的事情，须谨慎啊，谨慎！"

三

朱大鲧不知道捉走自己的兵差来自哪个衙门，不过宣徽使马峰说了，刑部大狱、太原府狱、晋阳县狱、建雄军狱都是一回事，谁让大汉国河东十二州赔得个盆光碗净，只剩下晋阳城这一座孤城呢。他被铁链子锁着穿过宣仁坊，青楼上了夹板的门缝后面露出许多滴溜溜乱转的眼睛，坊内的姐姐妹妹嫖客老鸨谁不认识这位穷酸书生？明明是个翰林院编修，偏偏住在这烟花柳巷之地，要说是性情中人倒也罢了，最可恨几年来一次也未光顾姐妹们的生意，每次走过坊道都衣袖遮脸加快脚步口中念叨着"惭愧惭愧"，真不知道是惭愧于文人的面子，还是裤裆里那见不得人的东西。

唯有朱大鲧知道，他惭愧的是袋里的孔方兄。宋兵一来翰林院就停了月例，围城三月，只发了一斛三斗米、五陌润笔钱。说是足陌，数了数每陌只有七十七枚夹铅钱，这点儿家当要是进暖香院春风一度，整月就得靠麸糠果腹了。再说他还得交网费，当初选择住在宣仁坊不仅因为租金便宜，更看重网络比较便利，屋后坊墙有网管值班的小屋，遇见状况只要蹬梯子喊一声就行。每月网费四十钱，打点网管也得花几个铜子儿，入不敷出是小问题，离了网络，他可一日也活不下去。

"磨蹭什么呢，快走快走！"赵大一拽锁链，朱大鲧踉跄几步，慌乱用手遮着脸走过长街。转眼间出了宣仁坊大门，拐弯沿朱雀大街向东行，路上行人不多，战乱时节也没人关心铁链锁着的囚犯，朱大鲢一路遮遮掩掩生怕遇见翰林院同僚，幸好是吃饱了饭鼓腹高眠的时候，一个文士也没碰着。

"大……大人。"走了一程，朱大鲢忍不住小声问道，"到底是什么罪名啊？"

"啊？"赵大竖起眉毛回头瞪他一眼，"造谣惑众、无中生有，你们在网络鼓捣的那些事情以为官府不知道吗？"

"只是议论时政为国分忧也有罪吗？"朱大鲢道，"再说网络上说的话，官府何以知道？"

赵大冷笑道："官家的事儿自有官家去管，你无籍无品的小小编修，可知议论时局造谣中伤与哄堂塞署、逞凶殴官同罪？再说网络是东城别院搞出来的玩意儿，自然加倍提防，你以为网管是疏通网络之职，其实你写下的每一个字儿都被他记录在案，白纸黑字，看你如何辩驳！"

朱大鲢吃了一惊，一时间不再说话。"突突突突……"一架火油马车突烟冒火驶过街头，车厢上漆着"东城廿二"字样，一看就知是东城别院的维修车。"又快到攻城时间啦。"一名广阳兵说道，"这次还是有惊无险吧。"

"嘘，是你该说的话吗？"同伴立刻截停了话头。

前面柳树荫凉下摆着摊，摊前围着一堆人，赵大跟手下娃娃兵打趣道："刘十四，攒点儿银子去洗一下，回来好讨婆娘。"

刘十四脸红道："莫说笑，莫说笑……"

朱大鲢就知道那是东城别院洗黥面的摊子。汉主怕当兵的临阵脱逃，脸上要墨刺军队名，建雄军黥着"建雄"，寿阳军黥着"寿阳"，若像刘十四这样从小颠沛流离身投多军的，从额头至下巴密密麻麻黥着"昭义武安武定永安河阳归德麟州"，除了眼珠子，整张脸乌漆麻黑，要再投军只好剃光头发往脑壳上黥了。东城那位王爷想出洗黥面的点子，立刻让军兵趋之若鹜，用蘸了碱液的细针密密麻麻刺一遍，结痂后揭掉，再用碱液涂抹一遍缠上细布，再结痂长好便是白生生的新皮。正因为宋军围城人心惶惶，军兵们才要讨个婆娘及时行乐，鲁王爷算是抓准了大伙的心思。

几人走过一段路，在有仁坊坊铺套了一辆牛车，乘车继续东行。朱大鲢坐在麻包上颠来倒去，铁链磨得脖子发痛，心中不禁有点儿后悔接了这个差使。他与马步军都指挥使郭万超算是旧识，祖上在高祖（后汉高祖刘知远）时曾同朝为官，如今虽然身份云泥，仍三不五时一起烫壶小酒聊聊前朝旧事。那天郭万超唤他过去，谁知道宣徽使马峰居然在座，这把朱大鲢吓得不轻。老马峰可不是平常人，其女是当朝天子的宠妃，皇帝常以"国丈"称之，不久之前刚退下宰相之位挂上宣徽使的虚衔，整座晋阳城除了拥兵自重的都指挥使和几位节度使，就数他位高权重。

"这不是谋逆吗？"酒过三巡，马峰将事由一说，朱大鲧立刻摔杯而起。

"司马温公说'尽心于人曰忠'，《晏子》言'故忠臣也者，能纳善于君，不能与君陷于难'，君子不立危墙之下，朱八兄须思量其中利害，为天下苍生……"老马峰扯着他的衣袖，胡须颤巍巍地说着大道理。

"坐下坐下，演给谁看啊。"郭万超啐出一口浓痰，"谁不知道你们一伙穷酸书生成天上网发议论，说皇帝这也不懂那也不会，大汉江山迟早要完，这会儿倒装起清高来啦？一句话，宋狗一旦打破城墙，全城人全得完蛋，还不如早早投了宋人，换城里几万人活命，这账你还算不清吗？"

朱大鲧站在那儿走也不是坐也不是，犹豫道："但有鲁王在城墙上搞的那些器械，晋阳城固若金汤，听说前几天大辽发来的十万斛粟米刚从汾水运到，尽可以支持三五个月……"

郭万超道："呸呸呸！你以为鲁王是在帮咱们？他是在害咱们！宋狗现在占据中原，粮钱充足，围个三年五载也不成问题，三月白马岭一役宋军大败契丹，南院大王耶律挞烈成了刀下鬼，吓得契丹人缩回雁门关不敢动弹，一旦宋人截断汾水、晋水，晋阳城就成了孤城一座，你倒说说这仗怎么打得赢？再说那个东城王爷不知道从哪儿钻出来的，搞出那么多稀奇古怪的玩意儿，他是真心想帮我们守城？我看未必！"

话音落了，一时间无人说话，桌上一盏火油灯毕剥作响，照得斗室四壁生辉。这灯自然也是鲁王的发明，灌一两二钱猛火油可以一直燃到天明，虽然烟味刺鼻，熏得天花板又黑又亮，可毕竟比菜油灯亮堂多了。

"……要我怎么做？"朱大鲧慢慢坐下。

"先讲道理，后动刀子，古往今来不都是这么回事儿？"郭万超举杯道。

四

鲁王确实不知道从哪里钻出来的。宋兵围城之前没人听过他的名号，河东十二州一丢，东城别院的名字开始在坊间流传。一夜之间晋阳城多了无数新鲜玩意儿，最显眼的是三件东西：中城的大水轮和铸铁塔，城墙上的守城兵器，还有遍布全城的网络。

晋阳城分西、中、东三城，中城横跨汾水，大水轮就装在骑楼下方，随着水势日夜滚动。水轮这东西早被用来灌溉农田，碾米磨面，谁也没想到还能有这么多功用，吱吱嘎嘎的木头齿轮带动了铸铁塔的风箱、城头的水龙与火龙、绞盘、滑车。铸铁塔有几个炉膛，风箱吹动猛火油煮沸铁水，铸出来的铁器又沉又硬，比此前不知方便了多少倍。

城墙上的变化更大，鲁王爷给城墙铺上两条木头轨道，用绳索拉着两头，扳下一个机簧，水轮的力量就扯着轨道上的滑车飞驰起来，从大厦门到沙河门就算驾快马也须一炷香时间才能赶到，坐上滑车，只消半袋烟时间就能到达。第一次发车的时候绑在上面的几个小兵吓得嗷嗷乱叫，多坐几次觉得有趣，食髓知味，就成了滑车的管理员，整日赖在车上不肯下来。滑车共有五辆，三辆载人，两辆载砲，大砲与汉人惯用的发石机没什么不同，就是改用水轮拉紧牛皮筋，再不用五十名大汉背着绳索上弦；抛出的亦不再是石块，而是灌满猛火油的猪尿脬，尿脬里装一包油布裹着的火药，留一条引线出来，注满猛火油后将口扎紧，发射前将捻子点燃。

鲁王爷在墙头挂满泥檑。守城缺不了滚木檑石，但木头丢下一根少一根，石头扔下一块少一块，围城久了只怕连房顶都得拆了往下扔。东城别院就搞了个阴损毒辣的发明，用黄泥巴掺上稻草铸成五尺长、两尺粗的大泥柱子，表面嵌满大铁蒺藜，铁蒺藜专门泼上脏水等它生出黑不黑、红不红的铁锈，因为鲁王爷说这样会让宋兵得一种叫"破伤风"的怪病。选上好黄泥用草席盖上闷一星期煨成熟泥，加上糯米浆、碎稻草和猪血反复捶打，这样铸成的泥檑每个重达两千六百斤，金灿灿，冷森森，泛着黄铜一样的油光，通体长满脏兮兮的生锈铁蒺藜，着实是件杀人利器。泥檑两端挂上铁锁链拴在城墙上，宋军一来，数百个大泥柱子劈头盖脸砸下，把云梯、冲车、盾牌和兵卒一齐砸成粉碎，这厢绞盘一转，水轮之力嘎吱嘎吱将铁链卷起，沾满了血的泥檑又晃晃悠悠升上城墙。

宋人在泥檑下吃了苦头，后来只让老弱病残和契丹降卒做先锋，趁泥檑把弃卒砸扁时发动井栏、云梯和发石机猛攻。这时滑车上的猪尿脬砲就到了开火时机，一时间数百个红彤彤、骚哄哄、软囊囊的尿脬漫天飞舞，落在宋军中化作火球四下延烧，灼得木头毕剥作响、兵卒吱哇乱叫，空气中立时弥漫着一股果木烤肉的芳香。最后就到了弓箭手出场，专拣宋军中有帽缨的家伙攒射，因为众所周知只有将官头上才飘着鸟毛。不过羽箭数量稀少必须省着点儿用，一人射个三五箭便归队休息，一场大战就此结束。城下一片烟熏火燎鬼哭狼嚎，城上汉人遥遥指点战场计算着杀人的数量，每杀一个人，在自己手上画一个黑圈，凭黑圈数量找东城别院领赏钱。按照鲁王爷计算近几个月死在城下的宋兵已达两百万之众，不过看那吹角连营依然无边无际，大家就心照不宣谁都不提统计口径的问题。

一座晋阳城守得固若金汤，怕大伙在城内闲得无聊，鲁王爷又发明了网络。他先搞出了一种叫活字的东西（据他说是剽窃一位毕昇毕老爷的发明，不过谁也没听说过这位了不起的老爷），先做一个阴文木雕版的《千字文》，然后用混合了糯米、稻草和猪血的黄泥巴压在雕版上面晒干，最后整个揭下来切成烧肉大小的长方块，用泥楦边角料制作的阳文活字就完成了。将一千个活字放在长方形的字箕里面，每个活字后面用机簧绷上一缕蚕丝，一千缕蚕丝束成手腕粗细的一捆，这个叫"网"。字箕放在屋子里，蚕丝从墙根穿出到达网管的小屋，每捆蚕丝末端都截得整整齐齐套上一个铁网，每一缕丝线末尾绑着个小钩，挂在铁网上面。网管小屋只有个天棚遮雨，四壁挤挤挨挨挂满网线，若两台字箕之间要说话，找到两条网线将铁网一拧"咔嗒"一声锁好一千个小钩，两捆蚕丝就连了起来，这个叫"络"。

网络一连好，就可以通过字箕对话了，这厢按下一个活字，小机簧将蚕丝拉紧，那厢对应位置的活字就陷了下去。虽然从天地玄黄宇宙洪荒日月盈昃辰宿列张密密麻麻一千个字里面选出要用的活字很费眼力，可熟手自然能打得飞快。有学究说汉字博大精深，千字文虽然是一本开蒙奇书，可要拿来畅谈宇宙人生，区区一千个字怎么够用？鲁王爷却说这一千个字彼此并不重复，别说畅谈宇宙，古往今来大多数好文章都能用这一千个字做出来，真真是够用得很啦。

《千字文》里实则有两个"洁"字重复，东城别院删掉了一个字，换上一个有弯钩符号的活字。因为两人通过网络对谈的时候，又要打字，又要盯着字箕看对方发来的字句，分心二用太难，鲁王爷就规定说完一句话之后要按下这回车键，表示自己的话说完了，轮到对方说话。为什么叫"回车"，王爷没解释。

起初网络只能两人对话，后来发明了一种复杂的黄铜钩架，能够将许多网线同时挂在一起，一个人按下活字，其他人的字箕都会收到信息。这时候又出现了新的问题，八名文士聊天，一个人说完话按下回车，其余七个人会同时抢着说话，这时字箕就会抽筋似的起起伏伏，好似北风吹皱晋阳湖的一池黑水。为了解决这个问题，东城别院发售了一种附加字箕，上面有十个空白活字，在用黄铜钩架组成网络的时候，大伙先将对方的雅称刻在空白活字上面。八名文士的小圈子，每个人的附加字箕都刻上八个人的称号，谁要发言，按下代表自己的活字，谁的活字先动，谁就有说话的权利，直到按下回车键为止。朱大鲦最喜欢把代表自己的"朱"字使劲按个不停，此举自然遭到了圈子内的严正谴责，因为此举不仅对其他人发言的权利造成干扰，更容易把网线搞断。鲁王爷一开始把这种制度叫作"三次握手"，后来又改叫"抢麦"，这几个字到底是啥意思，王爷也没解释。

蚕丝固然坚韧，免不了遭受风吹雨打虫蛀鼠咬和朱大鲦此类混人的残害，断线的事情时有发生。有时候聊着天，有人忽然大骂"文理狗屁不通辱骂先贤有失文士的身份"，那说明有活字的蚕丝断了，本来写的是"子曰：尧舜其犹病诸"，结果变成了"子曰：尧舜病诸"，这不光骂了尧舜先帝，更连孔圣人都坑进去了。此时就要高声喊"网管！"，给网管些小钱让他检查网线，顺便到坊市带两斤烙饼回来。网管会断开网线，找到断掉的蚕丝打一个结系紧，若不花点儿钱跟网管搞好关系，他会把绳结打得又大又肿，导致网络拥堵速度慢如老牛拉车；要是铜钱给足了，他就拿小梳子将蚕丝理得顺顺滑滑，系一个小小的双结，然后把两斤烙饼丢进窗口，喊一声"妥了！"——这就是朱大鲦荷包再窘迫也要花钱打点网管的原因。

东城别院的守城器械收买了军心，稀奇古怪的小发明收买了民心，网络则收买了文士之心。足不出户，坐而论道，这便利自三皇五帝以来何朝何代曾经有过？宋兵围城人人自危，再不能出晋阳城攀悬瓮山，观汾水，赏花饮酒，关起门来文墨消遣反而更觉苦闷，若不是网络铺遍西城，这些穷极无聊的读书人还不反了天去？一国囿于一城，三省六部名存实亡，举月无俸禄，天子不早朝，青衫客们成了城中最清闲无用的一群，唯有在网络上做做酸诗吐吐苦水发发牢骚。有人喜爱上网，自然有人敬鬼神而远之，有人念鲁王爷的好，自然也有人背地里戳他脊梁骨，这位谁都没见过真容的王爷是坊间最好的话题。

朱大鲦做梦也没想到自己第一次与王爷扯上关系，居然是被马峰、郭万超派去游说投降之事。是战，是降，大道理他自己还没想明白，但既然文武二相都这么看重自己，他只能怀揣降表和利刃硬着头皮上前了。

五

牛车吱吱嘎嘎向前，经过一所馆驿，这两进带园子的馆驿是鲁王爷初到晋阳城时修建的，漆成橙色，挂着蓝牌，上写两个大字"汉庭"。"汉庭"指的是"大汉的庭院"，这馆名固然古怪，比起鲁王爷后来发明的新词来倒不算什么了。

鲁王爷搬到东城别院之后，馆驿围墙上凿出两扇窗来，一扇卖酒，一扇卖杂耍物件。酒叫"威士忌"，意指"威猛之士也须忌惮三分"，用辽国运来的粟米在馆驿后院浸泡蒸煮，酿出来的酒液透明如水、冷冽如冰，喝进嗓子里化为一道火线穿肠而过，比市酿的酒不知醇了多少倍。一升酒三百钱，这在私酿泛滥的时候算得上高价，可好酒之徒自然有赚钱换酒的法子。

"军爷，射一轮吧！"

朱大鲦扭过头，看见城墙底下站着十数个泼皮无赖，站在茅草车上冲城外齐声高喊。城墙上探出一个兵卒的脑袋，见惯不怪道："赵大赵二，又缺钱花了？这回须多分我些好酒上下打点，不然将军怪罪下来……"

"自然，自然！"泼皮们笑道，又齐声喊："军爷，射一轮！军爷，射一轮！"

不多时，城外便传来宋军的喊声："言而有信啊！五百箭一斗酒，你们山西人可不能给我们缺斤短两啊！"

"自然自然！"泼皮们一听四下散开，不知从哪里推出七八辆载满干草的车子摆在一处，捂着脑袋往城墙下一蹲："军爷，射吧！"

只听得弓弦嘣嘣作响，羽箭唰唰破空，满天"飞蝗"越过墙头直坠下来簌簌穿入草堆，眨眼间把七八辆茅草车钉成了七八个大刺猬。朱大鲦远远看得新鲜，开口道："这草船借箭的法子也能行得通？"

赵大啐道："呸！这帮无赖买通了宋兵，说重了可是里通外国的罪名。围城太久箭支匮乏，皇帝张榜收箭，一支箭换十文钱，这些无赖收了五百箭能换五千钱，买一斗七升酒，一斗吊出城外给宋兵，两升打点城上守军，剩下五升分了喝，喝醉了满街横睡，疲懒之辈！"他扭头瞪眼大喝一声："大胆！没看到我吗？"

众泼皮也不害怕，嘻嘻哈哈行礼，推着小车一溜烟钻进小巷，朱大鲦就知道这赵大嘴上说得轻巧，肯定也收了泼皮的供奉。他没有点破，只叹一声："围城越久，人心越乱，有时候想想不如干脆任宋兵把城打破罢了，是不是？"

赵大嚷道："胡说什么！再说忤逆的话拿鞭子抽你！"朱大鲦始终摸不准此人是不是马峰派出的接应，也就不再多说。

日头毒辣，牛车在蔫柳树的树荫里慢慢前行，驶出了西城内城门，沿着官道进入中城，中城宽不过二十丈，分上下两层，下一层有大水轮、铸铁塔诸多热烘烘吵闹闹的机关，上一层走行人车马，路两旁是水文、织造、冶锻、卜筮的官房，路面尽用枣木铺成。晋阳中城是武后时并州长史崔神庆以"跨水连堞"之法修筑而成，距今已逾三百年，枣木地板时时用蜂蜡打磨，人行马踩日子久了变成凝血般的黑褐色，坚如铁石，声如铜钟，刀子砍上去只留下一条白痕，拆下来做盾牌可抵挡刀剑矢石，就算宋人的连环床弩都射不穿。围城日久，枣木地板被拆得七七八八，路面用黄土随意填平，走上去深一脚浅一脚，碰到土质疏松的地方能崴了牛蹄子。

赵大吩咐一声"下车"，着一个小兵赶着牛车还给坊铺，自己牵囚犯步行走入中城。今年河东干旱，汾水浅涸，朱大鲦看一条浊流自北方蜿蜒而来，从城下十二连环拱桥潺潺流过，马不停蹄涌向南方，不禁赞道："大辽、大汉、宋国，从北到南，一水牵起了三国，如此景致当前，当赋诗一首以资……"

话音未落，赵大狠狠一巴掌抽在他后脑勺，把幞头巾子打得歪歪斜斜，也把朱大鲦的诗性抽得无影无踪。赵大抹着汗骂道："你这穷酸，老子出这趟差汗流了一箩筐，你还在那边叽叽歪歪惹人烦，前面就到县衙，闭嘴好好走路！"朱大鲢立刻乖乖噤声，心中暗想等恢复自由之身一定在网上将你这恶吏骂得狗血喷头，转念又一想，此行若是马到成功，说服了东城别院鲁王爷，大汉就不复存在，晋阳城尽归宋人，到时候还能有网络这回事吗？一时之间不禁有点儿迷茫。

一路无言穿过中城进入东城，东城规模不大，走过太原县治所，在尘土纷飞的街上转了两个弯进了一座青砖灰瓦的院子，院子四面墙又高又陡，窗户都钉着铁栏杆。赵大与院中人打个招呼交接文书，广阳兵推搡着朱大鲢进了西厢房，解开锁链，喊道："老爷开恩让你独个儿住着，一日两餐有人分派，若要使用钱粮被褥可以托家里人送来，逃狱罪加一等，过两天提审，好好跟老爷交代罪行，听到没有？"

朱大鲢觉得背后一痛，跌跌撞撞摔进一个房间，小卒们哗啦啦挂上铁链，"嘎嘣"一声锁上门转身走了，朱文人爬起来揉着屁股四处打量，发现这屋里有榻、有席、有洗脸的铜盆和便溺的木桶，虽然光线暗淡，却比自己的破屋整齐干净得多。

他在席上坐了，摸摸袖袋，发现一应道具都完好无损：一本《论语》，舌战鲁王爷时要有圣贤书壮胆；一只空木盒，夹层里装着宣徽使马峰洋洋洒洒三千言的血书檄文，血是鸡血，说的是劝降的事儿，不过其义正词严的程度令朱大鲢五体投地；一柄精钢打造六寸三分长的双刃匕首，匹夫之怒，血溅五步，一想到这最终的手段，朱大鲢体内的沙陀突厥血统就开始蠢蠢欲动。

六

醒来的时候，朱大鲢才知道自己不知何时睡着了。窗口斜进来一线夕阳，天色已晚，过道里有脚步声响起，朱大鲢慢腾腾爬起来活动一下身体，从栅栏缝隙里向外看去。

临行前马峰说已在狱中安插了内应，会在合适的时机现身。此刻一名狱卒打着个油纸灯笼晃悠悠走来，右手拎着食盒，口中哼着小曲，走到这间牢房停了下来，用灯笼把儿将栅栏一敲："喂喂，吃饭。"说着从食盒中捏出两张胡饼卷上酱菜，从栅栏缝隙里递进来。

朱大鲢接过赔笑道："多谢，多谢。上差是不是有什么话要带给学生？"

狱卒闻言左右看看，放下食盒从怀中摸出一张纸条来，低声道："喏，自己点灯看，别给别人瞧见。将军嘱咐过，尽人事，听天命，若依他的话，成与不成都有你的好处在里面。"言毕又提高音量："瓮里有水自己掬来喝，便溺入桶，污血、脓疮、痰吐莫要弄脏被褥，听到没有？"

拎起食盒，狱卒挑着灯笼晃悠悠走了，朱大鲦三口两口吞下胡饼，灌了几口凉水，背过身借着暗淡残阳看纸上的字迹。看完了，反倒有点儿摸不着头脑，本以为狱卒是都指挥使郭万超派来的，谁知纸上写的是另一回事，上写着："敬启者：我大汉现在很危险，兵少粮少，全靠守城的机械撑着，最近听闻东城别院人心不稳，鲁王爷心思反复，要是他投降宋国，大汉就无可救药了，看到我信，希望你能面见王爷把利害说清楚，让他万万不能屈膝投降。他在东城别院里不见外人，只能出此下策，要为了我大汉社稷着想，请一定好好劝王爷坚持下去，总有一天能打赢宋国噫！——杨重贵再拜。"

这段话文字不佳，字体不妙，一看就是没什么学问的粗人手笔，落款"杨重贵"听着陌生，朱大鲦想了半天才想起来那是建雄军节度使刘继业的本名，他本是麟州刺史杨弘信之子，被世祖刘崇收为养孙，改名刘继业，领军三十年战无不胜攻无不克，号称"无敌"，如今是晋阳守城主将。落款用本名，显示出他与皇帝心存不和，这一点不算什么秘密，天会十三年（969年）闰五月宋太祖决汾水灌晋阳城，街道尽被水淹，满城漂着死尸和垃圾，刘继业与宰相郭无为联名上书请降，被皇帝刘继元骂得狗血淋头，郭无为被砍头示众，刘继业从此不得重用。

当年主降，如今主战，朱大鲦大概能猜出其中缘由。无敌将军虽然战功彪炳杀人无数，却耳根子软、眼眶子浅，是条看到老百姓受苦自己跟着掉眼泪的多情汉子。当年满城百姓饿得嗷嗷叫，每天游泳出门剥柳树皮吃，晚上睡觉一翻身就能从房顶掉进一人多深的臭水里淹死，刘继业看得心疼，恨不得开门把宋兵放进来拉倒；如今粮草充足，全城人吃饱之外还能拿点儿余粮换点儿威士忌喝、买点儿小玩意儿玩、到青楼去消费一番，物质和精神都挺满足，刘继业自然心气壮了起来，只愿宋兵围城一百年把宋国皇帝拖到老死才算报当年一箭之仇。东城别院盘踞在东城不见外客，除了囚犯谁也接触不到这位鲁王爷，刘将军写了封大白话的请愿书留在监狱里，想通过某位忧国忧民的罪犯在鲁王爷耳畔吹吹风。

"哦……"朱大鲦恍然大悟，把纸条撕碎了丢进马桶，尿了泡尿毁灭行迹。送饭的狱卒并非自己等待的人，而是刘继业安排的眼线，这事真是阴差阳错奇哉怪也。

窗外很快黑了，屋里没有灯，朱大鲦独个儿坐着觉得无聊，吃饱了没事干，往常正是上网聊天的好时间。他手痒痒地活动着指头，暗暗背诵着《千字文》——若对这篇奇文不够熟悉，就不能迅速找到字箕中的活字，这算是当代文士的必修课了。

这时候脚步声又响起，一盏灯火由远及近，朱大鲦赶紧凑到栏杆前等着。一名举着火把的狱卒停在他面前，冷冷道："朱大鲦？犯了网络造谣罪被羁押的？"

翰林院编修立刻笑道："正是小弟我，不过这条罪名似乎没听说过啊……上差是不是有什么话要带给学生的？"

"哼。跪下！"狱卒忽然正色道，左右打量一下，从怀中掏出一样明晃晃、金灿灿的东西迎风一展。朱大鲦大惊失色扑通跪倒，他只是个不入编制的小小编修，但曾在昭文馆大学士薛君阁府邸的香案上见过此样物事，当下吓得浑身瑟瑟发抖，额头触地不敢乱动，口中喃喃道："臣……罪民朱大鲦接……接旨！"

狱卒翘起下巴一字一句念道："奉天承运皇帝诏曰：朕知道你有点儿见解，经常在网上议论国家大事，口齿伶俐，很会蛊惑人心，这回你被人告发受了不白之冤，朕绝对不会冤枉你的，但你要帮朕做件事情。东城别院朕不方便去，晋阳宫鲁王爷不愿意来，满朝上下没有一个信得过的人，只能指望你了。你我是沙陀同宗，乙毗咄陆可汗之后，朕信你，你也须信我。你替我问问鲁王，朕以后该怎么办？他曾说要给朕做一架飞艇，载朕全家一百零六口另加沙陀旧部四百人出城逃生，可以逆汾水而上，攀太行山越雁门关直达大辽，这飞艇唤作'齐柏林'，意为飞得与柏树林一样高。不过鲁王总推说防务繁忙无暇制造飞艇，拖了两个月没造出来，宋兵势猛，朕心甚慌，爱卿你替我劝说鲁王造出飞艇，定然有你一个座位，等山西刘氏东山再起时，给你个宰相当当。君无戏言。钦此。"

"领……领旨……"朱大鲦双手举过头顶，感觉一卷沉甸甸的东西放进手心，狱卒从鼻孔哼道："自己看着办吧。要说皇帝……"摇摇头，他打着火把走开了。

朱大鲦浑身冷汗站了起来，把一卷黄绸子恭恭敬敬揣进衣袖，头昏脑涨想着这道圣旨说的事情。郭万超、马峰要降，刘继业要战，皇帝要溜，每个人说的话似乎都有道理，可仔细想想又都不那么有道理，听谁的，不听谁的？他心中一团乱麻，越想越头疼，迷迷糊糊不知过了多久，又有脚步声传来，这回他可没精神了，慢慢踱到栏杆前候着。

来的是个举着猛火油灯的狱卒，拿灯照一照四周，说："今天牢里只有你一名囚犯，得等到换班才有机会进来。"

朱大鲦没精打采道："……上差是不是有什么话要带给学生的？"这话他今天都问了三遍了。

狱卒低声道："将军和马老让我通知你，明天巳时一刻东城别院会派人来接你，鲁王爷又在鼓捣新东西正需要人手，你只要说精通金丹之道，自然能接近鲁王身边。"

朱大鲧讶道："丹鼎之术？我一介书生如何晓得？"

狱卒皱眉道："谁让你晓得了？能见到王爷不就行了，难道还真的要你去炼
丹吗？把胡粉、黄丹、朱砂、金液、《抱朴子》、《参同契》、《列仙传》的名字胡
诌些个便了，大家都是不懂，没人能揭你的短去。记住了就早早睡，明天就看
你了，好好劝说！"说完话他转身就走。走出两步，又停下来问："刀带了没？"

七

不知不觉天色亮了。有喊杀声遥遥传来，宋兵又在攻城，晋阳城居民对此
早已司空见惯，谁也没当回事儿。有狱卒送了早饭来，朱大鲧端着粟米粥仔细
打量此人，发现昨夜只记住了灯笼、火把和油灯，根本没记住狱卒的长相，也
不知这位究竟是哪一派的人手。

喝完粥枯坐了一会儿，外面人声嗡嗡响起，一大帮身穿东城别院号服的大
汉拥进院子。狱卒将朱大鲧捉出牢房带到小院当中，有个满脸黄胡子的人迎上
前来："这位老兄，我是鲁王爷的手下，王爷开恩，狱中囚犯只要愿进别院帮工
就能免除刑罚，你头上悬着的左右不是什么大罪名，在这儿签字画押，就能两
清。"这人掏出纸和笔来，笔是蘸墨汁的鹅毛笔——在鲁王爷发明这玩意儿以前
谁能想到揪下鸟毛来用烧碱泡过削尖了就能写字？

朱大鲧迷迷糊糊想要签字，黄胡须把笔一收："但如今王爷要的是会炼丹的
能人异士，你先告诉我会不会丹鼎之术？实话实说，看老兄你一副文绉绉的样
子，可别胡吹大气下不来台。"

"在下自幼随家父修习《参同契》，精通大易、黄老、炉火之道，乾坤为鼎，
坎离为药，阴阳纳甲、火候进退自有分寸，生平炼制金丹一壶零二十粒，日日
服食，虽能白日升仙，但渐觉身体轻捷、百病不生，有将欲养性、延命却期
之功。"朱大鲧立刻诌出一套说辞，为表示金丹神效，腰杆用力"啪啪"翻了两
个空心筋斗，抄起院里的八十斤石鼓左手换右手右手换左手在头顶耍两个花，
"扑通"一声丢在地上，把手一拍，气不长出，面不更色。

黄胡须看得眼睛发直，一群大汉不由得啪啪拍起手来。身后狱卒偷偷竖起
一个大拇指，朱大鲧就知道这位是马峰派来的内应。"好好，今天真是捡到宝
了。"黄胡须笑着打开腰间小竹筒，将鹅毛笔蘸满墨汁递过来，"签个名，你就
是东城别院的人了，咱们这就进府见王爷去。"

朱大鲧依言签字画押。黄胡须令狱卒解开他脚上镣铐，冲狱中官吏走卒作
个罗圈揖，带着众大汉离开小院。一行人簇拥着朱大鲧走出半炷香时间，转弯

到了一处大宅，这宅子占地极阔，楼宇众多，门口守着几个蓝衫的兵卒，看见黄胡须来了便笑："又找到好货色了？最近街坊太平，好久都没有新人入府哪。"

黄胡须应道："可不是？为了找个会炼丹的帮手，王爷急得抓心挠肝，这回算是好了。"

朱大鲧好奇地打量着这座府邸，看门楼上挂着块黑底金字的匾，匾上龙飞凤舞写着一个"宅"字。他没看明白，揪旁边一名大汉问道："仁兄，请问这就是鲁王的东城别院对吧？为何匾额没有写完就挂了上去？"大汉嘟囔道："就是王爷住的地方。这个匾写的不是什么李宅孙宅王爷宅，而是鲁王爷的字号，他老人家平素以'宅'自夸，说普天下没人比他更宅。后来就写成了匾挂了上去。"朱大鲧满头雾水道："那么'宅'到底是什么意思？"大汉道："谁知道啊！王爷说什么就是什么吧！"

别院门口聚着一群人，有皇家钦差、市井商贾、想沾光的官宦、求申冤的草民、拿着自个儿发明的东西等赏识的匠人、买到新鲜玩意儿玩腻了之后想要退货的闲人、毛遂自荐的汉子和卖弄姿色的流莺。看门的蓝衫人拿着个簿子挨个登记，该婉拒的婉拒，该上报的上报，该打出去的掏出棍子狠狠地打，拿不定主意的就先收了贿赂告之说等两天再来碰运气，秩序算是井井有条。

黄胡须领众大汉进了东城别院。院子里是另一番气象，影壁后面有个大水池，池子里有泉水喷出一丈多高，水花四溅，蔚为壮观。黄胡须介绍道："这个喷水池平时是用中城的水轮机带动的，现在宋兵攻城，水轮机用来拉动滑车、透视机和铰轮，喷水池的机关就凭人力运动。别院中有几十名力工，除了卖力气什么都不会，跟你这样的技术型人才可没法比啦。"朱大鲧听不懂他说的新词儿，就顺着他手指方向一看，果然看见五名目光呆滞的壮汉在旁边一上一下踩着脚踏板，踏板带动转轮，转轮拉动水箱，水箱阀门一开一合将清水喷上天空。

绕过喷泉，钻进一个月亮门进到第二进院子，两旁有十数间屋子，黄胡须道："城中贩卖的电筒、黑眼镜、发条玩具、传声器、放大镜等物都是在此处制造的，内部购买打五折，许多玩意儿是市面上罕有的，有空的话尽可以来逛逛。"

说话间又到了第三进院子，这里架着高高的天棚，摆满黑沉沉、油光光的火油马车零件，一台机器吭哧吭哧冒着白烟将车轮转得飞快，几个浑身上下油渍麻花的匠人议论着"气缸压力""点火提前角""蒸汽饱和度"此类怪词，两名木匠正叮叮当当地造车架子，院子角落里储着几十大桶猛火油，空气里有一种又香又臭的油料味道。这种猛火油产自海南，原本是守城时兜头盖脸浇下去烧人头发用的，到了鲁王手上才有了诸多功用。黄胡须说："晋阳城中跑的火油马车都是此处建造，赚得了别院大半银钱，最新型的马车就快上市贩卖了，叫作'保时捷'，保证时间，出门大捷，听起来就吉利！"

继续走，就到了第四进院子，这个地方更加奇怪，不住有叽叽呀呀的叫声、噼里啪啦的爆炸声、酸甜苦辣的怪味、五彩斑斓的光线传来，黄胡须道："这里就是别院的研究所，王爷的主意如天花乱坠一转眼蹦出几十个，能工巧匠们就按照王爷的点子想方设法把它实现。最好别在这儿久留，没准出点儿什么意外哪。"

一路走来，众大汉逐渐散去，走到第五进院子的只有黄胡须与朱大鲶两人。院门口有蓝衣人守卫，黄胡须掏出一个令牌晃了晃，对了一句口令，又在纸上写下几个密码，才被允许走进院中。听说朱大鲶是新来的炼丹人，蓝衣人把他全身上下摸了个遍，幸好他早把圣旨藏在牢房的天棚里，而匕首则藏在发髻之中。朱大鲶是个大脑袋，戴着个青丝缎的跷脚幞头，蓝衣人揪下幞头来瞧了一眼，看见他头上鼓鼓囊囊一包黄不溜丢的头发，就没仔细检查。倒是从他袖袋中搜出的《论语》引起了怀疑，蓝衣人上下打量他几眼，哗哗翻书："炼丹就炼丹，带这书有什么用？"

这本《论语》可不是用鲁王发明的泥活字印刷的坊印本，而是周世宗柴荣在开封印制的官刻本，辗转流传到朱大鲶手里，平素宝贝得心尖肉一般。朱大鲶肉痛地接过皱皱巴巴的书钻进院子，只听黄胡须道："这一排北房是王爷的起居之所，他不喜别人打扰，我就不进去了，你进屋面见王爷，不用怕，王爷是个性子和善的人，不会难为你的。……对了，还不知老兄怎么称呼？方才签字时没有细看。"

朱大鲶忙道："姓朱，排行第一，为纪念崇伯起名为鲶。表字'伯介'。"

黄胡须道："伯介兄，我是王爷跟前使唤人，从王爷刚到晋阳城的时候就服侍左右，王爷赐名'星期五'。"

朱大鲶拱手道："期五兄，多谢了。"

黄胡须还礼道："哪里哪里。"说完转身出了小院。

朱大鲶整理一下衣衫，咳嗽两声，搓了搓脸，咽了口唾沫，挑帘进屋。屋子很大，窗户俱都用黑纸糊上，点着四五盏火油灯。两个硕大的条案摆在屋子正中，上面满是瓶瓶罐罐，一个人站在案前埋头不知在摆弄什么。朱大鲶手心都是汗，心发慌，腿发软，踌躇半晌，鼓起勇气咳嗽一声，跪拜道："王爷！晚生……在下……罪民乃是……"

那人转过身来，朱大鲶埋着头不敢看王爷的脸，只听鲁王道："可算来了！赶紧过来帮忙，折腾了好几天都没点儿进展，想找个懂点儿初中化学的人就这么难吗？你叫什么名字？跪着干什么，赶紧站起来，过来过来。"王爷一连串招呼，朱大鲶连忙起身垂头走过去，觉得这位王爷千岁语声轻快态度和蔼，是个容易亲近的人，唯独说话的音调奇怪非常，脑中转了三匝才大概听出其中意思，也不知是哪里的方言。"小人朱大鯀，是个犯罪之人。"他拘谨地迈着步子走到屋子中间，脚下叮叮当当不知踢倒多少瓶罐，不是他眼神不好使，是屋里塞满物什，实在没有下足的地方。

"哦，小朱。你叫我老王就行。"王爷踮起脚尖拍了拍他的肩膀道，"个子真大，有一米九吗？听说你是翰林院的啊，真看不出来还是个搞学问的人。吃饭了没？没吃我叫个外卖咱们垫吧垫吧，要是吃过了就直奔正题吧，今儿个的试验还没出结果呢。"

这话说得朱大鯀一阵迷糊。他偷偷抬眼一看，发现这王爷根本不像个王爷，个头不高，白面无须，穿着件对襟的白棉布褂子，头发短短的像个头陀，看年纪二十岁上下，就算笑着说话眉间也有愁容。"王爷所说小人听不太懂……"不知这奇怪王爷到底是什么来路，朱大鯀惶恐鞠躬道。

王爷笑道："你们觉得我说话难懂，我觉得你们才是满嘴鸟语，刚来的时候一个字儿都听不明白，你们说的官话像广东话、客家话，就是不像山西话、陕西话，我又不是古代文学专业的，还以为古代北方方言都差不多呢！"

这些话朱大鯀倒是每个字都能听懂，其中意思却天女散花、维摩不染，一丝一毫没传进耳中。他满脸流汗道："小人学识粗浅，王爷所说的话……"

鲁王将手一挥："听不明白就对了，也不用你听明白。过来扶住这个烧瓶。对了，戴上口罩。你是学过炼丹术的人，不会不知道化学实验中有毒气体的危害吧？"

朱大鯀呆在当场。

八

桌上的水晶瓶里装着朱大鯀一辈子没见过、没闻到过的奇怪液体，有的红，有的绿，有的辛辣扑鼻，有的恶臭难当。王爷给他戴上口罩，指使他扶住一只阔口的小瓮，"拿这根棍子慢慢搅拌，速度千万别快了，听见没？"

这话朱大鯀听得懂。他战战兢兢搅着瓮里的黑绿色汤汁，这东西闻起来有股海腥味，热乎乎的如一缸野菜羹。鲁王介绍道："这是溶在酒精里的干海带灰。你们古代人管海带叫'昆布'，这是从御医那儿要来的高丽昆布，《汤头歌》说'昆布散瘿破瘤'，意思说这玩意儿能治粗脖子病。……哦，对了，《汤头歌》是清朝的，我又搞混了。"说着话，他取出另一只小罐，小心地除去泥封，罐里装满气味刺鼻的淡黄色汁液，"这是硫酸。你们炼丹的管这个叫'绿矾'对不对？也有叫镪水的，《黄帝九鼎神丹经诀》说'煅烧石胆获白雾，溶水即得浓镪水。使白头人变黑头人，冒滚滚呛人白雾，顿时身入仙境，十八年后返老还童。'你应该对这个不陌生。"

朱大鲹不懂装懂连连点头，"王爷所言正是。"

王爷道："叫老王就行，王爷什么的，听着牙碜。我开始了啊，慢慢搅和，可别停。"他在桌案上斜斜支起三扇白纸屏风，戴上口罩，将罐中绿矾水缓缓倾入小瓮之中。朱大鲹只觉一股又酸又臭的气味直冲鼻腔，隔着棉布熏得脑仁生疼，眼中不禁流下泪来。这时只见小瓮中徐徐升起一朵紫色祥云，飘飘悠悠舒卷开来，朱大鲹吓得浑身一凉，却听王爷笑道："哈哈哈，终于成了！只要这土法制碘的试验能够成功，我的大计划就算成了一多半！继续搅别停啊，等整罐都反应完成了再说，我得算算一斤干海带能做出多少纯碘来。——想不想听听我是怎么造出硫酸和硝酸的？这可是基础工业的万里长征第一步啊。"

"想听，想听。"朱大鲹只知道顺嘴答音。

王爷显得兴致很高："我中学的时候化学学得不赖，上大学专业是机械制造，总算有点儿底子在，才能搞到今天这个局面。刚开始想按炼丹术用石胆炼硫酸，谁知全城也凑不出两斤来，根本不够用的；后来偶尔看到炼铁的地方堆着几千斤黄铁矿石，这不是捡到宝了吗？烧黄铁矿能得到二氧化硫，溶于水得到亚硫酸，静置一段时间就成了硫酸，最后用瓦罐浓缩，当年陕北根据地军工厂就是这样土法制硫酸的。硫酸解决了，硝酸就没什么难度，最大的问题是硝石的数量太少，还要拿来制造黑火药，害得我发动整个别院的人去刮墙根底下的尿碱回来提炼硝酸钾，搞得整个院子臊气哄哄臭不可闻，幸好城里人素有贴墙根随地乱尿的习惯，若非如此，晋阳城的工业基础还打不牢靠哩。"

朱大鲹脸红道："有时尿来势不可当，无论男女脱裤就尿，也是人之常情。乡人粗鄙，让王爷见笑了。"

说话间两罐已并作一罐，紫云消失不见，王爷将白纸屏风平铺在桌上，拿小竹片在上面一刮，刮下一层紫黑色粉末来。"海带中的碘在酸性条件下容易被空气氧化，这样就制造出碘单质来了。很好，等我布置下去让他们照方抓药批量生产，再进行下一个试验。"他转身穿过大屋，坐在屋角的字箕前噼里啪啦敲打起来，朱大鲹走过去瞧着，发现这位奇怪王爷打起字来快如闪电，眼睛都不用瞅着活字，盲打的功力着实了得，不禁开口道："王爷这台字箕似乎型号不同啊。"

"叫老王，叫老王。"鲁王道，"原理一样，不过每个终端用了两套活字系统，下面一套用来输入，上面一套用来输出。瞧着。"他按下回车键结束会话，站起来抓住一个曲柄摇动起来。曲柄带动滚筒，滚筒卷着一尺五寸宽的宣纸，宣纸匀速滚过字箕，字箕中刷过墨汁的活字忽然起起伏伏动了起来，将字迹嗒嗒印在宣纸上，朱大鯀弯腰拈起宣纸，读道："'试验结果记录无误，已着化学分部督办。——回车。'……这样清楚方便多了，白纸黑字，看起来就是舒服！何时能在两市发售，我辈定当鼎力支持！"

王爷笑道："这只是个半成品，2.1版本会按照打印机原理将输出文本印在同一行上，不会像现在这样东一个字西一个字看得费劲。你也喜欢上网？到了这个时代我最不习惯的就是没有网络，所以费尽心机搞了这么一套东西出来，总算找回一点儿宅男的感觉啦。"

"王爷千岁……老王。"朱大鯀偷偷抬眼瞧着王爷的脸色，改口道，"小人斗胆问一句，您原籍何处，是中原人士吗？毕竟风骨不同呢。"

鲁王闻言叹息道："应该问是哪个朝代的人吧？我所在的年代，距离现在一千零六十一年三个月又十四天。"

朱大鯀不确定他是在开玩笑还是说疯话，扳着指头一算，赔笑道："这么说来，您竟是（汉）世宗孝武皇帝时候得道、一直活到现在的仙人！"

王爷悠悠道："不是一千年以前，是一千年以后。——还隔着九千亿零四十二个宇宙。"

九

王爷的疯话朱大鯀听不懂，他也没心思弄懂，因为下一个试验开始了。鲁王将一块镀银铜板放进一只雕花木箱，把刚才制得的一小盅纯碘搁在铜板旁，盖好箱盖，在旁边点起一只小泥炉来稍稍加热。不多时，氤氲紫气从箱子缝里四溢出来——好家伙，这就炼出仙丹来了——朱大鯀如此思忖，依王爷吩咐小心摇着扇子，大气都不敢出一口。

等了一会儿，鲁王挪开小火炉，揭开箱盖，用软布垫着小心翼翼将铜板拎出来，只见那亮铮铮的银面上覆盖了一层黄不溜丢的东西，朱大鯀偷偷探头向箱中望了一眼，没发现什么灵丹妙药，可王爷满脸喜色手舞足蹈道："真成了真成了！你瞧，这层黄澄澄的东西叫作碘化银，用小刀刮下来装瓶放暗处保存就可以了。我还会变一个把戏：把这块铜板摆在暗处曝光十几分钟，然后用水银蒸汽显影，再用盐水定影，洗净晾干之后铜板上就会有一幅这屋子的画像了，保证分毫不差！这是达盖尔银版摄影法，利用的是碘化银易被光线分解的特性，不过我们搜集碘化银备用，下次再变给你看吧！"

朱大鯀疑惑道："没有画师，何来画像？……另外，这黄粉有什么奥妙之处，喝下去能身轻体健白日飞升吗？"

王爷笑道："可没那么神。碘化银在我们那个年代主要就两个用途，一个是感光剂，刚才说过了，另一个嘛，等用到的时候你自然能知道。"他边说话边动手，将铜板上的粉末刮进一只小瓷瓶仔细收好，摘下口罩伸了个懒腰，"行了，上午的活儿干完了，我把碘化银的制备方法传出去之后就可以歇一会儿了，没吃饭呢吧？等会儿一起吃。你长得人高马大，手还挺巧，不愧是炼过丹的人。有些问题要问你，可别走远了，我去去就来。"

鲁王坐到字箕前开始噼里啪啦打字，不时摇动滚筒吐出长长的宣纸，捧着纸页边看边点头。朱大鲶在屋里束手束脚什么都不敢碰，生怕搞坏了什么东西，触犯了什么神通。这会儿他终于想起此行的目的，伸手在袖袋里一摸那本《论语》，深吸一口气，低头道："王爷，小人有一事不明，想要请教。"

"说吧，听着呢。"字箕前的人忙着咯吱咯吱卷宣纸筒，没顾上回头。

朱大鲶问道："王爷是汉人还是胡人？"

"别矫情，叫老王。"对方答道，"我是汉族人，北京西城长大的。我妈是回民，我随我爸，从小经常上牛街、教子胡同玩儿去，可是离了猪肉就活不了，没辙。"

朱大鲶已经习惯无视王爷的疯话："王爷是汉人，为何偏居晋阳不思南国呢？"

王爷答道："说了你也不明白，我是汉人，但不是你们这个年代的汉人。我知道五代十国梁唐晋汉周都是胡夷戎狄建立的国家，你多半也是胡人，可我的计划一实现就能回到出发点，到时候你们这个宇宙的这个时间节点与我之间就连屁大点儿的关系都没有了，知道吗？"

朱大鲶走近一步："王爷，宋军围城一事何解？"

王爷回答："解不了，一没兵二没粮，又不能批量生产火枪。燧发枪虽然容易造，可黑火药用到的硫黄根本不够，全城搜刮来几十斤，只够大炮隔三岔五打几发吓唬人用。话说回来，想灭了宋朝人是没戏，撑下去倒是不难，只要赵光义一天没发现辽国送粟米过来的水下通道，晋阳城就能多撑一天。一个空桶绑一个满桶，从汾河河底成排滚过来，这招你们古代人肯定想不到。"

朱大鲶提高音量："可百姓疾苦，不得温饱，守军伤疲日夜号啕，晋阳城多守一日，几万居民就多苦一天啊王爷！"

"咦，问得好。"鲁王从凳子上转过身来："每个来我别院打工的人都是欢天喜地，不光能免了刑罚，还能挣到铜子儿，唯独你说话与别人不同。来聊聊吧，这几个月真没跟正常人说过话。我掉到这个地方来已经——"他从怀里摸出一张纸瞧瞧，在上面打了个叉，"——已经三个月零七天半了。距离观测平台自动返回还剩下二十三天半，时间紧迫，不过从进度来说应该能赶上。"

朱大鲦只听懂了对方话里淡淡的乡愁，立刻朗声道："子曰：父母在，不远游，游必有方。父在，观其志；父没，观其行；三年无改于父之道，可谓孝矣。王爷离家日久，必当思念父母，狐死首丘，乌鸦反哺，羊羔跪乳，马不欺母……"

王爷叹口气："好吧，咱俩还不是一个频道的。你先闭嘴听我说行吗？"

朱编修立刻闭起嘴巴。

王爷悠悠道："你肯定不知道什么叫平行宇宙理论，也不明白量子力学，简单说两句吧。我叫王鲁，是一名普普通通的宅男、穿越小说业余作者和时空旅行从业人员，在我们那个时代由于多重宇宙理论的完善，人人都可以从中介那里花点儿小钱租借一个观测平台进行时空旅行，此前人们认为彼此重叠的平行宇宙数量在 10 ^（10 ^ 118）个左右，不过随后更精确的计算结果指出，由于平行宇宙选择分支结果的叠加，同一时间存在的宇宙数量只有区区三十万兆个左右，这些宇宙在无数量子选择中不断创生、分裂、合并、消亡，而就算彼此之间差异最大的两个平行宇宙也具有惊人的物理相似性，只是在时间轴上的距离越来越远。这挺无聊的，因为人类深空探索的脚步一直停滞不前，对宇宙全景的了解仍然非常浅薄，即使在我到达过的最远宇宙，人类的触角也只不过到达近在咫尺的半人马座；这也挺有趣，因为波函数发动机的发明使我们随随便便都能跨越平行宇宙，从拓扑结构来说，去往越相似的宇宙，所需的能源就越少，目前最先进的观测平台可以把旅行者送到三百兆个宇宙之外的宇宙，而我们这种业余人士租用的设备最多是在四十兆的范围内徘徊。"

朱大鲦连连点头，偷偷摸着袖袋里的东西，心里盘算着等王爷的疯话说完了是该掏出匕首动之以情还是拿出《论语》晓之以理。现在屋里没有别人，是动手的大好时机，沙陀人不是不想立即发动，只是自己心里还有点儿迷惑，没想好到底该按哪位大人物的指示来行动。

王爷拿起茶杯喝了口茶，接着说："我接了个活儿，是北大历史系对五代十国晚期燕云十六州人口数量统计的研究课题，你们这样的平行宇宙处于时间轴的前端，是历史研究最好的观测场所。别以为持有时空旅行许可证的人很多，要经过系统的量子理论、计算机操作、路面驾驶和紧急状况演习等培训与考试后才能上岗，若要接团体游客的话还得去考《时空旅行导游许可证》唻。由于平行宇宙的物理相似性，我在北京宣武门启动观测平台穿越九千亿零四十二个宇宙后来到这里，计算一下公转自转因素，应该准确地出现在幽州地界。谁知道这个观测平台超期服役太久了，波函数发动机居然在旅行途中水箱开锅了，我往里头加了八瓶矿泉水、一箱红牛饮料才勉强撑到目的地，刚到达这个宇宙，发动机就顶杆爆缸彻底歇菜，坠毁在山西汾河岸边的一个山沟沟里。我携带的行李、装备和副油箱全部完蛋，花了十天时间好不容易修好发动机，却发现能源全都漏光了，凭油路里那点儿残油顶多能蹦出两三个宇宙去，那顶什么用啊，最多差了几个时辰的光景。"

这时候外面喊杀声逐渐增强，看来是宋军开始攻击东城城门，王爷回头瞧了一眼字箕上唰唰打出的宣纸报告，啪啪敲打了几个字，笑道："没事儿，例行公事罢了，我调两台尿脬炮过去就行。……说到哪儿了？哦对，波函数发动机勉强能启动，转速一提高就烧机油冒蓝烟跟拖拉机似的，关键是没油啊，人口统计的活儿是别想了，这趟私活儿没在民政部多重宇宙管理局备案，不敢报警，逮住就是三到五年有期徒刑啊！要回家的话得想办法弄到能源才行，我实在没辙了，就把东西藏在山沟沟里，溜溜达达到了晋阳城。"

"王爷，您说没有油，城里有猛火油啊？"朱大鲶忍不住插嘴道，"街上马车尽是烧猛火油的。"

老王叹道："要是烧油的还发什么愁啊。这么说吧，油箱里装的不是实实在在的油，而是势能，平行宇宙间的弹性势能。想要把油箱充满，就得制造出宇宙的分裂，当一个宇宙因为某种选择而分裂出一个崭新的宇宙的时候，我就可以搜集这些逃逸掉的势能作为回家的动力了。这势能不是熵值那种虚无缥缈的东西，就好比一根竹竿折断变成两根，'啪'的一声弹开的那种力道吧？我是不太懂啦，总之必须制造出足够大的事件，使得宇宙产生分裂才行。要怎么做到这一点呢？比如历史上来说，今年三月十四号有个人从晋阳城头一脚踏空跌死在汾河里，这事情有二十位目击者看到，被记载在某本野史当中，倘若三月十四号这天我揪住此人的脖领子救了他一命，一个改变产生了，可它不够大，因为在所有已发生的十万兆宇宙当中，有一千亿个宇宙里他同样得救了，在这个时刻其中一个宇宙的所有常数特征变得与我们现在存身的宇宙完全相同，所以两个宇宙合并了，——当然身处其中的你我什么都感觉不出来，但势能是消减了的，还得从我的油箱中倒扣燃料哪……要使宇宙分裂，必须做出足够大的改变，大到在全部已发生的十万兆宇宙中没有任何一个先例。用坏掉的波函数计算机我勉强算出了一个可能性，一个在没有任何现代设备帮助的条件下能做到的可能性。"

朱大鲶没吭声，老老实实听着。

王爷忽然拉开抽屉拿出个册子来，念道："公元八八二年六月季夏，尚让率军出长安攻凤翔，至宜君寨忽然天降大雪，三天之内雪厚盈尺，冻死冻伤数千人，齐军于是败归长安。这事儿你知道吗？"

"黄巢之乱！"朱大鲶终于能搭上话了，"尚让是大齐太尉，中和二年六月飞雪之事在坊间多有流传，史书亦载。"

"就是这样。"老王道:"我是个现代人,一没带什么死光枪核子弹之类的科幻武器,二没有企业号和超时空要塞在背后支援,我能做到的只有利用高中大学学到的一丁点儿知识尽量改变这个时代。宋灭北汉是史实,在绝大多数宇宙的史书中都记载着五月初四宋军攻破晋阳城,汉主刘继元出降,五月十八日宋太宗将全城百姓逐出城外,一把火把晋阳城烧成了白地。而现在,我已经将这个日期向后拖延了一个多月,宋军不可能无限期地等下去,明眼人都看得出凭这个时代的原始攻城器械根本打不破我亲自加固过的城防。一旦宋军退走,历史将被完全改写,宇宙将毫无疑问地产生分裂!"说到这里,他把玩着装有碘化银的小瓷瓶开怀大笑道,"更别提我现在发明的东西了,这个小玩意儿将立刻改变历史,装满我观测平台的油箱!古代人最迷信天兆,夏天下一场鹅毛大雪,还有比这更能改变历史的事件吗?"

朱大鲦呆呆道:"火烧……晋阳城?大雪?"

"多说无益,随我来!"王爷兴致勃勃地站起身来,牵着朱大鲦的袖子走到大屋西侧的墙边,他不知扳动什么机关,机括嘎嘎转动起来,整面墙壁忽然向外倾倒,露出一个藏在重重飞檐之内的院落来。刺眼阳光蜇得朱大鲦睁不开眼睛,花了好一会儿才看清院里的东西,看了一眼,吃了一惊,因为院里的诸多陈设都是前所未见叫不出名字来的天造之物。几十名劳工正热火朝天地干活,看见王爷现身纷纷跪倒行礼,鲁王笑吟吟地挥手道:"继续继续,不用管我。"

"这边在检查热气球。"指着一群正缝制棉布的工人,王爷介绍道:"我答应给北汉皇帝造个飞艇让他能逃到辽国去,飞艇一时半会儿搞不出来,先弄个气球应景吧。我来到晋阳城以后造了几个新奇小玩意儿收买了几个小官,见到刘继元小皇帝,说能替他把晋阳城守得铁桶一样,他就二话不说给了我个便宜王爷来当,这点儿恩情总是要还给他的。"

转了个方向,是一群人正向黑铁铸造的大炮里填充黑火药,"这门炮是发射降雨弹用的,由于黑火药作为发射药的威力不足,所以要用热气球把大炮吊到天上去,然后向斜上方发射。这些天来我一直在观测气象,别看现在天气很热,每到下午从太行山脉飘来的云团可蕴含着丰富的冷气,只要在合适的时间提供足够的凝结核,就能凭空制造出一场大雪!"王爷笑道,"刚才我将配方传过去,另一处的化学工厂正在全力生产碘化银粉末,花不了多久就能制成降雨弹装填进大炮中去,热气球也已经试飞过一次,只等合适的气象条件就行啦!"

此时天气晴好,日光灼灼,远方的喊杀声逐渐平息,一只喜鹊站在屋檐嘎嘎乱叫。有火油马车轰隆隆碾过石板路,空气中有血、油和胡饼的味道。朱大鲦站在王爷身旁,浑身不能动弹,脑中一片糊涂。

松

十

　　墙壁关闭，屋里又昏暗下来。两人吃了点儿东西，王爷一边上网指挥城防和作坊工作，一边问了些炼丹的问题，朱大鯀硬着头皮胡诌乱侃蒙骗过去。

　　"啊，我得睡会儿，昨晚通宵来着实在熬不住了。"王爷面容困倦地伸个懒腰，走向屋子一角的卧榻，"麻烦你看着点儿，万一有什么消息的话，叫醒我就行。"

　　"是，王爷。"朱大鯀恭敬地鞠个躬，看王爷裹着锦被躺下，没过一会儿就打起了鼾。他偷偷长出一口气，头昏脑涨地坐在那儿胡思乱想。方才鲁王说的话他没听懂，但朱大鯀听出了王爷的口气，这位东城别院之主根本就不在乎汉室江山和晋阳百姓，他是从另一个地方来的人，终究是要回那个地方去的，他创造出的百种新鲜物什、千般稀奇杂耍是为了收买人心、赚取钱财，他设计出的网络是为了笼络文人士族、传达东城别院命令，他售卖的火油马车、兵器和美酒是向武将示好，而那些救命的粮、杀人的火、离奇的雪归根结底都是为了一个目的，为了王爷自己。《韩非子》曰"今有人于此，义不入危城，不处军旅，不以天下大利易其胫一毛，……轻物重生之士也"，这鲁王不正是杨朱"重生"之流？

　　朱大鯀心中有口气逐渐萌生，顶得胸口发胀，脑门发鼓，耳边嗡嗡作响。他想着马峰、郭万超、刘继业、皇帝的言语，想着这一国一州、一州一城、城中万户、芸芸众生。梁唐晋汉周江山更替，胡汉夷狄杂处乱世，朱大鯀也曾想过在这个不得安宁的时代弃笔从戎闯出一番事业，然而终安于一隅、每日清谈，不是因为力气胆识不够，而是胸中志向迷惘。上网聊天时文士们常常议论治国平天下的大道理，朱大鯀总觉得那是毫无用处的空谈，可除了高谈阔论文景之治、昭宣中兴、开元盛世，又能谈点儿什么呢？他要的只是一餐一榻一个屋顶，闲时谈天饮酒，吃饱了捧腹高眠，上网抒发抱负，有钱便逛逛青楼，自由自在，与世无争。可在这乱世，与世无争本身就是逆流而动，就算他这样的小人物也终被卷入国家兴亡当中，如今汉室道统和全城百姓的命运攥在他手里，若不做点儿什么，又怎能妄称二十年寒窗饱读圣贤书的青衫客？

　　朱大鯀从袖中抽出那柄精铁匕首。他知道无法说服王爷，因为这鲁王爷根本不是大汉子民；大道理都是假的，唯有掌中六寸五分长的铁是真的，在这一刹那，一个三全其美的念头在朱大鯀心中浮现，他长大的身躯缓缓站直，嘴角浮出一丝笑意，鞋底悄无声息碾过地板，几步就走到了卧榻之前。

　　"……你要做什么！"忽然王爷翻身坐了起来，双目圆睁叫道，"我被蚊子咬醒了爬起来点个蚊香，你丫拿着个刀子想干吗？我可要叫人了唔唔唔……"

朱大鲧伸手将王爷的嘴捂个严严实实，匕首放在对方白嫩的脖颈，低声道："别叫，留你一条活路。我方才看见你用网络调动东城别院守城军队，靠的是字箕中一排木质活字，把活字交出来，告诉我调军的密语，我就不杀你。"

鲁王是个识趣的人，额头冒出密密麻麻一层汗珠，将脑袋点个不停。朱大鲧将手指松开一条缝，王爷呼哧呼哧喘着粗气从随身褡裢里拿出红色木活字丢在榻上，支支吾吾道："没有什么密语，我这里发出的指令通过专线直达守城营和化学工坊，除了我，没人能在网络上作假……你为什么要这样做？我守住了晋阳城，发明出无数吃的穿的用的新奇的东西供满城军民娱乐，满城上下没有人不爱戴我这鲁王，我到底有哪一点对不起北汉，对不起太原，对不起你了？"

朱大鲧冷笑道："多说无益。你是为自己着想，我却是为一城百姓谋利。第一，我要令东城别院停止守城，火龙、礌石、弩炮一停，都指挥使郭万超会立刻开放两座城门迎宋军入城；第二，宣徽使马峰正在宫中候命，城门一开，军心大乱，他会说服汉主刘继元携眷出降，可我要带着皇帝趁乱逃跑，让他乘那个什么热气球去往契丹；第三，我要将你绑送赵光义，以你换全城百姓活命，宋军围城三月攻之不下，宋主一定对发明守城器械的你怀恨于心，只要将你五花大绑送到面前，定能让他心怀大畅，使晋阳免受刀兵。这样便不负郭马、刘继业与皇帝之托，救百姓于水火，仁义得以两全！"

王爷惊道："什么乱七八糟！你到底是哪一派的啊，让每个人都得了便宜，就把我一个人豁出去了是不是？别玩得这么绝行不行啊哥们儿！有话咱好好说，什么事儿都可以商量着来啊，我可没想招惹谁，只想攒点儿能量回家去，这有错吗？这有错吗？这有错吗？"

"你没错，我也没错，天下人都没错，那到底是谁错了？"朱大鲧问道。

老王没想好怎么回答这深奥的哲学问题，就被一刀柄敲在脑门儿上，干脆利落地晕了过去。

十一

王鲁悠悠醒转，正好看到热气球缓缓升上东城别院正宅的屋檐。气球用一百二十五块上了生漆的厚棉布缝制而成，吊篮是竹编的，篮中装着一支猛火油燃烧器，和那门沉重的生铁炮。三四个人挤在吊篮里，这显然是超载，不过随着节流阀开启、火焰升腾起来，热空气鼓满气球，这黑褐色的巨大飞行物摇摇晃晃地不断升高，映着夕阳，将狭长的影子投满整个晋阳城。

"成了！……成了！"王鲁一激灵一下坐了起来，冲着天空哈哈大笑，此时正吹着北风，暑热被寒意驱散，富含水汽的云朵大团大团聚集在空中，是最适合人工降雪的气象。时空旅行者盯着天空中那越升越高的气球，口中不住念叨着："还不够还不够还不够，再升个两百米就可以发射了，就差一点儿，就差一点儿……"

他想站起来找个更好的观测角度，然后发现双腿没办法挪动分毫。低头一看，他发现自己被绑在一辆火油马车上面，车子停在东城街道正中央，驾车人被杀死在座位上，放眼望去，路上堆积着累累尸骸，汉兵、宋兵、晋阳百姓死状各异，血沿着路旁沟渠汩汩流淌，把干涸了几个月的黄土浸润。哭声、惨叫声与喊杀声在遥远的地方作响，如隐隐雷声滚过天边，晋阳城中却显得异样宁静，唯有乌鸦在天空越聚越多。

"我靠，这是怎么回事？"王鲁惊叫一声扭动身体，双手双脚都被麻绳捆得结结实实，一动弹那粗糙纤维就刺进皮肤钻心疼痛。王爷一连咒骂着不敢再挣扎，呼哧呼哧喘着粗气，这时候一队骑兵风驰电掣穿过街巷，看盔甲袍色是宋兵无疑。这些骑兵根本没有正眼看王鲁一眼，健马四蹄翻飞踏着尸体向东城门飞驰而去，空中留下几句支离破碎的对话：

"……到的太晚，弓矢射不中又能如何？"

"……不是南风，而是北风，根本到不了辽土，只会向南方……"

"……不会怪罪？"

"……不然便太迟！"

"喂！你们要干什么，别把我一个人扔在这儿啊！"旅行者疯狂地喊叫道，"告诉你们的主子我会好多物理化学机械工程技术呢，我能帮你们打造一个蒸汽朋克的大宋帝国啊！喂喂！别走！别走……"

蹄声消失了，王鲁绝望地抬起眼睛。热气球已经成为高空的一个小黑点，正随着北风向南飘荡。"砰。"先看到一团白烟升起，稍后才听到炮声传来，铁炮发射了，时空旅行者的眼中立刻载满了最后的希望之光。他奋力低下头咬住自己的衣服用力撕扯，露出胸口部位的皮肤，在左锁骨下方有一行莹莹的光芒亮着，那是观测平台的能源显示，此刻呈现能量匮乏的红色。波函数发动机要达到百分之三十以上的能量储备才能带他返程，而一场盛夏的大雪造成的宇宙分裂起码能将油箱填满一半，"来吧。"他流着泪、淌着血、咬牙切齿喃喃自语，"来吧！来吧！来吧！来吧！痛痛快快地下场大雪吧！"

每克碘化银粉末能产生数十万亿微粒，五公斤的碘化银足够造就一场暴雪的全部冰晶，在这个低技术时代进行一场夏季的人工降雪，这听起来是无稽之谈，可或许是旅行者癫狂的祈祷应验，天空中的云团开始聚集、翻滚，现出漆黑的色泽和不安定的姿态，将夕阳化为云层背后的一线金光。

"来吧来吧来吧来吧！"

王鲁冲着天空大吼，"轰隆隆隆隆……"一个闷雷响彻天际，最先坠下的是雨，夹杂着冰晶的冰冷的雨，可随着地面温度不断下降，雨化为了雪。一粒雪花飘飘悠悠落在时空旅行者的鼻尖，立刻被体温融化，可紧接着第二片、第三片雪花降落下来，带着它们的千万亿个伙伴。

浑身湿透的旅行者仰天长笑。这是六月的一场大雪，雪在空中团团拥挤着，霎时间将宫殿、楼阁、柳树与城垛漆成粉白。王鲁低下头，看自己胸口的电量表正在闪烁绿色光芒，那是发动机的能量预期已经越过基准线，只要宇宙分裂的时刻到来，观测平台就会获得能量自动启动，在无法以时间单位估量的一瞬间之后将他送回位于北京通州北苑环岛附近那九十平方米的温馨的家。

"这是一个传奇。"王鲁哆嗦着对自己说，"我要回家了，找个安全点儿的工作，娶个媳妇，每天挤地铁上班，回家哪儿也不去就玩玩游戏，这辈子的冒险都够了，够啦……"

以雪堆积的速度，几十分钟后晋阳城就将被三尺白雪覆盖，可就在这时，二十条火龙从四周升起。西城、中城、东城的十几个城门处都有火龙车喷出的火柱，还有无数猪尿脬大炮嘣嘣射出火球，那是他亲手制造的守城器械，宋人眼中最可怕的武器。

"等等……"时空旅行者的目光呆滞了，"别啊，难道还是要把晋阳城烧掉吗？起码稍微迟一点儿，等这场雪下完……等一下，等一下啊啊啊啊啊！"

黏稠的猛火油四处喷洒，熊熊火焰直冲天际，这场火蔓延的速度超乎所有人的想象，久旱的晋阳城天干物燥，旅行者召唤而来的降水未能使干透的木头湿润，西城的火从晋阳宫燃起，依次将袭庆坊、观德坊、富民坊、法相坊、立信坊卷入火海，中城的火先点燃了大水轮，然后向西烧着了宣光殿、仁寿殿、大明殿、飞云楼、德阳堂。东城别院很快化为一个明亮的火炬，空中飞舞的雪花未及落下就消失于无形，时空旅行者胸口的绿灯消失了，他张大嘴巴，发出一声痛彻心扉的哀号："靠你大爷，就差一点点，一点点啊！"

浴火的晋阳城把黄昏照成白昼，火势煮沸了空气，一道通红的火龙盘旋而上，眨眼间将云团驱散，没人看到大雪遍地，只有人看到火势连天，这春秋时始建、距今已一千四百余年的古城正在烈火中发出辽远的哀鸣。

城中幸存的百姓被宋兵驱赶着向东北方行去，一步一回首，哭声震天。宋主赵光义端坐战马之上遥望晋阳大火，开口道："捉到刘继元之后带来见我，不要伤他。郭万超，封你磁州团练使，马峰为将作监，你们二人是有功之臣，望今后殚精竭虑辅我大宋。刘继业，人人都降，为何就你一人不降？不知螳臂当车的道理吗？"

刘继业缚着双手向北而跪，梗着脖子道："汉主未降，我岂可先降？"

赵光义笑道："早听说河东刘继业的名气，看来真是条好汉。等我捉到小皇帝，你老老实实归降于我，回归本名还是姓杨吧，汉人为何保着胡人？要打不如掉头去打契丹才对吧。"

说完这一席话，他策马前行几步，俯身道："你又有什么要说？"

朱大鲦跪在地上不敢抬头，眼角映着天边熊熊火光，战战兢兢道："不敢居功，但求无过。"

"好。"赵光义将马鞭一挥，"追郯城公，封土百里。砍了吧。"

"万岁！小人犯了什么错？"朱大鲦悚然惊起，将旁边两名兵卒撞翻，四五个人扑上来将他压住，刽子手举起大刀。

"你没错，我没错，大家都没错。谁知道谁错了？"宋主淡淡道。

人头滚落，那长大的身躯轰然坠地，那本《论语》从袖袋中跌落出来，在血泊中缓缓地浸透，直至一个字也看不清。

时空旅行者创造的一切连同晋阳城一起被烧个干净。新晋阳建立起来之后，人们逐渐把那段充满新奇的日子当成一场旧梦，唯有郭万超在磁州军营里同赵大对坐饮酒的时候，偶尔会拿出"雷朋"墨镜把玩。"要是生在大宋，这天下会完全成为另一个模样吧？"

宋灭北汉事在五代史中只有寥寥几语，一百六十年后，史家李焘终于将晋阳大火写入正史，但理所当然地没有出现旅行者的任何踪迹。

丙申，幸太原城北，御沙河门楼，遣使分部徙居民於新并州，尽焚其庐舍，民老幼趋城门不及，死者甚众。

《续资治通鉴长编卷二十》

为家乡而作的怪谭小说

张　舟

2014 年 12 月，我应邀在《新科幻》杂志停刊的感言中写道：

"2013 年，我算是位科幻作者了，赵晓旭老师联系我问能否投篇稿，我立刻点头答应。花了四个月时间，我写了个名为《晋阳三尺雪》的中篇投给《新科幻》，那时赵晓旭老师已经离职了，多拉成为稿件的责编，并把它刊登在2014 年 1 月号的杂志上。《晋阳》是为了家乡的杂志所创作的有关家乡的故事，迄今为止，我一直把它当成自己最满意的作品。"

转眼过了十年。

《晋阳》的故事发生在五代十国末期的割据政权北汉，史书中赵光义的宋军攻破北汉，为断绝龙脉，一把火烧掉了古晋阳城，建立现今的太原城。小说塑造了试图改变历史走向的时空穿越者王鲁，以及围绕在他身边各怀鬼胎的人们，故事最后，一切都没改变，晋阳城依旧火光滔天。

如今回头看，它并非最好的历史科幻，甚至并非优秀的科幻小说，全文充满戏说感和虚无感，所谓科幻元素只是衬在文本底下的一层薄画，影影绰绰透出纸面。但它是我的心头好，不为人说的怪癖，全家最丑但独受宠爱的那个孩子。

——有人问起《晋阳》是篇什么样的文章，我会说这是一篇文人志趣的怪谭小说。

别在意文中的雷朋、威士忌和热气球，把它当成《异史》《拾遗记》这样的志怪故事来看，王鲁是位异人，创造物不外乎神迹或邪门歪道，所谓发明神道之不诬，转变为徘谐逗才，看完故事，忘记那些笨拙的时空穿越和平行宇宙理论，想想在某座孤悬敌阵的小城，某个摇摇欲坠的小朝廷，某些嘴边挂着满藏私心的家国之道的惶惶文人，奔走于某种大厦将倾的情势之中，这本身不就是一出古典主义的荒诞喜剧吗？

朱大鲧就是我心中旧时文人的缩影。封建时代结束后，所谓文人阶层早已烟消云散，我们只能从古籍追溯这些独特的形象，每当朝代更迭，有人死战，有人立降，有人两相斡旋，有"粉身碎骨浑不怕"，有"南望王师又一年"，然而尘埃落定之后，无论是刀下幸免，还是忍辱偷生，文人们还是肩并肩站在月下，面对断壁残垣，慨叹天地流转、世事无常。我时常想象着这些咏今怀古的清高身影，有哪几个真正心怀家国，又有多少是想借助几首佳句，排解自己在刀光下、烂泥中、血河里挣扎求生的狼狈之态呢？

小说发表后，有好评，也有差评，我全部接受，但能在文中找到趣味的才是我最喜欢的读者。把晋阳城全城百姓的性命、北汉王家的脸面、宋军的心思、契丹的威胁、自家的脑袋和前程摆上天平，哪边重，哪边轻？朱大鲦不过是历史夹缝中一个微小的角色，有点儿骨气，有点儿鸡贼，有点儿想法，有点儿迷糊，我们任何一个人，同样身具文人称号和诸多缺点的各位，放在同样的时间地点，又会做出怎样的选择呢？

感谢您接受《晋阳三尺雪》的不完美，如果您和我一样，读它的时候，偶尔会心一笑，就太好了。

张冉，科幻作家，科学与幻想成长基金发起人，现任晋中信息学院太古科幻学院院长，山西省作家协会科幻文学专业委员会副主任。代表作有《以太》《晋阳三尺雪》《大饥之年》《太阳坠落之时》等，曾多次获得银河奖、华语科幻星云奖。

山东

泉下之城

昼温

零

即使人类的足迹已经踏上无数星球，春节也是回家的时候。

一

十年了，这是程濯缨第一次搭上回济南的火车。

地球保留了原始的轨道交通，至少在表面上抹去了那场技术爆炸的痕迹。绿皮列车的装涂故意搞得斑驳，速度也慢得近乎爬行。狭窄的走道间，身穿空姐服饰的乘务员推着小车一路走来，同时兜售粽子、比萨和巧克力馅的饺子。毕竟在地球上实打实生活了二十年，她能注意到年代和文化的错位，并因此觉得很不舒服。那时候的影像资料并不少，策划人为什么不能稍微用点心儿呢？

几个比她年龄稍长的人也露出了同样的表情，其他旅客则完全没有注意到。他们大多从小就离开了地球，或是干脆在火星出生。不过，地球的引力强大异常，只要能看见太阳的地方，没有人能无视刻在基因里的乡愁。他们年年回到这里，感受最适合人类生理的重力和辐射，瞻仰伟大文明的起源。

乘客渐渐下光了，整个车厢只剩下她一人。对故乡的思念随着地理距离的缩短愈演愈烈，她想泉水，想大明湖，想五龙潭旁的一池鱼儿。还有，她不想面对，但就在五公里外等着她的男人——父亲。

她已经整整十年没有和父亲讲话了。两人都曾让母亲代替自己传达问候，但面对面地全息通信一次都没有。她还是无法原谅父亲。

她知道，作为济南的守城人，这座以泉闻名的省会在父亲心里远比她重要。他熟悉七十二名泉的水文参数，也摸得清几百个大大小小泉眼的位置，却常记错女儿的年级，看不见她的成长与困惑。他就这样渐渐离开了女儿的世界，一点儿也不懂得呵护青春期少女的柔弱内心。所以啊，明明生活在一个屋檐下，他们有限的交流却总是争吵。

等慢慢长大了，她便开始学着挑选安全的话题来避免冲突。只是，不能聊的东西越来越多，避着避着就把她逼到了满是雷区的墙角。而这些，父亲从来没有注意过。

"毕业以后，留在济南当守城人吧。我已经安排好了，下个月开始实习。"有一年除夕，父亲突然说。

"啪"的一声闷响，她的饺子掉进了醋碟。

"吃饭的时候能不能注意点儿。"

父亲皱着眉头，似乎没有发现她在眼眶里打转的泪水——她花了整整一年研究准备，马上就要拿到比邻星学院的录取通知了，这对出生在地球上的人来说是很难得的。她本来以为，父亲会为她骄傲的。

现实是，父亲一点儿都没察觉到，还擅自安排了她的未来。对于他来说，孩子算什么呢？

"你不理解我。"她的眼泪落了下来。

"可能这就是代沟吧，"父亲看了眼手机，"有急事，我先开会去了。"

然后他转身离家，一点儿关心也没有，一句话也没多问。

那颗心彻底冷了。

一周后，她把入学通知拍在桌子上，尽情欣赏了三秒钟父亲错愕的表情。接着，她头也不回地走了，再没踏上地球一步——直到今天。

"你爸爸老了，我们都老了，回来过个年吧。"

她可以不理父亲，但她没有办法再一次拒绝母亲。

更何况，那座孕育文明的城市永远牵绊着她，泉水无数次在梦里喷涌。

二

她好几次在脑内描绘十年后的家乡，可绝没想到是这样。

列车前进的地方，一道五十米高的水墙拔地而起。清澈的水流仿佛脱离了物理定律的束缚，从地面轻柔地涌上半空，再折一个圆润的角儿，向城市中心流淌去。阳光在雾气中留下彩虹，也把液体照得通透。青绿的水幕中没有鱼虾草木，只有串串轻盈的气泡随着水流不断涌出，如鱼儿吐着泡泡，也如落向苍穹的珍珠。

列车穿过果冻一般的液体，气泡好奇地向窗边涌来。

"珍珠泉。"她轻轻念了出来。

想不到，父亲已经做到了如此地步。

如果没记错的话，事情是五岁那年发生的。为了勘测错综复杂的地下泉脉，父亲请一些地质工作者在各个泉池投放了数以亿计的纳米级亲水机器人——百脉。靠着它们发回的信号，人们可以看清水流的走向，也能摸清水体的化学组成，最终得以绘制成一幅实时立体的地下流水图。当然，其目的是保护泉城景观，替在星星里定居的人类留下另一个怀旧圣地。

百脉们在父亲的关照下兢兢业业地工作，几个月都没有出过问题。直到一天早上，值班的人发现它们在一个地方越积越多——大明湖。

"大明湖，明湖大。大明湖里有荷花。荷花上面有蛤蟆。一戳一蹦跶。"

那片位于市中心的巨大湖泊，是她最喜欢的地方，也是济南最后一个秘密的居所。

早在明末，有关明湖四谜的说法已经开始流传。诗坛巨擘王象春在《齐音·大明湖》中写道："湖在城中，宇内所无，异在恒雨不涨，久旱不涸；至于蛇不现，蛙不鸣，则又诞异矣。"

得益于科技的发展，明湖四谜已解其三。而最后一谜——蛙不鸣——也随着对百脉异常活动的研究最终得出了结论。

原来，从形成之日起，大明湖独特的水文条件便与地下矿藏相结合，一直在发射某种低频辐射。传说中舜曾耕于千佛山，大明湖又一直盛着千佛倒影，人们便把这种现象称为"舜场"。

青蛙因此百年沉默，随着泉水落入大明湖的百脉也悄然起了变化。

显示屏中，御着湖水和泉水的机器脱离了人类的控制，在广阔的空间里尽情舒展又收缩。它们以肉眼无法捕捉的速度变幻身形，也顺着水流缓慢流转，像呼吸，像心跳，像……语言。

接着，那些东西影响了整个济南的百脉。它们相隔甚远，但彼此之间永远能够以水相连。它们以相似的频率共振，用击穿百里水体的电信号交谈。它们测到的信息不再传回人类的接收器，而是明灭有度，形成了复杂的计算。

终于，三股百米高的喷泉从平静的湖面跃出，向人类宣告了一种全新液态生命的存在。

至于后来，父亲想办法控制了它们——新闻稿里用的词是"说服"——甚至利用百脉对水体的掌控重现了济南七十二名泉巅峰时期的景色。

人们夸他是优秀的守城人，在地球上增添了一个怀旧的好地方。

可那是父亲没日没夜的工作换来的。

对于她来说，得到的不过是触不到的背影、实现不了的承诺，还有将"父亲"二字彻底剥离出生活的回忆。

三

下车了，她的心提到了嗓子眼儿。

母亲说父亲要来接站，可她在人流中张望许久也看不见熟悉的身影。她调出通信界面，唤出父亲的联系方式。

想了想，又换回了母亲。

"哦，刚想和你说呢，你爸今天又要开会，接不了你了。"

又是这样，她早该想到的。

她把心放回肚子里，摇摇头驱散对父亲道歉的想象。一丝难过缓缓涌上心头，她连忙压住。不能在母亲面前失态，更不能表现出失望。

　　母亲似乎没有察觉到什么："自己回来吧。你爸说了，家还在那里，一切都没变。"

　　一切都没变？她看着组成穹顶的水幕和在空中飞驰的水流，不知道父亲眼里的"没变"是什么含义。难道她离家太久了，这里的语言已经演变到难以理解的程度？

　　"姑娘，这里安检。"

　　她点点头，顺着一位老妇人的指示在传送带上放下了包——这里的怀旧场景还算良心，可传送带光秃秃的算怎么回事？大X光机呢？

　　疑惑之际，她感到身上一凉：三股铅笔粗细的水流掠过她的脖子、手腕和脚腕，在空中转着圈奔向行李。

　　"喂！"虽然包里没有怕水的物件，她还是忍不住叫了出来。水流应声停止了行动。

　　"哈哈哈，"满头银发的老妇人笑出了声，"第一次来吧？"

　　她惊讶地看着老妇人伸出一只皱皱巴巴的手，唤来三股泉水在掌中聚成一团。接着，老妇人手掌向下，轻轻抚着那枚不规则圆球的顶部。泉水舒服地颤抖起来，像一只温顺的大猫。

　　"别怕，是黑虎。它们是检查危险品的一把好手，不会弄坏你的东西。"

　　她点点头，放开了护着背包的手，让黑虎泉钻进去探查了一番。

　　拿回行李，果然滴水未沾。

　　离开车站时，老妇人还在冲她挥手。三股泉水在身边跳跃，仿佛也在向她道别。

　　不过，她还是觉得有些奇怪。看老妇人的样子，定是早过了百岁，为何还出来工作呢？

　　来到城里，她才发现这不是个例。

　　八十多岁的大爷慢悠悠地往前走，后面跟着一摊带走一路灰尘与落叶的泉水；戴着几米长披肩的老奶奶踮着脚，大声指挥几股往民国老建筑上挂装饰的水流。它们的一端都是龙的形状，小心翼翼托着红纸糊的大灯笼，好像怎么也不能让老奶奶满意。

　　更多的人只是坐在护城河畔的竹椅上，要么唤出新闻浏览，要么兴奋地和旁人交谈。不过，每个人手里都有一枚碧色的茶杯，只要轻微晃晃，天上就会落下一滴形状和温度正好的水珠，为他们泡出一杯清冽的泉水茶。

　　在水幕的包裹下，整个城市都水汪汪的。粼粼波光洒在每一寸土地上，像在海底世界，也像在钻石之国。还有春联、灯笼、贴在门上的福字，它们把热烈的颜色印在每一滴通透的水珠上，留下变了形的倒影。

她心里一热。在遥远的过去，济南曾留下"家家泉水，户户垂柳"的美谈，可那景色早已随着城市的发展消失了。如今，清泉再一次融入了这座古老的城市，程度比任何时候都要深。

也许，这就是父亲的选择？

四

她没有立即回家，而是迫不及待往另一个熟悉的方向跑去：她想看看大明湖变成什么样了。

小时候，她常在大明湖畔的超然楼玩耍。"近水亭台草木欣，朱楼百尺回波溃"，这栋号称"江北第一楼"的老建筑覆满铜瓦，历经百年，重建多次，依然挺立在大明湖东畔。

她对楼里收藏的名画、根雕没什么兴趣，最爱的还是攀上楼顶，俯瞰整个大明湖景色。

父亲曾在那里找到过她。

"闺女？"他蹲下来张开手臂，小心翼翼地唤着女儿，眼里满是歉意。

她扭过头去，不想理他。

那时，百脉们刚刚集结。为了应对潜伏在大明湖中的不明智慧体，父亲夜以继日地工作，缺席了她的生日宴。

"闺女，我有件礼物要给你。"

听到礼物，五岁的她立刻喜笑颜开，噔噔噔跑过来，一下子跳进父亲怀里。父亲熟练地单手把她抱起来，另一只手在她面前张开。

"你看，这是什么？"

"啊，是一块馒头……"她很失望。

"除了吃，馒头还能用来做什么呢？"

"喂五龙潭的鱼。"她抱住父亲的脖子，感到胡子扎在脸上痒痒的。

"今天爸爸就带你喂鱼。"

"在这儿？"

她很惊讶。这里那么高，离湖面也有一定距离，怎么喂呀……

"就是在这里，"父亲的语气很坚定，"爸爸什么时候骗过你？"

也是，爸爸从来不会骗人。

她接过馒头，揪下一小块儿捏成小球，向栏杆外探出头去。父亲用两只手把她抱紧了。

"来吧。"

她点点头，高高举起小胳膊，用尽全身力气把馒头块向湖面扔去。可是她太小了，太弱了，馒头几乎顺着栏杆垂直落了下去。

"没有鱼啊。"

"再来一次，用抛的。"

她点点头，把馒头放在手心，笨拙地向外抛去。小东西划出一道弧线，向大明湖边的树丛中落去。

"闺女，看！"

顷刻间，三股泉水旋转着跃出湖心，组成了一头晶莹剔透的巨兽。那是一只海豚那么大的鲤鱼，全部由流动的清水组成。如果仔细瞧，能看见三个漩涡在鲤鱼内部温柔翻涌。水涌若轮，矗涌三窟，这让她想起名泉趵突。不过，大多数不在楼上的人们只能欣赏到阳光下波光粼粼的影儿。

飞到一定高度后，水鲤鱼摆着尾巴直冲她和父亲而来，仿佛要一头撞上超然楼。她吓得闭上了眼睛，可鲤鱼在最后一刻改变了方向，追着落下的馒头去了。

她不知道鲤鱼后来怎么样了，只听到地面上传来阵阵欢呼。她睁开眼睛，发现超然楼下不知何时聚起了半城的人。

"看吧，我说过，百脉是可以得到控制的！"

父亲抱着她，挺直腰板站在顶层大声喊着，像得胜归来的将军一样骄傲。

想到这些，她鼻子一酸。

她几乎已经忘了，永无休止的争吵和冷战之前，自己和父亲也曾有过那么温馨愉快的回忆。也是啊，谁会不宝贝自己的小女儿呢？听到妻子怀孕的消息，他一定又紧张又激动吧？把女儿架在脖子上满城溜达时，心里一定也曾决心把最好的都给她吧？当着所有人的面，用证明自己理论的宝贵机会逗得女儿开心，他一定在母亲那里吹嘘了好久吧？

可是，怎么会变成现在这样呢？那样深厚的隔阂到底是怎么一砖一瓦建立起来的呀，他们还有可能再一次走进彼此的世界吗？

不管怎样，她再也回不到五岁，那个把父亲视为大英雄的年纪了。

眼泪滑过鼻翼，消散在太过潮湿的空气中。

五

"禁止通行？"

眼看就要到目的地，她被一堵环绕着明湖公园的水墙拦阻了。几种语言的红色大字悬浮在空中，警告她不许再往前走。

她的视线穿过水幕，看见高大的超然楼就在不远处等着她。不知为何，公园的光线比外面要暗些，柳树枝条摇曳的姿势也有些奇怪。就好像整座大明湖都被一个巨大的水泡包裹了。

这并不能阻止她。

在背包里摸索几下，她庆幸没有丢掉母亲寄来的湛露。那是一块小小的透明黏胶，只要敷在口鼻上，人们就能自由地在泉水里呼吸。

她把湛露戴好，感到呼吸立刻困难了起来。接着，她一头扎进水泡中。

水温十分适宜，失重感也刚刚好。小时候，她曾不分寒暑地在泉水里游泳。遥远的记忆被熟悉的触感激活，让她在这个已经变得陌生的城市里终于找回一点儿故乡的气息。

为了找到更多，她向超然楼游去。

此时，一阵水流顺着她游动的方向涌来，帮她卸去了大部分阻力。轻轻一摆手，她已经跃过了超然楼的顶层。

有些不对劲。

她俯瞰着覆满铜瓦的宏伟建筑，觉得它似乎在随着暗流微微波动，不真实感很强烈。

是错觉吗？还是真正的超然楼已经消失，留在眼前的只是全息投影？

调整姿势，她落了上去。刚刚碰到，她便猛地一蹬离开了表面。

那触感绝不是实体，也不是空无一物的水流。她感到了阻力，像某种凝结在一起的高密度液体。她的半只靴子曾伸进了砖瓦内部，似乎一直向下就能穿墙而过。

她跃下楼顶，仔细查看七楼翘起的屋檐。

起初，她以为自己眼花了，凑近才知道不是——坚实的固体本该与水流泾渭分明，可在这儿，边界是模糊的。铜瓦片似乎在水中溶化了，分子的扩散作用极为强烈。一层浅浅的颜色笼罩在周围，甚至能用手搅起漩涡；可它的形状还在，整栋楼也保持着巍峨，远看几乎没有异常。

她回过头，发现水泡里所有的东西都变成了这样。旧游船静静停在湖底，模糊得只能看见色块氤氲在水中；柳树的枝条顺着水流缓缓摆动，留下片片绿色轨迹，不知是落不下的叶儿还是漂散的粒子；曾经游人如织的小桥上，汉白玉栏杆与柔软的水草交融在一起，像织进锦缎里的花草，也像会晕墨的山水画……不，更像光谱连续的彩虹，你永远无法在红色和橙色间画上一条明确的分隔线。

在这里，边界消失了，固体分解了，一切都在流动，一切都是液体。

她突然感到一阵恐慌。不知是不是心理作用，看不见的百脉似乎在噬咬皮肤表面的每一个粒子，越来越强的舜场也在撕扯着她，迫不及待地要将她分解重组成大明湖的一部分……

她拼命划水，终于冲出了水泡。可她忘了高度问题，在四十米的空气中直直坠下。还好，水泡中窜出一股水流及时接住了她，把她轻柔地放回地面，顺便带走了她身上的水汽。

她扯下湛露，仔细观察自己的双手。还好，还是坚实的固体。

松了一口气，她忍不住又回头望去。超然楼看起来还是童年时的样子，可它已经不同了，每一个分子都不同了。水中仁立着的是全新的物质形态。

父亲，您做得太过了。

六

"你爸不在家，他在——"

"开会。我知道。"

母亲笑笑，把饺子端上来："吃饭吧。"

她拿起筷子，又放下了："我爸在大明湖做的事，您知道吗？"

母亲点点头。

"您没劝劝他？他把济南搞得一点儿都不像济南了，甚至都不像地球……以后哪还会观光客？"开往济南的列车最终只剩一人，她那时就意识到，回地球怀旧的人已经不再选择这里了。

"你爸爸他……他有自己的考虑。你要试着理解他，别老一见面就跟他吵架。"

理解他？可他……理解过我吗？

母亲发现了她的不对劲："闺女，怎么了？"

她想说，想把三十年来郁结在心里的话都说出口。她想描绘独自等在超然楼时看腻的四季落日，想拿回没问一句就送人的玩具，想再看一眼瞒着她放走的小鲤鱼，想涂掉擅自填好的守城人志愿。她想忘记那几句不经意却伤人的话语，释怀一次又一次自然流露出的忽视。她想怪父亲把一切归于代沟，轻易放弃了沟通的努力。

可怎么说出口啊。这些都是太小太小的事了，小到别人会奇怪这么多年过去了，你怎么还在意。但是，在少女敏感的内心，这些都是尖锐的玻璃碴儿，随着心跳一下又一下，永远划得胸腔鲜血淋漓。

不过，她还是说了，第一次。

"我爸……他……"

从开口的那一刻起，她的眼泪就止不住地流，身体没有办法停止颤抖。

母亲把她抱在怀里，心疼得替她擦拭："孩子，你怎么不早说啊？"

"你们又没有问过……"你们为什么从来没有发现过，从来没有在意过？

她努力平复着自己。

"孩子，你真的不能怪你爸。他……他其实也在努力。你知道吗？小时候你看过的所有电影书籍他都会偷偷找来看一遍，想知道你喜欢什么。至于守城人志愿的事，也是他见你从小爱在水边待着才替你争取到了机会。只是后来百脉的事太麻烦了，他想借助水型智慧体重振泉城光辉，上面的人却只想扑杀它们，留着一个老旧的济南给外地人看。他为了证明人类可以控制百脉，自费请了不少在地外定居的专家学者，还进口了很多昂贵的设备，家里早已负债累累。就算这样，市民和上级的阻力也很大……你决定要去比邻星留学那段时间，他四处借了很多钱才给你凑够学费……你之前对他说的那些话，真的很伤他的心。"

她很惊讶，她从来都不知道这些。

"那是你没问过呀……"

对啊，是她从来没有过问过家里的经济状况，也没真正关心过父母的想法和重担。即使成年以后，她还理所当然扮演着一个需要照顾的孩子，一刻也没想过自己也该承担起家庭的责任。

她怎么就没想过呢？液态生命才能彼此交融。人类即使再亲密，两两之间也永远存在着物理隔阂。思维和情感郁结在被蛋白质、骨骼和皮肤包裹的大脑中，不敞开心扉去表达、去交流，又能指望哪个平凡的父母用读心术去理解呢？

她抹掉眼泪，心里愧疚不已：家人渐行渐远，自己也需要负责。

七

市政楼不远，她和小时候一样偷偷溜了进去。

像大明湖一样，父亲的办公室也被水泡整个包裹。谈话的声音传出来，闷闷的。

"程先生，我们希望您能收回这个决定。工程开销太大，收益很不明朗。更重要的是，您作为守城人把济南搞成这个样子，还会有回地球怀旧的人来过年吗？"

"数据会替我说话。"是父亲的声音。

"如今济南城的留守人口是七万，百分之六十是八十岁以上的老人。他们的身体状况较差，无法承受爱因斯坦－罗森桥旅行。自从地球为了保留原始风貌撤掉东亚地区的太空电梯后，他们连月球都上不了了。根据现在的人均寿命，他们至少还需要在这个城市生活五十年。流体城市建成后，百脉能够全方位帮助他们行动，使每个人都能轻松跃上百米高楼。微重力环境可以缓解老人的内脏和骨骼的负担，轻柔的流体建筑也能减少冲撞和跌倒的发生。"

"程先生，真的要走那么远吗？"

"我理解你们的顾虑。不过，都这个年代了，与城市共生发展还是什么新鲜事吗？木卫二在厚重的冰层里雕刻建筑，生物体的抗寒基因早已是标配；个别温差极大的星球上，居民学会了冬眠和脱水。在一些遥远的殖民行星，很多人类甚至已经抛弃了物质外形。为什么地球偏偏不行呢？只为了满足返乡人的情怀，就要本地居民放弃科技发展的福利吗？"

"程先生，我们讨论的可是独一无二的母星……"

谈话似乎处于胶着状态。她带上湛露，轻轻拨开变成流体的墙壁，露出一条缝来。

偌大的办公室里，三股巨大的水流形成一个漩涡，将父亲围在中间。身前的暗色木桌顺着水的流向溶化，像某位豪情万丈的书法家挥舞巨笔造就的一道墨迹，长长的尾巴消散在半空；各色的书籍和书架一起贡献了数不清的颜色，一条又一条彩带在液体中流转，描绘出水流的方向；一切都在缓慢旋转，像极了凡·高的《星空》，也像三个悬臂的银河一样震撼。

"女士们，先生们，故乡不应该只是为了只是偶尔回家看看的人保留记忆，而是为了一直生活在这片土地上的人而存在。发展的唯一阻碍应该是科技水平，而不是发展本身。"

哦，还有父亲，十年未见的父亲。

他还像过去一样，挺直了腰板站在银河中心的位置。不知何时留起的过耳长发，此时也漂荡在水中。这让她想起小美人鱼故事里的国王，还有非洲草原上的雄狮。一起漂起来的，是胸前的领带和西装的后摆。他一动不动地定在流转的泉水中，望着几位上级的全息投影，脸上的表情坚定又倔强。

时光倒流了。她又变回了那个超然楼上的小女孩，痴痴地望着三股泉水化成的巨大锦鲤。父亲紧紧抱着她，透过奇迹般掌控流体的百脉，眼里看见的是济南更遥远的未来。

现在的父亲像当年一样，想要捍卫自己守护的城市，想要让这里所有人过得更好。只是怀里没有了宝贝女儿，脸上也没有了青春和骄傲。

但他还是赢了。

"好吧，程先生，我们尊重你作为守城人的权利。但也要提醒你，如果到时候找不到符合规定的继任者，我们将从地外指派新人来处理济南的问题。到时候，请您将一个原始的济南交还给我们。"

父亲点了点头，几位上级的影像消失了。

松
—
077

八

"谢谢你，趵突。"

听到指令，三股水流退去了。在百脉的操纵下，桌子、书架和墙壁都变回了平凡的实体。

他轻轻叹气："唉……"

随着那口气缓缓吐出，他好像把精力都用尽了，背佝偻了起来，脸上的皱纹也明显了许多。他很愁，已经过去这么久了，一直物色不到看上眼的守城人。有几个小伙子倒是合适，可他忍不住暗暗拿女儿比较。他还是想给女儿留着位置，即使自己的宝贝一点儿都不愿意回来。但是，他更不想在卸任的那一天看到泉水们失去灵魂。

银河散了，《星空》没了。办公室中间，只剩一个失意的老人。

"唉……"父亲坐回椅子上，忍不住再次长叹。

她推门进来，吓了父亲一跳。

"爸爸。"

"闺女？抱歉，今天实在没空去接你——"

"没关系的。还有，那个……听说你们还缺一个守城人？"

"对，你……"父亲小心翼翼地试探，那模样让她心疼。

"可以考虑。不过嘛，要先答应我一件事。"

"你说。"

"爸爸，"看到父亲紧张的表情，她笑了，"能不能把你这些年的故事，一一讲给我听？"

尾　声

又一个乙亥新年，济南真的变成了一座泉。

人们说年轻的守城人真厉害，带着整座城市进入了新纪元。而且啊，慕名而来的地外人还不少，和其他打怀旧牌的城市相比，众泉喷涌的济南变成了闻名整片星域的观光胜地。

别的地方高薪聘请，可她哪儿也不去。

她只愿趴在超然楼柔软的栏杆上，俯瞰流动的山川屋房。

一切都变了，一切也都没变。

这里依然是她要和父亲用一生去守护的地方——

济水之南，她的故乡。

我还行驶在家乡的掌心上

昼　温

　　人无法选择自己的母语，从某种意义上来讲，也无法选择自己的家乡。从一张白纸成长为人，意义与灵魂被一笔一画描绘到生命中。在这其中，家乡的风物就是最为浓重的底色。至于后来，就像有人去学了其他语言，甚至余生都用第二、第三语言生活，但母语对大脑的最初塑造已经无法逆转，家乡也是如此。

　　我的家乡在山东，孔子的故乡，尊师重道，相对传统。我生长在其中，理所当然地认为，目之所及便是一切。那时，我会在作品里写我观察到的人：写殷切期望孩子回到身边当公务员的父母，写将"努力"二字刻入骨髓、为了梦想不惜燃尽自己的学生，写恪守"本分"、想要触碰又数次收回手的羞涩女孩，写沉默寡言的父亲，写付出一切的母亲，写渴望被理解的孩子。在这篇《泉下之城》中，我融入了泉水元素，描绘了一个未来的液态泉城。但本质上，我再次试图在作品中探讨一种传统家庭成员之间相互理解的可能性。当然，这一切都不是家乡独有，这一切也并不能代表家乡。个体和个体之间的差距，远远大过地域的特色；而生命和生命之间的共性，又能远远超越文明——各地读者的反馈经常印证这一点。

　　对比语言学的老师曾在课堂上说过，语言在对比中才有意义。而直到离开家乡，我才更加懂得家乡。偶然蹦出几个词汇，同事一脸诧异，才知道这是家乡独特的说法；发现路边再也没有一种熟悉的饼，才反应过来那"普通"的味道竟然也是地域限定。然后，我看到各种各样的家庭模式，看到丰富多彩的人生选择。看到世界的大，看到家乡的小。我就像一个已经长大的孩子，重新望向曾经如山一样权威强大的父母长辈：他们也有自己的挣扎和希望，在一个更大的版图中寻找栖身之地，并在复杂艰难的世界中给了孩子必备的养料。我的故事也随之扩大，向世界，向星空，向更远的过去和未来。新的主题，新的人物，新的思考。故事和我一起成长，故事和我一起远行。

　　因为学业和工作，我已经离乡多年，偶尔才回来。但那空气、味道、声音、

松
｜
079

温度、建筑和人聚合起来的一个永恒变化又稳定坚实的整体，让我一踏入其中，便在记忆里翻涌出无数复杂的感情。

写这篇创作感言时，我正在从家乡回京的高铁上。窗外阳光透过云层，在空气中留下清晰的痕迹；成片的田野黄绿交加，哺育着这片土地上的人民。我的成长如一列冲向远方的火车，频频回头，还行驶在家乡的掌心上。

昼温，科幻作家。著有长篇《致命失言》，出版个人选集《偷走人生的少女》。其作品《沉默的音节》和《猫群算法》获得中国科幻读者选择奖（引力奖）最佳短篇小说奖，《偷走人生的少女》获得乔治·马丁创办的地球人奖（Terran Prize）。《解控人生的少女》获得华语科幻星云奖中篇小说金奖。多篇作品被翻译成英语、日语在海外发表，其中《沉默的音节》日文版收录于立原透耶主编的《时间之梯 现代中华SF杰作选》，并于2021年入围第52届日本星云奖。多次入选人民文学出版社"中国最佳科幻作品"年选。

山东

柔软如火焰

修新羽

1

林瞎子朝空中一抖，半卷红布在地上铺开，走过路过的乡亲父老便都围了过来。

虽然叫瞎子，其实只瞎了左眼，不影响招数。朝空碗挥挥手变出一满碗小米，叫"万粒归仓"；在小臂滚动火把而不痛不伤，叫"训火术"。据说林家祖上尤擅刀术棍术，曾任青岛国术馆副馆长，带领青岛队在华北运动会的八项国术项目中拿了六项第一。到林瞎子这代，武术变成了武术表演，武术表演变成了杂耍。

"咱是正经功夫，"林瞎子说，"出了这片三角地，谁能有这眼福？"

青岛地处山东丘陵南段，道路少有正南正北，且多为奇数。交通要道交叉处自然形成了三角地。其中最热闹的就是胶东路三角地，最受欢迎的节目当属林瞎子的"吞刀"。曾有青大医学院的学生互相打赌，谁先猜出林瞎子是怎么做到的，大家就每人输给他一包钙奶饼干，可这赌约从来没有机会兑现。

别人吞两指粗的剑，他偏吞四指粗的刀。吞到中段，瞎子成了说不出话的哑巴，开始支支吾吾地伸手要钱。有人喊，爱演不演，有本事就这么含着，看不把你舌头剜掉。他就侧过脸来，用右眼朝说话的人眨眨，把舌头从嘴里伸出来，轻轻舔一下刀锋，顿时鲜血直流。

这场面实在有些恐怖，看客们又惊又骇，把零钱碎币纷纷扔向他脚下。钱够了，这才吞刀入腹，原地转个两三圈让各位都看分明，再把刀从喉咙里提出来，大笑几声。叫人怀疑他是用笑声往嗓子里镀了铁。

赶上二十世纪八十年代的气功热，林瞎子的杂耍又变成了气功。青医附院请了郭林大师来组织培训班，他报名参加，拿了资格证，加入一位郝姓医生的团队，每晚在第三人民公园的广场带班教功。团队里的其他气功师各有特长，有人"嘴巴认字"，有人"意念掰小勺"，他依旧吞刀：在各式各样的异能中，吞刀能力只显得平平常常。春去秋来，几百人整齐坐在简易木凳上，紧闭双眼，高举双手，"气"在彼此之间流淌。

1981 年 7 月 12 日晚培训结束，人群散去。林瞎子坐在广场喷泉的石阶上喝掉半瓶剩酒，见广场中央还留着一位三四岁的小女孩。女孩不哭不闹，身穿浅蓝棉裙，盘腿坐在木凳上，低头摆弄两只碎花布缝成的小沙包。

"你是谁呀，"林瞎子问，"你家大人呢？"

"气。"女孩笑起来，用手里的沙包掷向他，"大刀，大刀。"

那年头还没开始人防工程再改造，龙山地下的防空洞无人管理，冬暖夏凉，被林瞎子整修出两个隔间，拉上电线，据为己用。他把女孩领回去，用木椅子和旧军大衣搭成简易儿童床。半个多月过去，孩子父母依旧没出现，他就既是父又是母了。

从此以后，林瞎子吞刀的时候，身边多了个手举搪瓷碗的林书梅。"嘴巴认字"的小洪管不住嘴巴，开玩笑说他是给自己捡了个童养媳，被他抄起木凳追着撵了两公里。

没人觉得他能养好一个小女孩。但在日复一日的拿顶、压腿和站桩中，女孩林书梅出落得四肢匀称，双眼明亮。长到八岁那年，街道办找林瞎子谈话，塞过来几张宣传单，让他响应教育号召，不能耽误孩子。

"这就颠倒黑白了。"林瞎子把传单往地上一撒，"本来也不是我的孩儿，是她耽误了我。既然你们找来了，就请国家把她收回去吧。"

"林大爷，您误会了，不用交学费。"为首的人把传单捡起来，拂了拂灰，还是递进他手里，"学校里还有补贴，天天中午喝牛奶。再说了，孩子多学点儿知识，对您也是好事。"

当时青岛已经开始整顿市容市貌，不鼓励流动卖艺。林瞎子拿出所有积蓄，在学校附近的即墨路农贸市场租下摊位，贩菜营生。虽然不用交学费，书本费、校服费多少也是笔小钱，他给轮值管理员递过烟，每周三上午提前半小时来到摊位，赶着早市的人流赚点儿打赏。演了"万粒归仓"，没人稀奇；加了"训火术"，被教训一顿，市场里不让点火；还是吞刀最合适。有次表演中途，观客已经围上来，几个老头趁乱从他摊位上摸走半袋玉米。他用仅剩的那只眼睛将这一行径看得清清楚楚，却喊也喊不得，急也急不得，手上一松，刀柄脱手，刀锋直捅了下去，将他肚子由内而外地扎穿。

2

2009年那场恶火烧掉小半个剧院。之后林书梅和丈夫离了婚，八岁的女儿李瑶判给了丈夫。南北两别，母女二人再也未曾相见。李瑶没学过任何舞蹈，只在父亲和继母的督促下考出小提琴十级，勉强算和艺术沾了边儿，没浪费母亲赏赐的天分。

2019年冬，海天安养院打来电话，说林书梅失踪了，要亲属去派出所报案才能录入寻人系统。从深圳到青岛，航班先是因暴雨延误了九小时，又因冷空气在胶东机场上兜了半小时圈子。李瑶排了两个小时队才坐上出租车。她看见车窗外有碎纸屑般的雪花飘着落着，就像有巨型碎纸机在城市顶部不眠不休地运行。

李瑶抵达酒店已经是后半夜，洗澡出来发现手机里有三四个未接来电。回拨过去，对面说林书梅已经找到了，在龙口路附近一个废弃商铺里，是隔壁早餐铺老板提供的线索。她把人家商铺的链锁撬开了，好在铺子里的东西没丢，赔偿金应该不高。

李瑶小声应着，有种立即飞回深圳的冲动。这是她第一次独自乘坐飞机出远门，算作历练。临行前她征求过父亲的建议，父亲说她是成年人了，要学会自己做决定，学会收拾烂摊子。连这点儿小事都处理不好，以后怎么跟社会上的人打交道？

其实她不是怕麻烦，也不是怕母亲真的失踪了。她怕什么呢？关上灯半睡半醒地想了半天，才隐约有些眉目，她是怕见到母亲，尤其害怕见到一个衰老的母亲。

印象里母亲还是风风光光的样子。她至今记得小学二年级，学校举办文艺节，带大家去娄山剧院看电影。不料路上遇着堵车，电影只得换成演出。开场后，金光普照，舞台中央立着一把巨型淡绿绸伞。琵琶铮鸣，绸伞缓绽，竹制伞柄上踮脚立着一位女人。

女人浅笑片刻，挥甩水袖，右腿朝身侧高举过头，姿态舒展，宛若天人。其他演员此时才蜂拥而上，合力将伞高举起来，左晃右晃，在舞台上转起了圈。

女人安然稳立，随后足尖发力向上跃起，团身翻滚一周，竟又单脚落于伞柄。

在突然爆发的喝彩声中，李瑶盯着女人看了很久，才确信那是母亲。

音乐再次响起，这次是单人节目。林书梅乘高空秋千来回摆动，一次比一次高。最后那次借势飞身，直接跳到舞台中央五只叠在一起的红木椅子上。像壁画中的仙女，像没有重量，像会飞，像能在人的手心里跳舞。林书梅单手撑住椅面，下半身慢慢往后翻，将整个身体对折起来，屁股贴后腰，双腿卡肩膀，看起来活似被小孩子暴力折断的玩偶。没人明白这是怎么做到的。

那是李瑶第一次看母亲演出。她在剧院对面的宿舍楼长大，母亲是台柱子，父亲是隔壁青岛三十三中的数学老师。父母早就约好了教育策略，从不让她来剧院，每晚父亲都把她带去学校办公室，让她只管专心读书、好好学习。现在看来，应该是不想让她走母亲抛头露面赚苦力钱的老路。有次父亲找母亲有急事，实在不放心她独自在家，就把她也带去了训练室，让她在门外等着，不准往里看。她右手抠着木门上的油漆，听里面不断传来大喝："走！走！走！"扒门缝上看了几眼，见里面的男孩女孩两两一组站成圈，喊一声"走"，男孩便猛然发力，胳膊高扬，将女孩托上肩头。再一声"走"，女孩们变换位置，纷纷跃向自己左侧男生的肩头，整齐如齿轮在转动。

她看得有些入迷，没注意到父亲已经回来了，被抓了现行。

"有这么好看吗？"父亲的语气异乎寻常地亲切，"来，进来看，进来看得清楚点儿。看到了吗，那些小姐姐的腿上是什么？"

李瑶不吭声地走进去，踩上去才意识到地面很软，铺着一层海绵垫。她顺从而认真地看着那些女孩，看她们裸露在外的纤细小腿上那些黑红色的擦伤和瘀痕。

总体而言，她和剧团里的所有人都不熟悉。只有在每年春节，剧团从外地巡演回来之后，按惯例大家会在初八那天来食堂搞联欢，吃饺子。

联欢晚会的保留节目，是团长老沈从办公室抽屉里掏出一本《吉尼斯世界纪录大全》，大家轮流发起挑战。时至今日，她依旧记得很多稀奇古怪的数据。比如，一位塞尔维亚女人能将41把勺子摆到脸上保持平衡，一位十岁的孟加拉国男孩能把600只杯子摆到额头上。头顶罐头保持平衡并步行100米的速度记录由美国伊利诺伊州一只叫"甜豌豆"的狗保持，用时两分五十五秒。

食堂师傅从后厨搬出一堆不锈钢勺、杯子和食品罐头。杨帆哥能用前额、鼻子、脸颊、下颚和耳朵挂住十一把勺子。孟娇姐的记录也是十一把，她脸比杨帆小了一圈，不占优势，只好闭住眼睛，在眼皮上也都挂上闪闪发光的金属勺。

两人难分胜负，大家就怂恿林书梅也试试。林书梅点点头，盯着杨帆和孟娇的脸又看了几眼，拿起勺子就往脸上摁，动作与平日表演时如出一辙，准确而轻盈。

第一次的战绩是三把，第二次九把，第三次就已经将整整三十八把勺子挂到脸上，就好像她的皮肤变成了磁铁。"这不科学！"杨帆大喊着，"没偷着往脸上抹胶水吧！"边说边伸手想去摸摸勺子。林书梅笑了，脸上的肌肉也活动起来，勺子依旧没掉。

"行了行了，不陪你们闹了。"林书梅说，"大家吃饭吧。"说完话，勺子才纷纷落下来，发出一阵清脆的碰撞声，宛若鼓点重敲，刀剑齐鸣。

林书梅根本不在乎自己能否突破世界纪录。大家都知道她可以。

3

娄山剧院1994年这批新人里，孟娇年纪最大，已满十岁。能被破格收进来，全靠她肤色冷白、眉目洋气，笑起来有感染力。刚来那几天，时不时有隔壁曲艺团、歌舞团的哥哥姐姐过来要看看她，捏捏她的脸，塞过来一小袋麦丽素，还说要带她出去游泳、爬山、滑冰。后面这些活动都让团长老沈给挡下来了，说新人要加紧准备考核，不得随意外出。

进团三个月要选师父，孟娇筋骨偏紧，考核结果并不出彩，没机会拜到林书梅门下。也是老沈做了工作，把一个青岛本地的小男孩劝到娱乐杂剧组，给她腾出了名额。

小孟从河北过来，无依无靠的，老沈私下里对人说，是把她当成了自己女儿。

"娇娇，这话你千万别信。"私下里，年长些的女孩偷偷叮嘱孟娇，"也就这三分钟热乎劲儿，表面文章。团里这么多人，真正招他疼的只有林书梅，哪轮得到咱们？"

林书梅刚满十七岁，是杂技团第一批留用学员，也是团里最宝贝的台柱子。全国先前只有两个人能演掌中芭蕾，她去上海看了两场表演，回来就学会了。最经典的叠罗汉节目上，其他人脸都露不出来，弯下腰，挺直背，肩膀并着肩膀，胳膊搭着胳膊，只有林书梅有机会一层一层踩上去，在罗汉塔顶尖儿上用脚甩花帕。何况林书梅无父无母，不惹事，肯吃苦，刚读小学一年级就被学校推荐到剧团来。这样的人最好拿出去做宣传，也最好掌控，难怪老沈喜欢。

"老沈对咱这么好，"孟娇问，"他图啥？"

"肯定是想给你推拿了。"其他人意味深长地互相对视，笑嘻嘻，像是讲了一个什么谜语，但就是藏着掖着不肯告诉她谜底，"老沈可会推拿了，连书梅老师都夸他按得好呢。"

什么"推拿"？"推拿"什么？孟娇猜不透这话里的意思，一度心惊胆战。她有点儿想直接问问林书梅，又怕自己显得太过大惊小怪，太焦虑，太蠢。

在她首次登台那天晚上，该来的还是来了。老沈在后场找到她，没说几句话就把她往杂物间领，说要帮她放松放松筋骨。旁边有几位演员正在把手抛草帽和大晃圈往道具箱里收拾，听到这话头也没抬，似乎早就见惯不怪。

她放下手里的两把绢扇，犹豫不定，脚步极慢，沿走廊往前挪，指望着谁能把他们拦住。还真有人跟了过来，喊住老沈："待会儿还有庆功宴呢，老沈你抓紧着点儿哈。"老沈点点头，扶住她肩头，几乎是推着她往前走。杂物间的门开了，杂物间的门关了，只剩下他们两个人。

房间很大，但存着不少道具，所以也显得狭小。灯光是很亮的暖白，空气里弥漫着淡淡樟木味。老沈把乱七八糟的绸带往旁边堆了堆，清出来一小片桌面，示意她躺上去。她暗自做好了反抗的准备，决定一旦哪里不对劲就立刻大喊大叫，让所有人都过来抓坏人。但老沈没拿她怎么样，只是仔细揉捏了她的肩膀和后背，按压了不少穴位，手法还挺专业，不一会儿就让人觉得筋肉酸麻。

她不由自主地放松下来，甚至差点儿睡着了。

4

李瑶在上午十点就赶到了安养院，补签几份"后果自负""知情同意"的合同，在护理员的带领下来到五号楼 201 室。窗口安了防盗栏杆，倒是不太影响采光。窗帘没拉，能看见院子里装饰的中国结与红灯笼。

林书梅昨晚打了镇静剂，此时还没睡醒，裹紧被单向右侧卧，手臂抱在胸前，露出若有所思的表情。

"您看，这边条件很好，大家对林老师都很尊敬。"护理员说，"其实如果要去哪里的话，只要报备一声，我们会有专车接送、专人陪同，我们是最正规的安养院嘛。她非要自己溜出去，联系也联系不上，可把我们吓死了。"

李瑶问："她昨晚什么都没说？"

"问什么不答什么，再问就跟你急。"护理员说，"你们家属还是多跟她聊聊。"

李瑶走进房间，坐在一旁的陪护椅上。椅面比她想象得更柔软点儿，坐起来没有特别不舒服。从这个距离再看林书梅，皮肤比年轻时松弛了，依旧白净，面部轮廓也保持得很好，眉骨和鼻梁把整幅面孔都撑住，还是她记忆里那个母亲。

或许母亲还是想出去找机会表演。李瑶心想。也或许是跟人约好了私奔？毕竟林书梅从来不缺仰慕者，是一个好看的中年女人。或许是开始神经错乱了。他们小区里之前就有个老人，总是趁人不注意就跑到楼下，翻垃圾桶捡东西回来，带裂口的茶杯，吃到一半的面包，发霉的豆角。不让他捡他会坐在地上大哭——又变成了三年自然灾害时期那个吃不饱肚子的小男孩。医生说阿尔兹海默病就是这样，会慢慢擦掉人们的记忆，同时也擦掉那些由记忆形成的性格。

她在房间里又等了快一个小时，林书梅才悠悠醒来，茫然地回望她，嘴唇泛紫，仿佛这里不是暖气充足的室内，而是无边无际、杳无人烟的雪原。

"妈。"李瑶唤道。话一出口，心里莫名有点儿委屈。

"李瑶，"林书梅平静地认出了她，"你怎么在我房间？"

"我是你女儿。"

"是啊，"林书梅说，"你不过是我女儿。"

她们之间只有这简简单单几句话。此后的时间里，林书梅再也没有搭理过她。

李瑶找护理员要了两床被子，铺一条盖一条，每隔半小时还帮着测一次体温。体温正常。上网搜了搜，有点儿像毒品的戒断反应。但她不相信母亲会作践自己的身体，作践那些柔韧的肌肉经络与敏感的神经。

父亲再婚的妻子在深圳电台做主持，小有名气，声音极甜，对她虽说客气，终究还是有受委屈的时候。她总会躲进自己房间，幻想着回到青岛，回到林书梅身边。她收藏过青岛的十大必玩景点，刷过几百小时短视频，看网友带着孩子翻礁石、逮螃蟹、洗海澡。此时真真切切回了青岛，根本毫无去海边的冲动，觉得青岛的海和深圳的海没什么本质区别。面对林书梅时心里也别扭，就好像她成了任劳任怨的母亲，林书梅才是被迁就照顾的女儿。

大多数时间里，林书梅只是盯着墙角愣神，露出近乎忍耐的表情。吃完午饭，很快又睡下，仿佛已经筋疲力尽了。

5

2009 年 10 月，老沈和孟娇在海天蓝大酒店举行婚礼，剧团的人全都来了。

四十多岁的老男人和刚满二十五的女孩结婚，有点儿奇怪。换种说法，四十多岁事业有成的离异男人和二十五岁无法生育的外地女孩结婚，似乎就情有可原。

很多人给老沈灌酒，所以他醉得厉害，是被人扶回房间的，看起来春宵要虚度。孟娇总说自己也醉了，脸颊酡红，神色看起来倒镇定。给所有人都敬完一圈后，她又满上一杯酒，说要特意敬一敬自己师父。

"可别，"林书梅温和地回答，"现在我喊你嫂子。"

孟娇把酒一口吞掉，扶住林书梅手腕，暗中使力将她往外拽。林书梅稳住重心，随她来到走廊对面的小阳台。这是酒店二层，离海很近，空气里飘着一种腥咸的海草味。

"刚来青岛的时候，团里组织去海水浴场春游，我被这味道熏吐了。没想到多闻闻也能习惯。"孟娇说，"都过去十年了，林老师，我从心底里把你当师父。刚来剧团时学绸吊，我手上磨掉一大块皮，是你自掏腰包给我买了进口止痛药。还有去年《奔月》那场，要不是你拽了我一把，我命都没了。"

"都是一个团的，"林书梅说，"咱不讲究这些。"从这么近的距离，能看见孟娇鼻头附近的粉底有些花了，她伸出手来，用指肚重新把妆抹匀。孟娇侧过脸去，由着她抹。习惯性动作了，前些年孟娇还上台的时候，上场下场时间紧，她们都是这么互相补妆。

等她把手收回去，两人又沉默着吹了会儿海风，孟娇突然问："你觉得老沈的推拿技术怎么样？之前就想问你来着。"

"这我可不好答。"林书梅说，"外面冷不冷？你穿得太薄了。"

"跟你需不需要没关系，关键是他需不需要。"孟娇用手搓了搓胳膊，继续说，"老沈逢人就说他那个梦。说菩萨在梦里教了他手诀，能帮人开筋正骨，让大家上台后表现更好。杨帆他们几个演出前都排着队找他按。那你知道这推拿其实分两种吗？咱们团这几年拢共有十多个人知道这事，都没好意思告诉你。但我对你要说实话。"

"娇娇，"林书梅说，"你和老沈结婚了。"

"对，不嫁他也没什么人可嫁，这倒了霉的多囊卵巢综合征。刚开始你们都说我贪吃零食，我白挨好几顿骂，每天饿得睡不着觉，就怕自己越来越胖，别人再也举不动了。这由不得我。我答应嫁给老沈后，她们才来找我说这事，让我以后好好管管他。我说我不信，当年老沈给我推拿的时候安分得很。后来才信了，人家有录音笔。老沈可花了不少钱赔礼道歉。"

"什么叫两种推拿？"林书梅问。

"别问我，你问问林师傅呗。"孟娇说，"他也挺了解的。你好幸运。很多东西你能避开，很多东西你能得到，你不用真的关心别人，你也不需要别人，因为这舞台就是给你一个人建的，剧院也是给你一个人开的。实话实说，我特嫉妒你。如果有轮回转世，我宁可十辈子都当畜生，只要有一辈子能像你这样站在舞台最中间。你肯定知道，谢幕时全场灯光亮起，他们还会往中间多补一盏灯，确保你站的位置是最亮的。"

"你们是不是搞错了，还是说我理解错了你的意思。"林书梅说，"老沈他不是没能力吗？他前妻闹离婚时来团里说的，老沈当时也承认了。"

"他是阳痿，不是没有性能力。"孟娇语气平静地说，"他长了两只手呀。"

6

林瞎子在抚顺路农贸市场的摊位上将自己捅成对穿，被人送去医院抢救，昏迷两天，躺了小半个月，欠下不少医药费，只能挑个好日子溜之大吉。他先回了防空洞，没人；又去了学校，这才从老师那里得知，大家同情林书梅，让她在教师食堂里吃饭，住班主任家里。为长久计，校长托关系搞来名额，将她塞进青岛艺校新成立的杂技班，学制六年，学费全免，毕业后算中专文凭，直接留在剧院工作，每年有保底工资五百元。

杂技班开在新建成的娄山剧院，外墙瓷瓦雪白，横贯二楼的是长长一道玻璃窗，阳光好的时候特别明亮。整个青岛只有这家剧院能看戏剧也能看球幕电影，来约会的小嫚小伙特别多，检票也格外严格。林瞎子手握小学给他开的介绍信，愣是进不去院门，倚着电线杆子等了一下午，好不容易遇到换班的票务。

"我知道咱这是封闭管理，但我想见我女儿，"他把衣服撩起来，露出一道狰狞的伤口，"在医院里躺了半个月，就放心不下她。老师，帮帮忙，我女儿叫林书梅。"

票务好像被吓到了，后退一步，让他赶紧把衣服放下来。等双方重新体面而尴尬地面面相觑，才问道："你眼睛怎么了？"

"看见不该看的了。"林瞎子说，"老师，谢谢。"

"叔，你别急。"票务重新打量了一下林瞎子，和气地回答："林书梅，好像听说过。是不是刚送来的免费生？你跟我进去吧，在门卫那边登个记。别喊老师了，叫小沈就行。"

"谢谢谢谢，"林瞎子说，"您是好人，好人有好报，我一定报答您。"

后来没过多久，原先的传达室收发员辞职回家带孙子。在小沈的指点下，林瞎子卖掉菜场摊位，给人事处处长买了瓶茅台，顺利竞聘上岗，林瞎子成了林师傅。大家都相信，他虽然只有一只眼睛好使，但目光敏锐、待人热情、警惕性高。这工作待遇不差，极其稳定，便于照顾林书梅。

如他先前承诺的那样，他是真的想报答小沈，可是不管送什么东西，小沈从来不收。再送都尴尬了。"这样吧，"后来小沈说，"不然您教教我怎么吞刀？"

林瞎子下意识抿住嘴巴，隔着衣服按了按肋侧那道伤疤。

"您故意的吧？催学校给小林解决出路。这着棋下得好，艺高人胆大。"小沈说，"我小时候住三角地附近，其实一眼就认出来您了，没好意思说。当年我还带我医学院的堂哥一起去看过表演，连他都不知道您是怎么做到的，非说那刀是假的。用他的话说，吞那么宽的刀完全是自杀。我跟他说，那更赚了，这表演的就不是吞刀，是原地复活。您最近回去看过没，那边儿早就没人表演了，空地修成花坛，挺没劲儿的。"

再后来，每天早上两人都会去剧院后面的娄山公园溜达一圈。谁都知道他们关系好极了。也正因此，在小沈变成老沈之后，林师傅依旧是传达室林师傅，从没换过人。

7

林书梅长得其实并不美，瘦，没发育前还很黑。没人教她怎么护肤，怎么防晒，也没人教她怎么扎辫子，来杂技团前一直留短发。但正因为她瘦，做起动作来就准确轻盈，像一只小小的麻雀。掌声喝彩听得多了，滋养出精气神，又跟着化妆师学了点儿技巧，人就好看了起来。剧院工会和学校工会开展联谊，大家约着去中山公园划船，划到湖心时桨折了一支，李维平挺身而出，用剩下那支桨把全船人划回岸上，给林书梅留下了极好的印象。过了五个月，他们结婚了。又过了两年，他们有了李瑶。

她熟悉那种困顿穷厄的生活。一般而言，熟悉苦日子的人分为两种类型，要么染上了囤积癖，总想攒着占着，什么味道都想尝尝。要么是她这样，踩在哪里都是水泥地，穿着什么都是棉布衣，对生活缺乏概念。

进入杂技团后，她过得很顺，一度认为自己在追求艺术。但她很快察觉到，当她完成某些难度动作时，人们的沉默不是敬畏，而是对危险的兴奋。在蒙特卡洛观摩学习期间，她看过不少其他剧团的演出，发现最受欢迎的从不是水平最高的"超人型"演员，而是能带来欢声笑语的"卓别林"。2005年天津曲艺团来娄山剧场演出过三场，场场爆满，还有几个好苗子直接离团跟着去了天津。为什么？人家会笑呀。

看她表演的时候，没人笑过。

她也考虑过走一走轻松幽默的路线，这对她来说已经有点儿晚了。如孟娇所言，她始终全心全意地思考着艺术道路，只对团里的其他人致以最简单的关切，甚至经常把其中几位女孩的名字记混。她拿过好几次技术能手的表彰，从来都是刻苦、冷淡、严肃、认真的代名词。其他演员时常热热闹闹地约着出去游泳、爬山、吃烧烤，互称某哥某姐，而她永远是"书梅老师"。她甚至去书店买了套《机智口才与幽默语言》，认真翻看了大半本。无济于事。"我是一个幽默的人吗？"她问过李维平。李维平说："你别开玩笑了。"

在内心深处，她对自己的事业感到失望。尽管从表面来看，她依旧刻苦、冷淡、严肃、认真。她早就够资格选拔去省艺术团了，从市里到省里，从省里到北京，大体上就是这条路。哪有国家一级演员还留在市剧院的？李维平总是批评她不思进取，没有为女儿谋得更好的机会。"你知道北京孩子多容易考大学吗？你就惦记着你爸。"

不是这样。她没敢跟丈夫解释，她之所以不去省团，不是为了照顾老林，不是为了报答杂技团的培育之恩，而是她根本没有能力适应新环境。出去巡演十来天，可以；时间再长了她就会焦虑，在台上只觉得四肢沉重，仿佛被人施了定身术，动也动弹不得。

为什么会这样？她问过带自己入门的师父，也问过老林。

师父的看法是，她过于好强，给自己太大压力。谁不紧张？都紧张，习惯习惯就好了。这位来自邻省剧院的女师父说起话来不紧不慢，化起妆来很漂亮，没过多久就回老家嫁给当地的商人，再也没登过台。前些年传来消息，说产后抑郁，突然跳楼了。

而老林用一真一假两只眼睛仔仔细细地打量她："还用问吗，你和我一样，属于那种眼睛只会往里看的。看自己看得太多了，往外看的时候就头晕，就这么回事。"

8

1961年春，林泳遇见几个混混从学校器材室里偷乐器，见义勇为，被人拿砖头砸伤了一只眼睛。过程中虽然摔坏了两把小提琴，但最贵的乐器还是保住了。他家在莱西，考学考来了青岛，正值春忙时期，没人顾得上他。幸好那阵子赶上学雷锋热，他的事迹上了报纸，医院特事特办，没收医药费。他当年十五岁，手脚勤快，活泼热情，很快和青岛医学院里上上下下的医生病人成了朋友。

医院里负责修仪器的老先生留过洋，调来青岛前在浙大教理论物理，算起来还是爱因斯坦的学生、李政道的老师。老先生经常在天台搞焊接，有时候碰到林泳帮病友们晒被子，两人也会聊上几句。

"眼睛还疼吗？"有次，老先生问。

"不疼。"林泳把棉被铺开，用手捶打几下，让里面的棉花变得蓬松。

"可以给残联写信，他们那边好像在研究假眼睛。安上去就跟真的一样。"

"有这钱不如多买点儿猪肝。"林泳回答道，"猪肝明目。"

老先生走过，用铁锈味的手掌在林泳头顶胡噜了几下。

那阵子中国的首枚导弹刚刚发射成功，各行各业深受鼓舞，决定用现代科学工具来分析世界、改造世界。河北唐山疗养所拿了卫生部的奖金，青岛湛山疗养所不甘示弱，也新立了不少项目。经老先生推荐，林泳报名参与气功研究实验，和几位同样盲聋瘫哑的残疾人一起，每晚花半小时静坐守窍。据说这种方式能将能量集中在他们的残缺之处，让他们能够变得更正常。林泳其实不关心什么正不正常。但参加实验者每月能领到一张粮票，那可是最正常不过的粮票。

研究组的医生定时检测他们的呼吸、循环、神经系统。随着年龄增长和心态变化，参与者的数据总会产生些许波动。但总体而言，没有什么研究意义。实验进行到第五年，发生了两件事。先是有位聋哑的实验对象家里失火，火势很凶，连烧了左右两栋的三四五层楼。离奇之处在于，这又聋又哑的人居然在火灾之后失踪了。小道消息说他被烧成了一踩即碎的焦炭，所以才没被发现。办案人员明确否认了这个说法。

另一件怪事发生在林泳身上。他有个远方叔爷，从国术馆退休后总喜欢带家里的小辈打打拳。先教了三铺龙拳和鸳鸯内家功，又教了崂山玄真拳。林泳刚开始表现还不错，踢木桩的时候却越来越不准。他自己加练了几次，定睛细看，发现不是没打中，而是他的拳头从木桩上面穿了过去。他惊魂不定地站在原地想了会儿，抬眼看见训练场的围墙上写着一行字："为祖国锻炼身体，横扫一切牛鬼蛇神"。

当天晚上，林泳趁夜色摸进了医院的职工宿舍。那是当年租界区里的小洋楼，分门别户住了十几户人家，院子里还有小池塘，青蛙喊得震天响。按照门口报箱上的铭牌，他找到了老先生的房间，朝北，一楼拐角，背阴且潮。

维修员待遇比不上正职医生，再加上他在青岛无家无口，分配来的房间就只有七八平方米。一张小铁桌，胡乱铺着几张旧报纸，摆着三瓶栈桥老白干，一瓶半已经空了。旁边是铁制的上下铺，上铺挂了蚊帐。林泳在铁桌对面的马扎上坐下，细细讲述自己的遭遇，问道："我是要成仙了呢，还是快死了？"

老先生说："今天是我六十大寿，孩子都在外地，赶不过来。"

先前林泳全副心思都放在讲话上，只知道老先生一直盯着他，时不时还若有所思地点点头，就以为对方听得很仔细。此刻仔细看了看，才发现这人已经醉了。

林泳说："行，祝你生日快乐。"

老先生说："生活上的事情我已经想不明白了，科研上的事情更难懂。死嘛，也不一定是坏事，就怕死不了。有时候好死不如赖活着，有时候好活不如赖死着，你说对吧？"

"我这两只手都要没了，人也要没了，你好意思跟我打太极？"

"说得好，打太极。太极的图案你肯定见过，黑中有白，白中有黑，就是这样。年轻时我研究过一种很小很小的东西，叫作中子，中子又能被分成质子和电子。照理说能量应该守恒，但我们测来测去，发现中子变成质子和电子的时候，一小部分能量凭空消失了。又过了很久很久，我们才找到那消失的东西，很小，不带电荷，飞得很快，其他物质的引力压根逮不住它。它叫中微子，它就是黑中的白，白中的黑。"

"这跟我有什么关系？"

老先生点点头，彻底昏醉，不再有声响。林泳气不过，把屋里的蚊香踩灭，又把桌上剩下的那瓶老白干揣怀里带走。回到学校后，他盘腿坐在宿舍门口的台阶上，先喝掉了酒，又静坐冥思，想要捋顺思路。哪知酒精作祟，他非但没有平静下来，反倒越想越兴奋。没过多久，他感觉自己的皮肤变得柔软灼热，仿佛即将震颤着从身上松脱。他感到自由，尽管他并不知道这是因为精神上的他正不断膨胀，组成他身体的每一颗粒子都随他心意以极快的速度在变动。他越来越透明，几近消弭。

松

之后，老先生继续活了整整二十年，晚年沉迷于民俗学研究。死后又过了十年，他年轻时的物理研究被重新认可，他与医院同事合住的那幢租界区洋别墅挂牌为故居。他的后代从家里整理出很多崂山道士、参透开合、阴阳五行相关的资料，悉数捐献给浙大校友博物馆。博物馆的工作人员对这位物理教授的国学资料该如何分类有些犯难，多次讨论后依旧未能形成统一意见，故将其封存在地下二层的库房里，并没有对公众进行展览。

也就没人发现那些资料总体而言都围绕着同一个主题：穿墙。

9

照理说，在剧团里抬头不见低头见，徒弟和师父之间应该比母女还亲近。可林书梅的徒弟个个都不跟她说心里话，像是憋着一股劲儿。也是，大家日夜照着她的指点来练功，却无论如何也赶不上她，难免有怨，觉得师父藏了一手。

连孟娇和老沈在一起了，她也是听周围人聊天时才反应过来。

婚礼那天和孟娇聊完，她一直想找老沈谈谈，没等到合适的机会。万一这事是真的，她最该替全团女孩去找老沈兴师问罪，她资历最深，和老沈最熟悉，理应保护其他人——至少她自己是这么想。

后来正逢农历七月初七乞巧节，曲艺团和歌舞团都没排节目，是省粤剧团来巡演了一场《鹊桥会》。省领导来看演出，喊老沈他们各位团长提前过去座谈，老沈又拉上了林书梅充当演员代表。聊了差不多一个小时，传达了点儿"贴近生活，反映生活"的创作导向，其乐融融。

演出中途，老沈溜出来抽烟。林书梅盯着那空座看了会儿，也跟过去。

卫生间旁边有处常年不锁的逃生通道，早已是约定俗成的吸烟角。她推门沿台阶朝上面走了几步，果然看见老沈。灯光昏黄，烟头是橘红色一火点，随呼吸不断明灭。

"老沈。"她喊了一句，不知道该怎么把话往下说。

"呦，被你逮着了。"老沈应道，朝她挥了挥手里的烟。

"咱俩今天能有话直说吗？"

"这么客气？"老沈说，"想涨工资？"

她站在台阶下面，保持出足够安全的距离："有个问题，别人都不太敢问，托我来问问你。推拿水平不错，搁哪儿学来的？"

"我知道了，这是在打探情报，哪家按摩店派你挖墙脚。"老沈又吸了两口，把烟屁股扔在地上碾灭，"实话实说，我这可是童子功。当年我爸得了胃癌，吃不下饭，我每天放学回家先要给他按上半小时，早练出来了。"

"给我也试试呗。"林书梅说，"怎么从没给我按过？"

"你不需要。"老沈断然答道，"你浑身软得跟面团子一样，哪用得着我给开筋正骨。"

"所以，你平时都按了哪儿了？"林书梅问，"都按过谁？"

"是不是有人传了什么瞎话？"老沈说，"给人推拿让我觉得很宁静，被我按的人也很宁静，很多人按着按着都睡着了，这是双赢。而且你知道，我那个了呀。其实也不是那个，是头发实在要掉光了，去医院开了非那雄胺，听名字就知道不吉利，能抑制雄激素，一吃就不行。还抑郁，还有副作用。我的胸现在可能是全团最大的，不信你摸摸。如果她们觉得自己被占了便宜，那欢迎也过来摸我的，把便宜占回去。我真冤枉。"

老沈的语气很激动，手里的烟头都被捏弯了。

林书梅不知道自己该说什么，只是觉得胃里有些恶心。她不再看老沈，而是越过老沈肩膀，看向他身后的窗户。窗口正对着舞台侧场的帷幕。她刚来剧院时帷幕还是正红的，后来一段时间改用墨绿，再后来才换成这种深紫红色，给人一种淤血般的陈旧感。整个剧院都是这样，好演员越来越少，而且老沈还成了神经病。她怎么早先没发现呢？

"照你这么说，推拿是好事，双赢。"

"对，双赢。"老沈说。

"之前听说一个笑话，双赢的意思不一定是双方都赢，也可能是同一个人赢了两次。"

"小林啊，你还是不放心。"老沈说，"我不知道是谁跟你说的这件事，但她肯定没说实话。很可能是在嫉妒你，想挑拨咱俩的关系。谁都知道你是台柱子嘛，也都知道老林跟我关系铁……"

老沈好像有点儿紧张，手按在楼梯的木栏杆上，汗津津的，留下了印子。先前她领先进个人奖状的时候，在舞台上和老沈握过手，当时同样也汗津津的。奇怪了，当时她怎么没觉出恶心？

"别提老林，"她说，"这跟他可没关系。"

"其实我小时候有个梦想，要当行走江湖的侠客。读大学的混蛋堂哥知道了这事，打算敲掉我这根不切实际的骨头，暑假回来时特意带我去了胶东路三角地。他告诉我，侠客是不存在的，如果不好好学习只想学武术，最终的结局就是摆摊卖艺。人家表演的时候，他在我耳边一个个拆穿那些把戏，什么劈砖块啊，吞钢丝球吞火炭啊，莱顿弗罗斯特效应啊。我边听边哭，难过得要命。最后老林开始吞刀，堂哥突然不吭声了，我就知道他什么破绽也没看出来。我那天才想明白的，我不是喜欢当侠客，是喜欢奇迹。能抽根烟吗？"

林书梅说："老沈，我发现了，你很幽默。"

老沈笑一下，又拿出根烟点上。剧院里老早就安了烟雾报警器，团里那些老烟鬼觉得不自在，挨个把报警器的线路都剪断，每次消防检查前才胡乱接上。

两人都不说话的时候，楼下的声音倒是隐隐约约能听得分明，织女河调慢板唱道："几许凡人都愿成仙去，又哪知天上别离愁更重。"

"还是那句话，老沈。"林书梅说，"你知道我很有耐心，学不会的动作能自己私下里练习一万遍，你最了解我。所以你如果不回答的话，我就只能再问你一遍，再问你一万遍。你都按了哪儿了，都按过谁？"

10

做实验那几年，林泳活在两个截然不同的世界。

白天在工厂烧锅炉，工厂是广袤白天中的一点儿黑。人人的指甲缝是黑的，擤出的鼻涕也是黑的，黑色粉尘直往人身体里钻。煤块轰隆隆落进机器，在空气不足的条件下燃烧分解为炭黑，成为橡胶补强填充剂、着色剂、紫外线屏蔽剂或导电剂的重要原材料。有天他困得打瞌睡，锅炉温度没烧足，副主任冲过来踹了他一脚，又揪住领口甩耳光。谁料手掌竟没打中，从他侧脸直接穿了过去。副主任愣在原地，仔细思考了片刻，一句话也没说就走了，怀疑自己昨晚喝酒喝得太猛，今天都还眼花手抖。林泳先是觉得好笑，随即又感到后怕，心乱如麻，抬手扇了自己好几个耳光，面颊上火辣辣地肿起来。午休时工友们见到他的脸倒并不奇怪，以为他是受了副主任的教训。

医院是黑夜中的白，门帘是白的，白大褂是白的，急诊室门口时不时还有几张盖了白布的医用推车。来的次数多了，见识过五花八门的病人，有天林泳突然想明白了，与其说穿墙是异能，不如说它就是一种病：他的身体能穿过墙，人家的尿里面还有葡萄糖呢，谁比谁厉害？医院火灾后，为了安全起见，老先生搞到几瓶氯化铵浓缩液，让他把身上的衣服裤子多泡一泡，聊作防护。这玩意受热分解，遇着火了能吸收热量，还能产生氯化氢和氨气，也都不支持燃烧。

他以病人的心态活着。晚上睡觉前，总觉得床单上那些柔软棉绒正深深刺入他体内，融化分解，细微缓慢地朝某个他并不了解的远方前进。

近百次实验中，他已经累计吞噬掉 1 克以上的物质，转化出五千亿焦耳的热量，足以炸出直径几百米的深坑，远非单独个体所能承受。然而在最粗略的估算下，可以认为他体内具有六十亿亿个原子，六百亿亿个电子。将五千亿焦耳平均分配给每个电子，每个电子的运动增速不过是百分之三——几乎是人体自适应调节的临界值。

11

那天晚上，老沈没拗过林书梅，到底是带她进了杂物间，清出桌面，认罪般摊出所有用具：一小瓶生姜精油，一小瓶薰衣草精油，几本中医药大学出版社的《推拿按摩学》，看着挺专业。说是老林也知道这件事，还和他讨论过技术要点：市残联发放补贴，要求会员每年来参加几次活动，老林因此认识了不少盲人按摩师。

角落里的桌子上散着不少"艺术人生，从这里启航"的招生海报，印着一个又一个林书梅，头戴金色羽毛，眉心画有五颗太阳，扮作《后羿射日》中的金乌，是前些年的演出造型了，如今看来土气又古怪。林书梅走过去，把海报收拢整齐，倒扣放好。

"是不是最近年纪上来了，压力有点儿大？"老沈说，"正常来说杂技演员确实最晚三十三岁就该退休，但你状态保持得好，留你也没什么难度，这个放心。你还是应该眼睛往里看，少关心团里七七八八的事情。"

林书梅抬起头来盯着老沈，像在心里掂量什么。

"你赔过别人钱吗？"她问。

"不是赔，是给。"老沈说，"我喜欢推拿啊，我要学习，要探索，要进步对吧？我需要大家配合着练练手，有时候推拿的效果好，确实双赢；有时候没啥效果，就用钱顶上。"

林书梅打开生姜精油闻了闻，一股熟悉的辣味。

老沈说："好闻吗？"

林书梅说："想吃螃蟹。"

老沈把瓶子接过来拧紧："跟你胡乱再说几句，带我去看杂技的不是我堂哥，是我父亲罗云程，我后来随了母姓。当年他是青医附院影像科副主任，军校出身，转业前在北海舰队当医务主任，一个彻头彻尾的科学主义者。他们科不受重视，只能用苏联淘汰下来的 X 光机，老是坏，老是修，就认识了负责维修的李老先生，再后来又认识了老林。他们三个人一起在天台上搞研究，偷偷摸摸，风雨无阻，想知道不同材料对穿越感受的影响，什么材料都试过，木头、塑料、石灰岩、铁板，还偷用了几管钡胶浆造影液，三只钛制血管吻合钉，一根铱针。后来有次实验过程中着了火，他们在灭火时彻底暴露了行踪，院里开展调查，发现实验物资数量对不齐，你爸决定自己扛下来，说东西是他偷来的。从抓小偷的人变成了小偷，情节极其严重，荣誉作废，工作丢了，眼睛也瞎了一只。"

"有个问题。"林书梅说,"如果眼睛是那时候瞎的,他怎么可能认识李老先生?"

"1961 年认识的吧,"老沈说,"闹饥荒,什么都吃,容易得肠胃炎。很可能是来医院挂水的时候认识的,具体的我也不了解。毕竟这事没发生在我身上。"

演出已经结束,楼下传来散场音乐。又过了会儿,交谈声与脚步声也逐渐小了下来。

"应该把老林也叫来对质,你不信的话自己问他。可惜他今晚值下半夜班,现在应该在补觉。而且他有时候嘴里挺不太着调的,老说自己祖上开什么国学馆的,其实父母都在务农,只有个叔叔喜欢武术,回老家时教过他几套拳法。他就是一个非常普通的普通人,他懂什么?他光知道害怕。"

"你呢,你知道什么?"林书梅问道。

她有些紧张,仿佛站在了陌生的舞台上。老沈的语气让她觉得熟悉,也让她终于相信老沈就是罗云程的儿子。问题是,当年那些实验,老沈究竟知道多少。

"我也学学你,当个复读机。还是那句话,具体的我也不了解,毕竟这事没发生在我身上。但我大概知道当时医院那场火是怎么着的。我爸和李老先生心思都比较轴,研究得如痴如醉,感觉诺奖近在咫尺,老林却突然拒绝继续参与实验,三人大吵了一架。情绪激动起来,老林自燃了。他变成了一团火焰。其余二人没反应过来,没敢灭火,这才让火焰蔓延开来,最后烧了天台上两台待维修的机器,捅了大娄子。"

12

林书梅睡午觉的时候,李瑶趴在旁边的桌子上睡了一小会儿。没睡深,也就二十来分钟就醒了。醒来时,她发现林书梅正站在墙边,盯着墙角。站起来的林书梅看着比躺在那里的更消瘦孱弱,甚至还更矮了。这就是衰老。

"林书梅,"她轻轻唤了一声,不确定是否应该打扰母亲,"林书梅,林书梅——"

林书梅全副身心都沉浸在凝望中,没有回应她的呼唤。李瑶索性站起身,顺着林书梅的目光看去,她什么也没有看到。

"怎么了?"她问道。她一遍遍念咒语那样念着林书梅的名字。

林书梅往前迈了几步,走向床和墙壁之间的窄小空地,走进墙里。

李瑶起身跟过去,用手抚过墙面,一片平整。很普通的石灰墙,覆盖着浅黄色漆料,没有污渍,也没有什么能够操作的机关扳手。她把额头贴在墙上,又把耳朵贴在墙上，听不到任何声响。

李瑶没学过舞蹈或武术，无法精准控制身体的每一块肌肉，每一颗细胞。但她学小提琴，懂得控制双臂和十根手指。她闭上眼睛，用手心抵住光滑坚硬的墙壁。这墙壁突然融化了，她的两只手臂深陷其中，她的皮肤顷刻炭化，连神经都被完全破坏，以至于毫无疼痛。她的双臂与她不再相互作用。

但她还是能感觉到，林书梅就在她附近，在她指端位置，好像稍一用力就能触到。不仅有林书梅，好像还有什么其他人。她努力地摸索，分辨。在此之前，她从未与林书梅如此亲近，哪怕在十多年前林书梅帮她梳头发、在发梢缠上丝带的时候也没有。内心深处，她产生出一种柔软的情感，比面前的墙壁更剧烈也更柔软，柔软如火焰。

"走！走！走！"她仿佛站在人来人往的练功房里，听见有人在她耳边大喊。于是她举高双手，旋转跳跃，用燃烧着的双臂紧抱住林书梅，从墙里捞出自己的母亲。回过神来，她们已经相拥着跌倒在地上。这地面正是普普通通的瓷砖地面，正如那墙也不过是普普通通的墙。

一切看似完好无恙。

缓过劲儿来，李瑶尝试着扶起母亲，这才意识到母亲的双腿已死气沉沉。走廊里传来刺耳的警报，还有由远及近的脚步声。

"刚才你干什么了？"李瑶低声质问，"你腿怎么了？"

"疼吗？"林书梅毫不关心自己的腿，只是盯着她，声音沙哑地问，"胳膊疼不疼？"

"可能烫伤了。"李瑶低头看了看胳膊上微微泛红的皮肤，一时间也看不出什么异常。烫伤就是这样，刚开始看着问题不大，很快皮肤就会大块大块掉下来。

林书梅向她伸过手，有一瞬间她以为母亲是想抚摸她的脸。没有，不是的，林书梅只是用手指轻轻压在了她的嘴唇上，像在暗示她保守住什么秘密。

"别怕疼，"林书梅说，"别挠它，过几天就好了。但你千万别再进去。"

门开了，四个护理人员拥入房间。两个男的冲进来摁住林书梅，两个女的把林书梅的袖子扯开，动作麻利地消毒、注射。"镇静剂。"她们解释道，把林书梅扶到床上。

"我妈不算病人吧？"李瑶问，"这怎么回事？"

"当然不算，"一位护理回答她，"这打的是镇静剂，又不是药。"

李瑶的胳膊有点儿痛，心里有点儿茫然。她觉得自己站在了一面遮天蔽日的哈哈镜下面，朝镜中看去，包括她自己在内的一切都扭曲变形，但她却摸不准光线是如何反射或聚焦。"腿怎么了？"护理问，"需不需要核磁共振？"林书梅安然躺在床上，不知道是已经睡了，还是闭上了双眼对所有人都不予理会。

李瑶向后退几步，走出房间。

13

五岁那年，林书梅与附近几个同龄孩童玩捉迷藏，凭借着从林瞎子那里学到的皮毛功夫爬到了一棵两米多高的油松上。寻人的孩童好胜心强，也跟着往树上爬，不留神被树杈剌破小腿肚子，鲜血直流，哭着跑回家。片刻之后孩子的父亲赶过来，将林书梅一把薅下，不分青红皂白，结结实实揍了一顿。

那天晚上回到防空洞，林瞎子往啤酒瓶口插了支蜡烛头，点上，关了电灯，喊林书梅过来。哪怕在蜡烛昏暗的光线下，她颧骨上的乌青和擦伤也能看得清清楚楚。

"下次长记性了吧。"他说，"大人不在的时候少淘气。"

"下次他们打不疼我了，我早晚学会金钟罩，不怕打不怕踹，还能胸口碎大石。"

"胡诌八扯，小嫚学什么碎大石，大石碎你还差不多，"林瞎子说，"显着你有能耐？挨打的时候从来讲究以柔克刚。下次别紧张，"他用手指轻点了点林书梅脸上的乌青，教导道，"紧张起来身上就硬了，一碰一块青。要尽可能放松下来，软如棉才能硬似铁。这是我爷爷告诉我的，他打过日本人，后来活到九十八岁，死之前还能空手劈砖、踢脚过头顶。"

"还是金钟罩有意思，"林书梅说，"爸，我就想学这个。"

"金钟罩我不会。"林瞎子说，"而且我也不是你爸。别扯这些犊子，你先看看蜡烛，好好看。火是亮的，火芯儿里边却是黑的，对吧？这是还没烧充分。再外面这层是红的，最外面是黄的，基本透明，温度最高，有九百多度。"

林泳边说边把手移到蜡烛上方，按动按钮那样将手心朝火焰按去。但他的手掌并没有被火焰灼伤，而是泛起晶莹的橙红。林书梅原以为这是简单的障眼法，是往手上涂抹了什么隔热液体。可仔细看了看，才发现这只手已经变成半透明状，任由火焰穿过。

林书梅失声大喊，往后缩了缩身子，直接坐到了地上。

"我练了很久才练明白。"林泳说，"你还小，悟性也比我高，你可以慢慢来。"

于是林书梅慢慢学到了这些知识。严格来说，其实不能算是知识，只能算一些模糊的猜想。

在六十岁生日的第二天，被咬得满身满脸都是蚊子包的老先生去医院档案里查找林泳的信息。气功实验记录烧得一干二净，眼科手术的记录还留着。他先找到了学校，又找到了炭黑厂：林泳中专毕业，被分配到那里烧锅炉。七拐八拐地联系了一通，见到林泳后，老先生还从口袋里掏出颗巧克力递过去，算赔不是。

"昨晚醉得厉害，"老先生说，"我一醉就瞎胡闹。小兄弟，今天咱再好好聊一聊。"

"有什么好处？"林泳说，"昨晚上的话，放到今天倒也没那么想说了。"

"我且当你说的是实话，那我有两种猜测，要么是你发生了宏观隧穿效应，要么是你的手变成了叠加态中微子。你总不能控制住自己的波函数分布吧？"

"没懂。"林泳说，把巧克力放在手里，玩泥巴一般捏来捏去。

"我也没懂，"老先生说，"问题在于，如果你的手能够穿过其他东西，这就说明它和其他东西都无法相互作用，它应该不受地球的影响，不受任何东西的阻挡，直接飞出外太空。但你的手长在你的手臂上，这就意味着它和你的手臂是互相作用的。你的手臂和其他东西到底有什么不同？我们要继续做实验。"

"对我有什么好处呢？"林泳剥开糖纸。里面的巧克力都化了，黏糊糊如淤泥，舔起来倒还是甜的，"我要烧锅炉，我还要娶媳妇，没这个时间。"

老先生掏出口袋里提前准备好的钱，又当面写下信件给自己在残联工作的高中同学，帮林泳搞来一枚足以乱真的假眼片。

为了提高检测的科学性与准确性，老先生请来了医生罗云程，组成一支小型团队。实验在医院天台进行，来来回回完成过数百次。穿越不同材料的感觉略有不同，总体来说，每次穿越完的那几天，身体都会火辣辣地疼，容易出点儿抽筋啊、淤青啊等小毛病，休息几天就好了。与此同时，筋骨会变得异常柔软，每块肌肉都收缩自如。

林书梅问过林泳，每次都疼究竟是怎么回事。老林找了扇废弃纱窗，捏了块黄泥，然后把黄泥从纱网的一侧摁向另一侧。连续摁了十来次，纱窗上沾满黄泥，而他手里的黄泥块自然就变小了。"你看，"老林说，"你懂了吗？咱俩就是这块泥巴。"

14

他们将林泳展现出的这种特质命名为"穿墙"。"墙"，指代了他在运动过程中本该遇到的任何宏观势垒。"特质"而非"能力"，因为这种穿越具有偶发性，还没摸清楚规律，难以被控制——没人知道这特质是怎么来的，也没人知道它什么时候就会消失。

实验初期，林泳非常紧张，每次都要等老先生和罗云程两人都在，才愿意进入冥想状态。他总疑心这虚无早晚会顺着他的手掌逐渐蔓延，吞噬掉他整个身躯，让他无法言语，无法思考，变成一个透明人，一个不存在的人。或者，用老先生的话说，是一个不与世上任何物质产生相互作用的人。

对他来说，每次尝试都是在赌命。一个普通人拥有了一项异能，就像一个普通人拥有了一笔可以敌国的巨款，只有他稍微聪明点儿，就绝不会肆意挥霍，而会低调行事。正如那些中了彩票的人也都蒙着脸领奖，或者找人代领——他会害怕，觉得世界上的所有人都在监视他、谋害他，觉得自己早晚要付出代价。

为避免意外，林泳没拿整只手掌做测试，每次都只用小指轻戳。实验选用的多是银针、钢笔尖、木刺、塑料棒等尖细物品，万一穿越失败，留在手指里也更好处理。在最初的二十次实验中，只有一次出了意外：林泳回老家给祖父守灵，彻夜未眠，又坐七八个小时的车回青岛，疲惫而悲痛，集中不了注意力，将手指狠狠插向那根钛钉，流了不少血。三个月后，穿越能力似乎逐渐稳定下来，才又加上了岩石、金属片。随后是整个手掌、半只胳膊、肩膀、腿。谨慎起见，他们从没用头颅或躯干实验过。

每次穿越前后，他们不仅要详细记录林泳的血液尿液成分、脑电波变化、身高体重，还会尽可能地对被穿越物体的成分、重量、形状进行记录分析。在林泳首次用胳膊穿越铅块后，铅块减重了 0.07 克，林泳的体重却并没有增加，体温也没有什么变化，似乎质能不再守恒，这部分物质正在平白无故地消失。经过反复测验，他们确信被穿越物品都会减重，只是先前的银针、钢笔尖、木刺重量过轻，减重不明显，测量仪又不够精确，才未能及早发现这个现象。

1972 年，青岛钟表厂金笔车间单独划出，成立青岛金笔厂，其生产的"717"型全钢铱金笔广受欢迎，医生罗云程胸口便始终夹着这样一支笔。某天他顺手取下这笔尖作为实验材料，在林泳用前臂完成穿越后，又将笔尖安了回去。吃过午饭，他感到左胸位置微微发烫，警觉起来，重新检查了口袋里的所有物品：胶带、处方章、放射计量器、钢笔。计量器上的数字已经大到无法想象。尽管处理及时，但他左胸口还是形成直径十五厘米的水肿，乃至破损溃烂。

镶在笔尖上的 0.27 克铱珠在穿越后变成了放射性同位素铱 192。这意味着，铱的原子核里出现了多余的中子，变得不再稳定，开始通过放射性衰变来释放能量。

由此得出结论：穿越行为确实能够改变被穿越物质的特性。但这改变是增是减、是体现在宏观层面还是微观层面，完全无法预测。

这场意外差点儿害死罗云程，也让林泳背上了沉重的思想包袱。他先是失联了好几天，没去上班也没来医院。随后找了个晚上，将罗云程与李老先生召集到天台，宣布要彻底停止实验。二十瓦的小灯泡悬在他们三人头顶，昏昏暗暗地亮着。

"这退堂鼓给谁打的？"罗云程率先开口，"我那疤又不会留在脸上，衣服一穿人家谁知道怎么回事？而且这几天都结痂快好了，根本不影响。"

老先生看看这个又看看那个，索性在旁边的马扎上坐好，低头翻弄实验记录表。

"没长嘴巴，不敢说话了？原以为你挺有奉献精神的，不还是什么活雷锋吗？没想到眼睛只会往里看，目光短浅，井底之蛙。你们工人就这么不讲道理？"

林泳沉默不语，踹了一脚地上杂乱的电线。火涌了出来。

后来，老先生对火灾起因亦有所猜测：那些在穿越中消失的物质变成了林泳体内的能量——能量突破了某个边界值，就会以火焰的形式被释放。

火灾之后，医院做了彻彻底底的消防检查，盘点时发现少了很多医疗物资：有些被他们三人做实验用掉了，有些是被其他医生护士偷拿回家。那几年大家又穷又饿，任何能换点儿食物的东西都是好东西。天台上的三人被医院警卫科关起来，分头审讯了好几天。老先生和罗云程的策略是有问必答、绝不承认，而林泳不知道怎么想的，独自领下盗窃医疗物资的罪名。罗云程得知情况后，写了坦白书要去院里自我举报，说东西都是他私下取用的。坦白书被老先生夺下来，撕得粉碎，冲进厕所。

后来三人互通过书信，约定将整个实验完全保密，彼此也都不再联系。

罗云程浑噩度日，搞出来几次医疗失误，从主任降为副主任医师，又受辐射影响，多少还留下些后遗症，不到四十岁就胃癌去世。儿子罗朝晖改随母姓，成了沈朝晖。

老先生的家人们后来都留在杭州，唯有孙子李维平考来了山东大学数学系，就此肩负起照顾爷爷的重任。他帮爷爷抄写整理了半米厚的实验材料，对这些数据全然不信，以为是老人患阿尔兹海默病后杜撰的——那时候，老先生确已显现出阿尔兹海默病的征兆，每天都觉得自己是在过六十岁生日，每天都要请周围人吃生日蛋糕。

15

前年青岛通了动车，正巧赶上巡演，老沈带团，给大家都买了高铁票，五个半小时就能到北京。大家提前守在站台的安全线以内，时间一到，白色列车疾驰而来。

即便是安全线以内，也有气流掠过。列车进站后速度依旧很快，车厢周围空气稀薄，以至于产生了气压，将人拉向它。老沈盯着列车，恍然间觉得自己可以跳上车，跟着车一起高速前进。其实计算一下就知道，正常人根本跳不上这么快的车，与车接触的面积越大，受的伤就会越重，说不定还要把命搭进去。

他觉得这想法挺滑稽的，很快就将其忘在了脑后。但在那天晚上，和林书梅聊天的时候，他再次有了相似的感觉。这次他总觉得自己已经在车上了。

他们先在杂物间里聊过片刻，一起去招待处拿了两瓶啤酒，又来到演出厅，打开两排顶光灯，在舞台上席地而坐，像两个刚刚相认的熟人那样，彼此袒露心扉。

"不承认性骚扰怎么办呢，"他说，"不赔钱怎么办呢，难道要承认我是在研究穴位、开发异能？大多数人压根不信这个，看慧根也看缘分。你知道我妈多恨我爸吗？往派出所跑了十七八次，非要把我的姓改掉，说看着碍眼。当年罗云程带我去看老林表演杂技，看完后给老林塞了五十元，那时候的五十元。他让我权当没看见，回家了千万别跟妈妈说。我虽然没说，却记住了老林的脸。后来自己做了点儿调查，偷偷关注过你们。招你来杂技团的项目还是我写文件向市里争取的，当时教育局正好有一笔资金不知道怎么花，最后投给了娄山剧院，从娃娃抓起，培养文艺新星。"

"老林知道你想做实验？"

"就知道我在学推拿。和老林是说不通的，没敢告诉他我是罗云程的儿子。认识这些年了，我还不明白他是什么人？靠着穿墙的本事，他可以一夜暴富。他可以劫富济贫，惩恶扬善。他可以推动全人类在冥想领域前进一大步。但他做了什么？他去街头卖艺。他本该控制整个科学界，却只控制了他食道周围那点儿肌肉，让自己千万别被刀锋伤到，就因为他怕疼。真的，他注定是软蛋，什么大事落在他身上都能把他砸扁了。"

"你故意跟我说这些。"

"也不是。可能聊到了推拿，心里发闷，索性什么都抖搂出来。这辈子活到现在，确实不甘。要说就老林一个人能穿墙也就算了，且相信是阴差阳错、天赋异禀、气运使然。但你是他的养女，你也天赋异禀？这其中一定有规律，一定能在所有人身上复现。"

"你确实想继续做实验。"林书梅得出结论。

老沈说："据我所知，实验早就重启了，还收获了极其出色的实验结果。你以为我爸当时为什么给了老林五十元？那时候，老林刚捡了一个小女孩。"

"行，我知道你的意思了。"

"我爸当年的手法应该没我现在好，我的推拿就是他教的，我还有印象。"

林书梅举起酒瓶尝了一小口："你爸手心是干燥的。"

"不然咱今晚再试试，"老沈说，"机缘既然到了这里，择日不如撞日。"

从年龄上说他已有四十多岁，此时却表现出了孩子般的执拗，伸出那汗涔涔的手，抓住林书梅胳膊，几乎是把她扯到了舞台中央。"试试就行，你比你爸聪明，肯定很快能找到诀窍。我们做了那么多实验，花了那么多时间和金钱，到头来其实都是为了你。"

林书梅知道，老沈把这事儿当成了机遇，谁遇上了都会觉得这是个机遇。实际上呢，这其实就是个钢丝球，说硬不硬，说软不软，弯弯绕绕复杂得很，往谁身上一擦，谁就要掉层皮。她觉得自己有点儿像被人强迫着把钢丝球吞下去，又觉得自己早该知道事情会如此。她调整姿势，双足跏趺，努力回忆老林之前教给她一切，默诵《清静经》中所言："内观其心，心无其心；外观其形，形无其形；远观其物，物无其物；三者既悟，唯见于空。"她想起了老林、李维平、李瑶，又依次将他们忘掉。她感觉自己的皮肤在颤动，几乎已经要成功了，然而刹那间，她想起了孟娇穿婚纱的样子，海风里纷纷繁繁的白。她也想起来之前看到过的诸多场景，女孩们站在走廊里嘀嘀咕咕，趁杂物间没人，依次走过去朝木门狠踹了几脚。她还听到过有人躲在厕所里哭，当时她觉得哭泣实在太正常了，练功确实很苦。老沈和罗云程不同，老沈喜欢索要回报——她为什么会忽略掉如此多的蛛丝马迹，是不是因为她像老林一样眼睛永远在朝里看？

老沈发出一声恐惧的大喊，用力摇晃林书梅的肩膀。

以林书梅为圆心，整个舞台掀起热浪。火。无色无形的火。

幕布由阻燃布料制成，依旧重重地垂着，上面出现无数个不断扩大的破洞，仿佛在融化。木质地板也噼啪作响，蹿出零星火点，扭曲变形。

他们的第一反应是抓紧灭火，冲进走廊，砸破消防柜，用灭火器对准火源喷射。灰白粉尘冲压而下，可那火越燃越烈，怎么也不灭；或者说，每次扑灭都会顷刻复燃。浓烟滚滚，空气里全是煳味。门口已经被火堵住了，火朝他们身上蔓延。

恍然间林书梅意识到，此时已经是后半夜。有人迎着浓烟闯了进来，那是吞刀的林瞎子，在后半夜值班的林师傅，现年六十三岁的林泳。他冲向林书梅，紧紧抱住她，力度极大，让她失去平衡，不由自主地向后倒去。

她身后是一面墙。

奇怪的是，对林书梅来说，她并没有撞在墙上，而是倒在了一片类似液体的物质中，就好像在深海中夜泳，海水从四面八方困住了她，冰冷而黏稠。她凝神静气，试图控制住四肢百骸，却发现自己根本感受不到身体的存在，或者说她的身体正在急速膨胀又急速收缩，让所有边界都变得模糊。

回过神来，她已经站在了剧院西门口。

她面前是一堵墙。墙里面是化妆间。墙面由普通粗糙的花岗岩砌成，摸起来微微发温，似乎里面正在着火。她头晕目眩，仿佛回到了刚刚学倒立的时候，周身重量集中在手腕、肘部与头颅，形成一种几乎难以承受的沉重感，让她觉得自己血液里有什么黏稠有毒的物质，正慢慢流入心脏。她觉得自己在做梦。

火警尖啸，似乎已经响了很久。许多盏灯亮起来，许多人冲进院子里，地面湿漉漉的。许多人在她耳边喊"着火了，着火了，着火了！"声音如海浪般起伏不定，朦朦胧胧。

那场火说大不大，说小不小，烧毁了化妆室和主舞台，还有旁边几间堆满手抛球、毽子和绸扇的杂物房。沈朝晖沈院长是在主舞台上被找到的，剩下那点儿物质不够做尸检，家属也没追究。传达室老林失踪了，后来有人猜测说是老林抽烟没踩灭烟屁股，这才引发了火灾。也有人说团里拖欠了老林的工钱，这是蓄意报复。说什么的都有，谁也拿不出证据。

本来以为省里会派新团长过来。等了几周等来的公文却让杂技团直接解散，演员们有两种选择，要么被分配到小学当体育老师，要么领取退役补贴和介绍信，遣返回原籍，找当地政府解决工作。从某种意义上讲，这也是另一种"万粒归仓"。

至于林书梅。文件下来之后，她去文化局门口转悠了一圈，到底是没敢进去直接找局长。他们不认识，只是三年前青岛日报评选"岛城最美女人"的时候，她坐在获奖者那桌，听局长讲话。现场还有五十位女演员、女歌手、女老板，局长肯定记不住她。对面小卖部的老板认出她是杂技团的林书梅，从里屋床垫下抽出张演出海报，让她用签字笔签了句祝福语，"天天开心，天天快乐"。海报有点儿旧，折了角。她从没在这么旧的海报上签过字，心里有种奇怪的感觉，仿佛自己真的变成了镁块，那层一直保护她的、光亮结实的防护膜被揭掉了，而她别无选择，只能燃烧。

这比喻是她在结婚那天听来的。三十三中的老师们单独坐了两桌，他们挨个敬过去，敬到某位化学老师的时候，那人说："弟妹啊，我看你不仅是美人，还是镁块啊！站在空气里闪闪发光的，而且非常活泼。"在场的其他老师都笑了，起哄让她上台给大家演一个。她演没演来着？好像没有。穿着很贴身的敬酒服，不太方便。

接过海报的时候，老板说："最喜欢你们抖空竹那个吴大永，我自己平时也抖着玩呢，您回头帮我夸夸他。"吴大永好像是回原籍了，但她没说话，只是冲老板点了点头。

从文化局门口回家后，林书梅五天五夜没睡着，被送去医院打了镇静剂。

然后和丈夫协议离婚，再然后住进了海天安养院，拿着离婚分到的钱一次性交了未来十五年的住宿费。那年她三十二岁。

16

海天安养院的前身是海天度假村，原本开发来给年轻人度假，甚至还配备有九洞高尔夫球场。后来生意不景气，又赶上政府支持适老化改造，干脆球场改成公园，度假村改成养老院，设备倒也齐全。护工们注意到林书梅双腿异常，很快找来轮椅，推她去隔壁拍片检查，还要拿着结果去省医院会诊。

李瑶在安养院卫生间里用冷水冲了半小时胳膊，又去医务室要了点儿烫伤膏和绷带，这才回到酒店想要好好休息。吃晚饭的时候胳膊开始痛了，又痛又痒，需要强忍着才能不挠。她试着挠过一下，没怎么用力，却留下一道鲜明的血痕。

去年高考前李维平给她报了个冥想班，说有助于集中注意力、提高学习效率。基本就是放着轻音乐，循循引导大家闭目养神，"想象一片花海""想象一条通往林间的小路"。但她的想象力总是走偏，只能想象出一条很长很暗的窄路，尽头隐约有光线。是不是当年母亲带她回过防空洞，留下什么潜意识印象？

她试着冥想了一会儿，没什么用。为防止睡梦中无意识的抓挠，她用绷带把胳膊缠住，也没什么用，该难受还是难受。她索性起床下楼，沿着马路大步快走，全神贯注地保持着双腿双臂挥动的节奏。一小朵一小朵路灯笼罩在她身上，马路空空荡荡。她踩在灯光中，踩在柏油路面，踩在马牙石路面，踩在尚未完全融化的积雪里，移动移动再移动，感觉自己的身体在发热，在燃烧。

她是接受过科学教育的年轻人，她从来不信有人能用意念力折断银勺、烧灼硬币，心念一动就能在镍币上钻出小孔，让玻璃杯中的香烟头跳舞、走动，催动数千人手里的花蕾即刻绽放。她从来不信有人能不吃不喝不睡地走过沙漠，翻越高山，也不信有人能穿墙。

林书梅在她面前走进了墙里。

其实没什么了不起的，她想，就算能穿过钢筋水泥石灰油漆又能怎样？世上照旧有谁也穿不过的东西。刚转学到深圳那年，她衣着落伍，学习进度也跟不上，在班里很受排挤。李维平忙着和朋友创业，让托管班老师接她上下学，没过几周就有小孩子追着她问："李瑶你是不是没有妈妈？"她狠咬了那孩子的手背，但老师闻声赶来时，被咬的孩子愣愣站着，倒是她坐在地上扯着喉咙哀号，哭到吐了一地。后来李维平创业成功，用钱砸掉条条框框，这才让她顺利入学国际高中，申请到北美排名不错的院校。到了冬天，波士顿的雪比青岛这场大多了，堆在人行道上足有半米高。

穿墙没什么了不起的。可是，如果道教的穿墙术是真的，仙丹有可能是真的，人类可以长生不老，可以永远健康地活下去。或许林书梅可以返老还童，重新开始杂技表演，或许她的父母能彼此原谅、和好如初。

空气灰蒙蒙的，好像有雾霾。又走了差不多半小时，她才想起来，这不是霾，而是青岛早晨特有的海雾，自海面升腾起来，茫茫淹没整座城市。所谓胶东半岛，倒像是海上仙山。天光已经大亮，路上有不少车辆行人。她停下脚步原地站了会儿，稍微冷静下来，觉得胳膊没那么痒了。掏出手机查查方位，发现已经从中山公园走到了信号山附近，离龙山地下商城旧址不远。

她从便利店里买了两把强光手电筒，根据网上查到的攻略，走进龙山地下停车场，掰开西北角的窄门，又拐了好几个弯，这才走到尚未开发的防空洞里。之前地下商场的痕迹还在，路边堆着十几只缺胳膊断腿的塑料人台，还有个小隔间里堆着足足有半米高的瓷盘瓷碗，最上面是张木制招牌："海鲜水饺，驰名岛城"。

她朝前走着，穿过这些黑暗中的旧日过往，迷路也没关系，走入死胡同也没关系，遇到任何东西、任何人也没关系。手电筒摇摇晃晃，周围的光影也在晃动。"林泳，"她突然放声喊道，"林泳，林泳，林泳！林书梅，林书梅，林书梅！"喊了差不多几百遍，又开始喊自己的名字，像是打定主意要唤醒什么。"李瑶，李瑶，李瑶。李瑶李瑶李瑶李瑶。"她的声音与她的影子在一起摇晃。

当天下午，会诊结果出来了。安养院打来电话，把李瑶喊过去。

医生开了很多营养神经的药物，对林书梅说："好好休养就行，肯定不耽误你以后跳广场舞。"趁林书梅不注意，又把李瑶叫到走廊上："最好给你也测测基因，她不光是神经萎缩，可能还有韧带硬化的问题，不排除基因突变。"

"什么意思，"李瑶问，"多少钱？"

"觉得我坑你呗？那不然就这样，我不说了。"医生可能心情不好，说话也带着脾气，"反正我们也不是很清楚，也没法跟你保证。最坏的结果是她身上的韧带全部硬化。她早就该站不起来了，知道声带也是韧带吧，没听出来她说话声有点儿变了吗？你可是她女儿。"

"对，好。"李瑶说，"谢谢您，我一切配合。医药费怎么付您比较合适，我得问我爸要。"

进了病房，看见林书梅端着水杯正在吞药，又问："你有钱吗？"

林书梅说："存折在左边抽屉。"

李瑶蹲下身翻找，翻出一张存折，一支钢笔，两只破沙包，抽屉角落里还有只近似三角形的白色鹅卵石，摸起来冰凉而坚硬。她把石头拿起来放进手心端详，才发现那是一只义眼片。重新放回抽屉里，什么也没说。

"害不害怕？"林书梅说，"恶不恶心？你之前应该没见过这个。如果你想要的话，也可以捎回去做纪念。你和我和他一样，我们都是那种眼睛往里看的人。"

"什么叫眼睛往里看？"李瑶问，"把义眼片反着戴？"

"我小时候总喜欢在不同的地方睡觉。"林书梅说，"睡在床上，睡在两把拼在一起的椅子上，衣柜里，甚至睡在树杈上，睡着了也不掉下来。睡在不同地方，醒来的感觉很不一样，有时候背部有点儿僵，有时候整张脸晒得热烘烘，手掌发麻。用发麻的手掌摸摸其他东西，东西就好像都变软了。这就叫朝里看，时刻关注外界变化对自己的影响，自我监督，自我审视，自我控制。借用修行的话来说，也算是一种'内观'。"

17

怀孕才两个月，林书梅就受了不少罪，吃什么吐什么，不仅没有显怀，反而瘦了好几圈，身轻如燕。用李维平的话说，装进麻袋里单手就能提溜走。

"打掉也行。"有次临睡前，李维平自言自语地念叨，"没必要硬扛，指不定再怀一个反应能轻点儿呢？"林书梅摸黑给了他一肘子。第二天起床，李维平右肩缀着块圆形淤青，半个月都没消掉。

二十四岁，正是事业如火如荼的时候。林书梅肚里怀着孩子，心里还放不下剧团，每周还要腾出几天去帮忙训练、排节目。李维平刚开始并不反对，后来知道有个毛手毛脚的小杨帆扔钢圈差点儿砸到林书梅。他从床底下摸出两瓶青岛啤酒，拎着去找老沈。那年头啤酒金贵，凭票购买，每家每年只能分到一瓶。

凭着这金贵的人情，确定下来让林书梅居家办公。

"杂技演员居家办什么公？"林书梅说，"算门票成本？抄会议纪要？"

"那种小活儿哪能麻烦您这台柱子，"李维平说，"你多做点儿理论研究呗。"他托人买了十几张国外杂技演出的光盘，还从市图书馆借来一大摞杂技理论著作，打定主意要督促林书梅写论文，而林书梅也就安安稳稳地留在家里埋头苦读。抽查阅读进度时，他发现夹着书签的全是气功相关章节，桌上还摆着不知道从哪儿找出来的竖排繁体古籍，《金刚经》《清静经》《上古天真论》。

"让你好好研究杂技，研究这些做什么？"李维平说，"净是歪门邪道。怀孕影响身体影响心情，怎么还能影响脑子？"

话一出口，覆水难收。李维平在家里的硬木沙发上勉强撑了三天，最后一天落了枕，是歪着脖子去上课的。他去医院治疗脖子，顺便去妇产科找医生问了问，发现怀孕确实会影响脑子：雌激素和孕激素增高，大脑灰质层体积就变小。在妇产科门口排队的人七嘴八舌给他出主意，有说打倒的老婆揉倒的面，干脆避开肚子揍一顿。有说赶紧回去跪搓衣板，老婆怀孕时气坏了身体，生下的孩子不聪明。有先前不吭声的，听到这里忍不住插嘴："话没有这么说的，自己的孩子是孩子，老婆不也是别人家里的女儿吗？将心比心吧。"

回家后，李维平认认真真和林书梅道歉，表示要全力支持她的任何决定，还从衣柜上的旧箱子里翻出爷爷留给他的几摞古籍影印本，一并交予林书梅研究。虽然二人当时和好了，此事却反映出他们在世界观方面的本质分歧，是日后离婚的引线之一。

临近预产期，两人经常肩并肩躺在床上，讨论给孩子起名字。聊着聊着又讲到了各自名字上来。林书梅说："我本来是姓舒，舒梅，老林给我冠上自己的姓了。"李维平说："那我这名字比你讲究，我爷爷当过物理教授，文学修养不咋地，非要把后辈的名字都包揽了。我爸叫李守恒，能量守恒。我叫李维平，维持住平衡状态的意思吧，用正常的话来说应该就是独善其身、百毒不侵。我俩这已经算捡着好名字了，我叔和我堂哥一个叫李相对，一个叫李量子。对了，我爷爷好像给我孩子起过名字来着，说他估计等不到我结婚生子的时候了，我以后可以直接拿去用。但特别特别难听。"李维平转身侧躺在凉席上，盯着远处呜呜作响的电风扇，想了好久才回忆起那个名字。李熵。

18

安养院刚开始很看重林书梅。逢年过节有少年宫的孩子来搞慰问演出，护理员们总会向跟来的家长炫耀这里的知名住户，某某书法家，某某主持人，某某律师，还有某某前知名杂技演员。有家长好奇地寻到楼上，敲响她的房门，希望让她指导指导孩子的舞台表演。她一个练杂技的哪能指导练芭蕾舞的小孩？但家长就是把孩子往她面前推，嘴里还念叨着，都一样，都差不多。

她好像晕过去了，好像还哭了？记忆不很分明。后来她不再给任何陌生人开门，她饥饿、疼痛而疲惫，没有任何余力去关心任何孩子，包括她自己的孩子。

十年前的火灾中，她被林泳推出剧院墙外。命保住了，周身却持续疼痛，越痛越凶，必须靠强效止痛剂才能勉强入睡。她用所有精力来对抗疼痛。与此同时，她也感受到某种吸引力——就好像她的身体与墙壁地面这些质密的物质正在互相吸引。有几次实在难受，她偷偷嚼咽过花盆里的泥、打碎杯子后的瓷块和玻璃。

但在昨天下午重新穿墙之后，所有感觉都平息了，就好像一扇漏风的门终于被关紧。

于是她厘清思绪，絮絮讲述了好几小时，向李瑶复述那些人的话。老林怎么说的，老沈怎么说的，孟娇怎么说的，实验的基本步骤与潜在风险。须经前人引导才能穿越势垒，正如老林当年曾与聋哑人共同修习，林书梅被老林抱着冲过了剧院的墙，李瑶从那燃烧的黑暗中捞出了自己的母亲——她把秘密递进李瑶的手里。

青岛又下起一场雪，积得还挺深。护工们带着五六个身体壮实的老人在院子里堆雪人，已经堆出半米高的圆锥形身子。欢声笑语从窗外漫进来，让李瑶觉得这些老人都是孩子，她倒好像老了又老，已经活过一千岁。

"这世上多少人想做神仙，"林书梅说，"想驾鹤飞天。其实呢？"

李瑶接话道："其实'娇惰不能作苦'，是这个意思吗？我昨晚刚找出《崂山道士》那篇看了看，想要多了解了解你和姥爷。故事差不多就讲了这么个道理，要专注要努力。"

"其实驾鹤是飞不了天的，你想飞，就要自己飞。你想穿墙，要么就变得坚硬，比金刚钻还要坚硬，粉碎所有障碍。要么就变得柔软，比火焰还要柔软，挤入所有缝隙。这事从来都是一条道走到黑，等你完完整整地从墙的一边穿到另一边，你就完全改变了。"

说完这些，林书梅再次沉默下来，合目平躺在床上，像是用尽了力气。

"妈。"李瑶小声喊了一句，在旁边静静坐下，"去年我考了小提琴业余十级，下次回来我把琴也带着，拉给你听。"

林书梅依旧合着眼睛，脸上浮现出怀念似的神情："你最早那把儿童小提琴就是你姥爷送的。琴轴那里摔坏过，人家不要了，他就捡回来修了修，几十年一直藏在床底下的木柜子里，还塞着棉花防潮。你当时在院里练琴，刚开始的时候拉得多难听啊，但他老是带头鼓掌，你还记得吧？"

李瑶记得这些，当时剧院家属楼的孩子们有的学了竹笛，有的学了二胡，就她学了西洋乐器，每周坐三小时公交去市少年宫。她也记得，离开青岛前，父亲把家里的废旧物品直接送去了回收站，其中就包括那把小提琴。东西大多都论斤回收，拢共卖了三百八十七块六毛。后来，但凡她显露出任何对青岛的好奇或怀恋，父亲总会开玩笑般对她说："怎么，还舍不下那三百六十七块六毛呢？有舍才有得啊，珍惜现在的幸福生活吧。"

"有时间你也回娄山剧场那边看看，毕竟是你长大的地方，剧团里好多人其实还住附近。现在听说改造成昆虫博物馆了，免费参观，没几个人。龙山地下商场也改成了停车场。我哪儿哪儿都找遍了，他哪儿哪儿也不在。"

"是啊，"李瑶说，"哪儿哪儿也不在。"

"他肯定把很多事情都吞掉了，他连四指宽的刀都能吞进去。年轻时脾气挺差劲的，连爸爸也不准我叫，说早晚我亲爸妈会回来找我。其实那两人早就私下找过我了，说我是不小心走丢的。瞎扯，当我不知道什么是计划生育吗？当年政策刚有点儿风声，儿童福利院就满员了。俩人气得要命，捡几块石头把剧院二楼那道长玻璃窗全给砸碎了，我替他们赔了剧院七百元。"

"妈。"李瑶突然又喊了一声，"林书梅，妈妈。"

"李瑶，"林书梅回应道，"帮我点上火吧，妈妈特别冷。"

林书梅的话让李瑶有了不好的预感。当晚她没回酒店，而是问护理员要了张折叠床，就守在林书梅的房间里。我必须要好好照顾她，李瑶想，我要和她生活在一起，因为我也是柔软如火焰的人，我也是眼睛朝里看的人，我是母亲的女儿。想着想着就睡着了。到了第二天，林书梅再次失踪失联，手机、身份证、银行卡都还在房间抽屉里，各处监控只拍到模模糊糊一道人影，面目很不分明。双腿瘫痪的人怎么能失踪？负责检查的医生说，李瑶那天付钱给母亲做了最贵最全面的套餐，片子里能清晰看到每条硬化到打旋的末梢毛细血管，林书梅根本没办法站起来。

与林书梅同住的李瑶成了最重要的证人与嫌疑人，被警察请去做笔录，做测谎，问东问西，折腾了三天才放她回深圳。李瑶毕竟才十八岁，实在无法独自应对这些事情，在机场里随便找个没人的角落，给父亲李维平打了电话，复述她这次了解到的往事。她猜警察可能在监控她的电话，但没关系，她愿意把这些事说给所有人听，让所有人帮她判断。

最近又降温了，机场里也有些冷。说话的时候她觉得自己正一口一口把冷空气往里吞。落地窗外，有驾飞机正在缓慢地滑行，分辨不清是要降落还是要起飞。

"你母亲是这么说的？"李维平问，"你自己觉得呢？"

李瑶低头看了看自己手臂上缠绕如茧的绷带，痛痒已逐渐褪去，只剩肌肉中若有若无的酸涩。她想了一会儿才回答："我原则上相信科学。"

"不愧是我女儿，"李维平说，"随我，头脑清楚，没有听信这些鬼话。那个林瞎子要是会穿墙，我就会点石成金。他大概率吸过毒，小概率是学过点儿催眠术，天天装神弄鬼忽悠别人。不说别的，就说那眼睛，哪儿是什么见义勇为啊，就是非要偷着练气功，给整瞎了。老沈估计也是上了他的当，才在杂物间里放了香薰，学着给人推拿。老沈可惜了，他想得其实比你妈清楚，据说早就在打申请要调到音乐剧院当副书记。那几年没人看杂技，谁都知道班子早晚要散，就你妈还觉得自己是个角儿。我来深圳创业，她无论如何不同意一起过来，我说两地分居也行，她说干脆离婚。你想想她有多笨？我好恨啊，我睡不着觉，每天晚上都在想，要是没有这个剧团就好了。我甚至跑到剧院外面用手捶墙，恨不得把整个剧院推倒，我想变成孟姜女。你想想我有多笨。"

李瑶说："可是，火……"

"熔熔，你还没明白是怎么回事吗？是那老瞎子搞的鬼。多少年前他在医院里偷东西被抓，放火报复，进牢里蹲了三年，出来什么工作也找不着，只能捡破烂，撞了八辈子大运能捡到你妈妈。后来呢，当收发员的时候估计也手脚不干净，故技重施，不仅放了火，还畏罪潜逃。就这么简单一件事，还整成悬案了？"

李瑶说："好的，你这样说我就明白了。"

"明白什么了？"李维平说，"你明白什么了？"

李瑶听出来，父亲的声音有点儿哽咽。

"别想这事了。"再开口时，李维平已经恢复了平静，"警察如果还有什么问题，让他们直接联系我，或者我找时间也回趟青岛，看还有什么可以配合的。你抓紧回来，有工夫还是多研究研究怎么找实习、怎么写代码，寒假已经没剩多少时间了。可千万别被你妈影响，她那份优柔寡断也不知是哪儿来的，幸好没遗传给你。你可千万要拼搏，要有硬骨头，要踏踏实实地站在地上。"

离开之后，家乡才是故乡

修新羽

我不喜欢把故事发生的地点写得太具体，担心捏造情节时会受到种种限制，想象力不好发挥。然而这篇小说是应"故山松月"的主题所作，其中最主要的要求就是写一写自己的故乡。也就第一次将故事发生地放在了青岛。

在写作过程中，我时不时会发现自己对青岛的知识储备远远不足，必须向父母求助，或根据记忆中闪现的"三角地""防空洞"等只言片语，查找大量文献，让所有模糊认知变得清晰。比如小说里面提到的龙山地下商城，我查完资料才意识到它一度非常受欢迎，直到 2018 年才彻底停业、改为地下停车场，所以理论上讲，我小时候大概率是去过那里的——询问父母，果然，他们说曾带我一起去那边买衣服。由此，写作过程实际变成了打捞旧日回忆的过程。正是在这样不断地回忆与求索中，我反复认证了自己的身份：一位已经离开家乡的青岛人。

也回想起父母第一次带我爬崂山的场景。在路边小摊上给我买了"鸟鸣笛"：那是一支用塑料制成的短笛，声音婉转，类似鸟鸣。爬山时，我边走边吹笛子，还会停下来仔细倾听是否有鸟雀与我应和，自认已经掌握了与禽类交流的秘法。如今近二十年过去，对太清宫、上清宫的印象已经模糊，对笛子的记忆倒是清晰如昨。我没看过《崂山道士》的动画片，只在《聊斋志异》白话文读本里读到过崂山道士穿墙的故事：一个好逸恶劳、喜欢炫耀的王姓书生，前往仙山求道，见识到诸多神奇仙迹，最后却还是不肯吃苦修行，被道长戏弄了一番，穿墙未遂，额前撞出大肿包。小时候读完故事，并未得出什么"要勤劳要虔诚"的结论，只觉得羡慕：作为求仙访道者，虽然自己没有得道，能窥见仙人仙术难道不已经是大幸运？这篇小说里，我尝试构想出了普通人在"穿墙术"面前做出的种种抉择。到头来，机运反倒成了折磨。

我在 2012 年就离家前往北京读书，一晃已有十一年，期间再未有机会回青岛久居。往往都是趁春节或长假才回去待一两周，看看父母。或许正因如此，故乡与父母在我心里形成了某种同构体，在构思关于青岛的小说时，我毫不犹豫地选择从亲情入手。

最先确定的人物是母亲林书梅。我花了不少篇幅来夸赞她的天赋、讲述她的困境。然而很快就发现，故事的主角其实也不是她，因为我更容易代入的反而是那个茫然失措、强作镇定的女儿李瑶。是的，哪怕我今年已有三十岁，哪怕我做了整整三十年的女儿，在面对母亲的时候，我永远都觉得自己茫然失措又强作镇定，好像在面对一个不可解的庞大谜题。母亲永远有属于母亲的执着，属于母亲的道理。

写到这里，又打开地图查了查，发现自己住的地方离青岛的家只有747公里，驾车8个小时就可以到达，似乎不能说离得很远。但我总觉得自己与家好似从地球到火星那样遥远。之前的经验也表明，哪怕我人还在青岛，只要购买了回上海或北京的票，我的心里就会产生出一种强烈的思念，觉得自己已经离开了家。

曾在网上看到过一篇采访手记：有人收到了"恭喜您入选×××航天计划，打款9999火星定居"的诈骗邮件，信以为真，跟周围所有亲友、同事都说自己就要去火星了。大家当然不信，但看他有模有样地介绍发射计划，也就由着他去了。记者问他，你这么热衷于告诉别人你要去火星，是不是因为你知道你根本去不了？那人沉默地看向别处，没回答。

于我而言，故乡就是遥远如火星的地方，是我没离开就开始想念的地方，也是我在内心深处清楚知道自己不可能真正回去的地方——被想念的不仅是这空间上的定点，也是所有不可追及的岁月。唯有在我们长大之后，在我们离开之后，家乡才是故乡。

又及。书梅是我外婆的名字，她在2021年去世了。此文也作为对她的纪念。

修新羽，清华大学哲学硕士，中国作家协会会员，中国科普作家协会会员。作品散见于《十月》《青年文学》《花城》《上海文学》《天涯》《芙蓉》《科幻世界》等刊。曾获《解放军文艺》优秀作品奖、老舍青年戏剧文学奖、银河奖、冷湖奖等奖项。

天津

海河合唱团

任青

海河上有七十五座桥梁，我已经带着蛰生逛了其中的四十座。他的长发越来越长，遮住了眼睛，但他却不同意扎成辫子，似乎已经不关心外貌、心灵和时间中的一切，只想燃尽自己。富民桥下，合唱团还在等我们，我推着他的轮椅，加快了脚步，风把蛰生的头发撩起来，他眯着眼睛，用手捂着脸。他的腿是跳楼自杀未遂后残废的，如果不是因为残废，我们有可能已经发展成了恋人。但就目前的态势而言，这是毫无希望的了，他不会让自己的身体耽误我，我的家庭也不可能接纳一个残疾人。我们之间暧昧不清、晦暗不明的未来，突然因为他的尝试自杀，变得笃定起来。

真相坍缩到唯一的方向之后，说实话，我松了一口气。但在他燃尽之前，我还是想要尝试拯救他。然后，能陪他走多远，就走多远吧。

我们要去的海河合唱团，是一个互助组织。多年前，城市里来了个江湖骗子，自称是音乐认知学的"教授"，办了一场"性格塑造培训班"。他宣称大脑的每个区域，都会受到音乐感知的影响，其中受影响最大的是大脑额叶，也是情绪和身体反应的开关。培训班能够以"合唱"这种共振的形式，将意义寄存其中，去影响大脑的表达方式，从而改变人的性格。所以，只要你交几百块钱，就能通过音乐认知学，改善你的性格，为你带来健康和自信。上当的人不多，大概几十个吧。那教授把大家带到一个由粮食仓库改造成的、充满回声与共振的房间中，随后，开启了他的设备。设备连接着音箱，喷薄而出。回响在仓库里的，是没有伴奏的纯人声合唱，一首叫作《光明泪》的歌曲。那段时间，每天下午五点半，治疗都在仓库准时进行，傍晚的夕阳又大又远，北方的光线裹满黄晕，穿过那巨大破旧的窗户，洒满他们全身，与此起彼伏的歌声交融。如此持续两周后，在一个礼拜五，大家摩拳擦掌迎接周末的时候，教授却显得心不在焉，面如金纸，讲话词不达意，忧心忡忡。

第二天，他便不见了，带着他的设备一起，消失得无影无踪。

大家找了他几天，住宅人去楼空，电话已成空号。虽然生气，但没有办法，人们只好自认倒霉，并且，被骗的钱其实也不多。于是，每个人都恢复了正常生活，绝口不提被骗的蠢事。直到在他们身边开始出事，而且，事件是以不同的姿态展现的。

首先出事的是一位叫刘辰韵的女生，她母亲为了让她智商提升、学业进步，才报了这个培训班。但离开培训班后，辰韵却患了一种声音恐惧症，无法正常生活。据医生解释，一旦她听到声音，大脑就会激活过度反射，抑制她的感觉和身体机能，比如心跳、呼吸和运动，最后发展到听到任何声音，都会恐惧、喘不上气。我曾经推着蛰生，去辰韵家里看望过她。她住在尚未拆迁的东孙台大街，说是"大街"，其实就是条胡同。天津的路名都是反着来的，比如"桃园村大街"，是狭小到汽车都没法调头的窄路，而"卫国道"，却是通向机场的光明大道。胡同里人不多，旁边的一家连大门都拆了。胡同尽头，是刘辰韵家的平房。我们钻到门前，敲了敲黑色的杂木制大门，褪色的门环轻轻摇晃。

很快，门就开了。一个看起来肿肿的、浓妆艳抹的妇女出现在门里。

"你好，我是……"我一时不知该如何介绍自己。

"病友王蛰生。"蛰生简短地说。

"是刚才打电话预约的？"妇女操着浓重的天津方言说。她的眼神有种老谋深算的活跃感，但也深深透着疲惫。仿佛有什么令人疲惫的东西，镌刻在了眼球和灵魂里。她把门敞开，让访客跟着她走进去。我本以为，这会是个宽敞的院子，但进去之后，眼前的一切使我震惊——

整个院子，都被奇怪的墙壁包住了，它有顶棚，但没窗户。墙壁上有个上锁的门，妇女把门打开，带我们走进了第二层。这里依然是密不透风的墙壁，把所有的房屋再次包围起来，就像在平房外套上了一层环。墙的材质黑黑的，分成一块块大方格，好似 KTV 的隔音材料。

"这是隔音材料。"妇女道，"下面，你们该戴头盔了。"

"什么？"

女人递过来两个玻璃被焊死的摩托头盔。"戴上头盔，才能进屋子。"她拿头盔怼了怼蛰生的胳膊，"才能见我女儿。"

虽然有些害怕，我还是接过头盔，壮着胆子扣在脑袋上，又帮蛰生戴好，然后又穿上了软鞋套，这样就连走路都没有声音了。妇女仔细检查了一下头盔的缝隙，似乎要保证一切声响不能泄漏，然后领我们走进平房。室内的墙壁竟也贴满了隔音材料，黑咕隆咚一片。让人惊奇的是，这还不是最后的房间，我们又进入第四道隔音门，终于看见那个小小的屋子，以及一片光明中的刘辰韵。

光明源自白炽灯，在乌黑的、没有窗户的房间里亮着。刘辰韵坐在那里，陷在软软的椅子上，似乎很久没有动过了，已然和椅子凝为一体。她似乎听到了动静，眼睛突然睁开，怯生生地看向这边。

"辰……韵？"我问。但突然意识到，因为戴着头盔，自己的声音传不出去。

妇女在手机上打了几个字，举起来给我看——

"算命的改成了晨韵。"

我急忙把胳膊上挂着的水果、补品全部取下来，堆在地上。接过手机，敲了几个字："晨韵现在怎么样？"

"还是不怎么样。"她写道。

我突然感觉到有些惶恐，蛰生也没说话，坐在轮椅上，直直地看着这同病相怜的女生。刘晨韵突然抬起头，张开嘴，想说点什么，隔着头盔，我也听不见。蛰生似乎受不了了，冲我比了一个手势，我立即挥挥手，和沙发里的刘晨韵告别。晨韵似乎在克服巨大的困难，恐惧地说话，大颗大颗泪珠滚落下来。我转过身，推着轮椅，逃命般从屋子里跑出去，丢下头盔，头也不回地奔出这院子。

临出门前，我还是忍不住扭头看了一眼，那妇女正在房子门口向我们机械地挥手，头盔夹在她的腋下，挤得嘎嘎直响。

自辰韵之后，我和蛰生就没再探望过其他的病人。我们只是听说，有人因为激情杀人，被判处无期徒刑，他的病症是每次听到音乐，就会产生慢性渐进的暴虐情绪，最终变得不可控制；有人自杀了，骨灰撒入海河，他的症状是大脑中的一切都被视觉化，自身的记忆、想象，都被大脑认为是真实发生的图像，从而无法区分现实与幻想；有人住进了安定医院，长期接受治疗。培训班学员中，有位老谢辗转去多座城市求医，在火车上遇到一位"工程院专家"。专家告诉他：每个人的大脑，有不同的脑波组成的脑纹，可以看作独一无二的特征。所以，即便播放同一首乐曲，每个人受到的影响也不一样，所以，他们的大脑、他们的情绪、他们的人格，全都发生了改变，弥散了初始的状态，涌向了不同的方向。

他听得半真半切、似懂非懂，随后买了两只德州扒鸡，询问专家，怎样才能治好。

"需要一次逆向工程，然后递归。"专家吃着烧鸡说，"你们可以找一个宽阔、共振好的地方，比如礼堂、桥洞、涵洞，再次合唱那首曲目，把大脑的状态引导回来。"

——这倒不难，天津就是桥多。

老谢回来之后，就开始组织同批病友，集合了大概20多人。他们首先去寻找当年的仓库，可是不巧，仓库和附近的糖精厂一起拆迁了，现在变成了"创客空间"，于是，他们只能利用桥洞了。这时，他们才遇到了第一个真正的问题——海河穿城而过，天津的桥梁实在太多了。由于不知道哪个桥梁才更接近他们实验的环境，他们决定逐一尝试。就这样，这个松散的联盟开始走遍整座城市，大部分桥梁都留下了他们的印记。而第二个真正的问题是——他们不知道当年的歌词和曲谱。通过病友们集体的回忆，他们最终拼凑出了"应是最终版本"的歌词。

于是，他们开始了长达数月的聚会和合唱，已经去过三十多座桥梁。后来，老谢因为气馁，不参加了，蛰生开始担负起组织者的重任。在桥洞下，他们有时要和吹萨克斯的、拉提琴的、练京剧的、跳舞的人争夺地盘，有时会捡到小猫，有时要避开野狗，有时要忍耐屎尿的气味。甚至有一次，他们捡到了一个弃婴，此事还上了新闻。

但治疗的事情似乎毫无进展。来参加合唱的人越来越少了，如今，只剩下了十二三个人，海河合唱团还在勉力维持，我们现在奔赴的，就是本周的治疗聚会。我推着蛰生，来到了约定的桥梁。这是富民桥，桥下空间面积不是太大，并且被录制短视频的人占领了。七八个病友正垂着手等待。等了大概一个小时，那些人才离开。于是合唱团赶快去占领场地，摆成了熟悉的队形。看着这习惯得如同条件反射的行为，我觉得有点儿心酸。他们开始唱歌，为了不受音乐和共振的影响，我退出了桥洞，在一旁的坡地上，托着下巴看他们演唱。蛰生的轮椅在第一排，他唱得很卖力，头发轻扬，喉结一鼓一鼓。虽然离得很远，但我能感受到他每一组细微的动作、每一个入神的瞬间。

我到现在，都不知道蛰生具体的病症是什么。但是，他既然跳了一次楼，想必是种很痛苦的疾病，但本人却对此三缄其口。其实，我在这段暧昧和恋爱关系中，始终处在弱势地位，在大多数时光里，只是默默注视他、崇拜他，崇拜这朵带刺的花。太阳西沉，黄昏之下，桥体上耸立着高高的玻璃塔，塔顶反射着黄澄澄的光，伴随傍晚的风，唱歌的声音也大了起来，似乎有游荡的鬼魂加入了这场合唱。在乐曲的最后一遍，我听得还相当入神，随后，歌声便是戛然而止。

时间到，今天的任务结束了。

大家准备解散。有位女生的躯体化症状轻微发作了，一只手在慢慢颤抖。秽语综合征的人开始骂了起来。他骂的是海鸥，从遥远的俄罗斯飞到这里过冬的西伯利亚红嘴鸥。其实没必要骂它的，它们和我们一样可怜，只不过海河是它们的他乡，而世界是我们的他乡。

我赶快从斜坡上起身，走上前，去推蛰生的轮椅。蛰生一言不发，任凭我帮他拧开热水，自己则面带失落地系紧了围巾。大家也在收拾各自的东西，影子在眼前直晃。此时，太阳已接近落山，最后一点儿余晖洒在附近的砖红色楼体上，路灯亮起，这城市将迎来又一场平淡的夜。

在逐渐黑了下来的空间中，我突然看到，蛰生的眼睛亮了一下。

"那是什么来着？"他指指那片砖红色楼群问。

"棉纺创意街区啊。"我说，"工厂改的。"

"工厂，就一定有厂房、车间。"他说。

"大部分拆掉了，但却是留了几处'工业遗存'。"我答道，"我同学在园区里上班，都是写字楼、融资公司什么的。"

"哦。"简短的回答。

"你如果想去玩的话……"

"大家!"蛰生突然大声叫喊,几乎破了音。其他人已经四散,有的已经走出了几十米,此刻全都停下来,回过头看着他。

"难得到富民桥来。"蛰生说,"我们要不要去那些车间碰碰运气,很像当时的仓库哎。"

"可我还要回去做饭。"有个盘着高高发辫的老太太抱怨。

"您不是一人在家吗?"蛰生说,"一会儿我请客吧,去张记包子铺。"

竟然要请客?我惊讶地看了看他,他好久没有这种兴致了,从眼神和表情中,我能感觉到,他对接下来的冒险有极大的兴趣,甚至有种孩童恶作剧般的兴奋感。

最终,还是有三四个病友离开了。而蛰生高兴地整合剩余的人,像体育委员那般,指挥大家穿过马路,走向创意街区。

当我们走到园区的开放式入口时,天已经完全暗了下来。此时,在最高的红色写字楼外,还有陆续出现的白领,大部分人已经下班了,可楼内还有些房间灯火通明。我们进入园区后,远离这栋楼,绕过工业遗存博物馆,去了后面的车间。整个园区内,有三个车间保留下来,没被拆除。我们之中最机灵的抽动症患者阿俨去侦查了一下,说窗内没有开发的痕迹。蛰生这才放下心来。

阿俨继续报告,说其中第二个车间的后门,只有一个大铁锁,没有认真锁好,完全可以砸开进去。于是,做过铅球运动员的女生胖萝拿起电动车锁,如神兵天降般,一下就把库门砸开了。

果然不出所料,这里没有开发,到处积满了灰尘。此时,窗外射来的最后一丝光线也收束进角落中,彻骨的黑暗笼罩了仓库。我突然感觉喘不过气来,似乎幽微的过去,在那吞没光线的角落里望着我,似乎我自己就要失明,就要面临与蛰生离别的预演。此时我想到,我大概是不希望蛰生康复的,如果他康复了,我就再也没有理由去照顾他、陪伴他,不得不从这个残疾人的生活中彻底退出。

"朋友们,我们在黑暗中来一遍,怎么样?"蛰生突然说,"眼睛看不到东西,对声音的感受会更加真实。"

于是,他们在厂房中高声合唱起来。我并没有离开,而是站在那里,静静聆听黑暗中的回声,感受着蒙着灰尘气息的、直抵心灵的共振。一曲歌毕,蛰生却没有示意大家继续。

"你出去。"他对我说。

"不,我要在这里。"

"在这里干吗?"

"感受一下……"

"不行，"他粗暴地打断我，"你还要活下去。"

说得他们好像要死了一样。但我知道，他是为我好。于是我一个人退出去，又不知该去往何方，只好坐下，望着城市里的夜空，那里看不到几颗星星，就像人的生活，面临着越来越少的选择，直到最后，选择只剩下唯一的一个。

而那唯一的选择，就是命运。

他们一直在激昂地合唱，直到保安循声而来，在园区里四顾张望。我跑回去告诉大伙，随后推着蛰生的轮椅，逃命似的跑掉。

病症并没有减轻，第二周，又有人自杀了。深秋，我们再度聚会的时候，一个抱着孩子的女人和我们告别，她已经受不了这种生活，准备辞掉工作，回老家"自我疗愈"。这次带孩子来，是为了让我们见最后一面。

大家谁都没说话，只是冲她和孩子点点头，仿佛这个孩子是从音乐中带来的，正在承受全人类的罪孽一样。大家对这个不属于自己的孩子，满怀愧疚。女人几次欲言又止，在离开之前，终于开了口。

"不会遗传给孩子吧？"她忧心忡忡地问。

"不会的。"蛰生解答道，"后天取得的特征，不会参与表观遗传。"

不知他说的几分真、几分假，女人似乎略放了心，抱着孩子走了。

在合唱团人更少的时候，蛰生也日渐憔悴起来。每天我推他在太阳下散步的时候，他都一言不发，回到房间后，似乎又在连夜计算着什么。我住在他的家里，但睡不同的房间。他从来不动我，他的恋爱是柏拉图式的，或者说，准备终有一天放我离开。这样我忘记他的时候，会比较轻松一点儿。我看过一本书说，能够预测结局的感情，叫作"畸恋"。人不需要畸恋也能活着，但一旦深陷畸恋之中，便直到死亡，才能遗忘。

所以，我早就预料到蛰生的结局，不如提前忘记他。

又过了一周，我们准备去小小的解放桥聚会，那是全市最古老的一座钢结构开合桥，每次达沃斯论坛时，桥面都要开启一次，以彰盛典。但在动身前一天，蛰生突然在微信群中通知大家，将聚会的地点临时更改为永乐桥，即三岔河口附近的一座巨大的桥梁，那桥面上横跨着著名的摩天轮——"天津之眼"。

收到消息时，我正在市场买菜。今日是郊区的赶集之日，在熙熙攘攘的人群中，我面对这条信息，一时摸不着头脑。

"我们已经去过那里了啊？"有人问。

"这次不一样。"蛰生简短回复道。

从市场回来后，我到处找蛰生，却找不到他。我有些着急了，给他打电话，手机却在柜子上响了起来。一个残疾人，能跑到哪儿去呢？我从家里跑出去，想要找到他。第一眼，我就看到了一位交警，他正在询问不戴头盔骑电动车的人。

"受累，受累，"我慌张地叫住交警，"您看没看到，看没看到一个残疾人，坐轮椅的人？"

"多大岁数？"

"年轻，年轻！"我说，"男的，长头发，你猛一看，可能以为是女的。"

"是那个吗？"交警一扬手，指向河岸，"坐了半天了，多冷，也没人给他披个衣服。你是家属？"

我定睛一看，远远地有个背影，坐在轮椅之上，头发被风吹得立起来，果然是蛰生。我谢过交警，急忙回家拿了一个外套，是我自己的女式外套，不管了。我抱着外套，出门跑到河岸边，披在蛰生的背上。

他并没有反应，依然在看着静静流淌的河流。河水另一侧，是皮划艇队的训练基地，有些运动员正在划桨，频率错落有致。

"你怎么了？"我嗔怪道，"自己滑了这么远？还过了马路？出危险怎么办？"

突然，我发现他手里抱着什么东西，于是绕到前面，却看到了惊人的一幕——

蛰生手里，抱着一个遗像，遗像上的人，竟然……是他自己。

"这是……"我一时语塞。

"我哥。"他说，"双胞胎。"

"可我……从来没听你说过，有个哥哥。"

"已经死了。"他说，"在我上音乐认知学培训班之前，就离开家了。后来死了。"

"是怎么死的？"

"说来话长。"蛰生说，"但他特别优秀，父母从小唯一喜欢的，就是他。他离家出走后，老两口儿悲痛欲绝。我打算变成他，让爹娘开心一下，才参加了培训班，通过提供他的日记、讲述他的性格特质，让教授为我进行性格微调。教授说，双胞胎调整起来，会容易一些。"

"那你，真的变成了他的性格？"

"和他很像了。"蛰生苦笑了一下，"我现在时时刻刻，想的都是杀人。"

"杀人？！"

"他是个逃犯。"蛰生突然扣下了遗像，直视着面前的河水，"直到警方击毙他时，我才知道，他竟是个无法控制情绪的连环杀人魔，先后杀过男女老幼六人，而离家出走就是为了潜逃。我……但我的性格已经无法逆转了。"

松
|
123

我感觉全身的血液，在一刹那静止、封冻起来，震惊、悲伤、绝望的情绪一并涌出，伴随血液倒流。

"杀人，杀人。"他撇撇嘴，"我只想杀人，不杀人的话，就无法呼吸。我的肺叶，我的心脏，我的脑袋……已经填满了这种无法排斥的欲望。"

说着，他抬抬头，阴郁地看着我的眼睛："甚至想杀掉你。"

可我感觉不到害怕，只是想哭。看到他的眼神，我的眼泪还是克制不住，涌了出来。

"这也是，我不和你在一起的原因。"他阴郁地说，"所以我一定要找回我自己。"

"那……明天，在摩天轮，你有办法？"

"拭目以待吧。"他说。然后不再看我，只是深深地叹了一口气，他的围巾轻轻抖动着，有一片细小的落叶飘了起来，滑进了深深的河水。

第二天，我推着蛰生，来到了永乐桥下。巨大的摩天轮如同古神的巨目，完整展现在眼前，给人以身临其境的巨大震撼。看了桥洞之后，他反悔了，给每个人发了微信："桥上集合"。于是我艰难地推着他，来到桥面的中央。大家都到了，在穿梭的车流边，狐疑地看着蛰生。

"不用推我了。"蛰生说。我松开了手，他自己驱动轮椅，旋转了180度，面向我们，倒退到桥边。

"你要干什么？"我问。

"我要展示一个设备。"他说，"费了好大力气，从网上搞到的，教授的同款。"

说着，他从口袋里掏出了一对小收录机一样的东西，上面装着太空探测器般的喇叭，活像初中课堂制作的无线电玩具。

"我尝试了几个月，才在二手网站，找到了当年仓库存储过的大量设备。"蛰生继续说，"真相很简单，教授是把音流学和共振结合到一起来影响大脑的。所以重现实验，需要十五年前生产的这款音流共振器在空间中营造出音流图案。空气实在难以把握，而水，是图案最好的载体。"

说着，蛰生竟颤颤巍巍站了起来。

"你……可以站着了？"

"我一直在做康复训练，只是为了这一刻。"他笑笑，"这样才有体力治疗啊。放心吧，我会找回自己，也会告别残疾人的生活。"

"你冷静点儿。"我说。糟糕！我大概知道他要做什么了。

"永乐桥是制造音流图最理想的场所，因为这是海河上最大、最重的一座桥，而且，拜摩天轮所赐，圆形和三角形构成了完美的空间位置。如果一会儿我成功了，你们就复制吧。"说完，蛰生突然转过身，开始翻越身后的围栏。因为这是车行桥，所以围栏不高，被他轻易地蹭了过去。但他绊了一下，摔倒在地。我急忙去追，可他拉动开关，身上的充气救生服一下鼓起来。

"再见。"他说，随后从桥边翻了下去。

桥上的众人一起大叫起来。

我越过护栏，慌忙趴到桥边，向下看去。只见蛰生正在水里漂浮着，他手上的机器开启了，水面突然出现了无比巨大的、美丽的圆形波纹，那波纹的层次感和图案是我从未见过的，就像千百个雪花贴在层层叠叠的盘子上，形成了不断变幻却又规则严明的基底。这就是音流学的图案吗？我甚至感觉到脸部痒痒的，声流和共振使我汗毛直立。而在冰冷的、浮沉的水面上，蛰生开口唱起歌来——《光明泪》。他的声音跑调了。

"有什么感觉？！"我带着哭腔大喊。

他似乎不认识我了，瞪着眼睛看着桥面，继续那惨不忍睹的歌声。

突然，我听到了鸣笛声和机械突突作响的声音。我突然想到，蛰生忽略了一点——这是一条航道，而且是船只最密集的河段，海河游船的日行线路从这里穿过，几条航线交汇，还有调头的船只。蛰生的位置正在浮标区域的内侧，正好是航船必经之路。

"游上岸！"我冲蛰生喊道，"船来了，游上岸！"

不知是因为长期在固定河道中运行，或者因为司机走神了，大型游船似乎并没有意识到水里有个人，继续向蛰生全速驶来。我不会游泳，只好冲蛰生呼喊。而蛰生停止了唱歌，似乎意识到了更加重要的事情，他望望四周，又呆呆地看着我。

他似乎已经没有力气了。可是，眼睛却一下亮了起来。

"我成功了。"蛰生突然开始讲话，"我成功了！"

"那就快游上来！"我喊道。

"我看到了过去。"他说，"我……解锁了大脑，看到了过去的一切记忆！哈哈，这是整个世界啊！"

"别发神经！上来！"我急得哭了出来。船越来越近了，离他只有几十米。

"我看到生日时你为我买的花！"他喊道，"我看到自己的出生，爷爷奶奶的死亡。我看到我和你一起的每分每秒。我看到了我吃的每一顿饭，碾死的每一个蚂蚁，读的每一本书，经历的每一个夜晚。我看到我的自杀，我看到医院，我看到受伤和残疾，看到所有人哭泣的脸。我看到了你……美丽的你，不属于我的你。永远留在过去的，记忆里的你啊！"

"蛰生！"我已经崩溃。其他人在桥上冲船蹦跳、大叫、挥手。船舱里的人似乎终于反应过来，可已经晚了，船头离他只有几秒钟的距离。

"即便被困在果壳中，我也是无限宇宙之王。"他说。

钢铁的船首，和翻着白花的浪头，击碎了美丽的音流图案，刹那间吞没了他的身影。

我跌坐在地上，伸出的手臂已经麻木，随着我的思维和心脏，一起颤抖、僵硬、绝望。

船体碾压而过。而在航船驶过的水中，蛰生不见了。我们等了好久，直到水面彻底恢复平静，也没有看到他再次浮起。他在世界上，消失了。

从此以后，我再也没有见过他。到今天为止，我不知道他临死前经历了什么，或者，他根本没有死？这短短的、开悟般的几秒钟，对他来说，究竟是多么长久的时间，长久到像永恒一样，足以经历了所有的人生、所有的记忆，回到过去温暖的家，回到刚刚认识我的地方。

也许，只是短短的一瞬间。

短到，像火花在水中熄灭。

青年之血

任　青

　　我是山东聊城人，在天津生活了十多年。但我回想自己的性格，受到了天津这座城市幽默、癫狂、跳跃、多元的影响，而我的科幻创作也是在天津开始的，这座城市理应算是我的半个故乡。

　　于是，我创作了这篇短短的《海河合唱团》。故事并不复杂，一群受到音乐影响的人想要找回自我的故事。故事中主要穿插着三个元素——河流、工厂和桥梁。这三个词，并不是天津的特征，而是它的灵魂。

　　"九河下梢天津卫"。天津是港口，更是一座"河之城"。海河穿城而过，在市中心绕了个漂亮的弯道，奔向大海，天津因漕运而兴起和繁华，河对这座城市的意义比海更为重大。海河历史上有沽河、直沽、白河、逆河、滹沱河等很有范儿的别名，它也为华北平原上的一隅带来了很多属灵的东西。比如妈祖文化，作为漕运与海运联结之地，天津拥有元、明、清三代天妃宫遗址，更有全国大城市中保留最为完好的天后宫，谁能想到，妈祖文化能在天子脚下诞生、发芽、孕育，与遥远的东南沿海形成了有趣的呼应。另一方面，二十世纪二三十年代，海河西岸，租界林立，九国租界为天津留下了纷繁复杂的路网，在老租界交汇处，甚至有一个五岔路口的干道。旧街区里，遍布哥特式、巴洛克式、罗马式建筑，以及数不清的名人故居。与西岸繁华相对的海河东岸就要凋敝一些，它的主要景观全都是——工厂。

　　讲到工厂，就要引出天津的另一个身份，就是中国近代工业的诞生地、工业遗存的活化石。而光荣称号之下，则是老工业产业转型之艰难。前几年，因为工作原因，我深入天津老工业基地河东区调查过许多工厂近况，它们破产清算后，纷纷改成了诸如"创意街区""创客空间"等项目，其中效益如何，见仁见智。但这样的"跨界转生"，却为科幻故事带来了些许灵感。在老旧厂区，覆盖在时间积尘之下的，不仅有数不清的报废设备，还有无数个体命运交响的故事，以及所有亲历者的独家记忆。

　　数不清的桥梁，则是天津的又一独特之处。天津的桥，不仅数量多，外观也独特，造型各有千秋，甚至每座桥都有独一无二的故事和功能。比如纯玻璃制成的金汤桥，鱼鳞形状的直沽桥，雕刻数百只石狮的狮子林桥，而全中国所有可以开启的桥梁，几乎都在天津。

河流、租界、工厂、桥梁。这些元素联结在一起，就有了诞生故事的魔幻之巢。但元素过多，会使人眼花缭乱，所以故事要有一个坚定的驱动力和情感内核。在《海河合唱团》中，我所构思的理想状态是，围绕一处情感内核，从三个核心元素延展开来，最终抵达轻科幻的、柔软的幻想之境。故事里的"音乐认知学""音流学"并不是我虚构的学科。音乐认知学是神经科学的新分支，根据一些前沿研究，音乐能够增强或减弱人们与特定事件相关的情绪，并且，这种情感的影响并不局限于个人，甚至可以同时为几个人、一组群体创造共同的情绪和身体反应。当音乐作用于大脑时，可以产生脑干反射、节奏调整、评价变化、情绪污染、语音图投射、记忆转变、期望改变等多种影响，堪称神秘莫测。而"音流学"这一学科要古老得多，早在十五世纪的时候，就有人借助"二维驻波"或"法拉第波"现象，将声音可视化。在实验中，通过沙盘、水等载体，能够被"看见"的声音，均呈现复杂美丽的形态，像一幅幅波斯细密画。不过，在当今世界，音流学与其说是科学，更偏向于想象和艺术，其中体现了一种与世界交流的精神——"万物皆美"。这是自然万物的高贵，也是肉体凡胎的谦卑。

最后，我想再复盘一下这个故事的起源。我有个非常要好的朋友，我们都喜欢史铁生，枕边书是《病隙碎笔》。他多次去过北京地坛，只为瞻仰史铁生先生每日休憩过的地方。在那里，他似乎能看到先生乘着轮椅，坐在院子里的树下，任思维发散，构思出一篇篇至纯、至道的文章。不由使人想到尼采的一句话——"一切伟大的作品，都是用血写成的，血便是精义"。那么，如果一位坐着轮椅的人，在科幻的语境下，想找回自己的命运，他会怎么做呢？会怎样献祭他自己的鲜血？我便想到了这样一个寻找过去的故事。希望您喜欢这方寸之中呈现出的，北方一隅的天地。以及，一个描述青年之血的结局。

任青，科幻作家，连续三届荣获银河奖，多次获得百花文学奖、冷湖奖等奖项，小说《还魂》获得雨果奖提名，担任"雨果X学院"导师，作品被翻译为多国语言，《雪中追忆》入选《2022中国年度悬疑小说》，《消失的马戏团》入选《科幻世界精选集2020》及多所高校创意写作教材，出版个人作品集《夜行环线》。

北方之城

杨贵福

在二十几岁的时候，想到做很多事。

如果人生再有三次多好啊……

三次住在不同的城市，

三次读到不同的书籍。

然后，我想这三次都要：

选择同一个职业，

学习软件工程帮助别人，

喜欢同一个人……

——2008 年建一的签名档

跑酷可能发生危险。若非经过训练，绝不要模仿文内行为。

沈　阳

每次老外提起到中国，就说飞到中国多少多少钱，需要多少多少时间。他们很难想象中国有多么大。有时，在国内飞行的时间，比从国外飞回来更长。就像，越接近家乡，你就越想家；就像，越成熟，年轻时的勇气反而越小；就像，你拥有她越多，越怕失去。就像，沈阳到长春，如同芬兰到长春一样远。

大雪。

飞机在长春上空盘旋了两圈，落在了沈阳。电话老婆孩子，今天算回不去了。电话朋友们，酒局取消。

当然，心里或嘴里骂人是少不了的，直到老李说他正在赶来的路上，请准备酒，很冷。

老李是个记者，曾经因为做个什么专题得罪了什么人，社长换人，他从大报社调到小报社，又做什么专题，主编陪人家喝酒吐血，他再调到小小报社。几经转折，半年前落在一个非主流的杂志。

"远来是客，喝上一杯吧。这么大的雪，今天咱们回不去了。"这是我说的。

"咱俩谁算是客啊，我可比你近。"

"你花的时间可比我还长啊。"我确实有点儿动感情，一路风雪，不容易，"你看这一路上胡茬都长出来了。"

"这不刚换一单位吗，积极点儿，正在整个专题，没工夫刮。"

"你还专题啊？哎不对，你刚换单位？"

"又换了，之前那家杂志社转型了。这次做跑酷，就是城市疾走，跟猴子似的，用手不用脚。"

"哈哈，真有你的。你这解释。还是我给你讲讲吧，这次回来，同路的刚好是个妙人，老跑酷了。"

我想起老李对跑酷的解释就忍不住乐。确实跟猴似的，但是可不是用手不用脚，而是手脚都用。我第一次在芬兰看到几个半大孩子围着栏杆上蹿下跳，然后飞也似的越过短墙。

我不懂跑酷。同路的那个老跑酷应该懂吧，虽然他说自己一直没有，也永远不会了解跑酷的感觉。

"在国外还能跟上国内形势哪，这新词也懂？"

"我在外面再待十年汉语也比你好。你以为我是你呢，说话还带英文词儿的。"我逗老李，他确实有这习惯。在外面见到假洋鬼子时我总结的，如果一个人说话总带洋词，排除装洋相的话，一是可能他接触这个领域的时候先学了英文，另一可能是他在国内的时候啥也不是，啥也不懂。通常根据情景把何种可能施加在老李身上。"倒酒，听我从头道来。"

"我和他在图尔库就遇上了，当时还想，中国人还真是遍布世界啊。然后同路到赫尔辛基，到斯德哥尔摩转机，一起到北京。聊了一路。是个老跑酷。"

"有多老，还能跑动吗？年轻人可不喜欢怀旧风格的，我们杂志……"

"啊哈，你也在乎这个啦？"

"那这位，你见过他跑？"

"我没见他跑，但是一抬胳膊的时候，只着件衬衣跟有垫肩似的。你见过衬衣有垫肩吗？"

"那看来是真的……说故事吧，少废话。"

"酒还没替我满上。"

喝下热酒，看着外面无声的暴雪，我在想故事开始时的建一该是怎么样的一个小男生，他在想些什么呢？

我沉默了一会儿，又喝下一杯，然后开始讲建一的故事。

长春·附中

建一遇到 MD 的时候，他十几岁吧。我想，那时他还应该是个常见的那种看起来有点儿瘦弱的男生，穿长衬衫，或者现代一点儿，T恤加运动裤运动鞋，也许是毫无个性的校服。他还没有铁青的胡子，没有现在这么厚实的胸和肩，还没有举手投足间不经意的霸气吧。

那时的他，应该握着本历史或者物理书在师大附中校园里走来走去，被夏天强烈的阳光刺得有点睁不开眼睛。树丛的那边，操场上足球的声音和教室里自习的声音一样有些吵。他应该正在计划要不要逃晚自习吧，然后，他看到了MD。

确切地说，他当时并没有以为那是一个叫MD的女生，而是以为看到了一座绝美的雕像。

他绕过廊柱，刚好看到了她近在咫尺的面孔。

马尾正散落在MD脸的后面，像一层黑色的幕布，显得脸庞格外的白净，似乎是半透明的。阳光透过发梢，呈现出不真实的金色，轻轻洒落在上面。

当这女孩儿对他微微一笑的时候，他才注意到这个女孩的特别之处。她像一只猫一样弓着背，四肢蹲踞在走廊的扶手上，似乎刚刚从楼上这样走下来。

女孩微圆的肩稍动，又向前移动了一步，到了楼梯扶手的末端，那张笑脸和她的主人似乎就是在那一瞬消失了。嗯，建一当时相信，就是眼睛一眨那么短的时间。女孩儿似乎还视觉暂留在他的眼里，似乎有风从身前掠过。但是，那里，原来蹲踞着一个女孩儿的扶手上空空如也。

建一伸手在扶手上方抚了一下，空的。同时，他也在扶手上看到了汗水的手印，还有淡淡的香气。

转身看来路，绕过廊柱，外面是隔开校园和城市的栅栏。栅栏的那边，午后缕缕雾气正在升起，校外的路上，行人历历可数。远方，在高楼的灰色群像间，城市喧嚣。哪有刚才那个女孩的影子？

身后传来一声轻笑。建一回头，还是没人。

"这儿呢。"一抬头，那个女孩正从二楼探出头来，马尾搭在一侧的肩上，正在浅浅地笑。

那就是MD。

当然，建一后来才知道了MD的名字。在此之前，他在心里提到MD的时候，称呼就是那个楼梯的妞，会飞檐走壁的家伙，那个鬼啊，那个奇怪的家伙。很多年以后，建一才听说，其实，那是少男对少女最初有好感的常见做法。当时，他还什么也不知道，或者知道了也不会承认。小小的男人什么时候才需要表现自己的尊严呢，就是当他意识到自己可能要放下尊严的时候。

建一多年后知道这些的时候，他是不是有些后悔当年没有表白呢？他和MD都没有表白过，只是经常在一起很久，很快乐。这是爱情吗，还是只是少年的友谊？MD又是怎样想的呢，她为什么那么痛快就答应教建一跑酷呢？

当年，建一又从扶手上掉下来的时候，一屁股坐在地上，挠着头说："这扶手还真难走啊，看你走得很轻松似的。"

MD 说："别急，你只差一点点了。阻止你的是你的眼睛，因为它令你看到恐惧。相信你身体的感觉，就像正走在宽阔的大路上。"

建一不记得多少次之后，MD 在他摇摇晃晃通过那段距离时跳跃着鼓掌。空气里满是 MD 散发出的清香，除此之外，建一记忆里只有 MD 满是汗水的小鼻子。还有，夕阳很红。

当时建一还不知道，这并不是他以为的单纯的爬楼梯扶手，这个动作是跑酷中的基础动作之一，叫作"猫平衡"。

MD 当时的动作真的让人感到很像一只猫。行动协调而优雅，每一步都充满弹性。就像她的头发，表面柔顺，却非常坚韧。令她不像豹子而更像猫的，是她的微笑。

建一很多年以后与素不相识的我同班飞机。讲到这里时，他转头去看云海。过了好一会儿，他问："你说，MD 当时知道这么多吗，她知道这么多年以后，我还在想她吗？"

MD 真正的名字是麦迪，建一说，但是他们都叫她 MD。建一的心里，这可以是 my dear，可以是麦道飞机，可以是他遇到的所有相似的拼写。或者说，在那个少年的心里，全世界所有的拼写都与 MD 相似，都令他想起 MD。当年，有个哥们儿曾经开玩笑说 MD 跟一句脏话的拼写是一样的，建一说要么打架，要么道歉。当然，那时建一还是个少年。

那个时候，他年少的心，正像跑酷本身一样热烈。跑酷的青年们，在烈日中穿越钢筋水泥的森林，用手，用脚，用力量，用速度，也用心；如同风中纯净的精灵，只在空中飞舞而不接触地面。

建一跟着 MD 他们这群梦还在飞扬的年轻人，像排着队的梅花鹿依次在他们心里的城市的险滩、古堡、森林中飞行。飞在最后那个笨笨的男孩儿，一边纠正着动作，一边默记："相信你的感觉，这就是草原，是森林。"

他时不时也会偷偷地想，跑到队伍的前面，引导大家的方向。他时不时也会想，在终点，在他征服世界以后，拥抱 MD。

建一，在征服世界后再拥抱 MD 吗？我看着坐在身旁的这个中年男子，没有问出这个问题。那应该是在他年轻的时候提出的问题，但是那时，想来他是不会问这种问题的吧。

"酒凉了，再热一下吧。"李记者把酒壶递给服务员。东北人的老一辈习惯把白酒倒在一扎高的小瓷壶里，隔水放在火上加热。酒香在整个屋子里散着。喝的时候把酒倒在很小的盅里，一口一个。不过李记者是倒在玻璃杯里，等而下之了，不过话说回来，他能算是老一辈吗？

李记者把一整只鸡腿全撕开，每块一口大小，然后把手指伸嘴里抿着。我说："记者先生，你还穿着带紧袖口纽扣的衬衣呢……"

他答："这是文化。"

"文化？"

"啊。你以为管爬犁叫雪橇才是文化，管上炕叫上床才是文化，管大饼子叫玉米面馒头，或者叫 golden stream bread 才叫文化？嗯？"

"您还真有文化。"

"那是。我有文化着呢。"他昂一下头，胖脖子把衬衣领绷紧了，顺手解开几个纽扣，"比如吧，我知道跑酷是法文，原文什么来着，忘了，回去 Google 一下。一个在越南当兵或者打仗的法国人发明的。当时老先生冠冕堂皇地指出，人们在火灾逃生自然灾害啥的时候能用到……嘿嘿嘿。"

我知道他笑什么。这确实听起来有点儿像借口。你见过哪个老实巴交的市民在火警拉响的时候突然变成一头雪豹，从五七八楼速降到地面，或者大喊一声上面有人，两腿夹着楼侧的突起三窜两跃到了某层，然后横起整个身子准确地扎进比人头大不了多少的窗户洞里？

那只是借口。真正的原因，是他们心里的召唤吧。

跑酷青年的心里，有另一个城市吧。文化广场正中的，不是那个据说面目狰狞双手托天好多人高的裸男，而是一棵可供攀爬和速降的参天大树；冬天下雪车就上不去的东大桥，应该是可以跳跃着穿越的热带雨林。

"后来呢？这孩子恋爱影响学习了，后来被家长老师批了，然后是抗争，"李记大口咬着鸡翅，"嗯，抗争。"

"你这还算有点儿文化，知道听故事的要领。"我灌了一口酒，从口腔到胃，都像刀割。我们明知道会疼，还是去做，是不是？

长春·老虎公园

通过跑酷，建一进入了 MD 的圈子。说来不过是二十多年前的事情，但是所有的细节，有的变得那么模糊，甚至无法断定那是真实的，还是出于建一的想象。

那是一次训练之前，还是训练之后呢？

一大群人散坐在山坡上，有的喝着可乐，有的在灌啤酒，开着一些在那个年龄以为很好笑的玩笑。那时候生活的中心就是学校，除了某位老师或同学的窘事，还有什么可开心呢？其实二十年后，也只是玩笑的内容变了，难道真的会更高雅或内容更丰富吗？当时空气里满是青草的气味，城市的喧嚣似乎近在天边。建一枕着自己的手臂在阳光下伸展着四肢。天空蓝得晃眼，他眯着眼只看到一片淡红，但是他清楚地知道 MD 就在不远处，知道她的一举一动。也许是听到 MD 衣角的声音，也许只是淡淡的汗水的气息吧。

当时，MD 是在哼一首歌。如今，建一闭上眼睛仍然能听到 MD 当时的歌声。MD 声音懒洋洋的，有些辅音弱化至消失，而元音加强配上浓重的鼻音，就像阳光下一只半眯着眼睛打着呼噜的猫，风吹来，胡须都懒得抖动一下。建一此后很长时间，一直以为这首歌就应该这么唱，白云在天上静静地浮着，微风抚动青草和羊儿。后来他在演唱会上听到了半美声半民族的唱法，才知道那唱法是 MD 的独创，或者是唱功有所不足所致。但是建一总也无法喜欢正统的唱法，他觉得那些学院派的技巧里少了些情感。

也许他始终也没有明白，这只是因为那个长发也披在肩上的歌者，名字不是 MD。

"这是什么歌？挺好听的。"浑厚的男中音。这是师兄的声音。建一不用睁开眼，就可以知道他的位置。倒不是回声定位，而是因为师兄是权威。

虽然大家看似随意地坐着，但是无疑隐隐地有个中心，那就是权威。这种感觉当时的建一还不明白，他那时只是个愣头青，只知道离大家远一些静一些而已。工作以后，有人教导，他才后知后觉地开了点儿窍。

在北欧，一次一群老外和他聊天。一位去过中国的提起在中国吃饭，说中国人吃饭可没有西方那么多规矩，右手持刀，左手持叉，不能反了，还有先吃啥后吃啥等诸多规矩。那位老兄说中国人吃就是随便，没有任何规矩。建一插话，我们其实有些规矩。大家哈哈大笑。

"比如呢？"老外问。

建一想想："比如敬酒的顺序。你们喝酒了吧？"

老外蛮有把握："我们就是按坐着的顺序提的酒啊。"

建一的眼泪都快笑出来了："你们坐的时候就已经刻意地按规矩来的啊。"然后建一如同亲见一样把当时每个人应该坐的位置说了一遍，老外的眼睛睁得溜圆。

建一的眼泪后来确实差点儿出来，但不是因为笑，而是因为想起了那天后面的事。师兄问歌的名字。MD 说她唱的是长调，一首蒙古族民歌，并不是特别著名。师兄开玩笑说，唱牧歌怎么能不饮酒呢？

东北地处边疆，向西毗邻内蒙古，西部至今有未汉化的蒙古族聚居，加之历史上契丹、鲜卑、高句丽、满族等都在此游牧，汉人自然也受到些文化上的影响，比如酒。东北女子有善酒强于须眉者也并不少见。

但是 MD 对着一整瓶啤酒犹豫，说："这……"

师兄哈哈大笑，周围的同学也起哄说应该喝。

很多年以后，一位女士告诉建一其实当时 MD 不见得不能喝，师兄包括大家也不见得有任何恶意。可能，这只是师兄在表达好感。可能，MD 只是不想显得过于豪迈……她抿嘴一笑："哪有几个像你一样，有人提到喝酒不，你就说那来两瓶吧，都不是一瓶。"这位女士就是后来建一的妻子。

建一当时听到这番话后，对她表示感谢，说他确实从未考虑过这些，希望能多听些。她就讲了些简单的。结果后来某次聚餐，主请人说出那句著名的"喝酒不"，大家都表示酒不要，茶可以。主请人目光询问建一，他准确地固定表情，沉吟五秒钟后："那就来两瓶吧，啊不，来一瓶吧。"然后捅捅她，眨眨眼，小声说："怎样？"事后她说，以后尽可按自己性子来，大家慢慢就会明白他根本没这份心机。

可是年少的时候，当师兄和大家哈哈大笑的时候，尤其是 MD 很窘的时候，建一还并不明白这些。或者说，他还没有权威，这正是少年需要赢得的。

如果对方是完全没有差别的同龄人，建一就会走上去拍拍他的肩膀说，"MD 不乐意喝就算了"。但是如果对师兄用这样好的态度说话，就像是谄媚，尤其是在 MD 的面前。

他仍然躺在那儿，头也不抬，用尽可能粗的嗓音说："没看见 MD 不想喝吗？"

英雄，不都是这样做的吗？

在我眼前哈哈大笑的不是师兄，而是李胖子。脸上油光闪闪，在灯光下颤着。

"你也曾是浓眉大眼的青年啊。搁你你怎么办？"我问，同时努力吃肉。

"后来挨师兄揍了吧，这小子？我知道练跑酷的那也是一身好本事，对距离和速度的判断非常准确，而且有胆量有力气有速度。建一除了勇气，别的还差点儿吧。"

"没你那么暴力。没练过的，拳头打人自己不疼？"

"拿脚后跟打鼻子，脚后跟疼不？忘了说，跑酷的，柔韧性也相当不错。到底打起来没？"

"没。师兄要比赛，就在那山坡上。"

"哪儿？我怎么不知道长春有山坡哩？大平原啊。"

"动植物园。"

"老虎公园啊。是垃圾山啊！"

老李提的老虎公园是动植物园的另一个名字，因为园内有老虎。其实它的官方名字两个都不是，而是东方游乐园。垃圾山是人工堆积的，基础是垃圾，但是现在已经看不出垃圾的痕迹了。不高，有台阶和土坡，分别在西面和东面。

台阶颇陡，而且每两级间相当高，两边需有铁管扶手供游人把持助力。尽管如此，一般人走上去也很难不歇两口气。

土山之下，有河有桥。远方有狮虎山，有猴山，对于建一他们来说，关键是有高可攀，有台可跳，有栏杆可攀。

师兄提出目标是狮虎山，先沿磨得锃亮滑溜的铁管扶手下土山。过河，进猴山上树，转摩天轮……以速度决胜，但是途中也设置了一些障碍，比如无视道路的存在，从空中或借助栏柱索洞等通过。

这已经不同于一般的训练，只是几个动作，或者很多时候有表演性质的空翻之类。这一次没有一个人能静候在某个位置等他们通过时摄像传到网上，没有人能跟着他们或聚在某处喝彩。只有终点才会有掌声，或者就在途中受伤，甚至丧命。但跑酷，正是以城市为森林，以自身为猛兽。

虽然这样的路线设计，如果追求速度，连师兄可能也会有困难，但是建一毫不犹豫地说："好。"结果师兄呆了一呆，也说"那好吧"。

与其说建一勇敢，不如说，少年的心中，只想到了不能让心爱的人——当时可能还不敢这样称呼甚至不敢这样想——受一点儿委屈。为了这个，即使死也在所不惜。仅在学校里经过风浪的学生，即使没受过痛苦，也会说，为了你可以忍受无尽的痛苦；没见过亲人离世的少年，甚至还不清楚生命到底是什么，就可以在心里发誓只要你快乐，生命在所不惜；虽然只有十几岁，却可以许诺几十年的一生。

建一的妻子后来曾问他："你现在愿意为了我这样做吗？"建一说："唔……"她说："我为什么要傻到问这个蠢问题呢？你成熟了，知道权衡，但是仍然是真实的啊。"

"这家伙还真是……真实啊。"老李想了半天，还是没找到更好的措辞，"他没当场摔死？跑那么远的路，体力很容易透支，上下猴山对动作的准确性要求可是相当高。而且，他是个初学者吧？"

"他们没有当时就比，而是约在一个月以后。"

建一想当时就开赛。MD轻轻把手搭在他的手臂上拦住了他。建一就一动不动站在那里，生怕再向前一步，MD的手就离开了。这一刻柔软的触觉，建一此生都不能忘记。他如此注意那一点点接触，以致没有听清MD后面的理由，只记得大家最后都同意一个月之后，原定路线，一决胜负。

MD举起一整瓶啤酒，看起来手臂显得更加精致。深绿得略微发黑的瓶颈衬得她的手指更加白皙，阳光透过指缝，隐隐可见那手指后面淡绿色的光晕。

这一刻建一才开始初步考虑比赛中可能用到的技术，心中渐渐害怕这推迟的比试。此时MD继续唱她的歌，没有歌词只有曲调，辽远悠长，悲壮而高亢。

师兄和着她的拍子，深沉的男中音正适合作为 MD 的背景。建一暗暗自责，举瓶与师兄相碰，一饮而尽。

哈尔滨·龙塔与圣·索菲亚教堂

"为什么一定要去哈尔滨呢？"建一在列车上问 MD，其时她正望着窗外一闪而过的车站。

这些车站看上去都是一个模子倒出来的，个个呈现出一种特别的土黄色，建筑式样也都相似。东北从六十多年前至今，一直拥有全国最密集的铁路网，几乎每个小镇都有这样风格整齐的车站。20 世纪 90 年代铁路提速几次之后的结果是，从长春到哈尔滨的直达列车抛开了所有的小站不停。

"想在跑酷中取得速度，是不是也要抛弃一些什么呢？"建一不禁这样想。MD 说此行会帮助他在一个月后的比赛中取胜，但是他不明白为什么一定是哈尔滨。

MD 说："如果这车永远也不停，一直这样开下去该有多好。"

这本来也是建一想说的，但是他感到这样没有男子气概，而且既然 MD 这样说了，他用一种很无所谓的口气说："那我们不就都饿死了吗？"

MD 望着窗外，微微笑着。她面庞的侧影线条柔和，额头上细小的发丝微微颤动。建一想起泰戈尔的诗："你微微地笑着，不同我说什么话。而我觉得，为了这个，我已经等待很久了。"

但是建一什么也没有说，那时的他觉得这太矫情了。为什么要把所有的情感都表达出来呢，默默地不是更好吗？但是建一讲给我听的时候，他说："如果当时能够把所有的感受都讲出来该有多好。那时，我总是以为以后永远有机会，我以为我们还有很久的时间，久到永远，就像 MD 希望那车会永远开下去……"

MD 说："你知道吗，哈尔滨是一座历史悠久的城市。"

建一说："啊？我就知道它不是汉语。"

MD 继续说："即使新中国成立以后，它的地位也相当特殊。东北曾是全国高校最集中的地方，那是全国支援东北时期。我们要去的是哈军工。"

"没听说过啊。"

"后来它改了名字，现在是哈工程。名字大众化多了。"MD 说到这里，不禁莞尔，"我父母都在那儿工作。"

"哦。"建一仍然不知道要去做什么，倒觉得有点儿暧昧似的，不好再问。

到了哈尔滨，他们并没有去什么高校，而是去了龙塔。

刚从车里钻出来，建一以为那是个大饭店之类的，门面的装修也挺……建一犹豫半天，说："挺乡土的。"

MD往上一指，建一抬头，才发现上面是一座他望不到顶的塔。

"电视塔？你父母在这儿上班？"

"他们在大学。这是你的训练基地，第一课。"MD拉起建一向里走。

电梯。一层之后是二层，然后是三层，下一层就是四十多层。城市迅疾地在电梯外闪过。建一感觉到耳朵一阵疼。

出了电梯，外面满是人，似乎在举行什么活动。建一找了个能看到外面景色的地方坐下来，才注意到，这是个环形的大厅。从外面一圈连续的窗口望出去，眼前雾霭重重，脚下楼群隐隐，是傍晚了。

大厅里的似乎主要是年轻的大学生，只有少数像他们两个这样的散客。听大学生们闲聊，似乎刚举行完什么程序设计比赛，现在是结束的酒会。大家在赞美着赛场上的大牛们，也谈到一个高中还是初中的学生，自己一个人组了个队，跟其他三人一组的大学生一起比赛，似乎成绩还相当不错。

"真高啊。"建一没什么可说的。

"当然了。"一个挤过来的男生插话，"这是亚洲第一，世界第二。同学，你们也是来比赛的吧，哪个学校的，没看见你们的胸卡。"

MD笑笑，建一也不知道该说什么。

"你们觉得今天晚会演得怎么样？"男生继续。

他的一个同伴走来拍他肩，"我就不明白了。都是健全人，整那手语干什么玩意儿。"这位同伴相当魁梧，脸上棱角分明，"那边还有酒，马老师他们还没来，趁这工夫咱们先喝点儿吧。"扯起关心演唱会的男生边走边大声说："你没看人家小姑娘旁边有主儿了吗。"

MD小声地笑，建一想自己可能脸红了，有点儿热。

"这儿有个好玩的项目。"MD指指。

那是环形大厅的外侧靠近边缘处，有一个与大厅同心的圆，不到半米宽，地板是透明的。几个人颤抖着在上面体验。

建一也走了一圈下来。MD问："你怕吗？"

"怕什么？"

"为什么不怕？"

"又不会掉下去。"

MD点点头："但是为什么有人会发抖？"

"这是本能吧。站在透明的玻璃上，大脑根据百万年来的遗传告诉我们，这是高处，是危险的。我们形成这种遗传信息的时候，玻璃还没发明出来呢。但是练过跑酷的人都知道，你并不能简单地相信常识。不能相信眼睛……"

"那我们相信什么？"

"这……"建一也不知道。理智告诉我们，这样的动作在训练后不会受伤；理智诉他，这圈地板不会断裂。难道在跑酷的过程中要做复杂的分析吗？

正在此时，一队学生正沿着那圈透明的地板走来，个个低着头很有兴致地看着脚下，很稀奇的样子，但是一点儿也不害怕。

"那为什么他们……"建一努努嘴。

MD 小声说："他们是来比赛的学生，是程序员。程序员都受到严格的逻辑和理智训练，或者说，"说到这儿，MD 诡秘地笑笑，凑到建一的耳边，"去感情化训练。"

"啊，真的？那以后可不能做程序员啊。"建一可不希望以后变得对 MD 在耳边吹气也毫无感觉。

"在机器面前是机器，在人面前是人吧。"MD 眨眨眼，"我希望你记住一件事，在你的训练中是最关键的——不要相信你的眼睛和大脑。"

"那我相信什么？"

很多年以后，建一成了一名程序员。

当他似乎非常专注地凝视屏幕的时候，十有八九，他并没有关注屏幕，而是关注着在内心中映射出的机器代码。你确实需要通过视觉获取屏幕上显示的信息，否则你无法直接注视内存中的每个单元，无法真实触摸 CPU 中的寄存器，无法亲耳聆听主频振动的声音。但是你真正相信的不是信息本身，而是在你的心中也在计算机心中的那个世界的消息。

我们不过是通过某种东西感知真实的世界，但是，我们是不是总是相信，那个东西就是世界本身？

从龙塔回程，建一发现路边一座教堂，湖蓝色圆顶，上面顶着个硕大的白色十字。街边的景色也富有俄式风格。

"我经常从梦中惊醒，一切往事如云烟再现。哈尔滨教堂的钟声响起，城市裹上洁白的外衣。无情岁月悄然逝去，异国的晚霞染红了天边。我到过多少美丽的城市，都比不上尘土飞扬的你。"MD 轻轻念着。

"很美。"建一说，"那教堂就是指它吗？尘土飞扬，什么时候的事儿？"

"诗不知道是什么时候的，这教堂有一百多年了。俄国人建的。"MD 说。

"说听那个时候这里俄国人挺多？"

"三万多。"

"是不少，也不算多吧。"

"中国人两万多。"

"啊，真的？"

在教堂里建一看到一幅油画，画的也是这座教堂。但是与刚刚他看到的在阳光下灿烂雄伟的感觉完全不同，那是冬日里一片凋零的景象。砖石剥落，玻璃破碎，高大庄严的建筑显得孤独而悲伤。

建一再次回到此处的时候，是多年以后，但是 MD 的声音依然清晰："你所看到的，触摸到的，都是真实的世界。过去的，现在的，画框里的，画框外的。"

"是的，都是真实的。"建一后来常常这样想着，"MD 在身边的世界，MD 不在身边的世界。"他这样想着的时候，芬兰冬日正午狭长而暗淡的阳光有时就轻触他的手，而他的手轻抚键盘。在键盘的另一端，那也是真实的世界。

"在每个真实的世界里，发现规则的人就是这个世界的王者。"建一常常这样重复 MD 的话。但是在他一生中的一段时间，他都因为这个真实的世界没能让两人在圣·索菲亚教堂中一起漫步的那一刻停留而在漫长的冬夜里痛饮，然后像个孩子一样大声哭泣，或者一遍遍唱着蒙古族长调，小声地，断断续续地，像是怕惊吓到什么。

哈尔滨·大学

屏幕上一组图像显现。

一只白猫被缓慢地抛起，四肢向上，长毛如同披风在空中舒展，四肢和尾巴也一样伸展。长尾很快地挥动，以长尾为轴，猫的身体渐渐旋转。然后四肢正常速度朝下落。

"角动量守恒。转动惯量较小，要提高速度。"MD 解释。

然后是另一只猫，大腿由折叠缓慢地伸展，从地面有力地弹跳，身体竖直。在空中保持常速。两只前爪几乎同时搭在高台上，身体仍然是竖直的，身体不再抬高，后肢停在高台的垂直面上。然后前肢支撑，后脚蹬，猫跳上了高台。

"准确，不多费一点儿力气。"

一个跑酷者从高处缓慢地落下，常速，空翻，接近地面，然后缓慢地落地。反弹，脚尖还略留在地面上。像波纹在水面上，皮肤上能看到一道冲击的峰缓缓地沿着绷紧的肌肉向膝关节和大腿传去。

"下面这个，同样高度。"MD 的声音。

他缓慢地坠落，但是脚略微向前，在这样的速度下能看到，身体重心超过支撑面。他的脚常速继续向前滑，声音非常低沉，但是建一知道那应该是尖锐的声音，他的身体继续向下。然后呈现出一张痛苦的脸。

"同样高度。"MD 的声音。

皮肤擦伤，腿骨骨折，软组织挫伤，肌腱断裂，颅骨塌陷……

"同样高度。"MD 的声音。

MD 指着一长串名单，这都是因跑酷发生事故的人。他们的共同特点是，都死了。

"除了这几个意外被车撞死的，其他事故的共同原因是什么呢？"MD 像个老师，"协调失误。他们不是由于缺少力量，而是没有准确地找到着陆位置或者使用了错误的身体部位着陆，比如脖子断了的这位。"

建一有点儿发冷，然后开始笑。

因为屏幕上不是折断的脖子，而是一只正在入浴的猫，它的眼睛睁得老大，拼命在躲着，全身的毛都因为湿透而贴在身上，显得瘦小而无辜。

MD 也笑了："猫并不像你想象的那么强壮，但是它们绝对准确。"

"所以，在有一定基础的前提下，你需要的是高度的协调能力，还有在高速中对位置的准确估算。"

建一点头："是的，这需要练习。"

"练习的目的是什么呢？"MD 问。

"获得协调性，这样姿态控制、反应速度也都会提高。我觉得师兄说的也不对，放松是结果，而不是训练的方法。放松只是表象，其背后是充分的练习，这样才能确定哪里应该紧张，剩下的就是放松。"

"练习与练习结果之间的关系呢？"但是似乎 MD 并不想要回答，"准确是至关重要的。就像拳击，不是你的拳头比别人的硬，因为你不需要用拳头去对抗拳头，而是用拳头去打击对方的颈动脉。"

"那对方的拳头呢？"

"这个跟跑酷没关系，但是，答案很简单，让他落空，或者《一块牛排》里是怎么说的？"

"让它落在头骨最硬的地方，让对方的手指折断。"

"你可真血腥。"MD 做了个鬼脸，"高速下的准确，需要反复练习，强化肌肉的记忆。在真实操作的时候，是肌肉，而不是大脑在思考，大脑太慢了。"

"你真的相信肌肉能记住？"建一小心翼翼地问。他确实觉得在跑酷的时候是不思考的，要么是瞬间的反应，要么是事前计划。

"不信。"

"你真的是高中生？"

"是。"MD 毫不犹豫，眼睛里都是笑。像突然想起什么，"我们该去吃饭了。看着——"

在建一的视线刚能跟上的时候，她跳起来，身体横在空中飞向窗口，快飞出去时手在窗沿一勾，然后直直地坠了下去。

六楼。

建一注意到，她并不是一直坠落，而是隔一会儿就用双脚内侧摩擦楼壁，并且在那一刹那努力保持平衡，没有因为受力而破坏姿态。当接近地面，在减速的同时，MD双手推墙，转身，双手双脚落地，同时四肢弯曲缓冲。

建一探头看了一会儿，伸了伸舌头，跑下楼去。这种速降，估计师兄也没胆量做。

楼外见到MD正朝自己招手。她噘着嘴有点儿不高兴，手掌蹭掉了两块皮："还是没把握好时机。"

MD一跳一跳踩着建一的影子。正午的阳光下，影子很短，有时MD就撞在建一的身上。建一也哈哈笑着躲避，捕捉着MD若有若无的气味，或者捕捉着年轻的快乐。

这样的日子一定还有无数个。当建一这样想着的时候，MD正扳直了胳膊背着手，左脚踏往右前，右脚踏往左前，一摇一晃地走在他的前面。MD也是这样想的吧？

下午，MD开始在建一的关节和肌腱附近注射，然后插入像是电极的东西，后面接着长长的线，通往占了一整面墙的巨大设备。

"大吗？你看到的只是接口部分。"MD说。

但是对于MD而言，接口却只是键盘和屏幕上翻滚而上的文字和图表。是的，这只是接口，真实的世界在MD和机器的心中。

"还记得金刚跳吗？"MD问。

"后面的设备很大啊？"建一问。

"这几座楼都是。还有问题吗？"MD问，看建一摇摇头，"还记得金刚跳吗？"

"嗯。"建一有点儿害怕，不知道原因。

"试着想象一下动作，对了，把眼睛闭上吧。"

建一依言照做。有一阵整个屋子都寂静无声，只有空调轻轻地沙沙声。建一暴露的皮肤略感凉意。

"技术走形的地方不多。接下来我们试一下啊，"MD嫣然一笑，"对了，你不怕吧？怕就告诉我。"

建一摇摇头，心想，我一个大男人怎么会告诉你我怕。此后建一回忆起的时候，也感到好笑，不是不怕，而是怎么会告诉你我怕。

"开始了！"MD的声音消失的瞬间，建一突然感到恐惧。

所有的灯毫无预兆地在这一秒全部熄灭，机器的屏幕和各种灯也同时漆黑。

没有空调的声音，没有键盘敲击的声音，甚至没有自己的呼吸声。

没有心跳，也感觉不到空气，感觉不到皮肤在接触任何东西。自己像是在一片虚空之中。

地面和横栏同时出现。建一感到了脚踏在地面上，还有身体的存在。

但是身体并不是由自己控制的。呼吸，呼吸，助跑，踏步，伸展双臂，身体平行于地面。接近横栏，奇怪的是，他并没有像平时那样清楚地盯着它，而是只看到模糊的影子。手撑，折叠身体，弹，跃过，落地。他观察到所有连贯过程中的用力、身体的姿态，感觉协调、紧张和放松。

"怎样？"MD 出现，整个世界恢复正常。

"啊……"建一感到嗓子有点儿干，声音也有点儿哑，不太像自己。清清嗓子，他却又不知道该说什么了。

"害怕了？"

建一觉得喉咙还是有点儿痒，声音一定很难听，于是摇摇手，并且尽可能表现得自然一些。

"那再来？"

建一又摇摇手，然后手心略向下按了按，心中配音："等等等等，我缓一缓。"

稍后，他们出去散步。在一个齐胸高的平台前，建一看看 MD。MD 点点头，马尾跟着一跳一跳。

从来没有这样流畅，也从未如此轻松。金刚跳。建一也体会到它为什么有另一个名字，catpass，像猫一样通过，快速，没有停滞，不需要力量。就像，他已经这样成功地做过无数次，动作早已烙在脑海里，这次，只是重复。

MD 最终呈现给他的图像不只是一个平台，而是在老虎公园中整个比赛路线，但是仅具轮廓并不细致入微。

"为什么看上去都有点儿像线条啊，连个纹理贴图都没有？"建一问。

"因为计算能力有限。"MD 摊摊手，"当集中精力于模拟你的本体感受和对肌肉的神经控制信号，我们就不能绘制那些次要的因素了。你就对付着用吧。"

北方之城

老李眯缝着眼睛："最后建一轻松取胜，师兄大败？这没啥悬念。"

"是赢了，但是不轻松。"

比赛结束后建一因为达到极限吐了好一会儿。那会儿感觉胳膊腿都不是自己的了。事实上，在跑的时候，身体也协调得不像自己的，但是又完全自发。

MD 说耐力训练不是肌肉记忆能实现的。这需要呼吸循环系统，还需要肌红蛋白的参与，太复杂，而控制和捕捉神经容易得多。她提到，在正常的训练中，肌肉也不会很快变粗，一方面是因为通常力量并是不必要的，另一方面，肌肉力量获得的最便捷途径就是更充分地发送控制信号和调动更多的肌肉纤维参与。

"我借助了设备，不公平吧。"建一并不觉得这算是比赛。

"是不是得要求你和师兄穿同一个牌子同一型号的衣服才算公平？出生在同一天，受到同样的训练，有相同的父母，有完全相同的成长经历？"

"这能算是我的成绩吗？"建一很困惑。

"你担心这个？"MD 笑着，似乎这个问题很幼稚，"你跑酷的时候要不要穿鞋？"

什么才是机器，什么才是我们本身？你穿衣服吗，你戴眼镜吗，你有假牙吗，骨头里钉过钢钉吗，植有人工心脏吗……植入过记忆和情感吗？

"有点儿不太自然哪。"建一挠挠头。

"确实不自然，人类的存在本身就不自然。"MD 很严肃地说，"我没觉得这有什么不好。自然，是好和正确的同义词吗？"

老李插话："我明白了，MD 是个科学主义分子。"

"不懂。"我得承认。

"不跟你解释那么多，回去自己个儿看去。"老李得意地大嚼鸡腿，然后指出，"这样的角色都是要付出代价的，被上帝、外星人、爱、人民等乱糟的东西给灭了。这是受西方宗教影响的年青一代的流行观点。还是得有所敬畏。"

老李把鸡骨头吮吸两下，意犹未尽地扔在垃圾桶里："嗒，就这样。当啷。"

"MD 死了。"我说。

MD 在夜空中的高塔上，衣襟飘飞。建一仰着头，看到的是深蓝的天幕，星光点点，以及 MD 的白衣。她的长发融在黑色的背景里，她的笑脸就在建一的心里。

她的声音一如平时那么轻松自信："我在北方之城里跑过很多次了，绝对不会有问题的。再说，有你呢。"

"我来了！"MD 张开双臂，她应该是闭上了眼睛，仅让记忆引导行动。

跑酷里确有一种速降的技术，称为盲跳。从高处跃下的同时，闭上眼睛，只用身体去感受风，感受失重，感受飞翔。坠落的过程中，有些人兴奋地大声叫喊。有些人在这最后一跳中受伤，从此不能行走或者呼吸。

没有任何凝滞，她在飞翔。没有呼喊，没有一点儿声息。静静地，暗黑的高塔勾勒出世界的框架，一条白色的直线迅疾地划开这浓黑。

松

"痛吗？"建一跪在 MD 的旁边，想伸手抱起她的头，但是他不敢接触 MD 身体的任何一个部位，会流更多的血，会折断更多的东西吧？

"我……是不是……很丑……现在？"

"你别动，我去找人。"建一弹跳而起。

"别……我冷。"MD 的嘴唇苍白。

建一开始脱衣服。夜风冰冷。地上一定很凉吧。

MD 嘴唇相碰，但是没有声音。建一能猜到，她说的是"抱抱我"。

建一感到血液运行得太快，冲击着他的耳朵。他听不到高塔上空夜风的咆哮，只能听到心脏的重击。

"我去医院。你等我。"建一大声喊。

MD 的双眼慢慢转向夜空，焦点似乎无限遥远。嘴唇嚅动，从口型看，建一猜想她要说的可能是"飞"。

"建一，这是我的翅膀，替我飞翔。"这是 MD 想说的吗？

MD 微微地笑着，又似乎悲伤。你是不是想说："我以为，你可以陪我走过所有的日子，真的是这样，只是我没想到剩下的日子竟然这么少。"

事实上，对于这一段，建一的叙述模糊不清，甚至是前后矛盾的。当时，他绝未想到 MD 会死，而是竭尽全力地狂奔。也许，在此后的岁月里，他无数次回想起这一幕，把自己心中所想变成了曾经的记忆。

建一违背了几乎每一条安全准则，用尽了所有的跑酷技巧和力量。这次跑酷的终点是，他在从一座立交桥跃上另一座时因为力竭而脱手，坠地昏厥。但是 MD 对他的训练起了作用，他的身体没有受到永久性的伤害。

当人们发现 MD 时，已经是第二天的早晨。

"我们是不是总认为，有理想，有斗志，加上努力，就一定能够成功？"我这样问老李。

他说："嘁，你应该问十年前的我。"

我不知道建一是如何看待他午夜跑酷的那段冒险，他没有提起自己的感受，虽然他确实提到，很多地方根本看不见，只是凭着记忆跳起。但是他确实提到此后的感觉。

建一此后总是不停地在回顾那一幕。

有时他在梦中与 MD 激烈地争吵，大声呵斥："你为什么不等我？我让你等我的。"很多时候他长久地伫立，然后写下一页页的数据和程序，喃喃自语："为什么这里应该……，为什么那里不会是……。"

偶尔，建一会想，如果当时我抱抱她，让她温暖，是不是结果会不同？她离去的时候，有多冷……有多孤独？如果最后我没有脱手，结果会不会不同？

建一放弃了高考，申请了美国的奖学金，然后又去了日本，辗转到了北欧。除了高精尖被国外保密的专业，建一选修了所有他能想到的有关课程。

还有两门看似无关的课程，流体力学和空气动力学。决定选这两门课是在某一节物理课后，建一默默地去买醉，边喝边大声地跟老外讲着汉语："她说的是风，她说的是风，她说的是风啊。"

是的，MD 最后的话不是"我要飞翔"，而是想告诉建一她会失误的原因。

在 MD 的模型里，风是一个被忽略的"次要因素"。因为计算能力不足。

图 尔 库

建一从此不再跑酷。

在此之前，每到一个地方，大家都用各种当地语言称他为"勇敢者"。因为他敢于做每一种别人不敢做的动作，并且迅捷如闪电毫不犹豫。而他的中文名，老外发音困难，反倒不常提起。

建一开始大量饮酒，好多个晚上醉到第二天中午，下午拼命工作编码，然后晚上进行下一轮迭代。只要你做好了工作，老外对于你的个人生活不感兴趣，而建一也从来不讲。

一次建一和老外喝酒。第一个小时里，两个人谁也没有说一句话。第一个小时结束的时候，老外说："我们要不要再来一瓶？"建一没吱声，点点头。第二个小时结束的时候，老外说："今天天气真是不错哈。"建一不置可否。第三个小时结束的时候，建一终于说话："喝酒还是聊天？"

有人开玩笑，说世上少了一个跑酷的，多了一个芬兰人。

此时，建一在图尔库。图尔库是芬兰东南的小城，建一经常在三四个小时内步行穿过整个城市。城市中心是最初建设的一座教堂，人称"大教堂"，虽然后来又建过几座更大的。这座大教堂几乎在城市的每个角落都能看到，可以想象城市之小。

建一除了吃和编码，整夜就在大街小巷转。北欧的漫漫长冬，让他觉得这真是一个适合吸血鬼久居之处。而且，北欧人肤色苍白，高鼻深目，确实看起来挺像传说中的那类生物。

芬兰人几乎都能讲一口流利的英文，从学者教授到露天市场上卖白菜的大妈。人也和善，跟中国东北人差不多。

除了停止跑酷，建一感觉生活没什么大的变化。就好像自己仍然是那个高中生，尚未认识MD。他甚至渴望，也许有一天，就会突然在某个楼梯的拐角看到 MD 在做猫平衡。又或许，是在下一个轮回。这是一个多么漫长的迭代啊。

是不是上帝在惩罚 MD？如果不能保证没有遗漏，我们是不是还是要尝试？明知会受伤，是不是仍然要去爱？

MD 说过："如果没有想好下一个落脚点，那就不要跳起。"于是建一停止跑酷，把全身心都投入到代码中，或者说，投入悲伤、后悔和犹豫中。

直到建一发现 MD 的博客更新了。

有人每天在 MD 的博客上发 MD 的照片，发出的都是 MD 当年的旧照片。最初建一以为是某个同学，有 MD 的账号。MD 永远停留在那个快乐的年轻时代，她在每一张照片里都微笑着，雀跃着，因为她相信，将来还有无数个相同的美好日子可供挥霍。

后来建一发现有的照片中出现近两年的广告背景。他开始回顾所有照片，用软件析出 EXIF 数据，查看相机制造商、后处理软件、拍摄时间。虽然各不相同，但是，他发现了去年生产的相机型号，拍摄的时间也都是最近。

建一忍住了攻击博客服务器，获取所有这些上传 IP 的想法。如果他证明了那不是 MD 呢？

建一更新了自己很久没动的博客，内容是："风？"

一天，两天，MD 的博客停止了更新。建一开始后悔。为什么不能远远地看着，就这样继续呢？

第三天，MD 的博客上出现了一张硕大的照片。照片大是指它的文件尺寸，而照片本身的分辨率却并不高，甚至图像拍得也并不清晰。这是一幅对焦不准、曝光过度、取景怪异的草原。苍灰的穹庐，云被劲风拉成一丝丝的，黄绿斑驳的长草俱倒伏于地，或白或灰的羊群和不规则的石堆点缀其间。近景，一只长毛白猫迎着风微微抬起鼻子，似乎在嗅着空气中远来的湿气。

白猫的长毛在它的身后飘起，如同隐隐显现出狮的灵魂。

建一呆呆地看着这幅照片。这是对风的回应吗？这是哪里？与其说这是拙劣的拍摄技法，不如说，这还比不上一幅手绘的草图能提供更多的信息。

信息，信息。香农说，信息量是用熵来衡量。如果照片中所有的像素都使用相同的色调，那么整张图片将呈现为单一的红或灰或某种色彩。但是，这里没有更多的信息。信息，记录的是差异。

那么，这张照片中的差异是什么？如果它没有清晰的对焦，没有极高的分辨率，是什么数据会导致照片有这样大的存储空间？这些存储的数据应该包含着同样巨大的信息量。

建一迅速发现，照片中的每个像素都包含着太丰富的色彩，所以才会有如此庞大的尺寸。

正常的每个像素，都被拆分为红绿蓝三种元色存储，这样，一个包含 2 的

32 次方种颜色的像素，也不过需要 4 个字节。事实上，这已远超过人眼对颜色判别的能力。也就是说，高于 32 位的图片，对于人眼这种精度的传感器而言，已经足够。或者说，如果一幅照片中的信息是给人类看的，没有必要超过 32 位色。

那么这幅照片中的信息呢？为什么它远远超过了 32 位？

这是对风的回应……

尝试猜测了几次，建一从照片中拆出了不属于图像的那部分信息，表面上那是相当精细的色彩中细枝末节的组成。

他在数据里看到了熟悉的分布规律。黑色的高塔割裂深蓝的星空，周围是若有若无的但绝非次要因素的气流，它们旋转着撼动这黑铁的似乎可以抽象为钢体的骨架。塔尖在呜呜的呼啸声中微微摆动，幅度有时达到半米以上。

数据里没有白色的身影，没有风中的发丝，没有她最后的凝视。但是建一向屏幕上海量的数据伸出手，他想说："是你吗，MD？"

但是建一没有发出任何信息。也许，那就是风。如果你伸出手，就会干扰了它的运行，如同当年他不敢触摸 MD。远远地看，是不是更好？

图尔库的冬夜足够漫长，可以让建一的眼睛映着屏幕上微弱的光就这样静静坐着，直到天明。

长春·南岭

2008 年，EA 出品了以跑酷为主题的第一人称视角游戏《镜之边缘》，其主角是一位亚洲女性。

几年后，机器辅助学习开始转为民用。最初的应用领域，与肢体动作相距甚远，是英文发音口腔肌肉训练。再后来，是治疗因事故致残患者的恢复器械。

再几年后，长春南岭体育场。这里当年曾经是东北军抵抗日军的一个营部。

女主持正对着镜头兴奋地解说："跑酷在几年前还只是小众文化，现在已经被大众广泛地接受了。跑酷创始人的祖父死于 1946—1954 年的法越战争……"

一个小女孩扶着轮椅，上面半捆半躺着一位似乎全身都已经不能动的老人。小女孩嫩声嫩气地问："爷爷，他们不怕受伤吗？"

老人的嘴唇和手指，甚至眼珠，全身没有任何动作，声音显然出自电子合成，却很流畅乐观："如果鸟儿担心羽毛受伤，它就永远也不能飞翔；如果不飞翔，鸟儿为什么要保留翅膀呢？"

眼前这位老人可以移动多远，可以生存多久，我们的目光能看多远，我们的程序可以预见多少种可能，我们的技术有多少局限？

建一怔怔地站在那儿，看见远处一个青年正从 breakfall 的动作中弹跳起来，然后在两段短墙间跳跃，并不断攀升，他的肩胛正有血渗出。

是不是如果我们看不到遥远的星河，我们就永远也不启程离开脚下的星球？

一位新一代可能都已经不再知道名字的人说过："人最宝贵的东西是生命。生命对于我们只有一次。"那么你是不是希望在暮年的时候说，如果当时我抱抱她，让她温暖，是不是结果会不同？是不是因为可能犯错，我们就止步不前？

如果这个模型仍有疏漏，就让后来者继续修补吧。

检录处，一位青年对工作人员说："嗨，我是 MD，报名的时候可能填错了性别。"

矮墙水泥的气息，栏杆钢铁的味道，风掠过耳畔和面颊。建一开始复述那些重复过无数次的声音。

"建一，这是我的翅膀，替我飞翔。"

人声鼎沸，环形的运动场四面都在跳跃着呼喊着 MD 的名字。但是没有人注意到，场上那个飞翔一样奔跑的勇敢青年正闭着双眼沉浸在另一个真实的世界里。那里一片黑暗，只有力的模型和数据。

还有风。

如果当时我抱抱她，让她温暖，是不是结果会不同？她离去的时候，有多冷……有多孤独？

如果我那时能发现风的存在，结果是不是会不同？

库　页

"然后呢？"

"然后我们就出了航站楼，一个女人，应该是他妻子吧，挺着大肚子在出口那里挥手，虽然着急，却是一步也没动，只是满脸幸福地望着他。我哪好意思打扰人家。就此别过了。"

"你说的建一是不是姓……"

"我又不是记者，问那么多干吗？"

李记者拍着大腿："所以说你不行，太缺乏职业素养。啊对，你根本就不是我们这职业的人，太可惜了太可惜了。那建一生在长春，在长春读书……你个笨啊，你自己还提到，空姐对他一笑……"

"你是说——他是……"

"所以说你笨吧。"

"他也会坐经济舱，私访？想不到他年轻的时候，啊，现在也不老，他当年也这么冲动。"

李记者把手里的一杯酒喝个底朝天，往桌上一顿，瞪着眼睛："谁还没有冲动的时候，谁还没有年轻的时候，谁还没有满怀理想的时候。比如你吧。"

于是，我先把自己的理想说了。

李记者听罢哈哈大笑："原来你的理想就是这个啊，小男生。"

这个时候，虽然饭店里已经没有几个客人了，不过他们全都望着我们两个。我冲过去抓住他的衣服领子，但是我不必再有别的举动，因为他哭了。他一边擦眼泪一边喊："谁哭了，谁哭了，你才哭了呢，你还有理想呢你。"

"你才有理想呢。"

然后，我们抱头痛哭，一杯一杯地诉说年轻时的理想。因为永远不会再年轻，所以，永远也不会实现，甚至永远都不会再有的那些理想。

对不起，又写错了。其实，那天我们没有醉也没有哭，更没有谈这些关于理想的幼稚话题。

真实发生的是，那一天，我们见面后谈的是国际形势、金融危机、哥们儿女人老婆孩子，然后斗酒十千，尽欢而散。

所以，第二天我们再见面时，他说的是"老杨，你的项目怎么样啦，完了约个时间喝酒吧"。我说的是"你那专题写完了没，快点儿写完我好拜读一下"。

这不是很合理吗？我们都已经是成熟理智的中年人，你怎么会认为我们有过幼稚的理想呢？

松

故园何在

杨贵福

成年以后，我就离开了故乡，如今在异乡为客的时长已经超过了在故乡的日子。

偶尔，也会想起童年，想起故乡。此前看到赶海的视频，突然想起了小时候，我也摸过鱼，还挺喜欢。

小时候家住的地方叫南山，山上是松林和一层层山。山下是浑江，浑江堤坝和江水之间，常年有大水泡子。我们最常去的水泡子二三十米见方，水非常浑，一点儿也看不到底。

夏天的时候，泡子里有很多像我那么大的小孩。大的不过小学高年级，多数应该还没有上学。有钓鱼的，有游泳的。从这个泡子沿江向北，是一大片江滩，有很多小泡子，串联起来，彼此相通。泡子之间长满各种草和大小卵石。

这些泡子里有很多鱼，我哥常带我去钓鱼。我哥的手很巧，做出的渔具比买的还精致。他做的铅坠，比市场上那种黑乎乎的球儿漂亮多了，扔到水里的时候，像暗器一样在水面上一闪，刷地就没进去了。鱼线有时是买的，有时是家里的蜡线，能把我手指勒得快出血了也扯不断。还有鱼钩，买的那种是有倒刺的，得从侧面才能捏住，胆战心惊。也用缝衣针放在火上烤，再弯过来。鱼饵，就是从河泥湿的地方挖蚯蚓。很粗一条，抻得又细又长，装在小瓶子里。到要用的时候，把蚯蚓串在鱼钩上，甩进水里，小心别钩到自己。

我哥还带我去捞过鱼，用绿色防蚊纱窗，可能还有纱布，两边固定在棍子上，撑起来。大的渔网一边一个人，边搅拌边探着底往前走。小的渔网一个人负责，一只手撑一边，也是边抖动边前进。河底的泥全翻上来，像乌云一样，水里什么也看不到。低头猛冲一阵，抬网，有时里面就有鱼翻着白肚直跳。

说得这么热闹，用这个方法，我只抓到过一条鱼。我哥和小三儿两人是大孩子，蹚着水这儿一下那儿一下，我只有资格在岸边看。有时候可以在他们对面负责赶鱼，按指挥的路径："这边是沙子底"，更多时候傻站在那儿看他们越跑越远，绕到长草后面，拐进另一个泡子里了。我有一次把一面小网铺开，上面压了一块石头。过了一会儿起网，居然网到一条小鱼。那是唯一的一次。

这么多年来，想起那些夏日的午后，跑前跑后，忙着些看不懂搞不清楚的东西，跟着把渔线渔网装起来扎起来。远远看着我哥和大孩子踏着浊浪威风凛凛，张网抓到那么大的鱼。极其偶然，自己居然也能抓到一条，简直超出预料的快乐。

这就是曾经对故园的印象。

前些年回到通化老家，去看了儿时的老房子。老房子据说几易其主以后无人居住，院墙和菜园里的青葱挡住视线。我爬到山上回身看见屋脊已断，旧瓦塌陷，南墙爬满了藤蔓。不禁怀疑，这么小的居所，就是当年对我而言几乎全部世界的"茧"吗？环顾我的身边，长草正横掩童年奔跑过的小径，更高的山上我哥和我放风筝的白色石群已经淹没在莽林之中。远望小城，我曾经认识的地标高楼已经非常平庸，拔地而起的新秀我都从没听过。故园，在我远游的时候已渐渐成为异乡，只残存在我的记忆里。

那些我后来驻足过凝望过的城市呢，会是新的故乡吗？在《北方之城》里提到的，长春、哈尔滨、沈阳——东北。还有像东北一样的芬兰。这些旅居之所与记忆里的故乡有着一样的风月，一样的雪。只是深夜的时候阖起眼细听远方的重卡隆隆而过，想明天也许要再去远游。无论今天如何温暖，也是逆旅，也是异乡。

故园何在。

2008 年，李记者送我启程去芬兰。隔年，我写了《北方之城》。之后，是我返程正遇大雪封城，李记者远来接风。15 年后重读这个故事，又想起雪夜归程，和李记者推杯换盏酒酣耳热，感慨良多。那些一起喝过的酒，一起吼过的歌，才是我的故园。梦萦魂牵的不是发生这些故事的场所，而故事和故事里的我们才是当我们再次路过故园想起故园的时候，所拍栏怀念的。

故园，不是某个城市的名字，而是我们经历的那些故事、爱过的那些人，是所有这些发生于其中的场所。写作，也是一样的。

杨贵福，大学教师，工程师，科幻科普作者。喜欢品味文字和代码，也喜欢分享感受，尝试用文字和代码写作。代表作有《火神》《回忆苏格拉底》《我的外骨骼，诺基》《官道岭》等，以及安菲他命浓度检测仪、电化学工作站、表面等离体共振仪、扫描电化学显微镜等。

东北

飞跃松花江

齐然

1

邓宝琳是我姑姑，也就是我爸爸的妹妹。

爸爸说，姑姑打小就是个漂亮姑娘，她明眸善睐、腰肢柔软；高兴时粉面含春，忧伤时像扶风细柳。我能想象得到少年时姑姑的美，就像志怪小说里那些妖狐狸一样的女人，眸子星子一样忽闪，杨柳腰轻轻扭下，她就会轻易地勾走你的魂。

然而姑姑又是那样的拒人千里之外。每个男孩见到当年的邓宝琳都会魂不守舍，却又退避三舍。在遇到姑父前，邓宝琳一连抓花了一十三位男孩子的脸，是位带刺的美人，总之和我眼前这位歪在沙发里嗑瓜子抠脚指头看电视机的胖大妇女怎样也对不上号。

我问姑姑："姑，听说你以前很好看？"

姑姑斜了我一眼，吐掉嘴边的瓜子皮，她说："今天你爸不在家，我揍你没人管。"

爸爸和我讲过姑姑的故事，那的确是很久以前的事了。

那年松花江的水很大。姑姑站在江边，看到春柳嫩绿着十分多情，心里怀着少女的感伤。她决定跳进江里了结自己的生命。姑姑受了委屈，而且这委屈不是一年半载一点半点。姑姑的同学林赛飞是个坏姑娘，那天她纠结着一帮同样坏的姐妹扯烂了姑姑的书，摔坏了她的铅笔盒。姑姑哭得妆都花了，没错，姑姑长到十三岁那年已经开始化妆了。

林赛飞恶声恶气地喊道："保龄球，你个小婊子化妆给谁看？"

"保龄球"是林赛飞为姑姑起的外号，不要误会，姑姑那时候是有点儿丰满，可远远称不上胖，如此一来这个外号就有些恶意了。其实林赛飞长得并不丑，甚至也有点儿美，可是她和姑姑站在一起总觉得自惭形秽。也许是因为我的姑姑性子和脸蛋都早熟，智力才发育得迟缓；她的成绩很差，一直是班里的垫底，平素又是一副没嘴没牙的样子，谁叫都不搭理，这就让人格外恨，恨得牙根痒痒，让人特别想欺负一下。

那天姑姑是一路提着书包回家的，她的书包带被剪断了，她走了一路书页就撒了一路。姑姑头发散开了，脸也哭花了，路上人见了都指指点点。我爷爷下岗后当了出租车司机，那天他正拉着两个外国客人去机场，这一趟至少可以赚二百元。他并不知道他的小闺女此刻涕泪涟涟地站在江畔，随时小脚一迈就会滑入冰凉刺骨的江水里留他自个儿悔痛终身。

那天的风也很好，水也很好，可是江边的人并不多，所以并没有人能救我姑姑。江上有一艘黑色的渡船，一只白色的水鸟掠过黑色的船和黑色的天空，姑姑却猜它是江里曾经溺死的人。

"林赛飞，我做鬼也不会放过你。"姑姑在心里下了一个诅咒，白鸟就飞走不见了。

救了姑姑的是我的姑父张帆，他不知道从哪里冒了出来，像猫儿扑住一只小鸟一样扑倒了我的姑姑。两个人扭打在一起，姑姑彪悍地在姑父张帆的脸上抓了一把又一把，抓得他一脸血印子。张帆比我的姑姑小一岁，力气完全不是对手，他被邓宝琳打翻在地就像撂倒一个小鸡仔。这是那天这场戏剧的尾声，姑姑也许从此刻起就变得泼辣起来，她骂骂咧咧地离开了浑身是土的小男孩张帆，这就是他俩的第一次见面。松花江边无风也无浪，这里不久会冻成一大条冰长廊，我长大一些的姑父会搂着我姑姑的腰在这里滑冰；不消我说，这是一切故事的开始。

2

张帆后来成了一位物理学家，我讨厌物理学，所以我也不喜欢我的姑父，可他是姑姑的骄傲，哪怕离婚了之后也是。我的姑父张帆在美国一个名字很长的大学里当教授，姑姑十五年婚姻里有八年姑父是在遥远的北京独自度过的，从我记事起姑父就在上学，一直上到他俩离婚，一直从中国北京上到美利坚北卡罗来纳去。北京，我们的伟大首都，姑父就在那里一个人研究他伟大的物理。

姑姑和我的大表妹小表弟依旧生活在这座时常冰冷、雾霾弥漫的北方城市里，生活在松花江边上，在那里她第一次遇到了张帆，不可否认，张帆拯救了姑姑的青春。

可是我爹说："那个张帆就是个王八蛋，他耽误了你姑姑一辈子。"

我问姑姑："你恨姑父吗？"

姑姑放下手里的麻将，她掐了我的大腿一下，我的大腿就火辣辣地痛，姑姑说："马上就点炮了，不要以为我不知道你的小心思，东扯西扯有用吗？"

姑父出事的消息是在一个冬日的早上突然传来的，在这个英雄稀缺的年代他一下子吸引了所有人的注意力，他就像三十年前一样以一种出其不意的方式回到姑姑的视野里。姑父一开始是个物理学家，后来又成了宇航员；他是一架叫作"麦肯锡"号的宇航飞盘的随行技术官。早在三年前我的姑父张帆就随着"麦肯锡"号向太阳系的尽头前进了，他们要去奥尔特云看一看。出发前夕姑父在电视里讲话，他剽窃了不知道谁的名言，他说：这是他个人的一小步，却是人类伟大航程的第一步。

我在电视上见过"麦肯锡"号，一个青色的光滑圆盘，和科幻电影里的UFO的形象差不离。我的前姑父张帆负责调试这架飞盘上的反重力引擎，这是他一辈子的杰作，据说可以把这架飞盘最大加速到光速的20%。我的乖乖，我知道这是个吓死人的速度。

电视和报纸上的专家们也都说，有了这种引擎，人类才终于有了星际远航的能力；终于可以跳出太阳系这个小水洼；终于可以飞向那浩瀚的星海了。

"你姑父是个了不起的人，"姑姑说，她推麻将牌就像推倒一面玉白的城墙，"他终于飞到天上了。"

"人家飞上枝头了，结果把您老人家甩了。"我说。

客厅打开的电视里正在播放午间新闻，现在情况不太好，我的姑父张帆所在的"麦肯锡"号在地球远地卫星轨道上变轨飞行超过地上一周的时间了，它无法降落也无法前进，它的身后跟着一个不速之客：一颗瓦蓝色的小陨石。这是颗奇怪的流星，它就像附骨之疽一样紧紧跟着"麦肯锡"号，"麦肯锡"号不敢减速，上面的人类明白，被这颗追踪他们半年的陨石砸中肯定不会有什么好事。这颗蓝色的小家伙绝对不只是陨石这么简单，张帆他们在遥远的柯伊伯带遇到了它，这是载人飞船第一次到达如此远的地方。可是姑父的目标本来就更远大，他还没有冲出太阳系的范围，没想到就这样铩羽而归了。

"现在这是个猜想，在太阳系尽头的柯伊伯带里也许埋着一大片'地雷'，很不幸，'麦肯锡'号踩中了其中一颗，就像一战时候同盟国士兵们的遭遇那样。"国家航天局的专家在节目里说道，"这是我们之前从没想到的。"

主持人就发出了疑问："可是1976年发射的'旅行者1号'飞出太阳系外时并没有遇到这些地雷。"

专家立马纠正："准确地说，'旅行者1号'飞行了50年仍没有离开太阳系，它只是堪堪飞离柯伊伯带而已……"

他接着解释道："似乎，这颗奇怪的陨石只会对拥有生命的系统做出反应，非生命的无人探测器不会激活启动它；它就像武侠小说里那种定点杀人的暗器，十分专一。"

而这个问题我的姑姑现在就能回答，她用勺子舀起一勺糖加到粥里，今天煮的是百合莲子粥，有点儿苦。姑姑说："因为现在那上边坐着你姑父——这个世界最聪明的人。它不想让他飞出去。"

"您是否真的认为这和'麦肯锡'号载人飞行有关呢？"主持人继续询问。

"这不废话吗？"我姑姑喝了一口粥。

"这是否证明着系外文明的存在呢？"

"也许的确有人不希望人类走出太阳系。"专家说。

3

我姑姑给了林赛飞一个嘴巴子，抽出了一道工整的烂红色的掌印。林赛飞的眼睛瞪大，她没料到我姑姑今天怎么这么泼辣。她扑上来想揪我姑姑的头发，我姑姑就拿出了一只圆规，圆规的尖反射出一片银子一样的光芒，这银光震慑了林赛飞，她的手停在了半空中。

那天很晴朗，学校挨着天主教堂，透过窗子传来信徒们的弥撒声。信徒的祈祷整齐而富有韵律，就像一首隽永的歌谣，我的姑姑放下圆规，把披散的头发细细地扎起来，把推开的书桌拉回原地，她面无表情，林赛飞却红着脸眼泛泪花。你还在装可怜，你这是怕了吗？姑姑心想。姑姑突然心境开朗，她从心里感谢那个把她从水边推走的傻小子。和松花江的江水比起来，死又算什么？弥撒的歌声委婉而动听，那一瞬间，姑父模糊的脸在我姑姑的心里有了圣洁的意味。

东北的棚户区房檐低矮，铁皮屋顶滴落绿色的雨水，脏水蓄在房檐围成的巷子里，我的姑姑就是在这里被几个头发染成橙黄橙红的辍学少年缠上的。为首的一个个子高高的红毛小伙子说："就是你打了林赛飞吗？"

"你是哪个？"

"我是他的男朋友。你长得还挺好看，不如也做我女朋友吧。"

北方种了许多杨树，它们夏天时飘絮，秋天时落黄叶，十分令人生厌。这天就有好多黄叶子飘到了姑姑的身上，这预示了姑姑即将到来的悲惨命运，小流氓开始撕扯姑姑的裙子，那一瞬间姑姑就又想到了死，不，是同归于尽。我的姑姑虽然那些年外表成熟美丽，但是智力却不够，所以到头来落在了张帆这个臭小子的手里，这是爸爸的总结。

如我所说，张帆是以一种匪夷所思的方式登场的，他一身皮夹克，穿得像个飞行员，脑袋上戴着护目镜，脚下穿着一双又大又厚不合脚的靴子，肩膀上插着塑料薄膜搭成的假翅膀，像一只奇怪的鸟一样站在铁皮屋顶上。地下的人都愕然地呆在当场。姑姑认出了姑父的脸，她就狠狠地抓了一下林赛飞的男朋友的脸。

张帆往坏小子的身上扔砖头，红砖又硬又重，他的手法又疾又准，砸得辍学少年们一头包却没碰到我姑姑一下。我姑姑就在漫天飞舞的砖头雨里爱上了我的姑父。

"我要去救你的姑父！"姑姑对我说。我吓得把碗摔在了饭桌子上："姑姑你疯啦？张帆在太空，你怎么上去，还有那不是我姑父，你俩已经离婚了。"

但是我知道姑姑是认真的，她还死心不改地爱着张帆，不单说他曾经救过我姑两次，张帆是个飞在星星上的男人，这也是足以让姑姑去爱他的地方。

电视新闻又开始播报了，姑父的事情这两天占据了所有新闻的头条，他的飞盘屁股后面跟着一艘外星来的"制导导弹"，一枚埋藏在太阳系边缘的地雷，这颗神秘奇怪的陨石造成了不小的恐慌。它对从地面发射的诱捕弹视而不见，而它咬得"麦肯锡"号又太死了，NASA 不敢动用热武器去轰击它。在地面指挥部想尽办法的这段时间里，姑父他们已经绕到了地球的另一面了，我们猜得不错，这颗奇怪的星星武器也许只对生命感兴趣。NASA 命令禁止姑父靠近空间站，那里现在生活着 270 人。"麦肯锡"号的一切可行的补给也只能依靠无人飞船来进行。

姑姑的确是泼辣而隐忍的，离婚时张帆拒绝抚养我的大表妹和小表弟，他的理由是照顾孩子会耽误他的研究时间，姑姑也同意了。我的一对表弟表妹后来都给了我的姑姑。那天她抓起水杯泼了她的前夫一脑袋水，"就算你不说，我也不会把孩子给你。"姑姑说。张帆的确不适合抚养孩子，他从来不是合格的父亲，也不是个合格的丈夫。但他的确变成了一个在事业上出类拔萃的人，为了让珍贵的引进人才张帆安心研究，美国的那所学校居然在长岛为他安置了一栋大房子，据说这栋房子比我爷爷曾经工作的工厂的车间还要大，自然也要比张帆之前的 36 年人生里住过的任何一间房子还大。当然这房子没有我姑姑和爷爷的份儿。

曾经的穷小子张帆终于一飞冲天了。爷爷都傻眼了，他老人家有点儿接受不了自己这个女婿的变化——他变成了一个飞在天上的人，再也不是那个蹲在小平房的铁皮屋顶上借着日光读书的可怜小孩了。

我的姑姑则用了好久才平静下来，终于接受了自己地面的生活。

在张帆决定前往美国时，我的姑姑特意赶到北京去给他送行，张帆自然没时间招待我的姑姑，姑姑就一个人在北京大学旁的小宾馆待了三天。她每天看着那些模样青涩的学生情侣进进出出竟然有了点儿羡慕的心情。终于在第四天晚上，我的姑父气喘吁吁地来到了宾馆，他进门就对我的姑姑说："宝琳，对不起呀，没商量一下我就要去美国了。还有呀，我只能待在这里十五分钟，我的学生还在等着我。对了，能给我喝口水吗？我好渴啊。"

松
—

我的姑姑就递给张帆水杯，水杯里漂浮着一层碧绿的茶叶——都是姑姑特意带来的，也是张帆喜欢的。张帆喝了一大口晾凉的温茶水，然后长出一口气，他说："最后和你说件事，我这一趟去美国真的不知道要多久，"他又瞅了瞅手表，计算着和我姑姑交谈的时间，"实在对不起，我真的快没有时间了。我想说的是，如果我五年后也回不来，咱俩就离婚吧。是我对不起你，是我让你等太久了。"

我的姑姑就哭了，我的姑姑邓宝琳告诉我，这是她这辈子倒数第二次哭，最后一次自然是我爷爷去世。然后又过了五年，他们俩终于离婚了。

最终决定离婚时，我的姑父终于抽空从美国回来办妥手续。其实如果政策允许，他本来打算找人代办的，他的研究又到了关键一步，他就总是也抽不开身。当姑父时隔五年再次踏上祖国的大地时，首都机场崭新漂亮的T3航站楼让他有些迷茫——他抽不出时间来探望我的爷爷，来看望他的孩子，他却能在离婚的间隙临时决定参加一场北京召开的学术会议。

可他几乎认不出北京来了，也是在实验室待得太久的缘故吧，他一时间竟接受不了北京天上那轮更明朗的太阳。然后终于又一周后，我阔别已久的姑父张帆回到了他远在中国东北边陲的家乡。

既然离婚了，姑父就约姑姑去江边走一走。松花江——这座小城最著名的地方——他已经十多年没来过这里了，这是两人分手前的最后一次约会。结婚的头两年姑父还没去北京时，两个人几乎周周都来江边散散步，天还热树还绿的时候，坐着渡轮去江心岛的公园踏青，天冷了就望着渐渐结冰的江面发呆，这几乎成了一个仪式。最后一次完成这个仪式让姑姑的婚姻显得有始有终，十五年过去了，松花江还是一刻不停地流向俄罗斯的大地，美丽的俄罗斯，不属于我们熟知的任何一块地域，它广袤又神秘，那里有伏尔加和毛发旺盛的姑娘。

姑父拎了两绿瓶啤酒过来，他起开盖子，敬了我姑一瓶酒。太阳消失不见了，远方是漆黑的夜空和暗淡星星，"我的故乡在那里，"姑父指着天边说，他已经喝醉了。

"光帆飞船，反重力飞碟，核动力飞机，你不懂这些，"他说，"我会离开这里，离开北京，离开美国，去另一个谁也无法想象的新世界。我是哥伦布，我是伽利略，我是张帆。"

姑姑喝多了酒，那时候她的脸皮还很薄，带着细小的绒毛，酒液给她的脸染上了一层细腻的红色。邓宝琳的心里涌起了无限的委屈："我还没老呢，我还这样年轻漂亮呢，你就不要我了。等你走了，飞去天的那边了，我第二天就找个更好的。"

姑父就嘿嘿嘿地笑了起来，他想摸一摸姑姑的头发，可是姑姑躲开了。姑夫把手里的那瓶酒抵住喉咙，他咕噜咕噜地咽酒，转眼间就吹掉一瓶酒，"你不许找别人，"他说，"我永远是孩子们的爸爸。"

4

想来我还曾见过那艘尚在建造中的宇航飞盘"麦肯锡"号。那时张帆刚来美国不到一年，他安顿好了自己，竟不知道从哪里又挤出了时间，邀请我们一家作为家属去美国做客。这是我姑姑这辈子第一次也是最后一次出国。我的爷爷那时候还在世，他本打算一口回绝张帆的邀请，可他老人家后来又对我们说："我实在不稀罕美国人的东西，也不想见那个无情无义的张帆。不过宝琳倒是应该带着孩子去见他们的父亲，不然他们就要忘记爸爸的样子了。"

我的爷爷做了20年出租车司机，他本来是电轮机厂的工人，后来自谋出路用积蓄攒了一辆车。我们家条件确实一般，但一直也在温饱线之上。而张帆就惨多了，他爸爸下岗后又染上了酒瘾，一家人都没有什么收入，然而张帆极聪明，他居然真的考上了北京大学。

"张帆他本来就不属于这里。"姑姑说。那年她落榜了，我的爸爸则当兵去了，我爷爷准备的学费一时间无处可去，姑姑劝我爷爷把钱交给张帆，资助他上学。我记得很清楚，每年6000块钱，要准备一共24000块钱。

姑姑说："爸爸你相信我，他应该飞在天上的，他不应该被困在这里。他以后一定要做大事的。"

爷爷决定去见见张帆，他摸清了张帆的地址，准备亲自上门和张帆的爹谈谈两个孩子的事情。那年很奇怪，九月天就开始变冷了，后来又有人贪了下岗工人们的包烧费，那个冬天大家过得很苦。爷爷说他家那间小屋子冷极了，张帆的妈裹着一层厚棉被躺在床上睡觉，张帆的爹拎着一筐蜂窝煤进来了，大多都是那种极细极碎的煤砟子。

然后，这是爷爷第一次见到张帆。张帆那时又高又瘦的，他穿着一件灰色的毛衣夹着一本书躺在他家的铁皮房顶上读。铁皮屋顶上架着一架飞机模型，爷爷注视了这架飞机模型五分钟，他分明看到这架飞机"吱吱"响着，就真的飞了起来。也许张帆的书后藏着一个破电视机改装的遥控器，天晓得他是怎么做到的。

张帆的爹就走了过来，他被机器伤到过大腿，左腿比右腿短了半截——医生告诉他，他这一辈子只能有张帆一个儿子了。他用手指夹起一颗煤砟子，掷中了张帆的书——这意思是催他下来吃晚饭——父子俩已经三年没说过话了。

"老邓，咱们晚上一定喝两盅，"他爹拍着我爷爷的肩膀说道。

爷爷观察了一会儿他们家，真可谓家徒四壁。张帆他爹歪戴着一顶皮帽子，脸上光滑得像一块肥皂，爷爷就摆了摆手，婉拒了张帆爹的邀请。爷爷拉住他爹的手，塞给他一个厚信封，里面装着6000元钱，爷爷说：

"这是第一年的学费，明年暑假你让张帆回家来，我给他第二年的学费，等到毕业的前一年让张帆和我家闺女结婚，这就是第三年，你明白吗？"

张帆他爹还想说点儿啥，可是张帆他妈一屁股爬起来了，"就这么定了！"她说。

我姑姑和姑父的亲事就这么定了。

去往美国要坐六个小时的飞机，这种新式飞机的动力也是张帆设计的反重力装置——他研究这个研究了小十年——和普通飞机不同，只要它的电磁驱动引力场核心还完整，它就不可能坠毁。我和姑姑都知道，张帆有这个天赋，他可以把一切匍匐在地上的东西折腾在空中。

我的爷爷当了一辈子出租车司机，拉了无数次到机场的活儿，可他老人家从没有坐过一次飞机。他是在姑父邀请我们全家去美国的两年后去世的，去世前他紧紧握住姑姑的手，对我姑姑嘱咐着："宝琳，往后日子再怎么难，也不要被人看低了，人只要活着就都很难，那个张帆的执念太重了，他其实并不见得很快乐吧。"

张帆快不快乐我不知道，现在我的姑姑的确很伤心。NASA做好了最坏的打算，张帆的告别录像正在电视上播出。"厄运星"——专家们为那颗"星际炸弹"命名了——还在追着他们屁股后面跑，的确是厄运，"麦肯锡"号又尝试了加速，它短暂地脱离了地球的轨道，可是厄运星居然也同时加速了。NASA的技术官感叹道，这是一种无聊的戏耍，可是却着实有效，船上即将出现的十三名牺牲者警醒了我们，我们还不具有接触广袤和未知的宇宙的实力与觉悟。从此人类不敢轻易飞出我们的星系了。

星海的另一边不仅有探索与自由，还有未知的危险与悲怆的牺牲。

这是一场全球直播：前面的人告别离开了充当直播间的船舱，后面轮到张帆了。张帆流了眼泪。我的姑姑也跟着流出眼泪，真的是一场厄运，它将永远夺走姑姑的孩子们的爸爸，夺走姑姑的爱人。然后张帆开始做告别演说，他说着流利的英语，和三十年前那个穿着灰色毛衣躺在屋顶看书的高瘦青年判若两人，字幕告诉我们，张帆在感谢他的祖国中国，感谢他的老师和学生们，感谢两个国家给了他充足的时间和经费去做他想做的事情，他以自己的一生为豪，最后，他希望全球合力破解厄运星的谜团，不要因为眼前的小小挫折就放弃了无垠的星河，他大声地呼吁各国继续投放经费支持他未竟的事业——伟大的宇宙物理学。

　　总之，在生命的最后一刻，张帆只字未提他的家人，也没提我姑姑邓宝琳和他的一儿一女。

5

　　有天早上姑姑和我说她梦见张帆了。我说："姑，咱别折腾了，我联系不上美国那边，张帆已经离开咱们了。"姑姑说："不，他不能丢下我，是你爷爷供他上的大学，他应该爱我的。"我说："姑，你也说了，他属于天上，不属于这里，忘了他吧。"

　　针对厄运星的分析结果是在昨天早上出来的，街头巷尾都在讨论这个事情。
　　我的姑父张帆在临时为他额外增加的一通电视讲话里说：
　　"厄运星的远距 X 光扫射报结果显示，它真的就是一颗普普通通的小行星，只不过不断辐射着中子波，是不是可以排除了外来文明的恶作剧这一可能呢？我认为还不能，我屁股后面这块天体也许是自然形成的，起码在人类的语境里是这样的——一块天生奇石，就像中国神话里的孙悟空一样。然而不要忘记了，我的朋友们，地球生命目前不也是可以被认为是宇宙自发生成的某种奇妙石头吗？我们是碳做的，它是硅做的，仅此而已。
　　没人知道躲在奇妙宇宙背后的真相是什么。
　　与其说这是宇宙对人类的惩罚，我更情愿认为这是种人类从来未遇到过的奇特天文现象。"
　　张帆的最后一通电视讲话就结束了。之后转接直播黑屏了好久，主持人解释说那是 NASA 方面在针对姑父的发言进行讨论，又一段长长的时间后直播终于恢复了，NASA 终于为这颗厄运星盖棺定论：没人知道是谁把厄运星扔进柯伊伯带的，也没人知道那里还有过多少厄运星存在，我们只知道它十分危险。除了张帆的想法，专家们还是提供了其他几个猜想：
　　（一）这颗星星是超远古时代星际海战的遗存，一种隐秘使用的杀伤武器。
　　（二）这是古代的太阳系生物为了防卫我们的家园投放的，这是一个警告，外面很危险，不要随便乱跑，我们所有人都待在家里就好了。
　　也许厄运星的确代表了对未知的天外世界的恐惧，这是一条太阳系的先驱们营造的看不见的界河，以此为界，它隔绝了江水的南岸和北岸——就是让别人进不来，我们也出不去。因为怕毁灭，怕掉进河里，所以我们不敢迈出那一步。

这座东北城市衰退得很快，30年前的它和现在并没有什么区别，我为我的家乡而伤悲。不像北京，不像上海，不像华盛顿，它们吞噬着最有活力最富创造力的年轻人，把他们变为自身的血肉，然后变得越来越庞大，越来越健壮。我家乡的历史也像极了我的生活，一切都是按照我父亲一般的循环往复，一切都如往昔一样难以期待。今年我恋上了一个家在吉林的姑娘，她在银行工作，她有着娇嫩的笑容，是东北女孩令人欢喜的笑容，我打算全心全意地爱她，这是我为自己找到的归宿。等我毕业之后我俩就准备回到我家那边工作，因为那里房价更便宜。生于斯，长于斯，死于斯，这就是陷入时间陷阱的包括我的这座城市的居民的一生。

还记得我七岁那年第一次见到"麦肯锡"号的情景，我受张帆的邀请来到它的面前，那时它还是一座半成品，银灰色的钢筋龙骨十分辉煌，它的钢铁骨骼中间有一颗灶黑色的圆球，是飞机上反重力装置的放大版本。

想来那是我最后一次见到活着的张帆。他右手搂着他的一对儿女，左手搂着我的姑姑，古典的黄色美人假装欣赏着周围的什么，没人知道她在那位丈夫的怀抱里想着什么。那么后来是什么让姑姑同意放弃了和张帆的婚姻呢？也许和我的理由相同，选择那种生活太苦了，飞上天的代价只有张帆才能忍受，这也是我佩服他，愿意继续称呼他为姑父的原因。

多年后我最终选择结束了北漂的生活，带着女友回到了家乡，无比安分地向生活举旗投降。

生活和爱情一样难以琢磨，现在生活让姑父遇到了苦难，不，也许只是延续他幼时的苦难。未来的张帆只能永远绕着地球加速，无法降落，也无法远离，他以为离开东北这座小城就可以在天上自由自在地翱翔，可是他错了。他现在如果后悔也晚了。

张帆向我们一家介绍说："'麦肯锡'号上将来会搭载三个小小的逃生飞艇，这是一道安全保险，是七起载人航天事故的反思。"在姑父讲解的时候，我趁着他们不注意爬进了飞盘里，反重力球没有运转，未来这里激发的特种电磁场会逆向转化成拥有负性引力波的反重力场，这是张帆一辈子的成果，张帆控制了人间的引力，他让我们都避免下坠。重力球黑黝黝的，流转着玻璃一样的质感和光芒，我只是好奇地看了它两眼，我另有一个宏图要实现，我顺着飞碟的龙骨攀爬而上，小脚丫蹬着或突出或下垂的卡扣和小横截面。一个工人发现了我，他并没有揭发我，他笑了笑抱起我。蓝眼睛的美国工人抱着我登上了一台悬挂在飞盘旁的单人电梯上，我嘿嘿嘿地笑了。我看到我的爸爸惊讶地看着登上"麦肯锡"号顶端的我，那里是一个未造好的金属平台。工人生着金色汗毛的胳膊把我举起，这里就是范登堡空军基地装配大楼的最高点。

我的爸爸，还有我的姑父和他的妻子孩子们，他们就都变得像小蚂蚁一样。爬高的心愿得以实现让我咯咯咯地笑个不停。这一天我们作为张帆的亲人和家属受邀从万里之外的古老中国来到这里。托张帆的福，一群最普通不过的中国老百姓得以在这个陌生而神秘的异国世界短暂地逗留，不是军方代表也不是什么大领导，这在范登堡军事基地尚是首次。这是美国对珍贵人才张帆的器重，我们那些天在这个陌生的世界看得眼睛都花了，他们就一齐期待我们把所见所闻带回中国，记者随时都能准备好，我们会告诉大家，他，张帆，终于飞跃了那条江，终于飞在天上了。

6

"这是一场伟大的牺牲。"NASA 为张帆的无私举动盖棺定论。

姑姑呆呆地坐在电视前，NASA 刚刚宣布了张帆的结局。为了保全同行的其他十二人的生命，NASA 的"麦肯锡"号随行科学技术官张帆决定弹射出仓，他将尝试通过救生小艇引开厄运星。

这绝不是自杀，张帆会把反重力引擎维持在一个相对合理的消耗，靠恒星的辐射就能补充消散的能量，而且依旧能够利用路过行星的引力不断加速。他将携带他认为足够的物资出发，就算不冬眠的话，张帆也有时间、有能力、有希望到达真正的太阳系外，踏入真正的银河。

NASA 再三确认了张帆的提议，他们经过一周的会议后同意了张帆的请求。不光是美国民众们议论纷纷，全世界都沸腾了，张帆用他盖世无双的壮举为"麦肯锡"号的危机画上了一个句号。

"他是一位伟大的英雄，他无愧于太空先驱者的名号。"NASA 的一名官员哽咽着说道。

"我要去柯伊伯带外看看，厄运星将追随我而去，我一辈子都与厄运相伴，唯一的好运就是遇到了你，宝琳。"

这是姑姑对我说的，她说她原样复述了张帆的遗言。邓宝琳说张帆最后给她打了电话。我当然认为这是姑姑的妄想，我嗤笑了一下："没听说在太空还能打电话的。"

姑姑不理我，她继续说："你姑父说他服下了冷冻胶囊，其实服不服也没有什么区别，他并不打算活那么久，那艘逃生艇的速度特别快，"姑姑边说边挥舞手臂，似乎要用胳臂给这"快"做一个形象的描述，"不到三个月，他将亲眼看到本星系群外的景象，他说他要见识见识太阳系的那条界河的外面到底是什么，是另一片璀璨的宇宙还是空无一人的虚无呢？不管是什么，那是真正的天那边的景象。那时候再多的厄运星跟着他也无所谓了。"

可最后姑姑还是哭了，她错了，这才是她这辈子最后一次哭泣。

姑姑说："我打电话只是想问他，当年为什么要去美国，为什么要抛弃我们。"

然而这答案显而易见，其实根本不用张帆回答。

在电话里的姑父说："宝琳，我走了，无论如何好好活下去，抱歉让你等了这么久，可是我真的想看看外面的世界。"

这就是他对我的姑姑说的最后一句话。

而无论如何，这就是这个短小故事的尾声了。

邓宝琳说的煞有介事，她嘴里不断冒出我陌生的航天术语，我不知道她是昏了头还是难过疯了。我也十分难过，我不知道这件事情就这样了结到底是好还是不好：姑父的同事们的命保住了，姑姑获得了最好的鼓励，这个世界平安无虞，继续马不停蹄地运转着，我的姑父也终于如愿以偿，不管付出了怎样的代价，他获得了前往天尽头的能力。

有那么一瞬间我相信了姑姑所说的。

因为这一切总在我的梦里出现，在这座城市的孩子们的梦里出现：

那是一位戴着护目镜穿着飞行员皮夹克的男孩子。他的身后披着两扇老式喷气式飞机的假翅膀。松花江的江水滔滔向前，一望无际，流向未知的天空。他开始助跑，越跑越快，越跑越快。然后他腾空跃起，屁股后面冒出突突突的白色尾气，接着他就开始飞跃松花江……

我的家在东北松花江上

齐　然

　　我的外公外婆是松花江轮渡公司的工人，他们和接班售票的妈妈带给我关于松花江的第一个印象：或草绿或天蓝的火轮渡，冒着浓烟，和着纯洁又汹涌的江水，有些矛盾又永远谐趣统一地一往无前。

　　我希望我的人生也可以这样一往无前。

　　直到人生的某一天，我开始尝试进行书写。

　　我编造虚构文本，妄图成为小说家，我醒悟，那些看似纯美的虚构本质是对一些逝去回忆的再幻想，进而编造成一支神话：因为我爱我的故乡，所以我要书写它。

　　几乎每个人都爱自己的故乡。

　　爱江边的垂柳，爱俄罗斯式的黄墙餐厅，爱流动冰激凌车，爱筒子楼里的外公外婆，爱和女孩第一次约会时，女孩晃动的白皙的踩江水后湿漉漉的双脚。这些回忆浓缩成牢不可破的晶体一样的实质，辉映着一些注定失去的东西：生命，感情，一些好时间，转而构成人类故事那坚固玻璃般反射光芒的小小雏形。

　　齐然，写作新人，医学在读博士，目前生活在上海，喜欢写科幻小说，2021年于《科幻世界》发表首篇作品《飞跃松花江》。

陕西

钟楼丢了

魏雅华

一　开篇

那是一个风和日丽的早晨，我坐在 1 路电车里，电车正在从钟楼盘道上经过，车身轻轻地摇晃着，线路卡头在跳着蓝色的火花。

我从车内伸出头来，欣赏着美丽的钟楼。

我身后有两个姑娘，一路上热烈地争论着，那声音不断地吹进我的耳朵。争论的中心是"什么是最理想的工作？"

那个胖乎乎的姑娘触景生情，面对着钟楼大发感慨："哎，萍萍，你看！"她的手向钟楼下指去。

钟楼下，和煦的阳光里坐着一位少妇，藤椅旁放着一杯茶，手里在织着一件细绒毛线衫。

"这才是最理想的工作呢，萍萍！"两个姑娘的头都从车里伸出来，羡慕不已地望着那织毛衣的少妇，"管理钟楼，多好呀，又轻松，又干净，又闲散，又省心。"

那个叫萍萍的姑娘秀气多了，刘海儿下面一对乌黑发亮的大眼睛，声音又响又脆："可不，钟楼多好管，没长腿，不会跑。再说，那么大个头儿，谁也偷不走呀。"接着便是一串一个女高音、一个女中音二重唱般的笑声。

这是 1980 年除夕说的话。

可有谁能想到，有那么一天，钟楼真的丢了！谁说钟楼没腿？

故事就从这儿起头。

二　钟楼丢了

那一年的秋天，唐城一觉醒来，睁开睡眼，不禁大吃一惊：钟楼不见了！

东、西、南、北四条大街，车流、人流顶着头挤在钟楼盘道四周，全不走了。

唐城人，人人揪住了胸口。

钟楼，这是唐城人心头的一块肉，几百年来它世世代代雄踞在市中心，成为唐城之冠。它巍峨壮美，雄姿英发，它是唐城的骄傲、唐城的光荣、唐城的市徽、唐城的象征！可是，这块心头肉，却被人不声不响、干净利落地一刀剜走了！

唐城是举世闻名的文化古城，中华民族光辉文明的发源地。有四千年文字记载的历史上，唐城璀璨夺目，光艳照人。十三代帝王之都，千年文明古城。只要一提到唐城，人们就想到那古色古香的钟楼、声闻于天的鼓楼、万石丛生的碑林、庄重威严的雁塔……尤其是钟楼，它是唐城的第一名胜啊！

老太太们怒冲冲地用拐杖跺着人行道上的砖石，颤巍巍地骂着，心里犹自不信。孩子们却从人丛中拼命往里钻，小伙子们觉得稀罕，姑娘们感到害怕。老头子们从小汽车里钻出来，他们不信：该不是弄错了吧？是不是他们的眼睛都出了毛病？不是昨天还好端端地站在那里吗？

站在街心的人都怀疑自己的眼睛，从东大街一眼可以看到西大街，从南大街一眼可以看到北大街。原来，那美丽的钟楼像一道女儿墙，像一扇秀美的屏风，忽然一下没了，空空荡荡的，人们是多么不习惯！

交通秩序乱得一塌糊涂，所有的道路全挤满了各种颜色的汽车，警察也无能为力，只好站在路边看着，任凭那些汽车喇叭去乱吼乱叫。

大街小巷全都一样，哪里都被小汽车堵得水泄不通，人们都在朝天上看，像是那里有一座钟楼。我想，要是唐城受到一颗氢弹的袭击，它所能引起的震动怕也不过如此。

鸟瞰唐城，可真是"万头攒动"！那天早上，我站在邮电大楼顶上，手里端着照相机，信不信由你，一个小小的钟楼盘道，整整挤下了一万多人！

钟楼哪里去了？

人们在地面上寻找痕迹。原来钟楼的地基和四条大街一样，铺着很好的沥青路面，立着各种车道的标志栏杆，像是原来一直就是如此，从来就没有过什么钟楼。谁能知道，这里到底发生了什么？

我极目远眺，环顾唐城，只见所有的高层建筑上的窗户都打开了，个个窗口都爬满了人，每个阳台上都挤满了人，都在满城地寻找钟楼。

朝阳冉冉升起，晨曦在染红天际，淡蓝色的薄雾在渐渐散去，邮电大楼的大钟响了，一群白鸽鼓翼而去。它使我想起了栖息在钟楼上的几千只黑燕。它们，也跟钟楼一起飞了？

……我知道它在哪里。还是由我来揭开这个谜吧。

三　画眉

这个故事让我从头讲起：

我的名字读者可能都知道，叫李牧，《市场报》的记者。从去年冬天起，我患了一种严重的眼疾——"视网膜脱落"，医生要我离职休养，母亲就把我送到了她的老家——唐城来了，住在我舅舅的家里。

我的舅舅现任唐城市副市长，他的名字大家都熟悉，我就不说了。他有两个孩子，名字都很有趣，他姓画，儿子叫画笔，女儿叫画眉。都比我小，不用说，一个表妹，一个表弟，都很可爱。姐姐画眉本来是学钢琴的，偏偏被导演看中，成了电影演员。弟弟也是个小有名气的记者，就在《唐城晚报》工作。

在这个家庭，画眉是深受宠爱的掌上明珠，不仅因为她美丽非凡、聪颖无比，而且是因为她生性快乐、爱唱善跳。她一回来，家里立刻变得热闹非凡，歌声、笑声、叫声、闹声不绝于耳，用弟弟的话说："她一回来，家里就像往雀儿窝里戳了一棍！"

她一走，家里便立刻冷清了。

我呢，因为害着眼病，不能看书看报，得经常闭目养神，过着像盲人一样的生活，整天在家里听音乐。时间长了，不知怎么的，耳朵灵起来了，一听脚步声就知道来人是谁。

画眉的脚步声急促而轻盈，小碎步，连走带跑，多用脚尖，很少用全脚掌着地，脚步声中有清脆的牛皮后跟叩击声。

而市长则不同，沉重而缓慢，每步都踏得很实在，像在用力踩实虚土，像是每一步都在思考，都包含着一个小逻辑：命题、推理、逻辑、结论……

市长夫人呢，总是轻手轻脚，像是怕吓着谁，好像她枕边的小囡刚睡着，又像是她所用的东西都是玻璃做的，一不小心就会打碎。她从来不穿硬底鞋。那脚步呢，像是在薄冰上走路，唯恐脚一重会掉下去，或者把地踩个窟窿。

画笔呢，他的脚步是另一种风格：像是个迟到的学生，每到门边还要犹豫一下，像是羞羞答答地不敢进来，又像是怕进去了老师会打他手心。

在这样一个家里，画眉是舅舅、舅妈的心肝宝贝，哪天要回来晚一点儿，便急着打电话四处去找，要是手上脚上让蚊子叮了一口，也要心疼几天。

近来我发现舅舅、舅妈都有些心事，我知道是为了什么，可大家都不说，我也不便问。

有天傍晚，我坐在阳台上欣赏收音机里的女声独唱，听到屋里画眉和舅妈在轻声争执什么，又听到舅舅呵斥了几句。

等了一会儿，只见画眉嘟着嘴从里屋出来，也上了阳台，关了门，坐在我对面听音乐，那脸上却分明有气。我刚想问她，她却"扑哧"一声又笑了，跑回去了。她妈还在门里边生气，她趴在她耳朵根说了句什么，那气氛立刻变了。什么事儿都没了。

四　石默

第三天是星期日，早上一起来我就发觉家里气氛有异样：全家动手，搞得里里外外，窗明几净，一尘不染。

"家里要来客人？"我问画笔，他笑而不答，挤挤眼睛，做个鬼脸。

门口的电铃响了，外卖送来了网上预约的对虾、嫩鸡、鲤鱼、肥鸭……反正是一大堆，都是干干净净的。

我悄悄地问画眉："他要来？"

她脸上飞起一朵红云，笑笑，不响。

我又问了："什么模样儿？先介绍介绍，吹个风儿。"

她鼻子一耸，眼一挤："个子不高不低，脸蛋儿不黑不白，身材不胖不瘦，眉毛不粗不削，眼睛不大不小，鼻子不左不右，嘴唇不薄不厚。怎么样，表哥，够形象的吧？"又是"扑哧"一笑。

神了。真鬼！

电报大楼上的大钟，铛铛地打了 10 下，那大钟的余音还萦绕于耳。"叮咚……"有人按门铃。

"请进！"一声清脆的喊声从里屋飞向大门。

立刻，从四个门框伸出了四个脑袋，一齐盯着大门。只有老头子正襟危坐，不失身份。老头子咳嗽了一声，两个脑袋缩了回去，只剩下我和画眉的脑袋还伸出门外。

门开了，大门口果然出现了一个不高不低、不胖不瘦、不黑不白的小伙子，左手一捧鲜花，右手几包糖果。

画眉迎上前去，接过手里的东西，把小伙子带进客厅。

老头子放下报纸，摘掉眼镜。小伙子深鞠一躬，叫了声伯父、伯母。老太太先乐了："坐，坐。"

画眉的那双眼睛却挨个儿观察每个家庭成员的脸色。

我呢，就坐在对面，从容不迫地打量他。画眉的形容真是十分形象，再没有更合适的字眼儿来形容他了。

小伙子还没开口，画眉先喊喊喳喳地叫开了："石默，听清楚了吧，他叫石默。可不是做电池棒、铅笔芯的石墨，是沉默的默。他呀，就像石头一样沉默。"

小伙子腼腆地一笑，算是默认。

"做什么工作？"老头子发问了。

"木工。"进门以来的第一句话。

老头子暗暗吃了一惊。我们呢，齐转向画眉。每双眼睛里都是："？"。

画眉一笑："电影制片厂的木工，鲁班师傅，手艺不错。"

老太太的脸色立刻变了。眼睛里的"？"变成了"！"，转身向里屋走去。

老头子却还沉得住气："小伙子，什么学校毕业？"

"中学。"

"为什么没上大学？"

"考不取。"

"成绩不好？"

"对。"

老头子安详地笑笑，也进了里屋。

画眉一看形势不妙，打开电视机，调到音乐频道，放着小提琴协奏曲，让气氛轻松一下，给石默倒了杯茶，然后也赶快进了里屋。

老头子脸色铁青，老婆子铁青脸色。

画眉一进里屋，老婆子立刻打开消防水龙头，直冲过来："瞎了眼的！给你介绍了多少，工程师、博士，至少都是留学生，临了，木工。哼，我家里可不缺家具。"

老头子的话可简单了："告诉他，我们不准备再见他第二面了。去吧，听话！"

"爸爸，你不能这样看人，他有真才实学！"画眉快哭出来了。

"真才实学？何以见得？凭什么来证明？他有多大本事？哼！"老头子冷笑了两声，"他能把钟楼搬走？"

"你说什么？爸爸。"

"我说，他莫非能把钟楼搬走？"

"能！他能！"画眉斩钉截铁地说。

"你说什么，画眉？"现在，轮到老头子吃惊了。

"我说，他能把钟楼搬走！"一句无心的话却被有心的人给抓住了。"爸爸，你说，你说话算不算话？"画眉抓住不放。

"哈哈，好主意！"不知什么时候，画笔也跟进来了，"把钟楼搬走！搬搬看吧，姐姐。爸爸成天为这事焦心哪！"

画眉气极了，扑过去抓下画笔的帽子，在画笔的背上就打了两下。画笔抱住脑袋："姐姐，别拿我出气，我说的可是好话呀。"

我也开口了："别打他，画眉，他的主意不坏。"

画笔得意了："姐姐，你让我说呀，上次城建局开会我去了，钟楼坐落在东西南北四条大街的十字路口，现在唐城已经拥有 300 万辆小汽车，平均每 1.92 人一辆，钟楼盘道每小时流量达 15000 车次，平均每分钟即达 250 车次，交通的繁忙可想而知，钟楼一带一到上下班高峰就闹'肠梗阻'，立体交叉口无法施工，高架电车不能通过，要能让它搬个家，不但是当务之急，还真是个建筑学上的壮举呢。"

画眉认真了："爸爸，是不是他说的这样？"

老头子点了点头。

画眉跑出房间，一把抓来了石默，说："石默，你说，如果让你把钟楼搬走，换个地方，你能办到吗？"

石默抬起头来，巡视了一番屋里的人，所有的人都意味深长地盯着他。他明白了，这不是开玩笑，这是挑战！

石默坚定地点了点头。

画眉走到爸爸面前，直视着父亲的双眼："爸爸，您说话算数吗？"

父亲也坚定地点了点头。

画眉走到我面前："表哥，你做证人。"

我照样点了点头，也怪坚定的。

老头子走到石默面前："这可不是个一般的工程，石默。"

小伙子特矜持地笑了笑。

老头子说："钟楼是国务院重点保护文物，是国宝，是唐城的标志性建筑，搬动的条件是不可损坏一砖一瓦，原样搬走，不是拆迁。你明白吗？"

"明白！"石默接着说，"这种巨型建筑搬迁，古代就已经有过。1455 年，意大利波伦亚城的一座钟楼被搬迁了 10.5 米。1978 年 4 月，莫斯科高尔基大街上的《劳动报》社的五层大楼，被推走了 33 米……"

所有人都在惊讶地看着他，对于这样一个突发性的问题，他居然胸有成竹，对答如流，看来这个人还真有点儿学问。

市长说："而钟楼要南迁 1500 米，从这个意义上说，是个创纪录的数字，在国内也还是第一次。还有，迁移的方法恐怕要用古典的方法，因为搬迁费用不能超过建造费用的 20%，而且只能用市建筑公司的现有设备。"

"可以。"他回答得那样自信。

老头子显然被感动了，他握了握石默的手："你先把设计方案送来，交专家们审查，如果真有水平，我可以建议他们通过答辩，以你的学术水平授予你应当获得的学位和职称。"

"谢谢您。我可以走了吗？"

"可以。"画眉抢着回答了，她抓住石默的手，"我送你。"

"吃了饭再走，饺子馅都拌好了。"老太婆好心地说，"这饺子你一定没吃过，是'樱桃饺子'。"

"伯母，留到搬走了钟楼那天再吃。"

画笔乐了："要真有那天呀，"他指指食品柜，"那里还放着两瓶茅台呢！"

小伙子大步走到柜子前，拿起那两瓶茅台酒，看了看，说："饺子不吃了，这酒就给我留着吧！"

五 好事多磨

一个月后的一个夜晚，我独自坐在阳台上，和往常一样在听着音乐。现在只凭一个乐句，我就可以判断出是舒伯特还是莫扎特，是肖邦还是贝多芬了。

一辆小汽车开进了车棚，从那沉稳的发动机声和轻轻的刹车声，我可以知道，是画眉的那辆玫瑰红的小轿车。

"砰"，车门关上了，两个人的脚步声拾级而上，一个是画眉，另一个自然是石默。那脚步声穿过客厅上了楼，往右一拐，进了画眉的书房。

不一会儿，我听见画眉轻手轻脚地向厨房间走去，是找吃的？……是去取咖啡壶。我听见她猫手猫脚地又回去了。

老太太没出来，我知道那是在生画眉的气，嫌她最近每天回来得太晚，老头子照例是不出来的。

快到午夜了，我没有什么睡意，望着满天繁星，闻着楼下飘来的浓郁的玫瑰花香，听着秋虫絮叫，想着我的心事，构思酝酿着新的作品……

走廊上又有了脚步声，那是画眉在送走客人，走下楼梯，穿过客厅，那皮鞋底又开始敲击着花园里鹅卵石铺成的小路了。

一会儿，小轿车又从车库开出，径直向大门去了。

我听到那铁栅门关上的叩击声，画眉又回来了。我知道，明天一早，那辆车又会在巷口花坛旁的柳荫下等她，送她去电影城上班。

奇怪，那轻盈的脚步声向我的房间来了，在门口站住了。

……她怎么不进来？

她显然在门外偷听。我悄悄朝门口走去，猛地拉开门，她吓了一跳，叫出声来。我一把把她拉了进来。

"走了？"我问她。

她红着脸点点头。

"进行得怎么样？"

"城建局那些老头子不通过。"

我们坐了下来："设计方案有问题？"

"可谁也指不出哪里有错误呀。"

"怕担责任？"

"就是。谁也不肯签字。"

"对石默信不过？"

"我看有这个因素。他们根本不了解石默。我了解他，他可刻苦着呢。你不知道，他住的那屋子，半房子书。他是没上过建筑学院，可要是有人推荐，他准能教建筑学，特别是古建筑，可有研究呢。"

"你父亲的态度怎么样？"

"他呀，不屑一顾，白眼仁看人。"

"官僚！"我气愤地说。

话音未落，居然有人开腔了，不知什么时候，市长大人竟然出现在我的房门口。

"别背后骂人呀！"我们俩都吓了一跳。

"睡觉去，城建局专家组下星期二请石默去答辩。"

画眉吐了吐舌头，做了个鬼脸跑了。

六 中秋赏月

时间过得真快，转瞬已是中秋。我和舅舅一家坐在客厅里为一件事争执不下。原来，面眉带回一张石默的明信片，上面写着：

　　伯父大人：

　　　如有雅兴，请明晚同登钟楼赏月。

石默

而明晚，正是搬迁钟楼动工之日。

"不去！"舅妈勃然大怒，"叫老头子去冒这险？塌下来怎么办？哼，没轻没重，没大没小！"

"妈。"画眉急了，"没把握人家敢请他？再说了，是爸爸跟人家打的赌呀。"

"你再说，还没嫁出去就向着人家啦，没心没肝的！"

"你！"画眉脸涨得通红，"呜"的一声，哭开了。

这下老太婆可急了："别哭，别哭，去，去，咱们全家都去，行不行？"

我先笑了："画眉，你这一哭可真灵呀。"

画眉跑过来，朝我背上就是两拳："叫你再笑我，你笑！"

我更加忍俊不禁，乐不可支……笑完了，我说："说真的，你们都别去，我去，我代表全家。要是市长大人在楼上，工程队敢施工吗？我去最合适，报社记者，理应躬冒矢石，如何？"

画眉："表哥，我陪你。"

我忙说："不，你别去，我爱笑，怕挨你的打。哎哟，脊梁骨都打错位了。

画眉，你手下留点儿情，表哥还没对象呢！"

"活该，叫你贫嘴！"

……

中秋之夜，说到便到。

天上，玉兔娇丽。地下，月华如水。

正逢中秋，我和石默坐在钟楼之上，推开万格窗棂，对月品茗。

脚下，机器轰鸣，施工已经开始。

电报大楼，钟敲九响。

石默打开我送来的那瓶茅台，斟满一杯。那杯中酒高出杯面，靠着表面张力，才未溢出来。石默指着清香扑鼻的美酒对我说："如果这杯酒今天晚上洒出一滴，我甘愿锒铛入狱，领略铁窗滋味。"

我削好一个苹果，递给石默："怎么样，记者招待会，现在开始？"

他接过苹果，咬了一口，笑着说："李哥，别逗了，我一个小木匠，开什么记者招待会，咱俩'杀一盘'吧。"

这话正中下怀，我说："我跟你下蒙目棋。"

他说："我可下不了蒙目棋，还是睁着眼睛下吧。"

我嘴里念着棋步，眼睛看着钟楼，我在仔细地看横木顶弯是否真的不会有纹丝震动。

楼下，一部巨大的掘进机正在剥离地基，并且，不断地用组合钢轨推进挖空的地段，再用几十个一组的液压千斤顶把它支撑起来……

"将军！"石默哈哈大笑。我大吃一惊，眼睛不禁一扫棋盘。他中炮压顶，二车交错，"大胆穿心"之势已成，"绝杀"之局既定，掐着鼻子也救不活了。

他满斟一杯，端到我面前，我一饮而尽。

电报大楼，钟敲十响。

我说："你不下去看看？"

他指指那杯酒："我一直在看着。"

大理石桌面上，那杯酒纹丝不动，平滑如镜。

我站起身来，在地毯上走了几步。

他说："钟楼自重 12075.456 吨。我们应当感谢我们的祖先，钟楼的设计是一件建筑学上的杰作，它结构完美，应力分布非常均衡，均衡的程度令人吃惊，东西南北四面、八个方向，正负误差在百万分之一左右，全部砖木结构，不用一个铁钉。所以，我才敢于承担这项工程。"

"你是胸有成竹的。"我赞叹了。话还没有说完，他用手制止我，说："你听！"

松
—

楼下传来了轻盈而急促的脚步声，谁？

那脚步声在铺着地毯的木楼梯上拾级而上。

我闻声知人。

二十秒后，一个包着纱巾的头出现在楼梯口的木栏杆旁。

"你怎么来了，画眉？"小木匠抱怨地说。

"我怎么不能来？"市长千金一步两阶地蹦上楼来。

"你不怕'轰隆'一声，钟楼塌了？"我故意说。

"那怕什么，我不正好坐在土山顶上？"她脸色潮红，微喘着气，一张笑靥左顾右盼。

我们三个人都笑了。小木匠笑得最响。

"我爸、我妈、我弟都来了。看，那不是！"

顺着她的手看去，一辆浅米色的汽车停在邮电大楼顶上。

"啊，好自在，你们还在下棋哪！"看到桌上的棋画眉叫了起来。

我说："你看，画眉。这钟楼上琴棋书画，样样俱全哪！"

她说："琴在哪儿？"

我说："那不是？"

一张红木古式长条琴案上，一张古筝一尘不染。

"呀，多好的筝！"画眉惊叫起来。

我说："怎么样，弹一曲吧。"

她果然情不自禁地在那古青花瓷凳上坐了下来，伸手去拨那琴弦。

我拦住了她："这可不行。古代弹琴有个规矩：先斋戒三天，再沐浴更衣，焚香祈祷，然后才能鸣筝。"

她说："我可是从来不吃肉的素食者，斋戒就不用了吧！这你知道。"

"可你吃鱼，吃鸡蛋。"

"那不算数。我刚洗了澡，换了新衣服，不信您瞧。"

我这才注意到，果然是的，一件米色尼龙衫，一头秀发刚刚洗过，还未干，松松披在脑后，还散发着檀香皂味，一件雪白的涤纶衬衣，米色丝绸筒裤，白丝袜，白高跟牛皮鞋。线缝笔挺，干干净净，清清爽爽。

我说："那好，来吧，焚香，磕头。"

正中一张案上，有一个小巧的兽头青铜香炉，铜绿斑驳，旁边还有线香。看那线香，却是玫瑰香水香。

画眉这可高兴了，当真端过香炉，向我要了激光点火器，把香点着，插在香炉里，端着问我："拜谁呀，这儿可没有神像。"

我端过一张瓷凳，往上一坐，两腿一盘，合掌闭目："拜我吧。如来佛祖。"

画眉笑了，啐我一口："呸！要我拜你，先剃头去！"

她眼睛巡视一番："拜月亮吧，哎，对了，焚香拜月。"

她打开窗门，让那一天银波奔涌进来，然后把那楠木香案摆在玉水之中，香炉放好，那香烟千姿万态、轻轻款款、懒懒散散、飘飘而去……

画眉手持红香，端坐在那蒲团之上，眼含明月，身披白纱。看那天上，银泉玉波，奔泻如瀑。正在此时，电报大楼的大钟敲响音点，月漫大地，声闻于天……

不知怎的，我的心中忽然涌出两行诗来：

　　　月中人似雪，雪中人似月。

画眉恭恭敬敬地拜了三拜。

拜完了，她站起身来，在古筝案前坐下，伸出纤纤细指在筝上弹拨了一下……那音色，真美！

我不由得又想起白居易的《琵琶行》中两句诗来：

　　　转轴拨弦三两声，未成曲调先有情。

楼下，机器在轰鸣着，电焊的光芒在白色的粉壁上一明一灭，那些支撑的钢架在强大的电流中对焊。

筝声在钟楼的穹顶内共鸣，在这共鸣腔内谐振，我在这块古香古色的地毯上踱步。放眼看去，琉璃碧翠，画栋流丹，4根17米高的擎天大柱，壮美无比。我不禁由衷地赞叹："美哉，钟楼！壮哉，钟楼！"

筝声叮咚，电焊噼啪，机器轰隆。那筝声像是这部交响乐的主旋律，那轰鸣像是这筝声的壮丽和声……

看石默时，他像是闭着眼睛在欣赏音乐；再细看时，我才发现，他的目光正眯缝着凝聚在那杯酒上，像在期待什么……

"当、当……"电报大楼的钟声响了十二下。

我发觉，当钟响第一下的时候，那杯酒和石默一起抖了一下。我和画眉一齐霍地站了起来……

"弹筝！"石默动也不动，那声音却像是射出的枪弹，严厉而坚决！

画眉又坐下了，坐得那么沉重，像是一下失去了支撑。

酒面又荡漾了一下，波纹乱了。

"弹筝！"石默又一次重复他的命令，强硬的、冷酷的、不可抗拒的命令！

画眉的一双手纵揽筝弦，发出了暴风雨般的音响，手指在丝弦上飞蹦跳跃，如狂风急而、山洪骤发，如千军万马呐喊厮杀，真有"银瓶乍破水浆迸，铁骑突出刀枪鸣"的气势……

那酒面渐渐地平静下来，波纹从酒面与杯口的交界处被扩散、吸收了。我松了一口气。一动不动的石默，嘴角上有了笑意，他从口袋里摸出手绢，擦了擦手心里的冷汗。

筝声转而明丽，像是风住雨歇，云隙里撒下万缕金线，雨过天晴，又是鸟语花香了……

石默疲乏地说："现在，钟楼已经被托起腾空，与地基完全剥离了……"我看他时，他那神态使我想起经过剧烈阵痛、刚刚生过孩子的产妇。

"高度？"

"30 厘米。这是这项工程最大的难关。钟楼建成之后，整个结构都处在力平衡状态；搬移时，首先必须在理论上和实践上，对这些力做出准确的估计和分析。大楼托起时，这 200 个等距离安装的液压千斤顶的液压启动阀，必须同步工作才不致使钟楼的座基发生歪曲、倾斜而产生裂纹……"

"那么，你是怎样保证它们同步工作的呢？"

"它们的液压压力用电子计算机自动反馈补偿，压力差小于每平方厘米1 克。"

筝声在欢快地响着，如小溪淙淙，如山泉叮咚……

"你看。"石默指着那洞开的两扇门外。

远远的大路上，宽阔的南大街路面，排排钢轨闪着亮光的景象是一河银水。钟楼连同支撑座在四百个滚子组成的滚动运输装置上，将通过这些钢轨前往下马陵（今柏树林）新址，与碑林毗邻。按照城市建设规划，碑林区将保持古代唐城的风貌。钟楼将成为这个区的中心。

一道强大的探照灯光注射进钟楼。石默站起身来，喜悦地说："百吨液压驱动车来了。"

这座庞然的钢铁怪物从北大街缓缓驶来，在邮电大楼前停下，伸出它那一堵墙一样的巨大推力头，升高、张开。推力头上装着足有半米厚的大块橡皮，它慢慢地将钟楼，一点一点地压紧了……

筝声戛然而止。画眉站起身来，用双手捂住眼睛。

"怎么，害怕了？"石默轻轻搂住画眉的肩。画眉抬起头来，依偎在石默胸前："有一点儿。"

看着这一对恋人，我的心里有一种难以表述的滋味，我情不自禁地想起我曾爱过的那个姑娘，那个手持八角鼓、唱京韵大鼓的北京女孩，她现在在哪儿呢?

液压驱动车的吼声从响亮变成沉闷、强劲,"吭、吭、吭、吭……"有节奏地吼叫着。

"弹筝吧,画眉。"石默轻轻地说。

画眉微微顿首,又在案前坐下,捋了捋鬓发,定了定心,又开始"大珠小珠落玉盘"了……

液压驱动车的吼声轻松起来,那声音不再是"吭、吭、吭、吭……"了,而是"刚、刚、刚、刚……"了。

钟楼下传来了一阵阵钢铁碾轧声。石默如释重负地吐出一口气:"驱动了!"

是的,我可以感受到这种轻轻的颤动,桌上的酒杯边缘又有了新的波纹,钟楼在克服了它巨大的静摩擦之后,徐徐起步了。

钟楼的底座十分坚固,呈正方形,高 8.6 米,宽 35.5 米,座基面积达1377.64 平方米。全部用明代青砖砌成,四面正中各有高 6 米的图形门洞,现在都已经用巨木支撑加固,基座外部用钢筋扎紧。探视器的荧光屏在严密地监视着底座内部裂缝的产生、生长情况。

我站在琴案前问画眉:"想跟你爸爸说话吗?"

她脑袋一歪,点点头。

我打开视频电话,拨了拨号码。很快出现了市长的笑容。

画眉:"爸爸,你听,我在弹筝。"

市长笑容可掬:"听到了,听到了,整个施工指挥部都在欣赏你的独奏。"

画眉:"你明白筝声的含意吗?"

市长:"明白,明白。'烽火连三月,家书抵万金。'对不?"

画眉想说什么,话到嘴边,脸红了一下,又咽回去了。

市长显然看得很清楚:"画眉,你想说什么?"

画眉含笑看了石默一眼,欲言又止:"爸爸,没忘记你说的话吧?"

市长哈哈大笑,他说:"没忘,没忘!我和你妈祝福你们!告诉石默,明天早上,我在家里为他设宴庆功!"

画眉欢呼了一声。

七　钟楼

凌晨 4 点,钟楼 4 个小时移动了 1500 米(地基早已打好),顺利落地。

我们三人站在石栏杆前,眺望唐城之夜。

从钟楼 1384 年诞生(明洪武十七年)起,600 年后是第二次搬迁了。它原降生在当时唐城的纵横轴心一街与东西大街的交叉点上。1582年（明万历十年），是200年后，迁至东西、南北大街交叉点。400年后的今天，又搬迁到碑林新址。

这次搬迁，为了不造成严重的交通障碍，工程进行得非常迅速，从夜间9点开始，到凌晨4点竣工，共7个小时。钟楼旧址填土、压乎、铺设沥青路面，仅花了一个多小时。天亮之前，吸尘车已经将施工现场和这经道路打扫得干干净净。

这次搬迁，事前严格保密，避免围观、拥挤，造成施工现场混乱，这是外科手术前必要的麻醉。要知道，唐城人是很关心这座钟楼的。稍一走漏风声，说不定会奔走相告，万人空巷，倾城而至。到那时候，维持秩序比施工还要费劲。所以，钟楼从地面升起到推走，是在凌晨0点到4点之间完成的，是在唐城人的梦乡之中进行的。想到这里，我不由得微笑起来，可以想象得出天亮之后，唐城人睁开睡眼，那张惊讶的面孔，那双惊异的眼睛！

神秘的做法让这项工程蒙上了神奇的色彩。

我抚摸着钟楼西北角上的那口大钟，这口钟已经被不知多少人的手摸亮了，清晰的铭文使人想起那古老的东方文明。

唐城，东方文明的奇珍异宝呵！在欧洲，只有古罗马的名字可以和你媲美。古代唐城，那是像古长城、埃及金字塔一样古老的文明啊！

我们的祖先曾经是世界的拓荒者，曾经创造出举世无双的东方文明。古唐城，它曾经是世界王冠上的明珠，难道说古唐城的后裔，不能创造出更灿烂的文明，使唐城重新在东方放射异彩？！

面对古城，我双手送上我最美好的祝愿！

尾　声

年近除夕，唐城下了今年第一场瑞雪。

我的眼疾已经痊愈，归心似箭，思家心切。表弟亲自驾驶他的"空中面包车"送我回京。这是一种轻型飞机，它开上公路之后，便将折叠着的双翼展开，滑跑四五十米后便凌空而起了，飞机可乘坐五六人，供家庭使用，可跑可飞，所以深受用户欢迎，已经是家庭必备的了。

养病一年，我对唐城眷恋甚深。表弟驾车让我再一次游览、鸟瞰唐城市容。

一夜小雪，撒下万点碎玉，朝阳初升，染红万顷蓝天。绕城一周的护城河，已结了薄冰，几只快艇像是被冻在河面上了。

从飞机上看下去，唐城古城墙气势不凡，是国内首屈一指、绝无仅有的了。

钟楼旧址现在已经变成一座宏伟壮美的现代化立体交叉路口，它向四面八方吐出9层22条公路，最上一层是悬挂的高架单轨电车，它放射状地通向草滩、枣园、曲江、灞桥等地。第214层是有轨飞机专用道路，维五、六层是高速公路，第719层是东西南北四条大街的飞桥。沿着大街，排排法国梧桐亭亭如盖，条条青坪绿草如茵。

人们更喜欢在远郊居住，因为那里修建别墅的费用较低，而且空气清新，人们不再由于郊区交通不便或眷恋繁华而龟缩市区了。

在东城，最引人注目的是省科学会堂那宏伟的、别具一格的建筑，它像一艘古代战船，坐北朝南张开五面巨大的无桅风帆，在它的拱形屋顶的船舱里，坐落着中国科学院唐城分院，省、市科技局，出版集团，少年宫，青年宫，天文馆，地质馆，机械馆……航空俱乐部，航海俱乐部，宇航俱乐部……宇航员之家，科学家之家……

西城，最引人注目的是唐城文化中心，它比曾经显赫一时的兴庆宫公园占地面积还要大三倍，主楼有72层之高，包括一座亚洲第一流的藏书楼、歌剧院、舞剧院、音乐厅、书画研究会、美术宫、文艺沙龙、作家协会、音乐家协会、美术家协会、戏剧家协会、舞蹈家协会……星聚云集，荟萃城西。

放眼东南，像是盛唐古都，钟楼鼎盛，碑林苍翠，古槐参天，松柏成荫，晨钟暮鼓，南呼北应。近处茶肆酒楼，远处小巷深深，书画人家，风雅仕女。商城风采，凝集碑林。

一阵微风，蜡梅送香，铃声叮咚，飞檐之下，铜狮威武，琉璃之上，金碧辉煌。怎不叫人怀古凭吊，心驰神往？

远眺西北，国际贸易中心如两座对峙的巨型纪念碑，它高达172层，内有24000个房间，下设可以同时容纳30000辆小汽车的停车场。

市区内拥有超级市场75处，电视发射台16座。各种文化娱乐、体育设施150余所。

"古都大厦"已改为市科协招待所，它与新建的"唐城宾馆"相比，已经只能用作车马小栈了。

城南是大学城，由50余所高校和几十个研究院组成，拥有二三十万名在校的大学生和研究生，五座原子能反应堆，两个商业卫星发射场，两个通信卫星发射场。

城东是纺织城。近几年来，20余家纺织厂已转入服装行业，由于量体裁衣和定作制度使这个行业变成了新兴的劳动密集型行业。

北郊是航空城，飞机制造业大大兴旺，私人飞机拥有量在年年增加，有点儿供不应求，订货多是直升机和轻型游览机。铁路却连年亏损，每况愈下。铁路局已经制定了发展有轨飞机的"穿山甲"战略计划，决心与空中公共汽车大肆竞争，一决雌雄。

最令人吃惊的是卫星城的崛起，大有压倒唐城之势。这些新兴城市大都依山傍水，风景优美，气候宜人，系旅游、避暑胜地，无烟工业来势迅猛，使唐城不得不把市区建设作为头等大事来抓。

由于唐城的人烟稠密区人口外流严重，唐城市政府已经决定采取措施吸引和争取郊区、农村人口入城，维持唐城市区最适当的人口密度。

再见吧，古都唐城！

唐城是我的第二故乡，离别之际，依恋之情难禁。我再一次鸟瞰古城。一群白鸽扑扑飞起，带着鸽哨在蓝天上翱翔，它唤起了我对于童年的许多美好的记忆……

连成五座的西五台，如狮蹲虎踞，雄视古城，琉璃瓦上白雪斑驳，那巨大的睡佛已重塑金身，香烟缭绕，鼓乐悠扬，另是一番气象。这使我依稀记起童稚时期母亲给我买的念珠和玉锁……

再见吧，古城！

再见吧，画眉！

再见吧，钟楼！

我是听着西安钟楼的钟声长大的

魏雅华

　　我是听着西安钟楼的钟声长大的。每天，我一睁开眼睛，就能够听到钟楼那悠扬的、优雅的钟声。在西安的天空中如同潺潺的溪水一般流淌。我曾经不止一次登上过钟楼，用手抚摸那古老的用纯铜铸造的大钟。

　　那口钟的名字叫景云铜钟。景云铜钟是唐代为景龙观所铸之青铜钟，国家一级文物。中国首批禁止出国（境）展览文物，被称为"天下第一名钟"，世界名钟之一。该钟原名"景龙观钟"，开元年间改"景龙观"为"迎祥观"，故又称"迎祥观钟"。后悬挂于西安钟楼。

　　景云钟的钟声，苍凉而沉重。它在用它的身体为我们讲述西安的古老的文化和悠久的历史。

　　1982年的秋天。共青团西安市委向西安交通大学发出邀请。西安交通大学派遣我和十几位同事，到钟楼上去把钟楼打扮起来，迎接那一年的国庆。我在钟楼上整整工作了15天。

　　古老的钟楼内部有木质结构的房间。在钟楼的楼梯上爬上爬下，那种感觉已经过去了几十年。可我如今还历历在目，恍如昨日。

　　在钟楼上鸟瞰西安市的东、西、南、北四条大街。古老的美，无法用文字来叙述。

　　西安钟楼位于西安市中心，明城墙内东、西、南、北四条大街的交汇处，也许正是这种感觉，给了我创作《钟楼丢了》的灵感。如果有一天早晨。西安的市民忽然发现。他们心中那座神圣的钟楼丢了呢，下来又会发生些什么？这个想法在我的心头挥之不去。让我冲动到无法自已。

　　钟楼在历史上曾经搬迁过不止一次。它兴建于明太祖洪武十七年（1384年），初建于今广济街口，与鼓楼相对，明神宗万历十年（1582年）整体迁移于今址。多么伟大的工程啊！即使现在，我们做得到吗？如果把钟楼小心翼翼地拆除，尽可能地保护好它原来的木质结构的每个构件。然后按它原来的样子，用原来的材料重新建起来，也许不太困难。我们的很多保护性的古建筑都是这样搬迁的。

可是在这个过程中，不可避免地会有许多损害。我们能不能把这座古建筑原封不动地从地平面上向前移动呢？这是一个非常诱人的想法。

要把一座古代的建筑，原封不动地完好地迁移四五百米。这该是多么了不起的工程呀！

为了验证这个想法，我对钟楼进行了仔细的考量。

钟楼建在方型基座之上，为砖木结构，重楼三层檐，四角攒顶的形式，总高 36 米，占地面积 1377 平方米。

钟楼建成 198 年后，经历了一场整体搬迁。这次东迁与西安城市发展的东扩有关，钟楼二楼西墙上，嵌有一方《钟楼东迁歌》碑，记述了这座巨大建筑整体迁移的过程。钟楼初建时的位置在西大街以北广济街口的迎祥观，与南北城门正对，是城市的中心。这一位置正在唐长安城的中轴线上，也是五代、宋、元时长安城的中心。其后的 200 年间，西安城不断扩建，位于迎祥观的钟楼便日益显得偏离城市中心。明神宗万历十年（1582 年），由巡抚御使龚懋贤主持，将钟楼整体迁移于今址，成为一座缩毂东西、呼应南北的轴心建筑。

今天的钟楼越发壮丽宏伟。可它又确实对西安市的交通构成了堵塞，造成了市中心的衰落和城市的空心化。这是我们所不想看到的。所以将钟楼迁移至西安市的南门处，靠近碑林就成为一个非常好的选择。这样的事情迟早都会发生。

这就是我创作这篇小说的初衷。

魏雅华，陕西西安人。1978年开始发表作品，为中国科幻文坛最有争议的科幻作家，其作品《温柔之乡的梦》《神奇的瞳孔》《丢失的梦》曾数次被中国作家协会所办的《作品与争鸣》转载。现从事专业文学创作，为专业作家、时政经济评论家，陕西电视台经济频道评论员。又为国内200多家报纸刊物的经济、文化专栏作家，特邀记者。

江西

离人张

鲁般

1

有半小时了吧，张江生就这样站在雨里，没有打伞。

深春依旧见冷，特别是在迎风的山南，他唯有件深灰色的薄外套挡寒，如今前襟和后背湿了大半，他倒也不觉得凉，依旧抬头傻看着那些昏晦无垠的云，从那里降下的雨随风飘扬，落在远处的山丘、江边，脚下的草地、石阶，他的睫毛从小便被人夸似女人的纤密，却仍挡不住有几滴落进眼眶，带着有别于泪的一阵阵痒。

这是张江生这辈子第一次见到雨，在他出生的火星，莫说下雨，连这颜色的云都没见过，从前所有关于雨的印象，都来自从地球来的新闻图片和电影里的情节，当然，还有他的母亲——从小听她讲的关于故乡的种种，地名、街道、菜肴和风景，张江生现今能记清的，唯有丰饶的江河雨水，南方多雨，母亲总是用这个词来介绍她名字的由来。

他还记得，很小的时候常被父母带去参加火星基地老乡会的活动，早年那里的人时常会聊起故乡入夏多雨好发洪水，发起来如何恐怖，连山都能冲垮，但后来这样的故事也没人说了，实施移民计划60多年，最早从地球迁移来的人都老得不记事了，更别说他这一代出生在火星的，都自诩是"新人类"，从不把地球挂在嘴边。水作为移民署划列的一级战略资源，从地球人移民火星那天起就一直都按需按时分配，所以即使知道雨是怎么一回事，但这样"从天而降"的好事，他敢说懂得，却又不怎么懂得。

不知道是不是因为这个缘故，移民署汇编的小学语文教材很早就教了"雨"字。张江生记得当时课堂上放了十多分钟各类雨水的影片，从喧嚣的台风到绵延的梅雨，总之都是火星上从未有过的景致，还配上了相应的词句：滂沱大雨，春雨淅沥。张江生虽记得，但活了近二十年，从没真的说上一回，以至于当第一滴，紧接着第二滴雨落在他额头时，他都恍然不觉，直到身边有人喊起"下雨了"，是听到"雨"这个字，让他的身体不受控制猛地颤了一下，继而才抬起头，这样看了许久，直到浑身湿透，雨水落进眼眶，又从眼角滑出。

别人不懂，只觉得他是在哭，但在瀛上，哭是最正常的事，因而也无人阻拦，这座城市有一半的人都葬在这里，今天只是又多了一个。

雨落下时，葬礼已几近结束，盖棺，填土，正碑，上香，奉祭，礼乐，颂唱，一个多小时的规定流程，从前前后后站了些人，到如今只剩零星几个，离张江生最近的，是几个同样不怕雨淋蹲在地上抽烟聊闲天的，这些人都是八仙，从前特指葬礼上负责抬棺刨土干体力活的，但到如今因为仪式简化，已经尽数包办了，照理他们已经能走了，但不知道因为什么又被留了下来。

留他们的是张江生的姐姐张榕，此时正撑着伞朝他走过来。

姐弟汇集的地方是一个正对着墓碑的斜坡，有两排断头的石阶，他站在最高处，可以俯瞰大半个墓园，濒上临水临江，加上这细雨蒸腾出的白雾萦绕，隐去了其他色彩，目光所及的世界，就如同整片一望无际的滩涂，灰白的墓碑矗立其中，显得孤寂又肃穆。

"怎么不躲一下？"

没等弟弟回答，张榕直接把撑伞的手肘抬高，将他揽进了伞内，因为二人几乎一般高，倒也算不上费力。

突然被遮住视线，张江生才缓过神来，刚想说句谢谢，却又被姐姐抢着问道："这不好淋雨的，你不知道吗？"

这不是她第一次抢话，原先只觉得是因为负责操持整个葬礼，前后忙碌难免性急，但如今看来，这似乎就是她的性子。虽说是姐弟，但压根不算熟悉，从前只在母亲与外公的视频通话里偶尔看见过，而今才是第一次正式见面。张榕是在地球出生的，当初父母亲决定移民火星时，她还未满三岁，因为长时间宇宙飞行会严重影响发育，甚至危及生命，只能被迫留下由外公照顾，而这些年过去，她也早已变成那个照顾外公的人。

顺着姐姐的目光，张江生垂下头，看着被捧在手里用白花裱了一圈的相框，8寸的黑白人像，此刻已经被雨痕隔断成清晰又模糊的一道一道。

张榕从外套口袋里掏出了纸巾，由上至下小心擦拭，因为托着相框，张江生可以全然感觉到姐姐手指的每下用力，一旦擦到那张面庞的部分，力道就变得格外轻柔，完全像是在抚摸，或者进行一场精细的手术，没来由地，张江生跟着屏住呼吸，动也不敢动。

好在有玻璃阻隔，相片倒也无碍，这一通结束，张江生才终于有开口的机会："抱歉。"

张榕看了弟弟一眼，脸上也并没有多少指责的意味，转而也学着张江生刚才那般抬头看了看天，雨势渐大，只一瞬的功夫便有几滴落了眼睛，她奋力眨了眨，又急忙用手揉了揉。

"呀——"她极小声地说了句什么，像是半截方言里的脏话，顾及着张江生，她并没有真的说完便转了话题，"刚才发什么呆，喊你都听不到。"

再次对视，张江生猝然注意到那对瞳孔边积蓄着大片血丝晕开的红，是刚才揉的，还是连日忙累的，他无法确定，但他心底更倾向于后者。自他抵达地球，回到故乡的那一刻起，这个岁数比自己大不了多少的姐姐便总在忙碌，而他们的对话，几乎都是简短直白的问答："去吃饭""好的""下楼""嗯""请的八仙到了我去接一下""知道了"。整场葬礼从筹备到执行，都是姐姐大包大揽，运筹帷幄，而张江生就像棋盘上的一卒，全然是听吩咐办事，每句话每个字都指向明确，不需要思考就能回答。

如今这句，倒是罕见地需要想想。

"在，看雨。"虽然听起来很蠢，但张江生还是选择了说实话。

"雨？"张榕愣了愣，脸上闪过那么一瞬的迟疑，"噢。"

火星上没有雨，这是小孩都知道的事。

"第一次看见雨啊。"

"是。"

"那感觉怎么样？"

又是一个需要思忖的问题。

被伞遮住了一半的视线，张江生只能看到被雨水浇灌的墓园，一块块整齐排布的墓碑矗立在灰蒙中，像一个个不撑伞也不说话的人，雨滑过他们的背脊，落入大地，最终消于泥土的浑浊，就这样不见了。化气成雨，一路奔赴，可一旦抵达，它就不再是雨了，只是满地湿润中那污秽的一部分，比起抬头望去它开场时遮天蔽日的澎湃，眼前的结局寒酸得只叫人可惜。

觉得可惜……张江生不知道哪里来的这样的念头，睹物生情，在他眼里一直是诗人、艺术家才有的本事，而他向来是个没有太多心思的人。或许是父母刻意培养，又或者是从小到大火星基地大开发的宣传教育，他读的是理工科，学的是时下最热门的开采自动化，莫说艺术细胞，自毕业后他连本像样的小说都没读完过，如今会这样伤怀，唯一的解释便是习惯了火星上注重水资源，连一杯咖啡都按毫升计价的生活。

"就……觉得很浪费，这么多水，就这样倒在地上。"

说罢，便听到姐姐的一声轻笑，他不知道哪里好笑，但也跟着笑了一声，按理，这里是不该有笑声的，好在有涛涛的雨声遮掩，倒也没人发觉和在意。说来，比起之前制式的快问快答，这好像还是姐弟俩第一次像模像样的说话。

张江生刚想再问点儿什么，墓碑那边便有人朝他们招了招手。

最先反应过来的，是聚在一起抽烟的那几个八仙，他们尽数掐灭了烟头，擦了擦从额头到手臂上的水珠，一个个跑过去又冒雨忙活起来。

"过去吧，等他们布置完，你还要再鞠个躬。"张榕将伞前倾了些，好让弟弟手里的相框不淋雨。

"好。"对话，又回到了简单的问答。

张江生小心地步下台阶，双手的姿势也从托举变成了环抱，照片不能淋雨，这是刚学的一课。

他低垂着头，密切注意着被牢牢护住的玻璃镜面。那张他无比熟悉，如今却已经晦暗的脸，印象中又细又软的长发，被洗印成了黑色的一团，越是细看，越觉得到处不对，修过的脸对称得格外生硬，笑容也不自然，就连眼睛也看不出往日的神采。总之，透着一种他无从解释的陌生，仿佛是另一个人。

但印在右下角的名字，和墓碑上相同的刻文却又都是铁证。

顾南雨，他的母亲，今天葬在这里的人，承载她肉身的盒子与张江生一同穿越上亿公里来到故乡，即将和这些穿越万米高空落地的雨一道迎来结局。

一旦抵达，她就不再是她了，只是满地湿润中那污秽的一部分，是这样才觉得可惜吗？

张江生突然立在原地，再次昂头看向了乌云席卷的天空。

"怎么了？"身侧的张榕也跟着停住了。

"没什么。"

"南方多雨，这种时节，总下的。"

"嗯，是啊。"

张江生点了点头，雨水顺势又进了眼睛，护着相框的手臂，恍然感到透骨的寒，母亲的墓碑不远处，是她的父亲和母亲。

2

那晚，张江生再次梦到了母亲，还是那间灯光昏暗的特殊看护病房，近乎原模原样的场景，依次沿墙壁排开的病床，每张上都躺着人，都是同一起辐射泄漏事件的受害者，按照新闻里说的一共有二十多位，但病床的数量却要更多。那起事故发生得太突然，张江生和母亲居住的 2 号基地因为老旧，采用的还是移民计划最初的防护遮罩，用来维持气压和温度的隔离层突然破了口，就在母亲经营的早餐店旁边，临近的居住舱立刻自动下闸封闭，里面的人都来不及反应，生路就被堵死了。为防再出事，移民署迁出了所有老基地的居民，也兴师动众搞了事故调查。

"非常不幸"，这是负责的长官在事故发布会上的陈词，意思是已经出事了，就只能这样了，这件事最后一次上新闻，是移民署和闹事的家属达成协议，政府提供额外赔偿，承担全部后续医疗，所以才有了这间统一安排的病房。

张江生和其他亲属一样，每周可以集中探望一次，每次半小时。但张江生发现，即使是探望期间，整个病房也是极安静的，大家都不怎么开口讲话。或许也是实在不知道该说些什么吧，面对一个注定死去，也知道自己即将死去的人，对谈，并不是一件容易的事。母亲因为虚弱，说话也费力气，张江生只好自顾自说自己的事。比如自己的学业，技能认证考试，比如他已经取得了特派资格，再有一轮面试就可以加入第六期移民计划，前往待开发的泰坦星①。在外星移民潮最初的十几年，这还算得上是件足够荣耀的事，人们热衷在太阳系四处探险，这样征服新大陆的哥伦布自然会被认作英雄。比如张江生的父亲作为第二批火星特派移民代表，还受邀去首次在月球举办的奥运会传递过火炬。但如今，这个特派，看起来更像是一份相对体面的工作，一个新的星球被开发，就意味着新的政府，新的工作，新的淘金热，许多人都会蜂拥而至，顶着特派的名头，不过是捧着铁饭碗过去，开始的时候拿得多些，住得好些，其他就再没有了。

"还是，任期制吧。"

母亲当时靠着枕头，上半身斜倚着，说话的时候连带喘了好几口气，她努力想要看清楚自己的儿子，可眼睛已经不那么好了，隔着防护服那层厚重又满是褶皱的涂层，只能勉强识得轮廓，不知道为什么，明明是拿来分享的好事，可说的人，和听的人，都不怎么高兴。

"嗯。"

"几年？"

"一样，八年。"

一样，指的是和父亲一样，八年不能离任，虽然有假期，但每个自然年只有一个月，根本不够往返地球，也就注定了八年不能回家，所以一般都会携家带口。母亲就是这样跟着父亲去了火星，开了早餐店，生了张江生这个"火星人"。

"那，能见到你爸爸。"

"他是木卫二②的特派，不是泰坦星。"

母亲迟疑了好一阵，才缓缓点了点头："是哦……还有两年。"

张江生愣了很久，便也没再说些什么。不知道从什么时候开始，母亲的记忆也随着病情变得不太稳定，她完全忘记自己的丈夫已经病故在了前往木卫二的飞船上，还依旧在数着父亲的任期。

像父亲那样早期开始的特派，几乎都是一个任期接着下一个任期。他负责的又是基础建工，和搭桥修楼一样，一旦落成，就接着奔赴下一处工地。只是母亲不愿再跟着，理由嘛，自然是儿子到了读书的年纪不适宜奔波。其实如今

---

① 即土卫六，是环绕土星运行的一颗卫星，是土星卫星中最大的一个，也是太阳系第二大的卫星。

② 木卫二在1610年被伽利略发现，是木星的第六颗已知卫星，是木星的第四大卫星，其表面被冰层覆盖，底层是一片海洋。

想来，母亲是想借此劝解父亲不要接下这份工作，但父亲顶着开荒英雄的光环，一直心系远方，大概是吵过几架不愿再吵了，也就一走了之了。张江生记得出发那天，火星基地举行了盛大的欢送典礼，还弄了礼花表演，但母亲既没有参加，也不许张江生去看，那一整个下午，他都只能隔着卧室小小的舷窗，看到些大气中透出的朦胧闪光。

这段对话会反复出现在梦里，大概是因为这是最后一次母亲还清醒的对话。后来因为辐射引发的癌性疼痛加剧，她服镇定药的次数更加频繁，每天都昏昏沉沉，清醒的时间极少。病房里的其他人情况也都差不多，后来陆陆续续有人离世，床位逐渐减少，偌大的病房就更加冷清了，无人言语，看望，就真的只剩下傻傻地看着。

"到时候，我想葬在老家呢。"

弥留之际，这是母亲唯一念叨的话。有时张江生也想通过那些梦，弄清自己当时是否确切答应过母亲。因为他记得更多的时候，他都在低着头沉默，究竟是何时下定决心，如何做出选择，这一幕在梦中反复数回，他也依旧没能回忆起来。

但在这个真实世界里，他照做了，他把母亲带回了地球。这并不是一件容易的事，辐射事故的遇难者遗骸如果亲属要带回，必须自费进行污染处理。因为还涉及带回地球，申报的流程就更复杂了。说实话，当张江生拿到那袋被装在透明塑封盒里、贴着生化实验室安全封条的骨灰时，他压根无法将这些处理到近乎褪色的干燥粉末和自己的母亲对应上。他站在那个实验室的走廊里许久未动，保安以为他正难过也未曾上前，但他其实只是有那么一刻的恍惚，他不懂，手里拿着的是什么，亦不懂面对的这一切又是什么。世界在他眼中失真得厉害，甚至难以被称作现实。母亲就这样走了吗？明明如此确定的事，在那一刻却成了需要认真判断的问题。她怎么就走了呢，是怎么走的，那个病房，那张病床，那些有一搭没一搭的话，那个她最后的愿望……大概就是从那一天起，他变得多梦。

叫醒他的，依旧是姐姐，不过因为葬礼已经结束，并没有什么迫在眉睫的事，所以今天她只是敲了敲房门，并没有像往常直接开始吩咐事情：要去登记处登记了，房管局预约了十点，移民署驻南昌办上午要来慰问……回到家乡后的每天，几乎都被她带着，一睁眼便开始忙碌，今早，是唯独的例外。

从床上坐起来的一刻，张江生惯性地撑住了额头，牙关也咬紧了。

"还会疼？"

"嗯，"张江生垂着头，小声说道。

太空旅客常伴的头疼症，在张江生身上体现得很明显。他虽说是人们口中典型的"太空一代"，但虽然生在火星，也不见得对宇宙有多熟悉。这次来地球，才算是第一次正儿八经的长途太空飞行，三个多月的时间，发烧了两回，在月球港落地后又腹泻，好容易抵达地球，又被晨起反复的头疼赖上，几乎没有一天好过。

好在，这种疼痛属于急性官能反应，一般也就持续不到十分钟，在床上坐一会儿，就也挺过去了。每当这时，为了转移注意力，张江生都会用力盯着床对面那一面墙的照片看，那些或彩色或黑白的影像中有各个年纪的父亲、母亲、外公、外婆，还有尚在襁褓中的姐姐，唯独没有自己。是啊，自己是火星人嘛，怎么会在这里留有照片，但他还是巴望着在每一处定格的场景中寻找，自然是徒劳，除却转移注意稍微缓解疼痛，再没有多余的作用。

"我听那些回来的移民说，喝甘草汤管点儿用。"

"不用，"张江生抿了抿嘴，"比……之前好一些了。"

这后半句光听语气，便半真半假，有安慰到谁吗，或许没有。张榕只是点了点头，便离开了张江生的房间，这个曾经属于父母的房间，本能地，她不愿意待在这。

"你就当没我这个爸好了"，这是张榕小时候常听外公训斥母亲的话。隔着屏幕，她能听到母亲的啜泣混杂着弟弟的啼哭。她那时还觉得外公很凶，总是骂人，还扬言不要这个女儿，但随着她逐渐长大，明白移民是怎么回事，她也才清醒，外公和自己才是被抛下的那个。移民计划引发的移民潮，席卷了全球很多城市，激增的岗位，高昂的收入，随处可见的广告片里，那些亿万公里之外的星球上遍地都是黄金。自她懂事起，眼瞧着多少人离开，为了生计，为了梦想，多雨的南昌每天都有人冒雨在移民登记处排队，他们走了，留下了没走的人，空荡的房间，墙上的照片，是他们存在过的佐证。

明白了这些之后，她也不愿意再进到父母的房间。后来外公干脆落了锁，只到了时节年关进去打扫一下，后来老了病了，连这道工序也省了，以至于再次推开房门时，几乎所有的家具都浸染在厚重的尘埃之下，就像火星上那些还未开发的沙漠戈壁，荒芜而苍凉。张榕收拾了整整两天，才勉强到能住人的标准。

"这是，他们的房间吗？"

当时站在房门口的弟弟，手里还恭敬地捧着装着母亲的盒子，可是却不敢进去，那还是他第一次主动询问问题，在这个全然陌生的亲姐姐面前，在这个属于自己的家里，紧张得像个冒昧打扰的客人。

张榕点了点头，和弟弟一齐环顾着父母曾经的房间，于他们而言，这里都有近乎相似的冰冷。

"我收拾过了，不过床没换，"姐姐迟疑了一会儿，"反正也不会用来常住。"

"啊，"张江生愣了愣，又急忙应答，"是，买了下周的回程。"

"好。"

张榕能明显感到弟弟由始至终的拘谨和胆怯，但她也无可奈何。姐弟相见，那本该被激发出的温情，竟也抵不过春雨的寒。从前寥寥数次的视频通讯，母亲也会喊来张江生打个招呼，但那时的他甚至连张正脸都没有，于镜头前一晃而过就当交差。这样想来，自己在镜头的另一端也半斤八两，更多的时候，都是母亲一个人在自顾自说，她一边忙着，一边听着，偶尔的应答，也一如如今弟弟这般简单到只剩下语气助词，嗯，是，啊，这样……她知道母亲是期望她说些什么的，所以也厌恶自己的言简意赅。可说什么呢，一旦看到那张和自己七八分相似，只是更苍老一些的脸，她都会对应上从前外公那些谩骂的话。说到底，她还是最厌恶母亲的，如果他们不离开，如果这个家里一直都住着这样的五口人，或许眼前的房间，会是全世界最热闹的地方，或许这对姐弟，可以无话不谈。

但她早已接受了现实里没有这些如果，以亿为单位的距离，足够消弭那些仅存在血管里的热，这样的陌生是注定的结果，并不是什么需要修正的副作用。特别是从今天起，这个世界上和他们有关系的人，外公、父母，都已经不在了，即使是这所谓的故乡，所谓的家，也不过是被这绵绵细雨浇灌得凌乱不堪，等到他们再次分别，可能就永远不会再有联系。

头疼过去，张江生来到因为堆满杂物拥挤不堪的客厅，看着在餐厅忙着整理的姐姐。

"你的早餐，热好了。"张榕示意了餐桌上汤匙一道放着的铝盒。这些天张江生一直都只吃这种专门定制的食物，大概就是加了特殊酱料的豆制品配上些鸡蛋蔬菜，说是可以帮助缓解太空旅行的并发症，她见过很多即将移民的人，早半年就开始有一搭没一搭地吃。

"好。"

葬礼结束，没有既定要做的事，二人的对话比以往更加干瘪无力，好像不管说起什么，最后都剩下简单的"嗯"，或者机械地点头摇头。

交谈，似乎就只剩下别离这一个主题了，不是吗？

四目相对，依旧是那般持续了十多天的陌生与局促，不过不同往日相看后迅速闪过，张江生的目光落定在了姐姐身上，很明显的，他有话要讲。

"回火星的航班是后天下午，我，明早就出发去月球港。"

"嗯，"张榕点了点头，这是她早就知道的事，"明天，我送你去月球吧。"

"不用，非移民的话进交通中心很麻烦的，"张江生摇了摇头，"我自己换乘一下就好。"

太空交通中心是直通月球港的公共交通枢纽，位于南昌这座城市的西南上空，连接着新开发的空中新城。那里巍峨华丽，一栋栋矗立在云端的建筑群，有无数穿行空中的轨道与地面相连。这座城市有大半人都住在那里，姐弟俩就是在那里第一次碰面，然后驱车一路来到仍处于地面老城的家。

"我，"张榕停下了手里的活儿，她深吸了口气，头也跟着低垂下去，"申请了移民的。"

那一刻，屋子里安静得只剩下从窗外透进来的淅淅沥沥的雨声，夹杂着独属于深春的似有若无的雷鸣，沉闷、高远又空旷，它们和灰蒙的天色一道，构成了整个故乡的具象。

只是站在其中的两人，却早已不属于故乡，理论上来说，今天，会是他们作为家人的最后一天。

"你想吃点儿别的吗？"

因张榕陷入的沉寂，良久后又再次由她打破，只是当她再次抬头看着张江生时，昨天在墓园里那转瞬即逝的笑又回来了，这一次，像是彻底停在了她的脸上，"这些天忙，也没管过你，要不要带你出去吃的？"

"出去？"张江生瞥向那个安放在餐桌上铅灰色的盒子，心中思忖了许久，这是最简单不过的选择题，不过去与不去两种结果，但不知怎的，他不敢去想，也不敢作答。

"走吧，"好在，姐姐没有犹豫，"带伞。"

片刻后，是弟弟利落的回答："好。"

3

这还是张江生第一次正儿八经走在故乡的街道上，踩着湿滑的柏油路，听着在耳畔吵闹的车水马龙。虽然是雨天，但其实压根淋不到几滴，沿路大片大片的梧桐倾倒而下，挡住了从天而降的雨水，叶片与叶片之前缝隙里，是乌云堆叠的低矮天空。

并行的一路，二人各执一伞，没怎么说话，他们中没有人开口继续刚才的话题，这该算是他们姐弟间的第一次默契。

张榕并没怎么指路，但弟弟却似乎也知道方向似的，一步也没有落下，偏偏在一道横桥的中央停住了。河水流经南北，周围都是古建筑群，大片的绿荫映照着被雨水洗刷的红墙绿瓦，甚至还有区别于城市噪声，悠扬飘荡的钟鸣与流水声，从四面八方传来，悉心包裹着这些安静矗立的亭台楼阁。张江生总觉得这一幕在什么地方见过，兴许是通过妈妈带来的照片，抑或是老乡会活动室里的影像，通常，都会搭上一段漫长的需要悉心讲述的历史。这些明显不属于这个时代的建筑，对立统一的红绿相衬，反倒更加契合眼前的烟雨朦胧，应该是很久很久之前就存在的吧，比起头顶新区的轨道交织，比起远处高耸的摩天大楼，比起他，雨中的它们反倒更像是这座城市的故人。

张榕发现弟弟没跟上时，已经走出了五六米远。她看着站在桥中央四处张望的张江生，从烟雨中的楼阁，到桥下的河，他看着源源不断途经的流水，发了好一会儿呆。

"这是长江吗？"他突然望向姐姐，喉结鼓噪了好几下，明显是鼓足了勇气才问的。

姐姐似乎也被这猝然的发问惊着了，先是愣了愣，然后才摇摇头："这是抚河。"

张江生点了点头，又转而指向了更远处，绿荫之外那一大片将城市拦腰分隔的江水："那这个是长江咯。"

"那是它的支流，叫赣江，"张榕看着站在桥上的弟弟，那张脸上好容易凝聚起的期待，溃散成了隐隐的失落。他没见过雨，自然也没真的见过江河，"长江"这个名字，或许听到过无数次，甚至被课本上冠以了母亲的称谓，想到这，张榕又补充了一句："但也算是长江了，要看真正的长江，得去九江，或者武汉才行。"

"很远吗？"

"也不远。"

听到这里，张江生才朝着姐姐的方向走下桥去。接下来的路，是一段漫长的下坡，通过扶梯，转乘下沉平台，那是一个集装箱一般宽大的平台电梯，可以同时容纳接近两百人上下，在赣江两岸一共有二十多个类似的装置，这些……是往返江下城区的主要途径。江下城区是许多年前政府在决议开发空中新城时同期开发的，在赣江之下挖了近四十平方公里，相当于是整个城市的负一楼，目的是给那些因为空中新城开发被迫迁徙，却固执守旧，不愿生活在空中甚至太空中的人集中的居所。因为住着的都是这座城市里的"老人"，所以生活气息是最浓烈的，许多被迫拆迁的花鸟市场，古玩集市陆续都搬到了这里，如此一来反倒成了一个小有名气的景点。在这样一个逢雨的清晨，下沉平台里虽不及假日里火爆，但依旧有不少人穿行，会决定来这儿，其实也是行至抚河畔临时的决定，她很早就有过这个念头，但却又自己将其抹杀掉了，今天，不知怎的，又想这么做了。

等到大门打开，张榕便立刻看向了弟弟，看着他的表情彻底僵住，看着那对瞳孔微微放大，变得一眨不眨，她知道这个从未见过江河的孩子一定会如此，因为浩浩荡荡的江水，就流淌于他的头顶。

江下城区位于江底的区域，都做成了完全透明的穹顶，整条江以及江面倒映的整个城市，乃至更远的日月星辰，就这样平直地铺陈在每个人的眼前。以宽广的河道展开的世界，有湍流的江水，航行的船只，以及泥沙搅动下汹涌的暗潮，所有这一切，和人们就只有一道透明屏障的阻隔，张榕倒不太懂它的材质，只知道虽然看起来像是玻璃，但其实是一种极其坚固抗压的合成材料，还混合了开采自火星的金属。

因为时间尚早，一路上许多商铺都还没正式营业，文玩店、百货店、服饰店、茶厅这些都还在为新的一日做布置。人流大多汇聚到了散落分布的餐厅，特别是早餐店，热腾腾的蒸气从四下涌出，人影幢幢之上是江水的波光粼粼，这一切竟然是这样自然。张江生从没见过这些，火星虽然也有地下城，但其实和地上压根没什么分别，都是一个个四四方方的铁盒，能见到的所有，不过是一扇扇半米见方的窗户外，日复一日的黄沙和戈壁。

"你看看，想吃——"张榕正要发问，却发现张江生已然不在身侧，只是这一次，不是落后几步，而是去到了她的前头。

"这家……"张江生正对着的，是一家早餐铺，正巧位于一个巷道口，没有招牌，也没几个客人，站在几个锅炉中间的，是一个忙活得手忙脚乱的中年男人，他胸前披挂着宽大的格纹围裙，一看就是负责料理的厨师。

张榕走近了弟弟，同样看着眼前这家早餐铺，眼里透着一样的惊诧，只不过弟弟是对着早餐铺，而她，是对着自己的弟弟。

"什么？"她隔了很久，才小声问道。

"吃这家可以吗？"张江生扭过头，看着姐姐，明明是询问，语气里却透着股不常有的坚决。

姐姐没有回答，他们再次迎来了长久的四目相对，只是这次周围不再有雨声遮掩，而是此起彼伏的人声沸腾，人们的欢笑、谈论和咀嚼汇聚成了这座城市流转了千百年的烟火，催生出了一种莫名的、张江生还不曾理解的亲切。

4

姐弟俩在正对着老板的位置坐了下来，虽说也摆了两张凳子，但其实这里压根不算是餐桌，更像是一个长条形，由厨房的操作台延伸出的案板，只约莫二三十厘米宽的空当，再往里就是那几个冒着热气的锅炉，和一堆装在搪瓷罐里颜色浓郁的酱料。张江生只认得其中鲜红的是辣椒，因为在火星的很多个休息日，母亲都会把剁辣椒的活儿安排给放学的自己。看着那些粉碎的颗粒，张江生搭放在桌边的手指本能地颤抖了几下，它们比主人的大脑更先记起辣椒油侵染皮肤的滋味，那是陪伴了张江生几乎整个童年的胀痛。

老板注意到了新到的客人，他最先是看向张榕，眼里闪过一丝诧异，紧接着又笑了起来："你还没走啊，我都以为你已经到那个什么星……对了，你是要移民去哪儿来着？"

老板显然是个粗人，不记得了也不怯，反而笑得更大声了。

"本来要走了，"张榕也跟着笑了笑，"有些事耽误了。"

姐姐口中的事，应该就是母亲的丧仪，按理说申请移民至少也需得半年，资格考试，体检体测，评级定岗，甚至还需要家庭审查，照规定母亲是要受访和签字的。但不论是母亲，还是姐姐自己，都不曾告诉过张江生这件事。按照目前最热门的移民地应该就是张江生打算去的泰坦星，但外公和由外公带大的姐姐，在张江生看来一向是最反感这些的，会做出这样的决定，实在是意料之外，但从姐姐此刻的表情来看，她似乎也不愿意多聊这件事。

"那，吃什么？"老板没再细问，而是直接揭开了沸腾的锅炉，像是早就知道姐姐的打算，只是象征性地询问。

"你说呢，"姐姐显然意会到了这句话没有回答的必要，"两份。"

揉成团的米粉团用长竹筷挑起，快速下锅又快速捞起，接着又倒进满是蘸料的拌碗里，搅拌，添酱，加料，看着米粉与花生、榨菜一同翻滚，最后是几滴香油，也不过十余秒钟，案前就摆好了浓香四溢的两大碗。

张榕从一旁的筷筒里拿了双筷子，递给了身旁的张江生，见弟弟一动不动地发愣，似乎看呆了，这样的表情倒也在初次来的游客脸上出现过，大概是没见过这样粗实的米粉，或者这样怪异的料理方式，很多人都会立刻问上一下：这样真的熟了吗？

如此，她只得像模像样介绍起来："这是——"

"拌米粉，"张江生想也没想就答道，"我知道。"

张榕愣了愣，这才想起母亲在火星也开的早餐铺，弟弟没理由不知道。二人都停住了不说话，拌匀了酱料，分别吃了起来。再开口，还是那个再次闲下来的老板，他盯着姐弟俩被辣油浸染的嘴唇，显得十分得意："怎么样，这次不软了吧？"

"算你学到了精髓。"张榕说得很镇定，似乎是不想让面前的老板太得意，"这么多年了，也该精进了。"

"是阿公教得好喔。"老板望了望天，摇摇脑袋，像是在掩盖那猝然的叹息。

这个阿公，就是外公，张江生几乎一下就明白过来。会产生这样直接的联想，有赖于母亲时不时把那些旧事当故事诉说，最初好像是老乡会的人认出了母亲是外公的女儿，嚷嚷着要吃外公的拌粉，母亲碍不过面子做了一碗，后来才辞掉了父亲安排的检修员工作，开起了早餐铺，如此说来，外公和母亲的手艺，自然是一脉相承。

"这以前，是外公开的。"张榕还是解释了一番。

"刚才……闻到了，连味道都一样。"

张榕看着弟弟，想起他突然在店门口停住的瞬间，其实她没有刻意想要来这儿吃，这间铺子盘给了外公的徒弟那么久，装潢、布局都已经改过很多轮，唯一相同的，可能就只有这里弥漫的味道，但它和这条小吃街如此多的味道混合在一起，能被弟弟清晰地嗅到，依旧还是令她有些意外。

"那家店，还在吗，"她问道，"妈妈在火星开的。"

张江生摇了摇头，并没有停下享用这份早餐。火星基地的商铺不属于私产，使用需要登记和受理，在妈妈生病后，商铺的使用权便火速被收回了，后来整修后成了一家做三明治的店。如今一想，是隔了有多久呢，这样的味道和气息再次竟由舌头和鼻腔传递到身体，那种由辣椒素和香油共同缔造的暖意，一碗和妈妈做的差不多的粉。

"味道很像吗？"

"嗯，很像。"

"如果妈妈没有移民，或许现在也是在这间铺子。"

"那，"或许是吞咽得太快，张江生说话间竟突然呛了起来，他咳嗽了好几声，稍稍缓过来后，将脸侧向了身旁的姐姐，"你，真的要移民吗，去哪？"

"我啊，"张榕听罢，轻声笑了笑，"还不知道呢，本来都要去金星了，面试评级 B+，那时候就觉得，外公也走了，在这里和在外星也没什么分别吧，但后来……她要回来，我就只能先放弃名额了。"

张江生能感觉到面前这个人的失落，他知道准备一次移民是多么不易的事，B+，就意味着有转为特派的可能。有那么一刻，他想过要告诉自己的姐姐，为了带母亲回来，他也不得不放弃属于自己的那个名额，两个本来可能一生都不会相见的人，因为母亲的执着相见了。

他低沉着头，好一会儿才开口问道，那声音轻得，就像是昨夜听了整晚的窗外的雨："为什么，都要走呢……"

会用上"都"字，是因为连张江生自己不知道，这个问题的对象究竟是谁，眼前的姐姐吗，曾经的父母吗，还是，从小到大他遇到的每一个从地球跨越星河出现，又离开的人……还是原本已经在泰坦星上当着特派的自己。为什么这个地球明明这样大，这样广阔，明明有这样多的水，会下这样连日连夜的雨，我们却还要花尽一生的时间去到宇宙的黑暗里，去另一个什么都没有、明显不适合生存的地方。

"我听外公说，在他年轻的时候，这座城市就有很多人离开。那时候还不叫移民，叫打工，什么南漂啊北漂的，每年，只有几天能回来，后来，很多人也就不怎么回来了。"

张榕扭过头去，看了看比刚才更加拥挤的街道，各个地方的语言，类似的欢笑嬉闹，游客和居民，她总是能从衣着神态一眼分辨出来。

"如今……我们只是距离更远了些，其余的，好像也没什么不同。"

张江生放下了手里的筷子，那一刻，他想起了母亲第一次教自己使筷子，面前好像也是一碗这样黏糊糊的米粉，她老爱说，以后要是回去了，夹不起来可难办，如今回来了，母亲的担心是多余的，而他自己，也像是多余的。

"我不知道，我还会不会回来？"

"你想回来吗？"张榕没有看向弟弟，潜意识里，她不认为自己足够有资格问这样的问题，"你，想离开吗？"

张江生静滞了许久，突然抬起头，看向了头顶那条静静流淌的大江："你想离开吗，姐？"

也是这时，他才猛然发现，自己的姐姐也不知何时昂起了头，静静看着那片浩瀚无垠的穹顶，它倒映着绵延不绝的江水，和江水之上随波摇曳的故乡。这座城市依旧笼罩在细雨中，如一场为谁表演着的镜花水月，雨从万米高空，从数不尽的云中落下，落在宽广的江面上，形成层层叠叠绽开的涟漪。

"你还记得昨天第一次看见下雨，你觉得很浪费，说这么多水，就这样倒在地上。"

"嗯，"张江生不明所以，但还是点了点头，"记得。"

"你看，它们最终会回到江里。"

月在别时圆

鲁 般

我曾经听过一句话，故乡，是用来分别的。

在我出生的年代，国内经济蓬勃发展，带动了一大批一大批的打工潮。家乡所在的省份，是其中一个重要的人口流出地，从小到大，我见过很多只能在逢年过节出现的亲戚。不谙世事的我也好奇过，为什么他们总会消失如此之久，又总会按时回来，提着大包小包的行李，带着从未见过的礼品，他们吃饭的时候总是特别香，聊天的时候说的故事，也总是能吸引我。那时候，我只把这些人当作和奇幻故事里差不多的冒险家，他们涉足未知的江海，所以才能看见那些新鲜的事物，知道那些我不知道的事。我把他们突然的消失理解为出发，而不是别离，直到我自己，成为需要远离家乡的那个离人，成为一个拥有乡愁的人。

我的乡愁非常具体，具体到只需要用到一个脏器——我的胃。乡愁在我这里有一个非常科学、同时非常科幻的解释：我的肠道菌群因为长期吃不到以前爱吃的营养而会产生突发性的躁郁症，而解药，就是米粉。每年回家的第二天早上，我都会去楼下的早餐铺点上一大碗，老板娘会习惯给我多加肉丝和榨菜，尽可能还原那些我从初中一直吃到高中的味道，饱腹的那一刻，也消解了乡愁，同样，在离开的那天，我也一定会再来上一碗。

明天就吃不到了，这样的想法会在我拿起筷子时迅速产生，我知道，那便是乡愁的锚，它于漫漫无尽的远航前，锚定了家的方位，到了别离的那一刻，故乡，则有了它最完整的具象。

除此之外，故乡于我而言是不具体的，它和我一样平凡，比我更加日新月异，不包含任何值得写成散文的黏腻故事，所以《离人张》并不是一个多么复杂或者精妙的故事，我更希望，人们可以通过它明明白白地读懂一种我试图读懂的情绪——别离。

那种每当别离时，在心中隐隐发作的不舍，那种每当别离时，不住抿着的嘴唇，那种每当别离时……你看到的万事万物，都带有一种牵挂着你的亲热。

别离时，月亮总是最柔情，故乡总是最美好，尽管它可能不再是你认得的样子，尽管你认得的人都已经不在，它依旧是会在每次别离时，落下那沉重的锚。

　　在别离时，故乡便有了意义，它告诉你来路，也告诉你归途。

　　鲁般，中国内地新锐科幻小说青年作家，著有长篇小说《未来症》《班的猫》，中短篇《新贵》《忒弥斯》等，多次荣获银河奖、华语科幻星云奖。2023年，凭借作品《白色悬崖》获得2023年第81届雨果奖最佳短篇提名。

湖北

鹦鹉不鸣

路航

市有谷酒，名曰"鹦鹉红"。清辣，似汾酒而薄，时人皆爱之。

——《光绪武昌县志》

0

方君一直知道太爷[①]爱喝酒，尤其爱喝鹦鹉红。但她怎么也想不到，太爷会因这酒进医院。

"昨天不还好好的吗？"看着视频电话那头嘈杂的抢救室，方君有点儿蒙。

"怪你堂哥！"太爷的保姆金姐没好气地回答，"他知道你太爷爱这酒，寻摸了两瓶想祝寿，结果是假的。"

"怎么会是假的呢？"

"这酒停产十几年，库存早卖光了，不就有人起歪心思吗？"金姐愤愤不平，"黑良心的！"

"你们在哪家医院？"方君打断金姐的话，"我过去。"

1

寒假还没到，方君就回了家。

纽约飞北京，北京飞武汉。出了机场转地铁，一路坐到司门口。刚下车，就被拥挤的人群撞得失去了方向。好不容易跟着一群游客出了站，又被正对地铁口的黄鹤楼晃了眼，晕晕乎乎差点儿没站稳。

当天天气好，晴空万里，光线直直打在黄鹤楼飞檐翘角的琉璃瓦上，更显得这楼金碧辉煌，光彩夺目。真的就是真的。方君想，比新闻转播里的 VR 影像壮丽得多。这么好的楼，怎么就要搬了呢？要是真搬了，太爷肯定不高兴，他平常就爱在这一带逛。正寻思着，方君听见远处隐隐约约有人喊："君君啊，君君！"

顺着声音看过去，黄鹤楼拐角处的人行道上，银杏树旁冲她笑着的可不就是太爷？老人穿一件万字纹蓝绸袄，系条红围巾，神采奕奕。要不是须发皆白，还坐着轮椅，半点儿也看不出过了百岁的样子。

"太爷？"方君吓了一跳，"你怎么一个人在这？金姐呢？"

金姐是太爷的保姆，从护士学校毕业到现在，照顾了太爷快三十年，不可能犯下让他独自出门的错误。

---

① 太爷，指曾祖父。

"她给你买糊汤粉去了。我们想着你快到家了，又喜欢吃糊汤粉，就一起出来了。没想到在这碰上你。"太爷上下打量方君，见她穿得单薄，解了脖子上的围巾就要给她系，"你怎么穿这么少？还瘦了这么多？是不是在那边没吃好？"

"我……"方君听了，心里泛酸。她这几年岂止是没吃好，简直是活受罪。可怕太爷担心，又不想承认，只能转移话题："太爷还记得我爱吃糊汤粉啊？"

"那是。你太爷我记性好着呢！糊汤粉，加油条。油条得帮你揪成一段段的，不然你就不吃，是吧？"

"是。"方君笑得心虚，接过太爷手中的围巾系好。她打小就这么吃，吃成了习惯，半点儿没觉得不对。直到外出求学后，才逐渐意识到自己从前在家有多矫情。

这几年里，学业繁忙，项目资金少，导师要求又高，方君几乎整天都泡在实验室里。吃上面，精简到不能再精简。每周去一次超市，采购一周要吃的菜，大锅煮完，拿保鲜盒分装好，放进冰箱冷冻。等要吃了，再一盒盒解冻。她自觉这种吃法已经太过俭省，却不承想其他同学更俭省。他们干脆不做饭，要么去华人超市买饺子泡面煮一煮。要么买那种又长又粗的法棍，切成一片片，蘸点儿葱液，捣点儿蒜泥，涂在法棍片上，搁火上烤一烤，就凑合过一餐。至于食堂，一来花时间，二来也吃不惯。但即便如此，也还是比不过本地学生，他们要么中午吃个苹果，外加一包饼干，几片面包片，要么麦片泡一切，搅和搅和就是一餐。

在这种环境下待久了，方君早忘了自己过去连油条都要别人揪好的做派："太爷，这种事就不要说了嘛！"

"这有什么不好意思的？"太爷不解，正要继续，那边金姐已经捧着碗糊汤粉过来了："君君到了？来！刚出锅的。"

这话跟唤家里小狗似的。方君虽然不快，但还是条件反射走过去，端起了碗。没办法，她打小就爱这一口。可不知是舟车劳顿，没有胃口，还是太久没吃，不习惯了，方君闻着那股糊汤粉的香气，怎么也吃不下。

"吃啊？"

"大街上吃东西多不好。等回去再吃吧。"

"等回去，粉都坨了！"金姐瞪着方君，"都瘦成这样了，还不多吃点儿？"

"你油条没揪好，她肯定不吃的。"太爷拿过金姐手中的油条，自顾自揪起来。方君实在不好拂两人的面子，只得勉强吃了几口。越吃，她越觉得这粉的味道变了。可哪里变了，她一时也说不出。

"你看看？"太爷颇为骄傲，"我带大的姑娘，吃粉都有规矩。这油条得泡得半软不软，才最好吃。"

说到规矩，太爷自己就很讲规矩。

无论做人做事，哪怕吃饭，都有规矩。就算只有咸菜萝卜，也要一碟一碟摆整齐，外加二两鹦鹉红。

"好吃吗？"看着吃粉的方君，太爷笑眯眯，"叫我说，你就不该跑那么远去读书。外面日子不好过吧？"

这话正中方君的心。但她不想诉苦："其实也还好。"

"还好，就是不好。"太爷明察秋毫，正要往下说，方君的腕间通信仪忽然响了。她松了口气，借口接电话，向着江边，越走越远。临走没忘端着那碗糊汤粉。

这几年气温升高，海平面上涨，连带着长江江面也比过去宽广许多。出国前，方君从黄鹤楼走到长江边，起码得走上十分钟。现在再走，四五分钟就到了。这倒不是因为她出了趟国，腿就变长了。而是江面扩张，侵蚀了不少陆地，使得黄鹤楼到江边的距离变短了。

媒体上忧心忡忡，整天担心黄鹤楼什么时候被淹，要不要再搬迁？方君在纽约时，也常看到这类转播，但她对此倒不在意。毕竟严格意义上来说，这楼早就被淹过。现在的黄鹤楼也不是一两千年前崔颢诗里的黄鹤楼，而是一百多年前重建的。更何况相比被江水淹没、消失得无影无踪的鹦鹉洲而言，黄鹤楼已经够幸运了。

"这气味，越来越浓了啊。"闻着江面飘来的腥臭味，方君眉头皱了起来。几年前她出国读书时，情况还没这么糟。看来赶明儿有空，得取个样，看看现在江水的污染程度。取样？想到这，方君的头又疼了起来。看来还是不行。自己可能真像导师说的，差不多废了吧？一念至此，胃也跟着隐隐作痛。那碗糊汤粉真是一口都吃不下了。

"滴滴滴滴，滴滴滴滴。"视频电话催得急，方君深吸一口气，按了接听键。瞬间，堂姐方琳的面庞浮现在了她眼前。

"君君，你到武汉了？怎么现在才接？"方琳热情活泼，一如往常，三四个问题接连抛过来，叫方君不知先答哪个，"太爷明天过寿，你打算送什么？"

"还没想好。"方君这趟回得匆忙，着实没做准备，"你们送什么？"

"还没想好？明天就过寿了。你读书读傻了吧？"方琳瞪大双眼，一脸不可置信，"我送电动轮椅。你猜少平哥送什么？"

"不猜。"方君强忍着难受，寻了个垃圾桶，将那碗糊汤粉扔掉，"到时候不就看到了？"

"你这人啊，就是没点儿好奇心。"方琳眨了眨眼，嗔怪道，"也不知道你平常是怎么做研究的？"

方君张了张口，连辩白的力气都没了。

"好吧。"见她这样，方琳只好主动托出谜底，"他啊，不知道从哪弄来两瓶鹦鹉红。太爷要是知道，肯定高兴死了。"

2

一语成谶。太爷差点儿真的高兴"死了"。

"昨天不还好好的吗？"方君有点儿蒙。她倒时差起得晚，刚出房门，就发现家里空了。再一问，太爷进了医院，全家都在那守着。

"怪你堂哥！"视频电话那头，太爷的保姆金姐没好气地说，"他知道你太爷爱这酒，寻摸了两瓶想祝寿，结果是假的。"

"怎么会是假的呢？"

"这酒停产十几年，库存早卖光了，不就有人起歪心思？"金姐愤愤不平，"黑良心的！"

"你们在哪家医院？"方君打断金姐的话，"我赶过去。"

"第三医院。"

紧赶慢赶，赶到医院。方君刚进病房，就见太爷斜靠在床上和方琳下棋。虽说穿着病号服，但看他下棋的架势，怎么也不像个病人。

还好没事。方君松了口气，这才有心思注意别人。单人病房里，挤了七八个亲戚，或坐或立，不远不近，围了一圈。圈子中心，却是堂哥少平。只见他垂头丧气，怏怏地坐在那，显然刚被说了一通。也是，好端端的寿辰弄成这样，亲戚们不说他，倒是怪了。

"太爷！"方君喊了一声，上了前，"金姐说你喝酒喝到住院了，可吓死我了。"

"我不好好的吗？"太爷脸色苍白，但精神还不错，"年纪轻轻的，莫说死。"

"那你以后莫喝酒。医生都说了，你年纪大了，不能喝酒。"

"太爷老了，改不了了。再说，我喝的是鹦鹉红，又不是别的酒。"

"那又怎样？不还是酒？"

"酒和酒可不一样。喝鹦鹉红，太爷我闭上眼睛，就能看到你太奶，还有以前的老同事。"太爷似乎颇为骄傲，"喝别的可看不到。"

话到这份上，方君不好再说。眼看着快中午了，转口问道："快吃中饭了，太爷有什么想吃的吗？我去买。"

"你看着办。你叔叔伯伯们都在这，也给他们带点儿。"

"好。"方君正想走，又被太爷一手拉到耳边，小声嘱咐，"喊上少平，开导开导他，就说我不怪他。"

"嗯！"方君点头，走到人堆里，拽起少平就出了门，"待会儿帮我拎饭。"

第三医院不远处，有条热闹的美食街。因为江面扩张，早早就被淹了。但商贩们也没走，依然聚在原地，只是一个个都上了船。美食店变成了美食船，生意依旧红火，倒也算是条别样的风景线。

为了方便食客，船边专门用竹子修了座浮桥。浮桥不宽，刚刚能供两人并排走。走得快了，还会溅上桥下的水。但这也抵不住食客的热情。方君拽着少平走上去，恍惚间仿佛回到了小时候。那时她常常在渡口等下班的父母一同回家，回家路上，也有不少这样的美食船。

"这里东西好多啊。"浮桥边，一艘艘小船上挂满了各式广告牌，热干面、糊汤粉、烧卖、豆皮、欢喜坨，琳琅满目，应有尽有。方君有些选择困难，扭头问沉默了一路的少平："你说太爷喜欢吃什么？"

"你买什么，他都喜欢。"少平终于吭了声。

"你买，不也一样？"方君笑。

"那可不一定。"少平语气闷闷的，显然还在懊悔，"我什么都做不好，买个酒都搞砸了。要是太爷这次出了事，我真饶不了自己。"

"你别这么想。"方君宽慰道，"太爷方才还让我劝你，说他不怪你。"

"有什么好劝的？"少平自暴自弃，"我都看不起我自己，这么点儿小事也做不好。从小到大，我样样都不如你们。你读书好，学问高，考到国外读博士。方琳长得好，工作好，靠自己买房又买车。可我呢？学业事业都不行。就说找对象吧，谈了那么多个，一个也没成。"

方君本想宽慰他，但想想自己也没什么经验，实在不配给人指导。叹了口气，索性说了自己的痛处："其实我没你想得那么好。少平哥，我可能毕不了业了。"

"毕不了业？"

"我这次回来，是和导师吵了一架。"方君语气淡淡的，好像那个站在阳台上就想跳下去的人不是自己，"我这段时间都没去实验室。"

"怎么了？"少平小心翼翼。

"我实验总是做不出结果。导师很急，说了我几次。我受不了，就和他吵架了。"接下来的话，方君没说。但也不用再说。

方家这一代孩子少，总共也就两女一男。从小一起长大的人，性情都了解。少平知道方君不是无理取闹的人："他是不是说话很难听？"

"也没说什么。就说我，做学问不如男的，没潜力。"方君轻描淡写，但语气里的颤音还是暴露了心里的难过。

"他这么说，你受得住？"少平知道这个堂妹从小心气就高，"这不就是歧视

松
—
209

吗？你没和学校反映？"

"老师也是为我好。"方君摇头，不想再谈，"我何苦去砸别人饭碗。"

"可……"

"别说了。"方君头又痛了，忍不住靠在了浮桥的栏杆上。晃晃荡荡间，水浸湿了她的裙角。

"你老是这样，不想说了就打岔。"少平没注意，还在说，"叫我说，你当初就不该读这个书！半点儿用都没得，还把你害成这样。"

"也不是没用吧。"方君辩白道，"微生物学好了，用处大得很。是我自己没本事。"

"那你说说，你那专业学了能做什么？"少平这才发现方君脸色变了，越发心疼得生气，"你都这样了，还护着那白胡子老头。"

"你闻闻这江水，是不是有点儿腥？"方君顺手往脚下的水面一指，"我现在研究的就是水体污染物降解和生态平衡，只要找出对应的微生物，就可以改善长江的环境，以后就闻不到这种气味了。"

"那和我们有什么关系？"少平扶住方君的肩膀，"不想闻，就戴口罩。这种大事让别人去做，不行吗？"

"这……"方君想了想，挑了个少平能懂的，"微生物学得好，还可以酿酒。"

"酿酒？"

"对啊。比如复原出鹦鹉红来。"方君顿了顿，认真地说，"以前我们去酒厂玩，师傅们不都说，最重要的是酒曲吗？那可是秘密中的秘密。酒曲里起功效的，就是一个个微生物。"

3

方君说能复原鹦鹉红，尽管不是胡扯，但也算是置气。

她从小就这样，受不了别人说她，或者她的东西半点儿不好。哪怕明明在导师那受了气，请了假逃回来，也不肯别人说她学的东西没用。

可她没料到，一石激起千层浪。太爷听说方君能复原鹦鹉红后，高兴得不得了，四处宣扬："我家君君啊，在国外学的高科技，能酿鹦鹉红！"这话一传十，十传百，传到后来，方君被架上了高台。

其实她在国外所学的环境微生物，和酿酒几乎沾不上边。前者日常工作是观察微生物的习性，记录，分析，总结，最后发论文。后者则是选料、制曲、发酵、蒸馏、陈酿，最后装瓶卖。非要说它们之间有共同点，那只能说都很了解怎么培育各种菌。

但是一言既出，驷马难追。方君已经不好再食言。更何况她也是真心想做鹦鹉红。毕竟，太爷的寿礼她还没送。能帮他完成心愿，何乐而不为？小的时候，太爷是方君的"神"，她要什么，就有什么。现在方君也想成为太爷的"神"。

为了复原鹦鹉红，她先是联系了不少先前酒厂里负责酿酒的工作人员，询问酒曲的下落。她想得挺好，尽管酒厂倒闭了十多年，但原先的酒曲也好，酒坛也好，多多少少会有留存。用原本的材料，照原本的配方，不愁酿不成。

只可惜想得圆满，实际却并非如此。人托人，问了一圈，当年的酒曲早就不知去了哪儿。"不过你也可以去厂里找一下，虽然荒废那么久了，但说不定还能找到点儿东西。"

"还做吗？"得知是这么个结果，少平不禁打了退堂鼓。

"做啊！"方君很乐观，"把方琳叫上，一起回酒厂看看呗。"

故地重游，不是不感慨。

由于年久失修，鹦鹉红酒厂内处处是荒草。不仅如此，有些道路、墙壁上还渗出苔藓的痕迹。废弃的办公楼里，墙上的标牌虽在，但油漆描画的字迹已经干裂脱落，不再清晰。空荡荡的房间里依然保留着十多年前的装饰，除了尘埃，似乎别无访客。

小时候捉迷藏躲过的酒窖，仍和记忆中没什么两样，一个个酒坛层层垒起，拼成一堵堵墙，颇为壮观。只可惜方君寻摸了半晌，四处敲坛壁，全是空的："一点也没给我们留啊。"

"怎么可能留？"方琳环视着眼前破败的景象，"小偷都不知道光顾多少回了。你刚刚没看到吗？制曲房的土都恨不得被铲平了。"

"要是能找到原先的酒曲就好了。"少平有些遗憾，"没有那东西，是不是就复原不出鹦鹉红了？"

"当然不是。"方君费力抱起个空酒坛，晃了晃，"我想这些酒坛里可能有些残留物。我刮下来，拿回去化验分析再培育，说不定能把酒曲复原出来。有了酒曲，还怕造不出酒吗？"

"真的？"少平走过去，托住方君手中的空酒坛。

"真的。我可是专家。"方君指了指自己，信心满满，又指了指少平和方琳，笑道，"更何况三个臭皮匠，顶个诸葛亮。不就是瓶鹦鹉红吗？保准做出来给你们看！"

"你这人，"方琳扑哧一声，跟着笑了，"说起专业来，精神都不一样。真好！"

"有那么夸张吗？"方君有些不好意思。

"有。"少平附和道,"对了,是不是还要给你找个实验室?"

"不用,我找以前的大学老师借一个就好了。"

重回实验室,方君心绪复杂。

当时和导师吵架后,她有将近一个月没出门。大多时候她都蜷缩在沙发上发呆。偶尔几次才走上公寓的阳台,就被舍友拽回来,怕她想不开,跳下去。同学劝她去看心理医生,她也不想看。导师出于愧疚,上门找过她几次,可惜见面后,反而情况更差。要不是太爷要过寿了,想她回家看看,她这种浑浑噩噩的生活恐怕要持续很久,直到被学校开除。

不想了。方君摇摇头,努力清理掉脑海中那些杂乱的思绪。现在最重要的是眼前事。

想要复原出鹦鹉红,首先她得从那些带回来的残留物中分离出酿酒用的菌种。这对她来说,不算难。她曾在实验室里做过许多次。只是那时,她是从废弃的污染物里分离菌群。

取样,分析,培育,每一步都和曾经一样,每一步又都不那么一样。从前她做实验,为的是出结果,写论文。现在再做,为的却只是一点儿私心——酿瓶好酒给家人看,证明自己的所学并非无用。

静心做实验时,方君逐渐找回了从前的感觉。中学时,她就很爱上生物课,痴迷于那些显微镜下才能看见的小生命。因此大学直接报了微生物学。她有天赋,有热情,学得开心,也学得顺利。毕业后自然而然选择了深造。博士申请时,选择专研环境微生物学,也是看着家门口的长江日渐被污染,想要尽一份力。可没想到功败垂成。

大学时的老师曾经和她说过,做实验很讲究运气。什么都有可能影响结果:样本卡在海关进不来,实验会失败;样本进来了,冰箱突然坏了,温度过高,实验也会失败;一切很顺利,结果清洁阿姨不小心扔掉了实验样本,也得从头再来。方君过去不大相信这种事,因为她一路走来,实在是太顺。虽然听过,见过,但自己从没遇过。等到真遇到了,才意识到老师没有骗她。做实验,的确很讲运气。

可能我就不该出国读博?时不时地,方君会这么想。她现在的生活很规律,白天去实验室,晚上回家吃饭。其他事情,一概不用操心。虽然他们不懂,但都很支持。照太爷的话就是,"家里又不是养不起你。你想做实验就做,做得开心就好。"哪怕方君一个不小心,菌种死亡,需要重新培育,他们也不会说什么。不像在国外时,战战兢兢,如履薄冰,只要出错,就会被骂。

每每想到这些,方君就有些迟疑,要不就这样吧,留在家里陪家人,酿酿酒，养养生。至于治理长江污染物的梦想，就留给别人。

可不知为什么，她又总有些舍不得，下不了决心。

4

太爷这一生，最骄傲的事有三样。

第一样是娶到了心仪的太奶，虽然走得比自己早，但也算白头偕老；第二样是有三个好子女，儿孙满堂；第三样就是在鹦鹉红酒厂当过标兵，拿过奖章。

前两样无须多谈，看一眼就明白。第三样背后，却有一段曲折的故事。

说起来还是二十世纪六七十年代的事，当时北京开了个全国性的品酒大会，得奖的不仅会获得名酒称号，还有高额奖金。消息传出后，各地的酒厂争先恐后报名，上好佳酿一瓶瓶运过去，都想着借此一炮而红，打响名头。

当时鹦鹉红酒厂在武汉市里有点儿名气，销量还不错。可是包装简陋，也没什么推广。出了武汉，没人知道它。刚从美术学校毕业的太爷被分配到酒厂宣传科，抱着做事的心态，一直想着怎么推广鹦鹉红，提高销量。得知北京要办品酒大会后，太爷跟厂长三番五次说要参赛。厂里倒是不反对，可又拿不出什么钱支持。太爷就自己想办法。

包装差，没人看，太爷就自己画设计图，设计出了后来很流行的花瓶酒。花瓶酒，顾名思义，喝完鹦鹉红，酒瓶还能做花瓶，一物两用。第一批酒瓶数量少，找不到人做，他愣是跑遍了周边大小窑厂，最后靠着诚心，说服了一家小窑厂帮忙。

功夫不负有心人，全新包装好的鹦鹉红被送去北京后，靠着独特的清辣口感，征服了不少评委，入围了前三，从此一炮而红。太爷也因此当上了厂里的标兵，捧回了奖章。

这件事，太爷时不时就要跟方君讲。小时候，她总不爱听，现在却觉得其中蕴含着人生的大道理——

真心想做的事，没有条件，创造条件也要做。

更何况，方君并非毫无条件。靠着那些从鹦鹉红酒厂采集回来的样本，和实验室里的努力，一个多月后，她成功筛选、培育出了关键菌种。不仅如此，还根据酒厂采集回来的发酵残留物，推算出了各菌种的比例，最后成功复刻出了酿造鹦鹉红所需的酒曲。

"就这些瓶瓶罐罐调来调去，"被金姐推着到实验室给方君送饭时，太爷问，"真能复原出鹦鹉红？"

"真能。"方君很有信心。

"不愧是我们家君君。"太爷竖起大拇指，半点儿没怀疑方君的能干，"他们都跟我说不该送你出国去读那个书，连带着得了个什么抑郁症，一直要吃药。好不容易恢复了点儿，还是埋头做实验，这么大年纪了，也不成个家。真是读书读傻了。我之前也不理解。可是啊，君君，我今天过来一看，就有点儿明白了。你有你想做的事，生病都想做的事，那太爷我也没什么可说的，全力支持。还是那句话，你开心就好。说起来，这满屋子的设备我都不认识，你给太爷介绍下？"

"好。"方君点头，尽量把话说得通俗易懂，"这台机器可以根据残留物分析之前菌群的形态，也就是能知道以前具体是哪些菌，哪种菌多，哪种菌少。这台可以根据菌群的状态，推断它们几年前，十几年前，甚至几十年前的状态。这台，太爷我跟你说，这台特别好，它可以……"

"好，好，好。"听着方君一路介绍，太爷连声叫好，他虽然听不懂，看得出方君讲得很开心，这就够了，"不愧是我们家君君。那太爷我就等着喝你酿的酒了。"

本以为酒曲都复原了，不会再有什么问题，可方君还是失败了。

甚至可以说，失败得相当彻底，失败得毫无头绪。

第一批鹦鹉红酿成后，方君捧给太爷尝。还没喝，后者就摇了头："香气不对。"

"香气不对？"方君仔细闻了闻，发现确实如此，和记忆里的略有不同。

为了解决香气问题，她又反复调整配方。好不容易新酿出的酒芳香四溢，确定闻起来差不多了，可刚喝，后者就又摇了头："太淡了。"

"淡？"方君摸不着头脑，"鹦鹉红不就是有点儿淡吗？"

"除了淡，还有点儿辣呀。"太爷谆谆教诲，"武昌县志里就有记载，这鹦鹉红'清辣，似汾酒而薄'。你可以去看看。"

"好。"方君于是捧回了一堆资料。这一学习，就是小一个月。中间她反复推翻配方，又反复尝试，本以为这次总该成了，结果酿出的酒再拿给太爷尝，他才喝了几口就说："没有回味。"

"回味？"

"对，鹦鹉红第一口柔，第二口辣，闭口回味，又带点儿甜。你这酒只有一层……"

白酒三大评判标准，香气、口感、回味。回味是灵魂。没了回味，就不是真正的鹦鹉红。

可问题出在哪呢？方君陷入沉思。香气对，口感对，为什么单单没有回味呢？这里是不是有她没考虑到的因素？

回味是什么？又是从哪来？方君想不出。她翻遍了能翻的资料，问遍了能问的人，都没什么头绪。

想不出啊想不出，方君索性也不去实验室了，天天在家琢磨。

转机来得很突然。突然到冥冥中似有天意。

方君天天在家不出门。金姐看不过，怕她又想拧了，就拉着她过江去给太爷买豆皮。江对岸那家三鲜豆皮好吃得很，每天门口都大排长龙。

到了渡口，买了票，两人有一搭没一搭地闲聊。江对岸，正是废弃的鹦鹉红酒厂。隔江望去，酒厂里巨大的水净化装置如同两座白色高塔，一左一右，亭亭玉立。据说那卖豆皮的老板，曾经也是鹦鹉红酒厂里的员工。厂子倒闭后，就在附近开了家小店，转眼间，都做了十多年了。

"你还记得你小时候，老跑到这里来玩不？"金姐笑，"边玩边等你爸爸妈妈。"

"记得。"说话间，轮渡靠岸，一如往日，两人排队上了船。当年的鹦鹉红酒厂效益好，能说动轮渡公司单开一条线，专门接送厂里员工上下班。后来虽然倒闭了，这条线却也约定俗成留了下来。

渡口人多，自然做生意的也多，一路上挤满了卖小吃糕点的商贩。方君贪吃又聪明，心知在渡口等父母，他们肯定舍不得不给自己买好吃的。这个秘密被堂哥堂姐发现后，也有样学样。一到下班点儿，都跟着方君往轮渡口跑。好在大人们虽然明白他们的小心思，也并不戳破，想吃什么，就买什么。

当时方君最喜欢的，是一个阿婆煮的牛肉面。分量足，牛肉多，汤浓鲜香一大碗，一个人根本吃不完。所以她总是和堂哥堂姐们共分一碗。她也问过煮面的阿婆，为什么别处都吃不到这么好吃的面？阿婆笑，随手一指邻近的商贩，说自己煮面的汤和别人的不一样，用的是真正的牛骨熬制。不仅如此，水也不一样。"他们用的都是过滤的长江水，可我用的是山泉水！"武汉江多湖多，但有山泉水的地方，却不多。阿婆的配方，纵是告诉别人，别人也学不会。

回忆至此，方君恍然大悟。一个个点连成了一串。是水！对了，是水的问题。一瓶酒里 80% 的成分是水。水变了，酒如何能不变？

她在实验室里复刻鹦鹉红，一切都是按老配方，菌种没问题，酿酒的稻谷也没问题，可是水不再是当年的水。实验室里纯净水酿出来的酒，怎么会和从前用江水酿出来的酒一样？

渡船向前，激起千层浪花。方君沉浸在自己的思维里，一会儿沉默，一会儿笑，最后又急急奔到船舷边看那江水，直把金姐吓了一跳，以为她要想不开，忙过去拉她。

"金姐，金姐，"方君扭头抱住金姐，和小时候吃到了牛肉面一样高兴，"我想通了！"

"想通什么啦？"

"这水，"方君高兴得语无伦次，指着奔腾不息的长江水，"这水和以前不一样！"

"当然不一样了。"金姐爱怜地理了理方君因为奔跑散开的长发，"这水被污染啦。"

"我有办法了。"

"什么办法？"

"复原鹦鹉红的办法。"方君福至心灵，眼睛亮亮的。这水，必须要改。

而她，要回一次纽约。

5

问题一旦确定，解决起来就很快。

方君过去没做完的研究就是水体污染物降解与生态平衡。由于各种各样的原因，那时她屡屡受挫，因而放弃。而现在，她想是时候重启了。

真心想做的事，没有条件，创造条件也要做。更何况，治不好这长江水，她恐怕永远也复原不出太爷心心念念的鹦鹉红。

回到纽约后，方君与导师开诚布公谈了话，决定复学。只是不再拿项目资金，实验地点也从大洋彼岸，搬到了长江畔。到时，她会和本科时的老师合作，新立项目，重新开始。纽约的导师只做远程指导。

仍然是枯燥乏味的实验过程。刺激，筛选，培育，测试，再筛选，反反复复的流程，从早到晚，天天如此。但或许是因为回到了家乡，吃上了惯常爱吃的美食，或许是因为家人在旁，没那么孤单，方君觉得现在做起实验来，没那么痛苦了。

她每隔几天都会去江边取水。取回水后，再把自己新培育出的菌种放入水中观察。刚接触微生物学时，老师说，这些最小的生命，有着最大的作用。方君真心希冀，自己能找到那个最适合长江的生命，将现在腥臭的江水，重新变得清澈透明。

这个筛选培育过程是漫长的，仰赖于勇气，更仰赖于运气。有好几年，运气都不在方君这边，因此她逐渐丧失了勇气。可现在，站在这条生她养她陪伴她的长江边时，方君觉得自己的勇气也慢慢恢复了。

功夫不负有心人。三年多后，方君终于筛选培育出了那个特殊的小生命——一种有着超强清洁能力的水质净化菌。只要将它投放到实验用的江水样本中，不过三小时，腥臭的江水就会变得清澈无味。

"你啊，可以准备发论文了。"与她合作的老师笑，"赶快给你博士导师发个消息报喜吧。"

"不，"方君摇头，"这还不够。"

"不够？"

"嗯，我得先确定那件事能做成，才能报喜。"

"什么事？"对方不解，还有什么事，比抢着发论文更重要？比向自己的博士导师报喜，争取快点儿毕业更重要？这么久了，她是半点儿都不急吗？

"酿酒！"方君笑，"我得先用这水酿一瓶鹦鹉红。如果我太爷说酒对了，那才说明我这实验真正做成了。"

三年多时光里，发生了许多事。

江面日益扩张，黄鹤楼终于迎来了搬迁的消息。太爷身体也不如往日好，大半时候都没什么精神，胃口也大减。吃起饭来，再不像从前一般讲规矩，酒早戒了，流食也肯吃了。但他每次见方君，还和往常一样，开口不离鹦鹉红："君君啊，我那鹦鹉红，什么时候给我酿好呀？"

"快了，快了。"方君总是这么说。太爷也就总是这么等。

直到这一次，才是真的快了。

尘封了三年多的酒曲重新取出。方君精挑细选，按照从前的配方准备各色材料，一步步重现了当初酿制鹦鹉红的实验。只是这一次，水不一样。

自然这一次，结果也不一样。

新酿出的鹦鹉红，和方君记忆里没什么两样。清辣，芳香。

真好。方君想。她自己喝了，又请实验室的众人喝了，确定与记忆中一样，才小心找了个老式鹦鹉红酒瓶装好，往家赶。

从实验室到家，走路需要两小时，坐地铁需要半小时，打飞车只要十分钟。方君因为太爷的教育，从前总是尽量俭省，能坐公共交通，就坐公共交通。但今天实在是太高兴，太激动，想要早点儿和太爷分享这美酒，忍不住就打了飞车往家赶。

她想得圆满，到时候可以让飞车停在司门口地铁站的黄鹤楼边，再步行回家。这样神不知鬼不觉，太爷肯定不知道。

只是世间事，并非尽如人所愿。方君下了车，抱着酒瓶，穿过那些负责搬迁黄鹤楼的工人、车辆，走进那条从小到大走了无数次的小巷，远远地就看见家门口围了一圈人。

"不会吧?"方君吓了一跳。她要带鹦鹉红回来的消息一个小时前和太爷说过,但他也不至于告诉这么多人吧?太夸张了。

"你太爷没了。"人群最外沿,金姐看见她,急忙上前替她套上了个黑袖章,就要拉她进屋,"停在里面,你快进去看看吧。"

"没了?"方君难以置信,拉扯间,怀中的酒瓶摔碎在地。一瞬间,酒香四溢,弥漫了整个庭院,"怎么会?"

"人老了,就……"

"他刚刚还在跟我说话啊?"方君扬着腕间通信仪,要给金姐看上面的对话,"他还说要等我把这长江水从头到尾换一遍,到时候跟我一起去游泳!"

"君君,君君。"金姐没再多说,拉着方君看堂屋里安静睡着的太爷。白布下,仍是往日那张慈祥的脸。但他再也不会开口催方君酿鹦鹉红了。"磕个头,送送你太爷吧。"

"我不!"方君不停摇头,眼泪再也止不住,"我不!"

可是不管她说不说"不",愿不愿意,长江水总是那么流,黄鹤楼总要搬迁,太爷总会走,就像时光从来也不停留。

匆匆,匆匆,使人愁。

昔人已乘黄鹤去,此地空余黄鹤楼……

再回实验室,方君积极乐观到吓人,从早到晚地做实验,录数据,写论文。仿佛那个在葬礼上哭得昏天暗地的人不是她,而是别人。

金姐一时被她的状态弄蒙了,特意打电话喊方琳和少平过去:"你们看看君君吧?我总觉得不对劲。"

"确实有点儿不对劲。"一行人打着约饭的名义去找方君。刚进实验室就看到角落处一瓶醒目的鹦鹉红,心里咯噔一跳。那酒瓶,正是太爷从前设计的花瓶款,也不知道方君是从哪淘换来的。

"君君?要不一起去吃个饭?"方琳小心翼翼,生怕哪句话不对,方君就会开窗跳出去。要知道现在江面扩张,已经快蔓延到实验楼下了。到时候掉进水里,真是生死难料,捞都捞不起来。

"不用,我还不饿。"方君答得简洁,"你们怎么一起来了?"

"来看看你……"少平字斟句酌。

"我有什么好看的?"方君起身,就要送客,"我正要去取水,你们……"

"我们跟你一起去!"

说一起去,其实也就是跟着。就像小时候他们总跟着方君跑去渡口一样。

方君上了车，也还在回消息。腕间通信仪的界面上，是个跨国工作组。方琳眼神好，偷偷扫了一眼，却悲哀地发现自己虽然会英文，可还是不懂他们在说什么，只能无聊地将目光转向窗外茫茫的江面上。

飞车开得快，没多久就到了取水点。方君将取水器放下去时，只觉身后有四只手，紧紧抓住她的腰，让她好气又好笑。索性取完水后，就直接点明了："你们放心，我不会跳的。"

"可是……"

"我真不会。"方君将取水器放好，神情认真，"我答应了太爷，要把长江水从头到尾换一遍。事情没做完，我肯定不会寻死啊。"

"那做完了呢？"方琳脱口而出。

"做完了，我也老了啊。"方君神情坦然，"老了自然就会死啊。"

"年纪轻轻的，莫说死。"少平揉了下方君的头，"好好活着。"

"我本来就打算好好活着。"方君指向窗外茫茫的江水，"你们知道我接下来要做多少事吗？虽然净水菌的功效已经验证了，但我还要把论文写完，才好申请基金推广它。我想争取做到长江沿岸的每个省，每个市，每个镇，都能设一个净化点。你们要知道，现在江面扩张得厉害，水体污染会引起很多疾病。这件事要做得越快越好。然后我还得根据各地的反馈，改良这种净水菌，争取让它发挥更大的功效。就拿我们武汉来说，需要先做个试点，目前在讨论是用鹦鹉红酒厂的旧址，还是新建。如果新建的话，就得选址。这些事说起来简单，但做起来都需要花时间。没做完，我真不会去死。"

"那你这群？"

"这群里是国外需要净水菌样本的专家。"方君将聊天界面放大，跟两人解释，"全球变暖，长江江面扩张，又有污染，别处的江河也一样。他们也需要这种净水菌。"

"你要真这么想，那我们就放心了。"少平讷讷地，"虽然我是听不懂，但不管你做什么，我们都会支持你的。"

"谢谢。"望着那滔滔不绝、奔流不息的江水，方君笑了，"可要是需要我做一辈子呢？"

"那我们就支持你一辈子。"

"对！等水干净了，到时候我们一起去游泳。"

"游到黄鹤楼！"

"游到鹦鹉红酒厂！"

"那多近啊，游到扁担山看太爷吧……"

松

那些随江水流逝的故事

路 航

为什么会写一个关于酒的故事呢?

这事说来话长。得先从我的家乡说起。

湖北嘛,千湖之省,到处都是湖,还有一条长江蜿蜒盘旋。水源充足,自然船运发达,连带着工商业兴旺,酿酒的多,开窑的也多。

小的时候,我家附近就有一座窑。这窑不大,也没什么名气。和别的窑热衷于制作杯碗盘碟、花瓶花盆不同,这座窑专注于制作酒瓶。各式各样的酒瓶,大的小的,五颜六色,造型各异。

有生产,自然有废弃。窑厂旁边有一大片空地,专门用来存放废弃掉的、不合格的酒瓶。经年累月,那些酒瓶就堆积成了一座山。

小时候的我,偶尔会和朋友们去那座山里探宝。那些酒瓶大多残缺,但费心寻找,仍能找到一些完好的漂亮瓶子,拿回家做花瓶,或者养点儿小鱼小虾的,都很合适。

连续好几个夏天,时不时地,我都会和朋友们约着去那里捡瓶子玩。印象中最受大家欢迎的瓶子有四款。一款是葫芦瓶,有好几个尺寸,好几个颜色,正合适插花。一款是月亮瓶,颜色少,但造型实在优美,恰如一弯新月。一款是花瓶,据说是为某款名酒定制的。那款瓶子很大,我们在瓶子山里找了好久,都没找到完整的。最后一款形似青铜酒樽,造型复杂、别致,据说也是为某款名酒定制的。

我们常常去,窑厂的保安和我们熟了,不仅不赶我们,偶尔心情好,还会问:"你们喜欢哪款瓶子啊? 回头开窑时,我帮你们拿。"

我们当然不会要。和朋友们一起寻宝的乐趣,远大于其他。

因着这些漂亮的酒瓶,我开始关注起它们背后的酒来。

这一关注,我就发现,每年都有酒消失。

哪款酒瓶在瓶子山里出现得少了,那就说明哪款酒的销量少了。或许有出入,但大差不差,趋势是一致的。

起初我以为是窑厂生意不好，酒厂不去找它做瓶子了。但后来和保安聊，发现并不是那么回事。

"酒厂快不行了。说不定什么时候，我们也要跟着关门啦。"

我和保安聊天时，窑厂还没关。虽然它到现在也关了。酒都卖不出去了，谁又会去窑厂订酒瓶？

可能有些地方白酒依然卖得好，酒厂年年扩张，生产酒瓶的窑厂生意兴隆。但我家乡那些有着漂亮瓶子的酒，确确实实消失在了时间的长河里。

大浪淘沙。有些酒，即使有人喜欢，有人怀念，也依旧消失得彻底。

我过去写过不少传承、复原的故事，但这次写"鹦鹉红"，却不太一样。私心里，我不止希望这酒能复原。我还希望故事更进一步，往前走一点儿。

只有环境恢复了，喜欢的事物才能真正留存。不然美酒只在实验室里，又有什么意义呢？

我在故事里提到好些即将消失，或者消失后又重建的事物，比如黄鹤楼，也正是出于这点儿私心。我想表达，即使某样东西消失了，只要有人喜爱，它就一定会再现世。黄鹤楼是如此，鹦鹉红也会是如此。

谨以此文，纪念我家乡那些消失在时间长河里的酒厂、窑厂，陪我玩耍、一同攀爬过瓶子山的朋友，问我们需不需要漂亮酒瓶的好心保安，以及记忆里那条清澈宽广的大江。

希望有一天，我能在江边，再看到玩耍嬉戏的江豚。能在江的两岸，再看到丰茂旺盛的草木。能在江上的船只里，再看到小时候寻寻觅觅的漂亮酒瓶。看着它们一瓶瓶随着江水，去往太爷那般爱酒人的手中。

路航，科幻作者，广东省作家协会会员，中山大学硕士。先后在《科幻世界》《科幻世界·少年版》《海燕》等刊物发表《通济桥》《心语者》等科幻短篇小说。另著有长篇科幻小说《星际醒狮队》。有作品被翻译成英文发表。曾获华语科幻星云奖、光年奖，以及晨星奖提名。

重庆

涂山迷雾

董仁威

1

在熟悉的人眼里，威威是个少年得志的"神童"，他今年只有十三岁，就已经是雾都大学少年班的学生，而且正在攻读博士学位。

威威还有个幸福的家庭。威威的爸爸是一名学术有成的考古学家，著名的巴蜀文化研究专家，而妈妈是一名数学研究所的研究员。他还有个小三岁的妹妹娅娅，不仅小小年纪就出落得楚楚动人，而且聪明伶俐，那双镶嵌在满月似的圆脸上的大眼睛眨一眨，就会冒出一个古灵精怪的念头来。

可是最近，威威似乎有些烦恼。

这不，这天放学回家后，他一脸愁容地坐在沙发上，长长地叹了口气。

娅娅刚练习完钢琴，从琴房里走出来，歪着头站在威威面前看了一会儿，故意拖长了声调说道："哟，这个少年，让我猜一猜，你是不是在学习古诗词呀？"

"什么古诗词，哪儿跟哪儿呀？"威威瞪了她一眼。

娅娅嬉笑着说："瞧你这模样，你是不是正在体验辛弃疾词里的意境呀——'为赋新词强说愁'？"

"幼稚！当然不是啦。"

"那么，请问这位少年，你嘟着个大嘴巴，把脸拉长得像个大苦瓜，是为什么呀？"

威威看了看妹妹："看来我不跟你说，你一定不肯罢休。我最近正在准备写博士论文，题目叫《巴蜀与夏禹文化的纽结》。"

"原来是这样，看来我要提前恭喜某人荣获博士学位呀！"娅娅吸了吸鼻子。

"恭喜什么呀，我正为这事头痛呢。2000多年前，巴蜀国被秦国所灭，受秦始皇焚书坑儒国策的影响，古巴国和古蜀国的文化基本被抹掉了。所以关于古蜀国、古巴国、大禹在巴蜀治水的历史资料都太少了。只有一些古籍如《巴蜀国志》中有零星记载，不过那更多是一些道听途说的记录，传说与神话的成分太重，当不得正史，支撑不起一篇严谨的论文。"

娅娅点点头："这确实有些不好办。秦始皇虽然一统中华，在中国历史上留下了永久的功绩，可也做了不少坏事。那你现在怎么办呢？"

"我这不正头痛吗？如果找不到那些遗失的史料，这篇论文就写不下去了。"威威有些故作夸张地用手揉着太阳穴，长吁短叹起来。

娅娅突然扬起脑袋，那双漂亮的眼珠子骨碌一转，说："百闻不如一见。要是能到那个历史时空中亲自考察一番，那些困扰你的难题就都迎刃而解了吧？"

"这是当然呀。可是，超时空考察哪里能轻易做到呢？"

"你呀，最近只忙着自己的博士论文，很少跟妈妈聊天吧？"娅娅撇了撇嘴，"我前几天跟妈妈唠嗑，听到一件事——妈妈正在研究的信息发射车，快要成功了。"

威威的眼睛顿时瞪大了，一骨碌坐起身来："你是说，那个可以将人体转化成某种信息，发射到特定时空中的'时空穿梭器'？"

2

"没错！"娅娅点点头，一脸骄傲的神情，"妈妈可是世界著名的超弦理论专家，她主持研究了多年的信息发射车终于成功了！"

"好，好！妈妈有你这么聪明的女儿，当然会很厉害！正所谓有其女必有其母嘛！"威威笑嘻嘻朝娅娅靠近过去。

"哎哟，有人的嘴巴甜得跟涂了蜂蜜一样，一定不怀好意！"娅娅撇撇嘴，"你在打什么歪主意，快快招来！"

"哈哈！我也没打什么歪主意呀，只是想让你带我去看看妈妈的那辆信息发射车！"

"这个可不行。"娅娅坚决地摇摇头，"信息发射车在妈妈的实验室，那可不是一般人能随便出入的。"

"一般人当然不能随便出入啦，不过你是妈妈的宝贝女儿，那就不一样啦。"威威嬉皮笑脸地说，"你只要想点儿招，就能进去了，对不对？"

娅娅的下巴扬起老高："你让我偷偷摸摸把你带进去？这是坏孩子才会有的想法，我才不做呢！你应该光明正大地跟妈妈提出要求！"

威威的企图没有实现，只好无奈地点点头："好吧，等妈妈晚上回家，我再跟她说。"

到了晚上，爸爸妈妈按时回家了。他们吃惊地发现，桌上已经摆好了丰盛的晚餐：干豇豆烧肉、糯米丸子、红糖粉蒸肉、毛氏红烧肉、仔姜鸭、脆皮鱼、干锅牛蛙、双流兔头、四喜大骨汤……

"这是怎么回事？今天是什么特殊的日子？是谁弄了这么一桌子丰盛的晚餐呀？"妈妈吃惊地问。

这时，她看到从厨房走出来的威威和娅娅，威威的脸上横七竖八地沾了几道油烟，看起来像个大花脸。

"这是你们兄妹俩做的？"妈妈忍不住咽了咽口水。

"这是哥哥的功劳！他看妈妈您这些日子工作很辛苦，特地犒劳您呀！"娅娅笑嘻嘻地朝威威挤挤眼。

"不是啦，我可做不出这么色香味俱全的菜。这是我用我的零花钱点的外卖。"威威老实承认，"不过，米饭是我煮的，给爸爸的油炸花生米是我做的。"

威威说着，不好意思地把装着花生米的盘子摆上桌，那些花生米被炸得有些过头，有一半变得焦黑了。

"不错不错，还有一半可以吃！"爸爸说着，伸手挑了一粒炸得金黄的花生米，扔进嘴里嚼了起来，"挺香的！"

妈妈意味深长地看看威威，又看看娅娅，然后在桌旁坐了下来，这才开口道："说吧，你们兄妹俩在琢磨什么鬼主意？"

威威扭扭捏捏地开不了口。倒是娅娅心直口快："妈妈，哥哥想参观你的信息发射车！"

然后，娅娅噼里啪啦说了一通，把威威遇到的难题说了出来。

听完她的讲述，妈妈看看威威："恐怕你不只是想看看我的信息发射车吧？"

威威嘿嘿一笑："真是知子莫若母呀。妈妈，听说信息发射车可以将人传送到不同时空，要是让我实验一次，去大禹的时代走一遭，不就可以用实际案例证明您的信息发射车研制成功了吗？"

妈妈的脸色变得严厉起来："哪里有这么简单？而且，妈妈怎么能让你冒这个险？这事儿想都别想！"

听了妈妈的话，威威的眼里写满了失望。

这时，一直在闷头大吃的爸爸抬起头来："娃儿他妈，我看这事也不是完全不可行。"

这天晚饭后，围绕威威的请求，爸爸妈妈进行了激烈的讨论。

威威本来想参与讨论，不过机灵的娅娅却使劲朝他使眼色。威威心领神会，他知道这种时候最好不要轻易插手，否则可能弄巧成拙，还是让娅娅和爸爸去帮忙做妈妈的思想工作好了。

果真，半个多小时后，娅娅推开他的房门，兴高采烈地说："成了！妈妈终于同意让你成为信息发射车的第一个实验者。你说你该怎么感谢我？"

"太好了！"威威兴奋地一跃而起，"这样吧，等我博士论文答辩通过，举行学位授予仪式时，我邀请你作为特别嘉宾出席！让大家看看我这个聪明可爱又美丽体贴的妹妹！"

"喊！这算什么感谢呀？"娅娅撇撇嘴，不过眼里还是流露出一丝喜悦，"不过，妈妈不放心让你一个人参加实验，就你这性子，万一跑到4000多年前回不来，那就麻烦大了。所以，明天我和妈妈会当你的护驾！"

"没问题！"威威很爽快地答应了。

3

第二天一大早，威威就起床了。等到一家人吃完早餐后，他和娅娅跟着妈妈出了门，坐上妈妈的无人驾驶飞行车，前往数学研究所。

半路上，他迫不及待地问妈妈："妈妈，我们待会儿是不是要戴上一个什么眼罩，躺在传送舱里，然后信息发射仪一启动，就把我们传送到4000多年前？"

"儿子，你是科幻电影看多了吧？"妈妈笑着说，"待会到了你就知道，跟你想象的可不一样。"

等妈妈带着他们兄妹俩走进研究所的地下车库，威威才知道妈妈所言不假：出现在他面前的，是一辆挂有拖斗，车头呈子弹头型的特型车。这让威威有些奇怪，研究所里怎么藏了一台导弹发射车？

妈妈似乎看出了威威的疑惑，说道："这是信息发射车，包括由几个系统组成的部件。第一个系统是人工智能驾驶系统。它的特点，一是可以和驾驶员进行意识链接，驾驶员就可以通过意念对它进行控制，而且采用了最先进的区块链控制技术，可以对驾驶员的意识指令进行实时判断，选择性地执行指令。"

威威的脑子转得飞快，他说："所以，要是这辆车被不法之徒控制了，想利用它去做坏事，比如制造交通事故等，车辆的控制程序就会拒绝执行，对吗？"

"没错。"妈妈点点头。

这时，娅娅指着操作平台下方的一个类似发动机的装置，问道："妈妈，这是这辆车的动力系统吗？"

"没错，这是一台微型聚变反应堆，能够为发射车提供你无法想象的巨大能量。"

威威惊呼："天啊！核聚变反应堆？也就是说，我们就坐在一枚氢弹上，太可怕了！"

妈妈说："核聚变能是最清洁的能源，关键是难以控制，我们中国首先实现了可控核聚变，率先研发成功核聚变发电站和微型核聚变发电机。"

妈妈用意念打开通向挂车的通道，他们进入挂车内部。挂车四壁都是电子屏，中间是一个床式的大型构件。

妈妈说："现在，我向你们简要介绍这辆信息发射车的信息探测系统——信息探测仪。"

说着，她取出一个小巧怪异的仪器。

"目前，世界上最先进的信息探测仪，精度只在百年之内，而我们研制的这台信息探测仪，精度已达到一万年，远远超出其他国家。"

"这个东西怎么使用？是拿在手上四处挥动吗？"娅娅好奇地问。

妈妈摇摇头，又取出另一个奇怪的装置，看起来，就像一个风火轮。

威威大呼小叫地喊道："妈妈，你怎么把哪吒的风火轮也研制出来啦！快给我试试！"

"这是喷气式个人飞行器。上面这个凹槽式结构，是用来把信息探测仪嵌套在其中的。这样一来，驾驶者只需要驱动飞行器，就可以日行万里，而信息探测仪可以自动探测信息。"

娅娅问："妈妈，我不明白，远古的信息，就像一阵风，吹过就永远消失了，怎么还探测得到呢？"

妈妈转头看看娅娅，耐心地解释："科学家的最新研究表明，大自然的一切，归根结底是由信息组成的。"

娅娅问："所以，我们人类也只是一堆信息的聚合体吗？"

"对呀，人类也是一个信息集合体，微软的创始人比尔·盖茨说，生命是什么，一堆0和1的数字而已。"

娅娅点点头："我明白了。世界上的一切物质，包括生命物质和非生命物质，都可以变成数字，转化成信息。"

妈妈说："娅娅真了不起，一点就透。我们发明的信息收集器就是根据这个原理制造的。其实，整个宇宙，日月星辰，山川河流，生命体和非生命体，都在一个物联网中，用信息构建了一切。只要有办法提取出这些信息，你就能解开千古之谜。"

威威指着发射车上的一台人形仪器问："这是什么？"

妈妈微微一笑："这是最先进的大数据系统——超弦计算机呀。"

"超弦计算机就长这个模样吗？"威威吃惊地瞪大了眼睛。

"外形并不重要。"妈妈简略地回答，"它的原理才值得关注。科学界有一种假设认为，宇宙大爆炸以前，自然界中只有一种东西，那就是一种叫超弦的信息。超弦是比构成自然界的62种基本粒子更加基本的粒子。这种超弦是一种二维的长方体，但是，它们以不同的方式振动着。不同的振动方式传递出不同的信息。超弦的振动不是杂乱无章的，而是有秩序的。这种秩序是数字化的，最终可转化为0和1构成的信息密码体系。制作超弦计算机，关键就是破译超弦运行的密码体系。我们很幸运，通过研究我们的祖先留下的《易经》，破译了宇宙密码，制成超弦计算机，为我们的信息发射车制作成功，奠定了基础。"

这时，娅娅留意到车厢中的一张床，很好奇地走过去："妈妈，这也不会是一张普通的床吧？"

"这是最关键的信息转化与发射系统——信息转化与发射器。它可以通过超弦计算机，将人变成信息，发射到某一个时空中去，在那里还原成人，参与到这一时空自然界的活动中去。不过，要通过虫洞发射到多维空间，需要巨大的能量，好在，我们的可控核聚变堆解决了这个难题。"

威威拍手道："这个发明太伟大了！我们快点开始实验吧，我想看看 4000多年前的古蜀国到底发生了什么！"

"等一等！"娅娅突然开口了，"要是我们被成功'发射'到了 4000 多年前，怎么回来呢？还有，我们要在那里待多久？要是太久都不能回来，可就麻烦了！"

"娅娅的担心很有道理。"妈妈赞赏地点点头，"不过，不用担心，这台信息转化与发射仪有限时功能，时间一到，就会启动反向程序，那时候，我们就能从那个历史时空中消失，回到现代。还有，这两个时空的时间流速也不同，那里的一年，只相当于这里的一个小时。所以，我们就算在那里待上几年，也只是相当于几个小时的短程出游。"

"那就定 10 个小时！"威威摩拳擦掌地说。

"那你在古蜀国就会待上 10 年呀，万一发生什么危险，就麻烦了。"娅娅提醒道。

"我们就将系统运行时间设定为一个小时吧。"妈妈说着，打开了一个全息操作屏。

"时间：4200 年前；地点：禹穴沟。"威威连忙补充道。

妈妈设定完毕，首先躺进信息发射床，威威、娅娅赶紧躺在她的左右。

发射床上方的全息屏上，出现了倒计时的数字：9、8、7、6、5、4、3、2、1、0！

威威感觉眼前一阵强光闪过，他不由自主地闭上了眼睛……

4

威威还没睁开眼，就感觉到四周在一阵阵晃动。紧接着，一阵轰隆巨响传入他的耳朵，还伴随着嘈杂的呼喊声、哭泣声。

"地震！"伴随着这个念头，威威清醒了过来。

可他还没来得及多琢磨，就被一股巨大的力量甩了出去，狠狠地撞在一块大石头上。这撞击让他眼冒金星，差点儿晕了过去。

他强忍着身上剧烈的疼痛，扶着巨石边缘，歪歪扭扭地站起身来，探头朝四处张望。眼前所见的景象让他的心一阵阵下沉：整个大地都在抖动，地面似乎被一双恶魔的巨手撕裂了，不远处由茅草和石头垒成的屋子纷纷倒塌，破碎的石头、木头像下雨一样，向四面八方飞舞。许多人在惊慌地四处奔走。

看到那些人，威威突然醒悟过来，自己暂时侥幸安全了，可妈妈和娅娅还不知道在哪里。

"妈妈！娅娅！你们在哪里？"他焦急地大声呼喊起来。但听不到妈妈和妹妹的回应。

幸好，没过多久，大地渐渐停止了震动，暂时平静了。

威威赶紧离开躲避处，朝着不远处的一片废墟跑去。刚才他就是从那里出来的，这说明妈妈和妹妹有可能还在那里。

威威围着废墟大声呼喊："妈妈，娅娅！你们听得到吗？"

他呼喊和寻找了很久，也没有听到回应。就在他渐渐感到绝望时，废墟中的某个角落里传来一阵熟悉而微弱的声音："威威哥哥！威威哥哥！"

"娅娅！"威威大喜过望。他四处搜寻了一番，捡起一个被丢弃的耒耜。这是一个用硬木削尖的挖土工具，成犁头状，犁头后部钻了一个孔，用麻绳绑上木棒。他握着木棍，用脚踩着横木，用尽全力，将耒耜揳入废墟中，一铲铲将碎石烂木挖出来。

随着碎石烂木被渐渐清理干净，他在一堵废墙下发现了一抹熟悉的红色，那是娅娅穿的红色连衣裙的一角。

"妈妈，娅娅！"威威扔掉耒耜，小心翼翼地用手清理杂物。

万幸的是，那堵墙倒塌时，和一旁的一块高地之间形成了一个中空的洞穴，帮妈妈和娅娅抵挡了来自其他方向的杂物。当威威把她们从洞穴中拽出来时，她们虽然灰头土脸，但安然无恙。

妈妈和娅娅连咳带呕地清理出塞满口腔、鼻腔的灰土，又躺在地上歇息了半天，这才渐渐恢复了精神。

"如果信息发射装置没出错的话，我们现在已经成功到达了4000多年前的龙门山禹穴沟，大禹家族夏后氏部落寨子的所在地！"威威虽然刚刚经历一场大难，却兴致高昂，急不可耐地说。

"现在地震还没结束，只是间歇期，我们还是先逃命要紧吧！"娅娅说道。她的脸色苍白，说话的声音也有些虚弱。

"娅娅说得没错，我们先离开这里。"妈妈在一旁说。

就在这时，一伙人从废墟后边转了出来，一边朝他们大声嚷嚷着，一边走了过来。

看到这伙面色严厉的陌生人，威威不由得有些紧张。不过，等他看清那伙人的后边搀扶着几个受伤的老人和妇女，他马上意识到，这是在搜寻落难者的乡邻。

松

那伙人中领头的一个又朝他们大声说了一句什么。威威听了他的话，忍不住低声对妈妈和娅娅说："他们说的是什么呀？我一个字都没听懂。"

"我听懂了。他们在问，我们是谁，为什么以前没见过我们。"娅娅说道。

看到威威和妈妈惊讶的眼神，她又补充了一句："他们说的是一种古汉语，与我们时代的现代汉语差别很大。但我这个学期学习过古汉语课呀，虽然不能完全听懂，但能根据综合情境进行理解。"

"哇！想不到你居然有这招！你是不是瞎掰呀？"威威忍不住问道。

"你以为我就是个整天只会胡思乱想的小丫头片子，就你能读博士吗？"娅娅反驳了一句。然后，她朝那个头领说了一句话。

那个头领听了后，有些狐疑地打量了他们几遍，然后转头低声对身后的人说了句话。他身后走出一个十六七岁的少年，朝这边走了过来。这个少年看起来面色和善。这让威威稍稍放下了心。

"你对他们的头领说了什么？"他又问娅娅。

"我说，我们来自山那边的部落，我们的族人遭到坏人袭击，我们跟着剩下的族人一路逃亡，又遇到了地震，和族人们走散了。"

妈妈点点头："他们听我们的口音一定也会觉得很奇怪，还有我们的装扮——幸亏这场地震让我们的衣服都破烂不堪，要不然他们会更加奇怪。你这么一说，他们倒是可能会相信我们是来自某个蛮夷部落。"

这时，那个少年走上前来了，伸手指了指山谷前方，说了一句话。

"走吧，我们去那里。他说大禹正在那里接应各个部落的难民。"娅娅说着，从地上站起身来。

5

威威一家跟着那个少年，朝沟口走去。

一路上，他们都能看到陆陆续续汇聚过来的幸存者，还看到有些人趴在废墟上哭泣，那里面一定埋着他们的家人。

威威原本有些兴奋，看到这一幕，不由得心情沉重起来。娅娅更是眼角泛起了泪花。

妈妈看到了兄妹俩凝重的神情，安慰他们道："远古时期的先民，生活非常艰难。但在大禹这样的英雄带领下，我们的祖先战胜了各种困难，我们的民族才能绵延到后来。你们不要只看到眼下他们的痛苦，更要看到他们是如何战胜痛苦、走出绝望的。"

妈妈的话给了威威和娅娅极大的鼓励。娅娅偷偷伸手抹了抹眼角："妈妈说得对，我们是这段苦难而悲壮的历史的见证者，这是多么难得的机会！"

威威使劲点点头："我巴望能快点见到大禹，看看他到底是一个什么样的人！"

没过多久，威威就见到了大禹。

虽然威威早就从历史典籍中知道一些对大禹外貌的记载，但现在看着他就在自己眼前活动，威威还是忍不住吃了一惊：大禹就站在人群中央，他身材高大，因为身体精瘦，脖子显得很长，嘴巴也很瘦削，看起来像鸟喙。

"难怪传说大禹长得丑！"威威忍不住低声对娅娅说。

娅娅扑哧一笑："也算不上丑呀，这叫天赋异禀！"

威威撇了撇嘴，不过，他的目光在大禹身上停留得越久，他就越感觉到大禹身上似乎散发着一种领袖特有的魅力。

只见大禹摘下头上戴的斗笠，双手拿着耒耜当作拐杖支撑在身前，开口说了一通话。不过，威威虽然竖起耳朵听，也没听明白大禹说的是什么，只是觉得他声如洪钟，语气中带着一股慑人的气息。

"他说什么？"威威悄悄问娅娅。

"他说：我们治得了水患，却对地震无可奈何。所以在跟族里长老讨论后，我决定，我们夏后氏家族顺水逃出龙门山，去下江讨生活！"

聚集在四周的那些幸存者中间爆发一阵激烈的讨论，但很快，大家都安静了下来，每个人都用满怀期待的目光看着大禹。

这时，在他们后方的龙门山深处传来一阵轰隆声。威威忍不住面色一变，刚开始他以为是地震又来了，但很快他发现，这声响不像是地震的巨响，更像是洪水汹涌而过时发出的波涛声。

大禹又开口了。娅娅把他的话翻译给威威和妈妈听："受到地震的影响，山洪暴发了。根据我以往治水的经验，再过不到一日，洪峰就会到达这里，淹没一切。所以我们需要在洪峰到来前，建造足够多的独木舟，把能带的东西都装上去。洪峰一来，我们就要离开这里了。"

或许是因为想到从此就要离开故土，人群中出现了一阵长吁短叹，但大家还是纷纷散开，开始行动起来。一些汉子在收集地震中倒下的大树，他们用石斧砍下枝杈，刨平树身，又把树干中心掏空，制作成独木舟。威威之前在什那博物馆看过这种用巨树制成的独木舟，结实宽大，能够远行。树木的数量不够，于是另一些汉子去周围的山林中砍伐。女人们在忙着收拾细软，把谷物装好，把逃散的鸡和猪等抓回来。整个山谷间一片忙碌。

威威很快就和那个少年熟悉了，跟着他去帮忙制作独木舟。这可是他从来没有经历过的一番体验，他忙得满头大汗，但兴致勃勃。这让他很快得到了其他人的信任。而且，在和那些远古时代的人们交流的过程中，他渐渐听得懂他们说的话——雾都大学少年班在读博士的称号,可不是白得的。

妈妈和娅娅则跟着族群里的女人们一起,赶猪抓鸡,也忙得不亦乐乎。

夜幕渐渐降临了。人们围坐在篝火旁,吃了简单的晚餐后,纷纷散去。现在是地震之后,没人敢住进那些未倒塌的房子里,所以许多人钻到独木舟中去睡了,更多人则聚在篝火旁入眠。

威威和妈妈、娅娅一起,蜷在一堆篝火边上,身下垫着几片干燥的树叶。他仰头看着漫天星光,一想到自己现在看到的是 4000 多年前的星空,他的内心就禁不住浮想联翩。但很快,浓浓的睡意就袭了上来。

6

第二天一大早,威威就被四周的喧闹声吵醒了。原来,已经有关于洪水的最新消息传来:再过一两个时辰,洪峰就会到达这里。人们已经在收拾行装,准备远行。

威威和妈妈、娅娅赶紧起身,跟随着人群来到湔江边。这里已经摆满了独木舟。人们以家为单位,有秩序地将稻谷、鸡、猪、各种农作物和牲畜搬运到舟中。有些在地震中失去家庭的人,则聚在一起,那里已经给他们准备了十几艘单独的独木舟。威威和妈妈、娅娅也分到了一艘。

随着大禹一声令下,前方的独木舟率先行动,朝着湔江下游驶去。妈妈也解开缆绳,兄妹俩一左一右,摇起木桨,缓缓离开了江边,顺着起伏的波涛向前飞驰。

威威一边使劲划桨,一边放眼四顾,只见夏后氏部落的上万艘独木舟组成的船队,浩浩荡荡绵延十多公里,气势恢宏。他忍不住感慨起来:这可是一次即将改写历史的举族搬迁呀。

接下来的日子里,这支船队顺着湔江一路前行,穿过龙泉山金堂峡,进入沱江,经今简阳、资阳、内江、自贡、泸州,最终汇入长江。

这些日子里,威威身上发生了明显的变化,他变成了一个水性高超的水手,身体结实,动作矫健,经常裸露的上半身也被阳光和汗水打磨出健康的古铜色。这让他看起来和夏后氏家族的少年们越来越像了。

几个月后,船队来到了江州地界。这里的景象和之前沿途的旖旎风光截然不同:由于连续两个月的暴雨,加上三峡口狭小,上游洪水滔天,导致水位迅速上涨,淹没了一个个村庄,河中偶尔会看到一些动物和人类的浮尸。

这幕景象让威威觉得触目惊心,他巴望船队能快点儿离开这里。可这时,一个消息从前方传来:大禹要求大家停止前进。

威威满腹疑虑，妈妈和妹妹讨论了一阵子，也说不出缘由。他们只好跟随其他船只，朝大禹的船只停靠的河边高地驶去。那里已经停满了独木舟。威威和妈妈、娅娅一起，把独木舟停好，涉水上岸，朝众人聚集的地方走去。

大禹就站在高地的中央，他还跟以前一样，身材精瘦，双手有力地握着竖在身子前方的耒耜，目光炯炯有神地扫视着四周的众人，开口道："大家都看到了，这里的民众正遭受水患，渴望得到上天的救援。我们不能弃之不顾，我们夏后氏的人心怀怜悯，他人之苦就是我们之苦。所以我决定留下来帮助他们。"

"说得好哟！"一声响亮的回应从高地后方的树林中传来。

众人吃惊地朝那边望去，只见树林中转出了一群人，每个人都手持器械，面色警惕。看他们的装扮，明显不是夏后氏部落的成员。

威威也在注视着那群来客。让他吃惊的是，走在那群人前方的是一个女性。

威威仔细一琢磨，这个时期离母系氏族社会阶段不远，有的部落仍然是女性首领掌权，这也不是什么奇怪的事。

那个女性首领看起来英姿飒爽：一头乌黑粗大的长发扎成髻盘在头上，手握一根用丝线缠绕的木棍。她的身后是一面简陋的旗帜，旗帜上绣着一条九尾狐。她威风凛凛地站在前面，朗声说道："来的是啥子人？要做啥子事？"

"来人可是涂山氏部落女娇？"大禹回应道。

女性首领惊讶地打量着大禹，眼神里渐渐流露出惊喜的神色："你是大禹哥哥？"

大禹点点头："是我。女娇妹妹，我们一别已经很多年了。"

看到两人相认，他们身后的人群中爆发出欢呼声。

接下来的日子里，在大禹和女娇的带领下，两个部落聚在一起，联手疏通三峡，治理水患。

威威和妈妈、娅娅一起参与到了那场战天斗地的斗争之中，他们目睹了水患渐渐消退，也见证了大禹和女娇结为夫妻，过着幸福的生活。

7

眨眼间，大半年时间过去了，水患最终消除了。但这时，一股不平静的气息在两个部落间悄悄酝酿。

威威每天生活在夏后氏部落和涂山氏部落之间，听到了许多风声。

原来，夏后氏部落帮助涂山氏部落治理了水患，所以他们中的一些人理所当然要求在这里分到良田，安家落户。但涂山氏部落中的一些人对此不同意，他们觉得虽然夏后氏部落对他们有恩，但他们已经竭尽全力为夏后氏部落提供了粮食和住所，已经回报了夏后氏部落；现在夏后氏部落还索要良田，有些得寸进尺。

就在矛盾逐渐累积时，大禹终于出面了。

这一天，在大禹的指令下，夏后氏部落举行了部落会议。

威威和妈妈、娅娅一起，在人群后边旁听。

大禹还是站在人群中央，不过他的身旁还站着另一个人，就是他的妻子女娇。

"这些日子里，在大家的共同努力下，水患解除了。在涂山氏部落的照顾下，我们夏后氏已经在这里安顿了很长一段时间。但我们不能忘了一件事：这里不是我们的家园！"

大禹说着，用威严的目光扫视着自己的族人。

"那我们就回家去，回到龙门山禹穴沟！"一个部落长老说。

"禹穴沟早就被大水淹没了！我们费尽周折，难道又回到那里，继续在地震和洪水制造的灾难中求生吗？那样的话，我们夏后氏只会走向没落！"

大禹声如洪钟，目光如炬。那些想回老家的人纷纷低下了头。

"我们要走出三峡，去中原，去开辟更广阔的天地，让我们夏后氏的后裔布满中原大地！"

短暂的沉默后，人群中爆发出一阵欢呼声。每个人的眼里都闪烁着希望的光芒。

一直沉默的女娇这时开口了，她的声音里带着几分凄切："大禹哥哥，我不能抛下我的族人，跟随你去天涯。"

大禹握住了女娇的手："女娇妹妹，我能理解。有一天我会回来看你的！"

威威目睹了这一幕，心里猛然一动，他心中的谜团终于解开了！

他想把这个好消息告诉妈妈和娅娅。可是当他转过头时，他吃惊地发现，妈妈和娅娅的身体似乎被一团越来越密集的光点覆盖了。

"妈妈！娅娅！你们怎么啦？"他惊呼着朝她们伸出手去。

"你忘了吧，我们返回的时间到了呀！你看看你自己！"娅娅朝他一笑。

威威一低头，果真，自己身上也被一团光点覆盖了。很快，一阵熟悉的强光在他眼前亮起……

8

这一天，在雾都大学空中教室，举行了隆重的博士论文答辩会。

威威用幻灯片放映了论文全文，还将信息探测仪搜集的远古证据用 VR+AR

机放映了一遍，引起在场的评委会教授和旁听的同学们一阵阵惊呼。

威威最后说："通过我们对4200多年前龙门山大地震的穿越时空考察，可以确定，4500年至4200多年前，因为持续的灾难性地震，大禹夏后氏家族死伤严重，经过了300多年的坚持与奋争以后，4200年前的一次8.5级特大地震，使夏后氏家族在龙门山没有了立锥之地。于是，部落首领大禹率领部族东迁，走出难舍的故乡，去外地求生存，去开辟新的天地。东渐的路线是怎样的，以前的史料中没有明确记载。而我通过这次穿越时空的考察，给出了有力的证据。大禹部落，是顺着沱江，来到沱江与长江汇合处的重庆地区，又继续东迁，来到安徽蚌埠，在这里安家落户，受上古传说中的五帝之一舜的委托治水，在浙江会稽会盟天下部落首领，共举大业，征服了洪水，为夏朝的建立奠定了基础。"

他的导师孔教授问："你如何解释全国的三个涂山氏遗迹？"

威威说："我认为，涂山氏不止一个。涂者，途也，路途中娶的妻子也。黄帝时代，一夫多妻制是社会习俗，黄帝有60个妻子，舜也有皇娥、女英两位正妻。应该说，在汶川涂禹山的涂山氏是大禹的元妃，重庆的涂山氏是大禹夏后氏家族与重庆涂山氏家族联姻的结果，安徽的涂山氏才是大禹在淮河治水时三过家门而不入的那个妻子。"

孔教授问："在中国的古文献中能找到证据吗？"

威威说："能。东晋时常璩所著的《华阳国志》认为，涂山氏是古江州人，也就是现在的重庆人。他说，'禹娶于涂山，今江州涂山是也，帝禹之庙铭存焉'。"

全场响起一片掌声，威威的博士论文以全票通过。

掌声停歇后，威威没有马上走下讲台，而是继续说道："请大家稍等，为了感谢陪同我一起考察的妈妈和妹妹，我向校长提出了一个特别申请，那就是允许她们表演一个节目——登台献唱一首歌曲。这首歌的作词者就是我们曾经相遇的女娇，我妈妈给它重新编了曲。现在，有请演唱者——娅娅，也就是我的妹妹！"

随着一阵悠扬的音乐声，一位身着彩衣的少女款款走上来。她开口唱道："候人兮猗……"

虽然歌词只有简单的一句，但歌声优美曼妙，又充满忧伤。

伴随着歌声一遍遍响起，一副全息场景出现在大家面前：滔滔江水奔流不息，江边的一块巨石上，一个长发女子怀抱幼儿，双眼凝望着远方的水天交接处，在那里，似乎有一艘独木舟正在浪涛中浮沉……

一次考古科幻的尝试

董仁威

记得，读大学的时候，看到了童恩正的科幻小说《古峡迷雾》，很是震撼。这部科幻小说，没有传统科幻的那些关于未来的想象，而是一个探索历史上巴国之谜的幻想故事。

正是这部虚构的考古科幻小说，引起了许多年轻人对探索远古之谜的兴趣。

我虽然没有学考古专业，但是，对考古的兴趣使我成了一个业余的考古研究者，曾对龙门山上下的古蜀遗址进行了长达三年多的考察，发表了学术论文《古蜀国断代初探》。

当我从大禹的出生地北川、汶川追踪大禹的足迹，来到家乡重庆的涂山寺时，关于大禹的谜团突然豁然开朗。这是那一次考察的笔记：

2009 年 6 月 23 日，笔者在重庆市经协办副主任孔繁涛一家人的陪同下，开始了"巴蜀一家亲"的考察活动。说实在的，他们虽是重庆人，却对涂山氏的了解并无笔者多。笔者前不久，才应北川县政府之邀，去考察了大禹的遗迹。在考察中，笔者发现，一般民众耳熟能详的大禹治水"三过家门而不入"的"家"在哪里？在大禹"家"里有何许人？其实一般人并不知道。

可是，由东晋常璩所著、具有相当权威性的《华阳国志》却认为，涂山氏是古江州（现重庆）人，他说，《洛书》曰：人皇始出，继地皇之后，兄弟九人分理九州，为九囿，人皇居中州，制八辅。华阳之壤，梁岷之域，是其一囿；囿中之国则巴、蜀矣。其分野：舆鬼、东井。其君上世未闻。五帝以来，黄帝、高阳之支庶世为侯伯。及禹治水，命州巴、蜀，以属梁州。禹娶于涂山，辛壬癸甲而去。生子启，呱呱啼，不及视，三过其门而不入室，务在救时。今江州涂山是也，帝禹之庙铭存焉。会诸侯于会稽，执玉帛者万国，巴、蜀往焉。

安徽蚌埠对涂山氏人文资源十分珍视，闹得天下共知。而重庆的涂山，则从未引人注视，一直默默无闻。史载大禹治水在涂山娶涂山氏为妻，古人为纪念大禹治水的功绩，在山上修建了"涂山寺"及长江边上的"呼归石"。可是到了近代，在涂山氏为天下共知之后，各地纷纷争做其出生地，而位于重庆的真正的涂山，却被地方官员随意地改名换姓，尤其是清末的一些富商巨贾在山上圈地建起休闲娱乐场所之后，更无所顾忌地在涂山上贴满自己的姓氏标签，因此一座涂山被瓜分得七零八落。失意落魄的候补知县陈竹坡对此大为不满，用大扫帚蘸石灰水在崖壁上愤然写下"涂山"二字，后经石匠刻出，字高 21 米，笔画深 35 厘米，像一面招魂幡，呼唤涂山氏魂兮归来。

笔者让孔繁涛带笔者去找这两个具有深远意义的摩崖石刻大字，细细寻来，却怎么也找不到。找人一问，才知这两个大字早已被除掉了。大家唏嘘一阵，亦无可奈何。

我们驱车从长江大桥过河，折向南岸滨江路，再仔细寻找"呼归石"遗址。走到慈云寺附近，笔者突见一"禹迹遗址"的路标指向江边，便大呼："望夫石！停车！"

笔者和老孔依在石栏杆上，向江面望去。果见一巨石伸向江心，上面还站有人。笔者发挥想象力，信马由缰。

只见一美妇人，怀抱幼儿，站在巨石上，盼着夫君乘船归来，唱着一首歌："候人兮猗！"这首只有一句歌词的情歌，大意是说："我在等你啊，等得我心碎。"据说这是中国的第一首女声独唱的情歌，也是南方的第一首民歌。

这首歌的词曲作者就是后世通称涂山氏的女娇。那时候，她深深地爱上了治水的英雄大禹。后来，大禹而立之年，事业大功告成，来到重庆南岸的涂山，跟涂山氏喜结良缘。因为洪水依旧泛滥，大禹不得不跟心爱的娇妻涂山氏上演"新婚别"。

豪气干云的大禹，才情横溢的涂山氏，相拥而泣，缠绵悱恻，即歌即舞，即饮即悲，两情相悦，却不得不分别。最后，大禹还是把心一横，抛下娇媚的妻子和温馨的家庭，沿长江而下，继续他伟大的治水事业。

于是，涂山氏天天在"呼归石"上，唱着她原创的情歌："候人兮猗。"听得英雄泪雨满襟，有如滔滔江水，滚滚东流。这一别，是他们的生离，竟也是死别。

我们继续驱车前行，沿着盘山道上南山。突见路旁有一告示牌，上书："南山第一景——涂山寺"几个大字，笔者大喜，令司机停车。下来在告示牌上照了张相，一问才知，涂山寺还在前面。驱车继续前行，好容易发现路旁有一"涂山寺"的指路牌，指向一陡峭的羊肠小道。

小道路况很差，我们只得弃车前行，好不容易气喘吁吁地爬上小山顶，看到一座规模不算太小的庙宇。走近庙门，上书有"涂山寺"三字，庙门柱上还嵌有一"重庆市重点文物保护单位"的铭牌。进入涂山寺，倒也香火兴旺，烟雾缭绕，但只见观音菩萨的庙堂，怎么也找不到涂山氏一丝一毫的迹象。

笔者忍不住责备起重庆人的没文化来。我说："重庆涂山是重要的人文资源。据现有有关涂山氏出生地的五种学说分析，以重庆南山为涂山氏故居最有说服力，其理由一为《华阳国志·巴志》明确指出：禹娶涂山氏之地为古江州，即今重庆。而常璩所著《华阳国志》是学者研究巴蜀史重要的依据，是可靠性很强的'信史'。其理由之二是，通过我对禹迹的实地考察、古籍研究及专家论证，夏禹生于古蜀汶山郡是有充分依据的。再追溯夏禹从出生到走向中原的历史，可知，大禹率领夏后氏部落，从家乡出发，先治湔江、岷江、沱江，再治嘉陵江。然后，沿嘉陵江而下，便至位于嘉陵江口的江州，估计在这里与涂山氏部落结成联盟并通婚，娶涂山氏部落的女娇为妻。据推测，古代一夫多妻为常事。因此，涂山氏可能并不是一个人。大禹在重庆娶了第一个涂山氏后，生活了一段时间，便顺长江而下，在安徽蚌埠一带治水，与当地部落结盟通婚，于是，有了第二个涂山与涂山氏。以后，大禹因治水有方，被中原部落联盟首领舜任命为治水特使，分全国为九州，至各地治水，在各地便留下众多的禹迹与新的涂山氏传说。'三过家门而不入'的禹家则很难判断是哪一个'涂山氏'的家。其理由之三是，重庆南山自唐代以来，便建涂山祠以纪念涂山氏，并建有众多禹王宫纪念大禹和涂山氏，还留下了呼归石、弹子石等传说中的涂山氏遗迹，至今还有涂山镇建制。"

不过，虽然我做了这些推论，但是，作为学术研究，却并无过硬的证据。我决定，学习童恩正，写一部考古科幻小说，于是，有了这一个短篇《涂山迷雾》，之后，又将其扩大为中篇科幻小说《三星堆迷雾》。这类考古科幻小说，并不是学术论文，也不是科普文章，不追求学术价值，而是假科幻小说的手段，把一种可能性描绘出来，以图引起读者对解谜的兴趣，对科学的兴趣，从而立志从事考古学研究。如能达此目的之万一，于愿足矣。

董仁威，四川省科普作家协会理事长，上海浦东新区科幻协会名誉会长，世界华人科幻协会监事长，成都时光幻象文化传播公司董事长，华语科幻星云奖创始人，华语科幻星云奖监委会主席。

重庆

红土地（节选）

萧星寒

1

我思忖片刻。这可能是逃生的机会，也可能是致命的陷阱。然而我还有别的选择吗？"你想做什么事？"我问。

梁清扬没有回答我的问题："我知道一些孟楼和你们所有人都不知道的事情，比如鼠族的真正来历。"

"鼠族到底是怎么来的？"我很配合地问道。

"鼠族的鼠，指的是裸鼹鼠，不是老鼠。"梁清扬说，"鼠族之母，那个一手制造出鼠族的人，名字早已成为禁忌，为多数人所遗忘。唯一可以肯定的是她的性别是女性，所以，在下面的故事里我将称呼她为女博士。"

千阳之战中，这座以山多而著名的城市至少挨了四枚核弹的攻击。最初拥进红土地的幸存者到底有多少，早就无法统计，有人说两万，也有人说五万，甚至有人说十万。据说幸存者中有个副市长，是最大的官，顺理成章地当上了红土地的首脑。不管红土地人口有多少，把首脑称为市长，就是从那个时候固定下来了。当时的境遇虽然悲惨，但擦干眼泪和血迹之后，绝大多数幸存者都相信，用不了多久，他们就能离开这个拥挤不堪的地方，重返地面。"最多八年"，他们相互传着这句话。为什么是八年呢？谁也没有解释。

女博士是最早意识到地下生活可能要持续很久的人之一。她本是大学教授，主要研究表观遗传学的应用。事有凑巧，女博士的实验室建在一个古老的防空洞里，与红土地地铁站只有一墙之隔。时年，女博士三十多岁，正是年富力强、最有创造力的时候。战前，表观遗传学是新兴的热门学科，她正在为一系列研究课题忙得不可开交，突如其来的战争，打乱了她的一切。来到红土地，她非常焦虑，比她周围的所有人加起来都要焦虑。

有一天，在一条拥挤不堪的地洞里，女博士小心翼翼地在人海里穿行。有个提着笼子的人几乎与她撞在一起。相互说过"对不起"后，女博士注意到笼子里有五六只红扑扑、光秃秃、龇着两瓣儿大牙的小动物。

"那是什么？"女博士问，"某种变异的老鼠吗？"

"不是，是裸鼹鼠。"那个带笼子的人说，"裸鼹形鼠才是它的学名。只是，大家都习惯叫它裸鼹鼠了。"

带着宠物躲到地下世界的人可不多见，现在又听见这种较真的说法，女博士不由得会心一笑。"好丑的小家伙。"女博士仔细看着笼子里的裸鼹鼠。

"丑得有滋有味嘛。"养裸鼹鼠的人不以为然，"你可别小瞧了它们，本事可大着哩。"

在女博士提问之前，他已经开始滔滔不绝地讲起来。

"它们在缺氧的环境下也能存活很久。完全没有氧气的情况下，能够屏住呼吸长达18分钟。

"裸鼹鼠体内含有高分子量的透明质酸，其含量是人类或其他鼠类的5倍以上。这种透明质酸又称玻尿酸，能够抑制癌细胞的疯狂复制。

"裸鼹鼠的DNA修复能力极强，而且伴侣蛋白含量高，这种蛋白能避免其他蛋白出现折叠错误。因此，裸鼹鼠不会随年龄增长而出现身体机能退化。它们不会衰老，即使年龄很大了，外貌和大脑组织都能保持年轻的状态，并且终生拥有繁殖能力。

"它们的平均寿命是多数鼠类的10倍，最长的可以活过30年。等比例换算成人类的话，就是人均700岁，个别人能活到1000岁。"

女博士总结道："不怕缺氧、不得癌症、不会衰老、寿命还长，堪称超级怪物啊。"

养裸鼹鼠的人说："这些都不算什么，裸鼹鼠还是世界上罕见的真社会性哺乳动物。"

女博士知道什么是真社会性动物，像蜜蜂啊蚂蚁啊白蚁啊，都是，社会分工在基因上就决定了的，然而哺乳动物……"具体说说。"女博士兴致盎然。

养鼹鼠的人侧过身子，让另外几个人从他旁边挤过去，嘴里继续唠叨着："裸鼹鼠的社会分为三个等级：一只女王，几只雄鼠，数十到数百只工鼠。裸鼹鼠执行严格的女王制，在动物中是非常罕见的。你可以把它们的女王看作是武则天、叶卡捷琳娜或者克里奥佩特拉，但显而易见，后者对属下的掌控能力远远不及前者。整个裸鼹鼠部落只有女王有生育能力，一次能生七八只，并且很快就能进行下一次生育，充分保证了裸鼹鼠的繁殖速率。而且，生下来的小裸鼹鼠，是具有繁殖能力的雄鼠，还是没有繁殖能力、只知道工作的工鼠，是由女王分泌的乳汁决定的。显然，雄鼠和工鼠的数量有一个基本固定的比值。"

"嗯，确实和蜜蜂相似。"女博士想了想，又问，"可为什么会是女王制呢？"

那个人说："裸鼹鼠生活在东非的地下，以各种植物的地下块茎和根为主食。它们用巨大的门牙和锋利的前爪挖掘隧道，它们的隧道四通八达，可以长达十几公里。相比它们的体型，这些地下隧道的规模就好比我们建造的超级地下城市。"

女博士点点头，思绪有些飘飞。很多人从她身边匆匆走过，她无视他们的存在。

"地下洞穴的广阔与不可预知性，使裸鼹鼠很难找到交配的对象。一旦找到，它们就要终生在一起。这也是它们建立女王制的重要原因。同时，在地下，块茎和根都可遇而不可求，单靠一只裸鼹鼠或者几只裸鼹鼠，挖洞去找，很可能洞还没有挖好，就已经先饿死了。挖洞可是个体力活，所耗费的能量比行走耗费高出 3500 倍之多。数十只裸鼹鼠都去挖洞，找到食物的可能性就大得多。在分配食物方面，它们执行严格的共享制度。虽然不能保证每一次每一只裸鼹鼠都能吃得饱饱的，但至少不会轻易饿死。"

"这能解释群居行为，可不能解释女王制。"女博士指出漏洞。

"演化也有偶然性，尤其是生物的行为和社会构成模式。对裸鼹鼠而言，为了生存下去，它们以群体为单位进行自然选择，所有个体都选择了群体利益最大化，因为在地下这个极端环境下，群体内部竞争获得的利益，远不如群体与群体之间竞争获得的利益大。也许裸鼹鼠们尝试过别的社群结构，也许一开始它们就选择的是女王制，这个问题的答案已经淹没在历史的灰烬里，无从考证了。但我相信一点，能够存活繁衍至今，起码说明这种生活方式与社会结构有可取之处。"

女博士惊奇地望着那人，被他的这席话所震撼。

那人继续说，语气越来越有所敬畏："女王用一种外激素使雄鼠服服帖帖，用另一种外激素压制工鼠的发育，使它们的生殖器永远停留在童稚状态，不会起什么反抗之心。很可怕，是吧？然而，用人的伦理和道德来看待动物的行为，毫无意义。女王制保证了裸鼹鼠种群的生存与繁衍，是自然演化的结果，没什么不好。你说是吗？"

那个人说着，忽然停下来，眼望四周，感慨了一句："裸鼹鼠可比现在的我们，更适合地下生活。"

就是最后一句话，激发了女博士的灵感。她为自己的焦虑和人类的未来找到了一条全新的出路，那就是以裸鼹鼠的生理结构、行为模式与社会制度为蓝本，用基因驱动技术，对现存人类进行全方位的改造。这就是"裸鼹鼠计划"。

女博士回到几近荒废的实验室，重新开始研究。她从幸存者中招募了助手和志愿者。她对这些人说："人类从树上下来，从古猿演化为类猿人再进一步演化为人类，并不是自愿的，更不是谁事先计划好的。恰恰相反。真实情况是，当时世界气候骤变，导致东非的森林消失，古猿不得不从生活了数千万年的树上下来。下了树，到了地上，猿就不是猿，而是人了。现在，另一场人为制造的灾难导致我们离开地表，来到这暗无天日的地下。在地洞里想要完全延续地上生活是不可能的了。而裸鼹鼠，为我们的未来提供了榜样。

"与第一批下树的猿相比，我们有两点优势。第一，我们至少知道，裸鼹鼠的身体结构、生活方式与社会制度是适合在地底生活的。我们可以少走很多弯路。裸鼹鼠与人类 93% 的基因相同，这使得裸鼹鼠计划天然就具备可行性。第二，借助表观遗传学和基因驱动技术，将使人类在一两代人的时间里，完全适应地下生活，而不需要花费数百万年的漫长岁月去慢慢演化。这是人工演化的效率，也是科技的力量。是的，我始终相信，是科技的力量摧毁了地上世界，但能拯救人类，使人类能够继续生存的，也唯有科技。"

2

讲到这里，梁清扬忽然停住了："你相信女博士的这种说法吗？"

"什么？"我一时没有反应过来。

"女博士对科技的看法。"

"我不知道。实际上，我没有想过这个问题。她说的也许是对的，也许是错的。谁知道呢？"

"你燕子姐姐说你心重，什么都想得太多，还真是。"

"你说的这些，有些我了解，但有不少我都不知道。什么是表观遗传学？什么是基因驱动技术？"

"我也不知道。我只是在复述我爸爸的话，还有查到的历史资料。"

"好吧。无知的人不止我一个。"我微微叹了一口气，"后来怎么样呢？"

梁清扬说："因为有之前的数个课题作基础，研究进展十分顺利，三个月后就出成果了。从裸鼹鼠身上提取的基因片段被复制到一种针剂里，这种针剂自带基因驱动药物。这种药物原本是一种叫埃博拉的烈性病毒，经过一番精心改造，病毒只剩下了极强的传染力，致病性完全消失了。注射进人体后，埃博拉病毒迅速将基因片段传染到全身的每一个细胞，替换掉细胞里原来的基因片段，于是裸鼹鼠与人类的混血儿就诞生了。"

我有些茫然地望着梁清扬。

"不要看我，我也不知道这段话是什么意思。资料上说，这是表观遗传学与基因驱动技术的完美结合。"梁清扬说。

"就跟听天书一样。"

"也可以说是魔法。"梁清扬说，"过程虽然难懂，结果却很容易理解。虽然裸鼹鼠计划有失败的案例，但最终，有12个参与实验的志愿者成功地转化为鼠族。"

"把带病毒的针剂注射进自己的血管，疯了吗？"

"只要有足够多的好处就行。"梁清扬说，"根据研究日志，注射针剂后，志愿者的新陈代谢迅速下降到原来的30%。如此一来，他们只需要吃一点点食物，就能维持很久的生存。饥饿的感觉从此与他们没有什么关系了。"

这确实是一个巨大的好处，尤其是在缺少食物的地下世界。是的，即使在物资丰富的地面，也有很多人因为种种原因而做出愚蠢至极的选择。我从书上读到过很多这样的故事。那么，到了一切秩序土崩瓦解的地下，为了能够生存下去，无论多么危险的事情都会有人愿意去做！何况变成鼠族后还有那么多诱人的好处！"你的故事还没有讲完。"我说，"在女博士制造出混血鼠族之后，又发生了什么事情？"

"一场灾难。"梁清扬说。

女博士制造出鼠族的消息不胫而走，在红土地悄然而极其迅速地流传。一部分人对于成为鼠族，充满了期望。一点点东西就能吃饱肚子，这一条就足以让人动心。不会得癌症，也足以使很多人下定决心。当时，因为核辐射的缘故，癌症的发病率超过正常值的几十倍，而地下世界又没有相应的医疗设备和合格的医护人员。近乎所有的癌症患者都只能活活等死。至于女王制度，以及从基因上决定一个鼠族的社会阶层，这些都是可以接受的代价。当然，大部分男人都想当雄鼠，而成为永远长不大的工鼠，其实也不是那么可怕的事情。"没有性的觉醒，就没有性的困扰与烦恼。整天嘻嘻哈哈，忙忙碌碌，不也是很好吗？比现在这个要死不活的憋屈样子，好多了，不是吗？"有人这样说。

然而，还是有很大一部分人持怀疑态度。成为老鼠？光想想这几个字，就让他们心惊胆战。不管怎么跟他们解释，裸鼹鼠和老鼠不是一回事，他们依然固执地用老鼠来描述鼠族人。"我们是人，不是什么老鼠。人，懂吗？有人的尊严，人的执念，人的气质，人的文化。老鼠有吗？但凡还有一丁点儿人的骄傲，就不可能去转化成为老鼠！"他们四处宣扬自己的观点，并疯狂攻击裸鼹鼠计划的支持者。他们认为，有一个阴谋正在酝酿，有人要蓄意消灭所有幸存者，"亡国灭种，然后用鼠族取而代之"。

红土地的核战幸存者很快分为三派：支持派，反对派，还有观望派。三方势力争论不休，但大体还停留在口头辩论上，没有诉诸武力。这在拥挤不堪又缺衣少食的地下世界里，其实是非常难得的事情。然而一句谣言的出现，打破了这个微妙的平衡。"市长下令，在所有人的食物中悄悄添加鼠药，要把大家都变成听话的鼠族。"这个谣言，或者说未经证实的消息引发了大面积的恐慌。即便是那些鼠族支持者，忽然间得知自己已经吃过"鼠药"，就要变成"鼠人"了，也心下大骇，乱了方寸。

地下世界蓄积已久的紧张、仇恨、怨愤一下子爆发出来。谁也不知道是谁最先动的手。从争吵到动手到厮杀到所有人都卷入这场暴乱之中，不过是短短几分钟的时间。结果却非常明确，基因实验室被彻底砸毁，数千人死于这场暴乱。

"死者中包括女博士吗？"我问。

"女博士和七个鼠族死于动乱之中。"

"也就是说，当时有五个鼠族逃出去了。就是这逃出去的五个鼠族创建了我们现在看到的鼠族部落？"

梁清扬点点头："其实，现在到底有多少个鼠族部落，各个部落的规模有多大，我们并不清楚。当时，鼠族暴乱中，就有很多人，因为害怕屠杀，也跟着鼠族逃了。而鼠族和人类之间，据我所知，还没有生殖隔离。"

"鼠族暴乱，哪有什么鼠族暴乱？"我把注意力集中在眼前的对话上，尽量不去想别的事情，"明明是那条谣言引发的。"

"是的，那条谣言。我问过那场暴乱的幸存者，他们都不知道是谁散布的那条消息。最后是我爸爸告诉我，是现任市长赵光庭。当时，赵光庭是市长的常务秘书，实际权力很大。我父亲说，他亲耳听见赵光庭偷偷传播那条谣言。以赵光庭的身份，他说出的话，很多人不加任何思考，毫不犹豫地就接受了。"

"赵光庭为什么要这么做？"

"你看他在暴乱之后得到了什么就知道为什么了。前任市长死于暴乱。赵光庭在暴乱中组织有力，表现出卓越的领导才能，被推举为新一任市长，一直做到现在。"

"我记得老梁说过，赵光庭是鼠族的制造者。"

"女博士开始研究裸鼹鼠的时候，曾经去找当时的市长寻求支持。接待她的就是常务秘书赵光庭。听说了女博士的裸鼹鼠计划后，赵光庭表现出极大的兴趣。他尽力说服了市长，在此后的一段时间里，他对女博士的研究极为关心，从人力到物力，提供了大量的不可替代的帮助。我爸爸说，没有他的支持，裸鼹鼠计划就不可能成功，说他一手缔造了鼠族，不算夸张。"

"然而，后来又是他，用一则简简单单的谣言，彻底摧毁了裸鼹鼠计划。"我说，"他是真的坏，还是真的认为裸鼹鼠计划有害？"

"我不知道。"梁清扬说。

这时，我的肚子很不争气地响了起来。梁清扬站起身，绕过桌子，来到我跟前。他把最后那四分之一的苹果塞进了我嘴里。我狼狈地囫囵吞下，全然不觉得吃了什么了不起的东西。

"还记得最近出去的那支地面探险队吗？"梁清扬开启了新的话题。

"走到洞口就退回来的那支？我记得。"

"我就是那支探险队的队长。"梁清扬说，"正如你猜测的那样，盖革计数器是坏的，不管有没有核辐射，一工作就嗡嗡乱叫。出发之前，赵市长找到我，要我弄坏盖革计数器。"

"为什么？他为什么要这么做？"

"你没有听说过吗，那些关于赵光庭的谣言？大部分是真的。尤其是关于他舍不得放弃权力的那部分。他知道，一旦离开红土地，他的统治将土崩瓦解，不会再有任何人听他的。权力亦如毒品，啜饮过它的滋味的人，都不舍得放弃。所以我打算做一件事情。"

"什么事？"我问。

"我要推翻赵光庭的统治，我要告诉大家真相，我要带领所有人走出红土地，回到地面，开始全新的生活。"梁清扬目光灼灼，伸手按住我的肩膀，"你愿意站在我这边吗？你愿意帮助我完成我的使命吗？"

"我愿意。"我答道，没有丝毫的犹豫。

梁清扬嘿嘿一笑："很好。天虹，你可以进来了。"

刚才出去那个年轻保安端着餐盘走进来。他将餐盘放到我面前的桌子上，又将捆住我的绳子一一解开。摆脱束缚后，我立刻扑到餐盘上，狼吞虎咽。

短短几分钟，餐盘里的饭菜大半进了我的肚子，我吃饭的动作慢下来。一个念头跳进我的脑海：罗菲这个时候在做什么？吃饱饭了吗？

"我有一个疑惑。先前孟楼说，罗菲操控了他的行动，那你怎么知道我现在的言行不是受了罗菲的操控，随时可能背叛你？"

梁清扬说："鼠族女王用外激素统御雄鼠和工鼠，而外激素的作用范围和时间都是有限的。我相信你此时此刻并没有受到罗菲的影响。"

我心中微微一跳。我此时此刻对罗菲的思念是出自我自己的真实想法？我把餐盘里的最后几粒饭夹进嘴里，然后把餐盘轻轻推开："说吧，要我做什么？"

"在那之前，我想先告诉你一个秘密。刚才的故事里，有一个养裸鼹鼠的人。你知道这个人吗？"

我摇摇头，表示不知道。

梁清扬说："他是你的父亲。"

我无声地张大了嘴巴。我的惊讶难以言表。

"而且，"他继续说，"我有充分的证据表明，你父母的死与赵光庭有直接联系。"

3

十号站台的铃声持续响起。陆陆续续有人从四面八方的隧洞钻出来，汇集到这里。我手里握着梁清扬给我的无线话筒，藏身在一堆彩灯后面，看着人群越聚越多。

"谁？谁在乱摁铃？"刘海龙骂骂咧咧地从治安室跳了出来，手臂上还缠着绷带。几个保安提着警棍跟了出来，但数量比预计的要少，机会难得。

我清了清嗓子，对着话筒吹了一口气："我。"

广播系统把我的声音轻松地传递到十号站台每一个人的耳朵里。

"你是谁？"刘海龙四处张望，同时示意他的手下，四下搜索。

我的位置很高，能够轻松看见下面的一举一动。我看见梁清扬的人摆着维持秩序的架势走进人群之中。我表演的时间到了。

"还有人记得千阳之战吗？就是那场把我们从地面驱赶到地下的战争？是谁最先摁下核弹按钮的呢？已经没有人说得清楚，然而牵一发而动全身，第一枚核弹射出之后，世界各地立刻做出激烈反应。那些深埋地下的核导弹基地打开了发射井，在公路和铁路上驰骋的机动核导弹发射车竖起了发射架，在空中翱翔的战略轰炸机输入了核武器发射密码，在大海深处游弋的战略核潜艇点燃了潜射核导弹的发动机，都一股脑地把核导弹按照预定方案发射出去。所以说，这不是意外，而是一场蓄谋已久的自戕！"

人群开始还有些纷纷扰扰，我多说几句之后，都安静下来。虽然还有茫然之色，但心底的某种情绪，已经被我调动起来了。市长赵光庭出现在刘海龙身边，刘海龙低头向他解释着什么。

我继续说："然而，一切并没有因为千阳之战的结束而结束，被迫来到地下的我们并没有停止自戕行为。20年前的那场被认为是鼠族引发的暴乱，大家还记得吗？没有人知道是谁最先动的手，已经无从查证，但结果是如此的残酷。一开始，还有明确的派系之分，裸鼹鼠计划的支持者，反对者，还有中间派。谁支持，谁反对，谁观望，在之前的大辩论已然悄然分裂。支持者杀反对者，反对者杀支持者，中间派杀支持者也杀反对者，也同时被支持者和反对者杀。然后，随着暴乱的继续，派系界限逐渐泯灭，本派系中那些不够坚定不移不够积极狂热的人，也成为屠杀对象。到最后阶段，在暴怒、仇恨和恐惧的支持下，屠杀向身边的每一个人蔓延。没有核弹，我们用砍刀、木棍、石块、拳头和牙齿，照样彼此杀了个痛快。20年前，在红土地，就在这里，惨叫，追逐，混战，血肉横飞，核战的幸存者纷纷倒下。整个红土地的人口锐减了至少70%。70%啊！"

说到这里，我停住了，好让听众们消化刚才提到的海量信息。

赵光庭在下边大喊："我知道你是谁，你是那个种蘑菇的。我不知道你要干什么，但我要你马上滚出来，别在背地里装神弄鬼。你不自己出来，等我的人把你抓出来，我要你好看！"

松
|
247

"我们把那场暴乱叫作鼠族暴乱，说得好像是鼠族干的。其实不是，鼠族只是借口。他们也是暴乱的受害者，而所有的屠杀，都是人干的。赵光庭赵市长，"按照梁清扬的计划，我继续说，"有一个问题我想问你。所有的证据都指向一件事，你是20年前那场暴乱的始作俑者，你用了一个彻头彻尾的谣言，引发了那场暴乱。你说市长悄悄地将鼠药放进所有人的食物里，在所有人都不知情的情况下，把所有人都变成鼠族。大家听了这个谣言，相信了，害怕了，然后就失去控制，发生暴乱了。我想问的是，为什么？为什么你要编造那个谣言？"

"为什么？我为什么要回答你的问题？"

"就是这场暴乱，形成了现在红土地的生活格局与社会秩序。我，还有在场的每一个人，都有资格问一个为什么。"我不由得加重了语气。梁清扬说："语气要狠，态度要坚决，语气要不容置疑，要充分相信，真理和正义还有良知站在我们这边。"我继续讲："赵市长，请你回答刚才这个问题。连回答问题的勇气都没有，你还有什么资格做这里的市长？"

下边有人跟着鼓噪起来。也许是梁清扬安排的，也许不是，就是几个爱起哄，平时又对赵市长有所不满的人。王电工站在人群的边上，一脸高深的微笑，倒让人意外。刘海龙嚷了几嗓子，现场才稍微安静了些。赵市长阴沉着脸，大声说："我儿子就死于那场鼠族暴乱，至今我都伤心欲绝。我是暴乱的受害者。而在场的各位父老乡亲，兄弟姐妹，你们其实都是那场暴乱的受益者。你们没有资格，更没有权力指责我。"

对这个回答我颇为意外，就没有打断赵市长的自我辩护。

"20年前，我是市长的常务秘书，负责分配食物，在很多人眼里，那是个美差。但我其实非常痛苦。因为我在分配食物的过程中，知道一个巨大的秘密。当时的食物储备只能供所有人再吃五天，即使削减每一个人的口粮，削减到最低水平，也最多再坚持十五天。我能想到的办法就是大量削减人口。所以我有意识地引发了那场暴乱，鼠族只是由头，只是引线，只是导火索。肯定有人会说我残忍，我承认。但人都是要死的，或早或晚，不是死于暴乱，就是死于饥饿，有什么区别吗？"

"怎么没有区别？"我愤怒地问。

"事实上，在行动之前，我向当时的市长汇报过粮食的情况。那个老奸巨猾的家伙，他暗示我可以想办法削减人口。我一时冲动，说出了那个计划，老家伙没有明确指示，没有说可以，也没有说不可以，只是转身离开，把一个烂摊子留给了我。那个老混蛋，他为什么不阻止我，不反对我，不把我抓起来以免我去干坏事？除了照计划进行，我还能怎么办？在当时的情况下，就算没有我，也会有其他人来执行这个计划。"

我一时语塞，不知道怎么说。

"还有，总有人造谣，说我是鼠族的制造者，这完全是污蔑。我是去实验室参观过，但那是我作为领导的职责。有人在红土地搞非法试验，我不该去看看吗？裸鼹鼠计划，是叫这个名字吧？跳过了动物试验阶段，说是客观条件不允许，直接进入人体试验阶段，这真的对吗？尽管有无数的志愿者，争先恐后地参与。但这真的对吗？

"还有，你们都看到了成功的案例，但你们没有看到失败的案例，我看见了。那些失败者，没有变成裸鼹鼠，反而感染上了埃博拉病毒，在很短的时间，所有的内脏器官都变成赤红色的液体，最后在剧烈的呕吐中死去。死状极惨。而失败的案例高达40%！你们以为裸鼹鼠计划可以拯救你们吗？你凭什么认为你会成为那成功的60%？失败的可能性永远存在！

"我说在场的各位都是那场暴乱的受益者可不是假话。你们之中有一半人经历过那场暴乱，对于当时粮食缺乏的情况，你们应该深有体会。你们有别的解决方案吗？去冒40%的死亡风险，转化为裸鼹鼠吗？说句实话，没有暴乱，你们活不到现在。你们之中的另一半，包括现在拿着话筒，在暗地里叽叽歪歪搞阴谋的那位，都是暴乱之后出生在红土地的，你们有什么资格品评你们未曾经历的事情？同样的，没有那场暴乱，也不会有你们的存在。"

赵光庭不愧为老资格的政客，这一段演讲下来，虽然其中的话语并非毫无破绽，强词夺理与偷换概念之处甚多，但与我的高谈阔论相比，似乎更贴近现场诸人的心声。他说完后，现场非常安静，局势似乎正在往有利于赵市长的方向发展。我略为思忖，推开遮蔽我的彩灯，从藏身之处走了出来。"说得真好，"我讥讽道，"千阳之战，你是受害者。鼠族暴乱，你也是受害者。你能活到现在，还真不容易啊。"

"终于现身了，种蘑菇的。"赵市长说，"就凭你，搞不出这么大的动静，说，在幕后指使你的人是谁。"

"赵光庭，我还有一个问题要问你。"我怒目圆睁，语气格外狰狞，"你，八年前，为什么要杀死我的父母？"

"那是意外！"赵光庭脸上显出一丝恐慌。"抓住他。"他向刘海龙发布命令，后者立刻气势汹汹地冲我奔过来，却忽然摔倒在地，跌了个狗啃泥。刘海龙骂骂咧咧地爬起来，一支步枪抵在了他的腰眼上。"听小艾把话说完。"步枪的主人梁清扬一字一顿地说。刘海龙顿时不敢作声。

喧哗瞬间席卷了整个现场，刹那间又归于平静。众人注视着我，等待我的进一步行动。我好整以暇，缓步走向赵市长："不要以为我当时只有十岁，我就什么都不知道。虽然当时我只看到一些片段，有些事情还不理解，但我长大了，知道了更多的事情，把一切碎片拼接在一起，就了解了事情的全貌。你，赵光庭赵市长，觊觎我母亲的美貌，本想利用你的权势得到她，却被我母亲严词拒绝。你恼羞成怒，意图强奸，又被我父亲撞见，才匆匆逃走。最后，在你的指使下，刘海龙安排手下，制造了那场意外。我的父亲和母亲，死在了那个坍塌的地洞里。你说，我说的是不是真的？"

"你瞎说。"赵市长声嘶力竭地说，"你有什么证据？再瞎说，我打死你。"

我倒不怕赵市长的威胁。天虹早就悄悄站在了赵市长的身边，他拿砍刀在他脖子附近比画了一下，赵市长立刻缩了脖子，不再说话。

"刘海龙，你说。"梁清扬大声问道，"不说实话，我一枪打死你。"

刘海龙眼珠子转了两圈，似乎在求助。在看见手下都离得远远的之后，他就叹了口气，说："是……是市长下的令。我……我也是被逼无奈啊。"

我已经走到市长跟前，站在离他不足一米的地方。我从未在如此近的地方看过市长，只见此时的市长，满脸发白，直冒冷汗。没有爪牙和帮凶，他也不过是一个被岁月碾压过的老头子。我曾经在他身上感受到的权威如今已经荡然无存。他就像毒蛇褪下的皮，苍白，瑟缩，令人恶心。

天虹把他手里的砍刀递到了我手里。那意思再明白不过了——杀了他！杀了赵光庭！杀了这个害死我父母的元凶！

"血亲复仇。你是第一受害人，最有资格这样做。"梁清扬在行动之前这样对我说，"台下的那些人，对千阳之战的起因和经过不感兴趣，对鼠族暴乱的真相不感兴趣，但对血亲复仇一定感兴趣。"

我握紧砍刀，手指因为用力而微微痉挛。"杀了他。"天虹在我耳边低语。我还在犹疑，不知道如何出手，毕竟我没有受过杀人的训练。这时，天虹从后方将我的手肘一推，那砍刀立刻前冲，深深地扎进了赵市长的胸腹之间。

4

赵市长倒退两步，以不敢相信的目光看着我，又看了看胸前的刀柄，这才惨叫着倒下，倒在台阶上。他一时半会儿还死不了，鲜血伴随着他的哀号和抽搐，先是喷射，后是汩汩流出，最终躺在那里，不再动弹。两只浑浊的眼睛半睁着，好像仍不相信自己辛辛苦苦经营这么多年，怎么忽然间一切就土崩瓦解了呢。

"为什么？"我总算清醒过来，转向天虹，"事先不是说好，解除他的市长职务就行了吗？"

"除恶务尽，不留后患。"天虹这样回应，"梁队长说的。"

一股愤怒混杂着恐惧在我胸中涌起。我的目光越过不知所措的人群，望向数步之外的整件事的主谋。梁清扬依然平端着步枪指向刘海龙，刘海龙的嚣张跋扈早已不知踪影，只剩一个颤巍巍的躯壳。他胳膊上纹的那条面目狰狞的龙，此刻显得特别可笑。

人群中不知道是谁大喊了一句："杀人啦，艾星雨把赵市长杀死啦！"这霹雳一般的喊叫顿时将现场不知所措的人群唤醒，刚才他们还是面面相觑，宛如只有脑袋能动的雕像，现在忽然间活过来，走动，奔跑，回避，号叫，啼哭，议论，谩骂，疑惑……一时之间，整个现场宛如一锅沸腾的水，一片涌动的海。

梁队长大喊着什么。隔得太远，周围又闹，我只能猜测是"安静"两个字。他连续喊了好几次，没人照着他说的做。然后他扣动了扳机，枪声骤起，在红土地四处回荡。刘海龙应声倒下。这下子，闹嚷嚷的现场立时安静下来。

"我说——安静！"后面两个字格外清晰，环顾四周，梁清扬又命令道，"给我话筒。"

天虹从我手中拿过话筒，走向梁清扬。看着天虹离去的背影，我有种深深的屈辱感。我被利用了，我被抛弃了，我成了一枚任人利用的棋子。

梁清扬拿过话筒："赵光庭死有余辜，有什么大惊小怪的。你们早就想干掉他，不是吗？只是不敢动手罢了。你们之中，有谁，背地里没有骂过赵光庭，现在就可以站出来，指着所有人的鼻子，骂一声叛徒？"

没有哪个蠢货会在这个时候站出来。

"赵光庭坏事做尽，他是咎由自取。"下了这个结论之后，梁清扬清了清嗓子，继续说，"他死了，他的帮凶刘海龙也死了，一了百了。而我们这些还活着的人，还要继续在这暗无天日的红土地生活，你们愿意吗？我想没有人愿意。我将带领大家离开这里，回到阳光灿烂的……"

就在这时，燕子姐慌慌张张从人群背后跑过来。在距离梁清扬七八步远的地方，就听见她气喘吁吁地喊道："孟楼带着一队保安，占领了粮食仓库！"这突如其来的消息打断了梁清扬的演讲。他愣了小半晌，捏着话筒没有说话，直到燕子姐跨步向前，牵住了他的手，恰如其分地宣示了自己与他不一般的关系，他才说道："慌什么？天虹，你带几个人过去看看，到底发生了什么事。"

天虹点了四名保安的名字，都是些刚刚加入保安队的新人。梁清扬又在天虹耳边叮嘱了几句，我猜是"一定要不惜一切代价夺回粮食仓库"之类的话。我很清楚，所有人都清楚，粮食仓库对于红土地的重要性。粮食仓库堪称红土地的战略枢纽，谁控制了粮食仓库，谁就可以控制整个红土地。然而，孟楼是怎么想到此时去占领粮食仓库的？难道他知道今天我们会行动？护卫赵光庭和刘海龙的保安比平时要少，我算是知道他们去哪了。

天虹带着四名保安匆匆离开十号站台。梁清扬松开了燕子姐抓住他的手，继续演讲。燕子姐满脸凄惶地站在梁清扬背后，摇摇欲坠。我知道有些事在我的视野之外悄然发生过了，然而我……我不得不收敛心神，将注意力集中到梁清扬的演讲上。之前我已经听他讲过，此刻听来却格外空泛。不外乎他不会享用特权，会公平地对待每一个人，他希望带领大家走出这个阴森可怖的地下世界，回到渴望已久的地面，我们梦寐以求的故乡，这是所有人不约而同的梦想……

广场边上忽然传来喧哗声。我极目远眺，看见隧道入口，有一群人正鱼贯而出。前几名都是手持警棍和砍刀的保安，第六个人是脸庞白净的孟楼，刚刚出去的天虹跟在他的身后。谁都看得出天虹的立场发生了转变。"螳螂捕蝉，黄雀在后"，孟楼此刻的笑意正好诠释了这个成语的全部内涵。

"天虹，你过来！"梁清扬脸色有些难堪。

天虹摇着头，不说话。他显然不是刚刚才背叛的，而是在很久以前。那孟楼趁我们对付赵光庭和刘海龙的时候，带人占领粮食仓库的行动就可以解释了。

"不要以为梁清扬是什么千载难逢的好人。我也告诉大家一个秘密吧。"孟楼走进人群之中，边走边说，"梁清扬带领地面探险队的回红土地的途中，遇到鼠族部落的围攻。他派人求救，保安队与鼠族进行了一场血战，虽然歼灭了整个鼠族，但保安队也折损了大半。这个事情相信大家都记忆犹新吧。然而，这事儿从一开始就是阴谋。探险队遭遇鼠族部落，根本不是巧合，而是梁清扬事先知道那里有鼠族部落，刻意把探险队带过去的。目的很简单，就是借鼠族之手，干掉一半保安队，削弱赵市长的实力，为他今天搞政变创造必要条件。"

我惊讶地"哦"了一声，周围也是一片诧异惊叹之声。地面考察与歼灭鼠族原本是独立的两件事，现在却如此血腥地联系在了一起，的确出乎意料。然而冥冥之中我又似乎觉得，这个结果也不是特别意外。

梁清扬说："孟楼，你血口喷人。你说这些，有证据吗？"

"这话听上去有几分熟悉。"这时，孟楼已经走到了梁清扬的跟前。他的十来个手下站到了他的身后，呈扇形拱卫着他。他志得意满地笑笑："对哦，先前艾星雨说，赵光庭害死了他的父母，赵光庭要证据，他才肯去死。现在，轮到你说，要我拿出证据，你才肯去死。可笑。局势变化怎么就这么快呢？"

燕子姐抓着梁清扬的胳膊，表情惊惶。事情确实变化得太快。由于天虹的背叛，梁清扬不知道他的手下还有几个是可靠的。我猜他此刻孤家寡人的感受一定非常强烈。

"我一定会带领大家回到地面！"梁清扬说。

这句没头没脑没滋没味的话引发了孟楼的大笑。他笑得前仰后合，眼泪都快掉下来了。良久，他才止住笑："回地面干吗？去接受核辐射吗？我们还回得去吗？"

梁清扬脸色惨白，勉强说道："地面的核辐射早就没了。毕竟千阳之战已经过去了三十多年。地面早就安全了。这些年里，赵光庭欺骗了所有人。"

"也只是可能。你并不能证明地面已经安全了。"孟楼说，"最关键的是，我们为什么要出去冒险？这里有吃有喝，条件确实艰苦点儿，但毕竟活得好好的啊。为什么要去冒险？就为了你那从你那酒鬼老爹那里继承来的虚无缥缈的地上之梦？在我看来，这里，此时此地，就是最好的，根本没有必要去冒险。大家说是不是啊？"

孟楼的说法让我震惊。红土地里明明有诸多不好的地方，他为什么认为这里就是最好的呢？然而，我看见周围包括天虹在内有不少人点起了头，说明支持孟楼这种说法的人不在少数。

我大声说："不对，孟楼你说得不对。这里并不好。连洗个热水澡都办不到，你能把这样的生活叫作好吗？"

"小艾，"孟楼看着我，语重心长地说，"你被梁清扬利用了，你不知道吗？你父母的事情是我告诉梁清扬的，没想到这个阴谋家居然利用你去对付赵光庭市长。"

"赵光庭死有余辜。"我把先前梁清扬说过的话重复了一遍。

"我不和你讨论这事儿。"孟楼转向梁清扬，"眼下的局势已经很明显了，梁清扬，你要么降，要么死，没有别的路可选。投降，我保证不杀你和你老婆。别看你有枪，可枪里有多少发子弹呢？多到能把在场的每一个人都打死，就像你打死刘海龙一样？"

梁清扬的脸色变得极其难看，一阵红，一阵黑，一阵白，显然心潮难平。"下不了决心吗？"孟楼不耐烦地说，"那我帮你下好了。"他把手举到半空，挥了挥手，就像指挥千军万马的将军一般，向跃跃欲试的保安们指出了进攻的方向……

就在这时，某个地方传来难以形容的呜呜。在我分辨出这呜呜是什么之前，站台的所有灯全部熄灭，整个红土地顿时陷入全面的黑暗之中。枪声响起，有人惨叫，又有人大呼"打死他"，纷乱的脚步在四周回荡。突如其来的黑暗让我无所适从。我后退两步，靠到墙上。奔涌的人群从我身边杂沓而过。如果不是我闪避得及时，我很可能已经被踩死。我的心怦怦跳，惊惧笼罩着我的全副身心。

黑暗中，有一只手捉住了我的胳膊，我急忙甩开，然而没有甩掉。那只手很冷，但抓得很稳，很紧。一个熟悉又陌生的声音对我说："跟我来。"

那是罗菲的手，那是罗菲的声音。

5

黑暗中，仓皇中，混乱的人群中，我的脚步踉跄，一路跌跌撞撞。但抓着我的那只手一直没有松开。我在罗菲的牵引下奔逃，时而快，时而慢，时而上，时而下。不时有人在近旁跌倒，惨叫与惊呼之声不绝于耳。

也不知道跟跑了多久，周围都安静下来，我想我们已经奔逃到远离红土地的地方，四周只剩下我和罗菲的脚步声——不，只有我一个人沉重的脚步声与呼吸声。罗菲脚步轻捷，犹如小猫，根本没有声音。又奔逃了一段时间，罗菲才停下来："星雨，这里安全了。你先藏在这里。"她按着我的肩膀，示意我坐下。

我不肯，倔强地站着，同时抓住她的手不放："你要去哪里？"

她说："去找人。"

"这么黑，你看得见？"

"不，我看不见。但我听得见，嗅得见，比眼睛看到的更为清晰。"

"立体听觉，立体嗅觉。这么说，孟楼说的都是真的？"我的心往下沉，缓缓松开了我握住罗菲的手。

"什么？孟楼说了什么？"

"他说你原本是鼠族的一员，一只工鼠，没有雌雄之分。你的部落被保安队歼灭，你逃了出来，遇到我，然后才发育……发育成你现在的样子。"我揉了揉太阳穴，就地坐下，以解放我酸软无力的腿。

"按照你们的说法，确实是这样。但从鼠族的角度来讲，却是另外一回事。"我感觉到罗菲在我身旁坐下，但她没有继续往下说。"怎么不出去了？"沉默良久，我终于提出了一个问题。罗菲答道："十号站台的电力已经恢复，没有黑暗的掩护，我出去只会被抓住，干不了别的事情。"我不知道这里距离站台有多远，也不知道罗菲是怎么知道站台电力恢复了，我也不想知道。我想知道另外的事情："那么……"我舔了舔干燥的嘴唇，"好吧，你说说鼠族的事。"

罗菲开始说起，声音前所未有的愤怒又压抑："我们部落的主巢穴遇到意外，坍塌了。女王下令，长途迁徙，寻找新的主巢穴。途中，我们停下来休息。就在我们睡得正香的时候，你们的人，保安队来了。他们先杀死了我们设在外围的哨兵，然后摸进了女王所在的寝宫。女王被第一个杀死，这引发了整个部落的混乱与疯狂，还有彻底的崩溃。如果女王在，以鼠族的团结一致，被歼灭的一定是保安队，然而……我只身逃出，但我永远记得那些保安可怖的面容。我们什么都没有做，只是在那儿睡觉！"

我记得在宣传栏上读到的内容，现在又从另一个角度了解了事情的经过。谁对谁错？谁是谁非？在这个故事里，我又扮演了什么样的角色？罗菲呢？我想回答这些问题，但脑子钝化，宛如岩石。浓稠的倦意从脊椎蔓延至全身，眼睛在合上又睁开几次之后，我躺平身子。"我累了。"我嘀咕着，"我睡了。"地下冰冷而坚硬，但并没有阻止我向睡神投降。

在睁开眼睛之前，我已经醒了很久，可就是不想睁开眼睛。这种半睡半醒的状态持续了多久，无法知晓。也不知过了多久，我心生厌倦，便睁开了眼睛。四周仍是一片驱不散的黑暗。罗菲睡在我身后，靠得很紧，一只手搭在我的腰间。我翻了个身，面对着罗菲。她稍稍调整了一下位置，没有醒，也可能是在装睡。我不在乎，试探着伸出手去摸她的鼻梁和脸颊。黑暗中，她的脑袋忽然动了一下，下一秒我的手指就被她的牙齿轻轻咬住。

"你的味道很特别。"罗菲慢慢地说，斟酌着字词，"甜，很平和的甜，不腻不浓，然而非常持久。甜里略微带一点儿酸，不多不少，恰到好处，没有喧宾夺主，抢过甜的风头。尝过之后，有一点点苦涩隐藏其中，令人回味无穷。"

被人这么描述，我不禁扑哧一声笑了。"说得我像个苹果似的。"我说着，从侧面抱住了罗菲。"你这个妖孽。"她乖乖的，在我的臂弯里，被我轻轻抱着，没有说话，也没有别的动作。我觉得周围的空气都变得香甜，那无边无际的黑暗也变得可爱。我享受着这一刻的宁静与温馨。沉醉其中，不愿醒来。

一丝欲念在我心中升起。我抚摸着罗菲光滑的后背，在她耳边说："我喜欢你。我爱你。"罗菲轻声回答，声音之轻，几不可闻："我也是。"一种浓浓的暖意从我心底漾起，闪电般传遍全身，使每一个细胞都在温热的海洋里欢唱。

"又用外激素对付我？"

"没有啦。"罗菲俏皮地说，"明明是你，浑身散发着诱人的香气。"

我的手指在罗菲的肌肤上游走。我看不见，但能感受到她身体的变化。她的身体如此敏感，就像水做的一般。不过，这水里又藏着火，温热而宜人。她抬起靠近我的那条腿，把它搁在我的腰上，使我得以轻松地进入她的身体。

整个过程，缓慢而悠长，同时安静、甜蜜又芬芳。直到最后一刻迸发之时，我才允许自己喊叫："我爱你，爱你。"

事后，我们继续拥抱在一起，很久很久。真希望就保持这一刻，即便世界末日来了我也不在乎。但一个新的疑惑又在我脑海里现形：为什么我对罗菲如此迷恋？难道……我也是鼠族？毕竟我爸爸是启发了女博士的那个人。

松

我刚想说话，罗菲的脑袋忽然扬起："有人过来了。"她补充了一句，"不是我的人。"然后，她起身，离开了我。

我坐起身，失落与惆怅同时撞击了我。

我就知道所有的温馨与浪漫都将消失无踪。残酷的现实会把我刚才体验的一切都碾成齑粉。我不想知道在我睡着的这段时间里，红土地发生了些什么；不想知道有多少人死于黑暗中的屠杀；不想知道孟楼和梁清扬，哪一方从这场暴乱中胜出：我不想知道这些问题的答案。最为关键的是，罗菲的真实身份已经暴露，接下来会发生些什么？我不想知道答案。

"在这里等我，艾星雨。"罗菲的声音从不远处传来，"我爱你，永远爱你。"

远处传来纷乱的脚步声和说话声，几束手电筒的光在黑暗中乱刺。至少有六个人，其中一个是天虹，那个背叛了梁清扬加入孟楼阵营的年轻人。"仔细搜。"天虹的声音冷漠又严厉，"必须抓住鼠族女王，还有那个种蘑菇的。要是他们逃了，会生出一支鼠族部落来祸害我们。"

我在地上摸索了一番，找到了一块拳头大小的石头，拿着站了起来。"我在这里。"我高声喊道，"来啊，过来抓我啊。"

手电筒的光纷纷朝我这边射过来。我眯缝着眼睛，把刚才的话又大喊了一遍。我希望在他们抓住我的时候，罗菲可以趁机逃跑。突然，前方出现了罗菲的身影。她挡在那群保安和我之间。所有的灯光都照射着她，她不着寸缕，皮肤发着粉红的光，将一切的秘密呈现在空气与众人的目光里。

我震惊地看见她脚步轻捷，修长的大腿有力地踏动，浑圆的臀部与完美的腰身随之扭动。丰腴的乳房颤得人心脏狂跳。"妖女，你要干什么？"一个保安喊道。她轻舒双臂，上下扇动，摆了一个飞翔的姿势。她已经走进六名保安的队形之中。

"抓住她。"天虹说，"不要被她迷惑了。"

"我爱你们。"罗菲咯咯地笑着，"我爱你们所有人。"

变故就在这个时候发生了。一名保安突然举起警棍敲打在前方那名保安的脖子上。"你干什么？"后者怒喝一声，毫不犹豫地将手里的钢叉刺向同伴的肚子。天虹退后半步，避开了面前那名保安突然挥出的拳头，却被一把手电筒砸中了额头。他狂吼了一声，挥动砍刀，削中了拿手电筒砸他的那名保安的脖子。砍刀卡在了那人的脖子里，鲜红的血喷射而出。天虹试着拔出砍刀，另一名保安从背后用钢叉刺中了他。他惨叫着倒下，偷袭他的保安没有停手，扑上去继续刺，直到一根警棍准确而疯狂地敲在他的后脑勺上。旋即警棍被丢弃，它的主人喘着粗气，轰然倒下，肚子上有一个拳头大的血窟窿。

我目瞪口呆地看着。几把手电筒在混战中各有去处，有的坏掉了，有的则躺在地上，照射着曾经的主人。六个人，或者说，六具尸体，以各种不正常的姿势，堆叠交缠在一起。从变故发生，到一切结束，不到十秒的时间。赤裸的罗菲站在尸体中间，脸上露出了满意的微笑。

这微笑却叫我心生寒意。"你干了什么？"刚说完我就意识到自己问了一个蠢问题。因为我知道问题的答案。能让一群男人忽然之间自相残杀，除了鼠族女王的某种外激素，还能是什么？

手电筒的光熄灭了，世界重回黑暗。

好黑，好冷。

6

"接下来你打算做什么？"

"去芭比酒吧，有几个人在那里等我。我的人。"

"然后呢？"

"离开这里，去寻找宜居的主巢穴，创建新的鼠族部落。这是我铭刻在基因里的使命。"

"我呢？"

"你跟着我，一起去啊。"

"和众多雄鼠一起去吗？"

"是啊。"罗菲说，"跟我在一起，迟早有一天，你也会变成鼠族的一员。比起纯粹的人类，我们鼠族更适应地下生活。你会喜欢上这种生活的。"

对话进行到这里，已经无法再继续了。我选择沉默。然后，趁罗菲去芭比酒吧的空档，我离开了她。逃跑，是的，我逃跑了。在保安的尸体上，我捡到了三支完好的手电筒。这三支手电筒可以支撑我走很远，远远地离开红土地，远远地离开所有人。我并不知道自己要去哪里，只是沿着一个山洞往前走，往前走。我脑子里一片空白，什么也不敢想，什么也不能想。遇到岔路，随便选一个。走，走就好。哪怕是在原地兜圈子，也不能停下来。

不知道过了多久，我听见附近忽然传来密集的脚步声，赶紧熄了手电筒，藏了起来。二十来个衣衫褴褛的人在电筒光的指引下，慢慢走了过来。队伍中有两副担架。梁清扬和燕子姐都在队伍里，一前一后走着。梁清扬肩上挂着那把步枪，额角上的伤口简单处理过。他的神情相当沮丧，一直低着头，看着自己不停前移的脚尖。

这时，抬第一副担架的人忽然脚下打滑，好不容易才稳住，没有将担架倾倒。梁清扬下令原地休息，自己跑到担架旁，蹲下，掀开床单看了看里面的人。

啊，是老梁。他脸上没有一丝血色，显然受了很重的伤。我赶紧从藏身之处跑了出来，有人想拦我，但被燕子姐制止了。我奔到老梁跟前。他躺在担架里，闭着眼睛，似乎还有呼吸。我握住他的手，还有明显的温度。

"他是为了救我。"梁清扬有些哽咽。

"灯熄了之后，又发生了什么？"我问。

"我不想说。"梁清扬说完，转身离开。

燕子姐走过来。"小艾。"她叫我的昵称，神色比梁清扬要平静，"孟楼获得了全面胜利。跟我们走的，就这些人了。"

也就是说，红土地将维持它原有的运转方式，只是市长从赵光庭换成了孟楼。"就这样？"

"就这样。"

黑暗中的屠杀，是谁也不愿意提及的话题。千阳之战到底是怎么一回事，我无从想象，然而，黑暗中的屠杀，我是可以想象的。一副画面闪过，带来一阵心悸，我急忙止住。

老梁忽然动了动。"星雨？星雨来了吗？"他的声音苍老而又无力。

"是我，我来了。"我眼里噙着泪。

"星雨，我的儿子梁清扬利用你对付赵光庭，我代他说声对不起。我反对他的很多做法，然而这一次，我没有制止他。"

"没什么的。赵光庭死有余辜。"

"罗菲呢？你没有和罗菲在一起吗？"

我不知道如何回答这个问题，只好含糊地说："在，在的。"

老梁说："当年，我也是裸鼹鼠计划的志愿者之一。可最后关头，我退缩了。现在想起来，也不知道当初的选择是对还是错。女博士说，因为知道裸鼹鼠的存在，可以使我们的地下生活少走很多弯路。女博士虽然知识渊博，她却不知道，有些弯路是必须走的。不走过那些弯路，你不会知道那是弯路，走过了你才明了，哦，那是弯路。没有人能够代替你去走那些弯路。"

我点点头，压抑住想哭的冲动："你的意思我明白。"然而我依然疑惑：老梁的意思是地下生活是人类走的弯路吗？还是说，女博士设计并制造出鼠族是人类走的弯路？老梁继续说："星雨，你知道年轻最大的好处是什么吗？是你还可以选择，还有一个充满未知的未来在等着你。"

我并没有从这句话中得到安慰，但我还是点头，表示同意这种说法。"老梁，我有一个问题想问。"我说，"我是鼠族吗？我爸爸是给了鼠族之母灵感的那一个人。我，是鼠族吗？"

"不是。"老梁气若游丝，"你是在暴乱两年后出生的。你妈妈不支持裸鼹鼠计划。"

这个答案让我略微有些安慰，却又有些遗憾。我不知道为什么会有这么复杂的情绪。我应该为我是纯粹的人而高兴才对。然而，我并没有发自内心地高兴。

"我人生的最后一个希望。"老梁轻咳了两声，继续说，声音越来越低，需要凝神倾听，才能听见，"我出生在地面，我也希望死在那里。"

"不，不要说什么死不死的丧气话。"梁清扬反驳道，"我会把你和大家都带回地面。"

"好啊。"老梁勉强露了一个笑脸，阖上了眼睛。

我大惊失色，正要问话，燕子姐却在一旁说："只是失血过多，暂时昏迷。"

"还是很危险啊。"

"没有办法，没有输血设备。"燕子姐为难地说，"我能怎么办？"

"接下来你们打算怎么办？"

梁清扬再一次抢答："刚才不是说了嘛，离开地下，回到地面。"

他曾经是地面探险队的队长，知道出去的路，但是……"出去的洞口不是这个方向吧？"

"不是。"梁清扬肯定了我的结论。"我们要去的，是另外一个洞口。距离红土地有好几十公里，原本是另外一个地铁站的出口。几个月前，我外出探险，在隧道里迷失了方向，一直往前走，无意中发现的。知道这条路的人，应该只有我一个人。"

"外面安全吗？"

"还记得那苹果吗？是我出了洞口，在街边的树上摘下来的。当时摘了一口袋。你吃的是其中一个。"

这不但可以解释苹果的来历，或许还能解释另一个问题：梁清扬原本是反对回到地面的，为这，他和老梁吵了好几次架，父子关系一直不好。然而，当他发现出去的洞口后，梁清扬完全改变想法了。同时用新鲜的苹果和外出的路来招揽手下，不失为一种有效的手段。尤其是对那些渴望离开红土地的人而言。这种做法，足以培养出自己的势力，并可能改变红土地的社会格局。

"可是，这并不能证明外面安全了。"我边思忖边说，"在地下生活得太久，我们并不知道正常的苹果是什么样子。"

"你说得对。我父亲就说那苹果比记忆中的要小得多，但他也说不清楚，这么小的苹果是因为核辐射变小了，还是因为这个品种的苹果就是这么小。"梁清扬指了指另外一副担架，王电工坐在担架旁边冲我憨厚地笑着，"所以我准备了盖革计数器，还有两套防辐射服，希望能派上用场。"

"跟我们一起走吧。"燕子姐在一旁发出邀请。

我正要答复,就听见有人惊呼:"鼠族!"

7

梁清扬把肩上的步枪取下来,平端在手里。其他人也纷纷去抓武器,警棍、钢叉、砍刀、木棒、石块,有什么拿什么。所有的手电筒齐齐指向发出声音的地方。

七八个人出现在那里,为首的是罗菲,还是裸着身子,一丝不挂,丰腴的乳房随着脚步,上下摇晃。她身后跟着七个男人,头发都剃掉了,剃得不够干净,跟先前的形象对比非常鲜明。有我认识的,也有我不认识的,都因为裸着身子,显出强烈的陌生感。有时候要盯着看好一会儿才会想起他的名字。芭比酒吧大腹便便的冯老板也在其中。这画面太过诡异,以至于这边的所有人,连同我在内,都变成了哑巴,没有发出一点儿声音。

梁清扬最先清醒过来,猛拍了一下步枪:"站住,原地别动。再动我就开枪啦!"

罗菲没有停,健步向前,凝神望着梁清扬:"是你,就是你,指引保安队偷袭女王寝宫,杀死了我的女王,导致整个部落崩溃,数十名族人惨遭屠杀。"

"怎么,你要报仇吗?"梁清扬暴躁地回答。

罗菲没有答话,带着手下继续往前走。我周围的人都紧张起来,握紧了手中的武器。一场生死搏杀在所难免。虽然我们这边人多得多,但看过罗菲用一点点外激素就让六名保安自相残杀之后,我知道,这种数据上的优势毫无意义。

"罗菲,我是你燕子姐。你不记得我了吗?"燕子姐怯怯地喊了一声。

"记得。"罗菲说,"谢谢你的裙子,可惜我用不上了。"

"你是要把这里的所有人全部杀死你才甘心吗?"我吼道。

"不,不是的。"罗菲答道,"我只要他死。"

话音刚落,我就看见梁清扬脸颊变得扭曲,仿佛有双无形的手在揉搓。下一秒他调转步枪的枪口,对准自己的下巴,因为枪身太长而动作怪异。我知道他要干什么,猛扑过去,一掌劈在步枪上。这一劈力度之大,使得整个枪往下转了半圈。然而,梁清扬还是扣动了扳机,子弹击中他的左脚脚背。他惨叫着,想强力支撑,却没有成功,终究还是哀号着侧着身子倒下。

燕子姐急忙奔过来,检查梁清扬的伤情。她能做的有限,而我——我知道我必须救梁清扬,哪怕他设计了那么多阴谋。他是老梁的亲生儿子,还有,他知道出去的路。于是,我对着罗菲怒目而视:"够了,罗菲。有什么事情冲我来。我知道，我背叛了你，这让你很生气，对吗？"

"艾星雨。"罗菲叫着我的名字，抬起赤裸的手臂，用食指稳稳地指向我，"我知道你为什么逃走，无须过多的解释。我之所以循着你留下的气味，追到这里，是想告诉你一件事。在我的一生里，你对我有着特别的意义。我爱你，毋庸置疑。"

我僵立在原处，浑身冻结一般，不知如何说话。

"我爱你，也爱他们。"她指了指她身后的那些男人，"我对你的爱，不因为他们而有所减损；我对他们的爱，也不会因为你的存在而有所偏私。作为女王，我是绝对公平的。这一点，你们人类从来没有做到过。我也知道，这不符合你学到的伦理和道德，但那些在地面生活形成的规范已经不适应地下生活。坚持从两千年前的历史中寻找力量的人，终究会被历史所淘汰。世界已经改变。你必须做出改变，才能更好地在这地下生活下去。"

"是嘛。"我强自淡定地说，内心却无比恐慌。罗菲说的话并非毫无道理，而且……而且这话听起来有种莫名的熟悉感与亲切感。在梁清扬讲的故事里，我的父亲，那个养裸鼹鼠的人，就对女博士，后来的鼠族之母，说过类似的话。那，如果我父亲在场，他会对我说些什么呢？他说，用人类的伦理道德去看待裸鼹鼠的行为是没有意义的，真的没有意义吗？那用裸鼹鼠的行为来指导和规范人类的生活又有意义吗？

"我找到你，是想再给你一个机会。"罗菲说，"跟我走，去地下深处，好好生活。不管你想要什么，我都可以满足。"她用手指在自己的小腹上——我曾经抚摸过的地方——画了一个大大的圈："我会为你生一大堆孩子。"

我嗫嚅着，说不出话来。

"你想延续人类文明之光吗？没有问题，你认识字，你可以教孩子们，教我生下的所有孩子读书认字，告诉他们人类是如何愚蠢地失去了地面。鼠族之母曾经说过，鼠族才是人类文明的延续。而你，可以为此做出重大的贡献，在鼠族历史上永远刻下你光辉灿烂的名字。"

鬼使神差一般，我朝着罗菲的方向迈了两步。

"小艾！"燕子姐叫我，我回头瞥了她一眼，看见她蹲在梁清扬身边，握着梁清扬的手，而梁清扬扶着她的肩膀。他中弹的脚还在慢慢流血，即使不死，也会落下终生的残疾，但他脸上保持着某种会心而愉悦的笑。

我收回目光，也收敛心神，盯着自己的脚尖。

我想我明白为什么在我知道我不是鼠族之后我会遗憾了。因为如果我是鼠族的话，会使我的选择变得容易。然而我是人，在人群中长大。老梁总是说我做事审慎，其实不是审慎，我只是很难做出选择而已。就像现在。

两条路摆在我面前。

一条路是跟着燕子姐和梁清扬，重返地面，去那未知之地，重建人类文明。

另一条路是跟着罗菲和她的雄鼠们，去往地底深处，像裸鼹鼠那样永远生活在地下。

其实还有一条路，那就是回到红土地，回到孟楼"这里就是最好"的治理下，老老实实做个种蘑菇的，但不知为什么，我没有把这条路列入选项。我把它抹去了，就像抹去破碎的蜘蛛网。在我脑子里，只有两条路在竞争：回到地面，还是深入地下？

很久以前，老梁告诉我，在坍塌的地洞里，人难以找到正确的方向。你以为是正确的方向，却可能把你引向死路；你以为是错误的方向，却可能在峰回路转之后，导引你走上金光大道。我此时的感觉，就像置身于坍塌的地洞之中，无数的岩石和碎屑压在我身上，令我呼吸不能，动弹不得。千年万年，只要时间足够长，我就会变成坚硬的化石，供后世凭吊研究。

然而，此时此刻，留给我的时间并不多。不管多么艰难，我必须遵从我的内心，做出自己的选择。

家乡地铁站生长出了我的故事

萧星寒

《红土地》的灵感来源有三个：

第一，我是土生土长的重庆人，一直关注重庆的建设和发展。2018年的一天，我在网上看到一篇关于红土地地铁站的报道，里边说红土地包括两个上下交错又有连通的站点，最深处有94米，从地面到检票口，需连续搭乘8段扶梯，耗时8分钟。这种深度的地铁站，可以扛住核弹攻击。可以扛住核弹的攻击，我一下子就被镇住了，心说，一定要为红土地地铁站写点儿故事啊。

第二，我从小对各种神奇的动植物非常感兴趣，为了能够在不同的环境生活，它们演化出种种神奇的本领和生活方式，裸鼹鼠就是其中之一。裸鼹鼠生活在非洲的地下，浑身赤裸，寿命远超其他鼠类，而且不会得癌症。在缺氧、黑暗、缺少粮食等情况下，也能生活得很好。这是一种哺乳动物，却像蚂蚁和蜜蜂一样，过着真社会性生活，并且是女王制。看上去很奇怪，真正了解它们的身体为什么会这样、它们的社会为什么会这样以后，你就会觉得理所当然了。

第三，这篇小说其实写于2018年10月到12月，虽然只有四万多字，前后也写了两个月。动笔的起因是贺建奎基因编辑事件。这件事当时闹得沸沸扬扬，而我也非常关注科技最前沿。围绕贺建奎基因编辑事件，产生了很多的讨论。我注意到，贺建奎的基因编辑只能针对相遇之前的精子和卵子，对于成年人是无效的。我就想，要是能对成年人的基因进行编辑，那会怎样呢？于是我就设想出了"基因驱动技术"。

三个灵感来源合并在一起，我就写出了《红土地》。"千阳之战"突然爆发，幸存者聚集在红土地苟延残喘。没有现代技术的支撑，他们生活在黑暗、饥饿、缺氧等环境中，日子过得极为痛苦。在这种情况下，有科学家提出，借助基因驱动技术，将人转化为裸鼹鼠，这样，即使生活在地下，日子也能过得更加舒适。同时，既然采用了裸鼹鼠的身体形态，那么他们也将采用裸鼹鼠的社会结构。但显而易见，这种做法会招致批评和反对。矛盾和族群分化由此产生。

在《红土地》的开头和结尾，我很刻意地安排了前后照应，强调了在黑暗的环境下，选择前进的方向其实是非常困难的。在小说里，主人公和其他角色其实有三种选择：一个是留在资源匮乏、非常专制的红土地，继续过紧巴巴、苦哈哈的生活；一个去往核辐射笼罩、危机重重的地面冒险，谁也不知道前途如何；一个是借助基因驱动技术，转化成鼠族，以更为适应地下生活的身体结构，去往地底最深处，但这样做，就必须放弃曾经作为人的一切。

对不同的个体而言，选择其中任何一条路，都有他的理由，都有一定的合理性。但对于种群来说，是不是也是这样呢？个体的选择，汇成集体的选择，一旦做出了选择，就无法回头。个体如此，集体更是如此。那么，面对选择，我们又要有怎样的考量呢？

《红土地》是一部后末日题材的科幻小说，情节非常紧凑，有着动作电影般的推进节奏。背后的设定，以及男女主人公的爱情，却又充满悬念。小说将重庆的地域特征不动声色地融入科幻设定当中，毫不牵强。前面已经说过，正是重庆红土地地铁站给了我创作《红土地》最初的灵感。没有它，《红土地》的故事就不会发生，至少不会以小说里的这种形式发生。

《红土地》的独特之处，首先在于它很接地气。所有的故事都发生在一座地铁站里，而这样的地铁站，每一个坐过地铁的人，都曾经见过。它很普通，但又很神奇，在地下90多米，能扛核弹的轰击，可以作为灾难发生后的避难所。

其次，它很实在。里面的人物，都是我们身边的人物。有一心保住自己权位的，有顺着上升渠道往顶层爬的，有不甘于现状想冒险打出一片新天地的，也有啥也不想随波逐流的，不一而足。没有高深的理论，他们都在故事里走着自己的路。

最后，它很发人深思。我在小说里只是列举出了可以选择的路径，并没有给出标准答案。目的是让读者去思考：在一切都是未知的时候，如何看待一项刚刚萌芽的科技？当族群出现分化的时候，要如何重新凝聚？为了生存，哪些代价可以接受，哪些代价不可以付出？

萧星寒，科幻作家，重庆市科普作协副理事长兼科幻专委会主任委员，重庆市作协科幻文学创委会副主任。已出版重庆科幻《红土地》、《黄泥塝》、《鲤鱼池》三部曲、《碳铁之战》四部曲等30本图书，发表字数超过600万字。

重庆提喻法

重庆，已经不是原来的重庆了。

当我看到这句话的时候，我正在想该如何度过这糟糕的一天。传统媒体落幕的速度比大多数人想象得都快，《重庆时报》在最后一版刊登了一封言辞恳切的信，有点儿像不舍得离开舞台的演员，唱出一个略带埋怨的尾音。我的记者生涯也就此告一段落。然而，在最后一天，电脑上弹出的信息，让这个告别日变得离奇起来。

这是一封奇怪的邮件，比起告别信，它更像是一首诗、一些不知所云的闲篇，似乎好心提醒你不要变得跟写信人一样。现实世界给你制造诸多困境，最明智的方法就是暂时远离这世界，特别是在像立体迷宫一样的重庆。

这是我从信中诸多华丽的比喻中解读出来的一小部分。

邮件最后一句，又有点儿像一篇侦探小说的开头——"他们都希望我死了，你也是吗？"

他是谁？落款没有留下姓名。希望他死了的他们又是谁？最关键的是，这一切是如何跟我扯上关系的？

办公室的电器一个接一个被关掉，像是失去光亮的群星。直到头顶的灯光暗下来，我才意识到，该走了。

编辑老李抱着箱子挤进电梯，问我也问其他人："接下来啥打算呢？"

"顺其自然"，似乎是最好的答案，大方得体且能终止对方的盘问。

跟他们不同的是，我还带走了一个谜，一个暂且看不到来路和去路的谜，在谢幕前的最后一秒，它以恩客的姿态从天而降。非要用比喻的话，它就像一个彩蛋或是一张地图，把我从暂时的伤感和沮丧中拽出来，随手抛给我下一个目标所在。

重庆的太阳明晃晃的，压得人抬不起头。

天气炎热得能融化一切，空气潮湿而黏腻，给皮肤裹上一层让人无法呼吸的膜。接下来的几天，我窝在房间跟空调相依为命。

我已经能把那封信背下来了，短短几百字，没有任何时间、地点、人物的提示，除了知道那人跟我生活的城市有密切关联，其余一无所获。

"你也是吗？"，这句话像是"顺其自然"的一种变形，作为文章最末或对话结束时一个漂亮的收尾。我不知为何如此在意，或许，秘密，在平庸生活里总是稀缺的。

但很快，我又对自己的自作多情感到羞耻，这可能是一封发错地址的邮件，或仅仅是一个无聊的恶作剧。

我就这样跟夏天僵持着，直到她再次联系我。我都快忘记了，自己是如何失去她的。

阿棠跟我是一年前分手的，那个夏天热得让人想哭。她寄给我一个包裹，里面全都是刊登过我文章的《重庆时报》，她在报纸缝隙上写道："我搬家了，无意间找到你的东西，就全部寄还给你，祝好。"她甚至都懒得用一张新的纸来写下这些话。

我重新翻看那些文章，似乎能在黑色铅字上找到她目光停留过的痕迹，有种跟她重新对视的错觉。

在 2017 年 10 月 8 日的报纸上，我看到一篇报道。三年前，我曾注意到一部在重庆拍摄的老电影，跑了好多资料馆才找到尘封的胶片。我花了几个月时间查资料、做研究，写了起码三万字的笔记和评论，提交给报社的文字报道也有两千多字。我当时认为这是个独家，那个电影男演员身上藏着一个不为人知的重庆，可最后报纸发出来只有一个豆腐块。

后来，我把关于这部电影的文章全都匿名放到网上，有不少人知道了他，这位民国时代的男演员、导演——封浪，名字里都带着一种江湖气质。他出生地不详，来自动荡的北平或是十里洋场，是国内第一批出国留学的知识分子，后来在战时来到重庆。

拍电影对他来说是一件机缘巧合的事，或者说是一种注定。

　　　重庆，已经不是原来的重庆了。

这是一句台词，来自封浪拍摄于 1945 年的黑白默片《坍缩前夜》，片长 40 分钟。由于年代太过久远，破损的胶片中只留下 20 分钟左右的内容。《坍缩前夜》虽然没有对白和复杂场景，但我感觉它更像是一部带着喜剧色彩的科幻片。

封浪在电影里饰演一位科学家，前半部分是他在地下基地做实验的画面，墙上挂着一个巨大时钟，中间是一个类似反应堆的装置。他摆弄着各种工具和图纸，动作夸张、表情滑稽。没多久，实验室进来了几位衣着破旧的难民，有母子、有夫妻。封浪让他们站到那个装置上，围成一圈。他按下一个按钮，一束强光从装置上方射下来，一瞬间，他们竟然全都消失了。

接着，几个日本兵闯进来，像是在找谁，封浪举起双手表示自己没看到。张牙舞爪的日本兵还是把他抓了起来，离开前，他盯着那个装置说了一句话，像是在自言自语。这句无声的台词在字幕上停留了整整 10 秒——"重庆，已经不是原来的重庆了。"

画面在这里戛然而止，后半部分的胶片完全损坏了。我对故事结局有过不少猜想，科学家绝地反击，更多难民被拯救，战争提前结束……当然，是大圆满结局的可能性比较大，因为电影本该如此。

除了类型独特，最吸引我的还是封浪本人。他是这部电影的演员兼导演。当时，重庆正值大轰炸的紧张时期，一部喜剧科幻片显然有些不合时宜。不过，也可能是战时用于政治宣传，像 1940 年正处于战争阴霾的伦敦，每天都有空袭，到处满目疮痍，可比城市更残破的，是人心，电影成了人们唯一的心灵慰藉。在当时，英国资讯局电影部为了提升国家士气、安抚民心，拍摄了不少政治宣传电影，比如《敦刻尔克大撤退》。

封浪拍《坍缩前夜》时，西南边陲地区民风守旧、信息闭塞，科幻这种超越常识的概念对人们来说不亚于巫术。在战争结束前，他可能也想用这种幻想中的胜利来慰藉人心，思议不可思议之事，对饱受痛苦的人们来说，的确是一场精神疗愈。

《坍缩前夜》中的镜头大多都是远景和中景，几乎没有特写，让人看不清封浪的全貌，他脸上滑稽的胡子和宽大的眼镜，成了辨认他的最好方式。他似乎刻意为之，将身体语言变成整个画面的主角，晃动的姿势、步伐，表现情绪时不自主的小动作，都变成与观众交流的工具，想让我们从这些特征直接看到他的内心。

几年前，我费了不少劲找到看过《坍缩前夜》的观众，他们当年只有十几岁左右，故事结局早已记不清，其中一个人说，封浪在那以后陆续又拍过一两部电影，可最后好像被特务暗杀了。

可那封邮件的结尾，否定了封浪已死的说法。如果他还活着，现在也有八十多岁了。

"封浪……的确是死了，不过，他有不少追随者。"

"追随者？"

"有人认为电影里那种技术真的存在，能把人带走。"

"带去哪儿？"

"反正离开重庆吧，没有战争的地方，当时甚至有人偷偷缠着他，求他施法把自己带走……当然，也有人想要他死。"

"为什么？"

"因为，他是个好人。"

我重新研究那些笔记，他之后拍的电影《狂想曲》《幻化网》，都没有留下胶片。我对此也有过过度的猜想，"曲"与"网"不仅在字的形态上有些类似，意象上也同样有着广大、细密的感觉，容易让人联想到时间、命运之类玄乎其玄的东西。我想，这些电影存在的意义不只是安抚人心，或许，像是他的胡子和眼镜，他跟电影本就是一体，就成了一个标志、一个符号，代表着幻想本身。

而幻想，理应是每个怯懦时代最宝贵的意志。

       谵妄的重叠景象消失于火焰，曾睥睨一切的国王消失于众生，
这才是放逐。山与雨互为遮羞布，城之上还是城，城下住着逃兵，我
像个逃不掉的孩子，重庆像是布景。

这些句子，让我想起毫不相干的从前。

在那个最应该逃走的年纪，我却被困在一个由自我打造的窠臼之中，
十八九岁，我跟一个名字里带有"夏"的女孩反复恋爱和分手，在宿舍床上写
着张牙舞爪的诗，在电影院做着张牙舞爪的梦，在火锅店制造比隔壁桌更张牙
舞爪的嘈杂……我还常常故意把小说读到一半，然后放下，像是只谈了一半的
恋爱，或是在只认识了一半的她们面前搬弄着文学典故，做任何能让别人对我
刮目相看的事，却毫无意义。每个人的青春似乎都是这么过来的，仿佛布景一
样被安排。

可很多时候，我想像电影里那样活得危险。

封浪的生活可能远比电影危险，我刷着论坛上关于他的旧文章，突然很想
再看一次《坍缩前夜》。几年前为了那篇报道，我拜托朋友从档案馆调来胶片，
然后再去几千公里外的电影资料馆才找到机器播放。主编对我的执着不以为然，
我半开玩笑跟他说，我们的独家精神已经失踪很久了。

我常常不告而别，像从前对阿棠那样。而这次，我对着空荡荡的房间，好
像没有可以说再见的对象。电影胶片也早早跟这个时代悄无声息地告别，像报
纸一样变成一种纪念品。

我鼓起极大的勇气挺身迈入重庆的夏天，为了再次看到那卷胶片上的电影，
这是值得的。

很多人都以为这个城市的奇异之处，是那些纵横交错的路与桥；是你站在
一栋大楼的顶部，发现自己实际上位于山的深谷；是穿过一条依稀可见的小径，
马上就抵达繁华的城市腹地；或是穿行于随着地平线起落的建筑带，不时被湿
漉漉的云雾掩埋。的确，它在如此压缩的区域中集结了自然界各种地形地势，
让穿梭其中的每一个人都能体会到多倍于其他地方的江湖感。

但这并不是全部。

那些车马纵深、摄人心魄的纷繁景观，只是重庆的一个注脚。在我眼里，
她就像电影本身，每一栋建筑、每一座桥、每一条街的迂回与曲折，都跟情节、

故事丝丝入扣地对应着。电影里标准的起承转合构成了这座城市的主体，赋予她生命力和镜头感，磅礴而又鲜活。这些彼此互文的元素，像天空一样横亘在城市其上，共同组成了一个标志、一个符号。

我从路的起点走到路的终点，站到更高处才发现，根本不存在起点和终点。我常常这样一个人走，上次经过一座桥，从长江大桥往上，又经过高架桥，萦回、漂移，在这个角度能环视所有楼宇，让我有种要飞上天的错觉。然后，再驶入另一条轨道继续下一次盘旋或攀升。重庆总是这样，容易让人想起那条咬住自己尾巴的蛇，开始和结束不过是个谬论。

接着，我往城市边缘行进，感觉内心开始变得空旷起来。繁密的城市群落消失于高速公路，我嗅到一种若有似无的危险，电影里的那种危险。再次闯入封浪的幻想世界，是我逃离目前平庸生活的唯一出口。不断倒退的路牌坐标告诉我，离那卷胶片越来越近了，我竟隐隐感到一阵兴奋。

那间档案馆位于重庆城郊，倚靠在一间历史纪念馆旁，里面保存的都是些古旧的文艺资料。我到达时已接近夜晚，这栋低矮的木楼如同对大自然卑躬屈膝的隐居者，一位老人刚巧走出来将门锁上。

"您好，请问下……"

"明天再来吧。"老人双手背在身后，脚步轻盈，像个隐士。

"那……您知道附近哪儿有住的地方吗？"

"都没有"，老人缓缓抬起头，他瞳孔有些浑浊，单薄的身躯被一件深灰外套包裹着，声音却浑厚有力，"我看你是来找资料的吧，倒是可以到我家先住一晚。"

我欣然接受他的邀请，很奇怪，两个陌生人能在一两句对白后快速达成信任，或许跟炎热的天气有关。

他叫老姚，负责看守纪念馆，平时很少有人来参观。他说，他一眼就看出我不是普通游客，是带着一件事来的。不知为何，我对老姚也有同样的感觉，他也像是因为一件事而留在这个僻静之地，安心当个看守人，在等待谁或是保守着什么秘密。

不过现在，我心中的独家暂时只有一个。老姚家就在附近，房屋有些旧但很干净，晚餐后，我向他打听那卷胶片。

"那是很久之前的东西了，"老姚眯起眼睛努力回忆，"纪念馆曾经要修复一些老的影像资料，你说的那卷胶片因为时间太久远，没法儿弄。不过，现在有了一个放映厅，明天你可以看看复刻的胶片版本。"

"好，那部电影，您看过吗？"

"没有，你说的那个演员也没听过，我就是个看门的，这些东西不太懂。"

270

老姚揉了揉眼睛，"你要是这么喜欢电影的话，不如……"

"不如什么？"

他没再说，起身回到自己房间，像是场景骤然暂停，接着跳至下一个，让刚刚的问题悬在半空。

陌生的床上有一股被阳光烤过的味道，我梦到了阿棠。

我承认自己不够爱她，甚至记不住她最爱的颜色，或许只是因为她不够危险。我曾经拉着她站在重庆的最高点，俯瞰着城市被无数灯光勾勒出动人的轮廓，两条来自不同源头的江水在半岛外相接，怎么看都像是一个紧紧的拥抱。

我看着黑暗中她的侧脸说……我好像说的是，我想变成奔马落入未来，我想等到下雨，我们困倦得像一对纸象，就可以继续烂在一起，我还想去做很多很多不可思议的事，最好变成不可思议本身。

等结束了，重新上路，你愿意陪我一起吗？

她没看我，嘴唇轻轻开合。我不记得她说了什么，只感觉那时她的声音同样悬在空中，像蜘蛛，结了网又飘散，我就站在最高点，看着那声音飘散。

我依然不善用比喻，所以她离开了，头也不回。

　　过去和未来是接通就烧毁的电路板，火光蔓延未及的地方，住
着鳏寡与孤独。我幻想着变成他们的形体，练习飞行跟迫降，恒星的
轨道开始变得扁长，北纬30度的重庆进入漫长黑夜。

胶片包装袋上印着封浪的名字，它就躺在黑暗的储藏室里，像是在等我打开封印。老姚把它拿到暗室，无数个24格被一一铺展开来，然后卷进古董般的放映机。这卷复刻版的《坍缩前夜》还是只有20多分钟，不过，我希望这20分钟足够漫长，就像黑夜。

我坐在最中间的位置，视线里除了大银幕没有其他，黑白画面开始跳动。此次此刻，我比以往任何时候都更容易体会到一种仪式感，跟第一次抱着目的来看不一样，这次更加纯粹，像是准备入侵他的思想，在那段被复刻的时空彻底坍缩之前。

几十年前的电影摄制技术只停留在视觉语言，粗糙程度可想而知。正因为如此，运动的图像承担起所有叙事功能，给到观众类似于纯文字一样的想象空间，屏幕上的世界存在于二维，而另一个维度在我们的脑子里。

《坍缩前夜》前20分钟的精彩程度不输任何电影，没有声音和色彩的介入，反而让封浪发明了用眼神和表情造句的技巧。他只用了短短几个镜头拼接，就

成功把自己塑造成一个搞怪而神秘的科学家，他的胡子和眼镜，爆炸发型和宽松白大褂，都是这个形象之下的附属品，而不是这些元素丰满了他的形象。

这20分钟的情节全都围绕一个母题——"时间"，即使不知道结局，我也能猜到，时间，是扭转局势的关键。

我作为银幕外的观众，也很快与其他角色产生了同频共振。这种暧昧的距离感，让我学会用一种悲悯的眼光来看待他们。

天空被黑灰色浓雾遮蔽，轰炸机咆哮着展开死神的披风，街道像一张被扭曲的黑白底片，有火光散落的地方就有尸体。空气在活下来的人耳边轰轰作响，他们弓着身子，不断拥入布满城区各处的防空洞。母亲把孩子抱在胸前，骗他说这声响只是摇篮曲；丈夫和妻子一同哭泣，为了刚刚失去的家和良田；还有那瘦骨嶙峋的老父亲，惦记着前线参军的儿子；更多的是陌生人与陌生人挤在一起，瑟瑟发抖，然后祈祷——

我们最好一起重复：小心翼翼地／我们随时失去生命／草木躬身地／我们原地等待奇迹。

导演会原谅我们以"我们"自居。他会在那个地下洞体安静地等待，扮演好一个拯救所有人的角色。

我能看出来封浪骨子里有一种英雄主义，在这个由他制造出来的困境里，紧接着又自己给出解决方法。及时的救赎，如同精准故事线里的第三幕高潮，对每分钟都在上演死亡的战争时代来说，这意味着神降。

于是，封浪把那个时间透镜反应堆也变成了一个角色，一个奇迹的象征。在故事情节里，时间本身成为一种英雄式的反哺，作用于拯救者和被拯救者的身体与心灵。

电影比生活更伟大的地方在于，它允许任何幻想中的神来之笔，即使不符合当下的现实，只要故事需要，都没问题。

我把自己想象成一个闯入者，通过对银幕的凝视而钻进封浪的角色躯壳里，跟他一起，等待那个最危险时刻的到来。反应堆上方的光线收缩回去，那些难民们消失得无影无踪，接着，我们被士兵抓走。最后，给观众留下悬在半空的一句话。

尽管我和封浪之间隔着时间与空间的鸿沟，这个幻想故事却能让我远离自身的原点，抵达另一个无限接近自身的边缘，这就是电影的魔力。

我觉得这20分钟已经足够，只是，我还没参透"坍缩前夜"的意思。

当那句"重庆，已经不是原来的重庆了"再次出现在大银幕上，我感觉自己的人生也迎来了第三幕。

滔滔不绝的胶片向放映机冲进最后一格，这部电影在我面前画下一个潦草的句号。一切宣告结束，周围变得异常安静，燥热的空气也停止对我的侵袭。

老姚坐在最后一排陪我看完，我感觉他才是一个纯粹站在第四堵墙外的观众，看着我参与到故事其中，变成《坍缩前夜》的一部分，与这间母体似的暗室形成一种互文关系。

他缓缓起身，目光没有离开那行字幕。我努力从银幕里抽离，经过他身边时，他轻咳了一声，胡子牵动嘴唇，继而牵引着喉结上下滑动："不如，你自己把剩下的电影拍完吧。"他依然没看我。

老姚的语气模糊不清，不像要求，更不像建议，可就是这句漫不经心的话，在我心中播撒下了一颗种子。这种子蠢蠢欲动，仿佛能孵化出《坍缩前夜》的完整命运。

"可……我要怎么拍？"

"有勇气就行。"

暗室外的光如同箭矢冲向全身，我闭上眼睛，数着开始变得灼热的呼吸，顺便掂量一下自己的勇气。比起现实生活，电影既超然物外又和光同尘，在观众生命里扮演着一种拯救与被拯救的暧昧角色。

我一直觉得，电影是更高维度世界卷曲在我们这个世界里的微观投影，那些创作者想要表达的，那些跋涉过自己和他人的自我意识，都被转换成另一种语言，幻想，抑或谎言，曲曲折折地讲述出来，最后都要直抵真相。

我不知哪儿来的勇气，竟然想要帮助封浪，或者说帮助我自己去完成《坍缩前夜》。

玫瑰的耳旁腾起一股喧嚣，花蕊早已干透，无法承受的美四处散落，只能借由别人的故事拯救自我。时间也已经干透，俄尔停滞，在这缝隙，我无处藏身，我，是最肮脏的空气，是最干净的灰尘。

老姚帮我准备了很多东西，一台摄影机、一台电脑，还有灯光和其他机器。我问他："还需要什么？"

"你的意志，"他说，"让电影按照你和它的情理去畅言吧。"

我点点头。老姚不像是一个什么都不懂的人，相反，他什么都懂，可能只是在等待什么。

他把我带到一个地下防空洞，这附近有高山做屏障，有坚固的山体构造，又挨近乌江水源，整个洞体隐藏于金子山 200 多米深的地层。洞体外部坡陡林密，四季云遮雾绕，除了一根 150 米高的烟囱，从外表看不出任何人工痕迹。

洞口看上去很平常，可进入到内部简直令人震惊。经过曲曲折折的石板路，最后到达有着 20 多层楼高的人工洞体中心，老姚边带路边介绍，这儿以前是"国营建新化工机械厂"，曾是甘肃生产原子弹核装药的 404 厂的升级版。一个深处西北大漠，一个位于西南腹地，却因为共同的原因，成了一段特殊的历史记忆。曾经在那场 4000 万人的大迁徙中，重庆涪陵聚集了 6 万人，随后，这个地名从地图上消失不见，就像地图上无法找到的 404 厂一样。再后来，这个洞体就被改造成了防空洞。

老姚停下脚步，回声也渐渐平息。我站在洞体中央，往上望去，最顶部有一处山体裂开的缝隙。周围的一切都被封藏太久，一股破旧、衰败的气味像一首发霉的歌钻入皮肤，但此刻，我却有种踏入圣殿的错觉。

不知来处的一束光像是计算过方向，在这方空间内铺撒下一张光的网，这熟悉的一幕宛若胶片自动卷入我的大脑，我一眼就认出，这儿是《坍缩前夜》的取景地。

　　　　防空洞，日，内。科学家、逃兵、难民、敌人。

顺着封浪的故事，我想象着后面的无数种可能性。在夜晚来临前，我开始将脑中的画面变成文字流淌到纸上，这是一种奇妙的创作体验，跟从前完全不一样。我写过很多篇新闻纪实稿件，见过很多人，当我的笔锋无限逼近眼前的现实，幻想的翅膀就会被重力向下拉扯，虽然我知道两者并不矛盾。

有的时候，我甚至觉得是键盘在牵引着我的手指，而不是我在操控它，这跟角色和创作者的关系一样，有时分不清楚到底是谁在拉着谁前进。

重庆日与夜的界线仿佛被悄悄抹了去，我像一把犁在桌上耕耘。故事很快写完，但手里的稿纸还只是半成品，唯有将它变成画面才有意义。

"有没有一种时间理论，能把两个不同空间连通的？"我像是在自言自语，盯着手里的分镜图，眼神落在虚空。

老姚在我背后，为晚餐忙碌着，漫不经心地说："我记得，美国曾经有一例时间透镜实验，能让时间产生间隙，那次吧，好像也是首例实现物体在空间和时间上同时隐形的实验。"

"你是怎么知道的？"

"看报纸。"

"这个实验能让《坍缩前夜》里的剧情实现吗？"

"你倒是可以这么写，反正不都是科学幻想吗？"

"嗯……"

接着，我查了所有关于"时间透镜"的理论。曾经有科学家采用相似的方法，在一个场域上产生了一个时间漏洞，尽管只是一瞬间的事，但时间停滞的效果持续约为每秒的 40 万亿分之一。

就像密不透风的宇宙被撕开一个小口。

这个小口透进来的光，让我重新生长出翅膀。望着布满黄色浸渍的天花板，我开始想象，如果真的有一种设备能够将光线转向，让时间变慢，然后再加速，这样就可以在光束中产生一个缺口。这种情况下，发生于那一瞬间的事件将不会散射光线，看起来就好像……那件事从未发生过。

"探测器照射出一束激光束，然后激光束穿过一种名为'时间透镜'的设备。和传统的透镜能够在空间上将光线发生弯曲一样，时间透镜能够使得光线出现非空间上的暂时分隔。"我盯着电脑屏幕，一字一句念出声，"在时间域中，这是一种能够真正控制光束属性的方法。"

封浪没有在电影里解释这种理论，但在后面的剧情中我觉得很有必要。

在我的理解中，他在戏里那个"时间透镜反应堆"的发明在某种程度上扩大了时间场域，让相对时间停滞的效果得到持续。或许，他能等到多年后战争结束，再把难民传送回来，而他们消失的真正时间却只有几秒。

可这也许会产生无数时间分支，而且每个时空都是极不稳定的。

"会不会出现悖论呢？"

"真正的未来是无法改变的，因为源头早就注定了，多出来的部分，就像是主路上突然出现的岔路吧。"老姚回答。

"嗯，有道理。"

老姚接着帮我找来几位邻居当演员，服装、道具都由他来制作，他还负责在摄影机后掌控开关机，而我则要扮演，或者说是继承封浪那个角色。所有环节我都已经在脑海中预演过了，就等着画面像浪潮一样被卷入镜头。

我从前以为拍电影是人类发明的最消磨心智的一种工作，如今看来的确如此，不只是电影，只要跟自我表达与艺术创作有关的都是。

按照他的思路，后续剧情我有颇多设计，"我"将会被日本兵带走拷问，然后与他们反复斡旋，上演逃离与追踪的戏码。而剩下的难民会安全抵达另一个时空，为了避免两个时空在能量交换后可能产生的裂缝，其中一位难民将会主动留下来，作为这一段时空的守护者。最后，他将继续维护那个反应堆的正常

松

275

运转，再接着帮助"我"完成剩下的事，悄悄带更多人逃走。

比起我的阐述，镜头和画面组合起来会更有紧张感。

开机前夕，老姚准备了几道精致小菜，邀请我喝一杯。几口酒下肚，我问他："你的家人呢？"他拿筷子的手停了一下，然后随便夹起一块什么塞进嘴里，含混不清地说："走了。"我继续喝酒。

"不过，还会回来的，"他咽下去，接着说，"她……会回来，我都快想不起来她的样子了，但她肯定不会老，不会像我这样，呵呵。"

"嗯，她会回来的。"

后面几天，我们投入到拍摄工作中，我感觉得心应手，台词和表演都尽量保持着封浪的风格。而在后面的叙述中，我加入了一些属于自己的精神碎片。

于是，故事里突然多了一位名字带有"棠"的女孩，她是整部黑白电影里唯一的亮色。浪漫爱情在乱世里总是可贵的，英雄气概也需要一些绕指柔来作为调和。阿棠在戏里是一名单纯少女，一直默默帮助着他，她是他见过最无所畏惧的女孩，他是她见过最善良的科学家。她会在他的墓前献上一束鲜花，当然也会献上眼泪。

一周的拍摄很顺利，我们最后把重头戏放在时间透镜反应堆的场景。老姚跟演员们提前把地方收拾好，一切准备就绪，我们一起等待最后那个魔幻时刻的到来。

在这个地下洞体孜孜不倦，反而容易让人活在一种身不在场的状态中。我们的声音回荡在空腔石壁，像是轮船触礁，坟墓与子宫的意象接连不断地拍打着我的脑门儿，这里什么都有可能发生，只要我想。

当"我"再次站在摄影机后，镜头开机，我仿佛看到一只来自宇宙深处的眼睛，正温柔地凝视着这一切。

直到洞顶的一束阳光透过缝隙垂直照射下来，尘埃开始起舞，触礁的光晕似水纹荡漾开去。此刻，空腔内壁好似发出微微共振，我们一起抬头，目光虔诚。即使黑白影像不能完全呈现光和这方空间交缠的神奇，但我们依然把那光当作集体入戏的隐喻。在故事结束之后，只需用一些剪辑切换的技巧，就能让科幻这件事变得令人信服。

电影里的时空之门即将开启，这一刻，戏剧和现实的边界被轻轻擦除，就像两个时空之间产生了细微裂缝，对我来说，这缝隙意味着全部。

棠站在反应堆中央，光仿佛一层薄纱降落在她肩上，接着完全包裹住她，像一只柔和之手在她身上来回漫游、摩挲。我从摄影机后移步到一旁，眼神追着那光，甚至能看到她皮肤上的细微绒毛在飘飘起舞。

在最接近结局的时刻，她被升华成一个象征，一个符号，用来歌颂自由，缅怀牺牲。

我只差一个对"坍缩前夜"的解释，一个大圆满结局。

> 越是想要说什么，喉咙就变成一口干涸的井。时间成了第二颗
> 心脏，微弱跳动着，伴随着想要赌一把的勇气。每一秒和每一寸变得
> 难分难解，最后一段胶片被长久的沉默浇筑。生活，是电影的预备
> 役；电影，是灵魂的暂住证。

杀青来得比想象更早，我留了一段空白胶片在结尾，在彻底填满它之前，
我会先把上下两部重新剪辑在一起。

老姚忙着收拾剧组在地下洞体留下的痕迹，我特意找了一个机会，单独去
跟扮演棠的女孩告别。她是一位单纯的大学生，短发齐肩，身上有股淡淡的柠
檬香味，私下里跟面对镜头时是一种相近的状态，谈话间总爱把侧脸留给我。
我没什么能送给她的，就用一段复刻的胶片做了一张书签。

送她离开前，我们正好看到山那边的夕阳变成一团沸腾的糖浆，"谢谢
你……"她说。她的睫毛也沾上了一抹暖黄，像是从天边偷来的。

"我应该谢谢你。"这一刻有点儿像刻意重复，让我想起站在重庆最高点的
那个夜晚。现在，我和她同样站得很高，同样看得很远，面对着同样的魔幻时
刻，我们彼此道谢。

"谢谢你的电影。"她笑了笑。

我回以微笑，脑子想的却是那一套艰涩的时间理论，如果此刻，我们都身
不在场，我们会像奔马一样落入另一个未来吗？

所以只能是电影，让我相信有些幻想会有成为真实的可能性，特别是在我
幻想了一个跟她拥抱告别的场景之后。在未来的日子里，我一定分辨不出来，
那个拥抱到底存不存在。

太阳全部隐匿了下去，带着一丝羞涩，但若有似无的光线已经不再是先前
撞击着她胸膛的那道光线了。我呆呆看着她的背影，在黑夜降临之前，我成了
一只手足无措的飞蛾，切切地追逐着最后一缕微光。

剪辑和后期的工作相当枯燥，老姚已经腾出两间房间给我当工作室。杀青
后，我的胡须越长越密，干脆就留起来。某次我对镜自照，发现嘴上这抹弯曲
的造物，竟然跟封浪那会说话的胡子越来越像，不过，比起他，我还差一个英
雄目标。

谁都不知道，在那段历史中他到底扮演了一个怎样的角色，绝不粉饰太平
的慈悲导演或是真正的斗士，而他的电影和生活又是如何互相影响、互为注脚

的。我猜测，他也有过一段没有结果的感情，在那个时代，满溢的才华会让人变成一个靶子，连同周围的人一起。他始终没有足够的能力保护好所有人，除非，时间真的能产生裂缝。

所以，我在下半部分的戏中加入了棠这个角色，当作是一种伟大而又自私的补偿。让他这部剩下一半的电影，不再像是只谈了一半的恋爱。

关于结局，我决定在坍缩前夜牺牲自我，为了那女孩，也为了战争赢得胜利，这对"我"来说的确是一种双重救赎。最后的最后，再留下一点悬念，关于"我"的死会有颇多解读空间，开放式结局又何尝不是一种大圆满。

在定剪之前，我准备去地下洞体拍摄最后一段素材。

今天比往常更加炎热，老姚告诉我他还有别的事，就不陪我了，如果我需要拍摄反应堆的戏份，就把摄影机架在对面的石壁中央，那个角度最好。太阳高照，我眯着眼睛，点头。

"其实，老姚你很有演戏的天分，你演的难民，动作、神情，整个状态都太真实了。"

"也许我真的是呢，呵呵。"他笑着说，露出老无所依的牙齿。"今天就杀青是吧，对啊，也到时间了，快结束了呢。"他接着说。

我扛起机器再次闯入这个洞体，它就像一个巨大的母体，洞口诱人的清凉空气使我加快脚步。走下一段迷宫般相接的楼宇通道，需要几次弯腰侧身的回转，才能进到洞体中心。我按照分镜的构图调整好摄影机，除了几个意象化的空镜，还剩下角色表演的部分镜头。

当我站在时间透镜反应堆中央时，阳光正好在头顶铺开。我已经设计好了一组寓意着自我牺牲的蒙太奇，按下开机键，显示屏上的红点亮起，一切都那么完美，连打破寂静的方式也令人感到惬意，就像用柔和的手轻轻唤醒石穴巨兽。

但似乎有一个声音在提醒我，它可能从未沉睡过。

接下来发生的一切，一如电影中悬而未决的高潮部分，似乎封浪此前的所有作品都在为这一刻暗中铺垫。

我开始明白，他虽然不在场，却是整出戏无可置疑的导演，而我，则像个傀儡。

机械启动的声音在这方空间显得尤为刺耳，如同触礁的涟漪。我不知道是什么触发了时间透镜反应堆的开关，光线位置、反应物质量、DNA 远程识别、时间预置或是别的什么。在此之前，所有人都把这儿当作一个虚假的布景。

实际却是一个极具耐心的塞壬女妖。

声音越来越大，连空气都轰轰作响，我像一个失去重心的水手，正要被这个巨大的母体渐渐吞没。轰鸣引起了不小的共振，反应堆周围的石体开始显露出机械化的一面，石壁次第向内收缩，脚下的土地也分裂开来，一圈蓝色的等离子光束垂直伸向空中，将我团团围住，像是海面上聚拢来的发光水母。

在我做出任何反应之前，周围仿佛被抽成真空，任凭双手和双脚在空中呈现出滑稽的姿态。

接着，是坠落，永无止境的坠落。

这口通往世界尽头的干涸之井，是封浪身上藏着的那个不为人知的重庆。

老姚的朗读声犹如山谷回音，他提前对我宣读过时间的荒诞与不确定性——

"博物馆有时会利用激光束扫描来保护艺术珍品，探测器的激光束不断来回扫描，如果某种设备能够让一部分激光束加速，一部分激光束减速，这样就会出现瞬间无激光束的情况。此时，探测器就发现不了相同位置发生的任何事。"

或许是我特有的命运在召唤，而每当我试着聆听，它却改用我无法理解的语言在说话。

"有人利用这种方法，通过改变激光束的频率与波长，从而使其以不同的速率传播，这样就能产生一种时间间隙。然后，时间漏洞的另一侧还有第二束脉冲激光，这束脉冲激光的作用，便是从相反方向改变激光束的属性，从而让激光束恢复到原有属性。在实验中，发生于时间漏洞之中的事件，都可以逃避探测器的探测。"

现实世界就像是这样一个探测器，我成了漏洞中的"我"。

这一切跟《坍缩前夜》的剧情无缝接合，我还不敢去猜，真正的导演可能正是戏中那位科学家，他发明了那种装置，之后又拍摄电影，两种身份完美地契合，又接着互换。封浪，以一种身不在场的方式，跨越几十年的时间尺度，将真实与虚幻的边界轻轻擦除，最终完成了这部伟大的电影。

但是，他却让我觉得自己像一位英雄，从逃离生活，到重新坠入其中的折返跑，然后守着坍缩前夜的前来，与他完成了某种意义上的交接仪式。

最后，写诗、拍电影，或者别的，留下些什么当作路标，用骨与血，用记忆与虚妄。我抬起布道者的脚，奔入未来，一掌推开看不见的星群，给她留下无数影子作为抵押。

可此时此刻，我在哪儿？

我在混沌的虚空里，在时间的缝隙里，其中自有一个宇宙在膨胀与坍缩，我们似乎真真切切地将意识在无数帧里不断切换，从而创造了移动和改变的幻觉，以及叫作"时间"的副产品。此时，我仿佛成了另一个觉照之人，透过无数摄影机的镜头看见我自己。

从前的影像和话语无数次浮现，将虚空填满，接着，我看到不同的时空图景像 24 格胶片一样在眼前滔滔不绝，如同在第三维度上增加了一个时间的变量。我看到不停有人坠入那个反应堆，我看到重庆的战争，看到无数生死在上演，我看到不规则的时空拼图随意排列组合，拼凑成全然不同的人生，有过去的过去，也有未来的未来。

时间不过是一种持续不断的幻觉，就像电影和爱情，前半句来自爱因斯坦。

他们都希望我死了，你也是吗？

我不确定在我刚刚消失的那个时空里，是否有人发觉此事。可能没人主观地希望我死了，或者，是死是活无关紧要，就像那只科学家饲养的猫。

如果我稍加注意，会在老姚的话里找到答案。他是难民，如果是真的，联想起我现在的混沌处境，那《坍缩前夜》的剧情全都是真实发生过的。封浪并没有虚构什么，他只是用电影复刻出那些真实的事物。

舌根传来的一阵苦涩味道，让我想起了开机前夕的酒，想起老姚的妻子。如果时间场域真的被改变，他的妻子作为难民顺利逃离，那个集体消失的时空只存在几秒，而选择留下的老姚却在这里独自经历了一生。

"她会回来的，但她不会老……"我嗫嗫嚅嚅，在这缝隙里。

而我是谁，我没告诉过任何人我的名字，我也许可以被叫作封浪。在无数个裂开的时空之中往返跑，只为了那些悲悯的拯救。

是啊，关于时间的荒诞性，我也是身陷其中才知道。

"1944 年 5 月 10 日，时间透镜技术第一次实验前，重庆。"我几乎是下意识地张嘴说话，在虚空中自言自语。

语音似乎触发了一道指令，指令直接返送给了不知在何处的时间透镜反应堆，也许是源自量子级别的超距作用，谁知道。

我还在下坠，抑或扬升，时空裂缝渐渐出现混沌外的秩序，而秩序，来自我的意志。

我通过一扇门进入到一个场景，那是封浪的实验室，坐落在校园外的某处空地，里面放满了精巧的仪器和装置，正在进行的小型实验似乎远远超过那个时代应有的科技水平。他穿着修身西装，一副圆形眼镜架在鼻梁，似乎刚从国外回到十里洋场，然后又来到战时的重庆。

有人敲门，是一位年轻姑娘，她一头短发，面容姣好，看上去十七八岁的模样。

"你真的决定了吗？"她说。

"嗯，我必须这么做。"这个时空应该是一种复刻，此刻我钻进了封浪的身体，看着对面的她。

"你就不怕实验不成功？这次回来，安心做一名老师不好吗，我们可以……"

"这不是实验，夏棠，这是一次拯救行动，你看，重庆已经不是当年的重庆了……战争短时间内是不会停止的。"

她叫夏棠，名字里同时带有"夏"和"棠"。

"我还是不明白，你为什么又要……"

"拍电影？"

"你不觉得电影这件事，在这个时代无异于戏法吗？没有人会懂你的意图的……"夏棠微微踮起脚尖，双手想要触碰什么，却又收回。

"在之后的时空，一定会有人懂的。必须有人，我是说……"封浪，或者说是我，侧过身躲避她的眼神，"我不知如何跟你解释，能量在不同时空里发生置换，需要维持相对性的平衡。根据质能方程式，时间可以进行物质和能量之间的相互转换，我们可以将三维的空间与时间进行一种等同转换的换算，这样的话，时空就会分出岔路口……因此，必须有人做出牺牲，在N时空需要一个守护者，保护那个反应堆装置。然后在N+1时空需要一个跳跃者，他就像一根线，穿起所有针的线，跳跃者会不断往前跃迁，直到……而电影，只是一个比喻！为了找到那个跳跃者。"

夏棠拿起桌上的稿纸，上面密密麻麻的图形符号能比交谈更快走入封浪的世界，她的指节发白："直到什么？"

"直到原始时空的我，找到让时间停止分裂的方法。"

"这太冒险了！对他们来说，只有几秒，可对你就是……你真的确定吗？"

封浪只是看着她的眼睛，不说话。

夏棠忽然意识到什么，捂住嘴："所以，跳跃者是……你？"

封浪抱住她，把头埋进她的瘦弱肩膀："无数个我。"我闻到一股淡淡的、忧伤的柠檬香味，我不由自主闭上眼睛，开口说话，和封浪的声音重叠在一起："无论如何，这是值得的，所有难民都会被拯救，他们会安然无恙，在战争结束后，再回来。"

她哭了，很轻。她知道，他想要变得危险，任谁都阻止不了。

松
—
281

我不知道在混沌中待了多久，我不断被推着往前往后走下去，直到穷尽所有可能性。那个原始时空的时间透镜反应堆上，一定有什么，和我身体里的某个部位紧紧相连。

路过一个岔路口，我选择回到一切开始时的原始时空。

彼时彼刻，轰炸正酣，封浪没了之前的儒雅，穿上粗麻布衣，跟所有人一样。地下洞体收容了数不清的难民，那些人眼睛湿润、低垂，夹杂着瑟瑟发抖的恐惧和希望。随后，一批又一批，他像个魔法师，变戏法一样将他们送走，一个没有战争的时空，探测器扫描不到的地方，即使只有几秒，他们却在那里安然无恙。

《坍缩前夜》是他在轰炸间隙拍摄的。悲与喜不断交织，没人理解他。

我决定回到第一次见到夏棠的场景。

那是一所学堂，那时的封浪不过是个愣头青，却是她父亲最得意的学生。黄昏，天空低垂，光线争先恐后撞击着她的胸膛，睫毛上那一抹暖黄仿佛是从天边偷来的。

"听你爸爸说，你很爱看电影？"

"对啊！"

"那我知道毕业后要去哪儿了。"

"嗯？"

"法国，我要去学拍电影。"

"可是，你的时间透镜研究项目很快就要批下来了，而且正好有个防空洞可以给你做模拟实验场，你以后是要当科学家报效国家的！"

"两件事对我来说都一样，都是魔法……阿棠，你放心，我很快就会回来。"

世界逐渐缩减成一片无垠的星空，山城的风像是没有明天似的叫嚣，他只听到胸腔里的狂热，和她的心跳。

就这样吧。我就最后停留一次吧，然后就回归到我该去的地方。

最后一次见到夏棠，是在《坍缩前夜》放映后不久。封浪被隐匿在重庆的特务抓了起来，被冠以各种罪名。除了他们，还有不少人想要他死，他的电影被当权者、叛变者、入侵者当作传播巫术的巫术，可那些饱受战争折磨的人却认为他是英雄，于是，他拼死保护住了那个防空洞和那卷胶片。

夏棠不顾父亲的阻止，执意去救他。她只能跟时间赛跑，循着那个危险的方向，尽管她相信封浪有足够的智慧和能力脱身，却还是奋不顾身。拯救行动要是没有封浪，就像宇宙没有造物主。

"我愿意跟他交换……"夏棠的胸腔起起伏伏，一团浓雾卡在她喉咙。

敌人发出哂笑，眼神转而露出令人胆寒的光，他们齐齐盯着夏棠，像饿狼盯上了羔羊。

"你快走！"他大喊。

"他们，不能……没有你……"

"我知道我知道，夏棠，你走啊，我有办法的！我有办法……"他哭了，像个丢了玩具的小孩。

"不，你不知道……你什么都不知道……"夏棠眼神低垂，看向脚尖，右手轻轻抚在腹部。

他还不懂那个下意识的手势意味着什么，只知道，夏棠，在数学公式里，不是一个变量，而是一个常量。在他们眼里，对方即是一切的源头。

"等结束了，重新上路，你愿意陪我一起吗？"封浪曾经问她。

"好啊。"她看着远方糖浆般的夕阳说。

时间，却是一个变量。封浪在实验室里早已参透，而无数个生命与无数重世界，不过是正弦波叠加出来的相，投影源永远都在那个原始时空，在那里，爱，是常量。

后来，没人知道封浪去了哪里，就像凭空从世界上消失了一样。如果，跳跃也是必要的使命，我相信他不会停下来。

重庆这座母体的庞大与虚无正在逐渐影响我的时间观，分钟和小时在这里渺小得无法计算，我不得不用世纪的观点来思考，百年不过钟声上的一滴答而已。

刚刚上路，我从产生了无数次时空涟漪的原点启程，发现距离外在的原点越远，抵达自身的原点就越近，仿佛一个坚定的量子物理法则。

接着，我在这些时空的记忆像一根灯芯抽离灯盏，像转身就漏光的水桶。有什么在开始褪色，重叠的时空和重庆的布景，亦渐渐填满了对方的隐喻，一层层，一重重。其实电影，也不过是个比喻，一种提喻手法，我和电影，仿若两面镜子互相对照，于是衍射出无限个镜像，每一个都带着一些不同于本体的微微变形。

我拍了所有的电影，《坍缩前夜》《狂想曲》《幻化网》，还有很多，为了保护那些时空难民，我成了跟细胞一样必须不停分裂以维护平衡的跳跃者，重新在另一个时空裂缝以一个全新的身份活下去。直到我找到让其停止分裂的方法，也许，我在未来很快会找到，然后，像个盗取火种的英雄，把它送到原始时空里去，这样就不会……

夏棠在无数个重庆，一次次与我分离。

想起她的眼神和右手那个动作，后悔像若有若无的影子笼罩在我头顶，不过，转而又被无畏的阳光驱散。快结束了，时间裂缝快要清洗掉我所有的记忆，接着，牵引着我，一步步走进这个盛大的提喻法中，渊薮般的重庆。

不愿稍停，直到我被强烈的亮光刺得睁不开眼睛，那条地平线上摇晃的白线，是我和过去时空的最后一丝联系。

结束了，我纵身跃入梦寐以求的未来。

重庆很快就要进入雨季，我困倦得像一只纸象。

在坍缩前夜，我去看了一部电影，那是来自封浪导演的《你的电影，我的生活》，故事发生在过去的重庆。讲述了一位失业记者发现了一部老电影，他开始追寻那位导演的足迹，接着遇到一位守护者老人，被他引领到一个地下洞体。在那里，他鼓起勇气继续拍摄只剩一半的电影。

在今天，电影这种艺术有了更新的呈现方式，影像画面从二维屏幕跳脱出来，能全方位地与观众互动，甚至能让角色和我们上演一些额外的桥段。

这依然是一个发生在山与城的故事，带着些新浪潮的色彩。夏棠的出现，创造了全片的魔幻时刻。在她与男主角分离的场景，我忍不住代替她拥抱了他一下。

"愿我们之间孤立的情爱，住进世上最拥挤的住宅。"

这句话，并非来自那封邮件，是我想对夏棠说的，在再次忘掉她之前。

我看完那部电影，往回走，在暗蓝夜色的陪伴下走到重庆的最高点。在这里，一片倒悬的星空坦坦荡荡地连接到地平线之外的地方，像是世界尽头。我伫立良久，身下的城市正市声鼎沸，制造着层层叠叠的重庆式喧嚣。

我已经在不停地问，不停地找，那个方法……时间还没到，还不是这里，不过快了，我有种直觉，只用再跳跃几次，就能够结束这一切。

我一直走，从傍晚走到深夜，仿佛故意用脚去惩罚地面一样，直到看见月亮在黑暗中找到了自己的位置。我回到铺满虚拟晶屏的家中，AI 管家不知何时学会了猫的谄媚，音乐自动打开，空气里加入了精心调制的柠檬香味。

在躺下来之前，我感觉身体被一双巨手从背后拧上发条，似乎是一种被寄予厚望的交接仪式。于是，我又坐到电脑前，准备发出一封奇怪的邮件，开头便是——

重庆，已经不是原来的重庆了。

重庆，是重叠的隐喻

段子期

写这篇小说的缘起，是因为我当时极度想要为重庆创作一篇科幻作品。

我了解到在抗战时期，重庆是中国"四大抗战文化中心"之一，有一段不为众人所知的文艺史，为中国文化单位西迁，为保护中华文化免收战火摧残做出了巨大贡献。那个时期，更有不少戏剧、影视作品在重庆制作、公演。

早在 1933 年，在重庆拍摄制作的第一部黑白故事片《歧途》便已悄悄开启了历史，现在已没有任何资料可查，但历史的留白往往是想象滋生的源泉，于是，我开始描摹，这部电影的拍摄过程肯定有很多故事。

当时，正好有一位编辑采访我，让我开一个跟重庆有关的脑洞，我就提起一个科幻点子，利用时间缝隙拯救重庆大轰炸难民的故事。后来细想，不如把两者结合起来完成一个科幻小说。

重庆的构造，除了视觉的冲击，在某种程度上更接近一种抽象的隐喻，像重叠的时空，像迂回的电影叙事结构，像前后呼应的诗歌，像兜兜转转的爱情，这对我来说是最魔幻的。

故事的主人公"我"作为小说的主要叙述者，一开始就抛给大家一个难题：有人匿名发送了一封邮件，邮件的开头和结尾分别是这样的：

"重庆，已经不是原来的重庆了。""他们都希望我死了，你也是吗？"

"我"只能抓着仅有的线索离开，故事自此展开。前女友阿棠寄来的报纸揭开了匿名邮件的线索：一位民国时代的传奇电影人——封浪。他曾经拍过一部短片《坍缩前夜》，时隔近一个世纪，电影的后半部分不见了。而身为记者的"我"遍访当时的观众和档案馆，迫切想要探寻封浪和电影的秘密。匿名邮件的内容说明封浪没有死，如果属实，那邮件很可能就是封浪写给"我"的。"我"一步步接近真相，同时回忆起一些过往。那时，"我"一心向往电影里刺激危险的生活，反复与一名叫"夏"的女孩恋爱、分手。后面大家会知道，"夏"和前面的"阿棠"都是对封浪记忆分裂的强烈暗示——封浪曾爱上一位叫"夏棠"的女子。

由此往下，读者能看出我对"提喻法"的执着，文章中有多段前后呼应的细节、诗意的短句、重复的段落，而且"我"的独白里充满电影台词般的迂回重叠的风格，看似与故事无关，但却蕴含能量。这篇小说最明显的一个特点即是多层次、从里到外的"重叠"。这种重叠，就是重庆、时空、人生、虚幻与现实的重叠。

因此，重叠即是隐喻，它的目的其实是"探索"，这也是科幻小说本身的关键词。对《重庆提喻法》来说，结构完形是手段而非目的，探索才是。

到这里，我们谈谈这篇小说中另一大主题要素——电影。

小说里穿插了许多类似台词段落，比如"玫瑰的耳旁腾起一股喧嚣，花蕊早已干透……"有意借鉴了剧本的写作手法，这些看似没什么意义的句子连起来是一首完整的诗，指引着主人公一步步去发现真相，每一段话跟接下来的剧情也会相互嵌合。故事里的电影不仅是引领情节步步推进的线索，也是颇有象征意味的时空隧道。电影不仅是造梦机，还是拯救一切的关键。

我认为现实和电影的两个世界互为隐喻、互为补充，光影世界提喻现实，现实给予光影世界以养分，更通俗的感觉，就像是梦与现实、显相和实相的关系，现在我们还有这样明确的分界线，在以后可能会渐渐模糊掉。也许我们本来就同时活在两个世界中，关于它们的本质，蕴藏着一种更为博大的真实，这主要取决于我们怎样去看待。

所以，为了如此表达，电影、诗、小说承担了各自的功用，而它们在作品中是融为一体的，这便是我想要达到的效果。因为在我的审美趣味里，着实以为这三者是完全互通的。

回到故事，它可以很简单，是一个有关寻获、回忆、成长与爱情的伤感小说，它也可以很晦涩，一段戏中戏，过去与未来、现实和戏剧彼此入侵，过于繁复刻意的排列，甚至让故事差点沦为背景板。但说到底，这篇小说解救了我的一个执念，让我看到并创造了一个与原来不同的重庆。

段子期，青年科幻作家、编剧，中国作家协会会员，曾获中国新编剧大赛冠军，第12届华语科幻星云奖年度新星金奖与最佳短篇小说银奖，第19届百花文学奖，冷湖奖，中国校园文学年度奖等。作品见于《科幻世界》《青年作家》《文艺报》《中国校园文学》等，出版有《灵魂游舞者》《神的一亿次停留》《失语者》，作品多次入选漓江出版社《中国年度科幻小说》选集；亦创作有诗歌、音乐作品。

重庆

剑无痕

E 伯爵

一　梧桐秋雨夜不寐·拖刀独行客

重庆府近日一直冷雨连绵。

这是入冬前的一场鞭笞，正为了警醒世人：万物失温，天地肃杀，从此时至来年，正是阎王要收命的关节，都早早裹紧了衣服，自求多福吧。

更夫石小五在陋巷中爬坡下坎，斗笠的水滴下来，顺着蓑衣掉在地上，摔成几瓣，他拎着小锣，攥着梆子，一边打哈欠一边敲，有气无力地喊："子时三更，平安无事……"

更深露重，寒风刺骨，他游丝般的声音高高低低地在巷子里飘散。

石小五又冷又乏，哆哆嗦嗦摸出一个小葫芦，拔下葫芦嘴儿灌了两口，拖着步子继续往前走。

这条窄巷子他走了上千遍，闭着眼睛也不出错，今天却撞了邪，大约也是多喝了两口，突然一抬脚撞了个实在，身子顿时朝前飞出去，铜锣梆子哐啷啷掉了一地。

石小五虽然年岁不过四十，然而早被劣酒泡软了骨头，一跤下去差点儿没爬起来，连仅剩的一颗门牙都几乎磕掉。

他"哎哟哎哟"地起身，正要看是哪家的杂物乱扔，回头却吓得又一个趔趄坐倒在地。

方才踢到的黑影动了一动，便站起来——赫然是个人。

石小五开口要骂，顷刻间又将污言秽语吞了回去。

只见那人站直了身子，足有八尺，铁塔一样，居高临下地看着他。月光昏暗，也看不清脸，只听见低沉沙哑的声音问道："你踢我作甚？"

石小五听他口音不是本地人，心中惊骇略消，硬着头皮道："深更半夜，你不投客栈，干啥在这里横躺着？若没有钱，城中治平寺里有斋棚可去栖身。"

那人却摇头道："不去。"

石小五虽然是个穷酒鬼，倒也算心善，便又劝道："你这么躺在巷道之中，总不太好，若是遇到歹人怎么办？"

"无妨。"那人抬起手来，握着一柄粗长的东西，三尺有余，用布条细细地缠了。他手指微微一弹，只听得"嗡"的轻响，一道寒光自上端射出，刺得石小五一哆嗦，再不多言，拎起小锣转身要走，那人忽然在背后开口："且慢。"

石小五战战兢兢，却听那人问道："这城里有一个瘸腿的铁匠唐老头，对修补兵刃十分在行，我正寻他帮忙，你可知道？"

石小五在这城中打更已经二十年，自然是对城中一草一木都了如指掌，然而听他问起，却摇摇头："城中铁匠我都认识，并无一人姓唐，更无人瘸腿。"

那人静默了片刻，忽然向前踏了一步："当真？"

只这一步，那人就从屋檐下的暗处亮出了脸——

石小五看不清他蓬乱的发髻和虬髯下的模样，只觉得那双眼睛与这秋雨一般冷，看人时仿佛要射出两把刀来，一个准儿地扎进心口。衣裳似乎是褐衣，外头套了件半臂，但都脏污不堪，瞧不出本来的颜色了，整个人就如同一个乞丐。

但他不是乞丐，石小五知道，这人一看就是沾过血的。

雨淋得石小五越发冷了，一开口免不了发抖："好汉，小人可真不敢欺瞒。"

那人看了他半晌，忽然转头向巷子外走去，那布条包着的兵器不知是刀还是剑，似乎极长，那人踩过水洼时便在水面上划出一串的涟漪。

石小五看这人离去的背影，耸起的双肩方卸了劲，只感觉凄风苦雨之中，额头背后竟然冒了一层薄汗。他嘟囔着"撞邪"，转身继续自己的活儿。但就在这个时候，不远处那人忽地站住了，陡然爆出一声怒喝："出来！"

声如裂帛，震得石小五浑身一抖，他以为是呵斥自己呢，正怔忡，就猛见巷子的阴影中突然无声无息地走出了四个黑衣人，各个蒙头蒙脸，手上寒光闪闪，都拿着利器。

那人冷笑道："跟了一路，要动手为何不快一些？"

一个手中执铁剑的黑衣说："我们一路劝你莫来，只为你能幡然醒悟。"

那人哼了一声："休想。"

黑衣人立刻散开了，呈四方包围之势。东边之人就是执剑者，另有西边一人手拿双钩，南北二人则是双手各握住一对铜锤和鸳鸯钺。石小五自然是认不出这些兵器的，但那森冷的光也透着杀气，他想要逃走，又忍不住躲在屋檐下看。

那执剑者一个起手式，抬剑便向褐衣人的面门刺去，而其余三人也紧随其上，眼看是避无可避了，但那褐衣人动作奇快，身形一矮，而兵器却扬起。他臂力惊人，抢起一扫，只听一阵"铛铛"的声响，四人的兵器都被震开了。布絮混着雨水被锐器钩得四分五裂，褐衣人双手一分，只见一柄长刀出鞘，寒光在黑夜中如霹雳一般，接着就舞成一朵巨大的银色花盘。

黑衣人显然不曾料到他能够突然暴起，都被逼退了一步，阵法略乱。执剑者应当是其中领头的，口中一个呼哨，四人重新回四个方位站定，接着又是一声短促的哨音，这次率先攻上去的是双钩与鸳鸯钺，一长一短，双钩交叉直取面门和颈项，而鸳鸯钺突袭腰眼。

那褐衣人提刀挡住双钩，然后一脚踢向另一人下盘。鸳鸯钺退后了两步，避开这一脚，但依然刮破了那褐衣人的衣裳。褐衣人担心他再贴身近前，长刀卡住双钩借力转身，换了半个方位，接着用力横刀下压，想要将双钩绞脱手。

然而此时背后一阵剑风，他心知不妙，随即止住力道，同时反手竖起刀鞘，护住背心。刚刚立起，就感觉剑风已经袭到，正削在了刀鞘上。那使铜锤的黑衣人见他正被夹击，立刻纵身跃起，高举铜锤向着他头顶砸下。

褐衣人情急之下，也顾不得身后的铁剑，索性就着刀鞘的格挡，施力后退，猛然将那执剑者撞了出去。

趁着这空档，褐衣人脱出了围困，迅速将长刀与刀鞘交叠在身前，做出防御的姿势来。

雨水打在每个人的兵刃上，发出铮铮的声音，一直敲到心底。那执剑人冷冷地开口道："莫无难，你的追风刀再快，也难防四人，我们好歹曾为同袍，又有结义之情，你若现在罢手，我们也不想伤你，你自己走吧。"

那褐衣人却笑了一声："我若不愿走呢？告诉姓张的，他的项上人头，我早晚取之。"

那执剑人轻轻叹了一口气："大义小义，孰轻孰重？"

褐衣人讥讽道："这么多话。"

执剑人再无言语，而那用双钩的已经不耐烦，左足一踏，水花四溅，抢上几步凌厉地向他胸腹间掏去。褐衣人侧身避过，使双钩的人一击落空，应变奇快，左手一撤，用右手那支钩挂住左手单钩抡圆了一圈，狠狠地打在褐衣人侧面上。

褐衣人脚下一踉跄，使短兵刃的两人瞧准了机会也冲过来。褐衣人虽然慢了一些，但力量还在，暴喝一声，一边借势矮身用长刀削砍使钩者的双腿，那使钩者闪退得慢了两步，腿上中了一刀，鲜血四溅。只听得他惨呼一声，向后摔倒。用锤和鸳鸯钺的两人见之大惊，手下不留情，都冲着头颈的命门而来。

褐衣人不能硬接，拖着长刀转身逃了几步，那使鸳鸯钺的身法较快，眼看着已经追上，正要向着那褐衣人背心出拳，却听到执剑者喝了一声："慢些！"

他顿知道有诈，脚下一顿，还来不及反应，褐衣人已经回转身体，借力将刀锋自下而上倒劈过去，鸳鸯钺躲闪不及，从腰腹至胸膛被拉出一个大口子，下颌也被削下一片肉来。他吃痛之下大叫，然而双手一扬，鸳鸯钺交叉着向那褐衣人脖子割去。

褐衣人用左手刀鞘击飞一只，另一只终于躲不过，但准头稍逊，栽入了他肩头肉里。褐衣人伸手拔下，丢在一旁，血水便顺着手臂流下来。

这片刻之间，四个黑衣人两人重伤，已经废了，然而褐衣人也见了血，余下则还有两名敌手。

那执剑者冲使铜锤的人递了个眼色，两人慢慢移动身形，顿时对褐衣人形成了犄角之势。

三人站在冷雨之中，浑身已经湿透了，但无人再有妄动，仿佛三尊泥塑。

石小五躲在阴影中，只看得惊心动魄，大气也不敢出，一边害怕，一边又隐隐有些兴奋。这几十年古井无波的日子，忽然就变得有趣起来了。

二　鹤发童颜不老翁·铜钱买命

正面被划出伤口的黑衣人血流如注，然而还能行动，于是去搀扶那腿脚受伤的使钩者，两人退去一旁，包裹伤口。

执剑者与使铜锤的看也不看那两人，只盯着褐衣人。执剑者道："莫无难，你败象已露，何必硬撑。我最后说一次，你远远地走开，否则别怪我们不念往日同袍之情。"

褐衣人冷笑道："你们能跟着姓张的走，早无情义。来吧，杀个痛快。"

执剑者静静地看他，忽然一甩铁剑，雨滴在他周身划出一个半圆，他大喝一声，欺身上前，剑锋直指褐衣人眉心。

褐衣人虽然勇猛，然而毕竟带了伤，长刀舞起来比之前势头弱了许多。那执剑者剑法凌厉，招招都指向要害，仿佛是真要他性命。褐衣人与他来去十余招，都没有占到什么优势，反而是衣裳被划破了好几处，多次险遭刺中。

此刻那使铜锤的却站在原地，并未像先前一样同时动手，仿佛在等着什么。

褐衣人血流不断，体力显然渐渐不支，三十来招过后，褐衣人脚步已乱，执剑者几招刺来，他不及闪避，身上又添了几道血迹。

此刻，那使铜锤的黑衣人终于看准机会，大喝一声，双锤前冲，一下子击在褐衣人前胸。他这算偷袭，虽然不算光彩，但攻其不备，成效斐然。那褐衣人立刻喷出一口鲜血，仰面倒地，一时间竟然爬不起来。

使铜锤的一击成功，紧接着便上来，举起一只人头大小的卧瓜锤，便要向褐衣人的天灵盖砸过去。执剑者却突然喝道："老四，且住！"

使锤者顿了一顿，还是收回了铜锤，垂手站在一旁。

那执剑者上前来，叹息一声，抬手在褐衣人四肢上飞快地各划了一道。褐衣人恁地硬气，只抽搐了两下，竟然一声不吭。鲜血汩汩从伤口流出，被雨水冲淡，无色无味地顺着倾斜的地势流走了。

执剑者收剑入鞘，低声道："莫无难……老七，就此别过，后会无期了。"

四名黑人静静地看了看躺在地上的褐衣人，最后执剑者与使锤的分别搀扶着另外受伤的两人，重新走入阴影之中，恍如鬼魂一般。

石小五旁观这一场打斗，只感觉胸中一颗心乱跳，简直要蹦出嗓子了，一面想看，一面又手心出汗，后背发凉。等到那褐衣人倒地，黑衣人相携离开，他等了一刻钟，才战战兢兢从藏身之处走了出来。

此刻雨势渐弱，天上浮云略散，清冷的月光照亮了一片狼藉。石小五口中念佛，轻手轻脚地走到那褐衣人身边。只见他浑身湿透，浑身是创口，口角也流出血水，然而胸口依然微微起伏，显然还有一口气。

石小五又阿弥陀佛一声，叹道："唉，总是我心善，愿意积德的。"

说罢，把梆子小锣胡乱塞进衣服里，将不省人事的伤者扶了起来……

莫无难睁眼的时候发现自己赤条条地躺在一张竹床上，身上只盖了条薄被，双肩双足都露着，冰凉麻木。

他勉强起身，顿感一阵剧痛，眼前也是一黑。他略略定神，又细看周围，辨认出乃是一间简陋民居，室内只有他身下这张床，还有一条长凳，窗户糊着油纸，紧紧关着，看来已经是白天。

莫无难身上敷满金创药，拿布裹住了，都经过了仔细包扎。床头放了一套麻布旧衣，想来应该是给他的，莫无难也不客气，拿来就要换上，然而忽觉手腕无力。他心底一凉，只道是伤口未愈，翻身下床。但双足刚落地，剧痛传来，竟一下子跪在地上。

此刻只听"吱呀"一声门开了，有个老者端了碗汤药走进来，见他跪在地上，呵呵一笑："哎哟，这是作甚？不过救了你一条性命，要道谢也不必行此大礼。"

莫无难抬头看他，只见这老者须发皆白，皮肤却皱纹不多，唯独双目耷拉着，细如一条缝。身上穿了小袖长衣，足下穿了双麻布鞋，身材瘦小却精神矍铄，一时间竟然猜不出他的年纪。

那老者也不扶他起来，蹲下身平视他，将汤药直直递来："将这药喝了。"

莫无难没接，只问道："你是谁？这是哪里？何人送我来的？"

那老者笑道："听说你在找一个瘸腿的唐铁匠？"

莫无难道："是打更的送我过来的？"

"这城里可没有姓唐的铁匠，不过我姓唐。你可唤我唐阿公，我是名郎中，此处乃是我的医庐，叫万一堂。"那老者自顾自说了，才答他的话，"是更夫石小五送你来的，他只留了几个铜板，不过我看你倒是有把子力气，即便是干点儿粗活也能还债。"

莫无难道："欠你多少药资？"

唐阿公笑道："你送来时血流得多，还剩一口气，石小五那几个铜板，只可买你不死。然而后面要保着这口气不断，如今还能动弹说话，我施针敷药费的功夫可大了。我略微算算，十两银子是少不了的。"

莫无难冷笑道："唐阿公是老糊涂了吗？在下可是能给你十两银子的人？"

老者也不恼，还是和和气气的模样："医者仁心，虽然你给不出，我也不会强要。你后续养伤还需要些日子，我就不收钱了，折算进去，能动了再给我做五年的工，就可抵五两银子。"

"还有五两你想如何？"

唐阿公指着墙根道："那东西，可给我抵债。"

莫无难抬眼望去，一柄黑幽幽的长刀躺在地上，刀柄上依稀有干涸的血迹。

莫无难心头火起："你要它能做什么？"

唐阿公笑道："这长刀用得久了，我看有些地方卷口该修理修理，但刀口的钢是好东西，拿来切药材是不错的。"

莫无难冷笑道："那你不如剁我一只手，听说人肉也可入药，不是更金贵？"

唐阿公笑起来："哎呀，是舍不得吗？要我说你也是好笑，既然都败了，那兵器于你来说，也就是废了，一柄破铜废铁，不拿来抵钱，还抱着做什么？莫非你还指望用它报仇？再说了，如今你四肢筋脉受损，将来能恢复到五成功夫，就已经是万幸了。"

莫无难一时间只觉得周身的伤口都要迸裂，喷出滚滚鲜血。

唐阿公却仿佛见不到他赤红的双目，端碗撑着膝盖站起来，笑道："怎的不信吗？你且试着如我这般起身。"

莫无难想要力聚双腿，肌肉却毫无动静，又伸手去撑床沿，手掌好像一卷棉布，软软地搭着。他心头一急，再用力，竟然一下向前栽倒。

唐阿公还是不伸手扶他，只端着药在旁边笑道："如何，咱可没诓你吧？"

莫无难如坠冰窟，哪里还顾得上这一点嘲弄，胸中气血翻涌，跟着喉头一热，呕出鲜血。

唐阿公叹了口气，终于将那碗药放在条凳上，自己坐在中间，对莫无难道："石小五说你以一敌四，十分英勇。如此不怕死，心中是有怨气吧？"

莫无难轻轻擦去嘴角的血迹，低声道："我有个人要杀。"

唐阿公点头道："我猜也是的。不过你现在也杀不了，就算康复，用那刀也使不出力气，不如给我。"

莫无难也不回答，只是脸色灰败。

唐阿公又指了指他的脸："我看你虽然留着满脸的胡子，但细看此处还是有黥面的痕迹，你的刀又是环首长刀，你可是出身行伍？"

莫无难点点头。

松

293

唐阿公又说："那好办了，想必是九死一生过来的，杀人一道，我是最懂的。说不准将来，我可以给你更趁手的兵器。"

莫无难抬起头看了他一眼，唐阿公笑眯眯地看着他："怎么？信不过老夫？"他撩起左腿裤腿，用手敲了敲。

莫无难定睛一看，呼吸一窒——

只见唐阿公的裤管之下是两只铮亮的铜管，在脚踝处是大小不同的铜球和半圆，各自嵌合在一起，布袜下看不见脚掌的模样，却隐隐能看到青白色的幽光。

唐阿公提着裤腿站起身，走了两步，那铜球和铜管便伴着幽光，灵巧顺滑地转动起来。莫无难盯着看了半晌，直到唐阿公将裤管放下，那腿便又跟寻常人一样了。

莫无难抬头看着唐阿公，细细打量他的模样，低声问道："老丈……你可真的姓唐？"

唐阿公笑着点点头："自然是真的，我以前啊，也确实是个铁匠。"

三　袖里暗箭·神鬼不测枉死人

唐门嫡三子，二十多年前就被称作唐三爷，乃是江湖上有名的暗器行家，又有个外号叫作"鬼手"。蜀中唐门有许多神鬼难防的杀器，其中有大半出自唐三爷之手。唐门子弟行走江湖，极少结仇，一来家训森严，二来江湖众人都忌惮他们身上的暗器。

不过人在江湖，又怎么可能不沾上一点儿血？

终于有几个子弟惹出祸事，引发唐门与峨眉派的一场大战。鬼手唐三爷虽然制作了许多暗器，那双手却从来没有亲自杀过人。为着这一次大战，唐三爷使出平生绝学，制作了许多古怪阴险的杀器，很多还淬过毒，见血封喉，甚至亲自来到了峨眉山下，为唐门子弟坐镇。

然而没有想到，一场恶战后峨眉是败了，但唐三爷也败了，败在峨眉一个名不见经传的女弟子手里。唐三爷半生醉心机关与毒物，毫无红尘杂念，但不知怎的对那峨眉女弟子一见钟情。然而他所制成的新暗器威力巨大，混乱之中将那女子的师傅射得血肉模糊，当场毙命。

在那之后峨眉与唐门结下死仇，唐三爷却痴心不改，据说还偷上峨眉，去找那女子想要赔罪。不想那女子以命相搏，要为师傅报仇。唐三爷侥幸逃脱一条性命，却将一条腿送在了那里。

从此以后，"鬼手"绝迹江湖，只听说他再不做暗器，改做了个寻常的铁匠。

莫无难看着唐阿公笑意盈盈的脸，仿佛有些恍惚，忍不住问道："你是……唐门三爷？"

"唐门是什么，三爷是什么？你说的，莫不是鬼吧？"唐阿公摇头道，"死了那么多年的人，就不要再提了。"

莫无难伸手抓住他衣衫，死死盯住他："唐三爷……你果然能让我如愿？"

老翁笑道："唐三爷帮不了你，唐阿公可以。不过我说了，要想如愿，不单那刀要给我，人也要留在此地给我干活，短则三五年，长则七八载，你可愿意？"

莫无难摇头："然而我要杀的人，只怕等不了那么久。"

老翁道："那不也很好，老天会帮你动手。"

"我不信老天，我也不要他帮我做事。"

老翁叹一口气："那你就赌一赌，看看是你等得起，还是你要杀的人等得起。"他又顿了一顿："反正如今你也没有多少赌资了。"

莫无难脸色青了又白，红了又黑，几番变化，终于放开了唐阿公的衣裳，艰难地拖着身子挪去条凳旁，又用双手夹住那一碗掉的药，一滴不剩地灌进了肚里。

唐阿公看他喝完了药，点点头："甚好，你到底还是个聪明人，聪明人就知道该怎样做的。"

这个冬天，莫无难常常感觉到冷，阴雨不断，寒气入骨。唐阿公给的被衾也单薄，只勉强盖住了全身，不至于冻手冻脚。汤药和针灸是不断的，唐阿公有时候也给他喝一些味道古怪的汤汁，喝完就人事不省。待一天之后醒来，只看见手足的伤口重新敷过药了，肿得老高，揭开还能看到割开的伤口与细细的缝线。莫无难完全不问唐阿公在做什么，只听他吩咐做事。

起先只能用木棍撑住身体移动，渐渐双腿便有力气，双手也可以拿起重物了，然而要想如以前那般挥舞长刀，无论如何是不行了。莫无难原本以为自己会愤愤不平，然而看到唐阿公不紧不慢地在院中走着，偶有阳光就将药材铺开来晾晒，他便心平气和，充满了耐心。

冬去春来，莫无难就从来没有走出过唐阿公的万一堂，待到院中枯枝发出第一点新绿的时候，莫无难的双手双足都能行动如常。他来到唐阿公房间外，便看到自己的长刀倚靠在墙上，落满了灰。他伸手拿起，倒是可以承重，却难以挥舞，更遑论劈砍了。

莫无难就放下刀又去做活计了。

过了一段时间，唐阿公刮去莫无难脸上的胡须，敷上药水，半月不到那黢面的痕迹便淡了，只留下一块印记，仿佛是久远的烫伤疤痕。这样一来，莫无难终于不再避开外人，可去堂前送送药材什么的。

万一堂许多人来来去去，唐阿公以前用毒如神，没想到医术也很高明，前来求诊的从穷到富，他都一视同仁。医馆中除了他俩，就是一个呆呆傻傻的小学徒，又聋又哑，做些杂务。

莫无难原先以为唐阿公是隐名匿姓避祸，然而对自己又如此轻易泄底，似乎并不在意被人认出。以他从前的名头之响，恩仇不知结了多少，如此轻忽，就不怕仇人上门吗？

莫无难这念头不久之后就得了验证。

那一日正是新月初上，月光晦暗不明，又兼风起，只感觉有些不祥。到了半夜，果然有人从外墙潜入，直奔唐阿公的房间。莫无难虽然武功尽失，耳目却还是灵敏的，听到异动就翻身起来，借着窗缝细看——

只见院中站着三个白衣男子，都是四五十岁的年纪，瘦高个子，披散头发，手中各自拿着黑色长剑，也不蒙面，脚下轻盈，看起来身手不凡。

眼见他们有备而来，莫无难无法阻拦，却也不想示警。他有心看一看，唐阿公将要如何化解。

那三人还未到门前，只听"吱呀"一声门开了，唐阿公出来了。他先是带上门，再笑眯眯地鞠躬行礼，问道："林大侠，商大侠，于大侠，二十年未见，三位风采依旧。"

那三人见了他，立即止步，远远地站住了。其中打头的一个想必就是姓林的，他冷冷一笑："鬼手唐三，果然是你，可惜你须发俱白，老迈不堪，我一时竟没有认出来。想来必然是亏心事做得多，老天不佑。"

唐阿公依旧笑容满面："林大侠说得有理，我如今功力全无，只不过是个寻常的郎中，想来也是报应。"

他这么顺水推舟地答话，倒教三人面露诧异之色。左边那人踏上一步道："唐三，既然你也知道自己应当有报应，还不快跪下受死。"

唐阿公看着他，又笑一笑："商大侠见谅，我虽罪孽深重，却不能今天死。我与人有约，只能暂寄人间雪满头了。"

右边那人冷哼一声："说来说去，还是怕死，不过今天你再多说也无用了，我师门血仇今日一定要你偿还。"

唐阿公叹了口气："我往日虽不曾亲手杀人，但所做之物欠下了许多命债，我不想再多欠几个，你们还是走吧？"

姓林的不耐烦地拔剑大喝："示弱也晚了！"便向唐阿公直刺过去。

唐阿公叹了口气，只见那人一步踏出，足下忽然一顿，莫无难似乎听到了极尖厉的声音，耳心仿佛被针扎了一样剧痛。他捂住耳朵，却看见那三人突然一起倒地，无声地抽搐了两下，随即便一动不动了。

莫无难心头大震，他见唐阿公完全没有出手，三名剑客竟然立时暴毙。

唐阿公垂目看那三具尸体，似乎又轻轻叹了口气，这才转向他这边，提高声音道："莫看了，快出来帮我收拾尸首。"

莫无难走出去，只见那三人直挺挺地躺着，双目、口鼻及双耳中都流出鲜血来，每个人都未合上眼，双目暴突，十分狰狞。

莫无难看着唐阿公问道："你用了毒？"

唐阿公笑道："我已有十多年不用毒了。"

"你如何杀死这些人？"

唐阿公道："我没有动手，他们用有形之剑，却死于无形之剑，也可说是被自己的杀心所杀吧。"

莫无难心中一动，蹲下去看那林姓剑客踏步的地方，果然在地上发现了一条细细的丝线，线已断了，他牵起线头慢慢捋，来到了唐阿公门前。只见房檐之下，悬着一个铜管，这铜管打磨光滑，管壁很厚，管口却拓宽，仿佛一个小小的喇叭，铜管中似乎有些微光，仿佛蜡烛熄灭后那一瞬的模样，铜管后头接着一个环状的东西，看那铮亮的样子，应该也是铜制的。

莫无难伸手去拿，感觉管壁微微发热，他也不敢再动，收回了手问道："这是什么暗器，是飞针吗？如不淬毒，你怎么刹那间杀死三个人？"

唐阿公道："我说了不用毒就不用毒，无形之物杀人更胜于有形之物。"

"这是何意？"

唐阿公笑了一笑："老夫做了无数杀器才知道，杀人不过是最容易的事情，不杀才难。身怀利器，能以杀止杀更难上加难，你悟了才可多问。"他挥一挥手："先将这三人送走才是正事。"

四 灯花难剪·一滴烛泪殉杜鹃

莫无难与唐阿公一起又是抬，又是搬，将那三具尸首拖到板车上，然后堆了无数药包，等了一天，便拉去江边绑上石头沉了。

从此又是平安无事。

唐阿公照常行医问诊，空了便在莫无难身上敲敲打打，缝缝补补，有时候痛得他死去活来。然而那一夜三名白衣人的死却让莫无难明白，鬼手唐三虽然在江湖上销声匿迹，但论制作暗器的技艺，只怕更加精进了，说不定真能造出杀人于无形的利器，那么无论如何也要向他求得。

松

297

那日唐阿公的话却让莫无难想不透：身怀利器，以杀止杀，怎样才算做到呢？

但他沉得住气，只埋头做事，竟好似完全忘记了那一夜的事情。

如此春去秋来，又过了一年，唐阿公已经不在莫无难身上动刀动针的了，只用古怪的汤药喂他，莫无难双手双足除了留下一点浅浅的疤痕，表面上也看不出当年重伤的样子了，肌肉也有了力气，重活也干得了了。不过每当运气想要使出内劲时，到关节处便有凝滞之感，发不出应有的劲道。

唐阿公看莫无难拿起那靠在墙角的长刀，轻飘飘地劈来砍去，就摇摇头，道："如今你能拿它劈柴都是老夫的功劳，要再拿它杀人，最好是去给城隍爷多上几炷香，让他老人家提前把下辈子的本事给你。"

这话刻薄，却未能让莫无难生气。他将满是灰尘的长刀放回墙角，只问道："你何时告诉我那三名白衣剑客怎么死的？"

唐阿公却笑了笑："你是不是还想杀你要杀的人？"

"不然我为何还在你这里苟活？"

唐阿公摇摇头："既然如此，那就不能告诉你。"

莫无难看了他一眼，也不多说，继续去院子里翻晒那些药材了。

转眼隆冬时节又到了，临近春节，唐阿公照例给了学徒两吊钱，放他回家去过节，自己则和莫无难留在医馆中，闭门谢客了。

他二人既非家人，又非师徒，连雇佣关系都算不上，硬要说，不过就是过节的时候搭伴喝个热酒而已。除夕那一晚，白天唐阿公便做了几个大荤的烧菜，天擦黑就端进屋子里，点了火盆，把两盏油灯放在两旁，温了一壶酒，叫莫无难过来吃团年饭。

莫无难来医馆两年了，平素都是小学徒做了饭，碗中扣上满满的米饭和菜，拿着筷子一齐塞到他手中，今天跟唐阿公一桌吃饭倒是头一次。

那桌上有鸡有鱼，果然是过大节才有的，莫无难也不客气，抓住一个鸡腿就大嚼起来。唐阿公连声招呼："哎呀，寻常也不曾短过你的荤腥啊，怎的如此饿相。来来来，此酒甚好，先饮一杯。"

莫无难接过来一饮而尽，赞了一声"好酒"。

唐阿公颇为自得："此酒我已经藏了十年，又加了好药泡进去，寻常劣货是比不上的。"

莫无难道："十年的珍藏，为何今日取出来享用？"

唐阿公鄙夷道："你们少年人就是不知道享受，不论什么好东西，想要吃、喝、玩，就要去吃去喝去玩，不然哪天突然横死了，岂不是太亏了。"

莫无难面不改色，一边大口吃肉，一边为自己又斟满一杯："我没杀那人，一定不会死。"

唐阿公笑道："是什么深仇大恨，竟然消解不了。"

莫无难没有说话。

唐阿公又喝了一杯："我看你如此在意那环首长刀，这仇莫非是在军中结下的？"

莫无难冷笑一声："凭君莫话封侯事，一将功成万骨枯。"

唐阿公点头道："是了，总是有人要用人命来搭梯子往上爬。"

莫无难又灌下一杯酒，只感觉一股热气从体内直冲上脑，面皮上立刻潮红了。唐阿公笑道："这酒后劲大，可不要喝得太急。"

莫无难忽然一笑："要论烈酒，哪里比得上当年在守关时喝到的。当年我与弟兄们共饮，可比现在痛快，只可惜如今除了我，都已经做了孤魂野鬼，老人家不吝惜，借酒给我以飨故人吧。"

唐阿公点头，莫无难也不客气，就连倒了三杯酒，洒在地上。

唐阿公点头："原来你要报的是三个人的仇。"

"不错，正是三人的血债，"莫无难手捏住酒杯，一双眼中透出红，"明知不可为而为之，这就是我死不了的原因。"

唐阿公为他斟满一杯："我有好酒，可否买你的故事一听？"

莫无难笑了声，一饮而尽："值当。"

原来这莫无难确是行伍出身，当年也是犯了轻罪，便投身军中效力。莫无难孑然一身，没有什么亲人，在军中却与同袍投契，有八个人一同结为异姓兄弟，莫无难排行老七。后蒙鞑屯兵均州，他们中的二人共同受命前去刺探，不料遭遇敌人，莫无难与老八肖贵，以及其他两名军士听令去诱开蒙军，到了约定之地却未见援军。四人力战蒙军，最终不敌，除了莫无难侥幸逃入溪流，其他三人全部被乱刀砍死。莫无难养好伤便赶回军营，不料却得知那逃走的六个兄弟并未如约去接应他们，反而径直奔回营中，将军情呈上后得了大封赏。

唐阿公点点头："是了，拿你与兄弟的命换了功名富贵。"

莫无难双目泛红，盯着唐阿公："你说这样的人，该不该杀？"

"为何你对我说的，又一直说是要杀一个人？而不是那六个？"

"谁拿的主意我杀谁。"

唐阿公笑一笑："要依着我当年的脾气，哪里分这许多轻重，不是三条命？那六个人我皆杀。"

莫无难喝了口酒，冷笑："你如今却不会了，反而要劝我连这一条命也不收。"

唐阿公又为两人满上酒，道："你说我假慈悲吧？我不过是早已与别人约定，不会再去杀人。如今我要杀人更轻松，你应当是看见了，我却愈加不愿杀人。"

莫无难追问道："为什么？"

唐阿公一直温和的面容突然沉静下来，变得僵硬，鹤发童颜都退去了活气："因为若杀错一人，便再没有补救的机会。"

莫无难想到关于当年鬼手销声匿迹的传说，便不再多问。他双目赤红地看着唐阿公，说道："我不管你怎样想，只管我能报仇。既然你知道我的故事，那么你到底是怎么取人性命的，总该让我晓得一二。"

唐阿公哼了一声，倒没回绝。只见他从怀中取出一根小小的铜管，正是那日悬挂在房檐下的。他双手一扭一开，折成两段。莫无难细看，只见后半截铜管内各种机窍，都做得极为细密，一些孔隙似乎只有针尖大小，也不知用来做什么；前半截则空空荡荡。唐阿公从后半截铜管中钩出一根金线，缠绕在两截铜管之间。

"泠泠七弦上，静听松风寒。"唐阿公道，"我平生听到的最好的琴声，却是夺人性命的。"

他的指甲在这金线上一拨，那线突然弹动，仿佛一瞬间化为无形。与此同时，一种极轻却又极尖锐的声音传了出来。这声音十分古怪，音色仿佛琴音，但短促尖厉，让人十分不快。

不知道那根金线是什么质地，为何会有这样的效果。

唐阿公又将金线慢慢靠近一只烛火，在弦上一抹，莫无难只觉得声音更尖更快了，烛火便不停地晃起来。接着，阿公又猛地拨弦，他动作极快，而那金线也弹动得更快，连影子都没了，仿佛化在了半空中。

莫无难只觉得耳心一痛，接着看到那烛火陡然熄了，只剩下几缕青烟。

莫无难的酒意都变作了冷汗，一下子清醒了几分。他看着唐阿公细细地将金线重新收回铜管，重新接续起来，表面上连痕迹都看不见，随即放入怀中，问道："这东西……便能杀人？"

唐阿公冷冷一笑："世间万物都可杀人，这又有什么稀奇。"

莫无难又追问："这难道是……琴弦？"

唐阿公满上酒，喝了一口："是，又不是。琴弦不杀人，杀人的乃是声音。当年一个女子，便是一边弹琴，一边来杀我，可惜那时候，她并没有这样的琴弦，只不过是藏在其中的短镖而已，我也还没炼成这样的琴弦，但她让我知道，声音是可以杀人的。"

莫无难忍了一忍："那……你杀了她吗？"

唐阿公没有回话，却又为他斟满一杯，笑道："喝酒，喝酒。"

五 聚魂为剑，则破空无痕

一场年夜饭，却最终变成了拼酒，莫无难与唐阿公你来我往，一下子便喝光了那一罐子十年的珍藏。两人醉卧在屋里，还是外面鞭炮震天响才将莫无难闹醒。室内炭火熄灭，屋里冷起来，他便将唐阿公扶到床上躺下。

莫无难得空仔细端详唐阿公的脸，倒也并非真看不出年纪，皱纹与斑点都有，加之又冻着了，脸色也不再如寻常那般红润。鬼手唐三果真已经垂垂老矣。

莫无难又看看他前襟，双手紧紧握拳，最终还是松开，拉开被子给他盖上，自己回屋去睡下了。

这年节一过，唐阿公和莫无难似乎又变回到不咸不淡的雇主与帮工的关系。唐阿公再未给他看过那管子与金线，连提也不提。莫无难也不再问，仿佛除夕夜的一切都是酒后的一场酣梦。

不过交给莫无难的活儿却又有了讲究，除了打杂，还需要跟唐阿公一起打磨各种铜制的部件。莫无难这才知道为何会有铁匠的传闻——唐阿公确有一个小小的炉灶，只用于锻造些稀奇古怪的小物件。莫无难亲眼见唐阿公将烧得通红的铁水浇筑在模子中，然后又琢磨成形。渐渐地，唐阿公也将这些打磨的工作交由他来做一些，自己便在旁边泡来茶来笑眯眯地看。难为莫无难手指粗壮，拿过锄头、长枪与刀剑，却没捏过豆子大小的铁疙瘩、细如发丝的铁线。

这样每个月教唐阿公领着做，倒也积累了几十个，却不知道唐阿公将这些东西用在何处，他是从来没见过，唐阿公自然也不会告诉他。

时间匆匆如城外的江水，流过春夏，淌过秋冬，再无回头，转眼间莫无难就在唐阿公这医馆中待了四年。这四年中，唐阿公偶尔有些仇家，有些负伤走了，也有的悄无声息死了，唐阿公叫莫无难捆扎实后，统统丢在江底喂鱼。

转眼又是一个深秋，正好与莫无难初到万一堂差不多的时节。他收拾完毕，正要关门，忽然听得有人来敲，打开来看，原来是更夫石小五。

要说石小五，倒真算得上是莫无难的救命恩人。他胆小却心善，救了莫无难一命，却有些怕他，以往来医馆都躲他很远。不过时间长了，惧意也渐渐淡了，反而嬉皮笑脸要莫无难给他买酒，最后竟成了莫无难在城中最熟的第三个人。

今天石小五赶来，脸色不太对劲，除了常年灌酒的红鼻头，其他地方都是死白的。

"唐阿公，唐爷爷，"石小五压低声音说，"可不得了，鞑子来了！"

宝祐六年，蒙古大汗领兵来犯，灭了大理，便奔四川而来。蒙古人凶狠残暴，恶名昭彰，百姓都免不了惶恐，石小五光棍一条，平日里也就跟几个街坊相熟，唐阿公算是其中一个，时不时地讨一些养肝的药来吃。如今得到了消息，就连忙来给唐阿公说。

唐阿公冷笑："之前说在江湖上行走，杀人造孽，其实哪里比得上这些领兵打仗的？兵燹一起，就是白骨露于野，千里无鸡鸣。"

石小五眨巴着通红的眼睛，问："唐家阿公说的是，那么咱们要躲到哪里去呢？"

唐阿公哈哈大笑："躲什么躲？你一双脚杆，还跑得过四只蹄子？鞑子刀头砍下你不是还有这个来扛？"

他随即用手刀在石小五后颈上一劈，吓得石小五脖子一缩，只勉强说笑两句，就匆匆告辞。唐阿公拉住他，往怀中塞了两袋补药，才送他出去。

回头看见莫无难直直地杵在那里，唐阿公又笑道："怎么？你也怕了，想要跑吗？"

莫无难摇摇头，看着自己的手："只恨如今我双手无力，想要砍几个鞑子脑袋，也没有办法了。"

唐阿公冷笑道："你虽然遗憾杀鞑子无力，却依然怀有报仇之心，真有杀意，哪里没有办法？"

莫无难一呆，竟然不知如何反驳。

唐阿公又道："再说了杀几个鞑子，能救多少人？你若杀一个领兵的，才是真有功德。不过呢……"

他忽然神色黯淡，又摇一摇头，背着手走开了，莫无难看他背脊，竟弯了许多。

这样过了几天，忽然就开始下雨了。巴山夜雨涨秋池，听着淅淅沥沥的，仿佛有诗意，湿冷起来却很难过了。莫无难受过伤的四肢隐隐作痛，只能自己找些热水，浸湿了布巾来敷一敷。他晚上也听旁边屋里唐阿公咳得厉害，似乎害病了，不过第二天倒是脸色如常。

中秋夜放了学徒回家，唐阿公和莫无难各自喝了点儿热酒回屋，片刻后莫无难就听见唐阿公似乎咳得厉害了，一声声简直如同生锈的钝刀砍着破锣。他躺了一会儿，终于忍不住起身穿衣打算去看看。忽然听见咳嗽突然停了，接着有一阵幽幽的琴声传来。

莫无难心中一惊，立刻便拉开门。

云层遮住了满月，院子里昏暗无比，在唐阿公的屋檐下却挂着一盏宫灯，发出柔和的光，一位黑衣女子坐在地上，双腿上摆了一张琴，正轻轻拨弄。她满头白发，也不梳妆，就披散在身后，她眇了一目，脸上也有皱纹，却依然美艳动人，难以估算出年纪。

她专心弹琴，看也不看莫无难，琴声如刀如戟，即便不懂音律的人，也能从中听出肃杀之意。

唐阿公开门出来，披了一件外衫，却拄着拐杖，一条裤管下空空荡荡，似乎将那铜腿取了下来。他一脸平静地站在门前听黑衣女子弹琴，瞧不出在想什么。

琴声越到后面越是激昂，那女子手指跃动，仿佛化为无形，最终铿锵数声，戛然而止，仿佛瞬间断刀折戟，一切终了。

唐阿公叹了一口气："阿尘，你还是来了。"

那女子转头看他："可是等得太久，以为我不会来了吗？"

唐阿公摇头："我只盼你来得早些，我等得太苦。"

那女子问道："你做到了吗？"

唐阿公从衣袋中掏出一节铜管，在宫灯的照耀下，闪着如同黄金一般的光。这铜管比莫无难在除夕夜看到的似乎又大了一些，并且增加了一段皮套，能够绑在手臂上，五根丝线牵连着五个铜环。他将那铜管绑在手臂上，手指套如铜环中，向着那女子说："你不担心我在你身上试一试吗？"

那女子摇头："你要杀我，又何必多问这句？"

唐阿公笑得难看："不错，阿尘永远是这么通透。"

他一下转身，将铜管对准院中枯树，猛地手指握拳，只见那铜管中闪过一瞬蓝光，接着便有凄厉的锐响，枯树如同被一把无形的利刃削了数十刀，变成了一堆碎片。

这一切皆在电光石火间，莫无难瞠目结舌。

唐阿公看也不看他一眼，放下手臂对那女子说："阿尘，你看，我说的向来没错吧？"

那女子原本眼中也带着一丝惊讶，听他这么说，脸上的神色就悲凉起来："不错，你是聪明的，原本不必如此。"

她话音刚落，突然将琴竖起，一手抱琴，一手拨弦，只听铮的一声响，唐阿公突然短促地叫了一声，坐倒在地。

莫无难这才发现，原来那女子竟然以弦为弓，将弹琴的铁甲片射入了唐阿公身体。

莫无难来不及多想，随手拿起窗台下的一只药罐，猛地扔向那女子。女子身形一动，如黑云一般轻轻飘落在院子里，药罐则落了个空，摔得四分五裂。

女子看着莫无难，问道："你是他的徒弟吗？"

松

303

这"他"显然指的是唐阿公，莫无难摇摇头："他许我的事情还没做到，我不能让你杀了他。"

女子又笑了一声："可惜，他答应我的事情更早一些，如今兑现了，我也要兑现我的话！"

莫无难不想跟她废话，随手抄起一支竹竿，便向她刺去。他如今关节处内劲凝滞，再不能使剑，长枪一类的兵器却可略作弥补。这样几招，虽然不至于伤到那个黑衣女子，却也打乱了她的步调，让她不能再分心顾及唐阿公。莫无难看她身法轻盈，显然内力不弱，却并未对自己下杀手，只是屡次想要脱身又被阻拦后，脸上渐渐多了一些不耐烦。

如此几个来回，黑衣女子动怒，退后再次用弦射出铁甲片，连续三枚，统统打在竹竿上，那竿子裂出大缝，顿时就折了。

莫无难来不及撒手，被竹刺割伤了掌心。

趁着他这间隙，那女子转身对着唐阿公又同时射出三枚铁甲片，打中他的胸口。

莫无难心中一急，直扑向那女子的身后，却根本碰不到她的衣衫。

那女子来到唐阿公身边，回头冷冷地看了莫无难一眼，喝道："且住，不想他现在死就莫要妄动。"

莫无难再急，也只能钉在原地。

只见那女子缓缓在唐阿公身边蹲下，看见他胸前和口中都流出鲜血，剩余的一只眼睛里忽然滚落大滴大滴的泪。唐阿公却满脸欣慰之色："阿尘，我终于还你一条命。为你所造之物，就在——"

那女子突然怒道："住口！你我一生之痛，皆在于此，我只要你的命，别的休要再提。"

唐阿公笑了一笑："好，好，不提……我死之后，就劳烦你将我烧作一堆灰，撒入你的苗圃之中吧。若你余生能踏足我血肉之上，也算你我相知一场。"

女子泣不成声，却点了点头。

唐阿公的面如金纸，气若游丝，眼看就要不行了。他转头望向莫无难，向他招了招手。

莫无难虽然与他算不上什么知己，但蒙他救命，又相处几年，总有交心的时候，此刻不免凄然。唐阿公却道："小子，你不要担心……这都是老夫的命数，是我所求的。我走之后，你可去房中床下取走我所留之物。若你懂我二人之前所论之事，便可知老夫从不失言。将来能否如愿，皆看你所愿为何了。"

莫无难眼中酸涩，说不出话来，只能单膝跪地，向他抱一抱拳。

唐阿公"呵呵"作声，仿佛是要笑一笑，鲜血却喷涌而出，他望向那女子，颤声道："阿尘，阿尘……走吧。"

随即头一歪，双眼就此闭上了。

六　城门下血如墨·悠悠不断一江水

那位叫阿尘的女子，见唐阿公殒命，抱住他尸身痛哭起来，过了好一阵子，眼泪渐渐地止住了，她擦干残泪，突然起身，举起琴来狠狠砸个粉碎，而后将唐阿公尸身捆负在背上，看了莫无难一眼，什么也没说，就趁着夜色离去，隐没在黑暗之中。

莫无难僵立良久，若不是头上的宫灯与脚下的碎琴，真恍如醉梦一场。他走进唐阿公的房中，从床下拖出一个藤条箱，打开来，竟然是他这些时日里亲手打造的种种物件，还有一条锃亮的铜腿，其中关节包裹之处，隐隐发出暗蓝色幽光。

莫无难细细地看那条铜腿，忽然发现铜腿正是两节铜管拼出的，形状还隐约有些眼熟。

铜腿下压着一封厚厚的书信，打开来一看，有许多机关图纸，上面巨细靡遗地画出了每一个零件如何组装的示意图，标明种种厉害。只需按图操作，便能再拼出一截圆筒，且与之前唐阿公手臂上的相比，又有一些不同。

莫无难心中惊异万分，又在最下方摸出了几张信纸，细看正是唐阿公的手迹。他读完了这些信纸，终于知道了许多真相：

原来二十年前，唐阿公还是鬼手唐三的时候，早已经在某处与峨眉女弟子易清尘相识，两人不打不相识，竟不顾门派之别互生好感。易清尘擅长七弦琴，唐三曾以琴弦为弓弦，为她打造了许多极好用的竹叶镖，并发誓要为她做一件前所未有的暗器。

后有奸人挑动唐门与峨眉相争，两人年轻气盛，以为除掉奸人便可令事端消弭。唐三便在两派交战之际自告奋勇前往，想要趁乱诛杀奸人，不料他在混战中射出的一大片毒镖，有数枚都扎进了易清尘的师傅身上，令那比丘尼当场气绝身亡。

之后唐三独上峨眉想要私下与易清尘相见赔罪，却遭遇围攻，断了一条腿。虽然二人将前后缘故和盘托出，但误杀峨眉长老的罪责依然在，为保住唐三性命，在审问的堂上，易清尘将过错揽在自己身上，与他决裂，誓言再见面则杀之。

唐三被送下山，易清尘则受大刑，被剜去一只眼睛，幽禁下狱。临别之时，

松

305

唐三允诺，早晚将那独一无二的暗器做出来，那时就等她将自己的性命一并带走，报她这一份情谊，来生再续前缘。

"半生以杀人利器为傲，却不想也由此断送半生，'杀'之一字，不单论一人生死。"

之后唐三隐居重庆府之内，行医为生，却难忘当初与易清尘所约定的事：自二人别离之后，终其一生，他要为易清尘造一件绝无仅有的利器。

他愿此物可以杀止杀，却不再错杀。

唐阿公苦心钻研十多年，从易清尘所用之琴上得出启示。

"拨弦而动烛火，可见火焰摇曳，则有力若无形之水波；又有霹雳弹、火蒺藜，皆以无形之力伤人。若有一物，发力如弦动之轻，伤人如霹雳之剧，中的如箭镞之准，则可谓神器。"

唐三技艺高超，熟知火药激发铁弹丸的爆裂之力，他也看过渔人捕鱼的鸣榔打围，水波荡漾之后就有大鱼翻肚浮上来。但死鱼不论大小，如撒网一般全都漏不掉，如何从弦上将波动之力定向操纵，形成无形飞刃，令他思索良久。

后来唐三一面改进机关工艺，一面走遍天下寻找奇材，终于在昆仑山中寻到奇异铁石，与铜铁合炼，制出钢弦与钢球，再与纯铜打造的部件相结合，做出了他想要的"神器"。再以细微的铁石作为"拨弦"之器，丝线只要一动，铜管中的短弦就会射出无形之刃，距离近就如快刀，削皮切肉，距离远则如巨锤，有千钧之力。

"小者折骨，中者断喉，大者可于百丈之外取人性命。发动几不可辨，瞬时即中，无法可防，余谓之'无痕剑'。"

来向他寻仇的人数次被无痕剑杀死，江湖上渐渐也就有了传言，终于有一日传到了峨眉派，教易清尘知道他神器铸成，终于下山来赴约了。

彼时唐阿公已经知道自己有了恶疾，将不久于人世。他原本也不在乎生死，唯独无痕剑乃毕生心血与精华，虽是为易清尘所做，然而她所求的并非此物，依着她的性子是不会要的，他也舍不得带入棺材。当初救回莫无难的性命，就有意将这神器留给他。但那发出微光的钢弦与钢球无法再去炼制，若耗尽则无用了，因此就算唐阿公暗中指导莫无难将诸多配件都打造好，装配起来，留下最大的一只无痕剑，至多也就能支撑一两次。

"希求此物永无可用，若有，可为不杀而杀，则如吾所愿矣。"

唐阿公最后落下这一句话，莫无难看了又看，心潮翻涌——

唐三与易清尘二人一生悲惨都在于手持利器却杀错了人，他此时算是明白了唐阿公之前劝他的那些话。

恍惚之间，许多前尘往事便纷纷在眼前涌现出来，当年结义泼洒的黄酒，燃烧的黄纸；在荒草丛中见义兄们转身上马，他记得最清楚的便是大哥回头一挥手；在乱刀中被砍得支离破碎的老八，还有另外两名弟兄，血喷他一头一脸；自己落入河中，冷水没过了头，冲走了伤口的热血，口鼻中全是泥沙的味道；大营之外，远看着义兄们铠甲铮亮，策马而过……

往日里噩梦之中，这些都是折磨他的酷刑，此时此刻，却仿佛冷眼旁观他人的故事了。

莫无难轻轻抚过那冰冷的铜管，按照唐阿公所说，此物大小可用，都不过两次，已经足够他杀掉自己想杀的人。无痕剑让杀人变得更加容易，莫无难心中却似有千斤重，感到更难了。

他站立良久，反反复复看着唐阿公信上最后一句，最后将信小心叠好，又揣进怀中，最后合上藤条箱，提着走出卧房。

一出门，莫无难稍一侧目，就看见自己那柄环首长刀还倚靠在墙边，他略略一站，终于没有伸手去拿，大踏步地离开了。

开庆元年夏的某夜，合州下了一场雨。

蜀地夏季来的雨，若势头太小，与白日里散不去的暑气合在一起，仿佛一阵绵绵的水汽，只会让人更加难受。衣衫浸湿之后全无凉意，只如一层湿泥裹在身上，难受至极。

莫无难站在山坡上，此间树木稀疏，周围都是被砍伐过的大树，只留下一些还在生长的树苗，还有一些被搬运敲碎的石料。似乎能用之物，都已经被取尽了，早无人过来。莫无难知道这小小一方城池内，各处尽皆如此。若不是一路被追逐，有意往这人迹稀少的地方跑，莫无难也不知道此地居然正朝向一座城门，站在这里他可远远地看见城门与营地的篝火，星星点点的，极为密集，虽然经历数月反复大战，但军民一心，倒依然坚守。今夜下雨，外面的人少一些，如萤火一般游走的人也少了，喧哗声更是几乎没有，四周除了淅淅沥沥的雨声，只剩三人的呼吸。莫无难的呼吸声平稳，他只着单衣站在原地，右前臂上捆着一截铜管，丝线连着的五个铜圈套在指头上，背后则背着一个布袋，里面是更大的一根铜管。他双手空空，没有拿任何东西，垂在身侧。

而他对面有两个人，一人呼吸急促，另一人气若游丝。

这两人做军士打扮，但都没有头盔，身上铠甲也不周全。一人只剩护臂与胫甲，一人只剩披膊和护心镜。左边一人牢牢地握紧一把长剑，上头有些暗色痕迹，如同干涸后未曾及时清理的血迹，沉沉地压在上头；右边那人则一手拿着铁钩，另一只手拿着一只铜锤。

两人都脸色煞白，嘴角挂血，显然受了极重的内伤。

执剑者原本方正的脸已经瘦削了许多，双目凹陷，看来十分憔悴，他盯住莫无难手臂上的铜管，问道："你伤了我和老四的东西是什么？"

"无痕剑。"

执剑者皱眉道："是暗器？"

莫无难回答道："是我的剑。"

"所以你是用它来杀我们？"

莫无难摇头："你知道我要杀谁。"

执剑者道："你也知道我二人不会让你如愿。"

莫无难低头："可是你们拦不住。我仅仅这样一支便能重伤你二人，若我再发一'剑'，你们都会立刻死去。"

执剑者惨然一笑："不错，老七，万万没想到你还能找来。原本以为废你武功可以保全你与大哥两人。"

莫无难看着他，四肢上早已愈合的伤口忽然隐隐作痛，原本心中毫无波澜，此刻却讥笑道："这话说得太无耻。"

执剑者道："老七，当年之事确实是大哥与我们几个负了你和老八。但若当时我们转去接应你们，则来不及回到大营。鞑子的消息不能尽快上报，于军情必有大碍。弃你等不顾，乃是权衡之下不得已而为之。大哥自知负你，对你报仇之事从不回避，只说你若前来，他束手就死，拦阻你是我们几个做的，他并不知情。"

莫无难听他这么说，并未像从前那样腾起一股怒火，仿佛无喜无悲，只是听人说事，并不与自己相关。

见他脸上平静，执剑者反而更急："老七，大哥是全城安危之所系。他日日都在城门上守着，如今蒙鞑正在门外建设望楼，有大将要来督战，之后战事更为惨烈！他若有差池，鞑子须臾便可攻陷全城，屠尽全城军民，更可突进四川，杀入中原腹地。之后兵燹万里，山河沦陷，你可愿意见到这样的情景？"

莫无难却不理他，只问另外一人："老五，你为何拿着老四的铜锤，老三在何处？"

老四面如金纸，呼呼地喘气，却笑了一笑："三哥和四哥已经为国捐躯，如今与这青山同体，你足踏之处，尽是他二人英魂所在。我手上这铜锤，乃四哥所留，有此物在，你必不能如愿。"

莫无难心中震动，微微皱眉。

见他没有开口，老四脾气暴躁，开口吼道："莫无难，几年前我们废你武功，二哥终究不忍，留下你的性命，如今你连剑都没有了，就单靠这古怪的暗

308

器，就想要闯入阵中杀人吗——"他气血翻涌，话还未说完，一口鲜血就"哇"的一声喷出来。执剑者连忙扶了他一把，两人对望一眼，都从对方眼中看出了决绝。

执剑者扶着老四向莫无难走了几步，自己才近到他跟前单膝跪下，将剑插入身旁土中，抱拳道："老七，如今你若非要人偿命，取我首级便可，却万万不可加害大哥！"

说完深深地拜下去，莫无难还未来得及开口，猛然发觉老四此刻已经悄无声息地微微挪动了几寸，正面对他站着，用尽全身之力将手中的铜锤投掷过来，如数年前的雨夜一样。而此刻执剑者弹起，左手抓住莫无难的左脚腕，而右手中竟然握着一把短小的匕首，直刺莫无难的小腹。

原来他二人早已经心有灵犀，都知道自己已经油灯枯尽，只求趁莫无难不备，一招击杀，再搏一次。

莫无难手足无力，再不可能接住老四扔出的铜锤，但身法还是灵活。往后急退发现脚部受控，连忙全身向左侧一弯。好在老四伤重无力，铜锤即便砸中了莫无难右臂，但也只是皮肉青了一块，伤不到骨头。然而两处不能同时兼顾，虽躲过了铜锤，但执剑者的匕首依然在他侧腹上拉出一条长长的伤口。

莫无难吃痛下右手回防，五指一紧，只听得一阵尖锐的声音响过，邻近树苗纷纷掉落，而执剑者胸腹间爆出一簇血花，仰面倒下。老四一见，猛然发出凄厉的惨叫，从后面接住他，跟着自己也吐出血来。两人这一下子是都不能动弹了，而执剑者更说不出话来，只是手上还握着匕首，紧紧盯着莫无难，眼见是不能活了。

莫无难右手按在伤口上，只感觉热血一阵阵地沾染在掌心之中。

他看了一眼地上的两人，突然解下右手上的那支无痕剑，丢在地上，捂着伤口半晌不语。老四一面吐血一面笑道："老七……看来……你这劳什子……也不顶用了，甚好……甚好……"

声音渐渐消散，再也听不到了。

此刻雨停了，月光初露，几条暗红色的水流夹着泥土在地上蜿蜒。莫无难看着眼前的两具尸首，如泥塑般静默了良久。最终他还是腾出手来，撕破自己的外衫缠好伤口，然后将尸首上的衣物、铠甲都剥下来穿在身上，又将布袋背好。他未曾将最后一只无痕剑亮出来，老二与老四自然也以为他的无痕剑只有右手上的那一只，虽然二人一击不中，但以为自己也耗尽了他的"攻势"，也算是临死前得到了安慰。

莫无难一步步向着城门走去，他一身打扮与城中兵卒无二，很快就来到了城门之上。此刻天已经微微发白，东方一轮红日向着城门内外投出万道金光。

莫无难只感觉脸上一阵发热，他探头出去，城门外一片狼藉，人马踏尽了草木，血火染墨了山石。而远远地有一座木制望楼，正对着城门处，上面隐隐有人在走动，想来正是敌军在观望这边。

莫无难收回目光，转头就见许多值夜军士还站在原处，脸上有疲态。他猛然记起自己仿佛许多年前也做过同样的事情，只不过那时候城门之外还没有如此多的蒙鞑，他们都还在千里之外。正恍惚间，就见更多兵卒来来去去，似乎正将投石机等推动位置，又有许多弓箭手匆匆就位，许多传令兵卒来回喊，莫无难听懂了，原来斥候报说有大将上望楼观战。就在这一团穿梭的人群中，莫无难似乎见到了一个熟悉的背影一晃而过。那人走得极快，身边兵卒不得不一溜小跑才跟上，口里还一直呼喊"张将军"，莫无难看他一身铠甲虽然旧了，但依然严整，正如多年前一样。

那一年，莫无难与其他三人蹲在草丛中，与他抱拳作别，眼见他转身上马，只回头一招手，就不曾回来。

莫无难忽然想起唐阿公留给他的信中的那句话：

"'杀'之一字，不单论一人生死。"

开庆元年夏（公元 1259 年），元宪宗蒙哥在率军攻打合州钓鱼城时，登望楼遭宋军"炮风所震，因成疾"[①]，不久便病逝。无人知晓那"炮风"何来，只知声似闷雷，如霹雳从城中发向望楼，瞬间即至，如无形之剑。

---

① 引自《万历合州志·钓鱼城》。

江湖与科幻，以及模糊的重庆

E伯爵

我从2000年开始在网络上写文，在此后的十多年中，我大部分的故事都是发生在遥远的欧美、虚构的大陆和神秘的太空等各式各样的地方，很少写到中国和我的故乡。

然后，几乎可以说是突然的，我在前几年就萌发了一种想要写重庆故事的冲动。我说不好为啥有这样的冲动，我个人理解为是年纪大了，漫游的兴趣从远处归乡，泡个茶，开始画窗户外的那株黄葛树，接着发现原来这树上的每一片叶子都有美丽的形状，每一次风动都让它摇曳生姿，窗外的日升日落和四季变化都会构成新的风景。

我的籍贯并非重庆，但生在这里长在这里，从未离开过。我习惯了这座城市的一切：爬坡上坎的路，火辣的饮食，各种"言子儿"，繁华的都市与森林……我看了无数次涨水期嘉陵江和长江的滚滚波涛，从小在南山、歌乐山、缙云山等市内的海拔高点上上下下，我曾经徒步走过半个渝中母城，在晚自习后跟同学畅快地长聊；乘公交车驶过长江大桥的时候总要去看桥头"春夏秋冬"四座雕塑；在熙熙攘攘的老居民区苍蝇馆子里吃爆炒黄鳝、水煮耙泥鳅；在江北城这头坐看解放碑灯火辉煌……

我把远游的眼睛收回来，发觉自己实在对故乡有愧，我写它写得太少。它有不同于其他城市的瑰丽，需要被人看见更多角度。

这些年，重庆其实算是名声大振的，被赋予"网红"之名，也逐渐被认为具有"科幻"气质。但实际上，这种城市并不是只有"赛博朋克"这样一个外表特征。它有自己的历史和故事，被宣传得最多的就是抗战文化。那段历史给这个城市留下了极为深刻的印记，也跟城市气质密切关联，已经有很多的作者写过。

我则对这城市更古老的历史感兴趣，清末的重庆写过了，但再往久远的时空里走，重庆地界内还发生过一件大事，就是"钓鱼城之战"。

我想写这个，但我只想写一个历史中小小的断面，甚至是这个画卷中的一个折角。思来想去，我选择了一个小人物来写，当他在历史关口时，他如何在个人恩仇与民族存亡中选择。

熟悉我的读者和作者朋友大概都知道，我是个"集邮爱好者"，对于写的故事，我总爱去尝试新的类型，包括时代背景、语言风格、人物身份……在这个故事中，我选择了"武侠"的风格，而将科幻包裹其中。

既然是武侠，那么人的恩仇就是常见的要素，我尽力让这个故事看起来像一个"复仇"故事，而且是以江湖规矩来行事。但同时科幻的部分似乎跟武侠中神秘莫测的暗器形成了关联。

用声波武器干掉蒙哥。这听起来就很武侠很科幻，也相当合理。

经过多番修改润色，《剑无痕》最终得以完成，算是我为自己和故乡进行的一个尝试，无论是写法还是题材上，应该都是第一回。

完稿后时隔一段时间我回头再看，其实这篇文章还有值得改进的空间。特别是对于"重庆"这个地方的特质，我还是没能从各种细处去描摹，以至于它成了模糊的背景。

或许是我还没有找到特别好的方法来写一个只有重庆才有的科幻故事——这个故事应该嵌入重庆的血脉，我所习惯的火锅的气息、蜿蜒上升的阶梯、雾气朦胧的山色、浩浩荡荡向东而去的江水，还有说话语速飞快、声音响亮热烈的重庆人，都应该出现在故事中，成为不可或缺的元素。重庆的面目应该在故事中清晰可辨，无可取代。

我想我终有一天会写出这样的故事，无论它被虚构成什么模样，读者也能一眼看出，并感叹一声："哎，这不就是重庆吗？"

E伯爵，中国作家协会会员，中国科普作家协会成员，重庆科普作家协会副理事长，重庆作家协会科幻文学创委会副主任。出版小说十余部，在《今古传奇》《科幻世界》等杂志发表中短篇小说数十万字。其作品曾获得华文推理大奖赛三等奖、京东文学奖、银河奖、华语科幻星云奖、"金熊猫"网络文学奖城市写作单元金奖。2019年获重庆首届创新争先先进个人奖励。

重庆的尽头是晚霞

阿缺

1

阿珵最受不了重庆的，是她的冬天。那是真冷，穿再厚的衣服，都挡不住寒气入骨。但嘉陵江断流那天，她还是顶着冷风，跟奶奶一起挤在洪崖洞的临江栅栏前，看着大闸下落，悲壮地斩断了这条绵延上千公里的河流。

在轰隆隆的水声中，奶奶的眼泪也掉下来，颤巍巍说："看了一辈子的嘉陵江，这下没了，往后可怎么办哟？"

阿珵无奈宽慰道："嘉陵江不在了，还有洪崖洞嘛。"

"没了江，洪崖洞也就不是洪崖洞了哦。"

阿珵朝四周看。已经有点儿晚了，著名的洪崖洞灯光渐次亮起，视野里遍布着五颜六色的光。再往江里看，水面上也荡漾着同样的色彩。奶奶说得没错，有江水映衬，洪崖洞的灯火才显得辉煌又迷离，或者用那些外地人的说法，很赛博；一旦失去嘉陵江，恐怕这里只会成为光污染。

"您还是别想这个了，真要操心的，还是搬家的事。"

"什么搬家？"奶奶问。

"怎么又忘了哦！"阿珵有点儿头疼，说，"大家都要搬，我们也快了。现在有好几个地方可以选，你要去武汉，还是郑州？"

奶奶眯起眼睛，在迷雾般的记忆里搜寻。阿珵知道她又开始健忘了。奶奶的病时好时坏，有些时候连自己是谁都记不得，在阿珵的印象中，奶奶总是独自缩在小屋子里看着窗外的轻轨来来回回。所以当奶奶提出要来看嘉陵江断流时，她十分惊奇，以为奶奶有好转，所以哪怕再忙再怕冷，也陪着一起来。

但大闸落下的一瞬间，奶奶的清醒也似乎被随之斩断。她只得再解释，说这是政策，为了躲避灾难，城市需要清空。

"什么灾难？"奶奶问。

阿珵说："地震。"

奶奶眯着眼睛，摇头说："兵荒马乱，天灾人祸，重庆啥没经历过？一地震，人就要跑光，我不信。"

其实阿珵也很难相信。但她见过地震的远程俯拍视频，板块碰撞的能量轻易吞噬了那些城市，许多人都没来得及逃走。而根据预测，十年之后，一场代号为"乱马"的地震，也会使重庆面临同样的结局。

但奶奶不听。

"要走你们走，反正我的根就在这里。"她抖着嘴唇，看起来甚至有些愤怒，"我做了一辈子小面，住了一辈子重庆啊！"

这一对婆孙的争吵，引来了周围人的侧目。旁边一个高瘦的年轻人也多看了她们几眼。

阿珵有些懊恼，刚要一一瞥回去，这时，江两岸的抽水机启动。轰隆隆的声响遮盖了一切。

要截断重庆域内的嘉陵江段，工程量浩大，不仅需要在合川和洪崖洞各修一道堤坝，阻断上下游，还得用抽水机把中间段的积水抽干。这意味着，周围居民至少在接下来的半个月里，一直都会被发动机的声音困扰。而这只是"金刚计划"的第一步。一年以后，长江段也会被堵住，引流至别处。

虽然江水的下降肉眼难辨，但抽水机的声音还是意味着两江之水的离去已经开始。重庆依江靠山，离开了江，只剩下形单影只的山了。

周围一片喟叹声，也夹杂着跟奶奶一样的幽幽啜泣。

到晚上就更冷了，江面上寒意弥漫，阿珵裹紧羽绒服，想着也该回家了。这时手机一震，是程亿的微信，问她在哪里，又说其他人都陆续到包厢了，让她快点儿去九街。但她在寒风中目睹了从小看到大的嘉陵江断流，的确没有心思再去蹦迪，便推说累，今天就不去了。

二十秒后，程亿的电话打来了。

程亿就是这样，毫不拖沓，强势，自己的安排不容打断。何况今天到酒局的人，有不少是他工作上的朋友，对他事业大有裨益。这种局，作为女朋友的确也应该出现——尽管她也知道，自己对证券知识了解不多，而他们也没办法跟自己聊奏鸣曲，她无法融入他们。但融入并不重要，她只要出现，她的样貌和气质就会帮助程亿。

次数一多，再热闹的聚会都会无聊。

"今天陪奶奶看嘉陵江，以后就看不到了。"阿珵解释道，"你们玩吧。"

"不就是一条江吗，还没看厌？"程亿还要再劝，这时手机里传来了男男女女的吵闹声，应该是他的朋友们到了。他便埋怨地哼了声，挂断电话。

阿珵如释重负，放下手机。是该回去了。她往后去拉奶奶的手，刚捏紧，忽然觉得手感不对。

奶奶的手瘦而干瘪，而她握住的这只手，宽厚，还带着温润的暖意。

她转身一瞧，果然拉错人了。对方正是刚才看她们争吵的年轻人，比阿珵高一点儿，戴着眼镜，手僵在空中，脸上带着少许错愕。

"对不起对不起，弄错人了。"阿珵连忙道歉。

对方笑了笑，没说话。

倒是很有礼貌，礼貌可以化解尴尬。阿珵这才意识到手还没有松开，一边松手，一边转头去找奶奶。如果这时她能带着奶奶离开，也不会发生后面的事，

松

蝴蝶振翅，重庆会成为一座地震中的废墟。但我们的故事总是充满意外，因为她一转身，就发现奶奶不见了。

2

罗生从未来过重庆。他对重庆的印象只是辣，食物辣，人也辣。前者从火锅可以看出，后者——眼前这个重庆妹子就是最好的证明。

"我奶奶呢！"女孩尖叫。

她并未意识到，尖叫的时候，刚松开的手又抓了回来。抓得比上次更紧，指甲都快嵌进罗生的掌心。

罗生疼得眼角一抽："刚刚还在这里，应该没走远。你可以给她打电话。"

"她没有电话。"女孩眼睛睁圆，漆黑的瞳孔映入了洪崖洞的灯光，"她都不记得回家的路！"

"别急。"

罗生踮起脚，四周都是黑压压的脑袋，每张面孔看起来都一样。人群有一种吞噬性，一分钟前，那个瘦小的老太太还在旁边，现在已经完全看不到人影。

女孩不停地问周围的人，而周围人都在摇头。人们沉溺于宏大场景的震撼和其背后的伤感，无人留意一个默默哭泣默默离开的老妇人。

罗生伸出另一只没被抓住的手，以别扭的姿势拍了拍她的肩膀："那就去看监控。"

"哦哦，对！"女孩又问，"监控在哪里？"

罗生说："跟我来吧。"两人穿过人群，来到街道办，因天色已晚，办公室里只有两个懒洋洋的中年人在值班。听说要调监控，值班员不情愿地掏出一张纸，说："监控也不是随便就调的，得走这个流程。"罗生一看，上面至少有三个签字栏需要填，分别对应三个不同的部门。他转头看向女孩，发现对方一副快哭了的样子。

他默默叹息一声，说："你等一下。"

女孩点点头。罗生掏出手机，侧过脸，低声打了个电话。女孩有点儿无措，又去央求那两个值班员，对方却无动于衷。

"规矩就是规矩嘛，哪能随便改。"一个说。

"对啊，我建议你还是先报警。"另一个说。

这时，罗生已经放下手机。电话还没挂，他把手机递给值班员，后者将信将疑地接过来，不到半分钟便脸色大变，不住地"嗯嗯"点头。另一个值班员也是识趣的，不等电话结束，便已经开电脑调取监控了。

在高清摄像头下，要找一个人并不难。他们很快看到奶奶是逆着人群往外，到街边，穿过一整排灯火迷离的商铺，进了一条小巷。

巷子口挂着各种各样的招牌，都是零食小吃类。

女孩"噢"了一声："我知道她去哪里了！"

她脸上的慌乱一下子消失了。罗生便也点头，看了看自己的左手："那现在可以把我放开了吗？"

女孩太紧张了，从江边到街道办，抓着他的手一直没松开过。这时她才如梦初醒，终于松开，并且连连道歉。

罗生看了看手掌，一行清晰的指甲印在掌心上，要不是有一层茧护着，怕是已经见血。女孩也看到了，脸上的愧疚都快凝聚成实体了，所以在她开口再次道歉前，罗生抢先问："你奶奶去哪里了呢？"

"那条巷子有一家小面馆，小时候她经常带我去吃，还教我怎么做小面。"

这么一说，罗生也有点儿饿了。现下正是饭点，他忍不住问："好吃吗？"

这个问题刚出口他就后悔了。一个老人，连她自己和孙女都会忘掉，却还能记得去那里吃面……要说难吃，那肯定不可能，于是，十五分钟后，他和女孩就一起来到小面馆。奶奶果然坐在昏黄的灯下，身姿端正，一头银发上流转着昏黄的灯光。她一口一口地把冒着热气的面条吸溜进嘴里。这场景莫名温馨，又勾人食欲。罗生和女孩本来还带着怨言，看到后顿时消气，分别坐在老奶奶左右边，也默默捧着一碗面，吃得热火朝天。

这就是罗生认识阿珵的经过。很多事就是这样，种瓜得豆，插柳成荫，他来重庆是因为阿肖的邀请，要参与一项绝密计划，来的第一天却遇到了令他心动的女孩。吃完面的时候，他犹豫要不要加个联系方式。

"对了……"他用筷子搅着面条，这样开场。

这时，阿珵的电话响了。

"来不了，"她听了几句，皱眉道，"你们玩吧，我陪我奶奶。"

电话里又说了几句，似乎在道歉或恳求，阿珵的声音也变软了，半哄半撒娇地说："好嘛好嘛，你别这样。你们要是转场的话，发我个位置，我赶过来。"

罗生松开筷子，搅成一团的面条顿时散开。他低头无声地笑了笑。

打完电话，阿珵想起来，问他："你刚刚要说什么？"

"面条太好吃了，我想再来一碗。"罗生说，"你请？"

"当然我请！"阿珵点点头，很开心的样子，叫老板再上两碗面。罗生吃了一碗，阿珵自己也吃了一碗。罗生还好心提醒她，说你待会儿有局，别吃太多。阿珵头没抬，摆摆手，说聚会都是光喝酒，又吃不了东西。

这应该是他们在今晚的最后一句对白。吃完后，罗生还没放下筷子，手机

松

便响了。他一边接电话，一边冲阿珵示意。

阿珵含糊地"嗯"了声，继续吃饭。

罗生站起来，走到一边，说："阿肖？"

"你是不是已经到了？"电话里连珠炮一样迸出一大串语句，"刚刚我爸给我说，说你找他帮忙打招呼，要查什么监控，这事儿你找我啊！我来重庆快十年了！你真不够意思，来了都不跟我说，我来想着去接你呢。"

"听说，'金刚计划'可能有变数，我就提前结束休假了。"

提到"金刚计划"，电话那边的声音顿时变小："嗯，很多事情都不顺利。还是见面说吧。"

"好。"

"你在哪里？我过来接你。"

罗生朝巷子对面的女孩看了一眼。或许是因为冷，或许是因为饿，她还在认真吃面。她的奶奶在一旁慈祥地看着她。

"算了，我来找你吧。给我发个地址。"说完，罗生后退两步，没入洪崖洞那些缤纷灯光背后的晕影中，身影立刻被融化。

阿肖发来一个金海湾公园附近的定位，罗生查了下，还是轨道交通方便。他乘6号线，在重庆的土地与江面之上飞驰。城市的夜晚本来大同小异，但重庆还真不一样，它依山而建，高楼坐落在高高低低的错落位置，弯坡随处可见，高架桥重重叠叠。其他城市如同璀璨的沙盘，俯视下去一目了然；而重庆，更像灯光通透的蜂巢，是立体的，从任何角度都无法窥视全貌，只有在它的内部穿行，沿着高架，沿着弯曲起伏的街道，沿着穿楼而过的轻轨，才会领略这份独属于江城的复杂和通透。

罗生是学建筑的，偏城市规划，求学时游历过许多城市。有由石窟堆叠而成的石头城马泰拉，有波光激滟的水上城市威尼斯，沙中都市拉斯维加斯……刚开始，他惊讶于这些与地势和文化完美契合的建筑集群，后来这种讶异感就变得麻木，纯以专业视角来调研它们。但现在他笼罩在重庆的光与影中，穿梭在洞与桥中，再次被惊异和叹服攫住心神。

只是……可惜这么伟大的城市，会在十年后毁于地震。

一个小时后，他来到金海湾公园。阿肖早已在门口等着，一见罗生，就张开怀抱，狠狠抱了过来。阿肖没变，喜怒皆形于色，依然是那个跟他一起在院子里长大的热情男孩——尽管他的另一个头衔，是"金刚计划"最大外包商的负责人，权力极大。

"你总算来了！"阿肖松开臂膀，大力拍了拍，"怎么还是这么瘦，又跟以前一样，只顾学习都忘了吃饭？"

罗生被他的笑容感染，心情也好了许多，说："怎么会？我刚刚还吃了两碗面，重庆的面真不错。"

"面怎么行！我得请你吃顿好的，店都定好了，重庆顶级的饭店！走，吃饱了都得再吃一顿！"

罗生看着这位故友，发现他虽然一脸嬉笑和热情，眼角却有掩不住的疲态；又想起电话里他突然拉低的声音和叹息，隐隐掠过一丝不祥。"对了，你说很多事情不顺利，"罗生问，"怎么回事？"

阿肖脸上的笑容一丝丝隐去，顿了顿，他凑到罗生耳边说："提前了。"

"什么？"

"板块位移在加剧，最近的数据分析出来了——大地震要提前。我们的时间不多了。"

"不是说还有十年吗？"

阿肖摇摇头："只剩五年。时间紧迫，他们正在重新论证'金刚计划'的可行性，一旦取消这个计划，重庆真就要毁掉了。"

3

大灾变提前了。

最开始阿珵以为这是谣言，没在意，还是照常去学校上课。但难以忽视的情况是，班上的学生越来越少，到四月份，教室一半的位置都空了。

她是教高中音乐的，原本这批孩子面临高考压力，在她的课堂上，歌声可以疗愈他们被试卷戳得千疮百孔的心。她相信音乐有这种力量。很多时候，她带着学生一起歌唱，但现在，歌声逐渐微弱，一如这座城市。

"老师，我明天也要走了，最后一堂课，还想听您唱歌。"有一天，阿珵最喜欢的学生对她说。

初春的阳光透窗而过，教室里的十几张脸都有些惨然。阿珵勉强笑了笑，说："干吗这样，只要世界还没有毁灭，我们就应该歌唱。"

她带着学生，唱了一首《Mojito》。这是首欢快的歌曲，歌声在空旷的学校里回荡，歌声落时，正好下课铃声响起。

那名学生站起来，没有收拾课本，起身跟阿珵道别。

"对了，不只是我，"走前，学生说，"他们也陆续都得走，很快学校都要停办。老师，你也早点儿走吧。"

"你们是听到什么消息了吗？"

"我爸打听到的，'乱马'要提前了。他弄到了躲到天津的名额，我们得赶紧过去，不然可能等到了天津，分给我们的房子都给别人了。"

阿珵点点头。

学生说得没错，这的确是她的最后一节课。还没到放学，她就接到了课程暂停的通知，其实学校也没完全停办，到七月份本学期结束才关校。只是在一众学科里，音乐课向来不受重视，她的课便最早停。

好在直到停学前，工资还是照样拿。阿珵有了一阵很长的空闲期。她打听到消息，的确，地震提前的事情几乎板上钉钉，不仅是企业，市民们也在陆续撤离重庆。这座城市正逐渐变得空荡。

她本来也计划走，很早以前，程亿就跟她一起申请了去澳大利亚避难的名额。但就在五月的时候，奶奶突然病重，住进 ICU，无法颠簸远行。

仿佛这座城市的命脉，与奶奶的身体息息相关，一荣俱荣，一衰俱衰。

"你就让奶奶住在医院。"一次晚餐时，程亿劝她，"医护人员是最后撤离的，你放心，他们可以照顾奶奶。"

"但奶奶只认得我，我要是走了，她一醒过来就会慌。"

"可大地震快来了，而且，说不准啥时候就先来一波小震。你还记得达拉斯吗，地震也提前了，前面几波小震就埋了不少人。"

阿珵点点头。她知道程亿说的是对的。这是一场源自地心能量爆发的大灾变，西南地区和部分欧美城市只是前奏，大地震最终会波及所有大陆板块。但那也是很多年之后的事情了。对川渝城市来说，接下来五年就会面临终极考验。空前的撤离已经开始，但她想起那天看到嘉陵江落闸，说："不是还有'金刚计划'吗？他们要加固城市，防止冲击。"

程亿鼻子喷出一口气："'金刚计划'？那就是浪费纳税人钱的天方夜谭，时间来不及，马上就要取消了。"

"这里……真的没救了吗？"

程亿笃定地点头："这里肯定是待不下去了。早一天走，就早一天安全。你也看成都的新闻了吧，那边每天出城的车都堵满了。"

"那我就更不能走了。"

阿珵自小和奶奶相依为命，现在奶奶在医院里无法转移，重庆危险的话，她做不到留下奶奶独自去往海外。

她以为这样拒绝，程亿会跟以前一样生气。但很奇怪，听到她的话后，程亿只是点点头，又专心地切着牛排。他们处在商场的顶楼，透过整面玻璃窗，能看到对面的重庆国金中心。夕阳正在落下，所有建筑的外墙上，一道道红色的光在游移。

"阿珵啊，你还记得我们怎么认识的吗？"他突然说。

阿珵一愣："我代表学校演出，你在场。我记得我们是那时候认识的。"

程亿一边咀嚼带着淡淡血丝的牛排，一边说："是啊，我在台下听到你唱歌，就想着，要认识这个声音的主人。你的歌很好听，但歌声在舞台上才有意义，就跟人一样。如果你留在这里出了什么事情，你奶奶就算治好了，你觉得意义大吗？"

是这样的道理，但阿珵无法被说服。

程亿把牛排吃完，说："其实，我也很久没听你唱歌了。"

这顿饭结束的时候，阿珵有一种预感，她和程亿的关系应该就此结束了。后续也的确如她所想，她在医院里照顾奶奶的时候，收到了程亿的信息。他已经出国，远离了灾难，生活会重新开始。

她想回个"哦"，后来想想算了。病床上的奶奶逐渐憔悴，医院外的城市越来越空旷，在大灾难面前，小儿女的情情爱爱似乎没那么重要。

这段时间她往返医院和家中，城市的变化肉眼可见，街道上的车辆逐渐稀疏，轻轨上也不再人群密集。

她的朋友们也都走了，独处时间变多了。有些朋友还是关心她，一直在劝她离开，听得多了，她也开始认真思考这件事。

之前是因为程亿的关系，她能占一个去往海外的名额，但现在延误了，那个分给她的小房间已经被占。

其实到现在，她对世界何以沦落至此这件事，始终没有概念。她在重庆长大，生活普通但安逸，然而突然有一天，地质板块即将大规模、无规律移动的消息在民间流传，继而被官方承认。紧接着，生活就开始被这个消息啃噬，变得面目全非。她的朋友们比她更早适应变化，纷纷离开，只有她，还留在空荡的轻轨上，看着逐渐寂静的山城和晚霞。

这种生活从春天一直持续到秋天。之所以结束，是因为奶奶的病情突然恶化，加上医疗人手缺失，在又一个冬天来临时，她咽下了最后一口气。

临走前，奶奶突然有了精神，问她："屋里头怎么样了？"

家里已经空了。不只是家，整个小区都没多少人了。阿珵点头说："很好啊，大家都在等你病好了回去。"

奶奶很高兴的样子："我快出院啦，你看我这么有精神头。我都住半个月多了，你又不爱打扫，屋里头肯定都乱得不行。"

阿珵把叹息压回肚子里，说："好，医生也说你快好了。"

奶奶又絮絮叨叨了一会儿，突然安静下来。病房里掉针可闻。奶奶说："不好意思啊，拖累你了。"

"怎么会!"阿珵也慌张起来,下意识想叫医生。

"我走之后,你也快点儿走吧。重庆已经跟以前不一样了。他们说,嘉陵江断流,长江也截了,洪崖洞再没亮起过灯。城里头,人都逃得差不多了,我在这里住了一辈子,没想到会看着它毁掉。就是,我教你做小面的技巧,别忘了,永远别忘了。只要会做面,在哪里都能吃饱的。"

这是奶奶说的最后一段话。说完后,疲倦以肉眼可见的速度爬上她的额头,她喘息着,仿佛花光了全部力气。她微闭眼睛,便缩回被子里休息。后来她的眼睛就没有再睁开。

奶奶去世后,阿珵按照奶奶生前的喜好,把奶奶的骨灰带到缙云山,埋到山顶。

这一天正巧是年末,天气依旧是重庆惯有的阴冷,夹杂有游丝般的雨丝。她没带伞,垂着头,抱紧骨灰盒,找到了奶奶最喜欢的那座半山腰的凉亭。

缙云山离主城不远,以秀美山景和滋养温泉闻名,阿珵小时候被奶奶带过来,总是很热闹。尤其碰上过节,简直人挤人。但今天整个山上安静极了,只有树木在风中的幽泣,景区门口连保安都没有。也是,在大地震的威胁下,重庆城区都快空了,缙云山更是荒凉。

所以阿珵就找了个泥土软些的地方,挖个小坑,将骨灰放进去。

没承想之前还蛛丝一样的雨,地都打不湿,不到半小时就开始变大。阿珵在凉亭里躲会儿雨,眼看着天色越来越暗,远处山下的城市亮起灯火,虽然稀稀拉拉,还是要比平常热闹。她这才想起,原来明天就是新年第一天,是惨淡年代里为数不多可以用来庆祝的理由。

但她想起朋友们都已离开,一时意兴阑珊,又转了个方向,发现在南边,也有一个光点亮起。相比城市灯火,它有点儿孤寂,小小的,在雨中似乎随时会灭。

这时雨已经小了许多,她踩着湿润的泥土,回到停在景区门口的车里。但她一边哈着气,一边启动车,又往两个方向的光亮看去。鬼使神差地,她调转车头,没有回城,而是向着那一点孤单微弱的光亮驶去。

4

这一年,罗生很忙。

他和阿肖在重庆各个部门间奔走,有时候还得去往北京,试图说服掌握更大权力的领导。他们已经熟悉了每个部门的套路,谁在推诿,谁真正有兴趣,通常第一句话就能看出来。罗生经常还觉得自己是"社恐",但一年下来,早已锻炼成老油条。他和阿肖相互配合，一个讲技术，一个讲商务，但到年末时，"金刚计划"还是确认被取消。

"钱不是问题，目前已经投入了近一百亿，要再加也不是不行。反正城市都没了，钱以后用到哪里呢？"戴眼镜的精瘦领导叹息一声，眼睛里也满是血丝，"但是震级太大了，巴黎也试图用过类似的方法，还是在地震中被毁。我们在做一件没有意义的事情。"

"但重庆跟巴黎不一样！"罗生记着解释，"从地址到城市构建，我们都有优势！"

"那你们的'金刚计划'，能抗住大地震的概率是多少？"

阿肖冲罗生使了个眼色，罗生犹豫一秒钟，还是说了实话："17.42%。"

领导把眼镜取下来，用软布摩擦上面的雾痕。"这个数字是什么意思，就不用你分析了。我们做的决定，也不用跟你们解释了。"他说，"走吧，你们也走吧，你们都不是重庆人。"

离开后，两个人都有点儿沮丧。

阿肖先缓过来，又拍了拍罗生的肩膀："还是不好意思哈，叫你过来，浪费了一年。"

"你也要放弃了吗？"

阿肖潇洒一笑："也不是放弃！做生意嘛，哪里不是做，重庆不行，我们去其他地方。我爸联系上了伦敦，那边还有十多年才地震，完全来得及，我们去那边再来一次'金刚计划'吧。"

"金刚计划"虽然名称很中二，但言简意赅，就是在各个环节加固城市，令其稳如金刚，以在地震中保全。正是因此，凡是有碍于城市稳固的建筑或自然景观，都得拆除，所以嘉陵江断流，长江也被截断了。但忙活了这么久，最终还是经不住地震的突然提前，不久后将正式终止。

好在重庆来不及，其他地方还是有希望的，就像阿肖说的，生意在哪里都是做。不过罗生突然疲倦起来，揉着鼻梁，说："我想停一下。因为我父母，这几年我总想拯救一座城市，哪怕一座，但人力的确渺小。"

"叔叔阿姨的事，我很遗憾。节哀。"

两个人在街边站了许久。

阿肖说："那没事，等你想清楚。你知道的，你什么时候来找我，我都欢迎。我一直相信我们可以一起做大事。"

"就跟小时候一起去老师办公室改我们的成绩一样吗？"

阿肖哈哈大笑。

没多久，阿肖也离开重庆，去往他家族生意蓝图的下一站。罗生回到住处，

松

也订了离开重庆的机票，只是在选日期的时候，他才意识到后天就是元旦。这一年的最后一天，他决定留在这里，最后看一眼冬天的重庆。

来这里一年，他全身心投入工作，虽然走遍重庆，但都是以利于"金刚计划"的眼光去评判，还没好好游玩过。但重庆市区又的确太熟悉，只能去周边，想来想去，他把这一年最后一天要待的地方，定在缙云山。

看着那辆车从黑暗中驶来，罗生有点儿错愕。

这地方早已荒废，连电都停了，他才生火取暖，在火光中回忆过去。两柱灯光靠近，有点儿晃眼，他抬手遮住眼睛，打量下车的人。

看到对方，两个人的反应都相同：先是疑惑，继而眯起眼睛回忆，最后展颜一笑。

"是你啊。"他们的开场都一样。

天已经很黑，车灯灭后，只有一簇火在勉力撕开黑暗。火焰升腾，他们的脸也在一明一暗间游移。这不是一个适合故人相见的场景，所以他们一直没有说话，直到阿珵打了个喷嚏。

"你快回家吧，"罗生把火挑得旺了些，"这么晚，你奶奶该担心了。"

"她去世了，我就是来埋她的骨灰的。"

罗生手一僵，手中的枯枝顿时断裂。顿了顿，他把树枝丢进火堆里，说："节哀。"

"她在重庆毁掉之前走，也算是幸运了。不然她该多难过。"

罗生点头。他游历过那些即将毁于地震的城市，见到最不舍的人，都是老人。年轻人可以四处闯荡，老人们却都只愿意待在一个地方，仿佛岁月是一种黏合剂，将他们与城市粘在一起。

阿珵看着这个在火光中沉思的年轻人，问："你怎么一个人来这里？"

"明天我就要走了，走之前找个地方待一待。缙云山还没来过。"

"可惜没有温泉了，不然还是很值得推荐的。重庆也还有很多别的地方值得逛逛。"

"你是本地人吗？"

阿珵说了句重庆方言，很地道。罗生居然听不懂，但他还是笑了，问："重庆最美的是哪里呀？"

最美的地方吗？阿珵看向西边天际，那里暗沉沉的，但她视线似乎穿透了浓云与阴霾。她说："是晚霞？"

"什么？"

"我最爱这里的晚霞，从小看到大，一直看不厌。"

罗生也顺着她的目光看过去，想起来，第一次见到她时，也是在洪崖洞晚霞将落的时分。

　　过了很久，阿珵回过神："你也是离开重庆去安置区吗？"

　　罗生摇摇头，"我是工程师，来援建'金刚计划'的。"

　　"我听说不是停了吗？"

　　"是啊，所以我也得回家了。"

　　两个人沉默了一会儿，但也都没有要离开的想法。罗生往后看了看，长长的道路驶入黑暗，在火光隐约照亮的地方，有一座巨大建筑的影子。

　　"你是不是也要离开重庆了？"罗生想起来，问。

　　"嗯，也是明天。"

　　"跟男朋友一起吗？"

　　阿珵迟疑了下，罗生便没有再追问。夜风适时地变大，火焰全往罗生歪过去，让他连呛几口。他丢掉手中的枯枝，站起来，拍了拍手。

　　"你要回去了吗？"阿珵问。

　　"不，我今晚要住这里。"罗生说着，掏出手机，给阿珵看。原来他们身后那栋大建筑的黑影，是一家叫榕悦庄的酒店，在灾难阴影到来前，是重庆有名的高档酒店。碰到年底这种热门日子，一间房会涨到六七千元一晚。

　　"酒店的人在一个月前已经撤光了，听说撤得匆忙，很多设施都还在。"罗生笑了下，"我还没住过这么高档的酒店，今晚正好免费。"

　　这么一说，阿珵竟然也有点儿心动。倒不是贪图便宜，只是回家以后，也是一个人在空荡的房子里等待新年。"这种好事，"她说，"应该见者有份吧。"

　　罗生大方地挥挥手："没问题！这有一间总统套房，平时是三万多块钱一晚，让给你了。"

5

　　直到罗生上了阿珵的车，缓缓开向那家已经被遗弃的酒店，阿珵才后知后觉地意识到目前处境的荒诞。

　　在这个废弃的远郊景区里，跟一个不算认识的男人共赴一栋黑暗的建筑，怎么看都是一件危险的事情。但……她还记得一年前罗生帮自己找奶奶的事情，从头到尾很得体——除了最后让自己请客，但那也是应该的。而且，一个在深冬寒夜里，独自升起一堆火来取暖的人，应该也不是坏人。

　　没多久，他们到了酒店，发现想得还是太简单——酒店黑黢黢的，所有的开关都没作用。

"噢，为了防山火，他们把电停了。"罗生说，"不过应该有备用发电机。"

"你怎么什么都知道？"

"这些不是常识吗？"

阿珵说："用来偷住免费酒店的常识吗？我在这方面的积累的确不太多……"

她待在大堂，罗生下去找备用发电机了。大堂里也是黑黢黢的，她便开了手机的手电筒，在光亮中等待。

这时，她才看到，程亿发来了一些新消息。他说了很多，主要讲在澳大利亚的新生活，以及对奶奶去世的遗憾，最后，问她还愿不愿意一起在那边避难。

她拿着手机迟疑了许久。屏幕的光蒙在她脸上，闪光灯则将地板映得一片雪白。

不知何时，罗生已经回来，站在一边。

阿珵按灭屏幕，转头看他："修好了吗？"

罗生点点头。

但阿珵要去开大堂的灯时，罗生又制止了她，说："等一下。你跟我来。"

她被罗生带到了酒店右侧的露台。这里地势略高，俯瞰山腰，只是现在一片漆黑，风又很大。她裹紧衣服，在风中瑟瑟发抖。

罗生让她等着，自己噔噔噔一路小跑，下到酒店里去了。

过了一会儿，空中传来隐约的呼喊。

"什么？"她大声喊着。

"……"

"我听不到！"

顿了顿，罗生的声音更大了："新年快乐！"

原来已经到零点。她打开手机，显示时间的数字逐一归零，而年份的个位数往前跳了一格。

"新年快乐！"她也大声喊道。

随后，嗡嗡的声音响起，一点光亮在广阔的黑暗中闪烁，继而稳定；紧接着，更多的光蔓延出去，连缀成一片。酒店的大厅、廊道、卵石小路旁的路灯、一栋栋独立客房的窗和门，以及每个房子都配备的露天温泉池……都亮了起来。

这家酒店的每个客房都是独栋，依缙云山的山势而建，高低错落。因此一旦全亮，便像是彩灯缠绕的圣诞树，山体轮廓显露无遗。

"你看，像是缩小版的重庆。"罗生走上来，转过身，看向远处另一片光影。那是主城，现在也灯火通明，虽然不及平时那般辉煌，也算是近一年来最热闹的时刻了。

阿珵也感慨："真美。"

"最后再看一眼吧，明天我们就都要离开重庆了。再过不久，这里就没有人了。"

"真希望离开的时候，能带走它们。"这一刻，阿珵似乎也没有那么怕冷了，深深吸气，寒冷和灯光一起涌入她的肺腑，"他们说人是活的，景是死的，要是景能跟着人走就好啦。"

"什么？"

阿珵没有留意到罗生脸色的变化，重复了一遍。

罗生若有所思。接下来整个晚上，他一直这样心不在焉，但阿珵心情很好，带着一丝欢愉去向自己的总统套房。这里价格昂贵，很大一部分是因为每间房就配了专属管家，但今晚只有她一个人。那也不错，她等温泉水热，还去泡了一会儿。在离她很远的另一个房间里，灯一直亮着，这让她很安心，入睡的时候特别顺利。

进入久违的甜美梦境之前，她还在想，等天亮的时候，新一年的第一天，要去问这个奇怪工程师的联系方式。世界虽然在崩坏，但美好的事情还是会一直发生。

然而到了元旦的清晨，整个酒店里只剩下她，以及一份还温热的早餐。

6

阿肖找到罗生的时候，是那一年的春节。

与日渐萧条的重庆相比，北京因地址结构稳固，暂无地震之忧，依旧是歌舞升平。一回来，阿肖就恢复了公子哥儿的脾性，流连夜场。尤其是新年夜，整个城市灯火辉煌，到处是不眠的年轻人，他也跟朋友去了酒吧，一掷千金，边喝酒边跟新认识的女孩聊自己在各大国家抗击地震的光辉事迹。

"差一点儿！真的差一点儿，我就可以把重庆给救下来了，你吃火锅吧，嘿嘿，要真让哥们儿把事办成，别的不说，你这辈子的火锅哥们儿算是承包了！"

吹牛到一半，他的电话响了。他本来不想接，但瞥了一眼，看到"书呆子"的备注名后，顿时从沙发上站起来，接通电话。

"你终于回我电话了！"他大声说，"你回北京这么久，躲哪里去了？"

但他周围太吵，电话另一端的罗生什么都听不清。阿肖只得走出酒吧，一出门，暖气就被隔绝，冷风将他浑身吹透。他缩起脖子，酒醒了一大半，继续抱怨道："现在能听清了吧？我在后海，场子刚热好，你快过来。"

"不，"罗生说，"你来我这里。"

阿肖一愣：“你有更好的地儿？”

“那当然。”

“看不出啊，还是你们读书人会玩！”阿肖嘻嘻一笑，“那好，我马上过来。”

然而，等阿肖打车赶到罗生的家，一推门，就呆住了。他并没有期待罗生家里全是美女和美酒——罗生是什么样的人，他还是了解的——但这满地的图纸和建筑模型，以及罗生通红的眼睛和兴奋的表情，还是在他意料之外。

“你……”阿肖迟疑道，“这就是你的春节吗？”

罗生站起来：“你来得刚好，我算出来了。”

阿肖揉揉眼睛：“你知道，今晚是除夕，如果你是想跟我聊工作，我建议再等七天。”

“不，我们的时间不多了。”

“是的，那些妹子都快走了，我得赶紧回去。”阿肖说完，迈腿往外走，“你要是想喝酒，就跟我一起。你要是想做任何其他的事情，那你就留在这里。”

“我有方法可以救重庆！”

阿肖的脚停在门口，转过身：“这不是我的台词吗，过去一年，我用这句话来忽悠人，你配合我讲数据。最后我们灰溜溜回到了北京。”

罗生踢开脚下的一堆废纸，露出空地，又把另一张涂满了红蓝线条的图纸铺开，指着上面的数据说：“我计算了一个多月，当然，还只是估算。要精确确定的话，需要更多人手和时间——但结论大概率是对的。我们之前不是计划把重庆加固吗，用钢铁和混凝土浇筑，而且已经做了大部分了，山体和许多建筑的地基，已经加固过。虽然这种程度，无法抵挡最猛烈的大地震，但我们如果换一个方式呢？”

“你继续。”

“我被一个重庆……重庆本地人启发，想在‘金刚计划’的基础上，给重庆装上轮子，让它动起来。”

“让什么动起来？”阿肖只觉得酒劲又上头了。

“重庆。”

“你说的‘重庆’，是我想的那个意思吗？让一座城市动起来。”

“是的。”

阿肖揉揉眼睛：“我可能喝多了。我产生幻听了。”

但接下来，罗生把图纸和城市模型摆出来，辅以数据，详细解释。阿肖的表情才由不以为然变成困惑，继而凝重。

是的，从重庆回来后，这一个月来，罗生都在论证让重庆动起来的可行性。这个工程量本来无比浩大，但好在“金刚计划”实施了五年多，虽然流产，但也留下了许多有用的数据。从最粗浅的理解上来说，就算重庆城有 8.24 万平方千米，但将其看作一个整体的话，只要有足够坚固的地基，地基下安装巨型齿轮，借助"山城"的高海拔优势，用地势差来获得初始动力，便可使其平缓地驶向湖北，到达暂时安稳的长江中下游平原。

一直到天光吐亮，阿肖才搞明白整个计划。他的眼睛跟罗生一样红，但明显放出光亮。

"我需要——"

罗生的话还没说完，阿肖转身就走。

罗生急道："难道你还不信我吗？"

"不，"阿肖说，"我退掉去伦敦的机票，顺便找一下我爸。我们的春节假期结束了。"

7

新一年里，阿珵辗转到过许多地方。

世界仍在崩坏，更多城市陨落，到处都是兵荒马乱。她的第一站是武汉。江城的初春里不再是东湖翠柳，也失去了烟波鱼香，整个城市都充斥着惶惶之声。她投奔到一个寡居的婶婶家，除了她，房子里还挤满了来逃难的家庭。婶婶独居惯了，骤然接收一大帮人很不习惯，这么多人里，她跟阿珵最亲近。但这种混乱还没持续多久，与武汉相邻的荆州就在地震中坍塌。这场地质灾难让所有人大惊失色。地质学家调整了城市末日动态表，武汉地震的日期提前到三年后。这一下，刚安定下来的难民，又得着急忙慌地寻觅下一个避难地。阿珵跟婶婶辞行时，发现婶婶根本没有收拾行李。

"您别舍不得了，"阿珵说，"跟我们一起走吧。"

婶婶独自在厨房忙活，抬头望窗笑了笑："这就是我家啊。"

"可这里跟重庆一样，也要沉了。"

"去哪里呢？"

阿珵一愣，回不上话。

"跑不动了，你们走吧。"婶婶给她端出一碗面，"走之前，先吃饱。吃惯了重庆的小面，试试热干面。"

后来阿珵他们逐一离开，这房子又恢复安静。在道别时，阿珵听到婶婶轻轻松了口气，这时她才隐约明白，原来不是每个人都在灾难面前仓皇逃窜的。

可惜她没有婶婶的安宁，为了活下去，她还是要继续奔走。她在沿海的几个城市待了一阵，但要么没有空闲的安置地，要么是危机临近，也不宜长居。

这期间，她把半辈子的苦都一并吃了，被人骗过行李，排长队领食物站到昏迷，还连夜步行到下一个城市，只为了申请一个安置名额。每天都像是生命的最后一天，都必须咬着牙战斗，打赢了，才有进入下一天的门票；要是输了……那晚沿着海岸夜行，排在她前面的一个中年男人，走着走着，突然唱起川号子，边唱边跳入大海——这就是输了的结果。

到年中时，新一批国际援助终于来到。阿珵打听到，许多国家都开放了接收难民的申请。这半年多的流离，每天都被希望和失望冲刷，让她多少有点儿麻木。所以她提交了出国申请后，也没在意，继续流浪。在七月中旬，她跟随一群湖南人来到福建，中途，收到了申请通过的短信。接下来，她又辗转来到北京，从大兴机场直飞芬兰——在那个北欧国家，有一个属于她的房间，虽然小，但作为芬兰政府承诺的避难之所，足以应付日常生活。

起飞前，阿珵在北京逗留了几个晚上。她住在朋友家，洗了澡，换一身干净衣服，才终于有了在人间的感觉。朋友心疼地抚摸她手背上的疤痕，想安慰，但最终什么话都没说出口。

知道这一去北欧，可能就再也无法回来，朋友便带她去香山祈福。在回来的路上，他们遇到了一个重卡车队，好几十辆，浩浩荡荡，在一片黄昏的灰尘中驶向城外。

阿珵留意到，这些车的车牌，是"渝"字开头。

"这是……"她眯着眼睛，"这是去重庆的吗？"

"应该是吧。"朋友说，"你看，这是肖氏工业的车。"

在卡车的侧面，果然都印了一个硕大的"肖"字。阿珵记起来，在重庆还风风火火地进行"金刚计划"时，她也曾在大街小巷见过这家企业的标记。但随着"金刚计划"的破产，肖氏工业撤出重庆，她就再没见过。

"难道——"一个念头在阿珵脑中划过，但还没说出，不远处传来一声巨响，四野震动。

是重卡爆胎了。

要承载这种重量的卡车，胎压都极强，一旦爆开，除了耳膜欲裂，更危险的是气流会崩起石子，误伤路人。

所以接下来每一辆卡车路过时，阿珵和朋友都捂住耳朵，身体微微下蹲。

也正是因此，她没有看到那个坐在重卡副驾驶的年轻人。

8

从北京运回材料后，罗生就一头扎进了工作中。

他们将整个重庆的数据录入，搭建虚拟模型，再着重调整模型的体积和重量参数。最后，再模拟袭来最高里氏震级 9.0 的地震，对模型进行冲击。在全息投影里，重庆城一次次垮塌、破碎，抑或是整个被裂开的大地吞噬。

每次模拟失败，罗生的脸色都更阴沉一些。

阿肖拍拍他后背："没事啊，再调整调整。"

"嗯，"罗生盯着那些有着刺眼红色的参数，好半天才说，"城市外部建筑太多，一旦移动，会像多米诺骨牌一样倒塌，造成冲击；还有，山城整体刚性不够，需要钢水和混凝土进行固定。"

"就这么干！"

阿肖对他的无条件支持，成了他的很大助力。

接下来，他们制定了对整个重庆进行"修剪"的规划。离"乱马"的到来，还剩四年，即使加班加点，依然有很多难关在等待他们。而偶尔袭来的各地余震，又让工程面临不少危险。

罗生最重要的目的，是让重庆移动。要移动，必须有推进系统和巨轮。人类发明圆形车轮，是因为滚动摩擦力远小于滑动摩擦力，但发明人显然没有想到，数千年后，会有人铸造直径过百米的圆轮。

光是铸轮，就耗费了惊人的钢材和能源。铸造完成后，人们仰视这代号为"夸父"的巨轮，无不惊诧。它是人类工程史上的奇迹，但如果不巧，也会成为人们的噩梦。

第三批夸父巨轮铸成时，恰逢达州地震爆发，余震一路蹿来，到重庆时已经减弱，但还是将固定巨轮的卡钳震落。夸父巨轮在竖直落地的一瞬间，就变成了野兽，向着茫然无措的工人们碾去。

罗生就在现场，抱住一个工人躲开后，惊恐地回头。他看到了钢铁巨兽碾碎人体的噩梦场景。

那一场灾难，让罗生备受打击。

阿肖适应得更快，告诉他，在工程项目里，出现人员伤亡很常见。他经历过的项目，没有哪一个是从始至终安全的。但就是这些牺牲，成为一个个伟大人类工程的奠基。

"但这场伤亡让进度拖延不少，要追赶进度的话，我们需要更多人。"

阿肖眉头一挑："那我们招募志愿者吧！"

9

在芬兰海边的那几个月，是阿珵难得的安谧时光。

她英语底子好，在当地交流无碍，很快融入了他乡。相比地球另一端的仓皇，这片大洋依旧风平浪静，几十年内都预测不到地震危机。阿珵每天早上起来，沿着海岸晨跑，金色晨曦在她视野里铺开，每当这时，她都一阵恍惚，仿佛板块危机的阴霾被彻底留在了另一个世界。

阿珵还找到了工作。她在当地学校的官网上看到了招聘启事，说是要招音乐教师。她去试唱了一段，惊艳在场所有人，很快就被学校录用。

得到工作，与被当作流民接收，地位截然不同。她不仅引得了当地人的尊重，只要工作够久，便能搬出安置房，在镇子西边租一个公寓。

这些都是生活趋稳的标志。更让她有安家之感的，是在学校里遇到的新同事。大家爱听她的歌声，稍一相处，也很容易喜欢上她。

新朋友中，有一个叫伯纳德的法国男人，四十出头，大胡子，看着她的目光十分炙热。伯纳德离过婚，独居多年，在赫尔辛基大学教授文学，每周三周五驱车去给学生授课，其余时间就住在靠海的双层船屋里，捕鱼或写作。

伯纳德毫不掩饰对阿珵的好感，认识没多久就邀请她去欣赏歌剧，或乘船出海，在夕阳金辉中拉起一大片渔网，网中肥鱼乱跃。伯纳德会从中挑出最美味的一条，其余放生，当晚就用盐渍鱼片招待阿珵。

阿珵用了不少时间来习惯这种约会方式，也试着慢慢了解伯纳德。旁人都对他们的关系表示祝福。十月的时候，极光在天边漫开，伯纳德向阿珵表白。这一刻天公作美，气氛烘托到位，阿珵也对这个异国男子隐有好感，但就在即将答应时，一个坐在篝火旁的高瘦身影闯进脑海。

"对不起，"她对伯纳德说，"我可能……还需要一点时间。"

"没关系的。是我太急切，或许是今天极光太美。"

这事过后，伯纳德放慢节奏，以朋友相处。隔几周他们见一面，感情不如刚开始进展快，但更稳定。

阿珵平常上班，人缘不错，领了第一个月薪水后，晚上跟办公室的同事一起去了酒吧。这是海边小镇唯一的酒吧，名叫"冷街"，不吵，布鲁斯乐在台前慢慢演奏，吧台斜上方的电视屏幕小声播着新闻。一些本地人凑在一起聊天，谈到高兴和不高兴的事情时，才碰杯饮一口。

阿珵不爱喝酒，但试着融入这里的生活，也点了一杯。不过酒还没入喉，电视屏幕里突然传来乡音。

是重庆话。

阿珵放下酒杯，凝神看向电视。

"……'金刚计划'虽然宣告终止，但它的衍生——或者说进阶版已经悄悄提上日程。就在我们报道的时候，已有大量志愿者进驻重庆，为了保护这座城市而奋斗。"屏幕里,主持人用中文说道,"我们有幸请到了这项计划的工程师之一,罗生博士,为我们介绍一下。"

画面转换,切到远程采访视频。瘦高的工程师扶了扶厚厚的眼镜片,有些拘谨,但咳嗽一声后,还是介绍道:"我们不能亲眼看着重庆毁掉,这是家园,就算要走,也要让家跟着一起走。这个计划的筹备时间很短,面临许多不确定因——"

阿珵目不转睛地看着屏幕。原来是他。

画面里传来咳嗽声,显然是有人在提醒他说话的措辞。

工程师顿了顿,便转而开始讲技术:"要让一座城市移动起来,并非异想天开。它依托的,是重庆城独有的立体结构,以及'金刚计划'打下的基础……"他对那些参数、工程原理、城市建设如数家珍,但一股脑说出来,未免对观众并不友好。

不一会儿,另一个西装革履的年轻人出现,站在他旁边,打断他的话,然后说:"重庆是三千两百万人的家园,我们不能亲眼看着它毁掉,就算要走,也要带着它离开。这就是我们的初衷。毫无疑问,这是工程量极其庞大的壮举,从修建到城市的移动,我们需要对城市不断维护、加固。因此,也欢迎重庆市民回家,见证新重庆的繁荣……"

阿珵垂下眼睑。酒吧窗外阴云绵绵,长夜将至。她抓起酒杯,深饮一口,咳嗽了好几声。

这时,主持人又说:"……无意打断您,但您说过'金刚计划'是基础,那现在,让整个城市移动起来,这个计划有新的名称吗?"

西装男刚要说话,一旁的工程师突然却抬起头,凑到话筒前,说:"有的。"

"是什么呢?"

工程师指了指他身后沐浴在斜阳下的重庆城:"我们用重庆最美的地方来命名它——'晚霞'。是晚霞在驱使这座城市。"

这段采访很快就被其他新闻取代。毕竟那场灾难远在地球另一端,再惊心动魄,也没有眼前的酒杯重要。

人们继续谈天说地。

阿珵站起来,跟酒保耳语了几句。酒保敲了敲空杯,清脆的玻璃碰撞声让全场静了一秒钟,随后齐声欢呼——这是有人请客的标志。所有人都举杯,向阿珵致谢,而她微笑同饮。

第二天中午,伯纳德请了假,匆匆赶到阿珵家。"我听说你从学校辞职了?"他吃惊地问,"大家都很突然。是发生了什么事情吗?"

这时的阿珵,已经把行李打包得差不多了。她入住没多久,大件家具不多,仅有的电视和冰箱都送给了邻居，盆栽则放入花园。她的衣物被塞进行李箱，用扎绳捆紧，拉上拉链，一抬头，就看到了伯纳德。

阿珵微不可闻地叹息一声。

她拥抱了这个高大的男人，对他说："我要回中国了……对不起。"

"没有什么对不起的。你并没有给我任何承诺。"伯纳德拍着她的肩膀，"只是太突然了，我们都以为你会在这里定居。"

阿珵说："我也想过。这里很好，但这里不是重庆。我的家乡有很美的晚霞，我要回去看看。"

"晚霞吗？"

芬兰时间比中国晚六个小时，此时的中午，在重庆正是傍晚时分。"以前我觉得换一个地方也能生活，"阿珵说，"但昨晚我才意识到，如果我记忆里有一片重庆的晚霞，那我逃到哪里都没有用。"

"但……但你回去能做什么呢，在那样一座即将摧毁的城市里？"

阿珵粲然一笑："我可以去做小面，我奶奶教过我。其实我一直吃不惯盐渍鱼片，有机会的话，欢迎你来重庆吃地道的小面。"

10

"爆破！"

随着对讲机里一声呼喊，埋在重庆国金中心底层、三层侧面和顶层的炸药被相继引爆。轰然巨响中，这栋曾被称为重庆最繁华的商场碎成瓦砾，在定向爆破的引导下，废墟向内坍塌，填满了原山体的窟窿。

罗生松了口气。

这是他主导爆破的第十七座商场，等等——还是第十八座？他忘了。他只知道，时间越来越紧，必须尽快把那些不稳固的建筑拆除。

这一阵，爆炸声在这座城市此起彼伏。每一声都代表着重庆变得更破碎，更面目全非。刚开始罗生还有负罪感，听得多了，也便木然。这就像给重病之人剜去腐肉，疼是疼了点儿，却是必需的。

正如他在新闻里陈述的，要让城市拥有躲避地震的能力，就要修剪掉上面脆弱的部分，以免在移动中坍塌伤人。他很大部分精力都用来处理这部分工作，好在借助软件，绝大多数爆破都可以预先模拟，避免了不少风险。

"走吧。"阿肖摘下工程帽，也长舒口气，"顺利拆除！我请你去吃面。"

罗生皱眉问："奇怪啊，你最近怎么这么爱吃面了？"

这一阵，不管是好事坏事，阿肖都要去吃面庆祝。前天他们刚把城底巨轮安装好，还没试运，阿肖就说要去吃面。但罗生忙着填数据，跟一帮科学家验证轮子载动城市的最终可能性，只吃盒饭，就没跟过去。现在只是爆破了一座商场，阿肖又来邀请他。

"面比酒好。我是想通了，以后要庆祝什么，就吃面！"阿肖说，"走吧，我请你！"

"我又不饿，你自己先——"一阵肚里咕咕声打断了罗生的话。他尴尬地咳了一声，想找几句话圆场，阿肖也没给他机会，揽着他的肩膀，一起上了车。

汽车在荒芜的重庆表面行驶，到傍晚时，经九号隧洞钻入山体内部。

"看看我们的丰功伟业！"阿肖手扶方向盘，得意道，"不止把重庆表面修得整整齐齐，连这山城内部，都挖得四通八达。"

罗生侧着头，看窗外掠过的隧道壁和一节节莹白灯管，撇嘴道："这哪是我们的丰功伟业？明明是乘了前人的凉。20世纪，重庆开展人防工程，动员所有市民挖防空洞，把山城都快挖空了。有这种基础，我们建城中城才这么顺利，不到两年就有这种规模。"

"别老这么一板一眼嘛。"阿肖嬉笑道，"我知道这里你最熟，工作和吃喝拉撒都在前面的指挥部里，简直把它当家了。不过，我带你去新的生活七区，那里可热闹了。"

汽车在悬浮轨道上游动。隧道变得漆黑，车灯如萤，拐过七八个弯，视野才豁然开朗。这里是整个山城中心，被挖出了偌大空间，顶层加固，四周布置成广场和绵密的蜂窝状房屋。广场上人头攒动，大多都身穿工装，八九成群，或高声阔论，或聚堆吃饭喝酒。

这些工人才是"晚霞计划"的真正根基。两年前，罗生的构想刚提出时，所有人都觉得疯狂，而现在这么想的人已经不多，一切都是因为工人们一点一滴的劳动。罗生整日跟他们厮混，对其中大多数面孔都很熟悉，因此一一打过招呼。

工人们来自五湖四海，为了保障他们的日常生活，阿肖又招募了不少本地人，在此开店和跑运输。

阿肖把罗生拖到广场边缘一个面摊前。这里门脸不大，挤在一家理发店和另一家服装店中间，往里摆了一溜座椅，顾客已满员。还有几个等位的工人坐在门口。

"在这里吃吗？"罗生止住脚步，"还得排队，我没那么多时间。走吧，换一家。"

"可别！就是冲这家来的，小面地道，有劲。"

"你给我打包带回办公室吧？"

阿肖硬是按住他肩膀，死活不让走。罗生正挣扎着，面摊门帘掀开，一个窈窕人影端着面走出来。罗生轻轻"啊"了一声，僵立在场，眼神直直看过去。阿肖见他束手就擒，也是一惊，顺着视线看过去。两人的目光汇聚到那道端着面的人影身上。

"哟，有兴趣？"阿肖用手肘敲了敲罗生的腰，"我跟你说，得排队。"

"这不是正在排吗？"

阿肖一笑："我说的可不是吃面。"

罗生没再理会他的调侃，径直走向面摊。走到门帘前，又停下了。地底有空调通风，帘布微微晃动，隔着缝隙，他看到阿珵忙碌的模样。他记起来，第一次见到她，就是在洪崖洞前的面馆，那时候灾难尚远，重庆还保留着城市烟火气息。她也是都市女性的模样，奔波在一场约会与下一场约会之间。后来再见，是在缙云山的夜里。篝火点燃，火光照亮她侧脸。如果没记错，那是她逃离重庆的最后一夜。那么，她为什么又出现在重庆城中城的逼仄巷子里呢？

这两年，肯定也发生了很多事情吧？

他这么想着，拉开帘布。在阿珵错愕和惊喜的目光中，他走了过去。

11

大地震"乱马"比最糟糕的预计都来得更早。

阿珵先是从地板上感到一阵摇晃，立刻察觉到危险，左手扶住婴儿车，另一只手死死抓紧桌沿。

城中城在设计之初，就做了规划，所有寓所里的家具都需加固。但大地震突如其来，桌上的手机、遥控器和书笔纷纷蹦起来，其中钢笔砸到了她的脸。但她腾不出手来揉，大声叫着："宝宝别怕……"

但这安慰完全是多余的。小霞反倒很惊奇，从褪褓里伸出胖乎乎的小手，一边拍着，一边发出咿呀声。这是一岁孩童表达喜悦的方式。

阿珵苦笑，把婴儿车拉过来，推到桌下。自己也缩进去，背靠墙角，手撑桌腿。等了快两分钟，晃动减弱，继而止息。她以为是其他地方的余震，松了口气，探出头，看见屋里已然一片狼藉。

手机掉在地上，滑到床底，卡在了床腿与墙壁间。屏幕突然亮起，显示"老公"二字和拨入电话的动画画面。

阿珵爬过去，手刚碰到手机壳，摇晃再次袭来。她回头看了眼婴儿车，确定无虞，才往前扑，抓住了手机。

摇晃更剧烈，床和桌都在晃。阿珵爬回婴儿车旁，才接通电话。

"你们怎么样？"听筒里传来罗生急切的声音，"你和宝宝没受伤吧？"

"我们都按照求生手册，躲得好好的。是哪里的余震啊，一波一波的？"

"不是……余震！是前震！"通信系统也受到影响，使得罗生的声音断断续续，夹杂电流的"嗞嗞"声，"'乱马'的前兆！板块正在移动，两个小时后，铜梁、璧山和北碚的三角区域就会爆发地震，震级保守估计会达到 8.9 里氏震级。"

8.9 吗？阿珵心里盘算，似乎可以扛得住……

"那还只是第一波，后续的震级会加剧！'乱马'真正爆发，会把整个西南地带都翻过来。"

阿珵眼前一黑，抓住小霞的手。

"别害怕，你先等我。"

电话挂断后，屋子的灯也熄灭了。黑暗笼罩了这对躲在角落里的母女。

唯一能无视黑暗和逼仄的，是急促的警报。滴滴声像是笨拙的舞蹈学徒，在耳膜上疯狂跳动，即使是不谙世事的小霞，也从警报中嗅到了不安。她不再伸手咿呀，而是发出呜呜低泣。

"别担心，"阿珵把她从襁褓里抱出来，"这里是安全的。而且，我们还有晚霞。"

但其实阿珵也不知道屋子到底安不安全。她在这里住了两年，即使算上孕期那一阵生理上的不适，这两年都是幸福的。不过为了安全，罗生和她商量过，要在"乱马"到来之前，送她和女儿去相对安全的北京。这说明罗生对城中村的抗震能力其实没有太大信心。

然而现在"乱马"提前到来，打乱了所有计划。

门外除了警报，还有匆忙的脚步声。她的邻居们在惊慌奔逃，有人摔倒，有人哭泣。

好几次，阿珵都想抱着小霞跑到门外，但想起罗生的嘱咐，还是继续缩在角落里。不知等了多久，门被推开，熟悉的脚步声响起。

阿珵终于松了口气。

罗生提着手电，进门第一眼就是看向桌底。他松了口气，俯身过来，搭手把妻女抱出。"这里也不安全，"他直截了当地说，"我们要去上城。"

"上城？"阿珵吃了一惊。

上城就是原重庆的地表，如果城中城不安全，那上城也逃不开地震的威胁。除非……

罗生点点头："是的，我们来不及逃出城，只能提前开启'晚霞计划'了。"他看看手表，露出苦涩笑意，"正好，现在是五点。"

于是，由罗生抱着小霞，牵着阿珵的手，在生活区的廊道里穿行。许多人影掠过他们周围。经历了最初慌乱后，大家冷静了不少，都奔向生活区的广场。

一些悬浮列车早已从各个隧道开过来，车头灯光大亮，指引人们前往。

阿珵和罗生运气好，赶过去时，恰好还能挤进去两个人。他们抱着孩子，互相贴紧，车门在背后关闭。

车钻进隧道。悬轨因地震而摇晃，带得列车也左右不稳，人们在车里晃来晃去。罗生把小霞抱着，又用另一手撑住车壁，护住阿珵。

"没事吧？"阿珵听到罗生一声闷哼，显然是被其他人撞到了后背。

罗生在黑暗里摇头。他踮脚看向窗外，灯管的荧光在他脸上一节节掠过，让他的表情在光明和阴影中变幻，看起来很是忧虑。

这条隧道只有 20 公里，但车速不敢过快，足有半小时后，才遥遥看到隧道尽头的灯光。这让罗生的脸色稍微好转，其余人也松口气。这时，有人认出了他："咦，这不是罗工吗？"

其余人纷纷发问："这到底怎么回事啊？怎么突然开始疏散了？"

"我们这是去哪里？"

"罗工这么高的身份，怎么跟我们挤一个车啊？"

这么多声音围绕着罗生，让他有些羞赧。他刚要回答，列车似乎被看不见的攻城锤横向击中。车厢侧翻，隧道壁出现裂缝，石子如落雨，砸得车玻璃砰砰作响。

这是目前为止最剧烈的震动，像有什么史前怪物正挣扎着从地底爬出来。阿珵摔倒，被人群挤压，胸口发紧。慌乱中，她抓到了罗生的手臂，再摸索到小霞柔软的脸，心终于安定下来。

罗生也确认了妻女没有大碍，便去摸敲窗锤，砸破玻璃，引导众人一一离开翻倒的列车。

人们有哭有喊，各自都受了伤，万幸没有性命之虞。

罗生和阿珵彼此搀扶，抱着小霞，向光亮处行去。其余数百号人都跟在后面。一路上摇晃不断，砂石纷落，还不时有可怕的隆隆声在隧道里掠过。

好在这一路有惊无险，到了隧道口，立刻有身穿蓝色工装的人迎出来，给罗生一家戴上安全帽。

"罗工！"领头的工装男子说，"就等你做最后的决定了。"

"嗯。把对讲机给我。"

罗生接过对讲机，刚要说话，又回头看了看阿珵。"请帮我把她们送到外城九号避难所。"他对工装男子说，"拜托了。"

男子还未说话，阿珵就上前一步，握住了罗生的手臂。

她对着他摇头。于是，这短暂的沉默将一切都表达出来。

他也反手拉住她，然后朝对讲机道："'乱马'提前，'晚霞计划'也不能等了！进入十分钟倒计时！"

两秒钟的安静后，对讲机把不同频道的声音传过来——

"动力部门收到。夸父巨轮均正常，可进行链式驱动。"

"后勤保障部门收到。已将各避难所打开，引导市民进入躲避。"

"清障部门已就位，同步进入爆破倒计时。"

……

显然他们预演过整套流程，一切都有条不紊。群众也被指引，鱼贯走进隧道口旁的避难所，他们将在加固房厅的保护下，躲过最猛烈的地震。本来阿珵也应该进入，但她心里一阵慌乱，紧紧抓住罗生。

罗生无奈，在布置完所有步骤后，对她说："其实我们没有把握的。在避难所会更安全。"

"所以我们更要在一起。"

"好吧，"罗生一笑，"那我带你去最高的地方，看看今天的晚霞。"

尾　声

重庆塔，耸立在解放碑的著名烂尾楼，曾是所有重庆人的心头痛。但罗生在筹备"晚霞计划"时，意外留意到它，将之规划为外城指挥所，加固了楼体，并在最高层修建瞭望平台。当然，他的本意是在启动"晚霞计划"时，能有制高点，俯瞰全城。只是现在"乱马"提前，打断了原计划，重庆塔还没来得及部署。

好在电梯是可以使用的，载着罗生一家三口上到重庆塔塔顶。

地表晃动在加剧，传到塔顶，摇晃得简直如同风中芦叶。罗生和阿珵带着宝宝，彼此搀扶，靠栏杆往前挪。

现在，他们终于站在了重庆最高处。

正是临近六点，天边斜阳只剩半边，另一半泡在云雾里，把天际染得一片瑰红。他们望过去，云层从远处弥漫而来，有大团大团的絮云，也飘着孤零零的云丝，全都被染红。风变大了，云海卷起波浪，一层一层，像是有鱼群在洄游。

这景象美极，令人陶醉——如果不往下看的话。

"那里——"罗生伸手遥指，"那就是'乱马'。"

顺着他手臂的方向，阿珵看到了远处地表。即使隔得如此远，她也吃了一惊。

重庆西边的大地，像是有看不见的巨兽从地底钻出，巨大的裂隙凭空出现，撕开街道，继而将周围的建筑吞噬。即使北碚的居民早被疏散，无人伤亡，但这种无视钢筋水泥，将整个人类文明痕迹抹掉的气势，足以令人胆寒。

而更可怕的是，那摧枯拉朽的破坏痕迹，正在向他们靠近。

整个重庆的西面，大地倾覆，山丘倒栽，一条条裂隙如同巨蛇般游向东边。灰尘弥漫，滚滚朝前，像是奔涌的洪水。

罗生明显感觉到手臂被阿珵抓紧。他想安慰她，但也被地震的气势震慑，只能抱住她。

更大的摇晃脚底传来。他们以为是地震袭来，但向西远眺，"乱马"尚在十多公里开外。

"是'晚霞计划'……"罗生喃喃道，"倒计时结束了！重庆要站起来了。"

在重庆东面，传来一连串爆炸巨响。那是在引爆埋好的炸药，山丘被夷平，沟壑被填满，一条朝向东面的道路显露出来。

与此同时，塔顶不仅左右摇晃，还在上升。这座塔原本就 400 米高，此时更是直插入云。晚霞在阿珵周围流动，高空的风变大，吹得她衣衫猎猎，头发也在风中摆动。

正如罗生所说，重庆城站起来了。这不是比喻，是真正意义上的"站立"——在过去的四年里，重庆城的表面建筑被修剪，山体被加固，底部则安装了夸父巨轮，这些浩大工程，将重庆改造成了一座具有活动能力的城市。

现在，罗生和阿珵扶紧栏杆，目睹了重庆崛起的全过程。

数百个夸父巨轮先是空转，到一定速度后，周围的挡板被炸开，轮子楔入地底，继而掀起层层土浪。这情形，像是卡车陷入泥坑后，司机猛踩油门，后轮轰鸣着将车往前推——只是整个重庆城被从地底推出来，重量是卡车的亿万倍，所需马力也同样是天文数字。但重庆做到了，土石纷飞中，城市主体先是蠕动，继而破开地表，在城市内部机械的轰鸣声中，逐渐加速。

相比乱马地震的恐怖，城市破土而出的景象更为震撼。尽管已经在软件里模拟过无数次，但此时，罗生还是屏住了呼吸。

里氏震级超过 9.0 的'乱马'在西边奔腾，一路踏碎山川河流，直奔重庆。但这座城市在经过最初的加速后，已然获得动能，向前移动。巨轮再次加速，拖着钢板以及钢板上的城市——包括城市里惊恐的人们，挣脱周围山体和土石的束缚，滚滚向前。它离开后，曾经的山城，如今只剩下一个大坑。

随后，大坑被地震波及，砂石灌入，又被填平。

乱马还在往东蔓延，但新重庆城已经全速行驶，碾出一条条凹痕，将地震裂缝在身后越甩越开，罗生终于松了口气。他转过头，看到阿珵也惊魂甫定的表情，不禁笑了，说："放心，我们已经离开震中心了。以后，城市会一直移动，直到安全。"

阿珵点点头。她的侧脸一片绯红，蒙上了光边。

罗生看着她脸颊的红色，以为她在害怕，随即醒悟过来——这是霞光的映照。他和阿珵一起抬头西望。

地震渐息，大地归于平静，而西边天际之上，正弥漫着一大片灿烂晚霞。

"有晚霞。"阿珵喃喃道。

罗生深吸口气，指向城市奔向的东方："晚霞行千里！"

这个故事只属于这座湿湿的城

阿 缺

重庆是一座湿湿的小城。

2020年冬天，我初来重庆，在一所私立大学工作，租了房，这时本应是兴奋和雀跃的。但无处不弥漫的湿气将我困在出租屋里，年久失修的空调根本无济于事，再厚的被子也只是吸收更多的水汽。

说来奇怪，在这种情况下，我反而更有创作的动力。

窗外白雾缭绕，什么都看不清，但雾气中又隐隐传来商铺叫卖和行人浅浅的招呼声；夜晚，这里万家灯火璀璨，缺乏提前规划的居民楼和商场组成混乱的光晕矩阵——这使得重庆一度被人称之为"赛博城市"。这种环境，是故事的天然土壤。

就在我要动笔时，又看到了窗外涌起的雾气。白烟袅袅，寒气透窗而来，在一片迷蒙中，隐隐能听到什么人在低语。我知道这肯定是幻觉。但那的确是神圣的一刻，我仿佛又回到了第一天来重庆时，三年时光被捏成瞬息，我对这座城市的观感又变得陌生。

我应当为这座湿湿的小城写点儿什么，我对自己说。于是，我以重庆独特的山城地貌构思了一个故事，便是这篇《重庆的尽头是晚霞》。

我可以很骄傲地说，这个故事完成于重庆，这个故事也只属于重庆。希望您也喜欢它。

阿缺，科幻作家。于2012年发表处女作《悄然苏醒》，此后10年共计发表科幻小说过百万字，其中多篇作品被翻译为多国文字在海外发表，共计获得13次华语科幻星云奖和4次银河奖。代表作《云鲸记》《再见哆啦A梦》《星海旅人》等。

重庆

三峡之旅

韩松

一九九六年夏，我和妻子在重庆上船，准备顺流而下游览长江三峡。

明年，因为三峡大坝施工的缘故，长江就要截流了。而再过不久，整个三峡也将陷入一座漫长的水库。

我们难以遏制在三峡逝去前一睹它的真实样貌的欲望，这也是许多游客共同的想法。在这种情况下，长江上形成了"告别三峡旅游热"，媒体对此也进行了广泛报道。

其实，我本人倒多次途经三峡，只是我的妻子却一次未去。因此，这次出行多少是为了满足她的愿望，也是为了我蓄念已久的告别。

这天清晨，我们在朝天门码头上船。从沙嘴看去，四周的山城笼罩在紫烟之中，像是要蒸腾而上的仙境。

人实在是多，跳板晃得很凶。偶尔低头，见木板缝隙下疾奔的江水，勾起儿时坐轮渡的记忆。

我本人是重庆人。记得小时候，这段长江上是没有大桥的，要到南岸舅舅家去，唯一的交通工具便是轮渡。

乘坐轮渡是我每年最兴高采烈的时刻，因为船到江心，我可以和弟弟比赛朝水中扔鹅卵石。

而今，这一切童趣已不能复得了。

正走神，手上的行李不小心被擦身而过的人碰掉了。这时，后边有人帮忙拾起来，递到我手中。

我看到一张脸，吓了一跳，因为这张脸有半边是被火烧过的。

我心一颤，犹如晴天听到一个响雷，并在这动人的长江边闻到了电线焦煳的气息。

这个汉子，三四十岁年纪，朝我和妻子笑笑，抱了抱拳，大步超过我们上了船。

此后我们在餐厅里还见他来着。他和一帮重庆汉子喝酒划拳。妻子是北方人，没有见过这样的人，有些害怕。

我说，出门在外，尤其是川江之上，能遇见各种各样的人。

的确，我曾在川江上遇到了各种各样的人。他们大部分像逝去的流星一样，不再与我相遇。他们的面容也如远看的江峰，不再清晰。

其中，有的是姐姐的熟人。在过去很长一段时间里，在我要单独乘船旅行时，她就托他们照顾我。

我外公在长航工作，认识很多跑水路的人。而我姐姐长得很漂亮，船员们也都看她面子。我一直以为他们中的一个将来会成为我的姐夫，但末了却不是。

姐姐最终找了一个知识分子，可见她早有打算。然而我正是从这些船员的身上初次领略了世间的人情世故。这些梦想着姐姐的水手们为我殷勤地送来船员伙食，从船上的图书室中借书给我看，帮助我逃票。有时，还给我讲他们的故事和经历。

比如，有一位水手告诉我：船靠岸时是最危险的时刻。因为那水流在船与趸船之间改变了速度。

这几乎成了我今后一生中处世的警句。

然而这位有惊人之语的青年与其他船员一样，都没能被有惊人之美的姐姐看中。而我早已记不清他们的长相了。

如今，我怀着这些回忆去往三峡。

我已结婚三年，懂得了什么是往事如烟。

不一会儿，船离开了重庆港，两江汇合处的半岛像一只锚一样被割断了，这把我的心又一下荡回到了童年。

我想起了金竹寺的故事，那些居住在水底的神秘和尚。然而，这时一个粗哑的声音打断了我的思绪。

"劳驾，有火吗？"那张火烧的脸又在一旁浮现。

我忍住惊惧，借火给他。

他给了我一支劣质香烟。他说他是重庆第七棉纺厂的工人，他们的工厂已经破产，他和他的同伴要到长江中游的城市去找工作……

破产是今年很流行的名词。

这时我们身处川江。水面犹如上坡。这其实是一种我独有的视觉错误，始于少年时代。

过去的标语仍然在光秃的山壁上隐约可见。一些用马达驱动的木船在客轮边上驶来驶去，喧闹不已。

川江使妻子在甲板上跳跃。这个北方平原长大的姑娘从没乘过江船。豪爽的她亦因此变得如我们家乡姑娘般温柔贤惠，一刻也不敢离开我。

而对于我来说，这久违的景色，多少引起了我的伤感。

少年时代，我曾经多次梦想过在这梦幻般的长江上航行时，身边有一位红颜知己。这直到今天才成为现实。然而，我却并没有当初设想的那种强烈的兴味。这使我觉得自己不再年少了。

我是在长江上情窦初开的。读中学的时候，我经常在长江上乘船渡江，已开始注意自己的衣着。我总希望在甲板上遇上一个能与我终身相伴的女孩，正如书中的浪漫故事那样。据说一位著名诗人便是在旅程中巧结良缘的。

高中一年级时，我乘船从武汉回重庆。同舱有两个女孩，长得健康活泼。一位十八岁，一位二十三岁。

"你是去上大学？"其中一个问我。

我非常惭愧，也非常悔恨。

"看他的样子，将来一定会被老婆管得很严吧？"她们窃笑着悄悄耳语。

船靠巫山，我们一道下船进城。她们硬要在这小县城中购买什么衣服。等我们回到码头时，船已经鸣笛启航了。我跑得快，从船尾处跃上了甲板，她们则被落在了巫山。

我默默地站在船尾看着她们呼唤我的名字。往后的一段时间里，我悉心照看着她们的行李，想象着她们留在床上的气息。下船时，我让熟识的船员帮忙把行李送到她们要去的万县。

我在行李中留了一封信，倾吐了我的思念。而我也分不清是针对谁了。她们在我心中，幻化成了一个人。

没料十天后，她们竟找到我在重庆的家中来了。她们是湖北人，对我照看了她们的行李感激不尽。后来我还和其中一位通了半年的信。

"还交上了一位女朋友！"外公用嘲笑的口吻对我说。

但她没多少文化。当最后意识到这种想法和行为有多幼稚时，我脸红了。

我拼命考上了大学。在大学中，我交上了正式的女友，是我的同乡。

那年社会很乱。我帮她买了船票，把她送上回家的船。我则准备留在学校，因为校方并没有宣布放假。

"真想跟你一道回去。"送别时，她说，用一块小手绢揩去我脸上的汗水。

"你先回吧。我随后来找你。"

但这一去，她便投入了别人的怀抱。

现在回想起与她的结交，我羞愧难当。

我最近一次乘船来三峡是在一九九二年夏天。当时我和一位男同事暗恋着两位女同事。然而她们均已结婚。

我和这位男同事撺掇她们一块去旅游。她们竟痛快地答应了。这出乎我们的意料。

然而真的人在旅途时，我们却胆小起来。把她们照顾得无微不至，却不敢表白。

我们在甲板上观赏风景，在船舱里打扑克，嘻嘻哈哈便把时间度过了。

但她们到底出自什么考虑，要和我们一道旅行呢？这至今不得而知。

"哇，看这张牌，是谁要交桃花运了！"一次，她们中的一个——我喜欢的那个——指着打出的一张皇后说。现在想起来，是不是有一些挑逗的意味？

还有一次，当夜色降临后，在栏杆边上，她谈到了寂寞。

"我经常一个人在家里。我把所有的电器都打开……"

我的心怦怦直跳，却畏惧地没有顺她的话往下说。

这时，她的同伴孤单地站在甲板另一边。她便说："她真可怜。让她过来跟我们在一起吧。"然后我又把那个男同事叫了出来。

我们又嘻嘻哈哈起来。

船经过三峡。她们很失望，吵嚷着景色不过如此。我和同事默默坐着。

那次是我唯一一次在宜昌下船。然后我们去了神农架。我们玩得开心和劳累，忘了其他，回到北京后才又感到失落。

一年后，她与她丈夫将去美国。当我知道这个消息时，便有意避开她了。最后一次遇上她时，她说："你这段时间怎么不给我打电话？"

她走后，我与她的那位同伴倒是经常相遇。我们没有再谈到三峡。只是在今年，正当我和妻子筹划去三峡时，我在地铁口碰上她，她说："某某明年初就要回来……"

然而，我终究与现在的妻子结了婚，这完全是天意吗？

我突然想到：那个火烧脸，他的老婆会是什么样的人呢？

而在长江上，事件和情感是会有终了的吗？

江面浑黄，船似乎在泥水中跋涉，有时也犁开造纸厂排出的大片白色泡沫。

妻子开始显露惊异，称她以为长江比之黄河，应是如何如何。

我告诉她，每年洪水都带来大量的泥沙，使长江呈现这种凝重的色彩。认为长江至清，那是大谬。然而正是这种厚积薄发，使长江成为一条让人猝不及防的江。

我告诉妻子，有一年涨大水，在葛洲坝船闸中，浮着一层层尸体。有关部门派人打捞。捞一具尸体的报酬是十元钱。这吸引了当地很多民工。打捞工站得高高的，观者如一尊尊神像，背对太阳而面目模糊。

然而，听了我的讲述，妻子像婴孩一样睁大眼睛，一点儿也不害怕的样子。

我接着讲，还有一次，江上浮着一具绿色的尸体，像商店里卖的玩具娃娃一样，就在左舷，一刹那就过去了。谁也没想到尸体的流速竟然那么快，像是死掉的人受到附体灵魂的支配。听到惊叫声走出舱来看的人，都失望地没能看到这具浮尸。

长江的凶险可见一斑。而今年的洪水据说很大，来之前我们还在报上看见如下的消息：

受近日长江流域部分地区连续大到暴雨的影响，长江支流沅江、资水发生大洪水；洞庭湖、鄱阳湖水位持续上涨；长江中下游干流普遍超过警戒水位。据湖南省提供的情况，从 7 月 8 日至 15 日，全省共有 12 个地市 56 个县（市）受灾。

为支援湖南抗洪救灾，国家防总已紧急调运 500 条橡皮舟、3000 件救生衣、2000 只救生圈等抢险救灾物资到湖南。总参派出 6 架飞机支援地方抗洪救灾。

"不会出什么事吧？"较少出门的妻子担心地问我。

"不会。"我肯定地说。

重庆城在船尾消失了。江面变得索然无味。我们便往船舱走去。

经过一个舱室时，我看见火烧脸和他的同伴在打扑克，这时正抬起头来，朝我咧嘴一笑。

回到舱中，妻子说："这个人真让人难受。"

"他不过是受了伤。他已经够不幸了。"

"不。我是说他眼中有一道凶光。"

"这我倒没注意。不过，现在的人，谁的眼中没有一点儿凶光呢。"

"你就没有。你这人太老实。"妻子怜爱地摸了一下我的脸。

我们住的是三等舱。同屋还有两位客人。他们是去宜昌出差的。我们不太和他们说话。他们看我们是夫妻，也不来打搅。

刚过忠县，江面起了大雾，竟看不清江岸。

这样的情形我只遇到过一次。那次是走上水。大概距重庆还有半天路途，突然长江上降下大雾，船开始减速。

舱里的旅客都沉默下来，打着扑克。突然有孩子尖叫了一声。暴雨便倾泻了下来。

我冲上甲板，已看不见江面。船再一次减速，但仍在行进。

不久，便听见了自下而上的撞击声。全船一震。我心想，触礁了。

船停了下来。不一会儿，江面上泛出油渍。人们都拥到甲板上观看。船上的喇叭广播说，希望旅客不要集中在左舷，因为船倾斜了。

大家回到舱里，开始找放救生衣的箱子。但一会儿后，船又行进了。大人们又咬着牙开始一圈圈地打牌。

我们的船晚了十个小时才到重庆。岸上的灯火犹如一只只伤风的眼睛。我像来到了一个专供宇宙飞船系泊的港湾。

故乡，我已不认识了。

此时的大雾使我害怕暴雨重来，但竟然没有来。雾中似乎有一些光亮，看不清楚。

客人们站在甲板上议论纷纷。我坐在舱中，担心客船出事。

外公曾给我讲过长江上海损的故事。

二十世纪七十年代，一艘大客船在峡谷中触礁。月黑风高，孤立无援。船长决定弃船。船员们放下了救生艇。

一个女船员快上艇了，突然想到钱包还在舱里，便回去拿钱。

她拿了钱出来，长头发被门卡住了，急切中挣扎不开。她就这么眼睁睁看着水漫上来，漫上来，漫上来……

外公的语调已经随神色而低沉，使我仿佛真的看到黑黑的漩涡和深潭。而女人，那时还没有占据我心灵。

海损的恐怖与正常情况下的峡光山色形成鲜明的对比。

在大多数情况下，我们飞舟掠过三峡时，看到神女峰的玉容，并不能将其与垂死女人因绝望而难看的脸庞相联系，而实际上骨骸就在我们足下几百米处。

长大一些后，读到了宋玉笔下自然风景与女人的交融，那么一种文中的自慰，是否消解了对行舟的恐惧呢？

但流传下来的总是宋玉的文笔。

我们等待雾散去，期待着神女峰（她也与死亡有关）在次日能够如约出现。但雾老不散。一阵撼人心腑的长长响声传来。下锚了。

雾中，我听见了甲板上跑动的脚步声。

"出了什么事？"妻子不安地挨紧我。

我安慰她："不要怕，雾散后，就会开船的。"

脚步声来来往往，像天堂里的神祇，在云中走动。我试图打开房门去看看。房门却打不开。有人从外面把它锁住了。

"怎么回事！谁开玩笑？"我有点儿气恼地叫道。没有人搭理。是小孩子恶作剧吧？可是，他哪来的钥匙呢？

我打开窗户。外面的脚步声大了起来。但雾气太大，我只能隐隐地看见人影。

我朝他们大叫："喂，帮帮忙叫下船员。我们的房门不知怎么被反锁了！"

没有人理我。一种出事的恐惧袭击着我。船出了故障，大家都在逃命。

我觉得不能再犹豫了。我想到罗马尼亚影片《爆炸》。二十世纪七十年代的人是怀着神秘的态度去观看这部内部影片。那艘大船陷入的灾难，非常真实。

我和同舱的人开始撞门。它很快被撞开了。浓雾涌进来，充满了房间，像是毒气。我与妻子互不能见。

我拉着她的手，走上甲板。我记得救生船在舷尾。我们便朝那边走去。我们同一些走动的身影交错。他们是旅客吗？还是水手？

我拉住一个身影，大声问道："这是干吗？"

他答非所问："快去占领轮机房！"

"为什么？出了什么事？"

"你是谁？"他反问。语气中有一种警惕。

另一个身影过来："磨蹭什么，快点啊。"

两个身影顾不得我，都跑走了。

妻子说："我害怕。咱们还是回去吧。"

我没了主意。

这时喇叭响了起来："旅客请注意。旅客请注意。现在广播通知。船上发生了紧急事件。为保障大家的安全，请不要随便离开你们的舱室。"

妻子说："回去吧。"

我说："我想看看，出了什么事，是不是需要弃船。"

然而她却坚持。我们便摸索着回到了舱室。那两个客人也回来了。

"到底出了什么事？"

"好像是旅客和水手发生了争执，打得非常厉害。船长和大副都被关到底舱去了。旅客占领了这艘船。"

"不是海损吗？"

"不是。"

"我还没听说过有这种事情。"

"这是确切的消息。"

"那我们怎么办呢？"妻子问。

"等等吧。看事情怎么发展。只要不是海损，一切都好办。"

自然界的毁灭那才是真正无法抗拒的。人与人之间的打斗，便是小事一桩了。我稍稍放下心来。

在等待中，我通过讲我在长江上的经历来安慰受惊的妻子。

我原来乘船，一般都坐四等舱。但好奇的我常到底舱去巡视。

底舱是穷人坐的。在地上简单地铺一床篾席，一家几口便挤在上面。有的人连底舱也没住进去，便只好整日待在甲板上了。他们大都是川东的农民。

这些农民几千年来便到处闯荡。四川人以天下为家，在我看来与浙江人的闯荡在趣味上或有不同，也许是这浑厚的长江和夹岸高峰造成的吧。

少年的我在长江上旅行时，常常清晨五时便自动醒来，来到甲板上观望江景。黑色的山峰一层层往后退去，令人非常吃惊，甚至慌乱。心里着急地寻找词句来形容，但就是找不到。这时便要崇拜起刘白羽来。

同时，我也暗骂在甲板上呼呼大睡的农民，在这伟大的造化面前，怎么能不起来观看呢？

今天，我却为当初有这种想法感到羞耻，并感到刘白羽的迂腐、幼稚和好笑。

夏日炎炎，整个是洪水的世界。当船儿顺着这股水流御风而下时，两岸有多少人流离失所，背井离乡。死亡紧追着他们。

从底舱，最能真切地感到这江水的流速。说它像箭一样往后飞射，像脱缰野马一样往后狂奔，是非常恰当的。

千里江陵一日还，便是一种近在咫尺的感受了，并且那样的惊心动魄，宛如裹挟着无数血泪。

然而，远方的岸仍然是走得好像一动不动。采石工裸着闪亮的上身，一锤锤地敲打着巨大的石材。船经过时，他们便直起身来，停下活计，漠然地投过目光。

我常常避开这样的目光。

这种感觉，让我在进入大学后，形成了对宇宙、时空和人生的一种惊异感，对相对论的迷恋也产生了。正是在我读书的武汉大学（位于长江中游），成立了中国第一个不明飞行物联谊会。

楚人的故园中，有着一种什么样的神秘背景呢？

我一边向妻子讲述以上事实，一边希望找个人了解正发生的事情。但我看不见少年时熟悉的水手。难道所有的人都被关入底舱？

我于是又记起了少年时与水手们相处的情形。

他们围着我，拿我开心：

"一看就是个书生。会不会打牌？"

"打牌都不会。你二天哪个找婆娘哟。"

"人家大学生还发愁找不到。像你个龟儿，天天在船上搓麻，一趟水上岸，回屋看到老婆跟别个睡在一起。"

"老子捶死你！"

"莫乱来莫乱来。看把读书人骇倒了。"

"二天来找你，你认不认得我们？"

我说，当然认得。

"打胡乱说。你还会认得我们！"

......

这么多年后，他们都上岸了吗？进了工厂吗？工厂今天破产了吗？他们还打麻将吗？二十世纪九十年代的水手又谈论什么话题？

我感到隔膜带来的恐惧和忧伤，突然觉得这船、这江都不再熟悉了。

我像一个老人一样过早地沉湎在回忆中。这是死亡的前兆。

我看身边的妻子，想象她有一天年老时的样子，头上生出丝丝白发，心里一阵发呕。

我于是期盼着船儿快些起锚。也许不定什么时候船就走了呢。

"这就像在万县的时候。"

"万县？"

"我们在万县也遇到过雾。但后来还是及时赶到了瞿塘峡口。"

我们的船总是停在万县过夜。天热极了。早上，人们仍在甲板上睡觉。把他们扔进长江里都不会醒来。

这艘船会突然行进吗？在这雾中？——或许，它现在实际上正在行进，只是已脱离了长江！它在做星际旅行！

我突然泛起了这种诡异的想法。但我没有把它告诉妻子。

我想起了清晨船离开万县时的情形。船后面往往悬着一轮黄铜镜子般的明月，像飞碟一样紧紧跟着大船。两旁的山峰越来越高，仿佛一簇簇模糊不清的凝重雾气。水面不断地裂开和徘徊。

正是这种超自然之震撼，使我刹那间感到船已不再是船。

......

门突然打开了。

"你们在谈论什么？"

声音很熟悉，但不知是谁。我们四人不再作声。

"不要传谣信谣。已经广播了，出了点儿事，不过很快会好的。你们不要到甲板上去，那里危险。"

"你是谁？"我壮着胆子问。

"我是一名普通旅客。"我想他便是与水手们发生冲突的人。我想再问他几个问题，但他已走出了舱门，消失在雾中。

就在这时，我感到了一种动静。我敏感地说："起锚了。船似乎又走了。它在慢慢地摸索着前进。"

"不是说船长和大副都被关起来了吗？那么，是谁在驾驶这艘船呢？"

对此，我不能回答，但感到毛骨悚然。

我对长江的感觉刹那间被扭曲了。我所期盼的屈原祠、张飞庙、白帝城和孔明碑，顿然失去了诗词中受到歌咏的容貌。我看到它们的台阶上一片血淋淋。或许这才是本相吧？

船上的喇叭又响了起来："旅客同志们请注意。旅客同志们请注意。现在广播一个通知。请所有旅客到轮船尾部餐厅开会。请所有旅客到轮船尾部餐厅开会。再广播一遍……"

我们便去了船尾餐厅。这儿已然是人头攒动。厅中的雾气要淡许多。几台摇头电扇在起劲地吹着。我一眼看见火烧脸坐在桌后。他身边是一位戴眼镜的文弱青年。那些一块打扑克的工人抄着手站在四周。

会议开始了，是文弱青年在主持。但无疑火烧脸是主人。

"我们遇到了一起神秘事件，"青年说，"我们进入了长江上的'百慕大三角'。这样的航行，普通的水手已经不能胜任了。因此，我们代表旅客把他们关押了起来。现在，可以说，轮船已被我们旅客自己接管。向各位通报这个情况的目的，是希望得到大家的配合。我们将随时准备战斗，以应对出现的不测。"

大家一阵交头接耳。有个老头低声说："什么百慕大。他们疯了。"

"你说什么？"火烧脸站起来，走到这人面前。

"你们不应该关押水手。没了他们，你们难道能驾驶这船吗？"那个老头说。

"你是什么人？哪个单位的？"

"你有什么权力审问我？"

"这不是审问。但为了保证全船的安全，我必须了解情况。"

"你没有权力。"

"那我要让你懂事一些。这可以了吧？"

"我怎么不懂事了呢？"

火烧脸转过头，朝他的手下说："这人不懂事，应该怎么办呢？"

文弱青年念书一般说："现在发布轮船临时委员会一号令。这个人串通船员，无票乘船。现在，由委员会对他实行收审。"

几个工人站起来，逼近那人身边，把嗷嗷叫的老头绑了起来，拉了出去。其他工人都鼓起掌来。

大家默默看着这突变，却没有一人敢出来阻止。

"现在，分发武器。我们可能会进入星际旅行，可能会遇到与我们不同的生物。因此，大家要做好战斗的准备。这艘船将被建成一个战斗堡垒。"文弱青年严肃地说。

有人开始分发武器。都是船上的消防斧、菜刀一类。我得到了一根钢管。

"散会。"

大家像木偶一样散去。一到甲板，便议论纷纷。这时响了一枪。是火烧脸拿着一把手枪："不许谈论！不许谈论！听到没有？"

而这让我不禁想起父亲曾给我讲述的一些事情……

"我们的船已被劫持。"回到舱里，同舱的人脸色煞白地说。

"但不知道他们是什么目的。他们或许真的疯了。"我说。

"不会是这世界真的出了什么问题吧？"妻子担心地看着银河一样浓稠的雾气。

"他们怎么会知道什么百慕大三角呢？奇怪。"

"据说在长江上真的有'百慕大三角'存在。"

那是在鄱阳湖。船只不明原因地失踪。没有残骸和尸体。

"我们需要让外界知道发生了什么事。"

"怎么能呢？"

"我有个办法。"

我写了一张纸条，把它装进一个可乐瓶子，把盖子拧紧。我悄悄走到甲板上，准备把它投入水中。

不料身边一个声音说："你干什么？"

我听出是火烧脸。我转身便要离去，心跳得慌。他从后面抓住我的衣领。

"你是知识分子吧？你怎么能干这种事呢？"

"你不会把我也收审吧？"

"把它给我。"

我摇了摇头。

他从我手中抢去。这时"噗"的一声，从船头传来另一个瓶子入水的声音。火烧脸震了一下，匆忙朝那边奔去，不再管我。

我回到舱中。妻子担心地说："你没事吧？"

我利用长江与外界联系的计划破产了。但也许别人完成了。那人是谁呢？是一个对长江有很深了解的人吗？

长江是一条通讯的江。我在武汉大学的七年中，一直保持着与父母的信件来往。即便在我参加工作后，从武汉还不断寄来一些函件。有希望我捐钱修校门的，有叫我回去参加建系十周年庆典的，有邮寄通讯录的，还有关于某某老师病故的讣告。

这些信件大多用火车经京广线送来，也有用飞机的。但我仍能闻见信件中江水的潮湿气息。

这一晚，甲板上嘈杂一片。后来听见有人在惨叫，是拷打什么人的声音。同舱的出去看了看，回来说："一名旅客违反了规定，发表了解释大雾的言论。他怎么解释呢？他说这不过是气象原因！"

我说："应该去劝劝他们，叫他们不要打人。"但谁也不敢去。

"这么下去，恐怕会轮到我们自己呢。"同舱的人忧虑地说。

"要不，您去一趟？"

"还是再看看吧。"

夜色漆黑。我开始感到极端的害怕。船上有一种发生骚乱的前奏。到了深夜，我睡不着。我听见妻子也在翻腾。倒是同舱的，发出了鼾声。

我透过窗户，听出空中有声音，有明亮的色彩在跃动，仿佛是极光。它映出一些山形。山在动。船的确在走。然而，这的确是异常事件。我没有见过这样奇异的色彩。

但我想起了刘白羽的散文。在《长江三日》中，他叙述道，他在这样的夜中读罗莎·卢森堡的书，看到船舱外出现了奇异的玫瑰色云彩。

我以为我看到的，便是刘白羽看到过的幽魂。

这时，我强烈地觉得，也许到天亮我也不能入睡，而明日一早，我便会成为一具死不瞑目的僵尸。

妻子轻轻叫："我冷。"

我说："很快会天亮的。"

她说："你下来吧。"

"有人呢。"

"我想跟你在一块儿。"

我只好从上铺爬下来，坐在她床沿。我捉住她的手。她把我的手放在她的脸上。不一会儿，我感到越来越寒冷。船儿似乎驶入了一个冰窖。她把我拉进被窝。我没有拒绝。

"谁知道明天会怎样呢？"

"先不要管明天吧。"

我感到她在颤抖着微笑。这多么奇怪啊。

"记得我们第一次见面时的情形吗？"她说，"你也好意思，就请我吃了一碗牛肉面。"

"我当时刚到北京，又没钱。"

"告诉你一个秘密。也就是因为这碗牛肉面，我才喜欢上你的。因为我觉得你那么朴实可爱。"

"当真？"

松

"这个时候了，我还会骗你？不过，当初要是你请我去什么高档的饭店啊，那我们反倒走不到一起了。"

"我第一次听你这么说啊。"

我出了一身冷汗。随后，我们都静了下来，慢慢地咂味。一会儿后，我悲伤地说："但是，再要好的人，不过相处几十年，随后，谁也不认识谁了。就像这船上的旅客一样。"

"瞎说，变成小狗狗，还认得的。"她认真地说。

我搂住她，觉得时间正像蓝色的静脉血一样在我们身上缓慢流淌。心脏却越跳越缓慢。渐渐地，供血开始不足了。我感到头脑迟钝起来。

最后的屠杀就要开始。这的确是世界末日啊。我并不十分相信，到了另一个世界，我还能认出她的。

我曾经设想过，长江应是我埋骨之处。人生皆苦，一旦自杀，便选取长江。难道真如人所说，过多的思虑，会转变成现实？这种说法，我在美国旅行时，也听说过。

我遂与妻子做爱，也不顾还有同舱的人在一边。

完事后，我们竟然安稳地入睡了。

第二天早晨，我发现雾散了。

仿佛这是一件极简单的事情，一切又恢复了正常，好像什么事也不曾发生。

我感觉这似乎是一场梦。大家都做了同样的梦吗？

船上的喇叭广播，早餐供应开始了。我才感到非常饥饿。

"咱们去吃点儿东西吧。"我对妻子说。这时，我看清了她的脸，好像过了十年时间。

"我也这么想呢。"

去餐厅的人真多，队伍排到了甲板上。大家也都是饥饿的神情。吃饭成了此时的第一大事。

我看见了火烧脸，他排在我和妻子前面，显得若无其事。我想问他点儿什么，但他一副不认识我的样子，我便吞回了话。

我想到，然而雾毕竟跟他们无关。

有几个水手在甲板上走动。听同舱的人说，船长的职务也恢复了。然而水手们似乎也忘掉了一切。我想制造骚动的人应该受到惩处，但谁也没提这事，好像根本没有出过什么事。

"借个火？"突然，火烧脸转身向我。他好像没认出我。

我客气地借给他。我犹豫了一下，问："昨晚你们闹的有结果吗？"

他说："哪有这种事情。别乱说。"

"雾怎么就散了呢？真怪。"我自言自语。

船的汽笛低沉地鸣叫起来。我转眼看去，发现我面对的长江，仍旧是我熟悉的，我的泪一下涌了出来。

火烧脸奇怪地看着我问："你没有事吧？"

我不好意思地说："我就怕这早晨长江上的风。"

大江波涛依旧。但我们似乎早已在那浓雾笼罩时驶过了长江三峡。

妻子神情沮丧。我猛然觉得，肯定已是在荆江了。到傍晚果然看见了沙市的万家灯火。船没有泊沙市港，继续驶入苍茫的旷野。

航标灯左红右绿。星光灿烂得不能直视，江面和夜空的辽阔使我想大哭一场。我想，这正是三国的古战场。

然而第二天一早，一切明亮极了。所有人都看见了左舷跃出的红日。

当我们经过江汉平原，看到船儿激起的波浪冲击着两岸的大堤，看到年轻的农民骑着自行车载着他们的孩子和女人在堤上疾驰，看到稻粟千里，牛羊成群，心情也重新翻起波澜。

我记得，当年我作为布衣学生来武汉求学，每到这时，便几小时几小时地站在甲板上痴望。这是我心中永远的长江。

我对妻子说："会有两根电线杆子。像高塔。它们是过江电缆。你期望武汉快些到时，就先期盼它们。看到它们，武汉就到了。那里有龟蛇二山，有黄鹤楼和东湖。不比三峡差啊。"

这种欺骗竟然使来自北国的妻子破涕为笑，小鸟般依偎在我身旁。我绕过手来，把她的身子往我这边拢了拢。

我们便沿江顺流而下，终于到了汉口。

船泊武汉关时，我看到新闻记者都等在趸船上。他们脸上露出惊异和激动的表情。

在走下跳板时，我看见一群公安人员铐走了那个火烧脸的工人和他的同伴。他们在挣扎和大嚷。

难道某位不知名的旅客扔下的"报信瓶"竟然真被下游的人截获了吗？

离开码头，我们住进了晴川饭店。服务员送来了当天的晚报。我们看见了如下的标题：

十年前消失的客轮又重现！

我和妻子隐姓埋名，在武汉稍住，重新买了船票逆水而上准备游览长江三峡。但是真正的三峡已经不复存在，我们只看到了一片高峡平湖！

我的故乡重庆

韩 松

　　我 1965 年在重庆出生，那时重庆是四川下辖的一个市。这座城市也叫山城，被长江和嘉陵江两江环抱。记得小时候，特别欢乐的事情，是父母带我去朝天门码头看船。在高高的堡坎上，一看半天。两江之中，有"东方红"号客船，有货船，还有登陆艇。那时我便对交通工具产生了浓厚的兴趣。非常兴奋的是，重庆有一天，忽然有了一辆双节公共汽车，它靠中间的一个转盘连接起两个车厢，大人带着我去坐，我特意在中央转盘上待着。我还很喜欢坐缆车。两路口那个缆车，印象最深，可惜后来拆除了。我还常坐嘉陵江跨江索道，而长江索道反而坐得少些。

　　在重庆，交通工具长期是靠双腿，爬坡上坎，机械轮船应该是重庆开埠以后才有的。根据《烟台条约》，重庆开埠的先决条件是轮船能够上驶到达这座城市。英国商人阿奇博尔德·约翰·立德乐成为第一个充当开路先锋入侵四川、重庆的外国商人，同时，他也是第一个在重庆设立洋行经营商贸的外国人，第一个亲自率船开通川江航道驶抵重庆的外国人。这意味着列强在长江上游获取了首个重要港口，并以此闯入中国西部。欧美和日本均开始在重庆设立海关，重庆沦为半殖民地。同时，这也开启了中国西部地区的近代化历程。重庆逐渐发展成工商业和文化重镇，逐渐成了一个"大都会"，乃至后来在抗战中成为中国战时陪都和世界反法西斯战线远东指挥中心。但这些历史，小时候的我是不知道的。我自然也不知道，重庆是八百年前宋朝军民打死蒙古大汗蒙哥的地方，此后，蒙古大军从欧洲悉数撤军，从而改变了世界历史。

　　坐轮渡是我儿时常有的事。重庆最早仅有一座嘉陵江大桥，如果要过长江去南岸的舅舅家串门，便要到菜园坝坐轮渡。那是分外激动人心的事，我要在江滩上搜集好鹅卵石，待船走到江中央，便拼命扔入水中，看它们激起浪花，无比欢悦。直到现在，梦中还常出现坐轮渡过江的画面。再一件难忘的事，是到望龙门码头上，等待"下放"的父亲坐船回来。他自以为再也回不来了，留下了一包像章，以及一纸信，嘱咐母亲要把我带大成人。还有一件常有的经历，是坐船在长江上旅行。因为外公在武汉，所以，我从小坐船去武汉，不知有过多少次。穿越长江三峡仿佛家常便饭。其实不光三峡，沿途的每一处风光，都让我难以忘怀。石堡寨、张飞庙，乃至普通的一条江洲、一座山峰、一块礁石、一个漩涡，都能带来惊心动魄的感觉。那时坐船到武汉，下水三天，上水五天。看到沿线古老的城镇，它们的模样，很多停留在明清时代。工作后我还去那里采访移民，他们的贫困让人同情。

生在重庆是幸运的，因为有一个省会成都，是山城小朋友向往的宇宙中心。我记得初次去成都，看到武侯祠、杜甫草堂、青羊宫，爬上青城山，登临都江堰，那是多么的激动，又由成都去到乐山大佛，再攀顶峨眉山，人都快飞起来了。特别是，去到了《科幻世界》编辑部，那就是人生最大的满足。我为身为四川人、重庆人而自豪。直到1997年，川渝分家，重庆成为直辖市。重庆，一天天变得更加美好，也更加科幻，成了仿佛来自未来的"8D"网红城市，这里的渝新欧铁路，把重庆与世界重新联系起来，而漫长的西部陆海新通道甚至远抵新加坡。我却成了一个老去的重庆人，漂泊于外，每次回来，都有陌生感、异乡感，不禁想到物盛必衰、乐极生悲。尤其是，看到朝天门码头，儿时熟悉的景物皆被拆除，矗立起两大块与环境不协调的高楼，便如鲠在喉。我觉得，科幻是对逝去的乌托邦的记录，把记忆用未来的方式，表现出来，传达情绪。我有一次回重庆，参加钓鱼城科幻学院的成立，专门写了一篇文章，总结重庆的种种科幻之处，从它的美婉妙绰、神异英勇，到血腥残酷、荒谬绝伦。我本想以那篇文章来做这个附录，但怎么也找不到它了。

韩松，中国作家协会科幻文艺委员会副主任，世界华人科幻协会主席，曾获得银河奖、华语科幻星云奖等。代表作《地铁》《医院》《红色海洋》《火星照耀美国》《宇宙墓碑》《再生砖》等，作品被翻译成英、法、日、意等多种语言文字。

计时器交响曲

[美] 刘宇昆 / 著　耿辉 / 译

要记录时间，你首先得创造时间。

一 明灭——即兴

> 时间的流逝在不同的人身上有不同的速度，我要告诉你时间在
> 谁身上慢行、在谁身上小跑、在谁身上疾驰、在谁身上停滞。
> ——威廉·莎士比亚《皆大欢喜》第三幕第二场

在苜 σII 行星的云雾森林，动物居民们不记录时间，而是把它拉伸再切开。

首批到达这颗行星的人类对当地的动物深感惊奇。石甲覆盖的石龙身披 20000 块直径一米的鳞片，每当苜 σII 绕它的主星运行 1009 周才会下一窝蛋；玻璃翅膀的嘶哩虫有两个阶段的生命期，在云雾体和尘雾体之间来回切换，存活辉煌灿烂的 70 秒，也就是这些有生命的硅雪花从云雾缭绕的树冠飘落到掺杂硫黄的土地所需的时间；海底深渊中的棘头节虫，一个世纪也蠕动不了一厘米；红色杆状的针喙飘忽不定地飞行，每秒改变 100 次方向，在新手观察者眼中，一对配偶就有群集的效果。

再没有哪个星球进化出的生命，能同时覆盖如此丰富的时间尺度和范围。它就像时间意义上的加拉帕戈斯群岛、时间线纵横交错的孟德尔菜园。

它们是否具有感知能力呢？石龙是在借助侵蚀作用搭建景观艺术吗？针喙是在用快到我们无法解析的动作语言创作诗歌吗？棘头节虫是在它不发光的尾迹中著书，好在后世海洋变为山川之际，让数百万代之后的嘶哩虫的云状幼虫读到吗？

宇宙的本质是连续还是离散，虽然这个问题的答案众说纷纭，但各界大都认同，意识并非河流那样潺潺不绝，而是像水面莲叶上泛着光的青蛙，从一个时刻跃向下一个时刻。

认知的生物学过程，甚至生命机理的生物学过程，充满了离散的步骤和正弦的波动，在冷酷物理的统治下交替出现高峰和低谷。脉冲神经元具有不应期；离子通道就像是手压水泵活门，时开时关；神经化学物质的浓度需要一定的时间才能改变或稳定。

所以说冲击、促动、反弹、震颤构成了生命的进程，我们却佯装成另外的样子。比如你扫视一片景象，为了给你视网膜的感光细胞创造条件生成稳定的信号，并减少视觉通路信号处理的工作量，你的眼睛不是连续地扫过视野，而是以快速"跳视"的动作一下下跃过，让大脑的视觉系统把一系列闪现的视网膜静态影像拼合成一个连续流畅的景象。比如你大步前进、加速减速、向前

摔倒又恢复平衡、左右摇晃，每步动作都是一系列复杂的三维坐标分段变换过程——然而，你只感知到流畅运转的过程，这种连续幻象的合成，离不开身体里无数不同时钟的脉动、跳跃、抽排、摇摆和震颤。

把离散融合成连续犹如魔咒，召唤出我们感知的世界。振动——上下上下上下——合成声音音调，明灭——看得见、看不见——形成视觉暂留。没有这项功能我们就不会有电影、电视、虚拟现实或剧本化深层梦境——为我们呈现众多虚拟世界的硅锗人工脑是由律动的时钟周期来驱动，你们从没注意到，对不对？

我们感受到的明灭间隔越短，注意到的细节就越多，时间似乎持续得就越久。那我们为什么不干脆把时间尽可能细分，不以最高的分辨率生活呢？

原来，把每一秒钟的时间无限细分是有代价的。打个不算很离谱的比喻，认知的帧率越快，它在新陈代谢方面的消耗就越高。据说成长中的孩子觉得，一年似乎要长得多，部分是因为在现实感知层面，他们的意识要快过父母上年纪后减缓的时间感受器——孩子的的确确感受到更多的时间流。

在缓慢的石龙看来，我们快似闪电，我们的整个生命弧线最多可以看作是一步二次逼近。我们从两端燃烧生命的蜡烛，难怪还没等石龙完成一次思考，我们就走完了一生。

然而在疾舞的针喙看来，我们像被困在黏液中的笨拙巨人、定格动画片场的蠢笨人偶、新手读者摆弄的手翻动画书——我们得花很久才能从一个姿势切换到下一个姿势。我们的意识跟地平线上的二氧化碳冰川变迁一样慢。我们也许活过它们的万世万代，然而付出的代价是新陈代谢的节制，这导致我们的生命模糊枯燥，就像是在生命之河上打水漂的小石子，错过了所有的快乐。

难怪后来苜 σ II 的定居者开始寻求沐浴时间流的新方法，减慢或加快速度——只有改变新陈代谢，时钟才能在当地生物的时间领域跟它们相会。

注射到身体里的细胞体纳米机器建立起新的半导体神经鞘网络；RNA 词汇闭包重写人类基因组，以适应新的新陈代谢途径；离子泵和蚀刻蛋白质集成电路改造和升级处理意识信号的神经电子元件；碳纳米管加强血管壁；高效的记忆聚合物取代肌肉；复合超材料覆盖骨骼；分子纳米工厂取代血液……

为了赋予观察者一种轻松的方法去了解他们进入的全新时间领域，每位"间航员"都在手腕上佩戴一种指示仪器。这些仪器从表面上看，类似某位制表大师的高端艺术品，然而仔细检视你会发现一个关键的区别：不同于摆轮和游丝组成的谐振子或磁性摆，这只"表"的擒纵轮由抵在手腕内侧的压板驱动，把桡动脉的每次搏动转换为擒纵叉的摆动。手表的指针不计量秒的流逝，而是随着佩戴者的心率转动。心跳越快，指针扫过表盘的转动就越快。

间航员确实在以跟我们不同的速度生活。

如今有些间航员看见的世界跟猛冲的针喙眼中一样：一时一夏，一日一生。他们的心跳快到不再扑通扑通响，而是形成单一的音调。有人猜测，尽管他们因为细细分割了时间而无法再次活着看到日出，但他们更接近宇宙基础的量子振荡。因此，他们每秒钟获取的快乐、悲伤、愤怒、惊奇和共鸣比我们大多数人一辈子经历的都要多。

还有的间航员担任会见石龙的使者，沿着一道道美妙悠长的弧线在赫拉克利特之河上打水漂。对于其他人类而言，他们似乎生活在永恒的静止状态，几乎跟雕像难以区分，每次呼吸持续数天，每次心跳都像忧郁的轻柔极慢板。他们拥有如此缓慢的意识时钟，或许会活过未来银河帝国的崛起和陷落，甚至见证我们人类的灭绝。他们的一秒绵延数年，明灭交替的日夜融合成永恒不变的单色暮光，我们也许认为这种生活乏味无力，如同永生但衰老的提托诺斯，根本不值得选择。不过对他们而言，我们好似吹毛求疵的蜉蝣，完全无法理解神圣时钟的尺度。

当然，这都只是推测。前往其他时间尺度的探险者从未返回，成为间航员需要进行大规模的身体改造，因而无法复原。可是人们禁不住去琢磨，他们即使能够回来，也不会那样做。也许他们发现，在新时间领域的生活比在自己出身的领域更有趣；抑或他们刚刚皈依安德鲁·马维尔的玄学派，不愿知会我们，无论是快如闪电还是慢如盆栽，我们的世界永远都不够大，时间也永远都不够多。

二　法——稍快的行板

> 我们知道世界自此改变，有些人笑，有些人哭，大多数人沉默不语。
>
> ——朱利叶斯·罗伯特·奥本海默

在月球——古地球卫星——背面靠近南极的地方，有一座巨大古老的双脊环形山，几乎被风化为平地，它名叫阿波罗，但这不是用希腊神话的神灵命名，不完全是，而是为了纪念美国航空航天局的"阿波罗计划"，所以它内部新形成的小环形山都用阿波罗计划和航空航天局其他项目的宇航员和科学家命名，其中有些人为了实现我们人类漫游太空的梦想献出了生命。

就在阿波罗环形山西缘之外有另一座环形山，更圆但也更不起眼，它的边缘内部也嵌套着多座更小的环形山。这一座以朱利叶斯·罗伯特·奥本海默命名，他当然也跟"阿波罗计划"的宇航员一样改变了世界。

在这座环形山里，你可以找到所有368颗人居行星上最著名的时钟之一：

末日时钟。根据对其名字的解释，它的作用是宇宙的最后时刻的倒计时。

有了如此宏伟的追求，人们自然就会期盼有壮观的建筑与之相配。人类当然不缺乏宏大的计时装置，塞杰丁的"胜利之环"在"第三次复辟"后不久打造，65 颗较小的行星被拖入恒星系的同一条内层轨道，以保证按照之前被革命者废止但又被采用的复辟历，每月都有一颗行星经过日面；安严午的"进步钟"是一台直径 150 公里的太空无线电旋转信标，它把已知最强脉冲星 PSRB0329+54 的信号倍频发射，以此纪念新政府对科学与探索的投入。每一届执政的新政府，无论是革命的还是反革命的，似乎都得建造点儿什么，不为别的，仅仅是为了彰显对时间的统治。那些关于时间的造物可以看作是大金字塔和华盛顿纪念碑的精神继承者，在历史的周期性大潮中插入一个例外，见证权力的潮起潮落。

乍见之下，末日时钟似乎属于此类。从距离月球表面几百公里高的观光航班望去，阿波罗—奥本海默—莱布尼兹环形山脉连同内部密集的小环形山群和环环相扣的弧形山脊、相互交叠的山脚和布满陨坑的山峰、盘旋抛射痕迹和二次撞击链，特别类似尺度急剧放大的机械腕表机芯，或许这里亦可看作安提凯希拉天体仪的空中观赏版。一位游客在飞船的露天看台畅想，等待轮到自己潜入零重力池，像个巨大的泡泡一样悬浮在飞船一侧。末日时钟就安放在这些类似巨大齿轮和史前本轮的山脉下方，她可能会把末日时钟想象成某种工程学奇迹。也许是一种原子计时器，其构建的基础是超氚稳定岛元素的奇异原子在精确正镶嵌结构中发生量子纠缠，原子计时器的每一步运行都完美体现出宇宙最深层结构的秩序；抑或是一座机械奇观，瑞士制表大师使用金刚石、富勒烯、金属锑和炼金汁，结合封装无数纳米齿轮的单一机芯，把它制造出来，不过它在任何情况下都能数过数十亿、数万亿、无数亿秒，直至所谓大撕裂、大碾压、大降温或大晃动所代表的世界末日，它是人类才干和傲慢的纪念，是对光明熄灭的反抗和怒吼。游客这样想情有可原，然而这些想象都是误解。

她会非常失望地发现，末日时钟只不过是位于奥本海默环形山中心、深入月球基岩两公里的一条狭窄隧道，入口由一根立于浮土之上的日晷指时针标出，指时针高 15 米，投下的影子缓缓移动，每 29.53 个地球日转一周。开启隧道的是一系列岩室，每一间都从地板到屋顶堆满了盒子，手掌大小的硅盘装在其中，精细的图案蚀刻在它们的表面。尽管跟传统的集成电路类似，仔细查看你会发现，盘片既不是数字的也不是电子的。跟宇航员在静海留下的友好信息一样，这些硅盘上蚀刻了微缩的文字，任何人都能用度数合适的放大镜阅读。

硅盘上写了什么呢？

有一块记录的是约瑟夫－伊尼亚斯·吉约丹，"我用我的机器一眨眼就砍下你的头，你什么都感觉不到。"盘片记录了他反对死刑，尝试用机器赋予这种死亡更多人性和平等，以及最终明白断头之后意识还会痛苦地存续几分钟，并对此感到大为震惊和深恶痛绝。正如维克多·雨果所言，他的不幸在于"永远无法让自己的名字摆脱自己的发明。"他还以为自己在做正确的事情，在履行职责。

有一块硅盘记录了多萝茜·河鸥·✽·拉达克里希南－麦考，"人为缩短国家公敌的端粒是结束叛乱的最人道方式。我以为夺走他们未来的时间比当下杀死他们更合适，我以为自己的做法会避免更大的恶。我们一直不就是这样吗？"

有一块硅盘是关于北美洲最后一间毒气室的设计师们，那里使用氮气让罪犯窒息。他们写下毒气室长宽高的规范、房间涂料颜色的挑选、捆绑犯人的绑带的选择，以及隔开死刑见证者的玻璃厚度的选择。他们说起后来回家亲吻配偶和拥抱孩子，说起填表和归档，说起伸张正义。

评判罪恶很容易，难得多的是，担任和评判正义使者。

相信自己有末日时钟素材的人可以给一个地址发信息，那个地址由机器而不是人来监控。信息被机器人蚀刻到硅盘上，积累得足够多时，受法律指定维护末日时钟的基金会会租下一艘摆渡飞船，这样一些志愿者就能把几箱新的硅盘运到月球背面奥本海默环形山的中心，送进尘埃之下的隧道里。

有种导弹能穿透汽车，用旋转的刀刃将车内的人斩碎，确保不漏掉恐怖分子藏身的任何一个角落，导弹的发明者被记录在硅盘上；有种致命病毒专门针对特定人种的军人和平民，病毒的发明者被记录在硅盘上；有种炸弹只杀人不摧毁设施，炸弹的制造者被记录在硅盘上；有种机器人会毫不犹疑和冷酷无情地"清除"敌人，它们的程序设计者被记录在硅盘上。

这些人谈到夏季烧烤和冬季滑雪，谈到调情、求爱和小宝宝，谈到体育比赛和填字游戏，谈到自由、美好和上帝，谈到道德研讨会、程序透明和现代性异化，谈到在会议室举办同事的生日聚会，接着继续研讨如何高质量地杀人。他们有人笑有人哭，有人谈到为国杀敌的快乐和乏味。

不是所有的钟表都需要齿轮、钟摆、晶振或旋转的指针，来把时间之箭的轨迹弯成圆形。一座钟也可以只记录因果律的进程，充当不断扩张的逝去时间之冢。因为末日时钟真正要考量的，是我们看似坚定不移的信仰：夺取别人的时间可以是为了行善，刽子手可以有人性，制造死亡、消除时间也可以是出于正义。一块硅盘接一块硅盘，一幕场景接一幕场景，末日时钟是在追随我们自身走向历史终点的进程——或阻碍。

描述奥本海默的硅盘引用了他 1965 年的著名言论，当时距离"三位一体"核试验点亮灿烂千阳已经过去几十年，离他因被疑为苏联间谍而失去权势和影响力也有好几年了。

硅盘不仅记录了他的访谈文字，还存储了粗略编码的原始影片。只能短暂保存的数字编码没有被采用，影片既非彩色全息图像，亦非人工智能高清重建，而是古老、原始、低质量的胶片，它被制成一系列只有线条和阴影的小方形图案，像环形山参差不齐的边缘一样，被连续蚀刻在硅盘的侧缘上。如果你以特定的速率旋转硅盘，打上刚好超出人类闪烁融合阈值的每秒 24 次频闪灯光，并透过显微镜观察，图像会融合成一段粗糙的影片。

"现在我成了死神，变成了世界的毁灭者。"

奥本海默对着镜头诉说，但是目光没有与之相对，也许是在努力塑造后世之人对原子弹之父的看法，也许是想要给自己讲述一个摆脱困惑的故事，然而他自始至终都明白，自己难以撬动或知悉无尽的审判。

奥本海默自己翻译的一句《薄伽梵歌》出自其中第 11 章第 32 节黑天神的一段发言。不过这里的"死神"说得有点儿随意，既言过其实又不到位，整节翻译出来更能说明问题。为了答复阿周那王子澄清神旨的请求，黑天神让王子起立，并托出他必须行使的正义职责：

> 我是了不起的时间
> 吞噬一切，毁灭宇宙
> 即便你停下不动
> 对方阵列整齐的英勇斗士
> 也会陨灭

这是有关法的最绝望也是最美妙的表述，是现实本身的必然流程。

假如末日时钟里永久记录的发声者停下来等待，为了体现公平、正义、责任、法和现实的基础，一千颗太阳还会燃烧吗？毒气室还会建造吗？断头台的利刃还会落下吗？导弹和炸弹、恐惧和懊悔还会释放吗？吞噬一切的时间、宇宙的毁灭者，我们还会一动不动地站在它面前吗？法能化解痛苦吗？宽恕究竟意味着什么？阿周那王子得到了自己的答案，那我们呢？

年复一年，末日时钟承载和积累着见证者。

三　家园时间——活泼的谐谑曲

> 可我知那轻柔的钟声
> 只是提醒我们归家

——艾米丽·狄金森

一艘巴萨德式冲压发动机飞船以可用的最快运输模式航行，需要大约 7 个地球年才能完成瑶菡 β 和 314 伊勒拉之间的航程，这是距离最近的两颗有人类定居的行星。然而，坐落在人类种族太空疆域两端的苢 σⅡ 和库勒姆，足足相距 462 个地球年的航程。

人类分布如此广泛，时间已经无法统一，而是必须在每个地方重新创造。否则的话，BSG–216 的自转比公转还慢，凯莉行星的高速自传使它的恒星像流星一样划过苍天，如果不重新创造时间怎么能行呢？在纳西瑟斯星，潮汐锁定不动，行星光滑无瑕的一面永远对准炽热的恒星，在晨昏线附近的永恒曙光或暮光中，定居者不需要四季。然而在 17 颗恒星和另外 53 颗行星之间徘徊的迷惘星没有什么轨道可言，它经历变幻无常的季节更替和长短不定的恒星纪年，这本身就是一场冒险。难怪每个世界都有自己的历法、钟表风格，以及对时、日、年的定义。

从某些意义上来讲，我们已经回归了伟大的波利尼西亚探险家在一望无际的太平洋上定居岛屿的年代，当时他们通常一去不返，离别几乎意味永别，海洋隔开生命，折叠所有时区的时差还未出现。做计划不仅要考虑眼前的几年，还要着眼于随后的几代。希望从地球到库勒姆开始新生活的情侣必须明白，途中至少会有三代人出生，等到他们的子孙后代在一个多世纪之后踏足新世界，他们两位最初计划的设计者已经去世，他们的梦想和恐惧将不再是后代的希冀和疑虑。

即使有了休眠技术，即使有了间航员，即使有一天我们学会如何更接近光速航行，在无垠太空构建通途也不是易事。荒诞的是，这反而带来一种和平，每个世界都独立自主，没有银河帝国，想用一只铁拳就掌握所有散落的群星根本不切实际。时间本身就是抵抗暴君的堡垒，甚至转世的薛西斯都无法征服时空主干道，生活在这样的宇宙里是我们的幸运。

登上一艘恒星际飞船意味着跟你曾经熟悉的一切永别，去追求一个根据数十年前的新闻构建的梦想，出于信念冒险投入难以理解的未来。到达时的目的地语言将不同于启程时的想象。考虑到这一切，究竟还有谁会踏上星际移民的路途呢？

自时间之初，每一种群体无论进化或被设计得多么完美，都会埋下不满的种子，产生离开的渴望。即使生活在最完美的乌托邦城市，有的人也一直都想离开。身边有人分享我们的故事，我们才最快乐。可是如果我们的灵魂唱一首不同的歌，沉迷于另一种音乐的感召呢？

在塞尔 214 行星的遥远边区，一位母亲为了给自己和五岁的女儿包下一间飞船舱室，前往兴旺发达的塞杰丁，她变卖了自己拥有的一切，她希望女儿四十岁在那里走下飞船时能够接受教育，并获得家园这边不存在的机会。与此同时，在拉达星，家族中一位老幺的老幺决定放弃自己的遗产来换取一张前往塞尔214的船票，因为家人能给予多少支持就能形成多少束缚，他想抛开家庭的所有羁绊，开拓自己的人生道路。

我们既是流浪者又是定居者，我们愿意了解自己的土地，但也希望像最外层电子那样无拘无束。只有我们离开一个地方，那里才开始有家的感觉。我们在流浪和扎根之间摇摆，在内心深处，我们都是故土上的陌生人，大流散的永居者。

甚至作为好几代之后的移民，我们也会感受跟祖先故土的联系。新移民带给侨居者同乡的最盛行的礼物之一，就是出自旧世界的计时器材：曾经在拉达星果戈理山顶为激光歌唱的金属铯；调整为奥瑞星熔岩潜鸟叫声频率的陶瓷晶振；跟东京五百罗汉寺新年钟声对时的音叉座钟；按皮尔星时刻进行标记的日晷；用露珠花六上卢索海岸的沙子填充的沙漏；瑞士造41钻机芯的机械手表，配备玛雅天文学家发明的持续跟踪日地系统的万年历……

诚然，这些钟表记录的不完全是家园时间，相对论时间膨胀效应、缺乏维护、单纯的误差——这一切共同导致把时间从一地带到另一地是在白费力气。然而，这种造物包含另一种时间单位的定义、模拟另一颗星球的轨道、紧跟祖辈季节的更替、吟唱家园生命的歌声，凝视着它还是会感到快乐。

古老地球上的诗人曾描述，情丝万缕却远隔千山的人抬头望月，想象他们同赏婵娟，不免心意相通。看家园时间，我们回忆往昔，立足当下，已经对未来感到迫不及待，因此得以想象片刻，数光年之外，我们的心灵跟共同分享故事的人相互交织，成为广泛扎根星际的同一物种。

四　希洛的一秒——适当的节奏

> 他们说，埃及人首先发明了太阳年，并把它的时间分成十二份，这是他们从星星获得的知识。
>
> ——希罗多德《历史》第二卷第四章

位于地球夏威夷岛东北海岸上的希罗镇有一块巨大的长方形黑色火山岩，名为那哈石。据说谁掀翻它，谁就会统一夏威夷群岛。根据传说，卡美哈梅哈大帝在十四岁时完成这一壮举，并最终应验预言。跟拔出石中剑的亚瑟王和举起青铜鼎的西楚霸王项羽一样，卡美哈梅哈在掀起公认的无法移动之物时，瞬间改变了世界。

如今这块石头坐落在星际计量局管理的实验室前方，旁边就是月亮驱动的潮汐和太阳照耀的瀑布，基本星际单位之———秒，其实就是在这儿测量出来。在实验室里，铯 133、汞 199、镱 171、铷 87 和其他许多元素的原子被关进激光笼，纠缠在几近绝对零度的超冷原子云中，然后再依靠磁场偏转原子，用辐射进行探测，迫使它们用各自独特的声音合唱一首元素之歌，这种音乐是已知宇宙中最精确的时钟。

实验室后方几英里处耸立的莫纳克亚山，是从山脚到山顶高差最大的山峰，也是地球上观测月亮的最佳地点。

古老的夏威夷历法就是基于月相。月亮对于人们生活非常重要，甚至每种月相——蛾眉月、盈凸月、新月和满月——整整三十种都有自己的名字。从第一晚的新月希洛到亮得可以海钓的满月霍库，再到被影子完全罩住的暗月穆库。有种常见的说法就把无知者比作尚未了解月相的幼童。

在希洛，我们看见所有的时间都集中在一点，月亮是我们最古老的时钟，原子是我们最新式的时钟，介于这两者之间的，是持续千年的征途，不仅追求更精确地度量时间，而且还是为了确定我们在宇宙中的位置。

每个学生至少都能引述一秒的简化定义："铯 133 原子非扰动基态的两个超精细能级间跃迁对应辐射的 9192631770 个周期的持续时间。"

然而在 1967 年以前，秒的定义不参考任何原子。秒不用来构建时、天、月、年，仅仅是天和年的细分，这两者都曾被看作更基本的时间单位。

人类最早使用的时钟也很宏大：重复升起的太阳、每天落下的月亮、不停旋转的星星。日晷的盘面像我们的小时一样把一天划分成几段，可是地球每年绕日公转导致每天变长和变短，小时和更进一步的划分也会随之变化。假如可以谈及这个概念，一秒只是一条弧线上可长可短的理想化片段。

1656 年克里斯蒂安·惠更斯制造了第一台摆钟，秒才真正开始存在。因此在十九世纪，秒被定义为一平均太阳日的 1/86400，成为计量制的一个基本单位。

可是地球自转也不稳定，因为倾向月球的潮汐凸起、弹性地球的形变、冰川的进退、致密地核周围晃来晃去的地幔——一天的长度也起起伏伏，不过随着地球自转减速，一天的总体趋势还是在变长。从巴比伦和中国天文学家最早记录日食的时间算起，我们知道地球这座大钟已经减慢了近七个小时。

我们唯一的全球旋转计时器原来如此不稳定，这可怎么办？我们去寻求更大的：把天体，即太阳和月亮的观测位置同计算出的牛顿运动位置做比较。1956 年，全世界把秒重新定义为，太阳在地球天空回到同一视位置所需的时间、即一回归年的 1/31556925.9747。这就是历书秒。

历书秒虽然根据地球与太阳的相对位置来定义，但是更容易通过观测月亮在星空背景中的位置来确定。结果进行这种观测的最佳地点之一，就在夏威夷这个给月亮起了很多名字的地方。我们为了提高精度而抛开月亮，没想到又像思乡的孩子一样回到它的怀抱。

可是地球的绕日轨道也不稳定。每一秒，进行氢核聚变的太阳都流失数百万吨质量，释放出远超三位一体核试验的能量，为人类摇篮赋予生命，而不是夺走生命。每一年地球的轨道都会扩张，运行都会减慢。

正如同卡美哈梅哈把手伸向那哈石，我们在此时也把探索的触手伸向原子。寰宇之内没有什么比它们更稳定和持久。

为了把秒的原子定义应用到实际，我们的祖先发明了原子钟。跟所有的钟表一样，原子钟也依靠振荡、走时、摆动。但是不同于钟摆、摆轮、音叉或者跳动的心脏，原子钟的振子根本就不是实物，而是一束光，一束调频电磁波，其频率跟铯原子最外层远远飘荡的单个电子自旋翻转时吸收或发射的光频一致。当这束光被调谐得恰到好处，那个单独的电子就会因为共振而跳动，在那束高频闪烁的光波中数出 9192631770 个波峰，你就正好记录下一秒钟。

我们探寻水晶球宇宙的共振，倾听来自天宇的无声音乐，原子钟是我们手中最接近上帝心跳的设备。

秒的定义既充满了无尽的美感，也包含了极端的恐惧。1967 年 10 月全球核武器总量再攀高峰时，那个定义（以稍有差别的形式）初次投入使用，当时距离奥本海默于同年 2 月去世才刚刚过去几个月，它标志着我们人类在那一刻，既获得了领悟力来审视支配宇宙的基本结构，又拥有了转瞬夺走时间的破坏力去自我毁灭。

以铯原子基态辐射定义的秒经过计算，在投入使用的历史时刻与历书秒取得一致，但那也是一次接力棒的交接。从那以后秒不再取决于地球和太阳的运动，无论地球再减慢多少，秒的长度都与之无关。

最后我们必须得摆脱不可靠的天体时钟，转投单个原子内部不可见的恒定运动，这仿佛单独一颗理想化的电子行星在遥远的奥特云绕原子核太阳运动，拨动宇宙的基础琴弦，奏出无与伦比的音乐。

那是个伽利略时刻，石中剑被拔出，青铜鼎被举起，那哈石被掀翻。从此以后，地球真正脱离了宇宙的中心，太阳也从衡量时间的唯一主发条位置上退役。我们成了宇宙的物种。

尽管所有人类居住的世界使用各种各样的历法，但秒的定义还是明确了地球街道上的一秒为什么跟昔 σII 的云雾森林中一样，祝融六深邃的陨坑里的一秒为什么跟涌流 IV 的冰海深处一样。这些世界里的时、日、月（如果它们有这个时间尺度）和年都是以同样的秒来构建，然而每个单位包含的秒数由每颗行星的季节决定，由每个群体的需求决定。

一生万物。

那哈石后方实验室的测量结果通过无线电波传输和转送到所有人类居住的世界，信号在几年或者几十年后到达，当地居民可以用它来同步统一时间，这使导航和通信在全人类中成为可能，是我们这个时代的木枝航海图。

然而地球作为我们首个家园和最初的爱，那里的时间仍有特殊意义，因此我们也对它进行了特殊的改造。

在以前，我们必须偶尔给地球时间增加一秒，以便行星减缓的自转跟原子的歌唱同步。这是一种笨拙的干扰，让人觉得极不优雅。同样我们也必须不时给公历增加一天，因为一回归年没法正好分成整数天——即使有了这些复杂的修正，历法最终还是会跟季节的进程不同步。

如今我们不再需要这些修正手段，最后一波移民大规模离开地球期间，我们开展了一系列史无前例的超大型工程项目：建造恒星际岛飞船的第一步，就是用赤道电磁炮把大质量物质抛入太空；深入奥特云的采矿飞船牵引冰质小行星体进入近地新轨道，从而被地球捕获并提供更多的原材料；大气转移井把飓风级可呼吸空气流注入新建的岛飞船。我们尽力让人类搬离这颗岩石行星，实现扎根星际的梦想，所以得搬走泥土、冰块和海水，在此过程中地球本身的形状也摇摆不定。

但是我们没有抛弃家园，不光是在夺取和压榨。我们离开和留下的所有人类还计划利用那些超大型工程项目实现另外的目标。你瞧，利用每块被抛入太空的物质、每颗掠近并被地球重力井捕获的小行星体、每次经过仔细考虑的质量转移，我们都在增加地球的角动量，提高它的自转转速。

最后一艘岛飞船启程时，地球上的一回归年正好是 365.25 天。历法终于可以跟季节统一，只需要每四年做一次微调，在万年历单独加装一个齿轮就可以实现。

如今为了让系统运行流畅，莫纳克亚山的月亮观测者和那哈石后的原子指挥家把他们的观测结果输入一套算法。

地球公转的减慢被记录下来，算法建议把更多的太阳能脱盐水引入北方，灌溉阳光灿烂的西伯利亚和育空地区，还要抽到南方，补充南极冰川。仿佛一位花样滑冰运动员收拢双臂、加速旋转，地球质量的重新分配也加速了自转。如果还需要更多角动量，就引奥特云中的天体冲过重力井，为我们旋转的蓝色星球贡献它们的动能。

这些只是对天体时钟的小修小补，对最大的摆轮进行微调。因为所有热爱记录时间的人都知道：必须要珍惜和保养每一块机芯。

《计时器交响曲》中的 Homeland

[美] 刘宇昆 / 著

耿 辉 / 译

Homeland 一词在美国人的想象或思维中有种耐人寻味的味道或感觉。

在英语中，home 这个词语义广泛，语法灵活，可以充当名词、动词、形容词和副词。根据词源在线的内容，古英语中的"ham"表示"住所、房屋、居住地、固定住所；财产；村庄；地区、国家"，基本上来源于原始印欧语"(t)koimo"，意思是"定居，居住，在家"。这说明 home，以及由此延伸出的 homeland，表示行动多过表示地点，表示要做的事而不是被给予的物。

在生活中，我们都会明白"家"不是由血缘、宗教、语言或边疆定义，而是由一种共同的故事感来定义。人之为人只需要他们继续相信自己的故事，只有你能发现自己的故事跟别人的故事相互交织，所有角色都共同参与到一个你所相信的宏大史诗，只有在这种地方你才会有家的感觉。

在人类历史上，时间之箭的一个标志就是迁徙的增长。每经过一代，我们就有越来越多的人，从偶然出生的地方游历得越来越远，寻求新的机遇、新的联结、新的经历——最终找到一个我们称之为家的新地方。可是这种寻找注定失败，直到我们发觉最重要的旅途不是指向外界，而是深入我们内心的未知领域，直到我们发现自己注定要讲述、要展现、要在生活中体验的那个故事，我们不羁的心才会找到一个感觉像家的地方。我们只有弄清如何讲述那个故事并将其嵌入身边人的故事之中，最终才会满足于自己的身份，并准备努力安家、居家、有家。

跟时间一样，homeland 不是被发现，而是被创造出来的。

在《计时器交响曲》中，人类散居到星际之间，可是他们确实参与到一个共同的故事之中，也就是如何定义"1秒"的基本测算，从而为自己创造一个时间上的 homeland。不过从这个奇妙的基础出发，从间航员到世代移民，他们详细阐述了无数种不同的时间体验，永远都会以全新的方式给他们带去家的感觉。

拍摄者：邓启怡

刘宇昆（Ken Liu），美籍华人小说家。代表作有短篇小说集《纸动物园和其他故事》（*The Paper Menagerie and Other Stories*）、奇幻系列《蒲公英王朝》（*The Dandelion Dynasty*）等。被改编成影视作品的故事包括《爱、死亡和机器人》（*Love, Death&Robots*）中的《狩猎愉快》（*Good Hunting*）、《万神殿》（*Pantheon*）等。此外，还撰写过《星球大战：卢克·天行者传奇》等作品。